을 유 세 계 문 학 전 집 · 7 1

시카고

시카고

SHĪKĀGŪ

알라 알아스와니 지음 · 김능우 옮김

을유문화사

옮긴이 **김능우**

한국외국어대학교 학부 아랍어과와 대학원 아랍어문과를 졸업하였다. 수단 카르툼 국제아랍어 연구소에서 아랍어 교육학 석사 학위를, 요르단 대학교 대학원에서 아랍어문학 전공으로 문학 박사 학위를 받았다. 현재 서울대학교 인문학연구원 HK연구교수로 재직 중이며 한국외국어대학교 학부 아랍어과, 대학원 중동어문학과에서 강의를 하고 있다.

저서로 『아랍 시(詩)의 세계』, 『한국어-아랍어 사전』(공저), 『중동 여성 문학의 이해』(전 3권, 공저) 등이, 주해서로 『무알라까트』, 역서로 『황금 마차는 하늘로 오르지 않는다』, 『세계 민담 전집-아랍 편』(편역), 『야쿠비얀 빌딩』, 『쿠쿠 수단 카바쉬』가 있으며 「소설 '야쿠비얀 빌딩'에서 포착된 이집트 사회의 문제점에 관한 연구」, 「레반트 민담 텍스트를 통해 본 레반트인의 의식 구조 연구」, 「중세 아랍 시에 나타난 '몽골과 이슬람 세계와의 충돌'에 관한 연구: 13세기 초~15세기 초」, 「아랍 가잘(연애시)의 발전 과정 연구」 등을 비롯한 여러 논문이 있다.

을유세계문학전집 71
시카고

발행일·2014년 11월 20일 초판 1쇄
지은이·알라 알아스와니 | 옮긴이·김능우
펴낸이·정무영 | 펴낸곳·(주)을유문화사
창립일·1945년 12월 1일 | 주소·서울시 종로구 우정국로 51-4
전화·734-3515, 733-8152~3 | FAX·732-9154 | 홈페이지·www.eulyoo.co.kr
ISBN 978-89-324-0403-5 04890 978-89-324-0330-4(세트)

- 값은 뒤표지에 표시되어 있습니다.
- 옮긴이와의 협의하에 인지를 붙이지 않습니다.
- 이 역서는 2007년 정부(교육과학기술부)의 재원으로 한국연구재단의 지원을 받아 수행된 연구입니다(NRF-2007-361-AL0016).

차례

나의 부모님께 이 책을 드립니다
두 분을 실망시키지 않기를 바라며……

제1장

많은 사람들이 '시카고'가 영어 단어가 아니라는 사실을 모를 것이다. 그것은 인디언들이 쓰는 언어 중 하나인 알곤킨족 (Algonquian) 언어에 속하는 단어이다. 그 언어에서 시카고의 의미는 '강한 향기'인데, 지명의 유래는 오늘날 그 도시가 접하고 있는 장소가 원래는 드넓은 평원으로 인디언들이 거기서 양파를 재배했고, 코를 찌르는 듯한 양파 냄새 때문에 이 명칭이 생겨난 데 있다.

인디언들은 수십 년간 시카고의 미시간 호수 연안에서 양파를 재배하고 가축을 키우면서 평화로운 삶을 영위해 왔다. 그러다가 1673년 대여행가이며 지도 제작자인 루이 졸리에가 예수회파에 속하는 자크 마르케트라는 프랑스인 신부를 대동하고 그 지역에 도착했다. 두 사람은 시카고를 발견했고, 곧이어 수천 명의 이주민들이 개미 떼기 꿀단지로 모이듯 그곳으로 몰려왔다. 이어진 백 년 동안 백인 이주민들은 가공할 인종 말살 전쟁을 벌여 미국 전역에서 5백만에서 1천2백만 명에 달하는 인디언들을 죽였다. 미국 역사를 읽어 본 사람이라면 반드시 한 가지 모순을 알게 된다. 그것은 수백만 인디언들을 죽이고 저들의 땅을 점령했으며 저들의 소중한 재산을 강탈한 백인 이주민들이 극도의 경건주의 기독교도들이었다는 점이다. 이러한 모순은 우리가 당시의 통념을 알게 될 때 명확해질 것이다. 당시 백인 이주민들은, 인디언들이 신의 피조물에 속하기는 하지만 그리스도의 영혼이 아니라, 결핍되고 사악한 영혼에 의해 창조되었다고 여겼다. 어떤 자들은 인디언들이 짐승처럼 영혼이나 양심을 갖지 않은 피조물이며, 따라서 그들은 백인이 지닌 인간의 가치를 갖고 있지 않다고 확신하기도 했다. 이처럼 그럴듯한 이론에 힘입어 이주민들은 자기들 마음대로 한 치의 뉘우침이나 양심의 가책도 느끼지 않고 인디언들을 죽일 수 있었다. 그들이 낮 동안 저지른 살육이 아무리 잔인했다 하더라도 그런 행동은 그들이 매일 밤 잠들기 전에 드리는 기도의 순수성을 훼손하지 않았다.

인종 말살 전쟁은 이민자들의 압도적인 승리로 끝나, 시카고는 1837년 최초로 미국의 도시로 선포되었다. 이후 경이로운 발전을 이루며 10년도 안 되어 그 면적이 16배로 확대되기에 이르렀다. 게다가 미시간 호수 연안에 위치한 지리적 이점과 목축에 적합한 드넓은 토지 덕분에 그 중요성은 더욱 커졌다. 그 뒤 철도가 부설되면서 시카고는 논란의 여지 없이 미국 서부의 여왕이 되었다.

도시의 역사는 인간의 삶과 같아서 쉼 없이 행복과 고통의 순간들이 교차하기 마련이다. 1871년 10월 8일 일요일은 시카고에 암흑의 날이었다. 도시 서쪽에 캐서린 오리어리라는 부인이 남편, 자녀들과 함께 살면서 말 한 필과 소 다섯 마리를 키우고 있었다. 그날 밤 오리어리 부인의 가축들은 집 뒤뜰에서 한가로이 풀을 뜯고 있었다. 9시경 소 한 마리가 갑자기 뜰을 벗어나 뒤쪽 창고 안으로 들어갔다. 그 안에서 소는 석유난로에 호기심이 생긴 듯 난로 주변을 잠시 맴돌다가 머리를 내밀어 냄새를 맡았다. 그러더니 애매한 충동이 일었던지 힘껏 난로를 걷어찼다. 난로가 엎어졌고 그 안에서 연료가 새어 나와 바닥에 불이 붙었다. 불은 가까이 있던 밀짚 더미에 옮겨붙었다. 그리고 순식간에 그 집과 이웃집들이 불타 버렸다. 평소처럼 시카고에는 강한 바람이 불어와 불은 모든 곳으로 번졌고, 한 시간도 안 되어 도시 전체가 불타 버렸다.

재난을 키운 또 다른 원인도 있었다. 전날 밤 다른 화재 사건이 있어 소방대원들이 진화 작업을 하느라 밤을 새워 녹초가 된 데다, 당시 원래부터 원시적 수준에 머물던 그들의 소화 장비들도 무용지물이 되어 있었던 것이다. 화염은 높이 솟구쳐 오르며 하늘의 구름을 갈라놓았고, 대부분이 목재로 지어진 시카고의 가옥들을 집어삼켰다. 사람들의 애처롭고 드높은 비명이, 마치 저주를 담은 부적의 주문을 외듯이 무섭게 탁탁거리며 불타는 소리와 뒤섞였다. 그 장면은 전설에나 나올 듯 끔찍했고, 경전들에 묘사된 지옥과 유사했다. 불길은 무자비하고 잔인하게 꼬박 이틀 동안을 타오르다가 화요일 새벽녘이 되어서야 진화되었다. 집계된 피해를 보면 3백 명 이상 사망하고 전체 주민의 약 3분의 1인 10만 명의 이재민이 발생했으며, 재산 피해액은 19세기 당시의 계산으로 2억 달러를 상회했다. 재난은 거기서 그치지 않았다. 화재로 도시가 황폐화되면서 대혼란이 일어났다. 깡패와 범죄자들로 이루어진 떠돌이 패거리들과 강도, 살인자, 마약 중독자, 성폭력범 등이 사체에 생겨나는 구더기 떼처럼 득실거렸다. 그들은 전국 곳곳에서 몰려와 재해를 입은 도시를 더욱더 엉망으로 만들었다. 그들은 불탄 집들과 상점, 은행, 술 창고 등에서 물건을 강탈했고, 거리에서 술을 마셔 댔으며 길에서 만난 사람들을 아무 이유 없이 죽였고, 여자들을 납치해 무기로 위협하며 사람들이 보는 앞에서 집단 강간을 했다. 재난의 와중에 시카고 교회들은 간구하고 괴로움을 달래기 위한 예배를 올렸다. 목사들은 일제히 진심 어린 뉘우침을 담은 목소리로 재난에 관해 설교했다. 그들은 이 재난을 도시 주민들 사이에 만연한 이교도와 간음의 결과, 주님이 내린 징벌로 여겼다.

모든 것이 파괴되어, 당시 시카고를 목격한 사람은 누구나 할 것 없이 시카고는 돌이킬 수 없을 정도로 끝장났다고 장담했다. 그런데 결과는 예상을 뒤엎었다. 끔찍한 재난은 시카고 주민들을 자극했고 용기를 심어 주었다. 존 라이트라는 상인이 있었다. 그는 자신의 인생에서 아는 것이라곤 숫자와 계약뿐이었고, 문학적 의미나 수사학에 대한 취향을 가졌다고 알려진 바도 전혀 없었다. 그런 그가, 자신들의 재산이 불타 버린 뒤 길에서 방황하며 넋을 잃은 수십 명의 이재민 무리 한가운데에 서게 되었다. 갑자기 그에게서 시적 영감이 폭발했고 그는 즉흥적으로 이재민들 앞에서 시를 읊었다. 그 시는 훗날 이 도시의 유산이 되었다. 존 라이트는 앞으로 팔을 뻗었다. 그의 얼굴은 고통스러운 표정으로—그는 약간 술에 취해 있었다—굳어 있었다. 그가 크고 날카로운 목소리로 외쳤다. "여러분, 견뎌 내십시오. 시카고는 불탄 게 아닙니다. 시카고는 자체의 나쁜 요소들을 없애기 위해 스스로 불에 뛰어든 것이고, 이제 전보다 더 강하고 아름다워져서 밖으로 나오게 될 겁니다."

깊숙이 잠재해 있던 생존 본능의 불꽃이 일면서, 위험의 순간에 사람들을 응집시키는 타고난 연대 정신이 부활했다. 생존자들은 지칠 줄 모르는 열정으로 일했다. 자신들의 도시를 위해 죽을 준비가 된 지원자들로 구성된 무장 단체가 결성되었다. 그들은 갱단을 추적하여 그들을 죽이거나 무력으로 쫓아냈다. 주민을 위한 수십 개의 피난처가 세워졌고, 수천 개의 보건 시설 마련을 위한 성금이 답지했다. 시카고의 주거 마련과 상업 발전 계획 투자를 위해 미국 전역에서 수만 달러가 시카고로 쏟아져 들어왔다. 그러나 재건축은 새로운 문제를 야기했다. 시 의회가 발표한 새로운 결정은, 화재 확산의 주범이라는 이유로 목재 가옥의 건축을 금지했다. 그 같은 결정으로 주택 임대료가 뛰었고 도시의 대다수 주민들이 거리에 나앉게 되었다. 그들에게는 벽돌집에 대한 임대료를 낼 돈이 없었기 때문이다. 수천 명의 외지인들이 몰려오면서 노동자의 임금도 떨어졌다. 경제 위기가 발생하자 가난과 기아에 시달리는 많은 시민들이 '빵이 아니면 죽음을'이라는 단호한 내용의 문구를 들고 무력시위에 나섰다. 하지만 여느 때처럼 미국의 자본주의 체제는 위기에 대한 일시적인 해법을 마련했는데 그것은 역사 교과서에서 전혀 언급되지 않은 것이었다. 몇몇 투자 건은 일부 새로운 이름의 백만장자들을 낳은 반면, 대다수 주민들은 빈곤의 나락에서 움츠린 채 지냈다. 그럼에도 불구하고 존 라이트의 예언은 이루어져 몇 해 지나지 않아 시카고는 이전보다 더 멋지고 힘이 넘치는 도시가 되었다. 서부에서 가장 중요한 도시이자 미국 내 세 번째 대도시, 미국은 물론 전 세계적으로 무역, 공업, 문화의 주요 중심지로서 시카고에 영원히 남을 왕관이 씌워졌다. "시카고, 새로 태어난 서부의 여왕이시여"라는 가사로 시작되는 가요가 당시 유명했다.

대개의 부모들이 자기 아이가 중병에 걸렸다가 살아나면 아이를 더욱 응석받이로 만드는 것처럼, 미국인들이 시카고를 달래기 위해 만든 별칭은 여러 개였다. 도시의 중요함과 아름다움 때문에 '서부의 여왕'으로, 연중 내내 강한 바람이 그치지 않는다 해서 '바람의 도시'로 불렸다. 또 단기간 내에 놀랄 만큼 확장되었기에 '세기의 도시'로, 높이 솟은 고층 빌딩들과 주민들 중에 근로자가 많아 '큰 어깨들의 도시'로, 보다 나은 미래를 찾아 그곳으로 이주해 오고 싶은 미국인들의 열망을 담아 '미래의 도시'로 불리기도 했다. 그리고 도시를 둘러싼 77개의 지역들로 인해 '근교들의 도시'로 불렸는데, 그 근교에는 흑인, 아일랜드인, 이탈리아인, 독일인 등 다양한 민족이 살고 있었으며, 각 근교 지역은 그곳 주민의 문화와 관습을 지니고 있었다.

대화재 이후 130여 년이 지났지만 사건에 대한 기억은 예쁜 얼굴의 상처 자국처럼 여전히 남아 있다. 시카고 주민들은 때때로 슬픈 감정으로 그때 일을 회상하기도 한다. 그들에게 불은 남다른 의미가 되었다. 세계 어느 지역에서 누군가가 '화재'라는 단어를 발음했을 때 그 단어가 남기는 반향은 시카고에서 그 단어로 갖게 되는 반향과 똑같지 않을 것이다. 화재에 대한 두려움으로 시카고에는 소방 체계가 발달하여 세계 최상의 수준을 갖추게 되었다. 화재 진압 전문학교도 세워졌는데, 대화재가 시작됐던 캐서린 오리어리의 가옥이 있던 곳이다. 이처럼 도시 주민들은 참사의 재발을 막기 위해 자신들이 할 수 있는 최선을 다했다. 도시의 관련 부서 책임자들이 반농담 반자랑 조로 되뇌는 유명한 말이 있다. "시카고의 소방 체계는 너무도 완벽해서 어느 누가 불을 붙이기도 전에 화재 경보를 알려 준다."

* * *

샤이마 무함마디는 내내 탄타*에서만 살아왔는데 시카고의 이런 역사에 대해 어떻게 훤히 알고 있는 것일까? 그녀는 친척 결혼식에 참석하러 카이로에 가거나, 어릴 적 가족과 함께 여름을 보내러 알렉산드리아에 가는 경우처럼 불과 몇 차례를 제외하곤 탄타를 떠난 적이 없었다. 샤이마는 이런 상태에서 단번에, 아무런 사전 준비 없이 탄타에서 시카고로 왔다. 마치 수영도 못하면서 옷을 잘 차려입은 사람이 바다에 뛰어들듯이. 일리노이 대학교의 의과 대학 복도를 오가는 샤이마를 본 사람이라면 틀림없이 속으로 궁금해할 것이다. '이 시골내기 아가씨는 어떤 일로 미국에 온 걸까?' (그녀는 이슬람식의 헐렁한 원피스에 가슴을 덮는 베일을 쓰고, 굽 낮은 신발을 신고 있으며 걸음걸이는 크고 똑바르다. 시골 사람처럼 보이는 얼굴은 화장기가 없고, 아주 사소한 이유로도 금방 빨개진다. 그녀가 구사하는 영어는 갑갑하고 어눌해서 말보다는 몸짓으로 이해하는 게 더 쉬울 때도 많다.) 그 이유는 여러 가지이다.

첫째, 샤이마 무함마디는 탄타 의과 대학에서 가장 우수한 인재에 속한다. 그녀는 비범할 정도로 명석한 데다, 공부에 전설적인 역량을 발휘하고 있다. 그녀는 잠도 자지 않고 계속 오랜 시간 공부에 몰두하는데, 예배를 드리거나 음식을 먹을 때 그리고 볼일을 볼 때를 제외하곤 자리에서 일어서지 않는다. 그녀는 서두르거나 초조해하지 않고, 조용하고도 깊이 집중하는 방법으로 공부한다. 그녀는 침대 위에서 책과 노트를 앞에 펼쳐 놓고 책상다리를 하고 앉아 부드러운 머릿결을 오른편으로 기울어진 자신의 머리 한쪽에 살짝 드리워지게 한다. 그런 다음 몸을 굽혀 깨알같이 삭고 예쁜 글씨체로 단원의 주요 사항을 적고 즐기는 식으로, 마치 좋아하는 취미 생활을 하거나 미지의 애인을 위해 옷을 짓듯 내용을 암기한다. 그녀는 타의 추종을 불허하는 우수함 덕분에 쉽게 유학생으로 추천받았다.

둘째, 샤이마는 오랫동안 탄타 고등학교 교장을 지낸 무함마디 하미드 선생의 장녀이다. 그의 손길을 거쳐 졸업한 학생들 중에는 사회적으로 높은 지위에 오른 이들이 수십 명이나 있다. 그가 죽은 지 5년이 지났지만 알가르비야* 주(州) 사람들은 여전히 애정과 감사의 마음으로 그를 추억한다. 성실과 정직, 학생들에게 엄격함과 동시에 다정함을 보여 준 점에서 그를 진정한 교사의 보기 드문 전형으로 여겨 그에게 신의 자비가 있기를 진심으로 기도한다. 그러나 무함마디 선생에게도 — 우리 모두의 경우처럼 — 살아가면서 고민거리가 있었다. 신의 뜻에 따라 그는 줄줄이 딸만 셋을 갖게 되었다. 이후 그는 아들을 가지려는 시도를 포기했다. 이로 인해 크게 상심하기는 했지만 그는 곧 딸들을 향한 넘치는 사랑과 교육열로 시련을 극복했다. 그는 학교에서 자식처럼 학생들을 교육하듯, 정직과 성실, 자신감을 갖도록 딸들을 키웠고, 그 결과는 눈부셨다. 샤이마와 알리야는 의대 강사가, 그리고 막내 나다는 공대 통신과의 강사가 되었다. 이처럼 샤이마가 받은 교육은 그녀가 새로운 도전을 위해 유학을 떠나는 데 한몫을 했다.

셋째는 가장 중요한 이유이다. 샤이마는 미혼으로 나이 서른을 넘겼다. 의대 강사로 일하느라 결혼할 기회가 많이 없었기 때문이다. 대개의 경우 동양 남자들은 색싯감으로 자신보다 교육 수준이 낮은 여자를 선호한다. 게다가 샤이마는 일찍 결혼할 수 있는 요건을 갖추지 못했다. 그녀의 헐렁한 옷은 몸을 다 가리고 얼굴은 눈부실 만큼 예쁘지 않다. 그녀의 평상시 외모가 남자의 마음을 끌 수 있는 최대의 장점은 친근감인데, 당연하게도 그것은 남자로 하여금 청혼하도록 자극하기에 충분치 않다. 또한 그녀는 부유하지도 않다. 그녀는 대학에서 받는 봉급과 아버지의 연금으로 어머니, 두 자매와 함께 살고 있다. 그녀의 아버지는 평생 동안 돈을 더 벌기 위해 걸프 국가에서의 교사 채용을 알아본다거나 개인 과외 수업을 절대 하려 들지 않았다. 그 밖에도 그녀는 학문에서는 탁월하였지만 남자를 유혹하는 방법에 대해서는 너무도 무지했다. 대부분의 여성들은 그 방법을 훤히 꿰고 있으며 능란하게 사용한다. 가령 직접적으로는 몸을 치장하거나 향수를 바르고, 몸매를 두드러지게 하고 노출시키는 옷을 입는다. 간접적으로는 도발적으로 내숭을 떨며 부끄러워하는 모습을 보이거나, 의도하는 바를 담아 당황해하며, 고혹적으로 말을 얼버무리기도 한다. 이와 더불어 비애와 모호함으로 뒤덮인 채 뭔가 생각에 잠긴 듯한 시선이라는 무기를 사용하기도 한다. 이 모든 것은 자연이 여성에게 안겨 준 진정한 기술이다. 그러나—신께서 뜻하신 바가 있었는지—자연은 샤이마 무함마디에게서는 그 기술을 박탈하기로 결정했다.

그렇다고 해서 그녀에게 여성다운 면이 결여되어 있다는 의미는 결코 아니다. 정반대로 그녀의 여성다움은 너무도 강해서 일상적인 생활을 하는 여성 몇 명을 충당할 수 있을 정도이다. 다만 그녀는 여성다움을 어떻게 표현해야 하는가를 배우지 못했을 뿐이다. 여성의 성적 욕구가 집요하게 따라다녀 그녀를 괴롭히고 기분을 번덕스럽게 만들며 금방 울게 하기도 한다. 그녀는 카짐 알사히르*와 함께하는 금지된 꿈을 꾸고 은밀하게 자신의 몸에서 발작적인 쾌감을 느끼는 것으로 긴장감을 덜어 낸다. (그녀는 그렇게 한 후 매번 뉘우치고 알라*께 진심으로 회개하며 두 번의 라크아*가 있는 예배를 드리지만 곧 그 일을 되풀이한다.) 사실 결혼이 늦어지는 바람에 그녀가 겪은 심리적 압박감이 그녀가 미국 유학을 가게 된 직접적인 이유로, 마치 그녀는 현 상황에서 도피함으로써 현실과 부닥치는 것을 늦추러 하는 듯했다. 그녀는 여러 달에 걸쳐 유학을 성사시키느라 무진 애를 썼다. 많은 신청 서류들과 기재할 서류들이 있었고, 의대와 대학 본부 사이를 끝없이 오가야 했다. 그러고 나서 어머니와의 격하고 복잡한 협상이 벌어졌다. 어머니는 유학 가려는 딸의 바람을 알자마자 화가 치밀어 면전에서 소리쳤다.

"샤이마야, 문제는 네가 아버지처럼 고집이 세다는 게야. 하지만 분명 후회하게 될 거다. 넌 타향살이의 의미를 몰라. 네가 갈 미국이란 곳의 사람들은 이슬람 사람들을 박해하는데 네가 히잡*을 입고 지낼 수 있겠어? 너는 왜 이곳, 네 나라 사람들이 있는 곳에서 당당하게 박사 학위를 따지 않니? 명심해라. 유학 가면 결혼 기회를 잃게 된다는 걸. 네가 마흔 살 노처녀가 되어 미국에서 박사 학위를 따 가지고 온다 한들 내가 기뻐할 것 같니?"

유학 발상은 가족과 지인들에게, 그리고 아마도 탄타 지역 전체에 이상한 것이었다. "처녀 혼자 미국에 가서 4~5년씩 있겠다고?" 그러나 샤이마의 끈기와 완강함, 때로 격한 말싸움을 벌이고 때론 울면서 애원한 것은 결국 어머니로 하여금 딸이 바라는 대로 하도록 내버려 두게 했다.

출국일이 다가올수록 샤이마의 열망은 더욱더 커져 갔다. 심지어 떠나기 마지막 며칠 동안에도 그녀는 두려움이나 걱정이 전혀 들지 않았다. 출국 날짜가 되었을 때도 그녀는 어머니와 두 여동생의 눈물에 아랑곳하지 않았다. 비행기가 지상에서 높이 이륙하고 배 속이 조금 위축되는 것이 느껴지면서 그녀는 생기가 돌고 낙관적인 느낌이 밀려왔다. 그녀는 이제부터 인생의 새로운 페이지를 시작할 거라고, 탄타에서 보낸 33년은 이미 지나온 길이라고 생각했다.

하지만 안타깝게도 시카고에서 보낸 처음 며칠은 그녀의 예상과는 정반대였다. 두통과 시차로 인한 극도의 피로, 불면과 간헐적인 수면, 섬뜩한 악몽. 그리고 무엇보다 심한 것은 그녀가 오헤어 공항에 내린 이후 그녀를 떠나지 않는 무거운 우울증이었다. 안전국 직원은 그녀를 대열 밖에서 기다리게 했다. 그러더니 그녀의 지문을 검사하고, 의심스러운 눈초리로 그녀를 세심하게 살피면서 심문하기 시작했다. 하지만 그녀가 소지한 유학 서류와 창백한 얼굴, 숨넘어갈 듯하다가 잔뜩 겁을 먹고 멈추는 목소리 등 그 모든 것이 직원의 의심을 가시게 했다. 직원은 그녀에게 가도 좋다는 손짓을 했다. 샤이마는 커다란 가방 — 가방에는 검은색 잉크로 그녀의 이름과 탄타의 주소가 시골 사람들의 글씨체로 쓰여 있다 — 을 갖고 에스컬레이터 위에 멈춰 섰다. 그러한 적대적인 영접은 그녀의 마음속에 우울증을 남겼다. 그녀는 자신이 서 있는 에스컬레이터가 수십 개의 파이프와 교차하는 하나의 거대한 파이프 안에서 움직이고 있음을 발견했다. 그 광경은 오헤어 공항을, 수천 배로 크게 만든 어린애들의 장난감처럼 보이게 했다.

샤이마는 공항에서 나가자마자 어리벙벙했다. 그녀는 이전에 아예 상상하지도 못했을 정도로 넓은 거리들과 시야에 펼쳐진 거대한 마천루들을 보았다. 하늘 높이 치솟은 고층 빌딩들은 어린이 공상 과학 잡지들에 나오는 것처럼 그 도시에 대해 전설적이고 마술적인 인상을 심어 주었다. 또한 끊임없이 이어지는 인파가 개미들의 대열처럼 모든 곳에서 봇물처럼 터져 나와 빠르고도 열심히 땅 위를 다녔다. 그들은 막 떠나려는 기차를 타려고 서두르는 것처럼 보였다. 순간 샤이마는 자신이 길 잃은 외로운 이방인이라는 느낌이 들었다. 자신이 마치 굉음을 내는 대양의 파도에 밀려 떠다니는 지푸라기 같았다. 샤이마는 두려움에 사로잡혔고 그 두려움은 이내 그녀의 오장육부를 쥐어뜯는 복통으로 변했다. 그녀는 성인 알사이드 알바다위* 탄생 축일에 몰려든 군중 속에서 엄마를 잃어버린 어린애 같았다. 그녀가 무진 애를 썼음에도 불구하고 새로운 생활에 적응하지 못한 채 기나긴 두 주가 지나갔다. 어느 날 밤 그녀는 침대에 누워 있었다. 그녀의 조그만 방은 창문을 통해 거리의 가로등에서 나오는 노란색 불빛만 관통하는 무거운 어둠에 잠겨 있었다. 샤이마는 슬퍼하며 자신이 앞으로 몇 년간 이 황량한 장소에서 홀로 잠을 청해야 할 것을 생각해 보았다. 그러자 고향에 있는 자신의 푸근한 방과 두 여동생, 어머니, 그녀가 사랑하는 탄타 사람들에 대한 그리움이 세차게 밀려왔다.

어제 그녀는 온갖 근심 때문에 잠을 제대로 이루지 못했다. 한 시간 내내 그녀는 침대에서 뒤척이며 극도의 참담함을 느꼈고, 어둠 속에서 베개가 흠뻑 젖도록 울었다. 그러다가 자리에서 일어나 방의 불을 켰다. 그녀는 꼬박 4년 동안 이 고생을 견뎌 낸다는 게 불가능하다고 혼잣말로 중얼거렸다. 만일 그녀가 유학 취소 신청서를 제출한다면 무슨 일이 벌어질까? 한동안 그녀는 탄타의 일부 동료들이 그 일로 고소해하며 빈정거리는 일을 겪게 될 것이다. 그러나 두 여동생은 언니를 따뜻하게 맞이할 것이고 어머니 역시 그런 딸에 대해 비아냥거리지 않을 것이다. 그녀는 유학을 취소하고픈 마음에 사로잡힌 나머지 취소 절차에 대해 생각했다. 그러다 문득 다른 생각이 떠올랐다. 그녀는 우두*를 하고 코란을 열어 야신 장을 펼쳐 읽었다. 그런 다음 알라의 복을 비는 예배를 드리고 기도를 했다. 머리를 베개에 두자마자 그녀는 곧바로 깊은 잠에 빠져들었다. 꿈에서 그녀는 아버지 무함마디 선생을 보았다. 그녀의 아버지는 영국제 고급 양모로 만든 파란 양복을 입고 있었다. 아버지는 그 옷을 (장관을 만난다거나 학교 졸업식 같은) 중요한 행사를 위해 아껴 두곤 하셨다. 아버지는 그녀가 공부하는 조직학과 정문 앞 정원에 서 있었다. 아버지의 얼굴은 주름 없이 매끈했고, 시선은 맑고 반짝거렸다. 머리는 숱이 풍부하고 흰 머리카락 하나 없이 숯 검댕 같아서 실제 나이보다 20년은 젊어 보였다. 아버지는 샤이마에게 미소를 지으며 다정한 목소리로 속삭였다.

"겁내지 마라. 내가 너와 함께할 테니. 나는 절대 너를 버리지 않을 거야. 자, 어서……." 그러고는 샤이마의 손을 잡아 살며시 끌어당겼고 샤이마는 아버지와 함께 학과 문을 지나갔다.

아침에 샤이마가 깨어났을 때는 어느덧 마음이 안정되었고 불안에서 완전히 벗어나 있었다. 그녀는 혼잣말로 중얼거렸다. "이것은 찬미받으시고 숭고하신 우리 주님께서 주신 진실된 계시야. 힘든 일을 앞두고 내 마음을 견고하게 하시려고 말이지." 그녀는 망자들이 우리와 함께 살고 있으며, 다만 우리는 그들을 볼 수 없다고 믿고 있었다. 아버지는 꿈에서 그녀를 찾아와 유학을 끝마치라고 격려했다. 그녀는 아버지를 실망시키지 않을 것이다. 슬픈 감정을 잊고 새로운 상황에 적응해 살아갈 것이다. 그녀는 하나의 귀착점에 이르렀기에 깊은 안도감을 느꼈다. 그녀는 이를 자축하기로 마음먹었다. 그녀에게는 경사가 있을 때마다 두 여동생과 함께 치르던 의식이 있었다. 그녀는 불 위에서 설탕과 레몬이 들어간, 잘 알려진 혼합물을 만들었다. 그러고는 화장실로 들어가 옷을 다 벗고 알몸으로 욕조 가장자리에 걸터앉아 몸에 난 털을 뽑기 시작했다. 그녀는 살갗에서 털을 뽑을 때 일어나는 찰나의 짜릿한 고통을 즐겼다. 그런 뒤 그녀는 오랜 시간 따뜻한 목욕을 했다. 정성스레 몸 군데군데를 문지르자 상쾌하고 해방된 느낌이 들었다.

몇 분 후 샤이마는 부엌에 서서 온전히 이집트 고유의 장면을 연출하고 있었다. 작은 꽃무늬가 들어간 플란넬 질밥*을 걸치고, 볼이 넓고 네 개의 가죽띠가 엇갈린 모양의 캇두가 슬리퍼를 신고 있었다. 그녀는 발가락을 마음대로 움직일 수 있어 편한 그 슬리퍼를 좋아했다. 그녀는 물에 젖은 부드럽고 기다란 머리카락을 어깨 위에 늘어뜨리며 자신이 좋아하는 모든 것을 즐기리라 마음먹었다. 그러고는 녹음기에 카짐의 노래 「그대는 의심하나요?」 테이프를 넣었다. 그녀는 매번 노래를 처음으로 되돌리는 수고를 덜기 위해 같은 테이프에 세 번씩 연이어 녹음할 만큼 그 노래를 좋아했다. 카짐의 목소리가 방 전체에 울려 퍼졌다. 샤이마는 리듬에 맞추어 춤을 추기 시작했다. 동시에 그녀는 좋아하는 음식인 '알렉산드리아식 무사카아*'를 요리하기 위해 끓는 기름에 고추 꼬투리를 하나씩 넣고 튀기기 시작했다. 그녀는 점점 녹아 들어갔고, 카짐과 더불어 춤추고 노래하면서 온 부엌을 휘저으며 다녔다. 마치 쇼의 한 장면을 연기하고 있는 것 같았다. 그러고는 다시 가스레인지로 가서 새 고추 꼬투리를 튀겼다. 카짐이 「나를 죽인 그녀는 맨발로 춤을 추네」를 부르자 샤이마는 발을 뻗어 캇두가 슬리퍼를 벗어 던졌다. 신발 두 짝이 연이어 부엌 구석으로 굴러갔다. 카짐이 애인에게 "그대는 어디서 왔소, 어떻게 왔소, 어떻게 내 마음을 휩쓸어 갔소?"라고 물었을 때 샤이마는 흥에 겨운 기색이 역력했다. 그녀는 탄타에서 친구들의 감탄을 자아내게 했던 춤 동작을 해 보자는 생각이 들었다. 갑자기 그녀는 무릎을 꿇고 앉아 두 팔을 들었다. 그런 다음 허리를 흔들고 젖가슴을 출렁거리며 천천히 일어났다. 이번에는 한 번에 고추 꼬투리 두 개를 던졌다. 두 개가 기름 속에 떨어지면서 지글대는 소리와 함께 자욱한 연기가 났다. 그때 그녀는 잠시 동안 ─ 아무 일도 없는 듯 ─ 까마득하고 어렴풋하게, 자신이 경보 사이렌 비슷한 소리를 들은 것 같았다. 하지만 그녀는 그 순간, 자신의 들뜬 기분을 망칠지도 모르는 모든 일을 지워 버리고 새로운 춤을 추기 시작했다. 그녀는 마치 누군가 껴안을 준비를 하듯 두 팔을 한쪽으로 뻗고 제자리에 서서 가슴을 앞으로 내밀었다가 뒤로 빼는 동작을 했다. 그녀가 고추 꼬투리 한 개를 새로 집어 들어 기름에 튀기려고 손을 드는 바로 그 순간, 섬뜩한 악몽이 그녀를 엄습했다. 그녀는 문을 두드리는 무시무시한 소리를 들었고 곧이어 아파트 문이 활짝 열렸다. 덩치 큰 남자들이 그녀 쪽으로 성큼 다가와서는 그녀가 알아들을 수 없는 영어로 소리치며 그녀를 에워쌌다. 이어 그중 한 명이 달려들어 마치 그녀를 바닥 위에서 들어 나르려는 듯이 그녀를 껴안았다. 샤이마는 아연실색하여 그에게 대항하지 못했고 그녀의 등 뒤에서 깍지 낀 그의 강한 손힘을 느꼈다. 그녀는 자기 얼굴이 그의 검정 가죽 코트에 파묻힌 후 고약한 냄새를 맡았다. 그제야 그녀는 끔찍한 일이 벌어지고 있다는 사실에 정신을 차리고 온 힘을 모아 낯선 남자를 밀쳐 내려 했다. 그녀는 건물 전체가 쩌렁쩌렁 울리는 목소리로 연이어 소리를 질렀다.

제2장

일리노이 대학교는 미국 내 가장 큰 대학교 중 하나로, 두 캠퍼스로 나뉜다. 하나는 의과 대학을 포함한 시카고 서부의 메디컬 센터이고, 다른 하나는 도시 중앙에 위치한 의과를 뺀 나머지 대학들이다. 메디컬 센터는 1890년 실낱같은 가능성을 갖고 시작되었으며, 시카고의 모든 것처럼 발전하고 확대되어 마침내 독립적인 대학 도시가 되었다. 그 면적은 약 30에이커(12만 제곱미터)로 백 개 이상의 건물이 들어서 있다. 이 도시에는 의학, 약학, 치의학, 간호학 대학들과 도서관 분원들, 행정 본부가 있고 그 밖에도 영화관, 극장, 스포츠 클럽, 대형 상점들, 하루 24시간 무료로 학생들을 태워 주는 내부 교통수단이 있다.

일리노이 의대는 세계 최대의 의대로, 가장 유서 깊은 조직학 분과들 중 하나를 갖고 있다. 그 분과는 최신식 5층 건물로 지어져 있고 넓은 정원에 둘러싸여 있다. 정원 한가운데에는 인자하고 예리한 큰 눈으로 공중을 주시하는 듯한 50대 남자의 반신 동상이 들어서 있다. 동상 받침대에는 커다란 글씨로 글이 새겨져 있다. "위대한 이탈리아 학자 마르첼로 말피기(Marcelo Malpighi, 1628~1694). 조직학 창시자. 그가 일을 시작했고, 우리는 그 일을 마무리하기 위해 여기에 있다."

　이러한 전투적인 어조는 학과의 정신을 나타낸다. 당신은 유리문을 지나자마자 온갖 잡일과 잡음이 섞인 세속을 떠나 학문의 성소에 와 있음을 느낄 수 있다. 그곳은 적막에 잠겨 있고 내부 방송실에서는 은은하고 가벼운 음악이 흘러나온다. 조명은 눈을 편안하게 해 주고 주의를 흐트러지지 않게 하며 바깥세상의 시간을 드러내지 않도록 계산되어 설치되었다. 수십 명의 연구자와 학생들이 쉬지 않고 움직이며 작업하고 있다.

　히스톨로지(histology)는 라틴어로 조직학이라는 의미이다. 이 학문은 세포 조직을 연구하기 위해 현미경을 사용하는 분야로서 의학의 토대를 형성하는데, 그것은 질병의 치료법을 발견하는 일이 늘 정상적인 상태 그대로의 조직에 대한 연구로 시작되기 때문이다. 조직학은 매우 중요함에도 불구하고 인기가 낮고 수입도 적은 편이다. 조직학 연구자는 대부분 의사로서, 외과나 산부인과처럼 부와 명예를 가져다주는 전공 분야를 버리고 오랜 시간 현미경 앞에서 몸을 수그린 채 밀폐되고 추운 실험실에서 인생을 보내는 길을 선택한 자들이다. 그들의 간절한 소망은 일반 사람들로선 결코 들어 볼 일이 없을, 극도로 미세한 세포에 대해 알려지지 않은 요소를 찾아내는 것이다. 이 분야의 학자들은 학문을 위해 돈과 유명세를 희생하는 무명의 용사들이다. 그들은 세월이 지나면서 목수, 조각가, 대추야자 나뭇잎 공예가 같은 수공업 장인들의 특징을 몸에 지니게 된다. 한자리에 붙박이로 앉아 있는 것, 신체의 살찐 하반신, 적은 말수, 관찰력, 섬세하고 예리한 시선, 인내심, 조용함, 명철한 사고, 고도의 집중력과 주의력. 학과에는 나이 50에서 70세 사이의 교수 다섯 분이 있다. 그들 모두 수년간 힘들고 끈기 있게 일해서 지금의 자리에 올라왔다. 그들의 하루는 매우 빡

빡하다. 다음 몇 주 동안의 스케줄이 짜여 있고, 수행해야 할 학술 연구 과제가 주어져 있다. 그래서 그들은 대부분의 시간을 실험실에서 보낸다. 그들은 주말 휴일 외에는 서로 얘기를 나눌 만한 기회조차 좀처럼 갖지 못한다. 주별 학과 회의에서는 시간을 아끼려고 사안에 대해 신속한 결정을 내린다. 이런 점에 비추어 지난 화요일에 벌어졌던 일은 예외적이라 할 수 있다.

학과 회의가 열려 교수들은 변치 않는 순서에 따라 자리에 앉았다. 학과장인 빌 프리드먼 박사가 상석에 앉았다. 그는 넓은 대머리에 흰 얼굴 그리고 품위 있고 근면한 가장(家長)다운 인상을 풍기는 부드러운 용모를 하고 있다. 그의 오른편에는 이집트계 미국인 교수 라우파트 사비트와 무함마드 살라흐가 앉아 있다. 그리고 뚱뚱한 몸과 조금 허옇게 센 듯한 턱수염 그리고 늘 헝클어진 백발을 한 통계학 교수 존 그레이엄이 있다. 작고 둥근 안경 뒤로 영특하고 회의(懷疑)적인 눈빛이 냉소적인 가벼운 미소와 함께 번뜩거린다. 기다란 파이프 담배가 그의 입에서 떨어지지 않는데 회의 중에는 금연이어서 지금은 불을 붙이지 않은 상태이다. 그레이엄은 미국 작가 어니스트 헤밍웨이를 많이 닮았는데, 이로 인해 동료들이 늘 농담조의 말을 해 댄다. 탁자 다른 편에는 조지 마이클이 있는데 그는 순수 미국인의 특징을 모두 지니고 있어 '양키'라는 별명으로 불린다. 초록색 눈, 어깨까지 늘어뜨린 금발 머리, 캐주얼 차림의 복장, 규칙적이고 철저한 운동으로 다져진 강하고 딱 벌어진 몸매와 울끈불끈 튀어나온 근육, 대화하는 상대방 앞에서 두 다리를 뻗는 습관, 음식을 먹고 손가락을 핥는 습관, 손에서 떨어질 날이 없는 탄산음료 캔. 그는 때때로 음료 캔을 들고 조금씩 들이켜며, 그러다가는 양어깨를 흔들면서 시카고로 오기 전 태어나 자란 텍사스 사람들의 어눌한 말투로 말한다. 그들 중 최고령으로는 가장 많은 업적이 있는 교수로, 침묵을 지키고 있는 데니스 베이커다. 그의 옷은 검소하고 깨끗하며, 늘 약간 주름져 있는데 그것은 아마도 옷을 제대로 다릴 시간이 없기 때문일 것이다. 큰 키에, 노구는 탄탄하고 다부진 면이 있는데, 완전히 대머리여서 머리카락이라곤 하나도 남아 있지 않고, 커다란 두 눈의 꿰뚫는 듯한 시선은 가끔씩 광채를 발해 그 안에서 신비로운 권위가 드러나기도 한다. 동료들은, 자동차 운전자가 경적을 사용하듯 그가 부득이한 상황에서만 입을 연다며 놀리기도 한다.

회의는 여느 때처럼 진행되었다. 교수들이 자리를 뜨기 전, 학과장인 프리드먼이 그들에게 자리에 남아 달라고 부탁했다. 그는 할 말이 있을 때 습관처럼 얼굴에 홍조를 띠었다. 그가 앞에 놓인 서류를 보더니 조용한 목소리로 말했다.

"한 가지 사안에 대해 여러분과 상의하고자 합니다. 아시다시피 유학생 담당과는 조직학 박사 학위를 취득하려는 세 명의 이집트 학생을 우리 학과에 보내기로 합의한 바 있습니다. 지금 우리에게 오기로 되어 있는 세 명은 타리크 하십, 샤이마 무함마디, 아흐마드 다나나입니다. 이번 주에 유학생 담당과는 (그는 멈추더니 어렵사리 이름을 읽었다) 나지 압둘 사마드라는 이름의 신입생 서류를 보내왔습니다. 이 학생은 여느 학생들과는 다른 점이 있습니다. 첫째로, 그는 박사 학위가 아니라 석사 학위를 취득하길 원하고 있습니다. 둘째로, 그는 대학에서 일하고 있지 않습니다. 나는 그가 학문 연구나 교육 관련 일을 하지 않는데 왜 조직학 석사 학위를 받으려 할까 하며 처음엔 의아했습니다. 그래서 오늘 아침, 워싱턴에 있는 유학생 담당과 책임자에게 전화했습니다. 그가 이 학생은 정치적인 이유로 카이로 대학교 교수 임용에서 배제되었는데, 석사 학위를 취득하면 카이로 대학교를 상대로 제기한 소송에서 힘을 얻을 거라고 알려 주더군요. 저는 학생의 파일을 살펴보고는 고무적인 사실을 알게 되었습니다. 영어 테스트와 일반 교과목 성적이 우수하다는 것입니다. 유학생 담당과는 그의 수업 비용을 부담할 것입니다. 여러분의 의견을 알고 싶습니다. 이 학생을 받아들일까요? 아시다시피 우리 학과에서 대학원생의 수용 인원은 한정되어 있습니다. 여러분의 의견을 듣겠습니다. 만일 합의가 이루어지지 않는다면 이 사안을 놓고 표결에 부치겠습니다."

프리드먼이 참석자들을 둘러보았다. 맨 처음 발언 신청을 한 사람은 조지 마이클(양키)이었다. 그가 탄산음료 캔을 한 모금 들이켜며 말했다.

"나는 이집트 학생들의 입학에 반대하지 않습니다. 그러나 우리 과는 세계에서 조직학과로는 가장 중요한 곳 중 하나라는 점을 여러분께 상기시켜 드리고자 합니다. 이곳에서 교육의 기회는 귀하고 소중합니다. 우리는, 이집트 학생이 자신의 정부를 상대로 한 소송에서 이기고 싶어 한다는 이유로 그런 기회를 헛되이 써 버려서는 안 됩니다. 내 생각에, 우리 학과에서의 교육은 더 큰 기능이 있습니다. 이 학생이 차지할 자리는 학문적으로 새로운 것을 발견해 내려는 실질적인 연구자에게 필요한 자리입니다. 나는 이 학생의 입학을 거부합니다."

"좋습니다, 마이클. 당신 의견은 그렇군요. 다른 분들의 의견은 어떻습니까?"

학과장이 웃으며 질문했다. 라으파트 사비트가 그에게 손짓을 하고는 농담 삼아 말하는 어투로 이야기를 시작했다.

"한때 이집트 사람이었던 저로서는 이집트인들이 어떻게 생각하는지 잘 알고 있습니다. 그들은 학문을 위해 배우지 않습니다. 그들이 석사나 박사를 취득하는 것은 결코 학문 연구를 위해서가 아닙니다. 단지 승진하거나 걸프 국가에서 수지맞는 계약을 따내기 위해서일 뿐입니다. 이 학생은 환자들에게 자신의 능력을 보여주려고 석사 학위증을 카이로에 있는 자기 병원 벽에 걸 겁니다."

프리드먼이 놀란 기색으로 그를 쳐다보며 물었다.

"이집트에서는 어떻게 그런 일이 허용될 수 있습니까? 조직학은 환자 치료와는 전혀 무관한 학문인데요."

라으파트가 조소하는 듯한 웃음소리를 내며 말했다.

"빌, 당신은 이집트를 몰라요. 그곳에선 모든 게 허용됩니다. 그리고 사람들은 기본적으로 조직학의 의미를 모릅니다."

"라으파트, 그 말은 조금 과장된 게 아닙니까?"

프리드먼이 나지막한 목소리로 묻자 살라흐가 끼어들었다.

"물론, 조금 과장된 점은 있어요."

라으파트가 그를 돌아보며 격분해서 말했다.

"당신이야말로 내 말에 과장이 없다는 걸 알고 있지 않소?"

프리드먼이 탄식하며 말했다.

"어쨌든 그건 논외 사항입니다. 지금 그 이집트 학생의 입학에 반대하시는 마이클과 사비트 교수 두 분의 의견이 있습니다. 그레이엄 교수의 의견은 어떻습니까?"

그레이엄이 입에서 불 꺼진 파이프를 빼고는 신경질적으로 말했다.

"여러분의 그런 말은 경찰서 형사들이나 할 법한 말이지, 대학교수들이 할 말은 아닙니다."

교수들 사이에서 불만 섞인 소리가 나왔지만 그레이엄은 계속 큰 소리로 말했다.

"사실은 명백합니다. 학과의 규정에 따라 우리가 요구한 시험을 통과한 사람은 누구나 대학원에 진학할 권리가 있습니다. 그 사람이 학위를 이용해 무엇을 할지는 우리가 관여할 바가 아닙니다. 또한 그가 어느 나라 출신인지도 우리가 다룰 사항이 아닙니다."

"그런 생각 때문에 미국이 9·11 사태를 겪게 된 것이오."

조지 마이클이 말하자 그레이엄이 그를 바라보며 비웃는 투로 말했다.

"우리가 9·11 참사를 당한 원인은 백악관의 결정권자들 대부분이 당신처럼 생각했기 때문이오. 그들은 석유 회사와 무기 회사들의 이익을 위해 중동의 독재 체제를 지원했고, 그 결과 무장 세력의 폭력이 증대되어 우리에게까지 이르렀소. 잘 생각해 보시오. 이 학생은 학문을 위해 자기 나라와 가족을 떠나 머나먼 나라로 오는 거란 걸 말이오. 이것이야말로 존중되어야 할 숭고한 행동이 아니겠소? 그를 도와주는 것이 우리의 의무가 아니겠소? 마이클 교수, 생각해 보시오. 당신은 미국인이 아닌 학생은 그 누구든 입학하는 것을 늘 반대해 왔소. 그리고 라으파트 교수, 당신의 발언은 인종 차별 금지법에 따라 처벌받을 수 있소."

"이보시오, 그레이엄 동무. 나는 인종 차별적 발언을 하지 않았소."

라으파트가 격분한 듯 말했다. 그레이엄이 손으로 수염을 장난삼아 만지면서 라으파트에게 고개를 돌려 말했다.

"당신이 농담조로 나를 '동무'라고 불러 주었는데, 나는 정말 그 칭호를 좋아합니다. 나는 당신의 발언이 인종 차별주의적이었다고 단언할 수 있습니다. 인종 차별주의란 인종의 차이가 행동과 인간적 역량의 차이를 가져온다고 믿는 것을 말합니다. 이 정의는 이집트 사람들에 대해 발언한 당신의 생각에 들어맞습니다. 놀랍게도 당신 역시 이집트 사람이지요."

"나는 한때 이집트 사람이었지만 이젠 이집트와 단절한 상태요. 동무, 당신은 언제쯤 내 미국 여권을 인정하겠소?"

학과장 프리드먼이 손을 저으며 말했다.

"우리 논의가 주제를 벗어났습니다. 그레이엄, 당신은 그 학생의 입학에 동의하는 입장이군요. 살라흐, 당신은 어떻소?"

"나는 학생의 입학에 찬성합니다."

살라흐 박사가 조용히 답했다. 학과장이 만면에 웃음을 띠고 말했다.

"두 분은 찬성이고 두 분은 반대입니다. 나는 마지막에 의견을 제시하겠습니다. 데니스 베이커 교수의 의견을 듣고 싶군요. 나로서는 오늘이 과연 베이커 교수가 발언하는 날이 될지, 아니면 며칠을 기다려야 할지 모르겠습니다."

참석자들은 웃음을 터뜨렸고 토론으로 야기된 긴장감이 풀어졌다. 베이커 교수는 미소를 짓더니 잠시 침묵하다가, 이어 눈을 크게 뜨고는 굵은 소리로 말했다.

"저는 공식적으로 표결에 부쳤으면 합니다."

학과장이 제안을 받아들였다는 듯 곧바로 말없이 고개를 숙였다. 그러고는 앞에 놓인 종이에 뭔가를 적더니 가벼운 헛기침을 했다. 그의 목소리는 공식 석상에서의 어조를 띠었다.

"여러분, 공식 표결을 하겠습니다. 여러분은 이집트 학생 나지 압둘 사마드가 조직학 석사 과정에 입학하는 데 찬성하십니까? 찬성하시는 분은 손을 들어 주십시오."

제3장

일리노이 대학교 학생 기숙사 3층 엘리베이터 앞에 있는 303호에서 타리크 하십은 시곗바늘처럼 홀로, 깡마른 몸으로, 정확하게, 긴장한 상태에서 살고 있다. 그는 변함없이 고정된 리듬에 맞춰 살아간다. 매일 아침 8시부터 오후 3시까지 강의실과 실험실, 도서관 사이를 오간다. 그리고 아파트로 돌아와 텔레비전 앞에서 점심 식사를 하고 온전히 두 시간 동안 낮잠을 잔다. 저녁 7시가 되면 상황이 어떻게 변하든, 세상에 어떤 일이 벌어지든 간에 타리크 하십이 하는 일은 조금도 바뀌지 않는다. 그는 휴대 전화를 끄고 방에서 나직이 음악을 튼다. 그런 다음 35년의 생애 대부분 기간 동안 해 온 자세를 취한다. 그는 작은 책상에 앉아 고개를 숙이고 공부를 한다. 더 정확히 말해 그는 지식과의 처절한 전쟁에 뛰어들어 지식을 제압하고 그것을 자신의 머릿속에 기록하여 이후로 절대 지워지지 않게 한다. 그는 책들과 자료들을 펼쳐 놓고 약간 튀어나온 큰 눈으로 그것들을 응시하며 이맛살을 찌푸리기도 하고 얇은 두 입술을 다물기도 한다. 창백한 그의 얼굴 근육이 수축하면서 안면에 일그러진 인상을 만든다. 마치 인내심으로 고통을 참아 내고 있는 듯 보인다. 그럴 때면 그의 집중력은 최고조에 달하고 주변의 일과 완전히 단절된다. 심지어 그는 초인종 소리에도 아랑곳하지 않고, 불 위에 올려놓은 샤이* 주전자를 깜박하는 바람에 물이 졸아들어 주전자가 그슬리는 일도 있다. 그는 지치거나 지겨워하는 기색 없이 계속 이런 상태로 있다가 갑자기 자리에서 벌떡 일어나 고함을 지르고 두 손바닥을 치며 자신이 상상하는 가공의 인물을 향해 거친 욕을 해 대거나, 공중에 두 팔을 올리고 음탕한 동작으로 방 안을 오가며 춤을 춘다. 그는 이해할 수 없었던 학문적 난제에 대한 해결 방법을 찾는 데 성공하면 이런 방식으로 기쁨을 드러낸다.

타리크 하십은 단호한 자세로 매일같이 자신의 성(聖)스러운 행진을 계속한다. 단 일요일은 예외로, 그는 주중에 공부 시간을 앗아 갈 수 있는 잡무를 행하는 날로 일요일을 정해 놓았다. 이날 그는 쇼핑센터에서 생필품을 사고, 기숙사 세탁소에서 빨랫감을 세탁하고, 전기 청소기로 방을 청소하고, 한 주 동안 먹을 음식을 만들어 데워 먹기 쉽게 종이 접시에 보관해 둔다. 이러한 군대식 기율이야말로 그로 하여금 정상(頂上)을 유지하게 만든 요인이다. 그는 카이로 지구 초등학교 과정에서 1등, 중등 과정에서 3등, 고등학교 학력 평가에서 99.8의 점수로 전국에서 8등을 차지했다. 그 후 타리크는 의대에서 5년간 우수한 성적을 유지했다. 그는 자신이 꿈꾸던 일반 외과 대신 조직학과에 배정되었지만 곧 실망감을 극복하고 다시 공부에 전념하여 우수한 성적으로 조직학 석사 학위를 취득했다. 이후 박사 학위 과정 유학생으로 추천받았고, 일리노이 대학교에서 2년간 수학하는 동안 연이어 A 학점을 받았다.

이 모든 점은 곧 타리크 하십이 스스로 즐기는 일은 하지 않는다는 것을 의미할까? 그렇지 않다. 그에게도 나름 작은 쾌락이 있다. 한 접시의 바스부사*가 그것이다. 그는 이집트에서 가져온 혼합 재료로 만든 과자를 식탁에 두고, 공부가 만족스러울 경우 스스로에게 상을 주기로 결정하고 상품으로 바스부사 한 조각을 먹는데, 성과에 따라 조각의 크기가 정해진다. 또한 그는 매일 밤, 심지어 시험 기간에도 포기하지 않는 쾌락의 시간이 있다. 그 시간은 프로 레슬링과 환상의 세계 두 부분으로 나뉜다. 그는 스포츠 채널에서 방영하는 프로 레슬링 시합을 보기 전에는 잠을 잘 수가 없다. 그는 시합 처음부터 가장 덩치 큰 선수 편을 든다. 그 선수는 상대방의 얼굴을 가격해 피가 터져 나오게 하고, 허리를 잡아 들어 올린 후 링 바닥에 메치기도 하며, 또 터지기 직전의 수박과 같은 상대방의 머리를 거대한 팔로 잡고 링 귀퉁이 기둥에 박는다. 그럴 때 타리크는 흥분하여 손뼉을 치며 "그렇지. 멋진 놈, 산에 사는 야수. 그의 피를 마셔. 그의 뇌를 부숴 버려. 오늘 밤 그를 끝장내 버려" 하고 큰 소리를 지른다. 그는 마치 움무 쿨숨*의 공연장에서 흥에 겨운 나머지 열심히 노래를 경청하는 사람처럼 보인다. 시합이 끝나면 타리크는 숨을 헐떡거리며 침대에 눕는데, 자신이 레슬링을 한 것처럼 땀을 흘린다. 하지만 그럴 때 그는 자신의 내면에 있는 어떤 깊은 것을 만족시키게 된다(그에겐 강한 것을 찾는 성향이 있는데, 이는 아마도 자신이 깡마르고 어릴 적부터 몸이 약했기 때문일 것이다).

레슬링 시간이 끝난 후에는 환상의 시간이 다가온다. 그것은 은밀한 쾌락으로, 그는 그 순간을 애타게 기다리며 갈망한다. 그는 책상 서랍 깊은 곳에 감추어 둔 CD를 꺼내면서 숨을 헐떡거리고 자신의 심장이 뛰는 것을 느끼며 흥분한다. 곧이어 그에게 멋진 마법 같은 세계가 나타나고, 금발의 매력적인 여자들이 보인다. 여자들의 다리와 허벅지는 매끄럽고 육감적이며, 다양한 사이즈의 유방은 아름답기 그지없다. 여자들 모두 흥분한 듯 도드라진 젖꼭지를 갖고 있어서 보는 이를 미치게 만든다. 그 뒤에 울퉁불퉁한 근육질의 남자들이 나온다. 그들은 곤두서고 잔뜩 부풀어 오른 반들반들한 기다란 물건을 갖고 있는데 그것은 마치 정성스레 가공된 커다란 쇠망치처럼 보인다. 곧이어 남자들과 여자들이 뒤섞여 성교를 행한다. 농탕질을 하면서 거칠고 음탕한 숨소리가 커지는 가운데 카메라는 여자의 얼굴을 집중해서 비춘다. 그녀는 쾌감에 겨워 소리를 지르고 자신의 아랫입술을 깨문다. 타리크는 이 흥분 상태를 몇 분 이상 참아 낼 수가 없어, 마치 달리기 경주를 하듯, 또는 불을 끄듯 급히 화장실로 내달아 욕조 앞에 멈춰 서서 욕구를 쏟아 낸다. 조금씩 마음이 안정되면서 균형 감각을 되찾으면 이어 뜨거운 물로 샤워를 하고 우두를 한 뒤 저녁 예배와 보충 예배를 드린다. 그러고는 마지막으로 이집트에서 가져온 여성용 스타킹을 머리에 붙들어 맨다. 이는 아침에 머리카락을 부드럽게 늘어뜨리기 위해서인데, 그는 그렇게 함으로써 안타깝게도 계속 넓어지기 시작하는 자신의 대머리를 가리려 한다.

그 시간쯤 타리크 하십의 하루 일과는 종료된다. 그는 방의 불을 끄고 침대에서 예언자 — 알라의 축복이 그분에게 내리기를 — 로부터 전해 오는 관습에 따라 오른쪽으로 드러눕는다. 그런 다음 공손한 목소리로 속삭인다. "알라시여, 저는 당신께 저를 드렸나이다. 저는 당신께 제 얼굴을 향했나이다. 제 일을 당신께 맡겼나이다. 제 등을 당신께 의탁하나이다. 저는 간구와 두려움을 안고 당신께 피신했나이다. 당신이 아니고선 피신할 곳이, 살아날 길이 없나이다. 저는 계시된 당신의 경전을, 파견된 당신의 예언자를 믿습니다." 그러고 나서야 잠이 든다.

* * *

기계는 정밀한 만큼 고장 나기도 쉬워서, 최신 사양의 컴퓨터는 한 차례 세게 치기만 해도 망가져 버린다. 타리크 하십은 지난 일요일에 이 같은 한 차례의 충격을 당하고 말았다. 무슨 일인지 살펴보기 전에 우리는 먼저 타리크가 여자들을 어떻게 대하는지 알아야만 한다.

남자는 어떤 여자가 마음에 들면 감미로운 이야기로 구애하거나 연정을 담은 말과 찬사로 그녀의 기분을 즐겁게 해 주고, 또 기발한 이야기를 꺼내 그녀를 웃게 하고 재미나게 해 준다. 인간이든 동물이든 이 점에서는 별반 다를 게 없다. 심지어 곤충의 세계에서도 그러하여, 수컷은 암컷과 교미하고자 하면 우선 부드럽게 암컷의 촉수를 건드려 암컷이 유순해지고 만족하게끔 해야만 한다. 그러나 이러한 자연법칙은 안타깝게도 타리크 하십에게는 적용되지 않는다. 그는 이와는 정반대이다. 아리따운 여자가 마음에 들면 그는 적대적으로 그녀를 대하고 모든 방법을 동원해 그녀를 성가시게 하고 짜증 나게 만든다. 여자가 맘에 들수록 그녀를 대하는 태도도 더욱 포악해진다. 그가 그렇게 구는 이유는 무엇일까? 아무도 모른다. 아마도 여자 앞에서 지나치게 부끄럼을 타는 자신을 감추기 위해서일지도 모른다. 아니면 그가 여자에게 반하면 약해지는 느낌을 갖게 되고, 그래서 그녀를 함부로 대함으로써 자신의 약점을 극복하려 하기 때문일 수도 있다. 또한 자신이 독수리처럼 고립된 삶을 살고 있고, 최고가 되기 위해 처절한 싸움을 벌이는 가운데 공부에 지장을 줄 수 있는 그 어떤 감정에 맞서 자신의 내면에서 저항하고 있기 때문일 수도 있다. 이런 이상한 성격 때문에 여러 차례의 결혼 계획들을 망쳤다. 타리크가 진정한 의도를 갖고 시작했던 그 계획들은 모두 불미스럽게 끝나고 말았다.

가장 최근의 사건은 그가 유학을 떠나기 직전인 2년 전에 일어났다. 그는 어머니와 함께 퇴역 장성의 딸에게 청혼하러 간 일이 있었다. 만남의 자리는 화기애애하게 시작되었다. 얼음을 넣은 음료와 과자가 나왔고, 상대의 호감을 사는 말들이 오갔다. 신부의 이름은 라샤이며, 외국어대학교 스페인어과를 졸업했고 무척 아름다운 여자였다. 그녀의 긴 머리카락은 검고 부드러웠으며, 미소는 매력적이어서 웃을 때면 가지런하게 빛나는 흰 치아가 보였다. 또 고혹적인 흰 피부의 얼굴 양쪽에는 예쁜 보조개가 있었다. 그녀의 몸매는 풍만하고 녹신녹신하여 생명력이 넘쳐흐르면서 공중에 욕정의 파동을 퍼뜨리고 있었다. 그녀를 보면서 타리크는 잠시 정신을 집중하지 못한 채 상상에 빠지고 말았다. 신부의 육체를 차지한 상태에서 온갖 행위를 하는 상상이었다. 그러나 곧이어 그러한 감탄은 그의 습관처럼 적대적인 태도로 변했다. 처음에 그는 스스로를 억제하려 애써 보았지만 실패하여 자신에 맡겼고, 이내 강한 적대감이 밀려왔다. 신부의 아버지는 그런 자리에서 일어나는 일상의 대화처럼 자기 딸에 관해 사랑과 찬탄의 마음을 담아 말했다.

"우리 외동딸 라샤. 우리는 딸애를 위해 최고의 교육을 시키려고 할 수 있는 것은 다했어. 알라께 감사해야지. 딸애는 쭉 외국어학교를 다녔어. 유치원 과정부터 고등학교까지 내내 말이야."

타리크는 약간 튀어나온 두 눈으로 그를 주시하고는 얼굴에 조롱과 노기를 띤 웃음을 지으며 물었다.

"어르신, 죄송합니다만, 라샤 양은 정확히 어느 학교에 다녔습니까?"

장군은 순간적으로 침묵했다. 뜻밖의 질문이었다. 그는 여전히 너그러운 태도를 지닌 채 웃으며 대답했다.

"아몬 학교에 다녔네."

그러자 타리크는 골문 앞에 서 있다가 강슛을 날렸다. 타리크는 말하면서 가벼운 웃음을 얼굴에 머금었고, 그 효과를 배가시키기 위해 일부러 웃음을 감추려 들었다.

"장군님, 죄송합니다만 아몬 학교는 외국어 학교인 적이 없었습니다. 그 학교는 실험 학교, 즉 일반 공립 학교란 말이지요. 약간의 비용이 들기는 하지만요."

장군의 얼굴에 난처한 표정이 나타났고 그것은 곧 불쾌감으로 변했다. 장군은 실험 학교와 외국어 학교의 차이를 놓고 타리크와 열띤 토론에 들어갔다. 타리크의 어머니가 조용히 개입하면서 아들에게 아무 말 하지 말라는 의미로 눈썹과 입술을 이용한 가벼운 제스처를 여러 차례 보냈다. 그러나 타리크의 고약한 성격은 이미 족쇄에서 풀려나 더 이상 멈출 수 없었다. 그는 신랄하게 신부 아버지의 견해에 반박하며, 그에게 결정타를 가함으로써 끔찍한 패배를 안겨 주기로 결심한 듯 마치 명백한 사실에 관한 토론에 신물 났다는 듯 한숨을 쉬면서 말했다.

"어르신의 의견을 존중하지만, 지금 하신 말씀은 절대로 정확하지 않습니다. 아몬 학교와 외국어 학교는 큰 차이가 있습니다. 이집트에 있는 외국어 학교는 그 수가 적고 다 알려져 있습니다. 그곳에는 아무나 쉽게 입학할 수가 없지요."

"그 말을 하는 의도가 무엇인가?"

장군은 그렇게 물으면서 화를 참지 못해 얼굴이 붉어졌다.

타리크는 최후의 일격을 날리기 전에 잠시 뜸을 들였다.

"정확히, 말씀드린 그대로입니다."

잠시 침묵이 흘렀다. 장군은 치미는 분노를 참으려 무진 애를 쓰고 있었다(과호흡 증후군으로 인해 가빠진 숨소리가 거의 들릴 정도였다). 마침내 장군은 타리크 왼쪽에 앉아 있던 그의 어머니에게 시선을 돌렸다. 그는 앉은 자리에서 약혼을 위한 신부 집 방문 일정이 끝났음을 알리며 뼈 있는 말을 던졌다.

"부인, 와 주셔서 감사합니다. 만나 뵈어 반가웠습니다."

집으로 돌아오는 길은 멀었다. 택시 안에서 타리크와 어머니 사이엔 무거운 침묵이 드리웠다. 어머니는 이 만남을 위해 가장 아름다운 옷을 입었다. 검푸른 색의 긴 여성복 그리고 스팽글과 수정 구슬로 장식한 같은 색의 모자. 어머니는 아들이 유학을 떠나기 전에 약혼식을 치르기를 바랐다. 그러나 아들은 매번 하던 대로 약혼식을 망쳐 버렸다. 어머니는 이미 아들에게 충고하기를 단념한 상태였다. 어머니는 이전에도 타리크에게 "너는 훌륭한 신랑감이야. 모든 처녀들이 너와 결혼하고 싶어 해"라고 여러 번 말해 왔다. 그러나 타리크의 도발적인 태도는 만나는 사람들에게 그가 적대적이고 이상한 성격을 가졌다는 인상을 줌으로써 자신들의 딸이 그와 결혼하는 것에 대한 우려를 갖게 했다.

타리크가 어머니의 생각을 감지했다는 듯 갑자기 입을 열었다.

"어머니, 거짓말하는 그를 보셨지요? 아몬 학교가 외국어 학교라고 떠들어 대는 자 말이에요."

어머니는 한참 동안 아들을 바라보다가 원망과 애정이 뒤섞인 목소리로 나직이 말했다.

"애야, 그건 따질 만한 사안은 아니었어. 그 사람은 그저 자기 딸을 자랑하고 싶었을 뿐이야. 그건 당연한 일이야."

타리크는 화가 나서 어머니의 말을 끊었다.

"그가 자신의 딸을 자랑할 수는 있지요. 하지만 우리에게 거짓말을 해서는 안 되지요. 그가 아몬 학교가 외국어 학교라고 말했을 때는 우리의 생각을 무시하는 거예요. 저는 그렇게 구는 것을 용인할 수 없어요."

* * *

그날 저녁에야 타리크 하십은 낮잠에서 깨어났다. 그는 혼잣말로 "통계학 과제를 끝내고 한 주 동안의 생필품을 사러 가야지"라고 중얼거렸다. 그리고 문제를 푸는 데 몰두했다. 오래 생각한 뒤 숫자를 적었다. 그러고 나서 매번 자신의 답이 맞기를 바라며 조급하게 책의 뒷부분을 보았다. 그때 갑자기 사이렌이 기숙사 곳곳에서 울렸다. 실내 방송에서 건물에 화재가 났으니 거주자들은 최대한 신속히 아파트를 떠나 달라는 소리가 크게 들렸다. 타리크의 머릿속은 숫자들로 가득 차 있었다. 잠시 후 그는 사태를 깨닫고 재빨리 자리에서 일어나, 놀란 학생들과 함께 계단으로 서둘러 달려갔다. 소방관들이 건물 안 여러 곳에 배치되어 각 층이 비었는지를 점검했다. 그러고는 벽에 붙어 있는 버튼을 눌렀고 그러자 즉시 방화용 철문이 내려졌다. 학생들은 건물 입구 홀에 모여 있었다. 그들은 동요하며 불안감에 웃거나, 걱정하며 서로 속삭이고 있었다. 대부분 잠옷 차림이었고, 이 광경은 타리크로 하여금 우려되는 상황임에도 불구하고 여학생들의 드러난 다리를 눈여겨볼 수 있는 흔치 않은 기회를 주었다. 세 사람이 홀 끝 쪽에서 오고 있었다. 그들의 모습이 점차 뚜렷해졌는데, 두 남자는 시카고 경찰로 한 사람은 키가 작고 몸이 뚱뚱한 백인이고, 그의 동료는 근육질의 키 큰 흑인이었다. 두 경찰관 사이에서 샤이마 무함마디가 옷 갈아입을 시간도 없었는지 플란넬 질밥을 걸친 채 걸어오고 있었다. 그들은 건물 안내 데스크로 왔다. 백인 경찰관이 종이 한 장을 꺼내더니 사무적인 말투로 말했다.

"아가씨, 여기에 서명하십시오. 당신이 일으킨 화재로 인해 앞으로 생길 수 있는 피해는 당신이 책임지겠다는 확인서입니다. 또 당신은 앞으로 이러한 사고가 재발되는 일이 없을 것임을 약속하는 난에도 서명해야 합니다."

샤이마가 상황을 이해하지 못하겠다는 듯 백인 경찰관의 얼굴을 응시했다. 그러자 흑인 경찰관이 신랄한 농담을 해 대는 사람이 짓는 표정으로 말했다.

"이봐요, 아가씨. 나는 당신이 당신네 나라에서 어떤 음식을 해 먹는지는 모릅니다만, 아가씨가 좋아하는 음식을 바꾸라고 충고하고 싶네요. 음식을 만들다 학교를 불태워 버릴 뻔했잖아요."

흑인 경찰은 뻔뻔스럽게 웃어 댔고, 반면에 그의 동료는 예의를 차리려는 듯 웃음을 감추려고 애썼다. 샤이마는 몸을 굽힌 자세로 아무 말 없이 서류에 서명했다. 곧이어 두 경찰은 몇 마디 주고받더니 돌아서서 가 버렸다. 잠시 후 위험 상황이 종료됐다는 방송이 나왔고, 학생들은 각자의 방으로 올라갔다. 그러나 샤이마는 안내 데스크 앞에 그대로 서 있었다. 그녀는 시체처럼 창백해 보였고, 계속 몸을 떨면서 깊은 숨을 쉬며 정신을 가다듬고 있었다. 마치 악몽에 시달리다 막 깨어난 사람 같았다. 샤이마는 자신의 영혼이 빠져나간 듯한, 방금 벌어진 일이 사실이 아닌 것 같은 느낌이 들었다. 샤이마는 소방관이 그녀를 껴안은 직후 모욕감에 사로잡혔다. 소방관의 손이 눌러 댄 등이 아직도 아팠다. 타리크 하십은 멈춰 서서 찬찬한 시선으로 그녀를 살피면서 뭔가 찾아내려는 듯 그녀 주위를 두 번 돌았다. 마치 미지의 종(種)에 속하는 다른 동물의 냄새를 맡는 어떤 동물 같았다. 타리크는 처음부터 샤이마에게 매력을 느꼈고, 이어 — 그의 습관처럼 — 감탄은 금세

격노로 변했다. 그는 그녀의 이름을 알고 있었다. 이전에 조직학과 사무실에서 그녀를 본 적이 있었다. 하지만 그는 샤이마를 모르는 척하며 그 순간을 즐겼다. 그는 천천히 다가가 샤이마 앞에 정면으로 서서 그녀를 주시했다. 그것은 의심을 품고 혐오스러운 표정을 지으며 뭔가 알아내려는 자의 시선으로, 그가 카이로 의대 학생들의 필기시험을 감독할 때 던지던 시선이었다. 곧바로 타리크는 경멸조로 샤이마에게 물었다.

"이집트 분이세요?"

샤이마는 피곤한 머리를 끄덕이는 동작으로 답했다. 그의 질문이 빗발치는 총탄처럼 쏟아졌다. "무얼 공부해요?" "어디 살아요?" "어쩌다 불을 냈어요?" 샤이마는 타리크의 눈을 애써 피하면서 나직한 목소리로 대답했다. 잠시 침묵이 흘렀고, 타리크는 이제야말로 기습 공격을 퍼부을 기회라고 여겼다. 그는 화를 내며 말했다.

"이봐요, 샤이마 자매님, 당신은 지금 이집트의 탄타가 아니라 미국에 와 있단 말입니다. 문명인답게 처신해야지요."

샤이마는 아무 말 없이 그를 바라보았다. 그녀가 무슨 말을 한단 말인가? 그녀가 저지른 일은 곧 그녀의 무지와 후진성을 보여주는 증거이건만. 샤이마가 대꾸하려던 참에 타리크가 돌진하듯 그녀에게 다가왔다. 그녀가 아무 말 못하게 압도해 버릴 만반의 준비를 갖추고.

제4장

데니스 베이커 교수는 찬성의 표시로 손을 들었다. 프리드먼 박사도 손을 든 뒤 빠른 시선으로 찬성표를 세고는 고개를 숙여 서류를 보며 나지 압둘 사마드의 입학에 대한 학과 회의의 결정 사항을 기록했다. 회의가 끝나자 교수들은 자리를 떠났다. 라으파트 사비트는 자신의 차를 타고 집으로 향했다. 그는 표결 결과에 화가 치밀어 두 손으로 힘껏 핸들을 누르며 분노의 한숨을 쉬었다. 그는 이집트인들이 학과를 망칠 거라는 생각이 들었다. 사실이 그랬다. 이집트인들은 품격 있는 직장에서 일하기에 적합하지 않다. 그들의 결점이 이만저만한 정도가 아니라 하도 많기 때문이다. 비겁함, 위선, 거짓, 교활함, 게으름, 체계적인 사고 능력의 부재. 그리고 무엇보다 나쁜 것은 그들의 무분별함과 영악함이다.

이집트인들에 대한 이런 부정적인 시각은 라으파트 사비트 자신의 이력과도 들어맞는다. 그는 1960년대 초, 이집트에서 미국으로 이민을 갔다. 그의 부친 마흐무드 파샤 사비트의 소유였던 유리 공장이 압델 나세르*에 의해 국유화된 뒤였다. 당시 정권의 철권통치에도 불구하고 라으파트는 큰 자금을 갖고 도망쳐 나와 새 삶을 시작할 수 있었다. 그는 대학원에 진학하여 박사 학위를 취득한 뒤 뉴욕과 보스턴의 몇몇 대학교에서 교편을 잡았다. 그러다가 30년 전 시카고에 정착했다. 간호사인 미첼과 결혼하고 미국 국적도 얻어 모든 면에서 완벽한 미국인이 되었다. 그는 절대 아랍어로 말하지 않는다. 영어로 생각하고, 능숙하게 미국식 발음을 구사한다. 또 양어깨를 흔들고 두 손을 이용한 동작을 하며, 말할 때는 미국인들이 하듯 감탄사를 연발한다. 그리고 일요일에는 야구 경기를 보러 간다. 심지어 그는 야구 규칙에 관해 미국인들 간에 이견이 있을 때 그에게 의견을 물을 정도로 전문가이다. 그는 운동 모자를 앞뒤 거꾸로 쓴 채 관중석에 앉아 열심히 시합을 지켜본다. 그러면서 큰 맥주잔을 손에서 놓지 않고 들이켠다. 이것이야말로 본인이 가장 좋아하는 장면으로, 그 안에서 그는 아무 흠결 없는 순수하고 깨끗한 진짜배기 미국인이 되는 것이다. 환영회나 모임 등의 행사에서 누군가가 "당신은 어디 출신입니까?"라고 물으면 라으파트는 그 즉시 "I am Chicagoan", 즉 "나는 시카고 사람입니다"라고 대답한다. 많은 사람들이 그의 대답을 단순하게 받아들이지만 그중 몇몇은 가끔 의혹의 눈길로 그의 아랍인 용모를 쳐다보며 묻기도 한다.

"미국에 오기 전에는 어디 계셨습니까?"

그런 경우 라으파트는 탄식을 터뜨리고 양어깨를 들먹이며, 자신이 애용하는 것으로 자신의 구호가 된 문구를 되뇐다.

"이집트에서 태어나, 정의와 자유를 찾아 억압과 후진성에서 탈출해 나왔지요."

이처럼 모든 미국적인 것에 대한 절대적인 자랑은 모든 이집트적인 것에 대한 경멸과 대조를 이루고, 이는 그가 하는 모든 행동을 설명해 준다. 이집트인들의 몸은 축 늘어지고 그들의 생활은 비위생적이어서 라으파트는 늘씬한 몸매와 건강한 체력을 갖고 싶어 한다. 60의 나이에도 불구하고 그는 아직까지 준수한 외형을 유지하고 있다. 큰 키에 운동선수 같은 늘씬한 몸매, 주름졌지만 탄력 있는 피부, 관자놀이와 앞머리에 약간의 흰머리를 남겨 둔 채 점잖게 염색된 머리카락. 사실 그는 미남으로, 조상에게 물려받은 귀족다운 풍모를 지니고 있으며, 이 점은 그의 의상과 몸동작에서 나타난다. 그는 영화배우 루시디 아바자*와 꽤 닮았다. 하지만 그에게서 자주 보이는 무기력한 면은 늘 그의 매력을 반감시킨다. 또 라으파트 박사는 그의 나라 미국이 이룩한 성과에 대한 자부심을 갖기에 최신 미국 제품을 구매하는 데 열을 올린다. 그렇게 사들인 것으로는 최신형 캐딜락(그는 지난겨울 하버드 대학교에서 강의를 하고 받은 돈으로 그 차의 선금을 지불했다)과 최신식 휴대 전화에서 시작해, 수염에 향수를 뿜어 주는 전기면도기, 음악 소리를 내며 풀을 자르는 정원용 전기 가위 등이 있다. 그는 다른 사람들이 아닌 이집트 사람들이 있는 자리에서 자랑하듯 자신의 최신식 제품의 성능을 보여 주는 것을 재미있어 한다. 그러고는 그들에게 조롱하듯 묻는다.

"이집트는 언제쯤 이런 제품을 만들 수 있을까요? 몇 세기 후에나 가능할까요?"

그러고 나선 모인 사람들이 당황해하는 가운데 크게 웃어 댄다.

또 학과에서 이집트 학생이 우수한 성적을 받았을 경우 라으파트는 반드시 그 학생의 신경을 건드린다. 그에게 가서 악수를 하며 이렇게 말하는 것이다.

"축하하네. 자네는 이집트에서 형편없는 교육을 받았는데도 우수한 성적을 냈군. 자네가 이룬 결과에 대해 미국에 감사하게."

9·11 사태 이후 라으파트는 아랍인들과 이슬람교도들에 반대하는 견해를 피력해 왔는데, 이는 민족 차별주의를 내세우는 미국

인들마저 주저하는 말이었다. 예를 들어 그는 이렇게 말했다.

"미합중국은 어느 아랍인이라도 그가 살인을 종교적 의무로 여기지 않는 문명화된 사람임을 확인할 때까지는 미국 영토에 들어오는 것을 금지해야 합니다."

그래서 나지 압둘 사마드의 입학은 라으파트 박사로서는 개인적으로 패배나 다름없었다. 하지만 그는 지체하지 않고 잠시 후 그 문제를 머릿속에서 깡그리 털어 버리리라 결심했다. 그는 오른손을 핸들에서 떼어 카 오디오 버튼을 눌렀다. 그가 좋아하는 가수 라이오닐 리치의 노래를 듣기 위해서였다. 그는 아내 미첼, 딸 사라와 함께 보내는 조용한 저녁 시간을 그려 보았다. 며칠 전 구입한 로얄 살루트 고급 위스키도 떠올렸다. 그는 좋은 술이 필요했으므로 오늘 밤 그 술병을 따리라 마음먹었다.

잠시 후 그는 집에 도착했다. 아름다운 정원과 뒷마당이 딸린 2층짜리 흰색 고급 저택이었다. 그의 독일산 애완견 메츠가 큰 소리로 짖으며 반갑게 맞았다. 그는 평소처럼 집 주위를 돌아 차고에 도착했다. 그런데 놀랍게도 집 안의 식당에서 불빛이 흘러나왔다. 손님이 있음을 말해 주는 것이었다. 저녁 식사에 손님이 있을 거라고 아내 미첼이 미리 말해 주지 않은 터라 그는 의아하게 생각했다. 그가 원격 자동차 키를 누르자 차의 시동이 자동으로 꺼졌다. 그런 뒤 차고 문을 닫고 제대로 닫혔는지 확인하기 위해 손으로 빗장을 당겨 보았다. 그는 어떤 손님이 와 있을지 궁금해하면서 집 쪽으로 천천히 걸어갔다. 잠시 메츠와 장난치는 동작을 하고 나서 옆문으로 들어가 조심스럽게 거실을 지나갔다. 아내 미첼이 목재 바닥을 두드리는 남편의 발소리를 알아채고는 서둘러 달려와 그의 볼에 키스하며 말했다.

"어서 와 보세요. 멋진 깜짝 이벤트를 마련했어요."

라으파트가 식당으로 들어가자 사라의 남자 친구 제프가 사라 옆에 서 있었다. 제프는 스물다섯 살 정도의 청년으로 마른 몸에 얼굴은 창백하고, 멋진 초록색 눈과 굳게 다문 얇은 입술을 갖고 있으며, 부드러운 밤색 머리카락이 등으로 흘러내렸다. 흰 속옷을 걸치고 군데군데 얼룩이 묻은 진 바지 차림에 더러운 발가락이 드러난 낡은 샌들을 신고 있었다. 제프가 라으파트에게 다가와 악수를 했고, 뒤에 있던 미첼이 큰 소리로 말했다.

"제프가 오늘 저녁에 새 그림을 완성했는데, 우리에게 처음 공개하기로 했대요. 정말 놀랍지 않나요?"

"훌륭하군. 반갑네, 제프."

라으파트는 그렇게 말하면서 아내가 머리를 손질하고 화장을 했으며, 새로 산 벨벳 바지를 입은 것을 곁눈으로 보았다. 제프가 웃으며 말했다.

"라으파트 씨, 솔직히 말씀드립니다. 당연히 선생님의 의견도 제게 중요하지만 저는 새 그림을 완성했을 때 오로지 하나만 생각했습니다. 그림을 제일 먼저 보는 사람은 사라가 될 거라고요."

"고마워."

사라가 속삭이면서 제프의 손을 잡고 그의 잘생긴 얼굴을 넋나간 시선으로 바라보았다. 곧이어 미첼이 마치 텔레비전에서 대화를 하듯 제프에게 질문을 던졌다.

"제프, 말해 봐요. 예술가는 새 작품을 완성할 때 어떤 느낌이 드는지?"

제프는 천천히 고개를 들어 천장을 바라보더니 두 눈을 감고 잠시 침묵했다. 그런 다음 세상을 포옹하듯 앞으로 두 팔을 뻗으며 꿈꾸는 듯한 목소리로 말했다.

"그걸 어떻게 말로 표현해야 할지 모르겠습니다. 그림에 마지막

붓질을 할 때가 제 인생에서 가장 멋진 순간이지요."

제프의 말은 두 여자에게 더없는 감동을 주었다. 두 여자는 반한 듯한 표정과 감탄의 눈으로 제프를 바라보았다. 미첼이 말했다.

"자, 이제…… 저녁 식사를 먼저 할까요, 아니면 그림부터 볼까요? 라으파트, 당신 생각은 어때요?"

시장기를 느낀 라으파트가 조용히 말했다.

"당신 좋을 대로 하지."

그러자 사라가 박수를 치며 쾌활하게 소리쳤다.

"저는 그림을 보기 전까진 잠시도 참을 수 없어요."

"나도 그래."

미첼이 웃으면서 라으파트의 손을 이끌고 방 한구석으로 갔다. 제프의 그림은 이젤에 놓인 채 흰색 천으로 덮여 있었다. 그들 모두 그림 앞에 멈춰 섰다. 제프가 앞으로 나오더니 손을 뻗어 극적인 동작으로 천의 한쪽 끝을 잡아당겼다. 그림이 드러나자, 미첼과 사라가 한목소리로 외쳤다.

"어머나, 멋져요, 멋져."

사라가 몸을 돌려 발돋움하고 서서 제프의 뺨에 키스를 했다. 라으파트는 그림을 바라보면서 깊이 이해하려는 듯 머리를 천천히 갸우뚱댔다. 그림은 온통 짙푸른 색으로 칠해져 있었고 한가운데에 세 개의 커다란 노란색 반점이 있었다. 그리고 왼쪽 상단에는 빨간 선 하나가 있었는데 어두운 바탕 속에 잘 보이지 않았다. 사라와 아내는 제프를 극찬해 마지않는 반면 라으파트는 침묵을 지키고 있었다. 미첼이 다소 책망 섞인 어조로 부드럽게 물었다.

"이 걸작이 마음에 들지 않아요?"

"작품을 이해하려 하고 있어. 그런데 내 취향은 약간 보수적이어서……"

"어떤 의도로 말씀하시는 거지요?"

갑자기 제프가 화난 표정을 지으며 라으파트에게 물었다. 라으파트가 사과하는 어조로 대답했다.

"제프, 사실 나는 옛날 방식으로 그린 그림을 더 좋아해. 그런 그림을 더 잘 이해하지. 예를 들어 사람 얼굴이나 자연 경치를 그린 그림 말이야. 현대식 그림은 솔직히, 잘 이해되지 않아."

"선생님의 예술에 대한 이해도가 이 정도로 초보적이라니 서운합니다. 선생님은 미국에서 배우셨기에 저는 그 이상의 것을 기대했습니다. 예술은 이성으로 이해되는 것이 아니라 감각으로 깨닫는 것입니다. 그런데 말입니다, 라으파트 선생님, 부디 제 앞에서는 '그림'이라는 단어를 사용하지 말아 주십시오. 그 말은 제 신경을 건드리기 때문입니다. '그림'은 초등학교에서 배우는 것입니다. '회화(繪畵)'는 그보다 훨씬 더 뛰어난 것을 말합니다."

제프는 화가 난 듯 깊이 숨을 쉬더니 라으파트에게서 얼굴을 돌렸다. 그러고는 다시 두 여자를 바라보며 억지 미소를 지었는데, 그것은 예술가로서 심하게 모욕당했지만 자신은 천성적으로 아량이 넓기 때문에 모욕받은 일을 잊겠노라고 결심한 듯한 표정이었다. 미첼은 그 점에 감동하여 남편을 나무라며 소리쳤다.

"여보, 예술을 이해 못하면 차라리 아무 말도 하지 않는 게 낫겠어요."

라으파트는 그저 웃어 보일 뿐 대꾸하지 않았다. 잠시 후 네 사람은 저녁을 먹기 위해 식탁에 앉았다. 제프는 사라 옆에, 라으파트는 미첼 옆에 나란히 앉았다. 아내는 귀한 손님을 맞이해 고급 볼로냐 포도주 병을 땄다.

두 연인이 속삭이듯 대화를 나누는 모습을 미첼은 매우 만족스러운 표정으로 바라보았다. 라으파트가 큰 소리로 물었다.

"미첼, 요양원 문제는 마무리됐소?"

"네."

미첼이 짧게 답했다. 그녀는 그 문제에 관해선 더 이상 얘기하고 싶지 않은 듯했다. 하지만 라으파트는 계속 연인들에게 얘기를 걸어 사랑에 취해 있는 둘의 시선을 끌려고 했다.

"이 기막힌 이야기 좀 들어 보게. 알다시피 미첼은 시카고 시내에 있는 호스피스 요양원에서 일하고 있잖은가. 그곳의 업무는 죽음을 기다리고 있는 환자들을 도와주는 거지."

"그들을 어떻게 도와주지요?"

제프가 관심을 보이며 묻자 라으파트는 열의를 갖고 답해 주었다.

"호스피스 요양원의 목적은 죽음을 앞둔 환자들로 하여금 죽음을 받아들이게 하고 그것이 고통스럽지 않게끔 하는 데 있지. 성직자와 심리학자들이 찾아와 그들과 대화를 나누면서 죽음과 직면하는 것에 대한 두려움을 사라지게 해 준다네. 물론 요양원 고객들은 모두 부유층 사람들이야. 지난주에는 한 백만장자 환자에게 희한한 일이 일어났어. 그 사람 이름이……."

"차일즈, 스튜어트 차일즈."

미첼이 음식을 씹으면서 중얼거렸다.

라으파트는 계속 말을 이었다.

"차일즈 씨는 죽음을 앞두고 있었어. 요양원에서는 그의 자식들에게 연락했고 자식들은 아버지의 임종을 지키기 위해 캘리포니아에서 비행기로 왔어. 한데 그들이 요양원에 도착했을 때 부친의 상태가 갑자기 호전되어 위기를 넘겼어. 이런 일이 두 차례나 반복되었지. 백만장자 차일즈 씨의 자식들이 어떻게 나왔는지 아는가? 그들은 요양원에 법적 경고장을 보냈어. 요양원의 진료 예측 시스템이 심각한 결함을 갖고 있다고, 매번 아버지의 임종을 지키기 위해 하던 일을 어렵사리 중단한 채 여행 비용을 부담하고 왔는데 막상 와 보니 아버지가 살아 계셔서 어처구니없었다고. 그들은 요양원 측에, 만일 그런 일이 다시 한 번 생기면 시간과 돈을 낭비한 데 대한 보상금을 청구할 거라며 경고했어. 이 이야기에 대해 어떻게 생각하는가?"

"라으파트 씨, 아주 재미있는 이야기네요."

제프가 빈정대듯 말하면서 큰 소리로 하품하자 사라가 웃음을 터뜨렸다. 라으파트는 모른 척하며 말했다.

"동양식 사고로, 이런 행동은 자식들의 불효막심한 태도로 해석되지. 하지만 내 생각에 그것은 시간을 존중하는 미국 사회의 방식을 보여 주는 증거야."

아무도 라으파트의 말에 반응하지 않았다. 두 연인은 다시 속삭이는 데 몰두했다. 제프가 사라에게 귀엣말로 무어라 속삭이자 사라는 미소를 지으며 얼굴이 붉어졌다. 미첼은 열심히 고기 조각을 썰고 있었다. 라으파트는 냅킨으로 입가를 닦으며 자리에서 일어섰다. 그러고는 희미한 미소를 머금고 말했다.

"제프, 미안하군. 꼭 끝내야 할 일이 있어서 서재로 올라가 봐야 할 것 같네. 자네 집처럼 생각하고 편히 쉬게. 주말에 다시 만나서 예술에 관한 토론을 마무리하지."

라으파트는 손을 흔들어 작별 인사를 하고 나무 계단을 따라 위층으로 올라갔다. 그는 서재로 들어가 문을 닫자마자 찬장으로 가서 새 위스키 병을 꺼내 소다수와 얼음을 넣어 한 잔 만든 다음 흔들의자에 앉아 천천히 술을 마셨다. 자신이 좋아하는 톡 쏘는 느낌과 함께 안도감이 밀려왔다. 그가 할 일은 없었다. 초대받은 손님인 제프와 함께 앉아 있는 것이 견딜 수 없어 거짓말을 했던 것이다. 똑똑하고 재능 있는 사라가 어쩌다 이런 별 볼 일 없는 사람과 엮였을까? 제프라는 친구는 왜 이 모든 신뢰를 받고 있다고 느끼는 것일까? 그는 마치 자신이 반 고흐나 피카소인 양 사람들을 상대한다. 자신이 대단하다고 여기는 그의 생각은 어디에서 오는 것일까? 그는 고등학교를 포기하고 가족에게서 도망친 실패한 학생에 불과하다. 심지어 그는 주유소에서 일하다가 쫓겨나기도 했다. 그는 지금 건달이나 범죄자들이 있는 오클랜드 구역에 살고 있다. 그는 백수이자 자칭 예술가이며 믿기지 않을 만큼 파렴치한 자이다. 라으파트는 손님에 대한 예의 차원에서 제프와 대화의 실마리를 풀어 보려 했지만 그는 라으파트를 비웃으며 면전에서 하품을 해 댔다. 못된 놈! 사라는 그의 어떤 점이 마음에 들었을까? 그는 행사가 있을 때만 목욕을 하는데 사라는 그에게 키스하면서 역겨움도 못 느끼나? 그는 그림들을 가지고 허튼소리를 늘어놓는데 아내와 딸, 두 어리석은 여자는 그를 천재로 여기고 있으니. 제프는 거기서 만족하지 않고 라으파트 자신에게까지 예술에 관해 가르침을 주려고 한다. 염치없는 놈 같으니! 라으파트는 이렇게 속으로 말하고는 쏠쓸한 미소를 지으며 다시 술을 한 잔 따랐다. 술기운에 분노가 조금씩 가라앉으면서 몸이 나른해졌다. 그는 두 눈을 감고 맛을 음미하며 술을 마셨다. 그때 갑자기 문이 열리더니 사라와 미첼이 들어왔다. 둘은 단단히 각오한 듯 라으파트 앞에 섰다. 미첼이 물었다.

"자리를 떠나면서까지 끝내야 할 일이 있다면서요?"

"조금 전에 끝냈어."

"당신 거짓말하고 있어요."

라으파트는 말없이 아내를 쳐다보다가, 귀찮다는 투로 아내에게 물었다.

"제프는 어디 있소?"

"그는 갔어요."

"이렇게 빨리?"

"당신 때문에 간 거예요. 제프에게도 자존심이 있어요. 당신, 알기나 해요? 제프가 당신과 함께 저녁을 먹으려고 한 시간 내내 기다렸다는 걸 말예요."

라으파트는 고개를 숙이며 얼음을 녹이려고 술잔을 흔들었다. 그는 정면 대결을 피하려고 했지만 그의 침묵이 사라의 분노를 더 키웠다. 사라가 걸어와 그의 앞에 서더니 손으로 탁자를 쳤다. 그 바람에 꽃병이 심하게 흔들렸다. 그녀가 히스테리를 부리는 듯한 어조로 소리쳤다.

"제 친구에게 이런 식으로 대하는 건 무례가 아닌가요?"

"난 부적절한 행동을 하지 않았어. 사전에 약속하지 않고 우리 집에 온 사람은 그 친구야."

"제프는 제 친구예요. 나는 언제라도 그를 맞아들일 권리가 있어요."

"사라, 이제 그만두자. 난 피곤하고, 잠을 자고 싶다. 그럼 잘 자라."

라으파트가 의자에서 일어나 문 쪽으로 향해 가면서 말했다. 그러나 사라는 소리치며 그를 뒤따랐다.

"아빠가 어떻게 그럴 수 있어? 나는 내 친구를 모욕한 아빠를 절대 용서하지 않을 거야. 제프는 아주 친절한 태도로 와서 우리에게 그림을 보여 주려고 했어. 그런데 아빠는 그를 모욕했어. 하지만 아빠는 두 번 다시 그를 모욕할 수 없을 거야. 아빠가 놀라 쓰러질 만한 일이 내게 있다고. 아빠, 그게 무언지 알고 싶어?"

*　*　*

　병사는 적을 상대로 맹렬하게 싸운다. 그는 적을 모조리 없애고픈 마음이다. 그런데 만일 그가 적진으로 건너가 적군들 사이에서 다닐 수 있는 기회가 운명적으로 주어진다면 그는 적군들이 자기처럼 선한 사람들임을 보게 될 것이다. 어떤 병사는 아내에게 편지를 쓰고, 또 어떤 병사는 아이들의 사진을 바라보고, 또 세 번째 병사는 흥얼거리며 면도를 하고 있다. 그때 우리의 병사는 어떻게 생각할까? 아마 그는 이런 선한 사람들을 상대로 싸우는 동안 자신이 속았으며, 그들에 대한 자신의 입장을 바꿔야 한다고 생각할지도 모른다. 아니면 그는 자신이 보는 것은 단지 표면적인 속임수일 뿐이고, 이 온순한 사람들은 자신들의 위치를 잡고 무기를 뽑아 들자마자 우리 병사들을 죽이고 우리 나라를 굴복시키려 들 것이라고 생각할 수도 있다.

　나는 그 병사와 너무도 닮아 있다! 나는 지금 미국에 있다. 내가 그토록 타도를 외치고 시위를 벌이며 그들의 국기를 불태웠던 그 미국에. 세계 수백만 인류가 가난해지고 불행해진 데 책임 있는 미국. 이스라엘을 지원하고 무장시킨 뒤, 그들로 하여금 팔레스타인 사람들을 죽이고 팔레스타인 땅을 빼앗게 한 미국. 자신의 이익을 위해 아랍 세계의 부패한 독재자들을 지지하는 미국. 이처럼 사악한 미국을 나는 그 내부에서 보고 있다. 그 병사가 느꼈을 당혹감이 내게도 밀려오고, 질문이 나를 괴롭힌다. 이 선량한 미국인들은 이방인들을 친절하게 대해 주고 너의 면전에서 미소를 지으며 만날 때 인사를 건넨다. 또 그들은 너를 도와주고 문 앞에서 네게 길을 열어 양보하며 아주 사소한 일에도 네게 뜨거운 감사의 말을 한다. 그들은 자신들의 정부가 다른 나라에 저지른 범죄가 얼마나 끔찍한지 알고 있을까?

나는 내 글을 시작하는 서두로 위의 글을 썼는데, 마음에 들지 않아 빼 버리고 내가 느끼는 것을 간단히 쓰기로 결심했다. 나는 이 원고를 발표하지 않을 것이다. 따라서 나 외에는 어느 누구도 읽지 않을 것이다. 나는 나 자신을 위해 글을 쓴다. 나는 내 인생의 전환점을 기록하기 위해 글을 쓴다. 나는 지금 내가 알고 있던 유일한 세계인 나의 옛 세계로부터 가능성과 잠재력으로 가득 찬 흥미진진한 새로운 세계로 이동한다. 오늘 아침 나는 시카고에 도착했다. 나는 비행기에서 내려 긴 줄에 섰고 이어 여권 심사관 앞에 이르렀다. 그는 내 서류를 두 번 검사했는데 의심을 품고 증오하는 듯한 얼굴로 몇 가지 질문을 했다. 그러고 나서야 여권에 도장을 찍고 내 입국을 허가해 주었다. 공항 터미널 안으로 걸어 들어갔을 때, 한 남자가 들고 있는 피켓에 영어로 쓴 내 이름을 보았다. 그는 예순 살 정도의 이집트인으로, 맑은 갈색 피부에 완전 대머리였다. 그가 끼고 있는 은제 안경은 딱딱한 인상을 주었고 단아하게 조화를 이룬 의상은 고상한 취향을 보여 주었다. 검푸른 벨벳 바지, 가벼운 연빛 재킷, 열린 형태의 옷깃이 달린 흰 셔츠, 검은 운동화. 내가 가방을 끌고 다가가자 그가 반기는 얼굴로 물었다.

"자네가 나지 압둘 사마드?"

고개를 끄떡이자 그는 내 손을 붙들고 정답게 소리쳤다.

"시카고에 온 걸 환영하네. 나는 무함마드 살라흐야. 자네가 공부하게 될 조직학과의 교수이지."

나는 아랍어로 말한 그의 말 끝 부분에서 약간 틀린 발음을 알아챘다. 나는 크게 감사했다. 나는 나를 맞기 위해 주말에 가족을 두고 나온 호의를 베풀어 준 데 감사를 드린다고 말했다. 그는 감사받을 만한 일은 아니라는 듯 마치 파리를 쫓는 것처럼, 미국 사람들이 하듯 손을 저었다. 그가 내 가방을 들어 차로 옮겨 주려 했지만 나는 감사하다는 말과 함께 만류했다. 그가 차의 시동을 걸며 말했다.

"우리 이집트인들은 환대와 인정을 좋아하지. 심지어 가까운 거리를 가도 누군가가 우리를 기다려 주는 걸 좋아하지. 안 그런가?"

"박사님, 대단히 감사합니다."

"시장으로서 당연히 할 일인데 뭘."

내가 주저하며 그를 바라보자 그는 큰 소리로 웃었다. 그러고는 도로 방향을 따라 빠르게 달리는 차로 커브를 돌면서 말했다.

"이곳의 이집트인들은 나를 '시카고 시장'으로 부른다네. 나는 이 직함을 잃지 않으려 최선을 다하고 있지."

"박사님께서는 시카고에 계신 지 오래되셨나요?"

"30년 되지."

"30년이라고요?"

나는 놀라서 그가 한 말을 되풀이했다. 잠시 침묵이 흘렀고, 이어 그가 아까와는 다른 어조로 말했다.

"원래는 이집트 유학생회 회장이 자네를 맞이하기로 되었는데, 그가 사정이 있다면서 양해를 구했다네. 그는 카이로 대학 의대 출신의 자네 동료지."

"그분 이름이 무엇이지요?"

"아흐마드 다나나."

"아흐마드 압둘 하피즈 다나나요?"

"그게 그의 성명일 거야. 그를 아는가?"

"카스르 알아이니*의 모든 졸업생들이 그를 알고 있어요. 그가 국가 정보부 요원이기 때문이지요."

살라흐 박사는 침묵했고, 얼굴에 약간 불편한 기색을 보였다. 나는 괜한 말을 했다고 후회하며 말했다.

"죄송합니다, 박사님. 하지만 다나나, 그자는 제2차 걸프 전쟁 때 저와 동료들을 구속시킨 장본인입니다."

박사는 도로 쪽으로 시선을 향한 채 계속 침묵하다가 말했다.

"설령 그게 사실이라 해도 그걸 잊으라고 충고하겠네. 자네는 과거에 투쟁하던 일을 모두 정리했으니 이제 학문 여행을 시작해야지."

내가 대답하려는 참에 그가 먼저 대화 주제를 바꾸었다.

"자네가 보기에 시카고는 어떤가?"

"크고 아름답습니다."

"시카고는 멋진 도시지만 잘못 알려진 도시이기도 해. 세계적으로 이곳은 갱단들의 도시로 평판이 나 있는데 실은 미국 문화의 가장 중요한 중심지 중 하나야."

"이곳엔 갱단이 없나요?"

"1920년대와 1930년대의 알 카포네 시절, 마피아가 이곳에서 활동했지. 현재 시카고의 갱단들은 미국의 여느 도시와 비슷한 정도야. 아니, 그 반대이기도 해서, 예를 들어 시카고는 뉴욕보다 안전해. 적어도 이곳에선 우범 지역이 정해져 있는 데 반해 뉴욕의 경우엔 도시 전체가 위험 지대지. 거기서는 어느 곳에 있든 무장괴한들의 공격을 당할 수 있어. 잠시 자네와 함께 둘러볼까 하는데 괜찮겠지?"

그는 내 대답을 기다리지 않고 차를 몰아 고속 도로에서 벗어나, 30분 정도 시어스 타워와 워터 타워를 돌았고 현대 미술관을 지나갔으며, 잠깐 천천히 가면서 파블로 피카소가 시카고에 선사한 조각상을 내가 보게끔 해 주었다. 그리고 호수 기슭과 나란히 차를 몰고 가면서 박사는 손으로 가리켰다.

"이곳이 그랜드 파크야. 이 장소를 보니 알렉산드리아의 해안 도로가 생각나지 않나?"

"아직도 이집트를 기억하시나요?"

그가 미소를 지으며 말했다.

"물론이지. 그런데 요즘 이집트는 어떤가? 신문 기사를 읽을 때마다 걱정되더군."

"그 반대입니다. 요즘 사건들은 낙관적으로 보입니다. 이집트인들은 깨어나 자신들의 권리를 요구하기 시작했습니다. 부패 정권은 심하게 흔들리고 있고요. 제 생각에 이 정권은 얼마 남지 않았습니다."

"자네는 시위와 파업 때문에 나라가 혼란으로 이어질 거라 생각하지 않나?"

"대가를 치르지 않고는 자유를 얻을 수 없습니다."

"자네는 이집트인들이 민주주의를 시행하기에 적합하다고 생각하나?"

"무슨 말씀이신지요?"

"내 말은 이집트인 중 절반이 문맹이라는 거야. 국민들에게 글쓰기와 읽기를 가르치는 데 더 많은 노력을 기울이는 게 낫지 않을까?"

"이집트는 동양에서 가장 오래된 의회를 가진 나라였습니다. 또 문맹률 문제는 민주주의 시행과 상치되지 않습니다. 그 증거로 높은 문맹률에도 불구하고 민주주의를 성공적으로 시행한 인도를 들 수 있습니다. 인간은 자신의 통치자가 부패하고 폭군이라는 사실을 깨닫는 데 학위를 필요로 하지 않습니다. 달리 보면 문맹을 없애기 위해서라도 우리는 반드시 공정하고 역량 있는 정치 제도를 택할 필요가 있습니다."

또다시 박사는 내 말로 인해 심기가 불편해졌다. 그는 다시 차를 고속 도로로 몰면서 말했다.

"분명 자네는 여행으로 피곤할 게야. 푹 쉬게나. 다음에 시카고를 함께 둘러볼 시간이 날 걸세. 지금 우리는 대학교로 가고 있으니 길을 잘 기억하게."

"기억해 보겠습니다만, 제가 워낙 길눈이 어두워서요."

"시카고에서 길 잃을 가능성은 거의 없어. 이 도시는 가로와 세로로 체계 있게 설계되었거든. 그래서 건물 번호만 알고 있으면 쉽게 도착할 수 있지."

우리는 대학교 쇼핑센터를 돌아보았고, 박사는 내가 식료품을 사도록 도와주었다. 그가 친절하게 말했다.

"자네가 삶은 콩을 좋아하면 선반 끝에 통조림이 있네."

"미국인들도 우리처럼 콩이나 타아미야*를 먹나요?"

"물론 그렇지는 않아. 그런데 팔레스타인 이민자들 중에 이곳 시카고에서 콩 음식을 만들어 파는 사람이 있어. 한번 먹어 보겠나?"

"저는 이집트에서 최후 심판일까지 먹어도 충분할 만큼 많은 양의 콩을 먹었습니다."

웃음 띤 박사의 얼굴에는 다정한 기색이 보였다. 우리는 학생 기숙사에 도착했다. 넓은 정원에 둘러싸인 큰 건물이었다. 안내실의 흑인 여직원이 우리를 반겨 맞았다. 살라흐 박사가 가족 안부를 묻는 걸 보니 친구처럼 지내는 사이 같았다. 그녀가 컴퓨터 화면의 내 이름을 누르자 신상 자료가 나타났다.

"4층, 407호실이네요."

여직원이 웃으며 내게 열쇠를 건네주었다. 나는 살라흐 박사에게 작별 인사와 함께 다시 한 번 감사한 뒤 가방을 들고 아파트로 올라갔다. 방에 들어가 문을 닫고 옷을 벗었다. 날씨는 따뜻했고 나는 속옷 차림으로 있었다. 침대를 보자마자 그대로 뻗어 깊은 잠에 빠졌고 오후가 되어서야 깨어났다. 아파트는 침실과 화장실, 거실 쪽으로 개방된 형태의 부엌으로 이루어져 있고, 거실은 탁자 하나와 의자 두 개를 간신히 놓을 정도였다. 아파트는 작지만 깨끗했고, 무늬 벽지와 폭신한 카펫, 빛이 직접 비치지 않는 전등 덕분에 은은한 분위기를 띠었는데 마치 외국 영화에서 보는 장면 같았다. 나는 더운물로 목욕을 하고 커피를 끓였다. 그런 다음 침대에 누워 담뱃불을 붙였는데 이상한 일이 일어났다. 갑자기 성적 상상력이 나를 강타한 것이다. 너무도 강력하고 세차게 일어나 아프게까지 하는 거센 욕구가 나를 사로잡았다. 나는 그것을 글로 쓰면서 살짝 부끄러움을 느꼈다. 원인을 알 수 없는 거친 성적 흥분이 나를 붙잡았다. 그것은 아마 내가 미국에서 새로운 삶을 시작하면서 해방감을 느껴서일 수도 있다. 혹은 미시간 호숫가에서 들이마신 맑은 공기 때문일 수도 있다. 또는 아파트의 조용한 공기와 그림자를 드리운 전등 빛 그리고 휴일의 정적이 나로 하여금 이집트 기자* 지역의 아파트에서 내가 여자와 모험을 했던 금요일 아침 장면을 기억나게 해서 그랬을 수도 있다. 나는 모르겠다.

나는 다른 것을 생각함으로써 그 욕구에 저항하려 해 보았지만 실패하고 말았다. 나는 침대에서 일어나 수화기를 들고 안내실 여직원에게 내가 여자 친구를 아파트에 들일 권리가 있는지를 물었다. 그러자 여직원은 웃으면서 말했다.

"물론 당신에겐 그럴 권리가 있지요. 당신은 자유의 나라에 와 있어요. 하지만 기숙사 규정상 여자 친구는 함께 밤을 보낼 수 없습니다. 여자 친구는 밤 10시 전에 이곳에서 나가야만 합니다."

여직원의 말은 나를 갑절로 흥분시켰다. 나는 일어나 참치 샌드위치를 만들고, 그런 다음 비행기에서 구입한 포도주 병을 땄다. 그리고 천천히 마시면서 커다란 전화번호부를 뒤적였다. 나는 시카고에서 사창가 영업은 금지된 것으로 알고 있었다. 하지만 이내 그 영업이 다른 상호를 갖고 있음을 알아냈다. 나는 전화번호부에서 '특별 마사지'를 전문으로 하는 미모의 여성들에 관한 광고들을 발견했다. "그래, 바로 이게 내가 찾던 거야." 나는 큰 광고들은 값이 비쌀 것 같아서 가장 작은 크기의 광고를 골라 전화를 걸었다. 수화기를 귀에 대자 기분이 크게 동요되어 나의 심장이 강하고 빠르게 뛰는 소리가 들렸다. 방금 잠에서 깨어난 듯, 부드럽고 졸린 듯한 여자 목소리가 들려왔다.

"손님, 무얼 도와 드릴까요?"

나는 곧바로 답했다.

"안마해 줄 여성을 원합니다."

"시간당 250달러입니다."

"너무 비싼데요. 나는 학생이고 가진 돈이 적습니다."

"당신 이름이 어떻게 되지요?"

"나지입니다. 당신은요?"

"나는 도나예요. 당신은 어느 나라에서 왔지요?"

"이집트에서 왔습니다."

그녀가 뜨거운 관심을 보이며 소리쳤다.

"이집트요? 오, 내가 너무도 그리워하는 나라지요. 내 꿈이 피라미드에 가는 거예요. 가서 낙타를 타고 나일 강의 악어를 보고 싶어요. 이봐요, 나지. 당신은 안와르 알사다트*를 닮았나요? 그분은 너무 잘생겼던데."

"예, 알사다트를 닮았어요. 많은 사람들이 나를 그의 아들로 생각할 정도로요. 당신은 그걸 어떻게 알았습니까?"

"그냥 추측해 본 거예요. 당신은 미국에서 무슨 일을 하나요?"

"일리노이 대학에서 공부하고 있습니다. 잘 들어 보세요. 다음 겨울에 당신이 이집트에서 휴가를 보낼 수 있도록 내가 초청하겠습니다. 어떻게 생각하세요?"

"그거야말로 내 인생의 꿈이지요."

"당신에게 약속하겠습니다. 그런데 이봐요, 친구. 나는 사랑을 나누는 데 시간당 250달러를 지불할 수는 없어요."

그녀는 잠시 침묵하더니 낮은 목소리로 말했다.

"나지, 당신을 도와줄게요. 지금 전화를 끊고 5분 뒤에 내게 전화를 거세요."

도나가 갑자기 전화를 끊었고 내 귀에는 뚜뚜 하는 신호음만 울렸다. 불안했다. 그녀는 왜 이런 식으로 전화를 끝냈을까? 그녀는 무엇을 두려워하는가? 경찰이 그녀를 추적하고 있나? 그들이 내 전화번호를 포착했나? 그들은 사창가에 연락한 혐의로 나를 체포할 것인가? 이런! 희망을 갖고 출발한 유학 생활의 시작이 낭패라니! 나는 걱정에 사로잡혔고, 무모한 짓을 했다며 후회했다. 그러나 물러설 수도 없었다. 5분 후에 전화를 걸자 그녀가 말했다.

"잘 들어요. 당신에게 영업장 밖에서의 가격을 제안할게요. 250달러가 아니라, 내가 당신에게 직접 가는 걸로 하고 시간당 150달러만 받을게요."

내가 잠시 망설이자 그녀가 웃으며 말했다.

"이건 당신이 이집트인이고, 알사다트처럼 미남이어서 도나가 드리는 특별 가격이에요. 내가 당신이라면 즉시 응할 거예요."

"나를 즐겁게 해 줄 건가요?"

"당신을 천국으로 보내 드리지요."

"좋습니다."

나는 그녀에게 기숙사 주소를 알려 주었고, 그녀는 7시에 오기로 약속했다. 그녀는 통화를 마치기 전에 두려움이 깃든 목소리로 속삭였다.

"당신 전화번호가 우리 영업장에 등록되었어요. 우리 쪽 사람이 당신에게 전화를 걸어 왜 여자를 거절했냐고 물어볼 거예요. 그럼 당신이 피곤해서 생각을 바꿨고, 내일 연락하겠다고 말하세요. 아무쪼록 당신이 그에게 우리가 합의한 내용을 알리지 않기를 바라요. 나는 당신이 내게 해를 입힐 거라고는 생각하지 않아요."

실제로 남자가 전화를 걸어와 물었고, 나는 그녀가 조언한 대로 답했다. 목소리로 보아 그는 내 말을 믿지 않는 것 같았지만 내게 인사를 하고 통화를 마쳤다. 다시 불안감이 들었다. 그러나 막 술기운으로 배가된 욕구 때문에 나는 도나 외에는 안중에 없었다. 더욱이 내가 지불할 150달러가 내 예산에 심각할 만큼의 손실을 가져올 것이라는 사실은 아랑곳하지 않았다. 지금 내 머릿속에는 도나밖에 없었다. 나와 사랑을 나눌 아리따운 여성. 과연 그녀는 어떻게 생겼을까? 클린턴의 애인 모니카처럼 살찐 엉덩이에 풍만한 가슴을 가진 통통한 백인 여성일까? 아니면 줄리아 로버츠처럼 깜찍하고 꿈꾸는 듯한 얼굴에, 파리 여성처럼 몸매가 날씬한 여자일까? 설령 바브라 스트라이샌드처럼 코가 약간 길고 몸매가 둥근 유선형이 아니라 모난 형태인 여자가 온다고 해도 나는 즐거울 것이다. 나는 그런 사소한 단점을 보지 않을 것이다. 찬미받으실 알라께서는 아름다움도 온갖 형태를 갖게 하셨으니! 나는 약속 시간 한 시간 전에 몸과 마음의 준비를 시작했다. 나는 다시 샤워하면서 몸을 깨끗이 하는 데 신경 썼다. 그런 다음 알몸에 이집트 영화에서 여성들을 유혹하는 호색한처럼 비단 가운을 걸쳤다. 나는 지금 글을 쓰면서 ― 아랍인의 표현대로 ― 포도주를 들이켜고 있다. 약속 시간이 몇 분 남았고 나는 타오르는 숯불처럼 애타는 심정으로 앉아 도나를 기다리고 있다. 초인종이 울렸다. 나의 애인은 약속 시간에 딱 맞추어 왔다. 이 모든 게 얼마나 아름다운지! 일어나 문을 열어 줘야겠다. 여러분, 너무 행복하군요!

제5장

전철이 멈추자마자 문들이 열리고 주말 승객들이 쏟아져 나왔다. 연인들은 서로 껴안고, 악기를 든 걸인들은 지체 없이 보도 위에 자리를 잡고 악기를 연주한다. 술 취한 부랑자들은 어제부터 이곳저곳 술집을 옮겨 다닌다. 유럽인 관광객들은 손에 여행 책자와 지도를 들고 있다. 흑인 청년들은 시끄러운 음악이 흘러나오는 커다란 녹음기를 들고 곡에 맞추어 춤을 춘다. 아빠와 엄마, 아이들로 이루어진 미국 전통 가족들은 공원에서 하루를 보내고 귀가한다. 전철역 귀퉁이마다 거구의 경찰관들이 서 있다. 그들의 불룩 튀어나온 가슴에는 '시카고 경찰' 배지가 붙어 있는데 마치 그 배지에서 자신들의 권력을 얻는 듯하다. 훈련받은 경찰견들이 경찰관들 옆에 앉아 있다. 경찰견들은 코를 높이 들고 마약 냄새를 탐지한다. 어떤 승객을 향해 개가 짖어 대기 무섭게 경찰들이 달려들어 꼼짝 못하게 한 뒤 그를 벽 쪽으로 밀어붙이고 그의 가슴팍을 드러나게 한다. 만일 그가 흑인이면 가슴에 갱단 표시가 적혀 있는지 살펴본 뒤 그의 몸에서 마약을 찾아내고 그를 체포한다.

이런 순수한 미국적인 장면의 와중에 아흐마드 다나나 박사는 온전히 그 맥락에서 벗어나 있는 사람처럼 보인다. 그는 마법의 향로나 타임머신에서 방금 나온 것처럼 보이기도 하고, 공연 의상을 입고 거리를 거니는 연극배우처럼 보이기도 한다. 그의 용모는 이집트 촌사람 같고 예배의 흔적인 삼각형 점이 이마 한가운데 남아 있으며 곱슬머리에 흰 머리카락이 끼여 있고, 머리는 크다. 그가 낀 안경의 유리알은 두껍고 둥근 모양이다. 약간 푸른색 기운이 감도는 안경알은, 말하는 상대방을 빈번히 당황케 하는 것으로, 엇갈려 굴려 대는 그의 간교한 두 눈동자를 비추고 있다. 묵주가 손에서 떠나지 않고, 여름 겨울 할 것 없이 입는 단벌 양복은 국내산으로, 그가 돈을 아끼려고 클레오파트라 슈퍼 담배* 여러 보루와 함께 이집트에서 가져온 것이다. 다나나가 시카고 거리를 거닐 때의 모습은 그가 자기 고향인 알미누피아* 주(州)의 알슈하다 마을에서 두렁길을 따라 오후에 산책할 때의 모습 그대로이다. 그는 아무리 급한 일이 있어도 천천히 움직이면서 거만함과 의심이 오가는 눈초리로 주변을 둘러본다. 그는 자신감 있게 오른발을 내디딘 다음 왼발을 뒤따르게 하며 등을 바짝 당긴다. 매일 밤 기름기 있는 저녁 식사에 탐닉한 결과, 불룩한 그의 배는 아래로 처져 있다.

이렇게 아흐마드 다나나는 주미 이집트 유학생회 회장으로서 자신의 위엄을 만들어 낸다. 학생회는 압델 나세르 시절 창립되어 많은 유학생들이 차례로 회장 직을 맡았고, 이후 모두 귀국하여 고위직을 차지했다. 하지만 다나나는 추천을 통해 학생회장 직을 유일하게 3회 연임한 자로, 그 외에도 많은 예외적인 상황을 누리고 있다. 예를 들어 유학생 규정에 따르면, 박사 과정 기간은 최대 5년으로 제한되어 있음에도 불구하고 그는 7년째 조직학 박사 과정 중에 있다. 이를 위해 그는 술책을 동원했다. 그는 영어 공부에 꼬박 2년을 보냈고, 로욜라 대학교에서 산업 안전 분야 공부에 또 다른 2년을 보냈으며, 그 후 일리노이 대학교에서 박사 과정을 시작했다. 규정상 이집트 유학생들은 미국에서 일하는 것이 금지되어 있음에도 그는 꽤 괜찮은 임금을 받는 파트타임 직업을 구할 수 있었다. 그는 달러로 받은 임금을 이집트 국립 은행의 개인 계좌로 송금했다. (이 일은 어느 누구도 알지 못한다.) 그는 자신의 인맥과 이집트 대사관의 지원을 받아 시카고에서 가수 아무르 디압*의 리사이틀 행사를 열 수 있었고, 이것은 그에게 큰 이익을 안겨 주었다. 그에게는 상당 금액의 재산이 형성되어 지난해 알루와 이으에서 화장실 설비 관련 대형 상점을 운영하는 부유한 상인의 딸과 결혼할 수 있었다. 이러한 모든 특혜는 그가 이집트 국가 기관들과 긴밀한 관계를 맺고 있기에 가능했다. 유학생들은 그를 동료라기보다는 업무 면에서 자신들의 회장으로 생각한다. 그는 다른 유학생들보다 나이도 많은 데다, 점잖은 풍모는 그를 학생보다는 정부 기관의 국장급 인사처럼 보이게 한다. 또 그는 실제로 유학생들의 생활 문제 전반을 관리한다. 그가 무료로 유학생들에게 배부하는 이집트 신문과 잡지부터 시작해, 그들에게 일어난 어려움을 해결해 주는 특출한 능력도 그렇거니와 종국에는 그들에게 무시무시한 징벌을 가할 힘도 갖고 있다. 그가 작성한 보고서 — 주미 이집트 대사관은 즉시 그에 따라 조처한다 — 하나만 있어도 학생의 유학 생활을 종지부 찍는 카이로의 결정이 내려진다.

다나나는 전철역에서 나와 근처의 가까운 건물로 들어갔다. 그는 유리 칸막이 뒤편에 앉아 있는 흑인 할머니 수위에게 인사를 건넨 다음 엘리베이터를 타고 4층으로 올라갔다. 아파트 문을 여니 한 주 내내 닫혀 있던 터라 고약한 냄새가 그를 맞았다. 작은 거실에 긴 소파와 가죽 의자 몇 개가 있었다. 벽에는 이집트 공화국 대통령의 커다란 사진이 있고 그 아래에는 금색으로 쓰인 코란 구절이 걸려 있었다. 그리고 파란색 글씨체로 작게 쓰인 아랍어가 인쇄된 포스터가 걸려 있었는데, 제목은 루크아체*로 '주미 이집트 유학생 연합회: 내부 규정'이라고 적혀 있었다.

홀 끝에는 인접한 두 개의 방이 있는데 작은 방은 다나나가 자신의 사무실로, 다른 하나는 회의실로 쓰고 있다. 회의실 중앙에는 긴 테이블과 촘촘히 배열된 의자들이 있다. 의자들에서는 이집트의 대학교 내 계단식 강의실이나 학교 교실에서 나오는 냄새 비슷한 낡은 목재 냄새가 풍겨 나온다. 사실 이 모든 아파트들은 시카고에 있음에도 이집트적이고 관공서 같은 특징을 띠어 당신으로 하여금 이집트의 타흐리르 관공서나 바브 칼크 법정을 떠올리게 한다. 다나나는 테이블 상석에 앉아 회의실로 도착하고 있는 유학생들을 살펴보았다. 그들은 다나나에게 정중히 인사하고 자기 자리에 정렬해 앉는 한편, 그는 왕처럼 천천히 움직이면서 걸걸한 목소리로 인사에 화답했다. 그의 목소리는 거만함과 환영의 중간에 걸친 분명한 어조를 띠었다. 그는 이마를 찌푸리며, 미룰 수도 없고 공지할 수도 없는 중대한 사안들로 바쁜 국가 고위 책임자의 자세를 취했다. 그러고는 앉은 학생들을 둘러보고 손으로 탁자를 쳤다. 곧바로 속삭임이 멈추면서 깊은 적막이 깔렸다. 적막한 분위기를 중단시킨 것은 그가 말하기에 앞서 나온 헛기침으로, 대개 그 헛기침은 그가 담배를 너무 많이 피워서 나오는 기침으로 마무리되었다. 그는 손을 뻗어 앞에 놓인 녹음기를 틀었다. 그의 갈라진 목소리가 회의실 안에 울려 퍼졌다.

"자비롭고 자애로우신 알라의 이름으로, 우리는 그분께 도움을 구하노니. 또한 가장 숭고한 인간이시고, 우리의 수장이신 알라의 사도님께 알라의 축복과 구원이 있으소서. 알라의 선택을 받으신 사도님께 알라의 축복과 구원이 있기를. 주미 이집트 유학생회 시카고 지부에 오신 여러분을 환영하는 바입니다. 오늘 우리는 샤이마 무함마디와 타리크 하십을 제외하고 모두 참석했습니다. 두 사람은 납득할 만한 사정이 있습니다. 샤이마는 오늘 아침 곤경에 빠졌습니다."

참석자들이 궁금해하며 다나나를 바라보자, 그는 담배를 한 모금 빨고 확연히 즐기듯 말했다.

"샤이마 양은 음식을 만들다가 하마터면 큰 화재를 일으킬 뻔했습니다. 우리 친구 타리크 — 알라께서 그에게 복된 일로 보상해 주소서 — 가 지금 그녀를 위로하기 위해 함께 있습니다."

다나나는 뭔가 의미를 담은 어조로 마지막 문장을 말하고 크게 웃었다. 참석자들은 당혹감과 난처함을 느끼며 침묵했다. 그것은 다나나가 유학생들을 통제하는 여러 방법들 중 하나였다. 즉 그는 유학생들의 자세한 비밀 내용을 말해 그들을 놀라게 한 뒤 수긍할 만한 해석을 제시한다. 그가 커다란 머리를 내밀고 팔짱을 낀 채 탁자에 기대 말했다.

"형제 여러분께, 모두 기뻐할 소식을 알려 드리겠습니다. 어제 시카고 시청은 도시 내 가장 큰 곳 — 미시간 애비뉴 — 에 있는 4층짜리 대형 건물을 이슬람 사원과 이슬람 센터로 할당하는 데 동의했습니다. 대사님께서 이집트에 알아즈하르* 출신의 설교자 한 분을 파견해 달라는 서신을 발송하셨습니다. 아무리 늦어도 두 달 이내에 우리는 알라의 허락하심으로 새 사원에서 예배를 드릴 수 있을 겁니다."

안도감에 학생들의 웅성거림이 퍼졌고 한 학생이 열정적으로 환호를 올렸다.

"박사님께 알라의 복이 내리시길."

다나나가 그를 무시하는 태도를 취하며 말을 이었다.

"이런 장소에 사원을 세우는 것에 대한 동의는 거의 불가능한 일이었습니다만, 찬미받으실 지고하신 우리 주님께서 우리를 위해 성사시키셨습니다."

조금 전의 학생이 아부하듯 소리쳤다.

"다나나 박사님, 우리를 위해 박사님이 쏟아 주신 노고에 감사드립니다."

다나나가 부인하는 듯한 눈으로 그를 뚫어지게 보다가 약간 화난 태도로 물었다.

"내가 당신들을 위해 그런 일을 한다고 누가 당신에게 말하던가요? 나는 단지 찬미받으실 지고하신 우리 주님으로부터의 상급만 기대할 뿐입니다."

"예, 그렇군요, 회장님."

참석자들이 칭송에 참여할 필요성을 공감한 듯 회의실에는 감사의 소리가 울려 퍼졌다. 다나나는 그런 말을 무시하고 침묵하며 고개를 숙였다. 그 모습은 마치 청중 앞에서 허리를 굽혀 인사하는, 내심으로 박수가 영원히 끝나지 않기를 바라는 연극배우 같았다. 그런 다음 그가 말했다.

"매우 중요한 사안이 하나 있습니다. 일부 유학생들이 수업에 출석하지 않고 있습니다. 어제 결석률을 조사한 결과, 그 비율이 무척 높다는 것을 알았습니다. 결석자들이 곤란해할까 봐 언급하지는 않겠습니다. 본인들 스스로 알고 있을 테니까요."

그는 담배를 한 모금 빨고 힘 있게 연기를 내뿜은 뒤 말했다.

"여러분, 저를 용서해 주십시오. 저는 오늘 이후로 어느 누굴 위해서도 방패막이 역할을 하지 않을 것이고, 또한 중간에 나서지도 않을 것입니다. 그동안 여러분을 위해 일하느라 너무 힘들었습니다. 여러분이 스스로를 돕지 않는다면 나는 여러분을 돕지 않을 겁니다. 허용된 평균 결석률을 어기는 모든 사람에 대해 나는 보고서를 만들어 유학 담당부로 올릴 것이고, 그들은 규정에 따라 그런 사람을 조처할 것입니다."

긴장감이 감도는 침묵이 깔렸고, 다나나는 강렬한 시선으로 참석자들을 살펴본 뒤 늘 그렇듯 유학생들의 다양한 요구 사항들로 가득한 업무 일정으로 논의를 옮겨 갔다. 그 요구들 중에는 이집트 여행 절차의 간소화, 할인 항공권 구매 방법, 교통편 무료 가입을 위한 신청서 발급 등이 있다. 또 다른 문제점들도 있다. 어떤 학생은 지도 교수의 강압적인 태도에 불만을 갖고 있고, 한 학생은 유학 최대한도 기간을 초과했다. 또 한 여학생은 같은 방에 있는 미국인 동료 여학생이 애인을 방으로 데려오기 때문에 기숙사 변경을 원한다. 다나나는 주의 깊게 모든 문제점들을 경청하고 세부 내용들을 명확히 알기 위해 묻는다. 그런 다음 천장을 응시하며 담배를 깊이 빤다. 그의 얼굴에는 생각에 잠긴 기색이 역력하다. 그리고 마침내 그는 확신을 갖고 간단하게 해결 방안을 공표한다. 그럴 때면 유학생의 얼굴에는 고마워하는 기색이 나타나고 학생은 감사의 말을 한다. 다나나는 학생을 안 보려는 듯 무시하는데, 어느 순간 학생에게 몹쓸 장난을 걸거나 무례하게 대하면서 쾌감을 얻는다. 그런 방식으로 그는 그 학생을 심리적으로 제압한다. 예를 들면 이렇다. 그는 학생에게 말한다.

"이 한심한 친구야, 중요한 건 자네가 공부해서 성공하는 거야."

또는 놀리면서 묻는다.

"감사하다는 밀로 내가 무얼 한다? 그걸로 은행에서 환전할 수 있나? 이 둔하기 짝이 없는 사람아."

그 학생은 도움이 필요한 상태에서 마음이 약해지고 감사하느라 말할 수 없는 처지여서 불시에 모욕을 당하고도 참는 수밖에 없어, 불안한 표정으로 웃거나 아무 말도 못 들었다는 듯 얼굴을 돌리며 침묵하게 된다.

"업무 일정이 끝났습니다. 여러분, 다른 문제들이 있습니까?"

다나나가 참석자들에게 물었다. 그러자 어느 누구도 말하지 않는 가운데 수염을 기른 학생 하나가 말을 꺼냈다.

"다나나 박사님. 우리가 할랄* 고기를 구입하는 팔레스타인 정육점 주인이 안타깝게도 가게 문을 닫고 시카고를 떠났습니다. 선생님께서 아시다시피 일반 상점에서 파는 고기는 이슬람 율법에 따르지 않는 방식으로 도축된 것입니다."

다나나가 안건을 무시하듯 손을 저으며 학생의 말을 자르더니 몸을 돌려 뒤에 있는 책상에서 종이를 집어 건네주며 말했다.

"마으문, 이걸 받게. 시카고에 있는 할랄 정육점들의 주소야."

마으문의 얼굴이 기쁨에 찼다. 그는 종이를 받으며 나직이 말했다.

"선생님께 알라의 보상이 있으시길."

다나나는 여느 때처럼 감사의 말을 무시하고 다시 말했다.

"여러분, 다른 요구 사항은 없습니까?"

참석자들은 잠잠했고, 다나나는 손을 내밀어 녹음기를 껐다. 이렇게 회의는 종료되었고 관례대로 유학생들에게 신문을 배부하는 일만 남아 있었다. 그런데 다나나의 휴대 전화가 갑자기 울렸다. 그는 전화를 받자마자 평상시 반기며 인사하던 얼굴에서 지대한 관심사를 지닌 얼굴로 변했다. 그는 서둘러 통화를 끝내고 벌떡 일어서더니 자기 소지품들을 주섬주섬 모으면서 말했다.

"난 지금 나가 봐야 합니다. 시카고에 공무를 띤 고위직 인사가 도착해서 그분을 영접해야 합니다. 신문들 받아 가고, 아파트 문 잠그고 전깃불 끄는 것 잊지 마세요."

제6장

무함마드 살라흐 박사는 그 시간에 누군가 찾아오리라곤 예상하지 못했다. 그는 아내 크리스와 함께 저녁 식사를 마치고 단둘이 붉은 포도주 한 병을 마셨다. 그러고 나서 아내는 소파에서 그의 옆에 앉아 있었다. 그녀는 남편에게 몸을 밀착한 채 머리를 그의 가슴에 기댔고 그는 아내의 머리를 다정스럽게 쓰다듬었다. 그녀의 부드러운 머리카락이 그의 손가락 사이에 놓였다. 그녀에게서 나직한 한숨 소리가 났다. 그는 그 의미를 알고 있었다. 그는 조금 거리를 둔 채 들고 있는 종이들을 읽기 시작했고 그러다 아내가 뭔가 원하는 듯 그에게 속삭였다.

"오늘 밤 일 있어요?"

"이 논문을 읽고 내일 학생들에게 설명해 주어야 해."

아내는 순간 침묵했다가 나직이 탄식을 터뜨리며 일어섰다. 그러고는 남편의 뺨에 키스하며 애정을 담아 속삭였다.

"잘 사요."

박사는 나무 계단을 밟는 아내의 발소리에 귀를 기울였다. 소리가 멀어지며 약해졌다. 그는 침실 문 닫히는 소리를 듣자 논문을 가방에 넣고 술 마실 준비를 했다. 그는 술을 마시고픈 생각은 없지만 크리스가 잠들 때까지 잠시 시간을 끌고자 했다. 그 와중에 갑자기 들려온 벨 소리에 정신이 들었다. 그는 의아하게 여기며 벨 소리를 믿지 못했다. 그러다가 두 번째 벨 소리를 듣고서야 이번엔 분명히 울렸음을 확신했다. 그는 망설이듯 일어나서 벽시계를 쳐다보았다. 11시 30분이 지난 시간이었다. 그는 한 주 전부터 경보기가 고장 나 있음을 떠올렸다. 그는 크리스에게 수리 기사를 불러오라고 했지만 그녀는 평소처럼 그것을 잊어버렸다. 문에서 몇 발짝 떨어진 거리에 이르렀을 때 그는 경보기가 고의로 망가졌을 수도 있다는 불안한 생각이 들었다. 그의 뇌리에는 그가 신문 사고란에서 읽은 비슷한 내용들이 떠올랐다. 한 패거리가 어떤 집 하나를 정해 주시한다. 그러다가 집 안으로 침입하기 전에 경보장치를 차단한다. 사건은 대개 이런 식으로 일어난다. 아주 순진해 보이는 처녀가 늦은 시간에 문을 두드리며 도움을 청한다. 집주인이 문을 열자마자 무장 괴한들이 그를 공격한다. 무함마드 살라흐 박사는 이러한 망상을 떨치려고 무진 애를 써 보았지만 그럴 수 없었다. 그는 천천히 걸음을 옮겨 입구 벽에 붙어 있는 작은 금고 앞에 멈춰 섰다. 비밀번호를 누르자 서랍이 열렸고, 그는 안에서 '베레타' 종류의 권총을 꺼냈다. 시카고에 오자마자 구입한 것으로, 한 번도 사용해 본 적은 없지만 신경 써서 양호한 상태로 보관해 오고 있었다. 그는 탄창에서 나는 딸가닥 소리를 들으며 공포를 느꼈다. 그리고 살짝 문 쪽으로 갔다. 오른손은 금속의 차가운 기운을 느끼면서도 손가락은 방아쇠에 닿아 있었다. 이제 마음만 먹으면 방아쇠를 당겨 문 뒤에 서 있는 자의 머리를 부수어 버릴 수도 있다. 그는 조심스럽게 다가가 작은 유리 구멍으로 내다보았다. 권총에 닿아 있던 손이 이내 느슨해졌다. 그는 문을 열고 얼굴에 커다란 미소를 지으며 반갑게 소리쳤다.

"이봐, 갑자기 웬일이야!"

문 앞에는 라으파트 사비트가 서 있었다. 라으파트는 약간 당황스러워하며 미안해하는 미소를 짓고 있었다.

"살라흐, 성가시게 해서 미안해. 전화했는데 자네 전화기가 꺼져 있더구먼. 오늘 밤 꼭 자네를 만나야 해서 말이야."

"라으파트, 자네는 항상 골치 아프게 하는군. 그런 점에서 변한 게 뭐야?"

살라흐가 웃음과 함께 라으파트의 손을 끌어당기며 말했다. 두 사람만의 장난은 조롱이 들어 있고 약간 거칠었다. 그것은 마치 두 사람 사이에 일어나는 정감을 무지막지한 태도로 감추려는 것 같았다. 함께 산전수전과 모진 풍파를 겪어 낸 둘의 깊은 우정은 30년 동안 오랜 동행과 전우애를 통해 견고해졌다. 둘 사이에는 보기 드문 서로에 대한 이해심이 생겨 지금 살라흐는 라으파트의 얼굴을 한 번만 보아도 그가 심각한 문제에 처해 있음을 알아차렸다. 곧바로 살라흐의 웃음이 사라지고 걱정스러운 표정으로 라으파트에게 물었다.

"잘 지내나?"

"술 한잔 주게."

"뭘로 마실래?"

"얼음 많이 넣은 스카치 소다수로."

라으파트는 술을 마시며 얘기를 꺼냈다. 그는 무거운 짐을 내려 놓듯이 빠르고 열성적으로 말했다. 이야기가 끝나자 그는 잠시 말 없이 고개를 숙였다. 그러자 살라흐가 이해했다는 듯, 묵직한 목소리로 말했다.

"정말 사라가 집을 나갔어?"

"이번 주말에 나가겠대."

"사라 엄마는 어떤 입장이지?"

"싸움으로 번질까 봐 가능한 한 아내와 말하는 것을 피하고 있어. 그리고 아내는 당연히 사라를 두둔해."

다시 침묵이 깔렸다. 라으파트가 술을 한 잔 더 따르려고 자리에서 일어섰다. 그의 피곤한 목소리가 얼음덩어리들이 부딪치는 소리와 함께 울렸다.

"살라흐, 자네는 이런 게 이상하지 않나? 자네에게 딸이 있다면 그 애한테 애착을 갖고, 세상 어느 누구보다 더 그 애를 사랑하며 행복한 인생을 마련해 주려고 온갖 노력을 기울일 거야. 그렇게 키운 딸이 성장하자마자 자네를 피하려 들고, 처음 알게 된 남자 친구와 함께 자네 곁을 떠나려 한다는 게 말일세."

"그건 자연스러운 일이야."

"나는 결코 자연스러운 일로 생각지 않네."

"이보게, 라으파트. 사라는 미국인이야. 미국에서 딸아이들은 모두 가족을 떠나 남자 친구와 함께 독립해서 생활한다고. 나보다 자네가 그 점을 더 잘 알고 있잖은가. 이 나라에서 자네는 자네 자식의 사생활을 통제할 수 없어."

"살라흐, 자네도 그렇게 말하는군. 내 아내 미첼과 똑같은 말을 하고 있어. 자네와 미첼은 정말로 나를 속 태우고 있어. 내 딸이 남자 친구를 택한다는 사고방식을 내가 수용한다는 걸 자네와 미첼 두 사람에게 납득시키려면 내가 어떻게 해야 하지? 부디 내가 미국인이라는 사실을 한 번만, 그리고 앞으로도 영원히 믿어 주길 바라네. 나는 내 딸을 미국의 가치관에 따라 키웠어. 나는 동양의 후진성에서 아예 탈피했다네. 나는 더 이상 인간의 숭고함을 생식 기관과 연관시키지 않아."

"내 말의 의도는 그게 아니었네."

"아니, 이게 자네 말의 의미였어."

"내 말이 자네를 괴롭게 했다면 미안하네."

"살라흐, 자네는 나를 이해하지 못해서 그래. 그것뿐이야. 나는 사라의 사생활을 간섭하지 않아. 그 못된 녀석을 신뢰하지 않을 뿐이지. 나는 한순간도 그놈을 믿을 수 없다고."

"제프가 못된 사람이라면 사라도 언젠가 그 점을 발견할 거야. 사라는 자기 혼자 삶을 경험해 볼 권리가 있어."

"하지만 살라흐, 사라의 성격이 이상해졌어. 때로 그 애가 젖먹이였을 때 내가 안아 주던 사라가 아니라 다른 사람 같다는 생각이 들어. 정말로 나는 그 애를 이해할 수 없어. 왜 사라는 아비를 모질게 대하는 거지? 왜 내가 하는 말마다 놀란 듯 펄쩍 뛰는 거지? 아주 조용히 있다가 갑자기 아무 이유 없이 흥분하기도 해. 그 애의 얼굴도 창백하고 건강도 좋아 보이지 않아."

"젊을 때는 그게 자연스러운 거야. 감정의 기복이 심하고 기분이 극에서 극으로 치닫지. 심지어 사라가 자네를 심하게 대하는 것도 자연스러운 현상이야. 자네 기억하나? 청년 시절, 자네가 부모님께 어떻게 굴었는지 말이야. 그 나이 또래엔 독립하고픈 욕구 때문에 부모에게 반항하고 못되게 굴기 마련이야. 라으파트, 사라가 자네에게 무례하다고 해서 아빠를 사랑하지 않는다는 건 아니야. 사라는 단지 자네의 존재가 의미하는 권위에 반항하는 거라고."

두 사람의 대화는 꼬박 한 시간 동안 이어졌다. 둘은 내내 자신이 한 말을 다른 방식으로 반복했다. 그러더니 라으파트가 일어나며 말했다.

"이제 가 봐야겠네."

"자네, 내일 강의 있나?"

"아니."

"그러면 친구, 잠을 푹 자게. 내일 아침이면 그게 간단한 문제임을 알게 될 거야."

라으파트가 떠나자 살라흐는 문을 닫았다. 그러고는 크리스가 깰까 봐 소리를 내지 않고 침실로 이어지는 계단을 천천히 올라갔다. 그는 비단 가운을 벗어 옷걸이에 걸고 조심조심 침대로 들어가 아내 옆에 누웠다. 크리스가 어둠을 무서워해 밤중에 켜 두는 작은 보조 전등에서 나오는 약한 불빛이 방 안을 비추고 있었다. 그는 천장을 바라보았다. 전등 그림자가 환영(幻影)처럼 춤을 추는 것 같았다. 갑자기 라으파트에 대한 측은한 마음이 들었다. 그는 라으파트를 십분 이해했다. 라으파트는 자기 딸이 다른 남자를 사랑한다는 생각에 제프에게 극도의 질투심을 느꼈다. 이것은 사실이다. 도스토옙스키는 자기 소설에서, 이 세상의 모든 아버지가 제아무리 겉으로는 안 그런 척해도 사위에 대해 깊은 증오심을 품는다고 쓴 바 있다. 하지만 라으파트의 문제는 더 복잡하다. 그는 자기 딸이 혼외 관계를 갖는 것을 용인할 수 없다. 라으파트가 오랫동안 서구 문화를 옹호하며 비호해 왔음에도 불구하고 그는 자신이 공격하고 비웃는 동양 남자의 사고방식을 여전히 갖고 있다. 살라흐는 혼잣말을 했다. "내가 아이를 못 갖는 게 다행인 것 같군. 내게 아이가 없는 게 지금 라으파트의 상황에 놓이는 것보다 나아." 그러나 그는 다시 말했다. "라으파트의 문제는 그 성격에 있어. 미국에서 많은 이집트인들이 자식을 낳았지만 두 문화 간에 균형을 유지할 수 있었어. 하지만 라으파트는 자신의 문화를 경멸하면서 동시에 그것을 자기 내면에 지니고 있어. 이 점이 문제를 꼬이게 하는 거지."

그러고는 "불쌍한 라으파트"라며 영어로 속삭였다. 그런 뒤 자명종에 시선을 두었다. 시간은 벌써 밤 1시였다. 기상할 시간까지 몇 시간 남지 않아 걱정되었다. 잠을 청하기 위해 이불 속으로 들어간 그는 옆으로 몸을 돌려 움츠리는 자세를 취한 뒤 베개로 머리를 감싸고 눈을 감았다. 그리고 잠들기 전에 안락한 어둠이 조금씩 드리워지는 것을 느끼기 시작했다. 그때 옆에 누워 있던 크리스가 갑자기 기침을 하며 몸을 움직였다. 그녀의 동작에 실린 강한 리듬은 그녀가 잠에서 깨었음을 알려 주고 있었다. 그는 아랑곳하지 않고 잠에 들려고 했다. 그러나 크리스가 남편 쪽으로 몸을 돌려 그를 껴안았다. 그리고 남편에게 키스했을 때 그녀의 입에서는 술 냄새가 풍겼다. 그는 귀찮은 듯 속삭였다.

"당신, 또 술 마셨어?"

그녀는 남편에게 몸을 밀착해 껴안고 가쁜 숨을 쉬며 키스했다. 그가 말하려 했지만 아내는 그의 입술에 살며시 손을 얹었다. 은은한 불빛 아래 그녀의 얼굴이 열을 내뿜듯 불타올랐다. 그는 아내의 손길이 자신의 다리 사이를 더듬고 있음을 느꼈다. 그녀가 남편의 입술에 자신의 입술을 갖다 대며 속삭였다.

"당신이 그리웠어요."

제7장

    타리크는 단단히 준비하고 샤이마를 응시하며 서 있었다. 그는 어느 방향에서 날아와도 곧바로 막아 낼 태세로 공이 오기를 기다리는 골키퍼 같았다. 그는 샤이마가 어떤 말을 하든 그녀의 말에 반박하고 그녀를 조롱할 준비를 한 채 기다리고 있었다. 그런데 샤이마는 그의 예상을 완전히 빗나간 모습을 보여 주었다. 갑자기 샤이마의 안면이 수축되는가 싶더니 길 잃은 어린애처럼 울먹였다. 그녀의 몸이 떨렸다. 타리크는 어쩔 줄 몰라 하며 그녀를 바라보았다. 곧이어 그는 자신이 듣기에도 생소한 목소리로 말했다.

    "이봐요, 그만하면 됐어요. 사건은 무사히 일단락되었어요. 다행이에요."

    "나는 지쳤어요. 더 이상 견딜 수 없어요. 내일 나는 유학을 포기하고 이집트로 돌아갈 거예요."

    "서두르지 마세요."

    "아니에요. 나는 결심했고, 이젠 끝났어요."

    "당신이 일리노이 대학에서 따게 될 박사 학위를 떠올려 보세요. 당신이 유학을 위해 얼마나 노력했는지도 생각해 보세요. 탄타에 있는 얼마나 많은 친구들이 당신처럼 되고 싶어 하겠어요."

샤이마는 고개를 숙였다. 타리크는 그녀가 조금 안정되었을 거라 여기고 말했다.

"스스로 나쁜 생각을 하지 않도록 하세요."

"내가 어떻게 해야지요?"

"이곳의 새로운 생활에 적응하세요."

"해 보았는데 잘 안 돼요."

"학업에 문제가 있어요?"

"아니요, 다행히."

"그럼 뭐가 문제지요?"

샤이마는 마치 자신에게 말하듯 나직한 목소리로 말했다.

"타리크 박사님, 나는 이곳에서 혈혈단신이에요. 친구들도 없고 아는 사람도 하나 없어요. 나는 미국인들을 어떻게 대해야 할지 몰라요. 나는 그 사람들을 이해할 수 없어요. 지금까지 나는 영어에서 최고 점수를 받았어요. 그런데 미국인들은 다른 영어를 말해요. 그들은 빠른 속도로 분명치 않게 발음해서 무슨 말을 하는지 이해할 수가 없어요."

타리크가 그녀의 말을 자르며 말했다.

"당신이 낯선 느낌을 갖는 건 당연합니다. 언어는 우리 모두가 처음에 겪는 문제입니다. 당신에게 한마디 조언할게요. 텔레비전을 많이 보면서 미국식 구어를 연습해 보세요."

"설령 내 언어 능력이 향상된다 해도 큰 변화를 주지는 못할 거예요. 나는 이 나라에서 내버려진 것 같아요. 공항에서 그들은 마치 범죄자인 양 나를 심문했어요. 학교에서는 일부 학생들이 나를 볼 때마다 놀려 대고요. 당신도 경찰관이 나를 어떻게 대했는지 보셨지요?"

"이건 당신 혼자만의 문제가 아닙니다. 우리 모두 터무니없는 상황을 겪고 있어요. 9·11 사태 이후 이곳에서는 이슬람교도의 이미지가 크게 악화되었어요."

"대체 내가 무얼 잘못했는데요?"

"미국인들의 입장이 되어 보세요. 일반 미국인들은 이슬람에 대해 아는 바가 거의 없어요. 그들의 머릿속에 이슬람은 테러, 살인과 결부되어 있어요."

잠시 침묵이 흐른 뒤에 그녀가 씁쓸하게 말했다.

"나는 미국에 오기 전에는 이집트에서의 힘든 삶에 불만이 있었어요. 하지만 지금은 이집트로 돌아가고 싶어요."

"우리 모두 당신처럼 낯선 환경에서 고생하고 있어요. 나 역시 이곳에서 2년 동안 이집트를 많이 그리워하면서 힘든 시간을 보내고 있습니다. 하지만 나는 내 자신에게 말합니다. 내가 취득할 학위는 이 모든 고생을 상쇄해 줄 거라고요. 나는 예배를 드리면서 신께 인내심을 달라고 기도합니다. 당신은 예배를 잘 드리고 있겠지요?"

"예."

샤이마는 속삭이면서 고개를 숙였다. 타리크가 말을 이었다.

"그건 그렇고, 시카고는 멋진 도시예요. 도시 구경은 했습니까?"

"나는 대학교 건물밖에 몰라요."

"지금 한 주 동안 쓸 생필품을 사러 나가려 하는데, 어때요? 함께 갈래요?"

샤이마는 그의 제안에 깜짝 놀란 듯 두 눈이 휘둥그레졌다. 그런 뒤 자신의 질밥을 바라보다가 발을 내밀더니 장난 비슷하게 타리크에게 물었다.

"슬리퍼를 끌고 갈까요?"

두 사람은 처음으로 웃었다. 그녀가 망설이듯 그에게 물었다.

"우리 늦게 돌아오나요? 해야 할 공부가 많아서요."

"내게도 오랜 시간이 걸리는 통계학 과제가 있어요. 빨리 돌아올 겁니다."

그는 샤이마가 옷을 갈아입을 때까지 로비에 앉아 기다렸고, 잠시 후 그녀가 돌아왔다. 그녀는 우아해 보이는 파란색의 헐렁한 옷차림이었다. 그는 샤이마가 근심에서 벗어나 명랑해진 것 같다고 여겼다. 둘은 함께 저녁 시간을 보냈다. 시카고 시내까지 전철을 탔다. 그는 샤이마를 데리고 워터 타워와 시어스 타워를 돌아보았다. 그녀는 유명한 마셜 필드 백화점의 유리 엘리베이터 안에서 타리크 옆에 서 있는 동안 어린애처럼 행복해 보였다. 둘은 쇼핑몰로 가서 필요한 물건을 샀고, 마지막으로 학교 버스를 타고 기숙사로 돌아왔다. 둘은 시내를 다니는 도중에 대화를 나누었다. 샤이마는 자기 아버지를 자랑스러워하고, 어머니와 두 여동생을 사랑한다고 타리크에게 말했다. 샤이마는 어머니와 동생들이 그립지만 매주 한 번만 전화 통화를 하는데, 많지 않은 유학 급여 중 한 푼이라도 저축해야 하기 때문이라고 했다. 샤이마가 타리크 본인에 대해 말해 달라고 하자, 그는 자기 이야기를 해 주었다. 경찰 장교였던 그의 아버지는 승진을 거듭해 타계하시기 전에는 카이로 보안국 부국장의 직위에 이르렀다고 했다. 그의 아버지는 정확성과 자기 통제를 원칙으로 삼아 타리크가 잘못하면 때렸다고 했다. 타리크의 중학교 시절, 한번은 아버지가 그를 강제로 일주일간 하인들과 함께 부엌에서 식사하도록 했는데, 타리크가 식탁에서 시금치를 싫어한다고 함부로 말했기 때문이었다. 타리크는 그 일을 떠올리며 웃은 뒤 자랑스럽게 말했다.

"아버지는 학교 역할을 자처하셨지요. 아버지는 벌을 통해 내게 남자다움에 대한 교훈을 주시려 했던 겁니다. 그날 이후 내게 제공되는 음식은 어떤 것이든 마다하지 않고 먹게 되었습니다. 아버지의 이런 엄격함은 내게 큰 도움이 되었지요. 나는 살아오는 동안 내내 최우수 등급을 받았습니다. 정실 인사만 없었다면 지금쯤 뛰어난 외과 의사가 되었을 겁니다. 어쨌든 신의 보살핌 덕에 내 성적은 최우수입니다. 내 평균 성적이 얼마인지 아세요? 4점 만점에 3.99입니다."

"어머나, 대단해요."

"미국인 학생들도 자주 내게 와서 학업 내용 이해를 도와 달라고 청합니다. 그럴 때면 나는 이집트인으로서 그들보다 우수하다는 점에 자부심을 느낍니다."

타리크는 의자에 등을 기대고 지난 일을 회상하듯 먼 곳을 바라보며 말했다.

"작년 일인데요, 조직학 수업에 스미스라는 미국인 학생이 함께 있었어요. 그 학생은 천재로 교내에 알려져 있어요. 그는 학업 내내 최우수 점수를 받았습니다. 그런 스미스가 학문에서 내게 도전하려 애썼지만 나는 그에게 한 수 가르쳐 주었지요."

"정말요?"

"내가 그를 녹아웃시켰지요. 정말입니다. 나는 세 차례나 그를 이기고 1등을 했습니다. 그 후 스미스는 어디서든 나를 보면 깍듯이 인사를 합니다."

타리크는 샤이마의 물건들을 들어다 주겠다고 우겨서 7층에 있는 아파트까지 데려다 준 뒤 그녀에게 작별 인사를 했다. 고맙다고 말하는 그녀의 목소리가 떨렸다.

"타리크 박사님, 무슨 말을 드려야 할지 모르겠습니다. 박사님께서 제게 해 주신 일에 대해 알라의 보상이 있기를 바랍니다."

"존칭은 사용하지 말고 그냥 타리크라고 부르세요."

"그렇다면 내게도 샤이마라고 불러 주세요."

그녀의 속삭이는 목소리는 타리크로 하여금 몸의 떨림 비슷한 것을 느끼게 했다. 그는 샤이마와 악수를 나누면서 그녀의 부드러운 손길을 감지했다. 그는 자기 아파트로 돌아왔다. 불이 켜져 있었고 통계학 책은 펼쳐져 있었으며 찻잔은 그 자리에 그대로였고 파자마는 침대에 널려 있었다. 모든 게 그대로였지만 타리크 자신은 더 이상 이전의 그가 아니었다. 그의 내부에서는 새로운 감정이 불타오르고 있었다. 흥분한 나머지 그는 속옷만 걸친 채 아파트 안에서 계속 왔다 갔다 하다가 침대에 드러누워 천장을 바라보았다. 그에게 뭔가 이상한 일이 벌어진 듯했다. 그는 왜 샤이마를 이런 식으로 대했을까? 이러한 대담성은 어디에서 나온 것일까? 그는 난생처음 처녀와 외출을 했다. 그는 전철에서 그녀 곁에 앉아 있던 사람은 자신이 아니라 다른 사람이었던 것처럼 느껴졌다. 지금까지도 그녀와의 만남이 상상 속의 일이어서, 그가 지금 그녀를 찾으려 해도 못 찾을 것 같다는 생각이 들었다. 오, 신이시여! 그는 왜 이런 식으로 그녀에게 끌렸을까? 그녀는, 그가 매일같이 카이로에서 보았던 수십 명의 처녀들과 마찬가지로 미모도 평범한 시골 여자에 불과한데. 그녀의 매력은 무엇인가? 그녀가 그를 성적으로 흥분시켰는가? 그녀가 야릇한 용도에 적합한 도톰하고 탐스러운 입술을 갖고 있음은 맞는 말이다. 또 그녀의 헐렁한 옷은 이따금 그녀의 의지에 상관없이 몸에 달라붙어, 그런대로 봐줄 정도의 볼록한 두 젖가슴을 도드라지게 한다. 하지만 샤이마는 일리노이 대학의 미국 여대생들이나, 그가 청혼한 바 있던 이집트 처녀들과는 결코 비교될 수 없다. 포르노에서 그의 욕구에 불을 댕겼던 알몸의 처녀들과 나란히 그녀를 언급하는 것은 얼토당토않은 일이다. 그렇다면 그는 왜 그녀가 마음에 들었을까? 그녀가 좌절해 있고 내숭을 떨지 않아서? 그녀가 울면서 그의 동정심을 자극해서였던가? 아니면 그녀가 타리크로 하여금 이집트에 대한 그리움을 자극해서였던가? 사실 그녀의 모든 것이 이집트적이다. 작은 꽃들이 그려진 플란넬 잠밤, 새하얗고 아름다운 목, 포도송이 모양의 촌스러운 금귀고리가 달린 가냘픈 귀, 작고 깨끗한 발과 정성 들여 다듬어졌으며 — 정식 우두를 하기 위해 — 매니큐어를 칠하지 않은 둥근 발톱이 드러난 슬리퍼. 그리고 옆에 앉아 있는 동안 그녀의 몸에서 풍기는 산뜻하고 은은한 향기. 자신을 끌어당기는 무언가를 그는 느낄 수는 있지만 말로 묘사할 수는 없다. 그것은 순수하게 이집트 고유의 무엇이다. 가령 풀*, 타아미야, 부사라*, 쩡쩡한 웃음소리, 벨리 댄스, 라마단* 달 라디오에서 들리는 셰이크* 무함마드 리프아트*의 코란 낭송, 새벽 예배 후 타리크 어머니의 기도. 이 모든 것이 그가 외지 생활을 한 지 두 해가 지나면서 그리워하는 것이다.

그는 상념에 잠겨 있다가 거실에 걸린 벽시계가 시간을 알리는 소리에 정신을 차리고 침대에서 뛰어내리며 소리쳤다. "큰일났군!" 그는 통계학 과제를 떠올렸다. 그는 책상에 앉아 머리를 두 손바닥 사이에 두고는 몽환적 상태에서 벗어나기 위해 정신을 집중했다. 점차 그는 공부에 전념했다. 그는 정확한 방법으로 첫 번째 문제를 풀었고, 이어 두 번째, 세 번째 문제도 해결했다. 다섯 번째 문제를 마치자 그는 자신의 고유한 전통에 따라 작은 바스부사 조각을 먹을 권리를 누릴 수 있게 되었다. 하지만 그는 놀랍게도, 처음으로 바스부사가 당기지 않았다. 공부할 생각이 너무도 확연해서 그는 30분가량 새로운 문제 몇 개를 더 해결했다. 조금 쉬어야겠다는 생각이 들었지만 그는 열의를 잃을까 두려워 계속 공부했다. 그때 벨 소리가 울렸다. 머릿속은 여전히 숫자로 가득 차 있는 가운데 그는 굼뜬 동작으로 일어났다. 그리고 문 앞에 서 있는 샤이마를 보았다. 그녀는 아직 외출복 차림이었다. 거실을 비추는 은은한 푸른 불빛 속에 그녀의 얼굴은 지난 그 어느 시간보다 더 아름다워 보였다. 그녀가 은박지로 덮인 접시를 내밀며 부끄러운 표정으로 말했다.

"시장하실 것 같아서…… 저녁 준비 할 시간도 없을 것 같아서요. 당신을 위해 샌드위치를 만들었어요. 자, 받으세요. 맛있게 드세요."

* * *

내게 제아무리 뛰어난 상상력이 있다 할지라도 나는 그 사건을 예측하지 못했다. 나는 술과 성욕에 취한 상태에서 문을 열었다. 그리고 충격을 받고 깨어났다. 마치 구름 사이를 떠다니는 듯하다가 갑자기 나는 쓰러지면서 딱딱한 바닥에 머리를 부딪혔다. 나는 잠시 멍하니 아무 생각도 못하고 있었다. 나는 앞에 있는 마흔이나 쉰을 넘긴 나이 든 여자를 보았다. 뚱뚱한 흑인 여자로, 왼쪽 눈은 눈에 띄게 사시(斜視) 증세를 보였다. 그녀는 팔꿈치가 닳아 해졌고, 지방질의 살찐 몸을 그대로 드러낼 만큼 몸에 붙는 낡은 원피스를 입고 있었다. 그녀가 미소를 짓자 니코틴 때문에 불결해지고 굽은 모양의 커다란 치아가 드러났다. 그녀가 반갑게 소리쳤다.

"당신이 나지인가요?"

"그렇습니다만, 제가 도와 드릴 일이라도?"

나는 뭔가 잘못되었기를, 그녀가 내가 기다리던 여자가 아니기를 바라는 한 가닥 실낱같은 희망을 갖고 물었다. 하지만 그녀는 슬쩍 나를 제치고 안으로 들어왔다. 그리고 나를 흥분시키려는 듯 몸을 흔들어 댔다.

"나는 당신이 마음으로 나를 알아볼 걸로 생각했는데. 자기, 나는 도나예요. 어머나, 당신 아파트는 정말 아담하네요. 침실은 어디예요?"

그녀가 침대 위에 앉았을 때 방 불빛 아래 드러난 그녀의 얼굴이 아까보다 더 추해 보였다. 나는 내가 꿈을 꾸고 있다고, 지금 일어나는 게 현실이 아니라는 생각이 들었다. 나는 속으로 생각했다. '차라리 혼자 생각할 시간을 갖는 게 낫겠어.' 나는 그녀 맞은편 의자에 앉아 다시 한 잔 마시려고 술잔을 채웠다. 그녀는 나를 훑어보고 미소 지으며 말했다.

"당신은 정말 미남이에요. 하지만 안와르 알사다트를 닮지는 않았네요. 전화할 때 나를 유혹하려고 거짓말을 했어요. 그렇지요?"

나는 조용히 포도주를 들이켠 다음 말했다.

"한잔할래요?"

"고맙지만 나는 음식 없이는 포도주를 마시지 않아요. 위스키 있어요?"

"미안합니다만, 없습니다."

"그렇다면 음식은요? 배가 고파서."

"냉장고 안에."

나는 그녀를 보려 하지 않았다. 그녀가 자리에서 일어나 냉장고를 열었고, 곧이어 비난하듯 소리쳤다.

"치즈와 달걀, 채소. 이게 전부예요? 이건 토끼 밥이네요. 나는 따끈한 저녁을 원해요. 자기, 당신은 마음이 넓은 사람이니까 오늘 밤 나를 고급 식당에 데려가 줄 거예요. 그렇지요?"

나는 한마디도 하지 않고 마음을 짓누르는 우울함을 느끼며 단숨에 술잔을 들이켠 뒤, 다시 한 잔을 따랐다. 나는 고개를 숙이고 있었다. 그리고 고개를 들었을 때 그녀는 속옷만 걸친 채 방 한가운데 서 있었다. 굴곡이 심한 그녀의 검고 큰 몸집이 은은한 불빛 속에 보였다. 그녀는 마치 막 낚아 올린 덩치 큰 바다 동물 같았다. 그녀가 내게 접근해 왔고, 내 얼굴에 그녀의 가슴이 닿는 것을 느꼈다. 그녀는 담배 기운 때문에 숨차 했다. 그녀가 손을 넓적다리에 놓고 속삭였다.

"자기, 이리 와. 내가 천국으로 데려가 줄게요."

그녀의 몸은 고린 땀 냄새와 고약한 향수 냄새가 뒤섞여 있었다. 나는 거리를 두며 자리에서 일어난 뒤 정신을 모아 말했다.

"도나, 정말 미안합니다만, 사실 내 몸 상태가 좋지 않습니다."

그녀가 다시 다가와 속삭였다.

"나는 당신을 기분 좋게 만드는 법을 알고 있어요."

이번에는 그녀를 내게서 떨어뜨려 놓기 위해 손으로 그녀를 저지했다. 나는 더욱 과감해졌고 명확한 태도를 보이며 말했다.

"당신을 알게 되어 반갑습니다만, 나는 정말 매우 피곤한 상태입니다. 나는 그것을 할 수 없습니다."

그녀는 나를 이해해 보겠다는 듯 바라보더니 갑자기 무릎을 꿇고 앉으며 내 다리 사이에 손을 넣었다. 그러고는 바람 소리 같은 목소리로 말했다.

"입으로 하는 건 어때요? 난 그게 전문이에요. 당신도 무척 즐거워할 거예요."

"아니요, 됐습니다."

"그러면 당신 좋을 대로."

그녀가 일어나서 자기 옷을 집어 들며 천천히 말했다.

"하지만 요금은 내야 합니다."

"뭐라고요?"

"이봐요. 당신과 말장난하고 싶지 않아요. 당신은 150달러를 내기로 나와 합의했어요. 내가 여기 온 이상 당신은 그 돈을 지불해야 돼요. 당신이 나와 잠을 자든 말든."

"하지만 나는……"

"150달러를 내라니까요."

그녀가 소리쳤다. 화가 난 그녀의 얼굴은 잿빛이 되었고, 휘둥그레진 눈으로 나를 응시했다. 아까 사시여서 판이한 인상을 주었던 그녀의 눈이 이제야 정상처럼 보였다. 나는 단호하게 말했다.

"지불 못해요!"

"지불하라니까요!"

"난 1달러도 못 줘요!"

나는 심한 분노를 느끼며 소리쳤다. 그녀가 갑자기 미친 사람처럼 내 가운 소매를 붙잡고 세차게 흔들었다.

"당신은 미국에서 여자를 어떻게 대해야 하는지 배워야 해. 이봐, 아랍인, 새겨들으라고. 이곳에서 여성은 당당한 시민이지, 당신이 지내던 사막에서 생각하는 것처럼 품위 없는 존재가 아니란 말이야."

"나는 여성을 존중합니다. 하지만 매춘부는 존중하지 않아요."

그녀는 잠시 나를 바라보더니 갑자기 내 얼굴을 치려 했다. 나는 재빨리 머리를 뒤로 뺐고, 그 바람에 그녀의 손이 빗나가면서 내 오른쪽 귀를 때렸다. 나는 현기증을 느끼며 모욕당한 것과 술기운, 절망감에 이성을 잃고 그녀의 어깨를 힘껏 밀쳐 대며 소리쳤다.

"나가요."

그녀는 내 앞에서 물러섰다. 내가 더 힘껏 밀어 대자 그녀는 심하게 휘청거리며 몸의 균형을 잃고 바닥에 쓰러졌다.

"지금 나가라고. 이 창녀야, 경찰에 연락하기 전에."

그녀는 자리에 계속 앉아 있었다. 두 다리는 앞쪽으로 벌어져 있고, 두 손은 바닥을 짚고 머리는 뒤쪽으로 기울어진 채 마치 천장에 있는 뭔가를 쳐다보는 것 같았다. 나는 내가 알고 있는 온갖 영어 욕설을 퍼부어 댔다. 그녀가 분노한 시선으로 나를 노려보다가 내 쪽으로 손을 뻗어 위협하듯 손가락으로 가리켰다. 그러고는 입을 열어 뭔가를 말하려 하다가 갑자기 얼굴에 경련이 일더니 울음을 터뜨렸다. 나는 조용히 그녀를 지켜보았다. 나는 문제가 이 정도로 심각해진 데 대해 의아했다. 갑자기 슬픈 감정이 밀려오더니 곧 후회로 바뀌었다. 나는 나직이 말했다.

"도나, 미안해요. 사실 나는 술에 잔뜩 취해 있어요."

그녀는 아무 말이 없었다. 나는 그녀가 내 말을 듣지 못했다고 여겼다. 한데 그녀는 여전히 고개를 숙인 채 쉰 목소리로 말했다.

"당신은 내가 이 돈을 얼마나 필요로 하는지 몰라요. 나는 이 일을 해서 아이 셋을 키우고 있어요."

"미안합니다."

"애들 아빠는 자기보다 스무 살이나 어린 여자와 함께 도망갔어요. 나와 애들을 내버려 두고요. 우리는 결혼하지 않은 상태여서 내겐 법적 권리가 없어요. 설령 법적 권리가 있다 해도 그가 어디 있는지 모르기 때문에 권리를 주장할 수도 없어요. 나는 애들을 버릴 수 없어요. 애들이 무슨 잘못이 있어요? 나는 혼자서 모든 비용을 감당해야 해요. 학비와 먹고 입히는 비용, 가스와 전기세. 나는 매춘을 하고 싶지 않아요. 하지만 다른 일자리가 없어요. 일을 구하려 해 보았지만 얻지 못했어요."

그녀가 말하고 있는 중에 나는 자리에서 일어나 그녀 옆에 무릎을 꿇고 앉았다. 그러고는 그녀의 이마에 입맞춤을 했다.

"도나, 나를 용서해 줘요."

"괜찮아요."

"정말 나를 용서한 건가요?"

그녀는 나를 향해 머리를 들더니 슬픈 표정으로 미소를 지었다.

"당신을 용서했어요."

우리는 기진맥진한 채 침묵했다. 마치 방금 격렬한 시합을 마친 복싱 선수 같았다. 그녀가 나를 바라보며 부드럽게 말했다.

"내게 금액의 절반이라도 지불할 수 있나요?"

나는 답하지 않았다. 그녀가 내 어깨에 손을 얹으며 속삭였다.

"부디 절반이라도 주세요. 나는 정말 돈이 필요해요. 오늘 밤은 시간이 지나서 다른 고객도 받지 못해요."

내가 대답하지 않자 그녀는 마지막 시도로 속삭였다.

"여자 친구에게 돈을 빌려 준다고 생각하세요. 내가 갚을 수 있게 되면 돌려 드릴게요."

나는 일어나 서랍으로 가서 백 달러 지폐를 갖고 돌아왔다. 도나는 서둘러 돈을 받아 들고는 나를 껴안았다. 그리고 내 볼에 입맞춤을 하며 속삭였다.

"나지, 고마워요. 당신은 정말 관대하군요."

잠시 후 그녀는 옷을 입고 내게 물었다. 그녀는 다시 쾌활해져 있었다.

"나 갈게요. 원하는 것 있어요?"

"됐습니다."

그녀는 문을 열고 이어 내 쪽으로 몸을 돌렸다. 마치 뭔가를 기억해 낸 듯했다. 그녀는 홍보 담당자들이 사용하는 투의, 밝고 매력적이며 인위적인 어조로 말했다.

"20대 여자를 원하면 내게 연락 주세요. 정말 멋진 여자들이 있으니까요. 금발, 갈색 피부 등 당신이 원하는 대로 있어요. 당신에겐 같은 가격으로 해 주고, 백 달러는 미리 낸 걸로 계산해 둘게요. 당신이 내게 점잖게 대한 것처럼 나도 당신에게 품위 있게 대해야겠지요."

나는 아무 말 없이 그녀를 지켜보았다. 그녀는 밖으로 나가며 문을 닫았다.

제8장

　아흐마드 다나나 박사가 마르와 나우팔 양에게 청혼할 무렵, 박사는 모든 조건을 갖춘 신랑감이었다. 그는 경건한 자로, 이마에는 늘 예배를 드린다는 표시가 있고 손에는 묵주가 들려 있다. 그리고 항상 코란과 하디스* 구절을 인용해 말하며, 어떤 상황에서든 정해진 시간에 예배를 드리려 한다. 또 그는 결혼을 위한 물질적 부담을 감당할 준비가 되어 있다. 그는 피라미드 지역의 파이살 가(街)가 내려다보이는 크기 2백 제곱미터의 고급 복층 아파트를 소유하고 있다. 그는 신부 측에서 요구하는 금액의 마흐르*를 지급하고 ― 합당한 선에서 ― 신부가 원하는 예물을 사 주겠노라고 당당하게 말했다. 그보다 더 중요한 점은, 그가 현재 미국에서 의학을 공부하면서 의대 보조 강사로 있고 향후 박사 학위를 취득해 귀국한 뒤에는 이집트에서 고위직을 차지하리라는 것이다. 미풍이 불어와 나뭇가지를 살살 흔들듯이 장차 사위가 장관이, 더 나아가 국무총리가 되기를 바라는 심정이 ― 알루와이으의 화장실 설비상(商)인 ― 핫즈* 나우팔을 자극했다. 그렇게 되지 말라는 법이 있는가? 다나나 박사는 집권 여당 내 청소년 위원회의 어엿한 위원으로 많은 인맥을 확보하고 있다. 그는 카이로에서 휴가를 보내는 동안에도 국가 고위직 사람들과 매일 만난다. 그렇다면 사윗감으로 그에게 무슨 흠이 있겠는가? 나이가 조금 많다는 점? 그것은 오히려 그에게 유리한 쪽으로 작용하지 불리한 점이 아니다. 나이 지긋한 사위는 마르와를 달래고 신경 써 줄 터이므로, 자칫 딸을 함부로 대할지도 모를 경솔한 젊은 사위보다 낫다. 핫즈 나우팔은 다나나를 사위로 맞고 싶은 마음이 간절했다. 그는 — 상인의 사고방식으로 — 결혼 비용을 계산했고, 신랑이 지불하는 금액의 몇 배를 자신이 지불하게 될 것임을 알았다. 그러나 나우팔은 생각했다. '알라께서 내게 막대한 부를 주셨으니 나는 내 능력에 맞는 금액을 써야 해. 큰딸을 위해 쓰는 돈은 그게 얼마든 많다고 생각할 수 없어.'

마르와 본인은 상업 대학 영어과를 졸업한 후 전통 결혼을 비웃고 거부하면서 여러 해를 보냈다. 그녀는 자신이 예쁘다는 것을, 자신의 미모 정도면 쉽게 뭇 남자들의 욕망을 일으킨다는 것을 알고 있었다. 청춘이 시작되면서부터 그녀는 만나는 남자마다 눈에 충동을 느끼고 있음을 보아 왔다. 어깨에 흘러내리는 칠흑 같은 부드러운 머릿결, 검고 어여쁜 두 눈, 도톰하고 탐스러운 입술, 매력 덩어리의 몸매, 봉긋한 가슴, 가느다란 허리 그리고 넓게 펼쳐지다 아름다운 두 다리로 내려가는 엉덩이. 조화를 이룬 발가락들과 매니큐어를 칠한 둥근 발톱이 있는 작은 발조차 사람의 신체라기보다는 뛰어난 미술 작품처럼 보인다. 마르와는 여러 해 동안 단꿈에 빠져 있었다. 그녀는 스스로를 공주로 여겨, 언젠가 잘생긴 기사가 백마를 타고 와 자신을 데려갈 것으로 기대했다. 그녀는 상류층에 속하는 부유한 많은 청혼자들을 퇴짜 놓았다. 그들 중 어느 한 명에게도 진심으로 끌린다는 느낌이 없어서였다. 그러다 문득 자신이 스물아홉 살을 넘었음을, 자신의 사랑을 만나지 못했음을 깨달았다. 그 무렵 그녀는 현실적인 시선으로 상황을 살펴볼 필요가 있었다. 어머니는, 결혼하고 나서 이루어지는 사랑이 갑자기 사그라져서 불행으로 끝나는 번덕스럽고 불처럼 타오르는 감정보다 더 견고하고 품위 있다고 수차례에 걸쳐 딸에게 강조했다.

그 후 마르와는 금요일 자 신문의 「아흐람(Ahram)」 서신란에 게재되는 독자들의 문제점에 대한 답변에서 그 같은 내용을 읽고 어머니의 말씀이 인생의 진리를 담고 있노라 확신하게 되었다. 그렇다면 그녀는 사는 동안 위대한 사랑을 찾지 못했으므로 그런 사랑에 대한 꿈은 포기해야 한다. 현실에서의 사랑은 영화 속 사랑과 차이가 있다. 사람들 모두 하듯이 그녀도 결혼해야 하고, 종국에는 집과 가족, 아이들이 생겨야 한다. 그녀는 더 이상 젊지 않아 몇 달 있으면 나이 서른이다. 지금 가장 중요한 것은 결혼이고, 사랑은 나중에 생길 것이다. 그녀에게는 아흐마드 다나나에 대해 싫다거나 좋다고 할 아무것도 없다. 그에 대한 그녀의 감정은 중립적이지만, 그녀는 — 머릿속으로 계산하고 — 다나나가 괜찮은 배우자감이라는 걸 알았다. 단지 그의 억세게 생긴 얼굴, 이마의 주름, 곱슬머리 그리고 날씬하게 보이려고 착용하는 조끼의 압박에도 불구하고 한눈에 드러나는 올챙이배. 이런 것을 잊을 수만 있다면, 또 자신의 뇌리에서 이러한 부정적인 요소들을 없앨 수만 있다면 그녀는 대충 다나나와 더불어 사랑 이야기를 엮으며 살아갈 수 있으리라. 그는 그녀에게 친절하고 상냥하지 않았던가? 만날 때마다 그녀에게 값비싼 선물을 주지 않고 지나간 적이 있었던가? 그는 그녀를 데리고 이집트의 최고급 호텔과 식당에 가지 않았던가? 그는 그녀를 위해 따지지 않고 돈을 쓰지 않았던가? 다나나가 흔쾌히 지불하는 엄청난 금액의 영수증을 보고 여러 번 그에게 미안함을 표했을 정도로 말이다. 게다가 둘이 대형 선박 '아틀라스'호 선상에서 촛불이 켜지고 바이올린이 연주되는 가운데 저녁 식사를 하던 그 아름다운 밤을 그녀가 어찌 잊을 수 있겠는가? 두 사람을 태운 배는 두 시간 동안 나일 강을 떠다녔고, 그 시간은 아름다운 꿈처럼 지나갔다. 그는 그녀를 사랑하고 귀여워해 주며, 그녀를 기쁘게 하려고 자신이 할 수 있는 최선의 노력을 기울인다. 더 이상 무엇을 바라겠는가? 사실 그녀는 이따금 우울증에 걸려 그를 거부하는 경우도 있다. 하지만 그런 일은 드문 편이다. 마르와는 어머니의 설명에 만족했다. 어머니는 흉안(凶眼)*이 마르와를 시샘한다고 강조하면서, 특히 밤 시간에 코란을 많이 읽으라고 충고했다. 청혼 기간은 매우 순탄하게 지나갔다. 고명한 알아즈하르 셰이크가 몸소 '사이드나 알후세인 — 신께서 그에 대해 기뻐하시길 —' 사원에서 혼인 약정식을 맡아 주었다. 성대한 규모의 결혼식이 열렸고 이를 위해 핫즈 나우팔은 25만 기네*의 비용을 감당했다. 결혼식은 메리디안 호텔에서 거행되었고 가수인 이합 타우피크, 히샴 압바스, 그리고 무희인 디나가 축하 공연을 했다. 신문에 게재된 대로 사회 저명인사들과 국가 고급 관리들이 식에 참석했다. 깊은 신앙심을 지닌 가문의 결혼식에 나체의 무희가 출연한 데 대해 이슬람 율법에 관련된 반발 작용이 일기도 했다. 그러나 핫즈 나우팔은 단호하게 대응했다.

"마르와는 내 큰딸이며, 이번은 내 자식의 첫 번째 결혼식입니다. 무희 없는 결혼식은 무미건조할 것입니다. 찬미받으실 숭고하신 주님께선 우리의 의중을 아십니다. 용서와 자비의 마음을 지니신 주님이시니."

사실은 이렇다. 핫즈 나우팔은 무희 디나 — 그녀는 민망한 옷을 걸치고 도발적인 동작을 하는 것으로 유명하다 — 에게 마음이 쏠려 있었고, 그녀가 춤추는 동안 박수와 환호로 그녀를 성원했다. 결혼식이 끝날 무렵 두 사람은 오랫동안 유쾌하게 속삭이며 대화를 나누었는데 이로 인해 그의 아내인 핫자* 인사프의 얼굴에는 긴장감이 감돌았다. 이 모든 것은 사람들의 뇌리에, 핫즈 나우팔이 청년 시절, 즉 그가 알라의 용서를 받고 개과천선하기 이전, 향락에 탐닉하여 무희들을 따라다녔다는 비밀스러운 이야기들을 상기시켰다.

신혼부부는 핫즈 나우팔의 비용 부담으로 신혼여행을 터키에서 보냈다. 그리고 터키를 떠나 시카고로 갔고, 그곳에서 다나나는 학생 기숙사를 벗어나 널따란 새 아파트를 빌렸다. 마르와는 열정과 성심으로 자신의 새로운 인생을 맞이하려 했다. 그녀는 마음속 깊이 원했다. 남편을 행복하게 해 주고, 남편의 인생을 내조하겠노라고, 그래서 남편이 성공해 정상에 오를 수 있게 하겠다고. 그러나 처음 며칠 이후 그녀의 청사진에는 흠집이 생겨났다. 그리고 결혼 후 딱 1년이 지난 지금, 마르와는 혼자서 집에 웅크린 채있다. 지난 일들이 그녀가 여러 번에 걸쳐 떠올리는 영화 장면처럼 그녀의 뇌리를 스쳐 간다. 그녀는 자신이 처음부터 남편의 행실에서 분명한 신호를 보지 못한 데 대해 스스로를 심하게 나무란다. 혹은 그녀가 그 신호를 보고서도 자신의 핑크빛 허상에 대한 갈망으로 모른 척했을 수도 있다. 이제 그 꿈은 높은 곳에서 떨어져 현실의 바위에 부딪혀 유리 조각처럼 산산이 흩어졌다.

문제는 양복 사건으로 시작되었다. 결혼식 행사 동안 다나나는 베르사체 디자인의 우아하고 고급스러운 흰색 양복을 입고 있었다. 그러나 결혼 후 마르와는 남편의 옷을 서랍에 정리하면서 그 양복을 볼 수 없었다. 그녀는 심기가 크게 불편했다. 양복을 도난당했거나 분실했을 거라는 생각이 들었다. 다나나가 학교에서 돌아왔을 때 그녀가 물었다. 그는 아무 말 없이 거듭 사악한 시선으로 아내를 노려보더니 농담하듯 말했다.

"그 양복은 미국이 원조해 준 거야."

그녀가 속 시원히 알려 달라고 하자 그는 터져 나오려는 웃음을 억누르는 시늉을 하며 당황한 기색을 감추려 했다.

"미국에는 어느 물건이든 구입 일자로부터 한 달 이내에 영수증을 제시하면 반품할 권리를 소비자에게 부여하는 제도가 있지."

"아직도 이해가 안 돼요. 결혼 예복은 어떻게 된 거지요?"

"별일 아니야. 나는 예복을 하룻밤만 입게 될 거라고 생각했어. 알다시피 예복 가격은 너무 비싸잖아. 그래서 영수증을 보관했다가 반품하고 환불받았지."

"그건 일종의 사기 아닌가요? 양복을 구입했다가 결혼식에서 입고 상점에 반품하는 것 말예요."

"미국의 의류 회사들은 재벌이고 예산도 수백만 달러여서 양복 한 벌 값은 아무 영향도 주지 않아. 또 우리도 이슬람 나라에 살고 있지 않잖아. 나는 신뢰할 만한 이슬람 학자분들에게 자문을 구했는데, 그들은 미국이 이슬람 율법의 관점에서 보았을 때 불신자 세계이지 이슬람 세계가 아니라는 점을 내게 확인해 주었어. 그리고 필요는 금지된 것을 용인한다는, 익히 알려진 법리학적 원칙이 있어. 따라서 내가 양복 대금을 필요로 해서 상점에 양복을 돌려주는 것은 이슬람 율법에 따라 내게 허용되지."

마르와는 그의 사고방식을 매우 의아하게 여겨, 하마터면 "이슬람이 우리더러 비이슬람교도들의 것을 노둑질하라고 시켰다고 누가 당신에게 말하던가요?"라고 물을 뻔했다. 하지만 그녀는 그에게서 그럴 만한 이유를 찾으려 해 보았다. 그러고는 속으로 생각했다. '그가 우리 아버지처럼 부자가 아니라는 걸 기억해야 해. 그는 정말 양복 대금을 필요로 하잖아.' 이후 유감스러운 일들이 잇따르지 않았다면 그녀는 그 사건을 거의 잊었을 것이다.

다나나는 유학생 급여가 적어 생활비로 충분치 않자 불만을 갖기 시작했다. 그는 여러 차례 불만을 드러냈는데 마르와는 — 마음속에 있는 정체불명의 경고자의 조언에 따라 — 모른 척했다. 그러자 다나나는 넌지시 말하는 방식에서 터놓고 말하는 방식으로 바꾸어 마르와에게 단도직입적으로 물었다.

"내가 장인으로부터 매달 얼마만큼의 돈을 빌릴 수 있을까? 이 집트로 돌아가서 갚기로 하고 말이야."

그녀가 말없이 바라보자 그는 뻔뻔한 태도로 웃으며 말했다.

"장인께서 원하시면, 빌린 돈에 대해 차용증을 써 드릴 수도 있어."

남편의 본모습이 드러나면서 마르와는 충격을 받았다. 그럼에도 그녀는 아버지에게 연락해 자금 지원을 청했다. 왜? 어쩌면 그녀는 절망에서 자신을 구해 줄 한 가닥의 약한 마지막 줄을 붙잡고 있었기 때문일 것이다. 그녀는 스스로 납득하려 해 보았다. 남편은 낯선 타국에 유학 중이어서 어려운 상황에 처해 있고 당연히 돈에 쪼들리고 있다. 남편이 장인에게 도움을 청하는 것은 흠이 되지 않는다. 놀랍게도 아버지는 이미 예상했다는 듯 요청을 수락했고, 그녀에게 매달 첫째 날에 천 달러를 송금하기 시작했다. 그날이 되면 다나나는 기다리고 있다가 체면 차리지 않고 그녀에게서 돈을 건네받았다. 아니, 더 나아가 송금이 늦어지면 재촉하기까지 했다. 돈 문제는 마르와의 근심거리가 아니었다. 그녀는 그 이상으로 생활비를 부담할 준비가 되어 있었다. 그녀가 받은 교육은, 자신의 모든 노력과 재산을 동원해 남편을 도와주는 전형적인 아내상을 심어 주었기 때문이다. 그런데 아주 우연히 그녀는 다나나의 주머니에서 은행 수표를 발견하게 되었다. 그것을 본 그녀는 남편이 유학 급여 외에 상당한 금액을 받고 있음을 알았다. 그녀는 자신을 통제하지 못했다. 흐린 날 빠른 속도로 다가오는 구름처럼 그녀의 눈앞에 분노가 몰려왔다. 그녀가 남편에게 물었다.

"추가 급여가 있다는 걸 왜 내게 감추었어요? 우리 아버지의 도움이 필요 없는데도 왜 나더러 도움을 청하게 했지요?"

순간 다나나는 당황한 듯했지만 곧 대담함을 되찾으며 말했다.

"추가 급여에 대해 당신에게 말하지 않은 것은 아직 때가 되지 않아서야. 그리고 당신은 내 아내로서, 이슬람 교리상 남편의 급여를 알 권리가 없어. 나는 이 점에 대해 이슬람 율법의 근거를 제시할 수 있어. 장인께서 우리를 도와주려고 보내시는 적은 액수의 돈에 대해 말하자면, 나는 당연한 거라고 생각해. 우리 주님께서 장인에게 많은 재물을 주셨기 때문이야. 우리는 우리의 인생을 시작한 단계이고, 돈을 저축해야만 해. 저축은 큰 미덕이고, 가장 숭고하시고 선택받으신 예언자 무함마드 — 알라의 축복과 구원이 그분께 있으소서 — 께서도 그 점을 권장하셨어."

당연히 그녀는 납득이 가지 않았다. 그녀의 눈에 남편의 인색함은 더운 날의 태양처럼 더없이 확연하게 드러났다. 그녀는 관찰하기 시작했다. 남편이 마지못해 비용을 지불해야 할 때 그의 얼굴이 어떻게 잿빛이 되는지를. 그가 자신의 돈을 세어 조심스럽게 넣은 지갑을, 마치 영원한 안식처에 매장하는 것처럼 안주머니에 찔러 넣을 때 불안한 듯 애타는 표정이 어떻게 드러나는지를. 점차 무시무시한 망상이 그녀에게 밀려왔다. 그녀는 가족과 떨어져 아주 먼 곳에 와 있다. 대서양과 수만 킬로미터의 거리가 그녀와 가족 사이를 갈라놓고 있다. 그녀는 시카고에서 이방인이고 완전히 외톨이이다. 그녀를 아는 사람은 한 명도 없고 어느 누구도 그녀에게 관심을 보이지 않는다. 그녀는 영어 실력이 부족해 거리에서 사람들과 의사소통할 수도 없다. 이곳에서 그녀에겐 다나나밖에 없다. 정말 그녀는 남편에게 의지할 수 있을까? 만일 그녀가 아프거나 사고라도 당하면 어떻게 될까? 남편인 이 사람은 그녀에게 아무런 관심도 갖지 않는다. 만일 그녀가 남편에게 10달러의 부담을 지운다면 그는 그녀를 거리에 내버릴 것이다. 이것은 사실이다. 다나나는 구두쇠이고, 오직 자기만 생각하는 이기주의자이다. 지난 그 어느 때보다도 더 뚜렷하게, 그녀는 그가 결혼 상대자로 왜 자신을 택했는지 알게 되었다. 그는 그녀의 돈을 짜내기 시작한 것이다. 의심할 바 없이 그에게는 장인이 죽은 뒤 그녀의 유산을 차지하려는 계획이 있을 것이고, 지금부터 그는 정확하게 그 금액을 계산할 것이다.

하지만 문제는 그의 인색함과 이기주의에 국한되지 않았다. 매일같이 두 사람 사이에 뿌리내리기 시작한 또 다른 혐오스러운 감정이 있었다. 그것은 매우 사적이고 매우 곤혹스러운 문제여서, 마르와는 아주 가까운 사람에게조차도 말할 수 없었다. 그녀는 그 문제를 생각하기만 해도 자신을 나무라지만, 그 문제는 그녀를 고통스럽게 하고 그녀의 삶을 망쳐 놓고 있다. 솔직히 말해 그녀는 남편이 그녀와 성행위를 할 때 쓰는 방법을 싫어한다. 남편은 이상한 방법으로 그녀와 관계를 가진다. 그는 도입부 없이 그녀가 침실에서 텔레비전을 보고 있거나 화장실에서 나올 때 그녀를 덮친다. 자신의 몸을 세운 자세로 갑자기 달려들어 그녀를 덮치는데 그것은 청년들이 집에서 하녀들에게 하는 짓과 같다. 그의 어설픈 방법은 그녀에게 두려움과 심리적 긴장감, 모욕감을 유발했고, 또한 그로 인해 그녀의 신체에 고통스러운 궤양이 생겨났다. 어느 날 밤, 그녀는 너무 부끄러워 남편의 얼굴을 쳐다보지도 못하면서 자신의 신체적 고통을 넌지시 알렸다. 하지만 그는 비웃으면서 자랑하는 어투로 말했다.

"그런 것에 익숙해지도록 노력해 봐. 원래 내가 세고 거칠거든. 우리 가문 남자들은 다 그래. 고국에 있는 외삼촌은 여든 넘은 나이에 결혼해서 아이를 낳았어!"

그녀는 남편의 몰이해에 좌절했다. 그녀는 남편에게 더 이상 설명할 수 없었다. 그녀는 남편이 이해해 주었으면 하는 심정으로, 아내를 부드럽게 대하라는 의미의 "너희 스스로를 위해 조심스러워야 하고"*라는, 코란의 감동적인 구절을 읽으라고 조언하고 싶었다. 하지만 그녀는 너무 부끄러워 침묵하고 말았다. 그 후로 그녀는 남편과 단둘이 있을 때 남편 때문에 놀란 일이 있었다. 남편은 코를 찌르는 냄새가 나는 윤활제를 사용하려 했다. 그녀는 극구 거절하면서 그것을 강력하게 멀리 밀어냈다. 그녀는 침대에서 벌떡 일어났고 남편에 대한 분노는 배가되었다. 그녀는 가능한 한 모든 변명을 대며 남편과의 잠자리를 피하기 시작했다. 그러던 어느 날 밤 남편이 그녀를 덮쳤다. 그녀는 거세게 저항하고 펄쩍 뛰면서 남편과 거리를 두었다. 그러자 남편이 화를 내며 소리쳤다. 그는 강한 성적 욕구로 인해, 또한 힘을 쓴 결과 숨을 헐떡거렸다.

"마르와, 신을 두려워해야지. 당신에게 찬미받으실 숭고하신 알라의 징벌이 있다는 걸 경고하겠어. 당신이 지금 한 행동은, 울라마* 전체의 합의에 따르면 이슬람 율법에 어긋난 금지 사항이야. '잠자리에서 남편을 거부하는 아내는 천사의 저주 아래 밤을 보낼 것'이라는 사도님 — 알라의 축복과 구원이 있기를 — 의 말씀이 정확한 근거를 갖고 전해 오고 있어."

남편은 아내를 앞에 둔 채 침대에 드러누워 있었고, 그녀는 잠옷 차림으로 남편 앞에 서 있었다. 분노에 사로잡힌 그녀는 증오와 조소가 깃든 눈빛으로 남편을 응시했다. 그녀는 이렇게 반박하고 싶었다. '이슬람은 여성으로 하여금 당신처럼 혐오스러운 남편과 동침하라고 강요하지 않아. 사도님 — 알라의 축복과 구원이 있기를 — 께서는 한 여자가 남편에 대해 불편하게 여긴다는 이유만으로도 그 부부의 이혼을 명하셨다고.' 분노가 더욱 커진 그녀는 처음으로 이혼을 생각할 지경에 이르렀다. '이제 남편에게 이혼해 달라고, 그래서 이집트로 돌아가게 해 달라고 하자. 매일 밤 이렇게 구역질 나는 식으로 성적 모욕을 당하는 것보다 이혼하는 게 훨씬 나아.'

'이제 나와 이혼해 주세요.' 그녀의 생각은 이 문장에 집중되어 머릿속에 그 글자가 새겨질 정도였다. 그러나 어떤 이유로 인해 — 그녀는 이후 그 이유를 알려고 해 보았지만 도저히 알 수 없었다 — 남편에게 대꾸하려다가, 단호한 뜻을 담은 말을 하려고 막 입을 열려다가 그녀는 모순과 모호함이 깃든 감정에 사로잡혔고 그 감정은 그녀를 강제로 침묵하게 했다. 그러더니 그녀는 마치 최면 상태에 빠진 듯 남편에게 천천히 다가가는 자신을 발견했다. 그녀는 무덤덤하게 옷을 벗기 시작했고 이어 남편 앞에 나체로 서 있었다. 그녀는 남편이 자신을 덮쳐도 저항하지 않았다. 그날 밤 두 사람 사이에는 새로운 국면이 시작되었다. 그녀는 완전히 냉정한 자세로 자신의 육체를 남편에게 내주었다. 두 눈을 감고 남편의 거칠고 혐오스러운 숨결과 끈적거리고 메스꺼운 육체를 인내심으로 감당해 냈다. 고통스럽게 짓누르는 순간들이 지나가고 토할 것 같은 느낌이 들 때면 남편은 욕정을 쏟아 내고 숨을 몰아쉬며 의기양양해서 등을 대고 눕는다. 그는 마치 전투에서 승리한 것처럼 보인다. 그때 그녀는 화장실로 내달아 토하고, 그런 뒤 억눌림과 무기력과 고통 속에 울음을 터뜨린다. 그 후에 그녀는 세차게 얻어맞은 것처럼 온몸이 쑤셔 오는 것을 느꼈다. 더 나아가 그녀의 얼굴은 성관계 직후 변하여 침울해졌고 마치 부어오른 것처럼 붉은색을 띠었다. 그러나 그녀는 육체적 관계의 전투에서 남편에게 패했음에도 불구하고 아이를 갖는 것에 대해서는 완강하게 거절했다. 남편은 미국에서 아이를 낳자고 끈질기게 요구하며 온갖 수단을 동원해 설득하려 했다. 그는 이렇게 말하기도 했다.

"이봐요, 순진한 아가씨."

"그런 식으로 말 걸지 마세요."

그녀가 고개를 돌리자 그는 다정스럽게 다가와 음흉한 목소리로 속삭였다.

"자기야, 내 말 좀 들어 봐. 지금 아이를 낳으면 그 애는 미국 국적을 취득하게 돼. 그러면 우리도 자동적으로 미국 국적을 얻게 되지. 사람들은 미국 여권을 얻으려고 수만 달러를 쓰기도 하는데 당신은 지금 그런 혜택을 제 발로 걷어차고 있어."

"같은 말 되풀이하는 게 지겹지도 않아요? 나는 지금 아이를 낳고 싶지 않다고요. 단지 미국 여권을 취득하려고 아이를 낳을 수는 없어요."

* * *

그날 밤 마르와는 거실 소파에 편안한 자세로 앉아서 이집트 위성 채널로 텔레비전 연속극을 보고 있었다. 벨 소리가 들리자 그녀는 누가 오리라곤 예상하지 않은 터라 불안했다. 그녀는 주저하며 자리에서 일어났고, 머릿속에는 그녀가 자주 들었던, 시카고에선 낯선 사람에게 문을 열어 주지 말라는 온갖 주의 사항들이 맴돌았다. 그녀가 유리 구멍을 통해 내다보았을 때 사프와트 샤키르가 웃으며 서 있는 모습이 들어왔다. 그가 큰 목소리로 물었다.

"다나나 박사 있습니까?"

"없는데요."

"부인, 미안합니다만, 그를 만나러 워싱턴에서 왔습니다. 아쉽게도 제 전화기가 고장 나서요. 안으로 들어가 기다려도 될까요?"

마르와가 대답하지 않자 그는 집요하게 말을 이었다.

"미룰 수 없는 중요한 일 때문에 남편분을 만나려고 합니다."

그녀는 사프와트 샤키르를 알고 있었다. 영사관 파티에서 여러 차례 본 적이 있다. 그녀는 그를 썩 내켜 하지 않았다. 그는 늘 거만하고 미심쩍은 사람으로 보였다. 하지만 남편이 그에게 얼마나 많은 관심을 두고 있는지 알고 있었다. 그녀에겐 선택의 여지가 없었다. 그녀는 문을 열어 안으로 들어오게 했다. 그는 평소처럼 말끔한 차림이었고 고급 향수 냄새를 풍겼다. 그는 마르와와 악수를 나누고 입구에 놓인 가장 가까운 의자에 앉았다. 그녀는 아파트 문을 열어 놓고 그의 앞에 앉았다. 그러고는 다나나에게 전화를 걸어 알렸고, 남편은 곧 가겠다고 했다. 손님 대접을 해야겠기에 그녀는 손님을 위해 샤이를 대접했다. 그녀는 사프와트가 말을 걸려고 여러 차례 시도하는 것을 점잖고 단호하게 차단했다. 다나나가 도착하자마자 그녀는 안방으로 물러갔다. 사실 다나나는 아내에게 신경 쓰지 않았다. 그의 주된 관심은 손님에게 있었다. 그는 서둘러 손님을 맞이하며 숨을 헐떡거렸는데 그것은 약간 과장된 동작으로 자신이 급히 달려왔음을 보이기 위함이었다. 다나나가 아부 섞인 웃음을 띠며 말했다.

"선생님, 안녕하십니까. 선생님께서 오시니 시카고가 밝아졌습니다."

"미안하군. 약속도 하지 않고 와서."

"선생님께선 어느 때 오셔도 제겐 영광입죠."

"부인께 귀찮게 해 드려서 죄송하다고 대신 사과 말씀을 드려 주게."

"선생님, 정반대입니다. 마르와는 선생님께서 얼마나 대단하시고 제게 얼마나 중요한 분인지 알고 있기 때문에 선생님께서 오신 것을 기뻐할 겁니다."

사프와트가 다시 등을 의자에 기대고 말했다.

"내가 여기 온 것은 극히 중요한 사항이 있어서야."

"아, 그렇군요."

"먼저 몇 가지 물어볼 게 있네."

"예, 그러시죠."

"자네 학과에 이집트계 콥트*인이 있나?"

"조직학과에는 콥트인이 없습니다. 그들은 내과와 외과, 생리학과에 있습니다. 일리노이 대학교의 의학 센터에는 콥트인이 딱 일곱 명 있고, 저는 그들을 모두 알고 있습니다."

사프와트가 재킷 주머니에서 접힌 종이를 꺼내더니 천천히 펴서 다나나에게 건네주었다. 다나나는 그것을 받아 들고 관심을 기울여 읽었다. 이내 그가 얼굴에 화난 표정을 지으며 말했다.

"역겨운 유언비어로군요."

"이건 지난주에 배포된 많은 유인물 중 하나일세. 보관하고 있다가 천천히 읽어 봐. 해외 이주 지역 콥트인들의 활동이 우려할 만큼 커지고 있고, 그들은 파렴치하게 이집트와 대통령 각하를 공격하고 있어. 안타깝게도 미국 행정부는 그늘의 말을 들어주고 있지."

"그들 모두 배신자이고, 이스라엘에 매수된 첩자들입니다."

사프와트는 잠시 고개를 숙였다가 진지한 태도로 말했다.

"이스라엘은 단 하나의 조직과 관계가 있어. 나머지 콥트 조직들은 단독으로 움직이면서 자체적으로 재정을 조달하고 있지. 그들은 이집트 내 콥트인들의 이득을 얻어 내기 위해 정부를 공격하고 있어."

"선생님, 그건 말도 안 되는 짓입니다. 이집트는 강탈 대상이 아닙니다. 게다가 해외에서 세력을 키우는 것은 매국 행위입니다."

다나나는 공부 내용을 암기하듯 재빨리 말을 되풀이했다. 사프와트가 동의한다는 듯 머리를 흔들다가 진지한 목소리로 물었다.

"카람 도스라는 자에 관해 아는 바가 있나?"

"심장외과 의사입니다. 오크 파크의 어마어마한 궁전에 살고 있는 백만장자입니다. 이주 지역 콥트인들을 이끄는 지도자 중 한 명이죠."

"그에 관해 자세한 보고서를 작성해 주게."

"분부대로 하겠습니다."

"상황을 파악하기 위해서는 포괄적인 정보가 필요하네."

"그러겠습니다."

"그리고 나지 압둘 사마드라는 녀석 말인데, 국가 보안국 책임자들이 그의 파일 사본 전체를 내게 보내 주었네. 그자는 골칫거리니까 주시하게."

다나나가 비웃듯이 큰 웃음을 터뜨리며 말했다.

"나지 녀석은 실패한 놈입니다. 이집트에 있을 때부터 그놈을 알고 있습니다. 그놈에 대해서는 선생님께서 만족하실 만한 계획을 준비해 놓았습니다."

잠시 침묵이 흐르더니 사프와트가 한숨을 쉬며 말했다.

"이제 다른 문제로 넘어가지."

다나나는 담뱃불을 붙이고 안경 너머로 주의 깊게 사프와트를 바라보았다. 사프와트가 나지막한 소리로 말을 이었다.

"대통령 각하께서 두 달 후 미국을 방문하실 걸세. 이번 방문은 무척 중요하고, 극히 예민한 상황에서 이루어지는 것이라 우리 쪽에서 만반의 준비를 해야 하네. 앞으로 남은 시간이 얼마 없어. 우리 쪽에서 만에 하나라도 실수할 경우 큰 낭패를 당할 거야."

"선생님께선 각하의 이동 경로를 알고 계십니까?"

"이동 경로는 마지막까지 절대 공개되지 않아. 보통은 안전상의 이유로 갑자기 바뀌곤 하지. 하지만 나는 내 방식으로, 대통령 각하께서 워싱턴과 뉴욕을 방문하시고 시카고에 오신다는 것을 알아냈어. 물론 각하는 우리 유학생들과의 만남도 가지실 거야."

"대통령 각하와의 만남은 유학생 모두에게 국경일이나 마찬가지지요."

"다나나, 자네는 현명하니까 대통령 각하의 방문이 우리의 인생을 바꾸어 놓으리라는 걸 잘 알고 있겠지. 아마 방미 뒤에 나는 장관이 되거나 그렇지 않으면 은퇴하게 될 거야."

"선생님은 반드시 장관이 되실 겝니다. 부디 저를 잊지 말아 주십시오."

사프와트 샤키르는 웃으면서 기분이 좋아 보였다. 그는 자리에서 일어났다. 하지만 다나나가 저녁 식사를 하고 가라며 간청하다시피 졸랐다.

"사프와트 선생님, 부디 제게서 이런 소중한 기회를 빼앗지 말아 주십시오. 함께 저녁을 드시지요."

"영사관에서 중요한 약속이 있네."

"선생님, 서둘러 조금이라도 드시고, 그런 다음에 ─ 알라의 보호하심 속에 ─ 약속 장소로 가시지요."

다나나는 급히 안으로 들어갔다. 그리고 15분 뒤 마르와가 접시 몇 개를 들고 나타났다. 사프와트는 미소를 지으며 살피는 듯한 눈빛으로 접시를 받았다.

"부인, 성가시게 해 드려서 다시 한 번 사과드립니다."

마르와는 성가시지 않다는 듯 몇 마디 중얼거렸지만 그녀의 얼굴은 편하지 않았다. 다나나가 그녀에게 주의를 주려고 여러 번 그녀 쪽을 응시했지만 마르와가 바라보지 않자 실망하며 다시 한 번 사프와트를 반기는 장면에 돌입했다. 마르와가 자리를 뜨기 위해 몸을 돌렸을 때 사프와트가 대담하게 물었다.

"우리와 함께 식사하시지요?"

마르와는 질문을 예상했다는 듯 재빨리 대답했다.

"조금 전에 저녁 식사를 했습니다. 선생님, 맛있게 드시기 바랍니다."

다나나는 식탁에서 사프와트 맞은편에 앉았다. 사프와트가 가방을 열더니 미니어처 위스키 한 병을 꺼냈다.

"얼음 좀 갖다줄 수 있겠나?"

잠시 후 다나나가 각얼음과 커다란 빈 잔을 가져왔다. 사프와트는 위스키를 따르면서 변명하는 투로 말했다.

"내가 여러 해 동안 서양에 머물다 보니 식사할 때 한잔하는 습관을 갖게 되었네."

"선생님께서는 일하실 때 초인적인 힘을 발휘하시니 약간의 기분 전환을 하셔야 합니다."

사프와트는 술을 마시면서 기품 있는 미소를 띠고 다나나와 어울렸다. 그리고 맛있게 식사를 마치고 자리에서 일어났다. 다나나는 그를 문까지 배웅했고, 향후 며칠 동안 해야 할 일에 관해 두 사람 사이에 짧고 진지한 대화가 이루어졌다. 다나나는 손님이 엘리베이터 안으로 들어가 보이지 않을 때까지 그 자리에 서서 눈으로 작별 인사를 나누었다. 그런 다음 한숨을 쉬고 집으로 들어와 문을 닫았다. 공상 과학 영화에서 주인공의 얼굴이 선한 모습에서 악한 모습으로 변하듯 다나나가 거실을 지나는 동안 그의 얼굴이 조금씩 변해 갔다. 침실에 이르렀을 때 그의 얼굴은 극도의 분노를 드러내고 있었다. 그가 방문을 거칠게 열자 침대에 누워 있는 아내가 보였다. 그는 천둥처럼 큰 목소리로 소리쳤다.

"당신은 손님에게 버르장머리 없이 대했어."

마르와가 조용히 대답했다.

"그는 기본도 모르는 사람이에요. 당신이 부재중인데 어떻게 집 안에 들어올 수 있어요?"

"그는 중요한 일로 나를 찾았다고."

"메시지를 남길 수도 있었어요."

"생각하는 것보다 사안이 훨씬 중대했어."

"나는 그 사람이 맘에 안 들어요."

"당신, 사프와트 샤키르가 누군지나 알아?"

"그가 누구든 무슨 상관이에요."

"사프와트 샤키르는 이집트 대사관 내 정보부 책임자로 대사관에서 가장 중요한 사람이야. 대사보다 더 중요하지. 그가 보고서 하나만 작성하면 나를 높은 자리에 올릴 수도 있고 나의 미래를 결판낼 수도 있어."

마르와는 마치 처음 보듯 그를 바라보며 말했다.

"그의 직책이 뭐든 간에 당신이 없는데 우리 집에 들어올 수는 없어요. 또 나는 우리 집이 술집으로 바뀌는 것도 싫어요."

"나는 당신이 나의 앞날을 망치도록 그냥 놔두진 않을 거야. 당신에게 경고하는데, 만일 그가 다시 왔을 때 당신이 제대로 대접하지 않는다면 우리 사이는 끝장날 거라고."

"끝장? 그건 내가 바라던 바예요. 나도 참을 만큼 참았다고요."

그녀는 단단히 마음먹고 남편의 얼굴을 바라보며 말했다. 그가 아내에게 소리쳤다.

"무식한 집안 여자와 결혼한 내가 잘못이지."

"우리 집을 그렇게 모욕할 수 있어요?"

"이건 모욕이 아니야. 사실이야."

"품위를 지켜요."

"당신 아버지 핫즈 나우팔은 배운 자야, 아니면 무식한 자야?"

"아버지는 집안 형편 때문에 교육을 받지 못한 거예요. 하지만 아버지는 열심히 노력하셔서 우리를 기르셨고 최상의 교육을 시키셨어요."

"하지만 장인은 여전히 무식하지."

"당신 맘에 들지 않는 무식한 우리 아버지가 당신에게 돈을 대 주시고 있어요."

다나나의 손이 위로 올라갔고 이어 그녀의 얼굴을 세게 내리쳤다. 그 바람에 그녀는 휘청거렸다. 그녀는 다나나에게 대들고 소리치며 그의 상의를 붙잡았다.

"날 때려요? 이제 더 이상 당신과는 하루도 못 살겠어요. 지금 이혼해 주세요. 당장."

제9장

30년이 지났지만 그는 아직도 그날 밤을 또렷이 기억하고 있다.

살라흐는 그녀에게 가려고 카스르 알아이니의 교대 근무 시간에 밖으로 나왔다. 보안 부대가 카이로 대학교를 철저히 봉쇄하며 출입을 막고 있었다. 군부대는 '대학교 다리'와 대학교 정문 사이에 여러 개의 바리케이드를 설치했다. 그들은 그에게 똑같은 질문을 던졌고 그 역시 같은 대답을 했다. 마지막 검문 때는 지휘관으로 보이는 대령 계급의 장교 하나가 나타났다. 장교의 얼굴은 지쳐 있었고, 동작은 신경질적이었다. 그는 담배를 게걸스레 피워 대며 담배 연기를 뿜어 댔다. 장교가 살라흐의 의사 신분증을 훑어보더니 말했다.

"의사 선생, 뭘 원 하시는 거요?"

"시위대에 친척 되는 여자가 있습니다. 그녀를 데려가려고 왔습니다."

"여자 이름이 뭐요?"

"자이납 라드완입니다."

장교는 노련한 눈빛으로 그를 샅샅이 살피더니 그가 솔직히 말하고 있다는 걸 확인했다는 듯 말했다.

"당신에게 충고하겠는데 그 여자를 빨리 데려가십시오. 우리는 농성을 풀라고 경고했습니다만, 그들은 계속 소요를 일으키고 있습니다. 잠시 후면 무력을 사용하라는 지시가 내려올 겁니다. 그러면 우리는 봐주는 일 없이 그들을 전원 체포할 것입니다."

"장교님, 부디 바라는데 그들은 젊은이들이고 조국을 위해 분노하고 있음을 알아주셨으면 합니다."

"우리도 이집트인이고 애국자들입니다만, 시위나 파괴 행위는 하지 않습니다."

"장교님, 아버지의 심정으로 그들을 선처해 주시길 바랍니다."

"난 아버지도, 어머니도 아니오. 상부의 지시에 따를 뿐입니다."

장교는 큰 소리로 말했다. 마치 자기 안에서 일어나는 동정심에 저항하는 것 같았다. 그러고는 두 걸음 물러나 손으로 신호를 하자, 병사들이 움직이며 살라흐에게 길을 열어 주었다. 대학교는 아주 컴컴했고 1월의 추위가 뼛속을 감작거렸다. 그는 코트를 단단히 여미고 두 손을 코트 주머니에 찔러 넣었다. 건물들은 현수막과 대자보로 덮여 있었다. 그는 어둠 속에서 안와르 알사다트의 커다란 사진 외에는 게시물 내용을 식별할 수 없었다. 사진은 알사다트가 물 담배를 피우고 있는 모습이었다. 그는 수백 명의 학생이 풀밭과 계단에 앉아 있는 것을 보았다. 많은 이들이 잠들어 있고, 일부는 담배를 피우며 얘기를 나누고, 또 셰이크 이맘*의 노래를 부르는 이들도 더러 있었다. 그는 한동안 그녀를 찾아다니다가 결국 발견했다. 그녀는 회의실 앞에서 학생들과 열띤 토론을 벌이고 있었다. 그가 부르자 그녀가 다가와서는 잊히지 않을 만큼 뜨겁게 환호했다.

"어서 와."

그는 짧게 답했다.

"피곤해 보여."

"난 잘 있어."

"나와 함께 가자."

"어디로?"

"너의 집, 네 가족에게로."

"너는 내 손을 잡고 엄마 품에 데려가려고 왔구나. 너는 내가 발을 씻고 우유를 마시면 나를 침대에 누이고 이불을 덮어 준 뒤, 잠들기 전에 옛날이야기를 들려주려고 하니?"

그녀의 비아냥거림으로 미루어 그는 자신이 맡은 일이 쉽지 않을 것임을 직감했다. 그는 비난하듯 그녀를 바라보며 단호하게 말했다.

"난 네가 해를 입게 내버려 두지 않을 거야."

"이건 내 일이야."

"네가 원하는 게 정확히 무엇이지?"

"나와 내 동료들은 요구하는 바가 뚜렷해. 그리고 요구 사항이 이루어지기 전까지는 농성을 풀지 않을 거야."

"너희들이 세상을 바꿀 수 있을 거라고 생각해?"

"우리는 이집트를 변화시킬 거야."

"시위를 한다고 이집트가 변하지는 않을 거야."

"우리는 모든 이집트 국민들의 생각을 표현하고 있어."

"헛된 생각은 그만해. 학교 밖에 있는 사람들은 너희들에 대해 아무것도 모르고 있어. 자이납, 나와 함께 가자. 장교는 군대가 너희들을 체포할 거라고 내게 분명히 말했어."

"마음대로 하라고 해."

"너는 군인들이 너를 구타하고 땅바닥에 깔아뭉개길 원하니?"

"어떤 일이 있어도 나는 동료들을 떠나지 않을 거야."

"나는 네가 걱정돼."

그는 근심 어린 목소리로 속삭였다. 하지만 그녀는 조롱하는 시선으로 그를 바라보더니 천천히 몸을 돌려 동료들에게로 돌아갔다. 그러고는 동료들과 다시 대화를 나누며 그를 모르는 척했다. 그는 그녀를 바라보며 한동안 그 자리에 서 있다가 화가 난 상태로 그곳을 떠났다. 그는 생각했다. '자이납은 미쳤어. 그녀는 나와 전혀 맞지 않아. 그녀와 결혼하면 집 안이 전쟁터로 변할 거야. 그녀는 거만하고 고집이 세. 그녀는 나를 조롱하듯 대했어. 군인들이 그녀를 땅바닥에 깔아뭉개고 욕보이라지. 이제부터 나는 그녀에게 아무런 동정심도 느끼지 않을 거야. 그녀 스스로 자기 운명을 선택한 거니까.'

그는 침대로 갔다. 너무 지쳐 있었지만 잠을 이룰 수가 없었다. 뒤척거리다 보니 어느덧 새벽 아잔* 소리가 들려왔다. 그는 일어나 샤워를 한 뒤 옷을 입고 다시 학교로 갔다. 그리고 군인들이 학교에 진입하여 학생들을 연행해 갔음을 알았다. 그는 백방으로 수소문한 끝에 마침내 오후에 보안국에서 그녀를 면회할 수 있었다. 그녀는 창백한 얼굴에 아랫입술은 부풀어 오르고 왼쪽 눈썹 주변과 이마에는 멍이 들어 있었다. 그는 그녀의 얼굴을 어루만지며 슬픈 표정으로 물었다.

"아픈 데는?"

그녀가 빨리 답했다.

"이집트 전부 상처를 입었어."

이 나이 되도록 살아오는 동안 그는 아직도 자이납 라드완을 기억하고 있다. 아니, 단 하루도 그녀에 대한 생각을 멈춘 적이 없었다. 옛 모습이 그의 머릿속에 놀랄 만큼 선명하게 나타난다. 추억의 폭포가 다시 쏟아져 내려 그를 휩쓸어 간다. 과거는 마치 마법의 향로에서 나온 거대한 악마 같다. 여기에 그녀가 그의 앞에 서 있다. 가냘픈 몸과 예쁜 얼굴, 말 꼬리 형태로 묶은 길고 검은 머리카락, 열의에 빛나는 두 눈을 갖고. 그녀는 사랑의 시를 읊듯이 꿈을 꾸는 어조로 이집트에 관해 그에게 말한다.

"살라흐, 우리 나라는 위대하지만 오랫동안 억압을 받아 왔어. 우리 국민은 엄청난 가능성을 갖고 있어. 민주주의가 실현되면 이집트는 10년 안에 선진국이 될 거야."

그는 어중간한 미소로 자신의 무관심을 숨기며 그녀의 말을 경청했다. 그녀는 그를 자기편으로 끌어들이려고 애썼지만 그의 생각은 다른 곳에 가 있었다. 그녀는 그의 생일에 압둘라흐만 알자바르티*의 『전(全) 역사』를 선물하면서 말했다.

"생일 축하해. 이 책을 읽으면 나를 좀 더 잘 이해할 거야."

그는 그 책을 조금 읽고 나서 지루한 느낌이 들었다. 하지만 그녀에게는 책을 다 읽었다고 거짓말했다. 그는 거짓말을 좋아하지 않고, 좀처럼 거짓말을 하지 않지만 그녀를 화나게 하고 싶지는 않았다. 그는 가장 아름다운 모습의 그녀를 간직하고 싶었다. 기분이 좋을 때 그녀의 미소는 광채가 나고 그녀의 얼굴은 밝아진다. 두 사람이 너무도 즐거웠던 시간, 둘은 알오르만 공원에 나란히 앉아 있곤 했다. 그녀는 자신의 책들을 흰색의 둥근 대리석 의자 위 한쪽에 두었다. 두 사람은 시간 가는 줄 모르고 몇 시간씩 얘기를 나누면서 미래를 꿈꾸고 속삭였다. 그는 그녀에게 다가가—지금 강하게 다시 떠오르는—그녀의 향수 냄새를 맡으며, 그녀의 손을 잡고 몸을 기울여 그녀의 뺨에 살짝 키스했다. 그녀는 그에게 원망과 애정이 섞인 눈빛을 던졌다. 하지만 꿈은 너무 빨리 끝나 버렸다. 그는 그 일이 있은 후로 천 번이나 그 마지막 장면을 다시 떠올릴 것이다. 그는 단어 한마디, 시선 하나하나, 침묵의 순간순간을 살펴볼 것이다. 둘이 공원 안의 좋아하던 장소에 있을 때 그는 그녀에게 이민 결정을 알렸다. 그는 차분한 상태로 있으려 했고, 분위기를 논리적인 토론으로 바꾸려 했다. 하지만 그녀가 곧바로 말했다.

"넌 지금 도망치려 해."

"아냐, 나는 나 자신을 구하려는 거야."

"너는 너 자신에 대해서만 말하니?"

"나는 너를 새로운 생활을 할 곳으로 데려가려고 왔어."

"나는 우리 나라를 떠나지 않을 거야."

"됐어. 구호는 그만해."

"구호가 아니라 의무야. 너는 조금도 이해하지 못하는구나."

"자이납."

"너는 가난한 이집트 국민의 돈으로 의사가 될 수 있었던 거야. 천 명의 이집트 청년이 의대의 네 자리를 원했어. 그런데 지금 너는 이집트를 떠나, 너를 필요로 하지 않는 미국으로 가려 하고 있어. 우리가 겪은 모든 재앙을 불러온 미국으로 말이야. 어려움에 처한 조국을 내버려 두고 스스로 적을 도우려는 사람을 뭐라고 부르는지 너는 아니?"

"나는 우수했기 때문에 혼자의 노력으로 의학을 공부했고, 대학교에서 내 자리를 차지할 수 있었던 거야. 또 학문은 조국이 따로 없어. 학문은 중립적이야."

"이스라엘에 네이팜탄을 제공해 바흐르 알바카르* 지역의 어린 아이들 얼굴을 불태워 버린 학문은 중립적인 것이 될 수 없어."

"자이납, 나는 현실을 있는 그대로 봐야 한다고 생각해. 우리가 원하는 현실이 아니라……."

"철학자 양반, 계속 말해 보시지."

"우리는 패했고 사태는 일단락되었어. 그들은 우리보다 훨씬 강해. 게다가 언제든 우리를 파멸시킬 수 있어."

"너처럼 생각하면 우리는 결코 승리할 수 없어."

그는 모욕감에 화가 나서 소리를 질렀고, 그 소리에 공원을 찾은 이들이 두 사람을 돌아보았다.

"너는 언제쯤 망상에서 깨어날 거야? 후진성, 빈곤, 독재 때문에 우리의 승리는 불가능해. 가장 단순한 형태의 현미경도 만들지 못하는 우리가 어떻게 저들을 이길 수 있겠어? 우리는 모든 것을, 심지어 우리를 지키는 무기조차 외국에서 구걸하듯 얻고 있어. 문제는 나 같은 사람이 아니라 너 같은 사람에게 있어. 압델 나세르도 너처럼 꿈속에 살았고, 결국 우리에게 파탄을 안겨 주었어."

목소리가 커지면서 둘은 심한 말다툼을 했다. 그녀의 얼굴이 분노로 잿빛이 되었다. 그녀는 자리에서 일어나 바닥에 흩어진 책들을 주워 모았다. 순간 그녀의 부드러운 머리가 얼굴에 흘러내렸고, 문득 그의 눈에 그녀가 너무도 매혹적으로 보였다. 그는 그녀를 가슴에 끌어다가 키스하고 싶었다. 실제로 그녀에게 다가가려 했으나 그녀는 손동작으로 그를 밀어냈다. 그러고는 운명을 결정지으려는 듯한 어조로 말했다.

"오늘 이후로 나를 보지 못할 거야."

"자이납."

"미안하지만 너는 겁쟁이야."

아, 사람 잡을 듯한 두통. 머리 꼭대기에서 시작된 두통은 개미 군단처럼 스멀스멀 기어 와서 그를 뜯어 먹는다. 그는 지금 꿈을 꾸는 것인가, 아니면 눈앞에 벌어지고 있는 일이 실제인가? 한 줄기 섬광이 그의 정신을 들게 했다. 그는 정신과 안의 긴 의자에 누워 있는 자신을 발견했다. 주위에는 가벼운 음악이 들렸고 약한

빛이 그의 뒤쪽에서 흘러나왔다. 의사가 옆에 앉아 그가 말하는 내용을 정성 들여 기록하고 있었다. '내가 무얼 하는 거지? 내가 왜 여기에 와 있는 거지? 이 의사가 내 인생을 고쳐 줄 것인가? 말도 안 돼.' 그는 이런 유형의 젊은이를 잘 알고 있다. 중상 계층의 자녀들인 그들은 부모의 돈으로 학교를 졸업하고 미국 사회 정상에 위치한 일자리를 갖는다. 그들은 그가 가르친 학생들 중 늘 최악의 유형이었다. 무지, 게으름, 교만함. 여기 그들 중 한 명이 있다. 운동으로 다져진 몸과 잘생긴 얼굴, 근심 없는 시선. 이 청년이 인생에 관해 무엇을 아는가? 그가 경험한 최대의 고통은 스쿼시 게임 뒤에 느끼는 고통이 전부이다. 의사는 직업상 꾸며 대는 억지 미소를 지으며 영화에서 연기를 하듯 손으로 펜을 잡고 말했다.

"당신의 애인인 자이납에 관해 더 많은 것을 말해 주십시오."

"내겐 더 이상 해 드릴 얘기가 없습니다."

"저를 도와주세요. 그래야 저도 당신을 도울 수 있어요."

"나는 최선을 다하고 있습니다."

의사가 앞에 놓인 종이를 바라보며 말했다.

"지금의 미국인 아내 크리스는 어떻게 만나셨습니까?"

"우연입니다."

"어디서요?"

"바에서요."

"어느 바지요?"

"그게 중요한가요?"

"매우 중요합니다."

"독신자 바에서 만났습니다."

"그녀는 무슨 일을 하고 있었습니까?"

"가게 점원이었습니다."

"제 말에 **화내지 마십시오**. 하지만 솔직한 대답이야말로 치료를 위한 기본입니다. 당신은 국적을 취득하기 위해 크리스와 결혼했습니까?"

"아니요, 나는 그녀를 사랑했습니다."

"그녀는 기혼녀였습니까?"

"이혼녀였습니다."

의사는 침묵했다. 그러고는 종이에 몇 마디 적고 나서 갑자기 그에게 낯선 시선을 던지며 말했다.

"살라흐 씨, 저는 당신의 이력에 대해 이렇게 생각합니다. 당신은 미국 국적 취득을 원했습니다. 당신은 독신자 바에 갔고, 이혼해서 혼자 사는 여직원을 보게 되었습니다. 당신은 성(性)을 이용해 그녀를 사로잡았고, 결국 그녀는 당신과 결혼함으로써 당신에게 미국 국적을 제공했습니다."

"그런 말은 용납할 수 없소."

살라흐 박사는 분노로 숨을 몰아쉬며 소리쳤다. 그러나 의사는 그 말을 듣지 못한 듯 계속 말했다.

"계약은 합당하고 공정합니다. 유색 인종의 아랍인 의사가 가난한 백인 미국인 여직원에게 집과 이름을 제공하고 그에 상응해 미국 여권을 취득한 거지요."

살라흐 박사는 자리에서 일어났고, 화가 치민 나머지 숨을 헐떡이며 말했다.

"이렇게 무례하게 말할 거라면 당신의 치료를 받고 싶지 않소."

의사는 원래 상태로 돌아온 듯 미소를 지으며 사과하는 어조로 말했다.

"미안합니다. 용서해 주십시오. 한 가지 확인하고 싶었을 뿐입니다."

그는 종이에 다시 뭔가를 적고 나서 물었다.

"당신은 아내와 성교 불능증을 겪고 있다고 말씀하셨지요?"

"그렇소."

"언제부터지요?"

"석 달 전부터, 아니면 조금 더 됐소."

"성적 능력을 서서히 잃었습니까, 아니면 한번에 잃었습니까?"

"한번에입니다."

"아내와 성관계를 하기 전에 어떤 느낌이 드는지 제게 자세히 말씀해 주십시오."

"모든 게 정상적으로 진행되다가 갑자기 성욕을 잃게 됩니다."

"왜 그런 일이 생길까요?"

"그걸 알면 여기에 오지 않았겠지요."

"당신의 감정이 어떻게 변하는지 말해 주십시오."

"욕구는 세부 사항을 가립니다. 내가 세부 사항을 보면 나는 욕구를 잃게 됩니다."

"이해가 잘 안 되는군요. 예를 들어 보십시오."

"당신이 배가 무척 고플 때는 접시 가장자리에 있는 양파 조각을 전혀 보지 못할 겁니다. 배부른 뒤에야 당신은 그 조각을 보게 됩니다. 만일 당신이 음식을 먹기 전에 그 조각을 본다면 당신은 식욕을 잃게 됩니다. 이제 내 말을 이해하겠습니까?"

의사는 고개를 끄덕이며 계속 말해 달라는 신호를 했다. 살라흐가 말했다.

"여자를 원할 때 당신은 그녀의 세세한 부분을 보지 않습니다. 그리고 성관계를 한 후에야 그녀의 손톱이 깨끗하지 않다든지, 혹은 그녀가 원래보다 작은 손가락을 갖고 있다든지, 또는 그녀의 등이 짙은 점들로 덮여 있다는 것을 보게 됩니다. 그녀와 동침하기 전에 그런 점을 미리 본다면 당신은 성욕을 잃을 것입니다. 정확히 말해 이런 일이 아내와 있을 때 일어난다는 것이지요. 그녀에게 다가갈 때 내 눈엔 그녀의 세세한 점이 명확히 보이고 그것이 내 생각을 지배합니다. 그러면 나는 그녀에 대한 욕구를 잃게 됩니다."

"그 말씀은 우리에게 큰 도움이 될 것입니다."

의사는 이렇게 얼버무리고 다시 직업상의 미소를 짓더니 옆에 있는 서랍을 열어 약병을 건네주며 자신 있게 말했다.

"한 주 동안 아침 식사 후에 한 알씩 드십시오."

그러고 나선 앞에 있는 다른 약을 집어 들고 말했다.

"이 약은 성관계 하기 30분 전에 드십시오."

이 약들이 60년간의 슬픔을 치료해 준단 말인가? 이 모든 일들이 얼마나 우스꽝스러운지! 이 젊은이는 무얼 믿고 이토록 자신감을 보이는 걸까? '제기랄, 네놈이나 약이 다 뭐야! 네가 진짜 인생을 알아?' 의사는 문 앞에 서서 친절과 정성을 다해 그를 배웅한다. 의사는 대학에서 배운 내용 일체를 적용하고 있다. '의사는 환자를 어떻게 대할 것인가?'라는 장에서 배운 대로.

의사는 그의 손을 잡은 자세로 말했다.

"살라흐 박사님, 대개 환자는 의사에게 증오심을 쏟아 내며 치료에서 벗어나려고 합니다. 제 생각에, 당신은 그런 경우보다 현명하십니다. 제가 당신을 도울 수 있다고 믿어 주시기 바랍니다. 제가 말로써 당신을 불편하게 해 드렸다면 죄송하게 생각합니다. 일주일 뒤, 같은 시간에 뵙겠습니다."

* * *

그들은 내게 조직학과에 속한 작은 연구실을 지정해 주었다. 그리고 내 이름이 들어간 명패를 인쇄해 문에 붙여 달라는 요구를 했다. 나는 1층으로 내려갔고, 그곳에서 명패를 담당하는 미국인 노인을 발견했다. 그는 친절하게 나를 맞으며, 작은 종이에 내 이름을 써 달라고 했다. 그러고는 작업 중인 명패에서 머리도 들지 않고 말했다.

"점심 식사 후에 명패를 찾아가세요."

점심시간이 한 시간밖에 남지 않았기에 나는 놀랐다. 약속 시간에 맞추어 갔을 때 그가 손으로 가리키며 말했다.

"저기 명패가 있습니다."

새 명패에 멋진 글씨체로 쓰인 내 이름을 발견한 나는 그것을 집어 들고 주저하며 서 있다가 그에게 물었다.

"이제 제가 뭘 해야 하지요?"

"그냥 가져가면 됩니다."

"명패를 받았다는 영수증에 서명해야 하지 않나요?"

"이게 당신의 명패 아닌가요?"

"그렇습니다만."

"당신 말고 누가 그걸 가져가겠습니까?"

나는 고개를 끄덕이며 그에게 감사했다. 엘리베이터 안에서는 나 자신을 보고 웃음이 났다. 나는 내 피에 들어 있는 이집트의 관료주의의 잔재에서 벗어나야 한다. 이 순박한 미국인 직원은 내게 교훈을 주었다. 명패에 내 이름이 들어 있는데 왜 명패를 인수하며 서명을 하는가?

오늘은 조용히 지나갔다. 점심 후 학과 커리큘럼을 읽고 있는데 아흐마드 다나나가 나타났다. 그는 내 방에 대뜸 들어오면서 큰 소리로 말했다.

"나지, 자리에 있었군. 잘됐네."

나는 자리에서 일어나 그와 악수를 나누었다. 그리고 살라흐 박사의 충고를 떠올리며 친절하게 보이려고 애썼다. 대화를 주고받던 중에 갑자기 그가 내 어깨를 치며 명령조로 말했다.

"나와 함께 가자고."

그는 나를 데리고 학과의 복도들을 지나갔다. 우리는 다양한 모양과 색깔의 용지와 공책이 가득 담긴 선반들로 꽉 찬 방에 들어갔다. 그가 내게 말했다.

"자네가 원하는 공책이나 종이, 펜들을 가져가게."

나는 공책 몇 권과 컬러 펜을 집어 들었다. 그가 웃으며 말했다.

"이 문구류는 학과 유학생들을 위해 배정된 거야. 모두 무료야. 가게 주인이 비용을 부담하지."

"고맙네. 필요한 만큼 집었네."

복도를 지나 돌아오는 중에 그가 말했다.

"시카고에 와 있는 이집트인들에 관해서인데, 나는 그들을 위해 호의를 베푼다네. 나는 그들 입장에서 그들을 도와주었어. 하지만 그들은 좀처럼 감사할 줄 몰라."

그 말이 맘에 들지 않았지만 나는 침묵을 택했다. 내 연구실에 도착하자 그는 나와 악수를 하며 작별 인사를 했다. 그가 다정하게 말했다.

"나지, 잘되길 바라네."

"고맙네."

"오늘 밤 이집트 유학생회 모임이 있어. 자네를 소개하려는데, 모임에 올 수 있나?"

내가 망설이는 기색을 보이자 그가 강조하듯 말했다.

"오늘 저녁 6시에 기다리겠네. 주소를 받게."

* * *

집으로 돌아온 나는 의자에 앉아 담배를 피우며 생각했다. 아흐마드 다나나는 이집트 국가 보안 수사국 요원으로, 그가 배후에 있는 한 좋은 일은 결코 없을 것이다. 그가 어떤 목적이 있어 내게 호감을 보였음은 의심의 여지가 없다. 나는 왜 그와 엮이게 되었을까? 처음부터 그를 피했어야 했다. 나는 못 간다고 양해를 구하기 위해 그에게 전화하려 했다. 그러나 한편으론 이런 생각도 들었다. '유학생회는 시카고 내 이집트 유학생들을 망라하고 있다. 나는 그 모임에 가입해 그들과 알고 지낼 권리가 있다. 다나나가 무서워 내 권리를 포기하지는 않을 것이다.' 나는 샤워를 하고 옷을 갈아입은 뒤 모임 장소로 갔다. 주소는 약도와 함께 자세히 인쇄되어 있어 유학생회 본부를 쉽게 찾을 수 있었다. 유학생 수는 대략 남학생 20명, 히잡 쓴 여학생 세 명이었다. 나는 그들과 악수를 나누며 서로 자기소개를 했다. 회의가 시작되자 그들을 눈여겨보았다. 그들은 모두, 이집트 대학교에 재직하는 수백 명의 교원들처럼 우수하고 성실한 젊은이들이었다. 나는 그들 중 어느 누구도 세상에서 자신의 공부와 자기 학문의 미래, 수입의 증가 외 다른 것에 관심을 갖고 있다고는 생각하지 않는다. 그들 대부분이 경건하여 얼굴에는 예배를 드린다는 표시가 있고 일부는 턱수염까지 기르고 있다. 그들은 종교를 예배와 단식, 히잡으로 이해하고 있다. 나는 다나나 옆에 놓여 있는 녹음기를 보고 그에게 물었다.

"우리가 말하는 내용을 녹음하나?"

"물론이지. 자네는 반대하는가?"

그가 거칠게 말하면서 격앙된 눈으로 나를 노려보았다. 그의 돌변한 태도에 나는 침묵했다. 그리고 다른 유학생들과 계속 얘기를 나누었다. 다나나가 유학생들에게 행사하는 막강한 권력이 나를 꼼짝 못하게 했다. 그들은 다나나에게 두려움과 아부의 자세로 대하고 있었는데 그는 마치 사장이나 군 지휘관 같았다. 동료가 아니었다. 소소한 사안 토론과 지루한 세부 안건들로 30분 정도 보낸 뒤 다나나가 열성적인 태도로 환호했다.

"제게 여러분을 기쁘게 할 소식이 있습니다. 확실한 소식통으로부터 대통령 각하께서 조만간 미국을 방문하시고 시카고에 들르신다는 정보를 들었습니다."

유학생들 사이에 웅얼거리는 소리가 퍼졌다. 그는 더 큰 목소리로 말을 이었다.

"여러분은 운이 좋은 겁니다. 미래의 어느 날, 여러분은 자식들에게 여러분이 최고 지도자를 일대일로 만났다고 말해 줄 수 있을 겁니다."

그러더니 담배 한 모금을 빨고 나서 말했다.

"제가 여러분의 이름으로 대통령 각하께 우리의 충성 서약과 함께 각하의 소중한 방미를 기뻐하는 내용의 전보를 보내려 하는데 여러분의 양해를 구합니다."

"나는 동의하지 않습니다."

나는 재빨리 말했다. 주변의 속삭임이 중단되면서 무거운 침묵이 감돌았다. 다나나가 천천히 내게 시선을 돌리더니 경고하는 투로 말했다.

"정확히 무엇에 반대하는 겁니까?"

"대통령께 충성 서약 전보를 보내는 것에 반대합니다. 이러한 위선은 유학생인 우리에게 맞지 않습니다."

"우리는 위선자들이 아니오. 우리는 정말 대통령을 좋아합니다. 당신은 대통령의 역사적 지도력을 부인하는 겁니까? 당신은 그분

의 재임 기간 동안 이집트가 유례없는 엄청난 업적을 이루었음을
부인하는 겁니까?"

"당신은 부패와 빈곤, 실업, 종속을 업적이라 부릅니까?"

"나지, 당신은 여전히 공산주의자입니까? 나는 당신이 성장했
고, 사리 분별력도 생겼다고 여겼습니다. 잘 들으세요. 우리 유학
생회에서는 공산주의가 들어설 자리가 없습니다. 우리 모두는 신
의 은총을 입은 온전한 이슬람교도들입니다."

"나는 공산주의자가 아닙니다. 당신이 공산주의의 의미를 이해
한다면 그것 자체는 죄가 되지 않습니다."

"당신 마음에 들지 않는 대통령 각하께선 고질적인 문제로 신
음하던 나라를 인수하여, 자신의 통치와 영도력으로 우리 나라를
안전한 곳으로 이끌어 주셨습니다."

"그것은 여당의 거짓말입니다. 현실을 보면 이집트 국민 절반 이
상이 빈곤선 아래의 삶을 영위하고 있습니다. 카이로 한 곳에만
약 4백만의 인구가 방치된 상태로 살아가고 있습니다."

다나나가 내 말을 끊으면서 큰 소리로 말했다.

"설령 당신이 대통령 각하의 통치에 대해 부정적으로 생각한다
고 해도, 대통령께 복종하는 것은 종교적으로 당신에게 부과된 의
무입니다."

"누가 그렇게 말했습니까?"

"이슬람입니다. 당신이 이슬람교도라면 말입니다. 순나* 법리학
자들은, 이슬람교도가 통치자에게 복종하는 것은 의무라고 합의
했습니다. 설령 통치자가 그들을 억압한다 해도, 그가 샤하다*를
하고 정해진 시간에 예배를 드리는 이상 말입니다. 통치자에 대한
저항으로 말미암은 내란은 억압을 참는 것보다 나라에 더 큰 해
가 되기 때문입니다."

"그것은 어느 면에서도 이슬람에서 하는 말이 아닙니다. 그것은 독재 체제를 지지하기 위해 종교를 악용한 권력자들에 기댄 법리학자들이 조작해 낸 말일 뿐입니다."

"그 말을 부인한다면 당신은 법리학자들의 합의를 어기는 것이고, 종교적 이치에서 당연한 사항을 부인하는 게 됩니다. 당신은 그런 행위에 대한 징벌을 알고 있습니까?"

"박사님, 제가 말해 줄까요?"

수염을 기른 청년이 비웃으며 소리쳤다. 다나나는 고맙다는 듯 웃으며 그를 바라본 뒤 말했다.

"그럴 필요 없습니다. 공산주의자들과의 토론은 절대 끝나지 않으니까요. 그들은 무모한 논쟁의 전문가들입니다. 우리는 낭비할 시간이 없습니다. 사안을 표결에 부치겠습니다. 여러분, 대통령 각하께 충성 서약 전보를 발송하는 데 동의하십니까? 동의하시는 분은 손을 들어 주시기 바랍니다."

학생들 모두 손을 들었다. 다나나는 조롱 조의 웃음을 터뜨렸다. 그리고 경시하는 눈으로 나를 바라보며 말했다.

"이제 당신의 의견은 어떻소?"

나는 답하지 않았다. 그리고 회의가 끝날 때까지 침묵으로 일관했다. 어느새 동료들이 나를 무시하고 있음을 알아챘다. 나는 밖으로 나오며 그들에게 인사했지만 아무도 화답하지 않았다. 지하철은 붐볐고 나는 서서 갈 수밖에 없었다. 나는 생각했다. 다나나는 나를 회의에 오라고 한 뒤 유학생들 앞에서 나의 이미지를 손상시켰다. 나는 그들이 어떤 애국적인 입상을 취하도록 설득할 수도 없었다. 나는 지금 그들의 눈에 공산주의자이고 무신론자이다. 진부하고 낡은 토론 방법이지만 한 사람을 무너뜨리기엔 여전히 적절한 것이었다. 나는 내 어깨를 두드리는 손에 정신을 차리고 돌아다보았다. 회의에서 나를 비웃던 수염 기른 청년이 서 있었다. 그가 웃으며 말을 건넸다.

"당신은 일리노이 의대에 다니지요?"

"그렇습니다."

"나는 마으문 아라파트입니다. 노스웨스턴 대학교 도시 공학 박사 과정에 있습니다. 학생 기숙사에서 살고 있습니까?"

"예."

"나도 한동안 기숙사에서 살다가 레바논 친구와 함께 더 저렴한 아파트로 이사했습니다."

나는 다시 침묵했다. 무엇인가가 나로 하여금 그와의 대화를 피하도록 몰아갔다. 그가 말했다.

"당신은 위험한 정치인처럼 대통령을 공격하더군요. 당신은 유학생 회의 내용이 모두 녹음되고 있다는 걸 모릅니까?"

나는 그를 무시하고 고개를 돌려 창밖을 보았다. 정거장을 몇 개 지났고 어느덧 내릴 때가 되었다. 내가 인파를 뚫고 나가려 할 때 그가 갑자기 내 팔을 붙잡고 귀에 속삭였다.

"잘 들어요. 아흐마드 다나나를 건드리지 마세요. 이곳의 모든 것이 그의 손안에 있어요. 만일 그가 당신에게 화를 내면 그는 당신을 파멸시킬 수도 있어요."

나는 그의 손에서 팔을 빼냈다. 그가 말했다.

"나는 분명히 당신에게 경고했습니다. 이제 어떻게 하든 그건 당신 자유입니다."

* * *

아침에 살라흐 박사를 만났을 때, 그가 미소를 지으며 말했다.

"나지, 자네 문제는 아직 끝나지 않았네."

"왜요?"

"다나나가 알려 주더군. 자네와 언쟁을 벌였다고 말야."

"거짓말입니다. 모임에서 일어난 일이라곤, 그가 대통령에게 위선적인 내용의 전보를 보내려 해서 제가 반대한 게 전부입니다."

살라흐 박사가 조사하는 듯한 시선으로 나를 바라보며 말했다.

"물론 나는 자네의 열의가 마음에 들어. 하지만 그게 논쟁을 벌일 정도의 사안이 되는가?"

"선생님께서는 제가 국민당 위선자들처럼 충성 서약문에 서명하기를 바라십니까?"

"물론 그렇진 않아. 그러나 이런 일에 힘을 낭비하지 말게. 자네 앞에는 배움을 위한 기회가 있는데 그걸 놓치지 말게나."

"우리 나라에서 일어나는 일에 대해 제가 뚜렷한 입장을 취하지 않는다면 학문을 배울 가치가 없습니다."

"배워서 학위를 취득하게. 그런 다음에 자네가 원하는 대로 조국을 위해 봉사하게."

"애국 대열에 참여하기를 거부했던 카이로 대학교의 동료들도 똑같은 논리를 사용했습니다. 이건 우리 스스로를 농락하는 해결책입니다. 애국의 의무를 최상의 직업으로 대체하는 것. 선생님, 이건 아닙니다. 지금 이집트는 교사나 회계사가 필요한 것 이상으로 구체적인 행동을 필요로 하고 있습니다. 우리가 정의와 자유에서 인간의 권리를 요구하지 않는다면 그 어떤 학문을 배워도 소용이 없습니다."

열변을 토하는 내가 조급해 보였던지 살라흐 박사의 얼굴에 갑자기 분노의 기색이 보였다. 박사는 나를 앞에 두고 소리쳤다.

"잘 듣게. 자네는 이곳에 학문을 위해 와 있는 거야. 자네가 혁명을 원한다면 이집트로 돌아가게."

나는 그의 분노에 흠칫 놀라 침묵했다. 그가 깊은 숨을 내쉬고는 미안한 듯한 어조로 말했다.

"나지, 내 말을 이해해 주기 바라네. 나는 자네를 도와주려는 것뿐이야. 자네는 미국에서 가장 큰 대학교들 중 한 곳에 와 있어. 이건 둘도 없는 기회야. 사실대로 말하자면 학과 회의에서 격론을 벌인 끝에 자네의 입학이 이루어졌어."

"격론이라고요?"

"일부 교수들은 자네의 입학에 동의하는 데 주저했어. 자네가 대학교 교원이 아니기 때문이야. 나는 자네의 입학을 간절히 바랐어."

"선생님께 감사드립니다."

"나를 실망시키지 않길 바라네."

"잘 알겠습니다."

"약속한 거지?"

"약속합니다."

살라흐 박사는 그제야 안심한다는 듯 한숨을 쉬었다. 그런 뒤내게 종이를 건네며 진지한 어조로 말했다.

"이건 자네가 공부하게 될 과목에 대한 내 제안이네."

"논문은 어떻게 하지요?"

"자네 수학을 좋아하나?"

"수학은 최고 점수를 받았습니다."

"대단하군. 뼈에서 칼슘이 형성되는 방법에 관한 논문을 어떻게 생각하는가? 방사성 칼슘을 연구하는 거지. 그것은 통계에 근거하는 연구로, 자네 논문의 큰 부분이 될 거야."

"선생님께서 지도 교수를 하시고요?"

"이건 내 전공이 아니야. 이 분야는 단 두 분만 연구하고 있어. 조지 마이클과 존 그레이엄."

"선생님께서 제게 맞는 분을 추천해 주십시오."

"자넨 마이클과는 맞지 않을 거야."

"선생님께서 저에 대한 나쁜 생각은 갖지 않으셨으면 합니다. 저는 어느 교수분과도 잘할 수 있습니다."

"문제는 자네에게 있는 게 아니야. 조지 마이클은 아랍인과 일하는 걸 좋아하지 않아."

"왜지요?"

"그의 본성이 그래. 하지만 우리가 신경 쓸 일은 아니지. 그레이엄에게 가 보게."

"언제요?"

그가 벽에 걸린 시계를 바라보고 말했다.

"지금 가면 만날 수 있을 거야."

내가 일어서자 그가 미소를 지으며 한마디 덧붙였다.

"그분을 보면 조금 기이하다고 생각될 거야. 하지만 훌륭한 교수야."

복도 끝에 있는 그레이엄 연구실의 문을 두드리자 굵직한 목소리가 들려왔다.

"들어와요."

연구실 자욱이 깔린 담배 연기가 나를 맞았다. 내가 창문을 찾기 위해 주변을 둘러보자 그가 말했다.

"연기 때문에 불편한가?"

"저도 담배를 피웁니다."

"우리 사이에 마음이 맞는 첫 번째 사항이군."

그가 담배 연기를 또다시 내뿜으며 크게 웃었다. 그는 미국식으로 책상 위에 두 발을 뻗고 의자에 드러누워 있었다. 나는 그의 두 눈이 비웃음을 띤 채 재미난 것을 보고 있음을 알아챘다. 그러나 얘기를 시작하자마자 그의 얼굴은 진지한 표정을 띠었다.

"내가 어떻게 자네를 도울 수 있겠나?"

"선생님께서 제 석사 학위 논문을 지도해 주셨으면 합니다."

나는 그에게 좋은 인상을 남기려고 애쓰면서 예의를 갖추어 미소 띤 표정으로 말했다.

"자네에게 한 가지 질문하겠네."

"예, 하십시오."

"자네는 대학교에서 일하지 않는다면 왜 군이 조직학 분야에서 석사 학위를 취득하려고 힘들게 공부하려 드는가?"

"제 대답을 듣고 이상하게 여기지 않으시길 바랍니다. 사실 저는 시인입니다."

"시인이라고?"

"그렇습니다. 저는 카이로에서 두 권의 시집을 펴낸 바 있습니다. 제 인생에서 시는 가장 중요한 부분이지만 먹고살 직업도 있어야 합니다. 한데 그들은 저의 정치 활동을 이유로 들어 카이로 대학교 교원으로 임명하길 거부했습니다. 저는 대학을 상대로 소송을 제기했지만 그 소송이 어떤 결과를 가져오리라곤 믿지 않습니다. 설령 승소한다 해도 학교 쪽에선 제가 학교를 떠나도록 압력을 가할 것입니다. 다른 동료들에게 한 것처럼 말입니다. 저는 일리노이에서 석사 학위를 취득해 걸프 국가에서 일하고 싶습니다. 어느 정도 돈을 모은 다음엔 이집트로 돌아가 문학에 전념하려고 합니다."

그레이엄은 나를 바라본 뒤 담배 연기를 내뿜으며 말했다.

"그렇다면 자네는 문학을 위해 조직학을 공부하는 건가?"

"정확히 그렇습니다."

"희한하긴 하지만 흥미롭군. 잘 듣게. 나는 누구든 그의 사고방식을 어느 정도 알기 전에는 지도 교수 맡는 것을 수락하지 않네. 내게 학생의 품성은 그의 지식보다 더 중요하니까. 자네, 이번 토요일 저녁에 무얼 할 건가?"

"정한 일이 없습니다."

"그럼 함께 저녁 식사나 하지. 어떤가?"

"기꺼이 그러겠습니다."

제10장

라으파트 사비트는 한 시간 동안 침대에서 내내 뒤척이며 졸음을 쫓으려 했지만 헛수고였다. 방 안은 어둡고 깊은 정적이 깔린 가운데, 옆에서 자고 있는 아내 미첼의 반복되는 숨소리만 정적을 깨고 있었다. 그는 몸을 일으켜 침대 머리에 편히 기댔다. 눈앞에 낮의 일들이 나타났다. 그날은 그가 결코 잊지 못할, 자신의 인생에서 유일무이한 날이었다. 제프가 아침에 와서 외동딸을 데려갔다. 사라는 애인과 함께 집을 떠났다. 두 연인은 자동차에 가방을 실으면서 더없이 행복해 보였다. 둘은 웃으며 장난을 주고받았다. 제프가 사라에게 키스를 훔치기도 했다. 라으파트는 서재 창문에서 둘을 바라보고 있었다. 그러다 갑자기, 자신의 딸을 모른 척하기로 결정했다. 될 대로 되라지. 지금부터는 딸에게 관심을 갖지 않을 것이다. 딸이 자기를 사랑하지 않는다면 자기 역시 딸에 대한 사랑을 멈출 것이다. 그는 마치 딸을 낳은 일이 없는 것처럼 자신의 남은 생을 살아갈 것이다. 그는 창문에서 물러선 뒤 소파에 누웠다. 정원에 있는 두 사람의 웃음소리가 그의 귀에 다시 들려왔다. 아내 미첼은 그들과 함께 즐거워했다. 순간 라으파트는 그들 모두에게 깊은 증오심을 느꼈다. 잠시 후 그는 가볍게 문 두드리는 소리에 정신을 차렸다. 이어 문이 열리고 사라가 나타났다. 그녀는 차분하고 활기차 보였으며 피부는 맑았고, 머리를 뒤로 묶고 있었다. 그녀는 순진한 시선으로 라으파트를 주시하더니 마치 수학여행 갈 때처럼 담담한 목소리로 말했다.

"아빠에게 작별하러 왔어요."

"어디로 가는데?"

"아빠도 아시잖아요."

"나는 네가 다시 한 번 고려할 것으로 생각했는데……."

"난 이미 결심했고, 얘기는 끝났어요."

그는 사라에게 다가가 힘껏 품에 안고 이마와 뺨에 여러 번 입맞춤을 했다. 사라의 몸에서 맑은 향기가 풍겨 나왔다. 어렸을 적의 사라가 두 팔에 안길 때 그의 코를 가득 채우던 향기였다. 그는 한참 동안 사라를 바라보다가 속삭였다.

"몸조심해라. 필요한 일 있으면 연락하고."

사라가 떠난 후, 그는 미첼과 함께 평소처럼 일요일을 보냈다. 부부는 영화관에 갔고, 호숫가에 있는 이탈리아 식당에서 저녁을 먹었다. 부부가 하루 종일 사라 문제에 관해 대화를 나누지 않았음에 그는 내심 놀랐다. 마치 부부가 그 문제를 잊기로 합의한 것 같았다. 또 집에 돌아오자마자 아내를 향한 거센 욕망에 사로잡힌 것도 그에겐 놀라운 일이었다. 그는 아내와 성관계를 가졌다. 마치 몇 년간 그 행위를 하지 않은 듯 아내를 공격하는 그의 감정은 뜨겁고 거칠었다. 마치 자신의 슬픔을 아내 안에 파묻으려거나, 아니면 사라가 떠난 데 대한 복수인 듯했다. 정사를 마친 후 아내는 잠에 빠져들었다. 하지만 그는 계속 상념에 잠겨 있었다. 갑자기 침실등이 켜지더니 아내가 졸음기 어린 얼굴로 그를 바라보았다.

"라으파트, 안 잤어요?"

"저녁 먹고 마신 커피 때문에 잠이 오질 않아."

그녀는 다정하게 미소 지으며 남편의 머리에 손을 얹었다.

"아니에요, 라으파트. 커피 때문이 아니에요. 당신의 심정을 충분히 이해해요. 나도 사라가 떠나서 슬퍼요. 하지만 우리가 무얼 할 수 있겠어요? 이런 게 인생이고, 우리는 그걸 받아들여야 해요."

그는 계속 침묵했다. 아내가 말을 이었다.

"나도 사라가 너무 보고 싶어요. 하지만 나는 사라가 먼 도시가 아닌 시카고에 살고 있다는 것만으로도 위로가 돼요. 사라는 우리 옆에서 지내고 있어요. 우리는 서로 왕래할 수 있고, 가끔 사라를 불러 주말을 함께 보내면 돼요."

라으파트는 생각했다. '그건 진실이 아니야. 당신은 오히려 이렇게 된 걸 즐거워하고 있어. 당신이야말로 사라가 집을 떠나도록 부추긴 장본인인데 지금은 슬픈 척하고 있어.' 미첼이 다가와 볼에 키스를 하고 팔로 그를 감쌌다. 하지만 그는 자신이 기진맥진해 있고 아무 할 말도 없음을 느꼈다. 그가 갑자기 아내에게 물었다.

"사라가 제프와 어디서 사는지 알아?"

"그의 집에서요."

"물론 그의 집이겠지. 그 집이 어디 있는지 알아? 오클랜드야. 시카고에서 가장 가난하고 불결한……."

"제프가 내게 설명했어요. 지금으로선 더 나은 구역에 살면서 집세를 낼 형편이 안 된다고요. 하지만 그림을 팔면 형편이 나아질 거라고 했어요."

"그가 이런 허황된 말로 당신도 설득했어? 당신은 이런 엉터리 그림을 사기 위해 단돈 1달러라도 낼 사람이 있다고 생각해?"

"라으파트, 나는 당신이 이 정도로 그를 싫어하는 이유를 모르겠어요."

"나야말로 당신이 왜 이토록 어리석은 짓을 했는지 모르겠어. 그놈은 우리 외동딸을 시카고에서 가장 더러운 구역으로 데려갔는데 당신은 아직도 그를 옹호하고 있잖아."

"옹호하는 게 아니에요."

"당신은 옹호하는 정도가 아니야. 당신이야말로 사태의 원인이라고."

"무슨 말을 그렇게 해요?"

"딸애가 우리를 떠나가도록 당신이 부추겼다고."

"라으파트!"

"어리석은 연기는 그만해."

"제 말 좀 들어 보세요."

"당신이나 내 말을 잘 들으라고. 이젠 당신의 연기에 진저리가 나. 당신은 절대 나를 사랑하지 않았어. 당신과 결혼한 걸 후회해. 당신은 늘 자신이 나보다 더 훌륭한 남편에 걸맞은 여자라고 믿어 왔어. 매일같이 당신은 나로 하여금 모든 것에서 내가 당신보다 못하다고 느끼게 만들었어. 당신은 내가 후진국 이집트 사람에 불과한 반면, 당신은 우월한 인종으로 태어났다는 것을 내게 보여 주기 위해 모든 짓을 했어."

"그런 말은 하지 마세요."

"아니, 그만두지 않을 거야. 우리는 이제 현실을 직시할 필요가 있어. 당신은 나를 증오했고, 사라를 통해 내게 복수하길 원했어. 당신은 나로 하여금 사라를 잃게 만들었다고."

미첼이 겁먹은 얼굴로 그를 바라보았다. 방 한가운데 서 있는 그는 정신을 잃은 사람처럼 보였다. 그는 발로 침대를 차고 소리를 질렀다.

"말해 봐. 왜 아무 말도 안 하는 거지? 당신은 이런 날을 계획해 오지 않았어? 미첼, 일이 성공한 걸 축하해. 당신은 내게서 외동딸을 빼앗아 가 버렸다. 미첼은 다시 시도했다. 그녀가 일어서서 몸으로 방문을 가로막자 그가 소리쳤다.

그러고는 서랍장 쪽으로 가서 장을 열더니 파자마를 벗어 바닥에 던지고 외출복을 입기 시작했다. 미첼이 그를 붙잡으려 했지만 그는 아내를 밀어 버렸다. 미첼은 다시 시도했다. 그녀가 일어서서 몸으로 방문을 가로막자 그가 소리쳤다.

"비켜!"

"어디로 가세요?"

"당신이 알 바 아니야."

미첼이 한마디 하려 했지만 그는 미첼의 손을 힘껏 잡아당겼다. 그 바람에 미첼은 몸의 균형을 잃고 침대 가장자리에 쓰러졌다. 그는 밖으로 나가면서 문을 쾅 닫았고, 잠시 후 자동차의 시동 소리가 들려왔다.

제11장

샤이마가 이렇게 변할 수 있을까!

그녀는 매주 수요일 이집트 인공위성 채널로 방송되는 '아름다운 여성' 프로그램의 모든 지시 사항을 그대로 따라 했다. 그녀는 소금 연마지와 올리브기름을 사용해 얼굴의 뾰루지를 제거했다. 오이가 첨가된 요구르트 마스크 팩 덕분에 피부는 부드러워지고 맑아졌다. 그녀는 정성 들여 눈썹을 그리고, 이집트산 콜* 화장 먹을 칠하면서도 꿋꿋이 참아 냈다. 콜 먹은 눈꺼풀에 착색되어 매력을 발휘하기 전까지 그녀의 두 눈을 아프게 하면서 많은 양의 눈물을 흘리게 했다. 심지어 이슬람 의상의 경우, 그녀는 소매를 스팽글과 수정 구슬로 장식했고, 자신의 몸매에서 둥근 부위가 두드러지도록 품을 약간 줄였다. (특히 그녀는 풍만한 가슴의 가치를 알고 있어, 때로 그것을 안고 다니는 것처럼 보이기도 한다.) 그녀는 더 이상 군인처럼 일직선으로 걷지 않았다. 그녀는 한들거리며 걸었는데, 정확히 말하면 교태와 수줍음의 딱 중간에 속하는 것이었다. 더구나 진지함과 면학(勉學)의 상징인 안경의 경우, 그녀는 그것이 코 위에서 조금씩 흘러내리게 두다가 갑자기 손가락으로 그것을 위로 올린다. 그런 동작은 그녀에게 생기와 장난기를 부여한다. 이 모든 일은 타리크를 위해서다. 타리크. 그녀는 키스하듯 다정하게 그의 이름을 발음한다. 오, 신을 찬미하노라. 그녀는 탄타에서 자신의 운을 기다리다가 결국 절망감에 빠져 세계 저편에 있는 이곳으로 왔고 그 운을 발견했다. 찬미받으실 지고하신 우리 주님께서는 그녀의 앞날을 위해 유학을 가라 하셨고, 그녀로 하여금 자신의 행복을 위해 유학 계획을 관철하게 하셨다. 그녀가 타리크 하십보다 더 나은 신랑감을 꿈꾸었던가? 그는 그녀와 마찬가지로 의대 교수로서, 다른 남자들처럼 그녀의 우수함을 질투하지 않을 것이고, 그녀에게 학교 일을 접고 집 안에 있으라고 요구하지도 않을 것이다. 그의 나이도 적당하다. 또 몸이 많이 마른 편이고 기다란 코와 휘둥그런 눈을 갖고 있지만 그의 생김새도 괜찮은 편이다. 그녀는 살아오는 동안 내내, 미남형 얼굴을 좋아하지 않는다. 잘생긴 남자는 과도한 설탕과 같아서 마음을 느글거리게 한다. 기칠고 억세지 못한 남자는 어느 누구도 그녀를 유혹할 수 없다.

그녀는 타리크를 사랑하고, 어머니인 양 그를 돌보며 동정을 베푼다. 그의 강의 시간표를 간직하고 그와 더불어 순간순간 살아간다. 그녀는 시계를 보고 미소 짓는다. 그녀는 그가 지금쯤 강의를 마쳤을 것으로 생각하고, 그가 실험실로 향하는 모습을 상상해 본다. 그녀는 하루에도 여러 번 휴대 전화로 그를 찾는다. 그녀는 그리움에 사로잡혀 그에게 안부를 묻는 문자를 보낸다. 그녀는 일요일에 그를 위해 음식을 만들 뿐 아니라, 그가 좋아하는 모든 음식을 외우고 있다. 후추를 친 쌀밥, 오크라 요리, 감자 찜 요리, 베샤멜소스를 넣은 마카로니 그리고 디저트로 움무 알리*와 무할라비야*, 쌀로 만든 푸딩. 다행히 그녀는 어머니에게 요리법을 배운 덕에 타리크의 찬사를 이끌어 냈다. 그는 맛있게 음식을 먹으면서 여러 번 그녀에게 말했다.

"샤이마, 음식 만드느라 수고했어."

그 말을 들을 때 샤이마는 얼마나 기쁘던지! 그녀는 부엌에서 요리하느라 보낸 시간을 기쁜 마음으로 잊는다. 그녀는 그에게 감사하고, 부끄러워 얼굴을 붉힌다. 그리고 그를 바라보며 속으로 말한다.

'이건 우리가 결혼하면 당신을 위해 내가 해 줄 많은 것 중 극히 일부일 뿐이야.'

밤에 샤이마는 잠자리에 들면서 상상에 사로잡힌다. 그녀는 하얀 웨딩드레스를 입고 소파에 앉아 있다. 결혼식은 어떨까? 유명 가수들이 노래로 축하해 주고 수십 명의 하객들이 참석하는 대규모 잔치일까? 아니면 친지들로 국한되는 조용한 저녁 식사 정도일까? 두 사람은 허니문을 어디서 보낼까? 샤름 엘셰이크*에서? 아니면 마르사 마트루흐*에서? 사람들은 터키가 아름답고 물가가 싸다고 말한다. 둘은 결혼 후 카이로에서 살게 될까, 아니면 탄타에서 살까? 아이는 몇이나 낳을까? 남편은 딸을 낳으면 아이샤로, 아들은 무함마디로 이름을 붙이도록 허락해 줄까?

샤이마는 타리크를 알게 되어 즐거우면서도 다른 한편으론 그의 행동을 의아하게 여긴다. 그는 샤이마에게 관심을 갖고, 간절히 보고 싶어 하며 부드럽게 대한다. 그러다 갑자기 아무 이유 없이, 아무 사전 예고 없이 난폭한 사람으로 돌변한다. 그럴 때면 마치 사탄에 씐 것처럼 그는 면전에서 소리를 지르고 사소한 이유로도 그녀를 거칠게 대한다. 그럴 때 그녀는 입을 다물고 절대 그에게 대꾸하지 않는데, 이는 어머니의 충고에 따른 것이다. "현명한 여자는 남자와 동등하게 굴거나 대립하지 않고, 오히려 애정으로 포용하고 그의 휴식처가 되어 주지. 이 말은 성스러운 코란에 나와 있어. 그건 여자의 존엄성을 훼손하는 게 아니야. 만약 여자가 같은 방식으로 모욕을 되갚으면 말다툼은 격렬한 전쟁으로 변할 거야. 그러나 여자가 침묵하면 남자는 양심의 가책으로 잠 못 이루고, 결국 사과하면서 여자에게 돌아오지."

하지만 타리크의 발작적인 분노가 그녀의 가장 큰 걱정거리는 아니었다. 샤이마는 그가 그녀에게 화를 내는 게 아니라, 그녀를 향한 자신의 감정 때문에 화를 낸다는 느낌을 받았다. 즉 그는 그녀와 말다툼을 함으로써 그녀에 대한 자신의 사랑에 저항하는 것 같았다. 그녀는 또 약간의 편안함을 느꼈다. 말다툼은 결혼을 위한 예행연습에 불과하므로 결국 결혼 가능성을 보여 주는 것이다. 실제로 그녀가 잠 못 이루는 것은 다른 일 때문이다. 두 사람은 알고 지낸 지 오래되었고 둘은 매사를 함께하게 되었다. 그러나 타리크는 지금까지 사랑이나 결혼에 관해 한마디도 꺼내지 않았다. 샤이마가 — 고등학교 1학년 때 이웃집 아들을 조용히 짝사랑했던 일을 예외로 하면 — 사랑의 경험이 없다고 해도, 그녀는 타리크의 태도가 정상적이지 않다고 확신한다. 그가 그녀를 사랑한다면 왜 솔직하게 말하지 않는 걸까? 그는 진지하고 우수하며 경건해서, 그녀와 장난하려는 의도를 가질 리 없다. 그는 또한 품위 있는 자로, 그녀의 몸을 만진 일이 결코 없다. 두 차례, 아니 세 차례 예외가 있기는 했다. 둘은 붐비는 지하철 안에서 우연히 서로의 몸이 닿은 적이 있다. 그렇다면 그는 왜 말을 안 하는 걸까? 어쩌면 책임지는 것을 두려워하는 걸까? 아니면 여자를 어떻게 대하는지 모르는 숙맥 같은 남자인가? 그는 연분을 맺기 전에 그녀를 시험해 보려고 하는가? 그에게 이집트에 두고 온 약혼녀가 있는 걸까? 반지를 빼고 약혼녀에 관한 일을 감추고 있는 건 아닐까? 이 모든 것보다 최악의 경우는 이렇다. 그는 샤이마를 만족스럽게 여기지 않는 걸까? 그녀를 아이들 엄마로 부적합하다고 보는 걸까? 그는 샤이마와 마찬가지로 보수적이고 경건한 집안 출신이어서 그녀와 어울리는 것이 문란한 행위라고 생각하는가?

그렇다면 정말 큰일이다! 그는 샤이마 자신이 극히 낯선 환경 때문에 그와 함께 다니고 있음을 이해해야만 한다. 만일 그가 이집트에서 그녀를 만난다면 그는 여느 남자 동료처럼 지나가는 말 이상의 대화밖엔 나누지 못할 것이다. 그는 왜 말을 하지 않는 걸까? 그녀는 여러 번에 걸쳐 그에게 암시를 주고 심지어 권하기도 했지만 그는 그 신호를 모른 척했다. 아! 그녀가 원하는 것은 단지 "샤이마, 널 사랑해, 너랑 결혼하고 싶어"라는 말이다. 그녀는 어제부터 걱정에 사로잡혔다. 오늘 아침 잠에서 깨어날 때 그녀는 마음먹었다. 오늘 그녀는 연구 샘플을 확인하러 학교에 갈 일이 있고, 그 이후 링컨 파크에서 타리크를 만나기로 했다. 둘은 공원에서 매주 토요일 함께 점심을 먹는다. '나는 더 이상 질질 끌지 않을 거야. 오늘 나는 분명히 의심을 끊어 버리겠어.' 그녀는 야자수 잎으로 만든 가방을 들고 가면서 다짐했다. 그녀는 턱을 들고, 입을 다물었다. 그러고는 빠른 속도로 지하철역으로 갔다. 전철은 몇 분 만에 그녀를 공원으로 데려다 주었다. 타리크는 평소처럼 분수 근처 둘이 선호하는 대리석 벤치에 앉아 있었다. 그는 샤이마를 반갑게 맞아 주었고 그녀는 조심스럽게 대답했다. 그리고 그의 옆에 앉아 둘 사이에 파란색 테이블보를 폈다. 그런 다음 종이 접시에 샌드위치와 난 음식을 정성스럽게 놓고 그 옆에는 박하 잎을 넣은 샤이를 담은 보온병을 놓았다. 타리크는 커다란 샌드위치 두 개를 순식간에 먹어 치웠다. 하나는 절인 올리브를 곁들인 닭고기 샌드위치이고, 다른 하나는 파스티르마*를 넣은 달걀 오믈렛

샌드위치였다. 그러고 나선 박하 잎을 띄운 샤이 한 잔을 맛나게 마셨다. 그는 또 건포도와 코코넛으로 장식된 무할라비야 접시 쪽에 관심을 보였다.

"샤이마, 만드느라 애썼어. 늘 그렇듯 음식이 맛있어."

그녀는 즉시 계획을 실행에 옮겼다. 그녀가 말했다.

"셰이크 알샤으라위*의 해설, 읽어 봤어?"

"이집트에서 텔레비전으로 보곤 했어."

"글로 된 걸 읽어 봐야 해. 내가 그걸 가져왔으니까 매일 밤 읽어 봐."

"셰이크 알샤으라위는 위대한 학자였어."

"그분께 알라의 자비와 빛이 있기를. 알라께서는 그분에게 이슬람의 위대함을 설명할 수 있는 능력을 부여하셨어."

"정말 그래."

"이슬람은 삶의 문제에서 작은 부분이든 큰 부분이든 그냥 지나치지 않았어."

"물론이지."

"너는 이슬람에서 사랑에 관해 언급한 내용을 믿니?"

타리크는 분수대 쪽으로 고개를 돌려 꼭지에서 쏟아져 나오는 물줄기를 바라보았다. 그녀가 말을 이었다.

"이슬람은 사랑을 권하고 있어. 그것이 죄악의 결과로 이어지지 않는 한 말이야."

타리크가 한숨을 쉬며 살짝 걱정하는 표정을 지었다. 하지만 그녀는 계속 말했다.

"셰이크 알샤으라위는 젊은 남녀가 사랑의 감정을 느낄 때, 두 사람이 결혼을 원하는 한, 그것은 금지 사항이 아니라고 파트와*를 내렸어."

"물론 잘 알고 있어."

"네 의견은 어때?"

"글쎄, 샤이마…… 내가 러시 스트리트에서 음식값이 무척 싼 피자 가게를 알아냈어."

샤이마가 화난 눈으로 그를 주시하며 말했다.

"왜 화제를 바꾸는 거지?"

"어떤 화제?"

"알샤으라위 화제."

"알샤으라위? 어떤 건데?"

"그분은 사랑이 결혼으로 이어지는 한, 금지 사항이 아니라고 강조했어."

"너는 같은 말만 되풀이하고 있어. 난 그 화제와 우리가 무슨 관계가 있는지 모르겠어."

그가 화가 나서 말했다. 무거운 침묵이 흘렀다. 분수대에서 쏟아져 나오는 물소리와, 두 사람 가까이서 놀고 있는 어린아이들의 외침만 침묵을 차단하고 있었다. 그녀가 갑자기 자리에서 일어나더니 가방에 물건들을 주워 담으며 말했다.

"난 기숙사에 돌아갈래."

"왜?"

"내일 시험이 있는 게 생각났어."

"잠깐 있어 봐. 시간도 이르고 날씨도 좋은데."

그녀는 그를 바라보다가 손가락으로 안경을 고쳐 쓰고는 흥분해서 말했다.

"혼자 즐기셔."

"잠깐만, 샤이마!"

타리크는 소리치면서 그녀를 잡으려 했다. 하지만 그녀는 빠르게 가 버렸다. 그는 자리에서 일어나 뒤따라가려다가 이내 앉았던 자리로 돌아와 눈으로 그녀를 계속 주시했고 마침내 그녀는 인파 속으로 사라졌다.

제12장

아흐마드 다나나가 주변 사람들에게 풍기는 위엄에도 불구하고 그를 자세히 살펴보면 여성적인 인상이 확연하게 드러난다. 이는 그가 — 말도 안 되지만 — 자웅동체라는 말이 아니다. 그는 어엿한 남자로 태어났다. 하지만 그의 살찌고 부드러운 몸에 불거진 근육이 없다. 그는 놀랄 때 두 눈썹을 치켜들고, 화났을 때는 입술을 다물고 두 손을 허리에 놓는 자세를 취한다. 또 세부적인 사항과 비밀에 집착하고, 잡담과 비방하기를 좋아하며 중의적인 표현을 사용한다. 만나는 사람의 볼에 입 맞추기를 좋아하고 '내 영혼아', '내 마음의 연인이여'라는 식으로 여성 취향의 애정을 담은 호칭을 사용한다. 이 모든 행동이 그로 하여금 엄격한 남자보다는 사나운 기질의 여성과 비슷하게 만든다. 이런 여성적인 면은 어머니 핫자 바드리야 — 그녀에게 알라의 자비가 있기를 — 의 과도한 영향을 받아 그가 내면에 지니게 된 것이다. 어머니는 문맹이었지만 깅인하고 완고하게 — 철권으로 — 네 아들과 두 딸, 남편을 둔 대가족을 이끌었다. 한 차례 눈길만으로도 가족 어느 누구든 꼼짝 못하게 하기에 충분했다. 가장인 남편도 마찬가지여서, 그는 나이들면서 개인 비서나 순종적인 부하 비슷한 사람으로 변해 갔다.

다나나에게는 어머니의 성격이 스며들어 그는 무의식적으로—특히 긴장할 때—어머니의 표현 방법을 쓰게 되었다. 그에게는 어머니의 어조와 눈길, 제스처 등 모든 것이 드러난다.

그래서 그는 마르와를 때린 다음 즉각적으로 여성들이 하는 일련의 간교한 행동에 착수했다. 그는 그녀와 일절 말을 안 했고, 그녀를 볼 때마다 입술을 씰룩거리며 경멸 담긴 시선으로 노려보았다. 또는 한숨을 쉬고 두 손바닥을 치며 큰 소리로 알라께 용서를 구하는 말을 했다. 그리고 우두를 한 뒤 예배용 양탄자로 가던 중에 텔레비전을 보는 아내의 곁을 지나면서 뼈 있는 말을 던진다. 예를 들어 "알라여, 제게 인내를 주소서"라고 말하거나 "어머니, 당신의 영혼을 위해 파티하* 장을 읽습니다. 어머니, 당신은 현모양처의 귀감이셨습니다"라고 말한다.

그것은 아내를 징벌하는 그의 방법이었다. 혹자는 질문할 수도 있을 것이다. "그는 왜 아내를 징벌하려고 하죠? 그가 아내를 구타했으니까 사과하는 게 온당하지 않나요?"라고. 대답은 이렇다. 다나나는 결코 자신을 책망하는 법이 없는 자이다. 그는 자신이 항상 옳으며, 모든 잘못은 다른 사람들에게서 비롯된다고 생각한다. 그는 자신의 유일한 결점이 너무 착한 것이라 믿고 있다. 사악한 자들—그들은 너무 많다—은 자신들의 이익을 달성하기 위해 그로 하여금 피해를 보게 하고 그의 착한 심성을 악용하려 든다. 그는 마르와가 올바른 자신에게 잘못을 범했다고 전적으로 확신했다. 남편에게 대들었으므로 그는 하는 수 없이 그녀를 때렸다. 그리고 때때로 그녀를 올바른 삶으로 되돌리기 위해 그녀에게 중간 세기 정도로 한 차례 따귀를 날렸다고 해서 해가 될 게 무언가? 진실된 이슬람 율법은 남편이 훈계를 목적으로 아내 때리는 것을 허용하지 않았던가? 그가 장인에게서 돈을 빌리는 게 무슨 잘못이란 말인가? 남편을 도와주는 게 아내의 도리가 아니던가? 카디자* 부인 ─ 알라께서 그녀에 대해 기뻐하시길 ─ 도 인류를 통틀어 가장 숭고한 분이신 남편 ─ 알라여, 그를 축복하소서 ─ 에게 재물로 도움을 주지 않으셨던가? 아내 마르와는 올바른 그에게 커다란 잘못을 저질렀기 때문에 그에게 사죄해야 한다. 이번 기회에 그가 아내를 그냥 보아 넘기면 그녀는 계속해서 잘못을 저지를 것이고, 결국 그는 아내에 대한 통제력을 잃게 될 것이다.

아내가 부부 관계에 불만을 품은 것에 대해 그는 확신을 갖고 그 점을 여성이 갖는 일종의 교태로, 그 이상도 그 이하도 아닌 것으로 간주한다. 여성에게 쾌락과 고통은 서로 연관되고 혼재되어 있어 쾌감의 절정에서 여자는 마치 누군가가 자신을 심하게 때리는 것처럼 소리를 질러 대는 지경에 이른다. 따라서 여성이 성에 대해 갖는 불만은 대개의 경우 행복하기 때문에 생기는 것이다. 한번은 다나나가 한 친구로부터 만족스러운 의견을 들은 적이 있다. 그 말인즉, 모든 여성에게 숨겨진 욕망이란 그녀가 성폭행을 당하는 것으로 요약된다. 이것이야말로 여성이 원하는 바이다. 비록 여성은 정반대인 것처럼 행동하지만 말이다. 여성은 정말 모호하고 모순되며 이해하기 힘든 존재이다. 여성은 자신의 감정과 반대로 행동한다. 여자는 '아니오'라고 말하지만 속으로는 '예'라고 말하는 것이다. 옛 시인도 이렇게 말하지 않았던가. "여자들은 자제하면서 욕망하고 있다"고. 사실 여자는 이성과 신앙이 부족하다. 남자로서의 자격이 있는 남자라면 모름지기 침대에서 여성을 복종시키듯 삶에서 여성을 복종시켜야 하고, 여자를 통제하고 이끌어야만 한다. 동시에 남자는 여자를 온전히 신뢰해서는 안된다. 이런 취지에서 선대 현인들로부터 전해 내려오는 많은 격언들이 있다.

"여자들과 상의하라. 그런 다음 여자들의 말과 반대로 하라."

"어리석은 자의 세 가지 행동이 있다. 맹수와 장난치는 것, 실험한답시며 독을 마시는 것, 여자에게 비밀을 털어놓는 것."

"간악한 여자들을 피하고, 착한 여자들을 조심하라."

이것이 여성에 대한 다나나의 견해이다. 참고로 결혼 전 그는 몇 차례에 걸쳐 여성과 성관계를 가졌다. 하녀들, 여성 소작인들과의 합의하에 약간의 금액을 대가로 한 관계였다. 그는 욕구를 해소한 뒤에는 돈을 아끼려고 흥정하여 여자들을 괴롭혔다. 아마도 그가 매춘부를 상대로만 성 경험을 한 것이 그가 성을 이해하게 된 이면의 이유일 것이다. 즉 그는 성을 상호 인간관계로 이해하지 않는다. 그는 그것을 남성 단독의 폭력적인 행위로 간주하여, 여성은 그 행위를 통해 자신에게 자행되는 폭력을 즐기면 되는 것으로 생각한다.

다나나는 아내에 대한 봉쇄와 비난의 강도를 강화하면서 아내가 무너져 내려 그에게 적당한 사과를 하게 될 순간을 기다렸다. 그러나 여러 날이 지나도 아내는 그를 외면했다. 사실상 그녀가 당한 구타는 모욕과 같은 흉한 짓이었음에도 불구하고 그녀로 하여금 배우자로서의 마지막 의무감에서 벗어나게 했으며, 또한 부부간 불화는 그녀로 하여금 그녀가 한 주에 여러 차례 당하는 육체적 고통을 면하게 해 주었다. 그 같은 휴전 상태는 그녀에게 남편과의 삶에 대해 깊이 생각해 볼 기회를 제공했다. '앞으로 나는 어떻게 해야 할까?' 다나나에 대한 그녀의 증오심은 극에 달했다. 하지만 그녀는 이혼하고 싶다는 말을 어머니에게 아직 하지 않은 상태였다. 그녀는 자신의 생각을 정리하고 정확하게 어떤 말을 해야 할지를 파악할 때까지 기다리고 있었다. 마치 자신에게 유리한 판결을 이끄는 방향으로 서류들이 정리될 때까지 소송 사건의 검토를 연기하는 변호사 같았다. 그녀는 부모님이 자신의 고난을 이해하면 자신을 지지해 주리라 확신했다. 아버지는 공항에서 그녀와 작별 인사를 나누며 어린아이처럼 울음을 터뜨렸던 분이고, 어머니는 딸에게 가벼운 감기 기운이 있어도 밤잠을 이루지 못했던 분이다. 부모님은 딸을 이런 지옥에 내버려 두지 않을 것이다. 그녀는 다나나가 유학생회 모임에 가는 금요일 저녁 7시에 부모님에게 전화를 걸 것이다. 그 시간에 아버지는―카이로 시각으로―금요 예배*를 마치고 집으로 돌아온다. 그녀는 부모님과 오랫동안 통화하면서 모든 일에 대해 자세히 말할 것이고, 심지어 사생활 문제까지 넌지시 알릴 것이다. 그녀는 부모님에게 오직한 가지 선택을 하게 할 것이다. 곧 결별하고 즉시 이집트로 귀국하는 것이다. 그녀는 그렇게 결심하자 마음이 많이 안정되었다. 더이상 남편의 집적거림이나 탄식, 화를 돋우는 말에 신경 쓰지 않아도 되었다. '내가 왜 또다시 싸움을 하며 에너지를 낭비해? 시간이 지나면 결국 나는 고통에서 벗어날 텐데.'

그런데 염두에 두지 않았던 일이 벌어졌다. 그달 첫째 날이 되었는데 마르와는 다나나에게 아버지가 송금한 천 달러의 돈을 주지않았다. 그녀는 문제가 생긴 와중에 그것을 잊고 있던 반면 다나나는 당연히 그것을 기억하고 있었다. 달이 바뀌어 며칠 지나면서 그는 걱정이 커졌고 잡념에 사로잡혔다. 심지어 그는 아내가 매달 송금액을 그에게 주지 않으려고, 또는 아내가 돈을 빼돌려 자기가 쓰려고 일부러 불화를 일으킨 것은 아닌지 의심하기에 이르렀다. 그보다 더 심각한 것은 장인이 보내 주는 돈이 이제는 협상할 사안이 되었다는 점이다. 즉 그녀가 만족하면 돈을 내줄 것이고 화가 나면 돈을 주지 않을 것이다. 그는 이런 모든 점들을 고려하다보니 방법을 바꾸게 되었다. 그는 집적거리는 행위를 자제했고, 아내를 보면 먼저 "안녕" 하고 인사한 다음 약간의 원망이 섞이고 이해심과 사랑이 담긴 시선으로 그녀를 바라보았다. 그리고 어제는 한 걸음 더 나아갔다. 그는 텔레비전 앞에서 아내 곁에 앉았다. 그녀는 아딜 이맘*이 나오는 영화를 보고 있었다. 그는 아내와의 대화를 위한 서두로, 크게 웃기 시작했다. 하지만 그녀는 그가 없다는 듯 아예 모르는 척했고, 결국 그는 실망해서 잠자러 방으로 들어갔다. 그는 아침에 일어나 세수와 우두를 하고 예배를 드린 뒤 거실에 앉아 샤이를 마시고 담배를 피웠다. 잠시 후 마르와가 나타났다. 그녀는 그를 보자 몸을 돌려 다시 들어가려 했다. 하지만 다나나가 먼저 그녀에게 말을 꺼냈다.

"마르와, 괜찮다면 중요한 일로 당신과 얘길 하고 싶어."

"해 보세요."

굳은 얼굴로 그녀가 말했다. 그는 자리에서 일어나 다가가서 아내의 손을 잡았다. 마르와가 힘껏 손을 빼며 소리쳤다.

"내 몸에 손대지 마세요."

"여보, 내 말 좀 들어 봐. 당신은 내게 잘못을 저질렀어. 당신은 내게 대들었어. 나는 당신이 이성을 찾을 때까지, 그동안 당신을 놔두었어."

"그 일에 관해서는 말하고 싶지 않아요."

"신께 맹세코, 당신에게 충고하겠어. 당신이 하는 짓은 이슬람 율법에서 금지 사항이야. 그래, 내가 당신을 때린 건 맞아. 하지만 당신은 내 인격을 모욕했어. 나는 나의 이슬람 율법에 따른 권리를 행사한 것이었는데 말이야."

"종교적인 설교는 당신 자신에게나 하세요. 정확히 뭘 바라는 거예요?"

"잘되기만을."

그녀가 빈정대는 미소를 짓고 자신의 가방을 찾으며 말했다.

"당신이 원하는 바를 알겠어요."

"그게 무슨 말이야?"

"당신은 돈을 원하고 있어요. 자, 가지세요. 하지만 이후로 내게 접근할 생각일랑 말아요."

돈은 백 달러짜리 지폐로 함께 접혀 있었다. 다나나는 재빠른 동작으로 돈을 집어 들었다. 그런 다음 한숨을 내쉬고 지갑에 돈을 넣으면서 말했다.

"마르와, 알라께서 당신을 용서하시길. 나도 당신이 한 말에 대해 잘잘못을 따지지 않겠어. 분명한 건 당신이 피곤해 있다는 거야. 당신에게 조언 한마디 할게. 더운물로 샤워하고, 걱정을 덜겠다는 마음가짐으로 두 번의 라크아가 들어간 예배를 드려. 그러면 당신은 알라의 자비로 많이 나아질 거야."

* * *

토요일 저녁, 정각 8시. 나는 내가 가진 것 중에 가장 좋은 옷을 입고 손에는 꽃다발을 들고 존 그레이엄 교수 집 앞에 서 있었다. 단층의 작은 집은 비좁지만 통로 양쪽으로 장미 화단이 가득했다. 우아하고 ― 유명한 모델 나오미 캠벨을 닮은 ― 예쁜 흑인 아가씨가 문을 열어 주었다. 그녀는 흰색 내의와 블루진 바지 차림의 간편한 옷을 입고 있었다. 그녀 뒤에는 여섯 살 정도 된 흑인 아이가 서 있었다.

"안녕하세요. 저는 존의 친구 캐럴 매킨리예요. 이 아이는 내 아들 마크고요."

나는 두 사람과 악수를 나누고 그녀에게 꽃을 건넸다. 그녀는 꽃 냄새를 맡으며 정겹게 감사 인사를 했다. 모든 가구가 짙은 색 목재를 이용해 영국식으로 만든 것으로, 단순하고 격조가 있었다. 그레이엄은 거실 소파에 거구를 늘어뜨린 채 앉아 있었다. 그의 앞에는 견인 장치를 이용해 움직이는 탁자가 있었고, 그 위에는 술병과 잔이 정렬되어 있었다. 나는 그에게 작은 선물로 칸 알칼리리* 시장에서 가져온 조개껍데기 장식이 박힌 접시를 건넸다. 그는 나를 반기며 자기 앞에 앉으라고 권했다. 어린애가 그에게 다가와 귓속말을 했다. 존이 고개를 끄덕이고 뺨에 입을 맞추자 어린애는 안으로 뛰어 들어갔다. 존은 미소를 지으며 나를 쳐다보고 물었다.

"무얼 마시겠나?"

"붉은 포도주로 하겠습니다."

"이슬람에서 술은 금지 사항이 아닌가요?"

캐럴이 병을 따면서 물었다.

"저는 마음속으로 신을 믿는 자입니다. 저는 엄격한 사람이 아닙니다. 그리고 압바스조*가 통치하던 기간에 이라크 지역에서 종교인들은 포도주를 허용했습니다."

곧이어 그레이엄이 말했다.

"나는 압바스조가 이미 오래전에 끝났다고 생각했는데……."

"사실상 끝났지요. 하지만 저는 포도주를 좋아합니다."

우리는 모두 웃었다. 캐럴이 포도주를 마시면서 말했다.

"당신은 시인이라고 존이 말해 주었어요. 우리에게 당신의 시 일부를 들려줄 수 있나요? 그러면 참 좋을 텐데요."

"저의 시를 어떻게 번역해야 할지 모르겠습니다."

"당신의 영어 실력도 좋은데요."

"시를 번역하는 건 또 다른 일입니다."

"시 번역은 곧 반역이지."

그레이엄이 소리치며 진지하게 말을 이었다.

"이봐요, 시인. 자네가 미국에서 공부하는 건 미국 사회를 이해하는 데 좋은 기회가 될 거야. 어쩌면 언젠가 자네는 그에 관해 글을 쓸 거야. 뉴욕은 스페인 시인 페데리코 가르시아 로르카*에게 멋진 작품을 쓰도록 영감을 주었어. 우리는 시카고에 관한 자네의 시를 기다리겠네."

"그렇게 되길 저도 바랍니다."

"유감스럽게 자네는 지금 미국을 강타하고 있는 반동주의, 보수주의 조류가 닥쳐오는 기간에 미국에 왔어. 내가 젊었던 시절, 내가 참여했던 그 시절에는 또 다른 미국이 있었지. 더 인간적이고 자유로웠던 미국이."

그는 잠시 말을 멈추고 다시 술 한 잔을 따랐다. 말을 잇는 중에 그의 목소리는 깊이 있는 어조를 띠었다.

"나는 베트남 세대에 속하지. 우리는 아메리칸드림의 속임수를 드러냈고 미국 체제의 죄악을 폭로했고 그 체제와 격렬하게 싸웠어. 우리 손으로 1960년대 미국에서는 진정한 사상의 혁명이 일어났고 전통적인 자본주의 사상을 대신해 진보적인 가치가 자리를 잡았어. 그러나 매우 안타깝게도 그 모든 것이 끝나 버렸지."

"왜 그렇습니까?"

내가 질문하자 캐럴이 답했다.

"그것은 자본주의 체제가 스스로 쇄신할 수 있고, 그것에 반(反)하는 요소들을 포용할 수 있었기 때문입니다. 체제를 거부했던 혁명기 청년들은 이제 생의 중반기에 들어선 맥 풀린 부르주아들이 되었습니다. 그들이 추구하는 궁극적인 목표는 거래 성사와 고액의 급여를 받는 직장입니다. 혁명은 끝났습니다. 미국의 모든 시민이 집과 정원, 자동차 그리고 멕시코에서 보낼 휴가를 꿈꾸게 되었지요."

"그 말씀은 그레이엄 박사님에게도 적용됩니까?"

캐럴이 웃으며 말했다.

"존 그레이엄은 보기 드문 유형의 미국인입니다. 그는 돈에 관심이 없어요. 아마도 그는 자동차를 갖지 않은, 시카고에서 유일한 대학교수일 겁니다."

잠시 후 우리는 캐럴이 만든 저녁 식사를 했다. 두 사람은 내게 무척 친절했다. 나는 두 사람에게 이집트에 관해 얘기해 주었다. 그리고 여러 주제들에 대해 토론했다. 나는 포도주를 많이 마셔서 밀려오는 취기를 느끼는 바람에 말과 웃음이 더 많아졌다. 그런데 어느 순간 캐럴이 갑자기 모습을 감추었다. 나는 그녀가 잠자러 들어갔음을 알았다. 나는 그것이 야유회가 끝났음을 알리는 신호로 생각하고 그레이엄에게 작별 인사를 하며 자리에서 일어섰다. 그러나 그는 손으로 기다리라는 신호를 보내더니 보드카 잔을 들어 올리며 말했다.

"앞날을 위해 술 한잔 더 하는 것, 어떤가?"

나는 두 팔로 환영한다는 제스처를 취하며 술기운에 말했다.

"포도주라면 괜찮습니다."

"보드카는 좋아하지 않는가?"

"저는 포도주 외엔 마시지 않습니다."

"압바스조 시대 종교인들의 충고에 따라서 말인가?"

"실제로 저는 압바스조 시대를 좋아합니다. 그 시대에 관해 많은 것을 읽었습니다. 어쩌면 제가 포도주를 좋아하는 것도 잃어버린 그 위대한 시대를 환원시키려는 시도일지 모르겠습니다. 그건 그렇고, 선생님께선 하룬 알라시드*처럼 해보시는 게 어떻겠습니까?"

"그가 무얼 했는데?"

"하룬 알라시드는 검객인 마스루르에게 신호만 보내는 것으로도 누군가의 머리를 벨 수 있는 자였습니다. 그럼에도 불구하고 그가 부끄러워하고 상냥한 동시에, 다른 사람들의 감정을 깊이 헤아리는 사람이었다는 것은 역사의 패러독스입니다. 친구들과 함께 앉아 술을 마실 때 그는 곁에 지팡이를 놓아두곤 했습니다. 그가 피곤하고, 친구들이 가 주길 바랄 때 그는 지팡이를 두 다리 위에 놓았습니다. 그러면 친구들은 술자리가 끝났음을 알았습니다. 이런 식으로 하룬 알라시드는 친구들을 성가시게 하거나 부담을 주지 않았습니다."

그레이엄이 크게 웃으며 어린아이처럼 장난기가 발동한 듯 자리에서 일어나더니 벽에 걸려 있던 하키 스틱을 가져왔다. 그가 말했다.

"그렇다면 역사를 되돌려 보자고. 자, 지팡이가 서 있어. 내가 이렇게 지팡이를 두면 자네는 이제 내가 잠자고 싶다는 걸 알 거야."

우리는, 지금은 대부분 기억하지 못하는 이야기를 주고받으며 많이 웃었다. 취기가 돌면서 그 말을 하고 싶은 욕구가 내게 밀려왔다. 나는 그에게 흑인 여자와 있었던 일을 들려주었다. 그레이엄은 처음엔 껄껄대며 웃었다. 그러나 이야기 끝에 그는 생각에 잠기며 고개를 숙였다. 그가 말했다.

"그 경험은 나름대로 의미가 있군. 자네가 직접 보았듯이, 세계에서 가장 부유한 나라에서 수백만의 국민이 그토록 가난하게 살고 있어. 그 불쌍한 여인은, 내 생각엔 미국의 많은 정치인들보다 숭고해. 그녀는 몸을 팔아 자기 아이들을 먹여 살리지. 반면에 정치인들은 유전 지대를 장악하려는 전쟁을 날조하기 위해 미국의 대외 정책 방향을 정하지. 전쟁을 통해 그들은 수천 명의 무고한 사람들을 살상하는 무기를 팔고 있고, 그렇게 해서 그들에게는 수백만 달러의 이익이 쏟아지지. 자네가 알아야 할 또 다른 게 있어. 미국 정부는 미국인들의 삶에서 모든 것을 통제하고 있네. 심지어 남녀 관계에 대해서도 엄격한 체계를 마련했어."

"그 말은 무슨 의미인지요?"

"1960년대에 우리가 성의 자유를 주장한 것은, 어른들의 통제에서 벗어나 우리의 감정을 행사하려는 시도였네. 그런데 지금은 부르주아식 관습이 강력하게 복귀했어. 만일 자네가 미국에서 여성을 사귀고 싶다면, 반드시 일정한 절차를 통해 이루어져야만 해. 그것은 마치 한 회사를 영리 법인으로 등록하는 과정과 같지. 첫 번째, 자네는 그녀와 얘기하면서 시간을 보내야 하고, 또 자네의 이야기는 즐겁고 웃긴 것이어야만 해. 둘째, 자네는 그녀에게 술을 한잔 사야 하네. 셋째, 자네는 그녀에게 전화번호를 요구하지. 넷째, 자네는 고급 식당에서 그녀를 저녁 식사에 초대하지. 마지막 단계에서 자네는 그녀를 자네 집으로 초대하게 되지. 그렇게 될 때, 부르주아식 관습은 자네가 그녀와 잠잘 수 있는 권리를 자네에게 부여하네. 이런 절차들 중 어느 한 단계에서라도 여자는 물러날 수 있어. 여자가 자기 전화번호를 자네에게 주기를 거부하거나, 자네의 저녁 식사 초대에 응할 수 없다고 양해를 구하면 그것은 곧 자네와 사귈 의사가 없음을 의미하지. 자네가 여자와 함께 그 다섯 단계를 통과하면 그것은 그녀가 자네를 원한다는 걸 의미해."

나는 침묵 속에 그를 바라보았다. 곧이어 그의 장난기가 발동했고, 그는 웃으며 말했다.

"이렇듯, 자네의 노교수에게는 조직학보다 훨씬 더 중요한 지식들이 있다네."

멋진 시간이었다. 갑자기 나는 간헐적으로 울리는 날카로운 초인종 소리를 들었다. 나는 처음으로 소파 옆쪽 벽에 고정된 수화기와 버튼이 있는 것을 보았다. 그레이엄이 머리를 수화기에 대고 버튼을 눌렀다. 그는 즐거운 기분으로 환호했다.

"카람, 왜 늦었나? 자네에게 벌금을 매겨야겠어."

그러고는 나를 돌아보면서 말했다.

"오늘 밤 자네를 위해 내가 마련한 깜짝 이벤트네. 자네처럼 이집트 사람인 내 친구일세."

수화기에서는 내가 알아들을 수 없는 중얼거림이 들려왔다. 그레이엄은 버튼을 눌렀고 다시 경적 소리가 났다. 나는 그가 집의 바깥문을 열고 있음을 알았다. 잠시 후 방 한가운데에는 60대의 남자가 서 있었다. 키가 크고 날씬한 운동선수 같은 체격에, 백발의 머리 한가운데에 가르마를 타고 있었다. 얼굴은 전형적인 콥트인으로 갈색 피부에 투박한 코, 현명함과 우수로 충만한 크고 둥근 눈을 갖고 있었다. 그는 마치 알파윰* 초상화 전시회 그림들 중한 작품에서 막 뛰쳐나온 것 같았다. 그레이엄이 말했다.

"자네에게 내 친구 카람 도스를 소개하지. 시카고에서 가장 뛰어난 심장외과 의사 중 한 사람이야. 그리고 이쪽은 내 친구인 나지 압둘 사마드야. 시인이고, 조직학에서 석사 학위 취득을 위해 공부하고 있지."

"만나서 반갑습니다."

카람이 능숙한 영어로 말했다. 그는 흰눈에도 자신에 대한 자부심이 강하고 매우 우아한 사람으로 보였다. 무늬 있는 소매와, 가슴에는 의상 디자이너의 서명이 적힌 하얀색 티셔츠, 검은색의 멋진 바지, 검은색의 광나는 구두 그리고 목에는 빽빽한 가슴 털에 파묻힌 십자가가 달린 굵은 금목걸이를 하고 있었다. 의사라기보다는 영화배우에 가까웠다. 그가 의자에 깊숙이 앉으면서 말했다.

"늦어서 미안하네. 동료들과 함께 외과학 분야의 교수분 퇴임식에 갔는데 자리가 길어졌어. 하지만 나는 단 몇 분간 머물더라도 자네 집에 오기로 결심했지."

"와 줘서 고맙네."

그레이엄이 말했다. 카람은 마치 혼잣말하듯 나지막이 말을 이었다.

"나는 일을 많이 해서, 주말만 되면 마치 내가 공휴일을 맞은 어린아이가 된 듯한 느낌을 갖게 돼. 나는 가능한 한 마음껏 즐기고 싶고, 가능한 한 많은 친구들을 만나고 싶어. 하지만 늘 시간이 모자라."

"뭘 마시겠나?"

그레이엄이 탁자를 그가 있는 방향으로 밀면서 물었다.

"존, 나는 이미 많이 마셨어. 하지만 소다를 넣은 위스키 한 잔이라면 괜찮겠네."

나는 정답게 미소를 띠며 그에게 물었다.

"선생님께선 미국에서 공부하셨습니까?"

"아니, 아인 샴스* 의대를 졸업했네. 하지만 박해를 피해 미국으로 피신했지."

"박해라고요?"

"그렇다네. 나의 재학 시절, 일반 외과 학과장은 압둘 파타흐 발바으 박사였는데, 그는 엄격한 이슬람교도로, 콥트인들에 대한 혐오감을 노골적으로 드러냈어. 그는 콥트인들에게 외과학을 가르치는 일은 이슬람에서 허용되지 않는다고 믿었는데, 이유인즉 그런 교육은 불신자들로 하여금 이슬람교도들의 삶을 좌지우지할 수 있게 만든다는 것이었지."

"그건 무척 이상한 일인데요."

"하지만 그런 일이 실제로 일어났지."

"외과학 교수분이 그렇게 낙후된 방식으로 사고할 수 있겠습니까?"

"이집트에서는 충분히 가능하지."

그는, 내가 보기에 신경을 돋우는 방식으로 내 얼굴을 응시하며 말했다. 그레이엄이 끼어들었다.

"콥트인들은 이집트의 원래 주인인데, 언제까지나 박해를 당할 건지?"

잠시 침묵이 감돌았다. 나는 그레이엄을 바라보며 말했다.

"아랍인들은 지난 천4백 년 동안 이집트인들과 섞여 살았습니다. 실질적으로 오늘날 우리는 이집트의 주인에 대해 말할 수 없습니다. 또 이집트의 대다수 이슬람교도들은 이슬람을 수용한 콥트인들이었습니다."

"자네 말은 곧 콥트인들이 이슬람을 받아들이도록 강요받았다는 것이지."

"그레이엄 박사님, 이슬람은 어느 누구에게도 이슬람을 믿으라고 강요하지 않았습니다. 세계에서 가장 큰 이슬람 국가인 인도네시아는 아랍인들에게 정복된 것이 아닙니다. 이슬람교도 상인들에 의해 그 나라에 퍼졌던 것입니다."

"콥트인들은 이슬람으로 개종하도록 여러 차례 학살을 당하지 않았던가?"

"그건 사실이 아닙니다. 아랍인들이 이집트에 한 명의 콥트인도 남아 있지 않기를 바랐다면 어느 누구도 그들이 그렇게 하는 걸 막지 않았을 겁니다. 그러나 이슬람은 추종자들로 하여금 다른 사람들의 신앙을 존중하도록 명하고 있습니다. 어느 누구도 다른 종교들을 인정하지 않으면 그는 이슬람교도가 될 수 없습니다."

"자네가 술 취한 상태에서 이토록 열정적으로 이슬람을 옹호하는 게 이상하지 않은가?"

"제가 취한 것은 토론과는 무관한 개인적 문제입니다. 이슬람의 관용은 서구의 많은 오리엔탈리스트(동양학자)들이 인정한 역사적 사실입니다."

"그러나 콥트인들은 이집트에서 학대받고 있어."

"이집트인들 모두가 학대를 받고 있습니다. 이집트 정권은 독재체제이고 부패했습니다. 그 정권은 이슬람교도건 콥트인이건 가리지 않고 이집트인 모두를 학대하고 있습니다. 물론 개별적인 극단주의 사건들이 여기저기에서 일어나고 있습니다. 하지만 그것은 제 생각에 일반적인 현상이 아닙니다. 종교적 극단주의는 정치적 억압에 의한 직접적인 결과입니다. 이집트인들 모두가 집권 여당의 당원이 아닌 이상 차별을 겪고 있습니다. 한 예로 저는 이슬람교도지만 학교 당국은 제 정치 활동을 이유로 들어 카이로 대학의 교수로 임명하기를 거부했습니다."

그레이엄이 자신의 수염을 장난하듯 만지며 말했다.

"아, 그런 생각에 대해 차근차근 살펴보세. 자네의 이야기는 이집트에서의 억압은 종교적인 것이 아니라 정치적이라는 말인가?"

"정확히 그렇습니다."

"자네처럼 이슬람 신자인 이집트 사람은 모든 게 잘되리라는 걸 쉽게 확신하지."

카람이 싸움을 걸듯이 말했다. 내 말이 마음에 들지 않은 것 같았다. 나는 조용히 답했다.

"제 생각에 문제는 이슬람교도와 콥트인 사이에 있는 것이 아니라, 정부와 이집트인들 간에 있습니다."

"자네는 콥트인 문제를 부정하려는가?"

"이집트의 문제가 있고, 콥트인들의 문제는 그중 한 부분입니다."

"그러나 콥트인들은 모든 국가 고위직에서 소외되고 있어. 콥트인들은 박해받고 살해당하고 있어. 자네는 알쿠시흐* 마을에서 일어난 사건에 대해 들었는가? 경찰관이 보는 앞에서 20명의 콥트인이 학살을 당했는데 어느 누구도 그들을 구하려고 하지 않았어."

"물론 그 일은 비극입니다. 하지만 저는 선생님께 상기시켜 드리고자 합니다. 매일같이 이집트인들이 경찰서에서 그리고 국가 보안국에서 심한 고문으로 죽임을 당하고 있다는 걸 말입니다. 형집행인은 이슬람교도건 콥트인이건 구분하지 않습니다. 이집트인들 모두가 박해를 받고 있습니다. 저는 콥트인들의 문제를 이집트 문제와 구분하는 식으로 보고 있지 않습니다."

"자네는 진실을 부정하는 데 익히 알려진 이집트의 방식을 따르고 있군. 언제까지 이집트인은 해를 당하지 않으려고 모래에 머리를 파묻는 타조처럼 지내야 하는가? 존, 자네는 알지? 내가 이집트에서 초보 의사였을 때 보건부 장관이 내가 근무하는 병원으로 시찰을 왔었지. 원장은 병원의 문제점들에 대해 아무것도 얘기하지 말라고 우리에게 경고했어. 원장의 관심사는 오로지 모든 게 우수하다고 장관으로 하여금 믿게 만드는 것이었지. 반면에 병원은 설비를 다 갖추지 못해 끔찍할 정도로 곤란을 겪고 있는 상태였어. 이것이 바로 이집트식 사고방식의 전형이지."

"그런 사고방식의 원인은 이집트인들이 아니라 이집트 통치 체제의 부패에 있습니다."

"이집트인들이야말로 현 체제에 책임이 있어."

"그렇다면 선생님은 체제의 희생자를 탓하시는 겁니까?"

"세계 각 나라 국민은 자신에게 걸맞은 정부를 갖게 되어 있어. 윈스턴 처칠이 그렇게 말했고, 나도 그 말에 동의해. 이집트인들이 독재 체제에 맞지 않는 국민이라면 수 세기 동안 독재와 공존하지는 않았을 걸세."

"세상에 독재 체제의 손아귀에 놓이지 않았던 국민은 없습니다."

"그러나 이집트는 역사상 그 어느 나라보다 더 많이 폭군들이 통치했어. 그렇게 된 이유는 이집트인들이 태생적으로 순응하고 복종하는 성향이 강해서야."

"선생님도 이집트인이면서 그런 말씀을 하시다니 놀라울 따름입니다."

"내가 이집트인이라고 해서 이집트인들의 결함을 언급하지 말라는 법은 없네. 자네로 말하자면, 자네는 거짓말을 되풀이하는 것을 애국적인 의무로 여기고 있어."

나는 경고하는 투로 말했다.

"저는 거짓말을 되풀이하지 않습니다. 선생님께서는 부디 어휘 선택에 신경을 써 주셨으면 합니다."

우리는 마주 보는 의자에 앉아 있었고, 그레이엄은 우리 사이의 소파에 앉아 몸을 뻗고 있었다. 그레이엄이 갑자기 몸을 움직여, 우리 사이를 가르듯 팔을 앞으로 내밀며 말했다.

"오늘 밤 나는 두 사람이 싸우는 걸 결코 원치 않아요."

카람은 각오한 듯 내 쪽을 바라보았다. 끝까지 가 보겠다는 태도로 그가 말했다.

"왜 우리는 진실에서 도망치려 하지? 고대 이집트는 위대한 문명을 갖고 있었어. 한데 지금의 이집트는 죽은 나라로 변했어. 이집트 국민은 교육과 사고방식에서 세계 국민들 중 꼴찌야. 자네는 왜 이러한 진실을 자네 개인에 대한 모욕으로 간주하는가?"

"선생님에게 이집트인들의 결점들이 있다면, 저에겐 그들의 장점들이 있습니다."

"그 장점들이란 게 무언가? 그중 하나만 말해 주게."

카람은 비웃으며 내게 물었고, 나는 답했다.

"적어도, 저는 우리 나라를 사랑합니다. 저는 우리 나라로부터 도망치지 않았습니다."

"그게 무슨 말인가?"

"제 얘기는, 선생님은 이집트에서 도망쳤다는 것입니다. 따라서 선생님에겐 이집트에 대해 말할 권리가 없습니다."

"나는 어쩔 수 없어서 조국을 떠났던 거야."

"선생님은 미국에서 편안한 생활을 누리기 위해 가난하고 불쌍한 조국을 버렸습니다. 기억하십시오. 선생님은 지금 자신이 멸시하는 그 이집트 사람들의 세금으로 공부했다는 것을 말입니다. 이집트는 조국을 위해 힘쓰게 하려고 선생님을 교육시켰던 것입니다. 그런데 선생님은 자신을 필요로 하는 이집트 병자들을 저버렸습니다. 선생님은 그곳에서 그들이 죽게 내버려 두고 이곳으로 와서 미국인들을 위해 일하고 있습니다."

카람이 벌떡 일어나 소리쳤다.

"내가 사는 동안 이보다 어리석은 말을 들은 적은 없었네."

"선생님은 계속 저를 모욕하고 있습니다만, 그런다고 진실이 변하지는 않습니다. 선생님처럼 자기 나라에서 도망친 사람들은 조국에 대해 비난하는 일을 멈추어야 합니다."

카람이 욕을 하더니 나를 향해 주먹을 쳐들며 달려들었다. 나는 나 자신을 방어할 태세를 갖추고 자리에서 일어났다. 하지만 그레이엄이 무거운 몸무게에도 불구하고 제때에 몸을 날려 우리 사이를 가로막았다.

"잠깐, 잠깐만. 진정들 하라고. 둘 다 모두 취했어."

나는 너무 흥분한 나머지 숨을 헐떡거리며 큰 소리로 외쳤다.

"그레이엄 박사님, 저는 누가 우리 나라를 모욕하는 것은 용납할 수 없습니다. 이만 가 보겠습니다. 제가 잠시라도 더 머물렀다가는 저분을 칠 것 같습니다."

나는 몸을 돌려 재빨리 밖으로 나왔다. 그리고 홀을 지나는 동안 카람이 외치는 말을 들었다.

"나야말로 네 머리를 부수어 버릴 거라고. 뻔뻔스러운 놈, 개자식 같으니."

* * *

나는 어떻게 기숙사로 돌아왔는지 기억할 수 없을 만큼 취해 있었다. 거실에서 옷을 벗었던 것 같다. 정신을 차렸을 때 옷이 탁자 옆 바닥에 널려 있는 것을 발견했기 때문이다. 나는 오후 4시에 끔찍한 몸 상태로 깨어났다. 지난밤의 숙취로 몸이 좋지 않았다. 여러 차례 토했고 계속 위에서 허탈감과 신맛이 올라오는 괴로움을 겪었고, 게다가 끔찍한 두통이 엄습했는데 마치 무시무시한 망치가 내 머리를 두들기는 것 같았다. 그 무엇보다 심한 것은, 내가 모임을 망쳤고 그레이엄 박사님에게 문제를 일으킨 일로 죄책감이 들었다는 것이다. 나는 카람 도스에게 했던 말에 대해서는 한마디도 후회하지 않았다. 그의 거들먹거림과 이집트인들에 대한 모욕을 떠올릴 때마다 그를 향한 분노가 다시 치밀었다. 사람이 어떻게 이렇듯 대놓고 자기 나라를 욕할 수 있단 말인가? 그럼에도 나는 나 자신을 통제하지 못하고 실수를 범했다. 내가 말싸움을 벌인 건 적절하지 못했다. 그레이엄이 무슨 죄가 있는가? 그

선한 분은 나를 환대하며 나와 친하게 지내려 했는데 내가 문제를 일으켰으니. 그는 내게 말했었다. 그에게 학생의 품성은 지식 못지않게 중요하다고. 이 일이 있고 나서 그는 나를 어떻게 생각할 것인가? 나는 뜨거운 물로 샤워를 한 뒤 큰 잔으로 커피를 마셨다. 그리고 그레이엄 박사에게 사과하려고 전화를 걸었지만 응답이 없었다. 나는 그가 내 전화번호를 저장해 놓고 있음을 떠올렸다. 그렇다면 나와 얘기하기를 거부한다는 것을 뜻하는가? 계속해서 전화를 걸어보았지만 그는 응답하지 않았다. 나는 다시 커피 한 잔을 마셨고, 기분이 조금 나아지는 것을 느꼈다. 나는 내가 시카고에 도착한 이후에 한 일을 살펴보았다. 나는 실제로 ─ 살라흐 박사가 말한 대로 ─ 내 부정적인 감정을 통제하지 못하는 것 같았다. 내 성격에는 내가 맞서야 할 근본적인 결함이 있다. 왜 나는 충동적으로 구는 걸까? 나는 적대적인 사람인가? 내가 악독해지는 원인은 과음해서인가, 아니면 좌절감에 기인하는가? 아니면 나의 감정은 낯선 곳에 있어 더 민감해지는 걸까? 그러나 이 모든 것은 부차적 요인이다. 나는 내 불운의 진짜 원인을 알고 있다. 나는 그 원인을 내 안에 지니고 있으면서도 애써 모른 척하고 있다. 나는 그것에 대해 생각하는 것을 피하고 있다. 꼬박 1년이 다 되었는데도 시 한 줄 쓰지 못하고 있다. 나의 문제는, 내가 시를 쓰지 못하고 있다는 것이다. 나는 시를 쓸 때 생각의 차이에 대해 관용과 수용의 자세를 지니고, 그럴 때 술을 적게 마시고 식사도 잘하고 잠도 잘 잔다. 지금의 나는 의기소침해 있고 말싸움을 하려 들고 계속해서 술을 필요로 하고 있다. 시야말로 내게 균형을 되찾아 주는 유일한 길이다. 내게 아득히 매혹적인 시상(詩想)이 생겨나지만, 종이에 적으려고 자리에 앉기만 하면 그것은 내게서 달아난다. 나는 마치 사막에서 신기루를 좇는 목마른 사람 같고, 그런 일은 여러 차례 끝없이 계속된다. 세상에서 영감을 잃은 시인보다 더 불쌍한 사람은 없다. 헤밍웨이는 당대에 가장 중요한 소설가였다. 그는 글을 쓰지 못하게 되자 자살했다. 술은 나를 위로해 주지만, 끝없이 어두운 터널로 나를 몰아간다. 내가 이토록 지나치게 술을 마셔 대면서 어떻게 제대로 공부할 수 있단 말인가?

그러다가 문득 벨 소리에 정신이 들었다. 나는 문을 열기 위해 천천히 일어났다. 문구멍으로 보는 순간 깜짝 놀랐다. 나를 찾아오리라곤 전혀 기대하지 않았던 사람을 보았던 것이다. 카람 도스 박사였다.

제13장

　살라흐 박사는 의사의 조언을 받아들여 토요일에 아내와 함께 그녀가 좋아하는 멕시코 식당으로 저녁 식사를 하러 갔다. 크리스는 새롭게 머리를 단장하고, 화장을 했다. 그리고 장미꽃 모양의 반짝거리는 브로치를 가운데에 단, 가슴이 드러나는 빨간색 의상을 입음으로써 빛이 났다. 야회는 순조롭게 이루어졌다. 두 사람은 멕시코 음악을 들으며, 매콤한 음식을 먹었다. 크리스는 테킬라를 여러 잔 마셨고 살라흐는 의사의 조언대로 한 잔만 마셨다. 둘은 다정하게 속삭였고, 아내는 행복해하며 웃었다. 그녀가 말했다.

　"여보, 고마워요. 멋진 저녁이에요."

　식당을 나서기 전, 살라흐는 아내에게 양해를 구하고 화장실로 가서 약을 먹었다. 집으로 오는 차 안에서 아내는 그의 옆에 앉았는데 둘 사이에 긴장감이 감돌았다. 두 사람은 정확하게 표현할 수 없는 뭔가를 기다리는 듯했다. 둘은 공허한 대화로 긴장감을 덮고 있었다. 집에 도착하자 그가 먼저 화장실로 들어갔다. 그런 다음 흰색 캐시미어 가운을 걸치고 나와 침대에 누운 채 아내가 샤워를 마칠 때까지 텔레비전을 보았다. 그것은 사랑을 나누기 전에 행하는 두 사람의 오래된 의식이었다. 그는 머릿속으로 의사와 만났던 일을 돌이켜 보았다.

그는 의사가 한 말을 왜 뻔뻔하다고 여겼던가? 그는 마음속 깊이 지니고 있는, 자신이 피하려는 진실을 떠올렸다. 실제로 그는 섹스로 크리스를 유혹했다. 그는 자신의 계획을 실행하려고, 미국 여권을 얻기 위해 크리스와 결혼하려고 그녀를 자신에게 빠지도록 만들었다.

"너 자신을 위한 사기는 그만두지. 너의 비천함을 인정하는 게 아마도 네겐 도움이 될 거다. 너는 제비족처럼, 상파울루와 마드리드의 바에서 늙은 미국인 여자 관광객들을 따라다니는 그런 자들처럼 굴었다. 너는 그들과 같은 부류의 사람이다. 차이가 있다면 네가 배운 자, 곧 박사 학위가 있는 제비족이라는 점이다. 너는 크리스를 상대로 무슨 짓을 했는가? 너는 술을 마시고 장난을 걸어 그녀의 육체적 열망에 불을 붙인 다음 그녀에게 아양을 떨었다. 그러고 나선 그녀에게 무관심한 척했다. 그녀가 너를 간절히 원할 때 너는 남창처럼 그녀에게 물었다.

'당신은 오늘 밤 얼마만큼 사랑의 증거를 원해요?'

너는 그녀가 거의 흐느끼게 될 정도로 그녀의 갈망을 가지고 놀았다. 너는 그녀를 뻔뻔하게 대함으로써 너를 향한 그녀의 욕구를 더욱 부추겼다. 너는 그녀가 너에게 실망할 때까지 그녀에 대해 자제했다. 그러다가 갑자기 그녀에게 달려들어 욕망의 불을 붙였다. 그녀는 갈증을 해소하고 긴 잠에 빠진다. 그런 뒤 그녀는 잠에서 깨어나 감사하는 시선으로 너를 바라보며 너의 몸에 키스를 퍼붓는다. 모든 일이 너의 계획대로 이루어졌다. 너는 크리스와 결혼해 그린 카드를 얻었고, 미국 국적을 취득했다."

그는 자신의 새 나라에 대한 충성 서약을 하려고 섰을 때 한

순간 자이납 라드완을 뇌리에서 떨쳐 버릴 수 없었다. "미안하지만 너는 겁쟁이야." 자이납이 30년 전에 한 말, 어쩌면 그것은 그의 인생 제목으로 적절할지도 모른다. 그는 크리스를 보자 상념에서 깨어났다. 그녀는 하얀 가운 차림이었다. 가운을 풀어 헤치고 있어 흰 알몸이 보였다. 그녀는 침대에서 그의 옆에 앉아 몸을 밀착시켰다. 그는 그녀를 바라보았다. 그녀의 얼굴은 붉게 달아올랐고, 넘치는 욕정으로 숨을 헐떡거렸다. 그는 말하려 해 보았지만 더 이상 할 말이 없음을 알았다. 그가 손가락으로 그녀의 몸을 만지자마자 그녀는 힘껏 그를 껴안고 그의 입술을 삼켰다. 그는 그녀 몸의 굴곡을 느꼈다. 그녀의 몸에서 풍겨 오는 향기가 그의 코를 가득 채웠다. 그는 피가 몰려드는 것을 느꼈다. 확실히 발기되자 그는 아내의 젖가슴을 깨물고 손으로 쥐어짰다. 마치 예전의 강한 모습으로 돌아간 것 같았다. 그러나 갑자기 잡념이 그를 엄습했다. 그는 잡념에서 벗어나려고 생각을 집중했다. 그녀는 남편의 심리에 작용하는 힘을 느끼고, 남편이 승리하도록 그를 지원하기로 결심했다. 그녀는 인내하고 힘을 쓰며 그와의 사랑 놀이를 시작했다. 그녀는 할 수 있는 모든 노력을 기울이며, 사랑의 불길을 꺼뜨리지 않으려고 온갖 방법을 시도했다. 그러나 불길은 흔들렸고, 차차 약해지더니 결국 꺼지고 말았다. 두 사람에게 뉴스 속보처럼, 그리고 번갯불처럼 실패가 찾아왔다. 그녀는 눈을 감고 자리를 옮겼다. 반면 그는 등을 대고 바로 누웠다. 움직일 힘을 잃은 듯했다. 그는 희미한 스탠드 불이 천장에 만들어 내는 그림자들을 바라보았다. 그의 뇌리에서 그 그림자들은 의미를 지닌 모양일 거라는 생각이 들었다. 그가 지금 보는 것은 커다란 곰과 그 옆에 있는 어린아이와 비슷하지 않은가? 또는 가까이 붙어 있는, 하나가 다른 것보다 큰, 두 그루의 나무와 닮지 않았는가? 그는 아내에게 다가가 그녀의 머리에 키스했다. 그녀가 눈물 가득한 눈으로 그를 바라보았다. 그녀에 대한 동정심이 그에게 밀려왔다. 그녀는 상처받은 목소리로 중얼거렸다.

"내 문제는 섹스에 있지 않아요. 나는 젊지 않아요. 나이 들면서 신체적 욕구도 줄어들고 있어요."

그는 아무 말 없이 아내의 머리카락을 어루만졌다. 그녀가 말을 이었다.

"내가 괴로운 것은 당신이 더 이상 나를 사랑하지 않는다는 거예요."

"크리스!"

"사랑을 감지하는 일에서 여자를 속일 수는 없어요."

그는 앉은 자세를 바로잡고 천천히 말하기 시작했다. 마치 성관계의 실패가 두 사람에게 여유를 준 듯했다.

"몇 주 뒤면 나는 예순 살이 돼. 내 인생은 종착역에 가까워졌어. 잘해야 앞으로 10년은 더 살겠지. 지나온 세월을 돌이켜 보면 내가 잘못된 결정을 많이 했다는 게 분명해져."

"잘못된 결정을 했다니요?"

"당신은 내가 알고 지낸 가장 아름다운 여인이야. 하지만 나는 이전과 다른 결정을 내리기 위해 내 인생을 다시 한 번 되돌리고 싶어. 알아, 당신 눈에는 어리석은 짓으로 보이겠지. 지금 와서 생각하면 내가 이민을 결정한 건 잘못이었어."

"어느 누구도 자신의 인생을 되돌릴 수는 없어요."

"그게 바로 비극이야."

"심리 치료를 받으면 그런 생각에서 벗어날 수 있을 거예요."

"나는 그런 치료를 다시는 받지 않을 거야. 나는 마치 내가 죄지은 어린애처럼 질책을 감수해 가며, 내가 알지도 못하는 사람에게 내 인생의 비밀을 털어놓기 위해 폐쇄된 방의 침대에서 잠자는 일은 이제 하지 않을 거야. 나는 절대 그런 짓을 하지 않을 거라고."

그는 침대에서 일어나면서 큰 소리로 마지막 문장을 말했다. 그러고는 불을 켠 뒤 옆에 있는 탁자에서 책을 집었다. 그리고 밖으로 나가기 전에 문손잡이를 잡고 말했다.

"나에게 당신이 어떤 의미가 있는지는 당신이 잘 알 거야. 나는 가까운 시일 내에 빠져나갈 수 없는 위기를 지나고 있어. 나는 당신에게 더 이상의 고통을 주고 싶지 않아. 그래서 당분간이라도 별거를 제안하고 싶어. 크리스, 미안해. 하지만 나는 이것이 우리 둘 모두를 위한 것이라고 믿어."

제14장

"나는 함정에 빠질 정도로 멍청이가 아니야. 그건 말도 안 돼. 내가 샤이마와 결혼하는 일은 절대 없을 거야. 그건 단식을 끝낸 뒤 온갖 진수성찬을 놔두고 양파로 단식을 끝내는 식사를 하는 격이지. 그녀가 의대 강사라는 것은 사실이야. 하지만 그녀는 시골 여자이고, 나는 카이로 보안 부국장인 압둘 카디르 하십 소장의 아들이야. 나는 록시와 헬리오폴리스 클럽에서 자란 사람이고, 고위직 딸들의 청혼을 거절했어. 그런 내가 시골 여자와 결혼해? 그녀 마음대로 화를 내라고 해. 그냥 꺼지라고 해!"

타리크는 자신에게 이렇게 말했다. 사실 샤이마가 호감 가는 여자이고, 그녀와의 데이트가 재미있는 건 맞는 말이다. 그녀가 그를 보살펴 주고, 그가 좋아하는 온갖 음식을 만들어 주는 것도 맞는 말이다. 하지만 그것이 곧 그가 그녀와 결혼한다는 것을 의미하지는 않는다. 그녀는 선택해야 한다. 이전처럼 둘의 우정을 유지하든가, 그의 인생에서 사라져 주든가. 그는 그녀가 제정신으로 돌아올 때까지 한동안 그녀를 내버려 둘 것이다. 그녀와 말하지 않을 것이다. 왜 그녀와 말해? 그녀야말로 결례를 범한 장본인이다. 그녀는 아무 근거 없이 화를 냈고, 공공장소에서 부적절한 방식으로 그에게 말했다. 그녀는 사과해야 한다.

그는 자리에 앉아 공부하면서 그녀에 대한 생각을 떨쳐 버리고 생각을 집중했다. 그리고 습관대로 잠들기 전에 레슬링 시합을 보고 포르노 영화를 즐겼다. (사실 그는 자신이 샤이마 문제로 영향받지 않았음을 보여 주기 위해 스스로에게 쾌락을 강요했다.) 아침에는 학교에 갔고 강의실과 실험실에서 하루를 보냈다. 그는 그녀의 모습을 뇌리에서 몰아내려고 무진 애를 썼다. 3시경 그는 기숙사로 돌아가고 있었다. 그때 그는 갑자기 걸음을 멈추고 휴대 전화로 그녀의 번호를 눌렀다. 그는 그녀에게 전화를 걸려고 한다. 그녀와 화해하기 위해서가 아니라 그녀를 책망하려고. 그는 샤이마에게 그녀가 얼마나 큰 실수를 했는지를 설명할 것이다. 그런 다음 그녀에게 분명하고 단호하게 말할 것이다. 그녀가 계속 이런 식으로 나간다면 그는 그녀를 필요로 하지 않을 거라고, 영영 잘 가라고 작별 인사를 할 거라고. 그는 휴대 전화를 귀에 대면서 그녀에게 쏟아부을 가혹한 표현을 준비하고 있었다. 그러나 벨 소리가 계속 울리다가 끊겼다. 그녀는 받지 않았다. 아마 평소처럼 오후에 낮잠을 자고 있을지도 모른다. 그녀는 잠에서 깨어나 번호를 보고 그에게 전화를 걸 것이다. 타리크는 ― 샤이마가 마련해 준 ― 음식을 먹고 낮잠을 잤다. 그는 잠에서 깨자마자 휴대 전화의 액정 화면을 보고, 그녀가 전화하지 않았음을 알았다. 그녀의 전화번호를 눌렀지만 그녀는 응답하지 않았다. 그가 다시 시도하자 그녀는 전원을 꺼 버렸다. 이제 문제는 분명해졌다. 그녀는 화난 애인 역할을 하고 있다. 그녀는 그가 달려와 굽실거려 주기를 바라고 있는 것이다. "어림없지!" 그는 중얼거렸다. 그의 입 한구석이 약 오른 미소를 띠며 벌어졌다. 그는 분노하여 허공을 향해 눈을 휘둥그레 떴다. 그녀가 그를 상대로 휴대 전화 전원을 꺼 버린 이상 그녀는 관계 종료를 선택한 것이다. 그는 "잘 가"라고 말하는 대신 "지옥으로 꺼져"라고 말할 것이다. '그녀는 자기 자신을 어떻게 생각하지? 이 시골 여자가 나를 굴복시키려고 해? 코미디가 따로 없군! 그렇다면 그녀야말로 타리크 하십이 어떤 사람인지 모르고 있는 거야. 내 자존심은 내 인생보다 더 중요하지. 지금부터 나는 그녀가 이전에 없었다는 듯 그녀를 내 인생에서 지울 것이다. 내가 그녀를 알기 전에 내게 무엇이 부족했지? 나는 일하고 먹고 잠자고 즐기며 왕처럼 살아왔어. 하지만 그녀를 알고 나서부터는 걱정하고 긴장해 있어.'

그는 습관처럼 책상에 앉아 책과 노트를 꺼내 공부하기 시작했다. 그는 단원의 기본 사항을 적고 집중해서 외우려고 애썼다. 그러나 30분 정도 지나자 그는 갑자기 자리에서 일어나 아파트 밖으로 나갔다. 그러고는 급히 복도를 통과했다. 마치 누군가 그를 뒤쫓고 있는 듯했고, 그가 자신의 의견을 바꾸는 것을 두려워하는 듯했다. 그는 기숙사 엘리베이터를 타고 7층으로 올라가 거울을 보았다. 파란색 운동복을 입은 채로, 얼굴은 지쳐 보였고 면도하지 않은 턱에는 수염이 나 있었다. 그녀의 아파트에 도착해서 여러 번 벨을 눌렀다. 조금 지나서야 그녀가 문을 열었다. 실내용 질밥 차림이었다. 그는 미소를 지으며 먼저 말을 걸었다.

"안녕."

"안녕, 타리크 박사님."

그의 귀에 그녀의 딱딱한 말씨가 울렸다. 그는 깊은 시선으로 그녀를 응시했지만 그녀는 그 시선을 모른 척하며 말했다.

"웬일이야?"

그가 나지막한 목소리로 물었다.

"아직도 내게 화났어?"

"누가 그렇다고 했어?"

"어제 네가 나를 버려둔 채 가 버렸고, 오늘도 평소처럼 내 안부를 묻지 않았잖아."

그녀는 침묵하며 그를 바라보았다. 마치 '그 이유를 알고 있잖아'라고 말하고 있는 듯했다.

"샤이마, 나 안으로 들어가도 될까? 제발."

그녀는 순간 당황했다. 그가 그녀에게 안으로 들어가게 해 달라고 요구하리라곤 예상하지 못했기 때문이다. 그는 이전에도 여러 번 기회가 있었지만 바깥문의 문지방을 넘은 적은 없었다. 그녀는 몇 걸음 뒤로 물러나며 길을 터 주었다. 그는 마치 그녀가 다시 거절할까 두려워하는 듯 재빨리 안으로 들어가 거실 의자에 앉았다. 그녀는 자신이 여전히 실내용 옷을 입고 있음을 처음으로 알아챘다. 그녀는 양해를 구하고 잠깐 동안 그를 내버려 둔 채 안으로 들어갔다. 그 시간이 그에게는 길게 느껴졌다. 그런 뒤 그녀는 샤이 한 잔을 들고 돌아왔다. 우아한 녹색 원피스 차림이었다. 그녀는 그에게서 떨어진 의자에 앉았다. 그는 샤이를 마시며 말했다.

"화난 이유가 뭐야?"

"그걸 아는 게 네게 중요해?"

그녀는 애교 있는 동작으로 말했다. 그 동작에서는 매우 부드러운 여성다운 느낌이 퍼져 나왔다. 심장이 뛰면서 그는 불타오르는 목소리로 말했다.

"네가 너무 보고 싶었어."

"나도 그래. 하지만 나는 우리의 교제에 마음이 편치 않아."

"왜?"

"나는 매일같이 너에게 마음을 기울이고 있는데, 우리는 앞날에 관해 아무 얘기도 나누지 않았어."

샤이마는 내심 자신의 대담함에 놀랐다. 한 남자를 집 안으로 맞아들여 그와 마주 보며 이런 식으로 대화를 나누는 이 사람이 그토록 부끄럼 타던 샤이마 자신이란 말인가?

"미래는 알라의 손에 달려 있어."

그는 주제를 피하려는 듯 나직이 말했다.

"제발 내 입장을 헤아려 주길 바라. 너는 무슨 일을 하든 책잡힐 일이 없는 남자야. 하지만 나는 여자이고, 우리 집안은 엄격한 전통을 갖고 있어. 이곳 미국에서 우리가 하는 일은 이집트에 있는 사람들에게 알려지게 돼. 경건한 신자들을 통해서 말이야. 너도 알다시피 그런 사람들이 많아. 나는 우리 가족에게 치욕을 안겨 주고 싶지 않아."

"우리는 잘못된 일은 하지 않고 있어."

"아니야. 하고 있어. 우리의 관계는 전통에 배치되고, 우리의 성장 배경이 된 원칙에 어긋나는 거야. 돌아가신 우리 아버지는 여성 교육과 여성의 직업을 지지하는, 식견 있는 분이셨어. 하지만 그게 내가 나 자신과 나의 평판에서 벗어난다는 것을 의미하지는 않아."

"샤이마, 너의 평판은 잘 지켜지고 있어."

그녀는 그의 말을 못 들었다는 듯 말을 이었다.

"왜 우리가 함께 외출하지? 지금 너는 왜 여기에 있는 거야? 그게 동료 관계라고는 말하지 마. 왜냐면 동료 관계는 지켜야 할 선이 있기 때문이야. 우리는 이성을 통제해야 하고, 감정에 따라다녀서는 안 돼. 타리크, 네게 질문을 할 테니 솔직히 대답해 줘."

"해 봐."

"너한테 나는 어떤 의미야?"

"여자 친구."

"그것뿐이야?"

그녀는 부드러운 목소리로 물었다. 그는 심장이 두근거리며 떨리는 목소리로 말했다.

"너는 나에게 소중한 사람이야."

"그것뿐이야?"

"난 너를 사랑해!"

그는 그 말을 했다. 마치 그 말이 그의 입에서 빠져나온 듯했고, 그는 그 말에 계속 저항하는 듯했다. 그러다가 갑자기 허물어졌다. 한순간 분위기는 바뀌었고, 그는 마치 마법의 주문을 내뱉은 것 같았고 그 말로 인해 문이 열렸다. 그녀는 미소 띤 얼굴로 넘치는 애정을 담아 그를 바라보며 속삭였다.

"다시 한 번 말해 봐."

"너를 사랑해!"

둘은 서로를 바라보았다. 둘 다 믿을 수 없다는 표정이었고, 마치 두 사람이 다다른 특이한 상황을 붙들고 있는 듯했다. 그러고 나서 둘은 무엇을 해야 할지 모르고 있었다. 그녀는 자리에서 일어나 쟁반과 빈 컵들을 손으로 나르며 말했다. 그가 그녀를 알게 된 이후로 들어 본 가장 감미로운 목소리였다.

"너를 위해 '움무 알리'를 만들었어. 한 접시 가져올게."

그러고는 그의 대답을 기다리지도 않고 부엌으로 가서 접시를 들고 돌아왔다. 그녀는 자신감과 애교를 갖고 몸을 흔들며 힘차게 걸었다. 마치 이제야 비로소 자신의 여성스러움이 물씬 난다고 느끼는 듯했다. 타리크는 일어나 그녀에게서 접시를 받아 들다가 갑자기 그녀의 손목을 붙잡았다. 그러고는 그녀를 자기 쪽으로 끌어당겨 그녀의 얼굴에 다가갔다. 그의 뜨겁고 헐떡거리는 숨결이 그녀의 살갗을 뜨겁게 달구었다. 그녀가 있는 힘을 다해 그를 밀어내며 질식할 듯한 목소리로 외쳤다.

"타리크, 너 미쳤어?"

제15장

여러 해 동안 담배 연기를 머금은 책들로 가득 찬 방. 창문을 가린 녹색 커튼 뒤에 존 그레이엄은 오래된 청동 장식으로 덮인 짙은 갈색의 나무 상자 하나를 보관하고 있다. 그는 상자를 잠가 둔 채 오랫동안 잊고 지내다가 문득 상자 생각이 떠오르자 연구실 문을 걸어 잠그고, 숨을 헐떡거리며 상자를 방 한가운데로 끌고 온다. 그러고는 쪼그려 앉아 상자의 내용물들을 꺼내 바닥에 펼쳐 놓는다. 그러자 그의 인생 전체가 나타난다. 청년 시절의 모습을 담은 흑백 사진, 중요한 사건들의 제목을 담고 있는 1960년대 신문 스크랩들, 분노 섞인 반정부 혁명 성명서들, 베트남 전쟁에서 살해되고 불구가 된 아이들과 부녀자들의 사진을 실은 인쇄물들(그중 일부는 너무 끔찍해서 여러 해가 지난 뒤에도 그것을 오랫동안 보고 있을 수가 없다), 색깔을 넣어 손으로 그린 시위와 야외 록 공연 초대장들, 우드 스톡 페스티벌* 프로그램, 사랑과 평화의 표시를 담은 배지들, 그가 능숙하게 불던 인도 피리. 특히 그중에서 가장 소중히 여기는 것이 있다. 그것은 시위에서 격한 몸싸움을 벌이던 중 경찰관의 머리에서 벗겨 온 철제 헬멧이다. 낡은 사진 속의 그레이엄은 몸이 마른 청년 모습이다. 수염은 깎지 않은 상태이고 머리카락은 기다란 말 꼬리 모양으로 묶었으며, 넓은 인도식 셔츠와 진 바지를 입고, 샌들을 신고 있다. 그가 스스로 일컫는 '공원의 시기'에 그는 시카고의 그랜드 파크, 링컨 파크에서 먹고 마시고, 마리화나를 피우고 시위를 하고, 잠자고 여자 동료들과 애정 행위를 했다.

그는 베트남 전쟁에 반대하며 분노한 청년들 중 한 명이었다. 그들은 교회, 국가, 결혼, 직업, 자본주의 체제 등 모든 것을 거부했다. 그들 대부분이 집과 가족, 직업, 학업을 포기하고 정치 토론, 마리화나 흡연, 노래 부르기, 악기 연주, 애정 행위를 하며 밤 시간을 보냈고, 낮에는 시위의 도가니에 불을 붙였다. 1968년 8월, 민주당은 미합중국 대통령 선거에 나설 당의 새 입후보자를 선출하기 위해 시카고에 모였다. 수만 명의 청년이 시위를 벌였다. 카메라가 전 세계에 전하고 있는 역사적 현장에서 그들은 성조기를 내리고 대신에 피로 얼룩진 셔츠를 게양했다. 그러고는 커다란 돼지 한 마리를 성조기에 싸서 높은 단상에 앉혀 놓은 뒤 자신들은 미국 대통령 선거에서 가장 훌륭한 후보로 돼지를 선출할 거라고 발표했다. 조롱 조의 환호와 휘파람, 박수가 폭풍처럼 몰아치는 가운데 돼지 입후보자에 대한 칭찬의 언사가 시위자들로부터 연이어 나왔다. 그들의 메시지는 명확했다. 그것은 곧 사람이 아무리 바뀌어도 통치 제도 자체가 근본부터 썩어 있다는 것, 미국의 통치자들은 자신들의 수백만 달러 이익을 위해 빈곤 계층의 자식들을 베트남의 죽음의 현장으로 보내고 있다는 것, 반면에 자기 자식들은 위험과 동떨어진 채 호사스러운 생활을 하고 있다는 것이었다. 또 청년들은 주장했다. 아메리칸드림은 망상으로, 어느 누구도 승자가 될 수 없는 끝없는 경주이며, 그 허황된 꿈속에서 미국인들은 고된 일터로, 자비심이라곤 눈곱만큼도 없는 가혹한 경쟁으로 몰리고 있는데 그것은 집과 멋진 자동차, 시골 별장을 가지기 위해서라고. 그들은 신기루를 좇으며 인생을 보내고, 말년에야 자신들이 속았음을, 그리고 경쟁의 결과는 시작 전에 이미 정해져 있었음을, 즉 극소수의 백만장자들이 모든 것을 지배한다는 사실을 알게 된다. 인구수에서 부유한 국민의 비율은 지난 50년간 조금도 늘지 않은 반면, 빈곤층의 수는 지속적으로 증가했건만.

돼지를 선출한 날은 역사적인 날이었다. 메시지는 강하게 여론에 전달됐고, 수백만 명의 미국인들은 청년들이 옳을 수도 있다고 생각하기 시작했다. 경찰과 격렬한 충돌이 일어났고 공원은 전쟁터로 바뀌었다. 경찰은 굵은 곤봉과 물 호스, 최루탄, 고무 총탄 등 가능한 모든 수단을 동원해 시위자들을 무자비하게 구타했다. 반면 학생들은 돌과 헤어스프레이 통을 던지며 자신들을 방어했다. 불붙은 스프레이 통은 그들의 손에서 작은 폭탄으로 변했다. 많은 사람들이 치명적인 부상을 당했고, 수백 명이 구급차에 실려 갔으며, 또한 수백 명이 체포되었다. 그날 그레이엄은 두꺼운 곤봉을 맞아 머리가 깨지는 바람에 두 주를 병원에서 보냈다. 그는 지금까지 귀 뒷부분에 그때의 상처를 갖고 있다. 당시는 진정한 투쟁의 나날이었다. 그는 수차례 체포되어 감옥을 드나들었다. 그중 한 번은 소요 조장, 공공 자산 파괴, 경찰에 대한 공격 혐의로 6개월 징역을 살기도 했다. 하지만 그는 자신이 한 일에 대해 결코 후회하지 않았다. 그는 안락한 생활을 할 수 있었음에도 몇 년간 떠돌아다니며 지냈다. 그는 시카고 대학교를 우수한 성적으로 졸업한 의사였다. 원하면 언제든 좋은 직업을 가질 수 있었지만 그는 혁명을 믿었다. 그에게 혁명은 자신을 희생해서라도 지켜야 할 종교 같은 것이었다. 감옥에서 나온 그는 다시 시위를 했다. 그리고 직업도, 수입도 없이 혁명 동지들과 함께 지냈다. 그들은 세상이 **변할** 것을 확신했다. 다른 지역에서 혁명이 승리한 것처럼 미국에서도 혁명은 승리를 거둘 것이다. 자본주의 체제는 와해될 것이고, 그들은 자신들의 손으로 정의롭고 인도적인 새로운 미국을 만들 **것이다**. 미국인들 모두 자기 자식들의 미래에 대해 안심하게 될 **것이다**. 비도덕적이고 잔인한 경쟁은 영원히 자취를 감출 것이다. 소비자들의 저가 상품 구매욕을 부추기려고, 파산 위기에 처한 상점들이 내건 '우리의 손실은 당신의 이익이다'라는 현수막은 사라질 것이다.

그러나 청년들의 꿈은 실현되지 못했다. 베트남 전쟁은 끝났고 혁명도 종결되었다. 대부분의 동지들이 분노의 대상이었던 체제에 가담했다. 그들은 직장을 구했고, 결혼하여 아내와 아이를 갖게 되었으며, 그중 몇몇은 엄청난 부를 쌓았다. 그들 모두 자신들의 생각을 바꾸었다. 하지만 나이 60을 넘긴 존 그레이엄만은 예외여서 그는 여전히 혁명에 충실하고 있다. 그는 결혼 제도를 믿지 않기에 결혼도 하지 않았다. 그는 이 부패한 세상에서 아이들에 대한 책임을 감당할 수 없다. 미국인들이 자신들의 삶을 통제하는 자본주의에서 벗어난다면 더 좋은 세상을 만들 수 있다는 그의 신념은 전혀 흔들린 적이 없었다. 그는 나이를 먹었지만 아직도 '푸에르토리코 친구들', '미국 사회주의 협회', '베트남 세대', '세계화 반대 운동' 같은 여러 좌파 모임에서 활동하고 있다. 그는 투쟁을 위해 큰 대가를 치렀다. 가족도 자식도 없는 고독한 노인이 된 것이다. 두 차례 애정 관계가 있었지만 모두 실패로 끝났고 마음에는 깊은 상저만 남았다. 그는 두 번이나 우울증에 걸려 정신 병원에 입원했고 자살도 시도했다. 하지만 그런 위기에서 치유된 것은 약이나 상담 치료에 의한 것이 아니었다. 그것은 내적 강인함으로, 그는 살아오는 동안 그 힘을 불러오는 데 익숙해 있었고 그 힘은 그를 저버리지 않았다. 또 그러한 치유는 일에 대한 사랑과 일에 몰두하는 데 힘입은 것이었다. 그레이엄은 논쟁과 문제들을 야기하는 정치 단체에 소속되어 있음에도 불구하고 의료 통계학 분야에서 손꼽히는 교수 중 한 명이다. 그에게는 세계적으로 인정받은 논문들이 있다. 그는 통계를 수학으로 보기보다는 영감에 의존하는 창의적인 예술로 간주한다. 그가 대학원 강의를 시작할 때 학생들에게 들려주는 명언이 있다.

"통계학은 역사적으로 잘못 인식되어 왔습니다. 그것은 통계학을 이득과 손실을 계산하는 방법으로 간주한 2류급 부르주아적 사고에서 비롯된 결과였습니다. 이 점을 기억하십시오. 통계학은 진실한 세상을 보기 위한 방법이라는 것을. 그것은 간단히 말해 상상력과 숫자라는 두 개의 날개로 날아다니는 논리학입니다."

재치 있는 인물로, 걸출한 학자로, 명강사로 대학교에서 큰 인기를 한 몸에 얻고 있음에도 그레이엄은 실질적인 우정 관계를 맺지 못했다. 동료들 중에서 그에게 애정을 보이는 사람들은 그를 호기심을 일으키고 즐거움을 주는 특이하고 서민적인 사람으로 간주하여 그와 일정 거리를 두고 관계를 유지한다. 그런가 하면 조지 마이클처럼 보수적인 사람들은 그를 파괴적이고 사악한 사상을 부추기는 무신론자, 무정부주의자에 속하는 공산주의자로 간주하여 대놓고 공격한다.

이렇게 지내 온 그레이엄의 인생은 어느덧 그가 예상한 종착역에 다가와 있었다. 살다가 홀로 죽는 좌파 성향의 노교수. 그의 생애에서 가장 중요한 사건이 바로 눈앞에 닥쳐온 것이다. 그는 매일매일 세상과 자신의 유대가 부식되어 가고 있음을 감지했다. 그는 종말의 모습을 상상해 보았다. 어떻게 죽게 될까? 아마도 자신의 연구실에서, 또는 강의하는 중일 수도 있다. 또는 한밤중에 심장 마비를 일으켜 며칠 뒤에야 이웃이 그의 주검을 발견할 수도 있다. 하지만 두 해 전에 일어난 뜻밖의 사건이 그의 인생을 변화시켰다. '세계화 반대 운동' 협회는 링컨 파크에서 대중 집회를 열었고, 그곳에서 그레이엄은 다국적 기업의 이면에 감추어진 새로운 식민주의를 비난하는 격렬한 어조의 연설을 했다. 참가자들은 그의 고령과 열정 그리고 여전한 모습을 하고 있는 옛 투사로서의 명성에 끝없는 박수를 보냈다. 그레이엄은 연설문을 들고 단상에서 내려와 참가자들의 인사에 화답하며 그들과 악수를 나누었다. 그때 미모의 젊은 흑인 여자가 다가와 캐럴 매킨리라고 이름을 말하며 자신을 소개했다. 그녀는 연설문 중 몇 가지 사항에 관한 설명을 듣고, 그에게 세계화에 관한 몇 권의 책을 추천받기 위해 왔던 것이다. 그녀의 요청에 답하는 데는 몇 분 걸리지 않았으나 이내 서로에게 빠져들었다. 두 사람은 제3자를 필요로 하지 않는 듯 보였다. 둘은 오후부터 한밤중까지 함께 지냈다. 세 군데 바를 옮겨 다녔고, 술잔을 기울이며 토론을 멈추지 않았다. 그레이엄은 이상하리만큼 그녀에게 끌렸다. 더 놀라운 일은, 두 사람의 큰 나이 차이에도 불구하고 그녀가 그를 사랑했다는 점이다. 그녀에게 그레이엄은 저항할 수 없을 만큼 매력적으로 다가왔다. 백발, 좌파 사상, 자신의 원칙 고수, 보통 남자들이 열망하는 모든 것을 업신여기는 지혜 섞인 조소. 그녀는 오랜 기간 지속되다가 실패로 끝난 애정 관계에서 벗어난 상태였고, 그 일은 그녀에게 무거운 슬픔과 다섯 살 난 아들을 남겨 주었다. 몇 주 뒤 그레이엄이 자기 집에서 함께 살자고 했을 때에도 그녀는 놀라는 기색을 보이지 않았다. 그녀는 조용히 미소 지으며 그레이엄을 바라보고 말했다.

"나는 당신을 사랑해요. 하지만 내 아들을 버릴 수는 없어요."

"아이를 버리지 말아요. 아들도 와서 우리 함께 살아요."

"당신이 아이를 받아들이겠다는 거예요?"

"그래요."

"당신은 당신 아들이 아닌 아이와 함께 산다는 것의 의미를 아세요?"

"알아요."

"나는 그러고 나서 당신이 후회하지 않기를 바라요."

"후회하지 않겠어요."

"당신은 그 정도로 나를 사랑해요?"

둘은 미시간 호숫가를 걸었다. 날이 추운 데다 얼음이 모든 것을 덮고 있어 시카고에는 마치 두 사람만 남아 있는 듯했다. 그레이엄이 그녀를 멈춰 세우고 그녀의 어깨를 잡았다. 그런 뒤 한참 바라보았고, 그러면서 그의 뜨거운 호흡은 그녀의 얼굴에 구름 같은 입김을 만들어 내고 있었다. 그가 진지한 어조로 그녀에게 물었다.

"당신의 질문에 대한 답을 원해요?"

"해 주세요."

"지금요, 아니면 다음에?"

"지금 당장요."

그러자 그는 힘껏 그녀를 포옹하며 기나긴 입맞춤을 했다. 그러고는 미소 지으며 말했다.

"이게 내 대답입니다."

그녀가 웃으며 말했다.

"만족스러운 대답이에요."

그레이엄은 자신에게 매달리는 어린 마크와 함께 오랜 시간을 보냈다. 마크는 자기에게 없는 아버지를 그레이엄에게서 발견했고, 그레이엄은 마크에게서 아이들에 대한 그의 본능적인 애정을 채워 주는 요소를 발견했다. 그보다 더 중요한 것은, 그가 이전까지 어떤 여자도 사랑한 적이 없었는데 캐럴만큼은 사랑했다는 것이다. 캐럴은 그에게 매혹적이면서 영감을 주는 여자, 연인, 여자 친구, 딸이었다. 그는 그녀와 함께 인생에서 가장 아름다운 경험을 하며 지냈고, 그래서 가끔은 그녀가 자신과 함께 있다는 게 현실이 아니라, 갑자기 잠에서 깨어나 그녀가 없음을 알게 되는 꿈일 거라는 상상을 해 보기도 했다. 하지만 두 사람의 피부색 차이는 문제를 일으키기도 했다. 그는 희고 그녀는 검다. 둘이 포옹하거나 소곤거릴 때 심지어 둘이 서로 손을 잡고 있을 때 그 광경은 많은 이들에게 인종 차별 의식을 유발한다. 그런 이들 중에는 먼저, 두 사람을 차가운 태도로 대하는 식당과 바의 백인 웨이터들이 있다. 그리고 공공장소에서 달갑지 않은 몇몇 사람들은 멸시의 태도로 상스러운 시선을 던진다. 심지어 그레이엄의 이웃들도 거리에서 우연히 두 사람을 만나면 그에게만 말을 걸고 마치 캐럴은 눈에 보이지 않는다는 듯 행동한다. 어떤 식당 주인은 몇 차례나 둘을 거절하기도 했다. 그 시간에 다른 손님들이 음식을 기다리고 있는데도 식당 주인은 부엌이 닫혀 있다는 핑계를 댔다. 주말에는 거리에서 술주정뱅이들로부터 상처를 주는 말들을 듣기도 했다. 예를 들면 다음과 같다.

"'블랙 앤드 화이트' 위스키 같군."

"당신은 왜 흑인 남자와 자지 않나?"

"이봐요 할아버지, 당신은 흑인 여자와 동침하는 걸 좋아해요?"

"당신은 이 여종을 얼마에 사셨어요?"

심지어 그가 근무하는 일리노이 대학에서도 유감스러운 일이 일어났다. 어느 날 아침, 캐럴이 그레이엄의 연구실에 들러야 할 일이 생겼다. 한데 운 나쁘게도 조지 마이클과 마주쳤다. 그녀는 그를 모르고 있었다. 그녀는 자연스럽게 인사를 건네며 그레이엄의 연구실 위치를 물었다. 그러고는 조지 마이클의 질문에 깜짝 놀랐다.

"당신은 왜 그레이엄 박사를 보려 하세요?"

"나는 그의 친구입니다."

"그의 친구라고요?"

마이클은 주위 사람들이 들을 만큼 큰 소리로 되물으며 놀라움이 역력한 표정을 지음으로써 모욕을 주었다. 그러고 나선 그녀를 위아래 샅샅이 훑는 시선으로 바라보며 말했다.

"그레이엄 박사의 연구실은 복도 끝에 있습니다. 312호예요. 하지만 나는 당신이 그의 친구라는 걸 믿지 않습니다."

"왜지요?"

"당신이 그 이유를 알 거라 생각합니다."

마이클은 이렇게 말하고는 돌아서 가 버렸다. 캐럴은 그레이엄의 연구실로 들어가 자신이 당한 일을 울먹이며 이야기했다. 그 일로 조직학과에는 초유의 사건이 일어났다. 그레이엄은 캐럴을 데리고 복도를 내달았다. 그는 그녀의 손을 잡고 갔는데 마치 아버지의 손에 이끌려 가는 어린 딸의 모습이었다. 그는 마이클의 연구실로 쳐들어가 천둥처럼 큰 소리로 말했다.

"이봐, 자네가 지금 내 친구를 엄청 모욕했어. 당장 그녀에게 사과하지 않으면 내가 자네 머리를 박살 내겠어. 알겠어?"

마이클은 천천히 고개를 들었다. 그는 잠시 후 있을 강의 준비에 몰두하던 중이었다. 그는 눈치로, 그리고 그레이엄과 오래 지낸 경험으로 그가 위협 공세를 취할 것임을 알고 있었다. (그는 그레이엄을 도덕심이라곤 거의 없는 무정부주의적 공산주의자로 여겨, 그가 어떤 행동도 서슴지 않을 것임을 배제하지 않았다.) 그는 조용히 캐럴을 바라보았다. (그 순간, 울상 짓던 그녀의 얼굴은 전투 양상으로 치닫는 것을 두려워하는 표정으로 변했다.) 마이클은 인디언들의 방식으로 두 손을 가슴 앞으로 모으고 머리를 숙이고는, 장난이었다는 듯 웃으며 말했다.

"부인, 제가 했던 말에 대해 사과드립니다. 저를 용서해 주시기 바랍니다."

그때 그레이엄은 마치 복수를 하지 못해 성난 어린아이처럼 보였다. 그는 탄식하며 방에서 나갔고 캐럴은 서둘러 그의 뒤를 따라갔다. 인종 차별적 도발 행위는 이렇듯 가혹했음에도 불구하고 두 연인에게 별다른 영향을 주지 못했다. 둘은 인종 차별적인 상황을 겪고 난 후 집으로 돌아가 열정적인 관계를 나누었다. 처음에는 벌컥벌컥 사랑의 잔을 들이마셨고 그런 뒤 여유를 갖고 차분하고 맛깔나게 마셨다. 마치 처음 만났던 시절에 와 있는 것 같았다. 둘은 마치 둘 사이를 갈라놓으려 드는 흉측하고 난폭한 세상에 맞서며 서로를 붙잡고 있는 것 같았다. 또 둘에게 모욕을 주었던 자가 두 사람이 섹스하고 있는 장면을 보는 가운데 그자에게 도전적인 자세를 취하며 그가 얼마나 큰 잘못을 했는지 보여주기를 마음속에서 원하는 것 같았다. 한번은 광적인 섹스를 한바탕 치른 뒤 둘 다 기진맥진해서 벌거벗은 채 숨을 헐떡이며 누워 있었다. 그녀는 그의 가슴 위에서 잠이 들었다. 평소처럼 그녀는 그의 심장 박동에 귀를 기울였고, 그의 가슴에 난 잔털들을 손가락 사이에 넣고 장난치면서 털에 키스했다. 그가 방의 정적을 깨듯 울려 퍼지는, 꿈꾸는 듯한 목소리로 그녀에게 말했다.

"내가 할 수만 있으면 당장 당신과 결혼할 거야."

"그런데 왜 할 수 없지요?"

"도시적인 결혼식은 나에게 회사 광고를 떠올리게 해. 소화 불량을 앓는 뚱뚱한 목사 앞에 서서 우리의 결혼을 성사시켜 주는 그의 기도문을 내가 반복하는 것, 그건 내가 견딜 수 없는 일 중 하나야."

"왜요?"

"만일 하느님이 계신다면, 당신은 하느님이 공식적인 서류나 도장들을 필요로 하실 거라고 생각해?"

"교회 예식은 그래요."

"교회는 역사상 가장 큰 거짓말을 하는 곳 중 하나야. 교회는 대부분의 시대에서 그 어떤 것보다 더 상업적이고 식민주의적인 제도 역할을 했어."

"존!"

"당신이 원한다면, 나는 예수 그리스도가 원래 없었다는 것을 역사적 증거를 통해 입증할 수도 있어. 인간은 미지의 것에 대한 두려움을 극복하기 위해 종교를 만들어 낸 거야."

그녀가 손으로 그의 입을 막으며 말했다.

"제발! 저는 기독교 신자예요. 내 감정을 조금만이라도 존중해 줄 수 없나요?"

그녀가 화를 내며 입술을 다물었을 때 그녀의 얼굴은 막 울음을 터뜨리려는 어린아이처럼 보였다. 마치 그가 그녀의 희망을 좌절시켰다는 듯, 그녀는 두 눈으로 그를 응시했다. 그럴 때 그녀의 매력은 저항할 수 없을 정도가 되고, 그는 그녀를 안고 키스를 퍼붓는다. 그 동작은 대개 또 한 차례의 섹스로 이어진다.

둘의 사랑은 멋졌지만 캐럴이 실직하면서 그녀의 머릿속에는 근심이 자리 잡았다. 새로 부임한 백인 과장이 그녀와 또 다른 흑인 여자 동료에게 뚜렷한 이유도 없이 이제 두 사람이 필요 없게 되었다고 한 것이다. 10개월 동안 캐럴은 다른 직업을 얻으려고 애썼지만 실패했다. 그 바람에 두 연인은 생각하지도 못한 재정적 위기에 부딪혔다. 그레이엄에게는 저축해 놓은 돈이 한 푼도 없었다. 그는 부담감과 치욕에서 벗어나려는 듯 점차 돈을 써 버렸다. 그는 나이 든 모든 사람들처럼 병에 걸려 자리에서 일어나지 못할지도 모른다는 생각에 사로잡혀 잠을 이루지 못했다. 그래서 큰 비용이 드는 의료 보험을 택했는데 다달이 내는 보험비는 대학 월급의 상당 부분을 집어삼켰다. 게다가 마크의 수업료와 기본 비용도 컸다. 반면에 캐럴이 받는 실직 수당은 미미했다. 그래서 그레이엄은 위기를 넘기기 위해 비용을 줄였다. 그는 캐럴과 함께하는 외식을 자제했다. 또 겨울에 필요한 옷도 사지 않았다. 처음으로 그토록 좋아하는 네덜란드산 고급 담배를 사지 않았고, 불타는 나무에서 나는 냄새처럼 향이 형편없는 값싼 국산 담배에 만족했다. 그는 아무런 불평이나 조급함 없이 진심으로 그렇게 했다. 그리고 캐럴과 치는 장난이 더 많아졌다. 그는 그녀를 안심시키려고 여러 번 그녀에게 말했다.

"내게 위기란 없어. 마크의 교육비와 음식비를 댈 수 있는 한 우리가 걱정할 건 없어. 나는 최소의 비용으로 사는 데 익숙하니까. 내 인생에서 가장 아름다운 시기는 내가 거리에서 보냈던 시절이야."

그러나 캐럴은 위기를 간단히 받아들이지 않았다. 그녀는 죄책감을 느끼며 자신에게 말했다. "내가 그를 힘들게 했어. 그의 급여는 그 자신에게는 충분했어. 나와 아들은 그의 삶에 부담을 주는 식솔이 되었어. 그에게 무슨 죄가 있단 말인가? 마크의 생부는 한 푼도 지급하려 하지 않는데." 그녀는 자신이 일에 소홀하거나 무능력해서가 아니라 단지 흑인이라는 이유로 직장을 잃었기에 씁쓸했다. 어느 날 아침 그레이엄은 깜짝 놀랐다. 그녀가 거실 입구에 다음과 같은 글이 적힌 커다란 나무판자를 걸고 있었다.

당신은 백인입니다. 당신은 옳습니다.

당신은 흑인입니다. 물러서세요.

You are white. You are right.

You are black. Go back.

그레이엄은 불안해하며 그녀에게 왜 그랬는지를 물었다. 그녀가 슬픈 표정으로 미소를 지으며 말했다.

"존, 그건 사실이에요. 나는 그 사실을 영원히 잊지 않으려고 그 판자를 걸었어요."

그녀는 마음이 초조해졌고 기분이 침울해졌다. 그녀는 한동안 침묵했고 그러다 갑자기 이유 없이 울었다. 가끔 그녀는 적대적인 태도로 행동했고, 아주 사소한 일로 말싸움을 벌였다. 하지만 그는 이해심과 아량으로 그녀의 분노를 받아 주었다. 그녀가 극도로 화가 나서 그의 면전에서 소리 지르고 손을 휘두를 때에도 그는 침묵을 지키면서 애정을 담아 미소를 지었다. 그러고는 조용히 다가가 그녀를 가슴에 안고 속삭였다.

"나는 자세한 내용에 대해 말하고 싶지 않아. 나는 당신을 사랑해. 비록 내가 원인이 아니었을지라도 당신을 화나게 한 모든 것에 대해 사과할게."

그는 일요일에 늦게 일어나는 습관이 있었다. 그런데 어떤 이유에서인지 그날따라 아침 일찍 깨어났는데 그녀가 없었다. 그는 집 안 곳곳을 찾아보았다. 그녀가 평소와 달리 아무 말도 하지 않고 나간 것에 불안감이 들었다.

'어디로 갔을까? 왜 내게 메시지를 남기지 않았지? 그녀는 내가 습관대로 오전에는 깨어나지 않는다는 걸 알고 일찍 외출했어. 그녀는 무엇을 감추고 있을까? 마크의 생부에게 양육비를 요구하러

간 것은 아닐까? 그녀가 며칠 전에 그러겠다고 말했을 때 나는 강하게 반대했다. 나는 그녀에게 품위를 지켜야 한다고 말했다. 하지만 나는 그렇게 반대한 것이 질투심에서 나온 것임을 알고 있었다. 나는 그녀가 다시 옛 연인과 사랑하게 될까 두려웠다. 그는 아직 젊고, 둘 사이에는 오랫동안 함께 지낸 기간이 있었다. 그녀가 그에게 갔을까? 만일 그랬다면 나는 그녀를 결코 용서하지 않을 것이다.'

어린 마크가 잠에서 깨어났다. 그레이엄은 아이에게 아침 식사와 우유를 넣은 뜨거운 초콜릿을 큰 잔으로 만들어 주고, 텔레비전의 만화 영화 채널을 틀어 주었다. 그러고는 자신의 방으로 돌아와 문을 닫고 파이프 담배에 불을 붙였다. 그러나 스스로를 통제할 수 없어 다시 돌아가 마크에게 물었다.

"엄마가 나가는 걸 보았니?"

"나는 자고 있었어요."

"엄마가 어디 갔는지 알고 있니?"

"엄마에 대해선 걱정하지 마세요. 엄마는 강한 여자예요."

그레이엄은 웃으며 마크를 안아 입맞춤을 해 주고, 옆에 앉아 함께 장난을 쳤다. 잠시 후 문 열리는 소리가 들렸다. 삐걱하며 열린 문이 천천히 닫히더니, 곧이어 캐럴이 나타났다. 그녀는 분명 그레이엄이 의심할 만큼 말쑥한 모습에도 불구하고 얼굴을 찡그렸고 정신이 나간 모습이었다. 그레이엄은 부드럽고도 단호하게 그녀를 방으로 데려갔다. 그러고는 문을 닫고 화를 억누르려 애쓰면서 그녀에게 물었다.

"어디 갔었어?"

"이건 공식 심문이에요?"

"알고 싶어서 그래."

"당신에겐 그럴 권리가 없어요."

그녀는 적대적으로 나오면서 그의 얼굴을 쳐다보려 하지 않았다. 그는 육중한 몸을 의자에 던진 후 파이프 담배에 불을 붙이고 자욱한 연기를 한 모금 내뿜었다. 그러고는 조용히 말했다.

"캐럴, 나는 이 세상에서 사랑하는 여자를 소유하려 드는 그런 남자는 아니야. 하지만 나는 우리가 함께 살고 있기 때문에 상대방이 어디에 가는지 알고 있는 것이 당연하다고 생각해."

"나는 외출하면서 당신에게 허락받는 일은 하지 않을 거예요."

그녀가 소리쳤다. 그녀는 갈등을 극도로 악화시키려고 결심한 듯 보였다. 그녀는 「시카고 트리뷴」지를 들고 있었다. 그녀는 크게 화가 나서 손에 들고 있던 신문을 내던졌다. 신문지 여러 장이 바닥에 흩어졌고 그녀가 소리쳤다.

"이런 삶은 더 이상 견딜 수 없어요!"

그녀는 방에서 뛰쳐나가려 했지만 방문에 이르기 전에 갑자기 멈춰 섰고 그 자리에서 얼어붙었다. 그녀는 나가지도 않고, 몸을 돌려 그에게 돌아오지도 않았다. 마치 오랫동안 함께 산 부부간에 생기는 신비롭고 확고한, 그러한 리듬에 응하는 것 같았다. 그녀는 마치 그를 기다리는 듯, 그를 부르려고 하는 듯 제자리에 서 있었다. 그는 신호를 받았다는 듯 그녀에게 달려가 뒤에서 그녀를 포옹했다. 그런 뒤 자기 쪽으로 돌려 세워 안으며 속삭였다.

"캐럴, 무슨 일 있어?"

그녀는 대답하지 않았다. 그는 강한 욕구로 그녀에게 키스했고, 그녀의 몸이 조금씩 누그러지는 것을 느끼며 살짝 그녀를 침대 쪽으로 밀었다. 그러다가 그녀의 눈물이 자신의 얼굴을 적시는 것을 느꼈다. 그가 불안한 기색으로 물었다.

"무슨 일 있었어?"

그녀는 그와 거리를 두고 침대 가장자리에 앉았다. 그녀는 자신을 통제하기 위해 엄청난 노력을 하고 있었지만 결국 무너지면서 울먹였다. 그러고는 끊어지는 목소리로 말했다.

"면접을 보러 갔었어요. 나는 일자리를 얻으면 당신에게 알리겠다고 속으로 말했지요. 당신은 나 때문에 너무 큰 절망감을 갖게 되었어요!"

그는 그녀의 두 손을 자기 쪽으로 들어 올리고 키스했다. 그녀의 목소리가 마치 슬픔의 밑바닥에서 퍼져 나오는 것처럼 감미롭게 울렸다.

"그 업주는 돼지예요. 그는 나를 보자마자 면접을 끝내면서 나중에 연락하겠다고 했어요. 나는 그에게 여러 해 동안 비서로 일했고, 경력 증명서도 있다고 강조했어요. 하지만 그는 나를 하녀 대하듯 손짓하며 나가라고 하더군요."

깊은 침묵이 깔렸다. 그녀가 그의 가슴에 머리를 파묻으며 속삭였다. 그녀는 다시 솟구치는 울음에 굴복하고 말았다.

"아, 존, 너무 큰 모욕감을 느꼈어요!"

제16장

데니스 베이커 교수는 찬양에 가까운 존경을 한 몸에 받고 있는데, 거기에는 여러 가지 이유가 있다. 강한 개성, 청렴함, 학문에의 헌신, 학생들과 동료 교수들을 애정과 공정함으로 대하는 자세, 거칠면서도 소박한 외모, 꼭 필요하고 유용한 말을 할 때가 아니면 깨뜨리지 않는 지속적인 침묵. 그리고 무엇보다 더 중요한 것은 그의 학문적 성과이다. 베이커는 자신을 소개할 때 '세포 촬영 기사'라는 표현을 쓴다. 이 단어는 그가 지난 40년간 기울인 노력을 함축하고 있다. 그는 세포 촬영을 학문 연구의 단순한 '보조 방법'에서, 그 도구들과 원칙들이 있는 독립적인 학문으로 변화시킬 수 있었다. 베이커는 세포 촬영 분야에서 새로운 수단들과 기술들을 발명했고, 그 결과물은 그의 이름으로 등록되었다. 여러 해에 걸쳐 발표된 그의 연구 논문은 학술 대회에서 그의 경력을 기재하는 것이 문제가 될 정도로 계속 늘어났다. 다른 교수에 비해 몇 배에 달하는 지면을 필요로 했기 때문이다. 베이커의 세포 사진에 관한 자료의 도움을 받지 않고서는 세계 그 어느 대학교에서 조직학 서적을 출판하는 것이 불가능했다. 사실 그는 예술가의 정신으로 연구에 임한다. 처음에 모호한 착상이 그를 압도하여 괴롭히고 잠 못 들게 한다. 그런 다음 그 착상이 사라지면서 기발하면서도 미약한 아이디어를 남겨 준다. 그는 그 생각이 자신의 머릿속에서 무르익을 때까지 계속 그 생각을 시험하고 검토하면서 여러 등급의 조도(照度)와 현미경의 다양한 배율에 맞추어 세포들을 실험하며 몇 주를 보낸다. 그 과정에서 결국 영감이 자리를 잡는다. 그에게 너무도 선명하게 자신이 해야 할 일이 보이면 그는 열정적으로 달려들어 촬영하고 기록하고 인쇄한다.

그 같은 학문적 성취에 더하여 베이커는 일리노이 대학교의 역사상 탁월한 강사 중 한 사람으로 꼽힌다. 신체 조직에 관한 그의 강의는 깊이와 간결성을 함께 갖고 있어 대학에선 강의 내용을 CD로 제작했는데 수천 장이 동날 정도였다. 베이커는 자신의 놀라운 학문 성과에도 불구하고 예술의 거장들이 그렇듯 실패에 대한 우려와 미흡함에 대한 걱정에서 벗어나지 못했다. 때론 암울한 생각이 자신이 하는 일의 가치를 자문하게끔 몰아간다. 그와 함께 일하는 사람들은 연극배우가 공연 전에 그러듯, 그가 강의 전에 겪는 그런 불안을 잘 알고 있다. 강의가 끝나자마자 그는 조교 중 한 명에게 묻는다.

"내 설명이 조금 애매했다고 생각하지 않는가?"

조교가 그런 의심에 대해 적극적으로 서둘러 부정하지 않으면 베이커는 자신에게 결함이 있었다고 확신한다. 그러고는 고개를 갸우뚱하면서 슬픈 표정으로 말을 되풀이한다.

"다음번에는 좀 더 나아지도록 애쓰겠네."

시카고에서 강풍이 불고 눈으로 뒤넢이는 매서운 겨울철에 노교수 베이커는 새벽 4시에 일어난다. 그는 세수를 한 뒤 무거운 옷을 걸치고 장갑을 끼고 귀를 덮는 모자를 단단히 눌러쓴다. 그 모습이 마치 전쟁터에 나가는 군인 같다. 그는 5시에 청소부들, 지난

밤 술에 취한 사람들과 함께 지하철을 탄다. 그는 이러한 고난을 흔쾌히 감수함으로써 자신이 정한 시간에 세포 샘플을 발견할 수 있는 것이다. 이렇게 해서 데니스 베이커는 매일매일 개미의 꾸준함과 수도승의 성실한 자세로 업적을 쌓아 갔고, 결국 그 분야의 전설이 되었다. 일리노이에서는 몇 년 전부터 그가 노벨상을 수상할 가능성에 대한 이야기가 회자되었다. 존 그레이엄은 자신의 입장을 발표하는 기회에 그 점에 대해 말한 바 있다.

"데니스 베이커 같은 걸출하고 성실한 과학자들이 서구의 위대한 문명을 만들어 냈습니다. 그러나 자본주의 체제는 그의 위대한 창조력을, 조지 부시나 딕 체니 같은 어리석고 부패한 자들에게 수백만 달러씩 퍼 주는 기계나 계약으로 변모시켰습니다."

베이커는 석사와 박사 과정의 논문 수십 편을 지도했다. 그의 제자들 중에는 뛰어난 성적을 얻은 이집트 학생들이 많았다. 그는 연구실에 감사 편지를 보관하고 있는데, 아랍어 글씨체를 좋아하여 학생들에게 그런 편지를 보낼 때는 항상 아랍어로 써 달라고 부탁한다. 그는 이집트인들과 긍정적인 만남을 가진 경험에 힘입어 그들의 나라에 대한 호기심이 발동했다. 그는 이집트에 관한 책들을 대학 도서관에서 빌렸다. 한번은 그가 몇몇 교수들과 함께 드폴(De Paul) 대학교의 환영 파티에 초대받은 일이 있었다. 그는 위스키를 두 잔 마셨다(그것은 자신에게 허용된 최대 양이었다). 그때 술기운에 기분이 좋아진 그는 마음속에서 거센 애정의 조류가 솟구쳐 옆에 있는 살라흐 박사를 보고 단도직입적으로 물었다.

"살라흐, 질문이 하나 있소. 나와 함께 공부하는 이집트 학생들은 연구에서 탁월하고 천부적인 능력을 갖고 있어요. 그럼에도 불구하고 이집트는 여전히 학문에서 뒤처진 국가 같은데, 이 점에 대해 설명해 줄 수 있겠소?"

살라흐가 대답을 준비했다는 듯 재빨리 말했다.

"이집트는 민주주의의 부재로 후진국에 머물러 있어요. 그 이상도 그 이하도 아닙니다. 천부적 능력을 지닌 이집트인들은 서구에 이주하여 위대한 업적을 성취하고 있어요. 하지만 안타깝게도 이집트에서는 독재 체제가 늘 그들을 억압하고 있지요."

베이커는 잠시 그를 바라보다가 고개를 끄덕이며 말했다.

"알겠습니다."

대학자의 이집트인들에 대한 이런 깊은 평가는 늘 그들의 논문 지도를 수락하게 했다. 여기서 한 가지 언급할 사항이 있다. 베이커는 예배를 준수하는 경건한 개신교 신자로서, 여러 인종들 간에 차이를 두지 않는다. 그의 믿음에 따르면, 인간은 모두 하느님의 자식들이고, 하느님은 그들에게 자신의 성스러운 영혼을 불어넣어 주었다. 이렇게 우리는 학과 회의에서 그의 진보주의적이고 관용적인 태도를 이해할 수 있다. 그는 학생들을 노력과 역량에 근거하여 평가할 뿐, 그의 국적이나 피부색은 절대 고려하지 않는다(이 점은 맹목적인 편견을 지닌 조지 마이클과 정반대이다). 베이커가 믿고 있는 이런 위대한 이상(理想)이 최근에 시련을 겪었다. 그는 기꺼이 박사 과정에 있는 아흐마드 다나나를 지도하기로 했다. 하지만 베이커는 첫눈에 다나나가 이전에 본 적이 없는 독특한 유형의 이집트인이라는 점을 간파했다. 많은 나이, 격식을 갖춘 태도, 세트로 맞춘 양복과 넥타이. 베이커는 다나나의 외모에 크게 신경 쓰지 않았다. 그러나 문제는 첫 수업부터 시작되었다. 베이커는 학생들에게 연구 방법에 대한 강의를 했다. 그것은 연구자가 논문을 쓸 때 필요한 기본 원칙들을 제시하는 매우 중요한 수업이었다. 이 수업의 성공 여부는 기존의 시험이 아닌, 학생들의 수업 참여도에 달려 있었다. 베이커는 매주 학생들에게 특정 논문들을 읽은 뒤 그것을 요약하고 그에 대한 의견을 제시하는 과제를 내주었다. 그런 다음 학생들의 발표를 듣고 그들과 토론하면서 그들의 이해도와 노력에 근거해 점수를 매겼다. 그런데 첫 수업부터 베이커는 아흐마드 다나나가 수업 주제와 동떨어진 말을 하는 것을 알았다. 베이커는 다나나가 요구 사항을 이해하지 못해서 그런 것이려니 여기고 강의 후에 다나나를 연구실로 불러 새로운 논문을 주면서 다정하게 말했다.

"이 논문을 잘 읽게. 다음 주 수업에서 그 논문을 요약해 발표하고 그에 대한 의견을 제시하기 바라네."

다음번 강의에서 다나나의 순서가 되었을 때 그는 양복을 차려 입은 채 서서 목청을 가다듬고 헛기침을 했다. 그러고 나선 일장 연설을 시작했는데, 계속 손을 저으며 부정확한 영어로 장광설을 늘어놓았다. 그는 깊은 인상을 심어 주려고 목소리 톤을 높였다가 낮추었는데, 마치 정치인이 연설하는 모습이었다. 학생들은 놀란 기색으로 그가 하는 말을 들었다.

"친애하는 동료 여러분, 제 말을 믿어 주십시오. 문제는 연구 방법에 있지 않습니다. 연구 방법은 넘치도록 많습니다. 신께 찬미를. 오늘 우리가 토론했으면 하는 바는 연구 방법 이면에 있는 아이디어입니다. 우리는 저마다 연구 방법에 관한 특정 아이디어가 있습니다. 우리에겐 '의무'가 있습니다. 여기서 저는 우리가 솔직하게 마음을 터놓아야만 하는 '의무'를 반복하고자 합니다. 학문의 미래를 위해서, 우리 자식 세대와 후손들을 위해서 말입니다."

베이커는 학생들을 정확히 평가하기 위해 평소처럼 수업에서 하는 말들을 모두 기록하고 있었다. 그는 다나나의 말에 너무 당황스러워 한순간 다나나가 바보인가 하고 의심했다. 그러나 베이커는 그럴 리 없다고 여겨 다나나의 말을 단호하게 차단했다.

"다나나 군, 나는 자네의 발표가 수업 주제에서 완전히 벗어나 있다는 점을 환기시켜 주고 싶네."

베이커의 말은 그 어느 학생이라도 곧바로 침묵시키는 것이 일반적이었다. 그러나 정치 문제 토론에서 치고 빠지는 방법을 잘 훈련받은 다나나는 눈도 깜박거리지 않고 높은 어조로 말했다.

"베이커 교수님, 바라옵건대, 저는 우리 동료들이 솔직하게 대화할 것을 권하고 있습니다. 우리가 갖고 있는 연구 방법에 관한 아이디어를 말할 수 있도록 말이지요."

분노로 얼굴이 붉어진 베이커가 말했다.

"잘 듣게. 지금 자네가 하는 말을 멈추게. 나는 자네가 동료들에게 소란을 일으키는 걸 허락하지 않겠네. 자네는 주제에 대해 말하든가 아니면 아무 말 말고 강의실에서 나가게."

다나나는 침묵하고 탄식했다. 그의 얼굴은 지독한 모욕을 당했지만, 자신 외에 다른 사람은 알지 못하는 숭고한 의도를 고려해 그 모욕을 잊기로 결심한 위대한 인물의 태도를 취했다. 강의는 평소처럼 지속되었다. 강의가 끝나자 베이커는 다나나의 얼굴을 똑바로 바라보며 의아함과 분노가 뒤섞인 표정으로 물었다.

"자네, 혹시 정신적인 문제가 있는가?"

"물론, 없습니다."

하지만 다나나는 신경 쓰지 않는다는 듯 미소를 지으며 대답했다.

"그렇다면 왜 논문을 읽지 않았는가?"

"아닙니다, 읽었습니다."

"하지만 자네는 논문에 대해선 한마디도 하지 않았어. 자네는 무의미한 말로 수업 시간을 허비했네."

다나나는 마치 오랜 친구인 양 베이커의 어깨에 손을 얹고 조언하는 사람의 말투로 말했다.

"저는 학생들 사이를 가까워지게 하는 인간적인 접촉과 더불어 학술 정보를 제시하는 것을 좋아합니다."

베이커가 그를 쳐다보며 조용히 말했다.

"이 강의에서 수업 방법을 정하는 사람은 나지, 자네가 아닐세."

그러고는 손에 들고 있던 파일을 열어 한 묶음의 종이를 꺼내 다나나에게 건네면서 말했다.

"마지막 기회를 주겠네. 받게. 이 논문을 잘 읽고, 늦어도 이틀 안에 요약본을 제출하기 바라네."

"이번 주에는 제가 시간이 없습니다."

"공부할 시간도 없으면서 자네는 어떻게 학생으로 있는가?"

"저는 보통 학생이 아닙니다. 저는 전미(全美) 이집트 유학생회 회장입니다."

"그게 논문과 무슨 상관인가?"

"제 시간은 제 것이 아닙니다. 그것은 제게 책임감을 부여한 동료들의 것입니다."

베이커는 침묵하며 그를 바라보았다. 그는 살아오는 동안 한 번도 본 적이 없는 이런 종류의 인간 앞에서 황당해했다. 다나나가 공식적인 어투로 말을 이었다.

"베이커 교수님, 저는 교수님께서 저의 정치적인 지위를 고려해 주시길 기대합니다."

베이커가 화를 내며 소리 질렀다.

"자네는 허튼소리만 하고 있군. 자네는 이곳에서 학생일 뿐, 그 이상도 그 이하도 아닐세. 자네에게 공부할 시간이 없다면 공부를 그만두게."

그러고는 몸을 돌려 떠나려 했다. 다나나가 뛰듯이 그의 뒤를 따라와 환심을 사려 했다. 그러나 베이커는 손을 저으며 가라고

했다. 그날 이후 다나나는 베이커에게 골칫덩이로 변했다. 베이커는 자신의 오랜 경험에도 불구하고 다나나를 어떻게 대해야 할지 몰랐다. 다나나는 며칠 동안은 제대로 공부를 하고, 그러다가 공부를 멈추고 등한시한다. 그리고 매번, 부득이하게 워싱턴으로 떠난 학생 이야기나, 한 학생이 갑자기 아파 병원에 데려다 주었다는 이야기를 갖고 온다. 우리는 여기서 다나나의 공부에 대한 무관심이나 소홀함 이상으로 문제가 심각한 것이라는 점을 알아야 한다. 그가 이집트에서 얻은 학문 수준은 지극히 저조하다. 그는 공부가 아니라 — 학생 때부터 시작된 — 국가 보안국과의 관계에 힘입어 진급할 수 있었기 때문이다. 국가 보안국은 매년 카이로 대학교 의과대 교수들에게 무시무시한 압력을 행사해 그들로 하여금 다나나에게 그의 수준에 맞지 않는 점수를 주게 했다. 그러고도 압력이 계속되어 그는 강사로 임명되었고 석사 학위를 취득할 수 있었으며 마침내 유학생으로 파견되었다. 하지만 그의 실력은 일리노이에서 드러났고, 그는 학업을 계속할 수 없었다. 심지어 베이커 교수는 다나나가 의학의 기본 지식도 모른다는 사실에 아연실색했다. 한번은 베이커가 의구심을 품고 그에게 말했다.

"나는 자네가 어떻게 타리크 하십이나 샤이마 무함마디와 함께 같은 대학을 졸업했는지 이해할 수 없네. 그 두 사람의 학문 수준은 자네보다 훨씬 뛰어나네."

만 2년이 지났음에도 다나나는 논문의 극히 일부 외에는 성과를 얻지 못했다. 원래 그는 이번 주에 결과물을 제출하기로 되어 있었다. 하지만 그는 연이어 사흘 동안 수업에 오지 않았다. 나흘째 되는 날, 베이커가 실험실에 있을 때 노크 소리가 들리더니 문이 열리고 다나나가 나타났다. 베이커는 모른 척하면서 계속 일했다. 다나나가 습관처럼 사과의 노래를 읊기 시작하자 베이커는 그를 쳐다보지도 않고 말을 자른 뒤, 총포를 조사하듯 한쪽 눈으로 실험용 유리 튜브 안을 보면서 조용히 말했다.

"자네가 이번 주에 논문 결과물을 제출하지 않는다면 나는 자네의 논문 지도 중단을 신청할 것이네."

다나나가 말하려 했지만 베이커는 손짓으로 가로막고 실험실 안쪽으로 멀어지면서 말했다.

"자네에게 해 줄 말이 없네. 이게 마지막 기회일세."

* * *

카람 도스가 미소를 띠며 말했다.

"나지, 성가시게 해서 미안하네."

"어서 오십시오."

"함께 커피 한잔 할 수 있겠나?"

나는 희미한 복도 불빛 아래에서 지치고 창백한 그의 얼굴을 보았다. 그는 잠을 못 자고 옷도 갈아입지 못했는지 옷에 주름이 접혀 있고 약간 더러웠다. 내가 그에게 말했다.

"어제 일 때문에 오셨다면 저는 그 일을 이미 잊었습니다."

"아니, 더 큰 문제가 있네."

나는 피곤했고 더 이상의 논쟁이나 문제에 대한 준비가 되어 있지 않았다. 나는 말했다.

"다음번에 선생님의 초대에 응해도 되겠습니까? 술 때문에 아직도 몸이 좋지 않아서요."

"그리 오래 걸리지는 않을 걸세."

"좋습니다. 제가 옷을 입을 때까지 안에 들어오시죠."

"그러지. 거실에서 기다리겠네."

15분쯤 뒤 나는 그의 빨간 재규어 옆자리에 앉아 있었다. 나는 푹신한 의자에 몸을 기대고 마치 내가 자동차 경주를 다룬 외국 영화의 주인공이 된 듯한 느낌을 받았다. 내가 말했다.

"선생님의 차가 훌륭합니다. 꽤 비쌀 것 같은데요."

그가 미소를 지으며 조용히 답했다.

"수입이 좀 되는 편일세. 주님께 감사할 따름이지."

자동차 내부는 비행기의 그것처럼 여러 가지 계기들로 가득했다. 기어 스틱은 커다란 메탈 주먹 형태로 되어 있었다. 카람이 그것을 붙잡고 움직이자 엔진이 우렁찬 굉음을 냈고, 자동차는 빠른 속도로 출발했다. 나는 그에게 물었다.

"자동차 경주를 좋아하십니까?"

"좋아하지. 어릴 적엔 경주용 자동차 선수를 꿈꾸었어. 지금은 내 옛꿈의 일부를 이루었지."

그의 목소리는 어제와 다른 깊이가 있다. 그는 마치 무대에서 연기를 했고, 지금은 연기를 끝낸 뒤 친구와 얘기를 나누고 있는 것 같았다. 그가 다정하게 물었다.

"자네, 러시 스트리트에 가 보았나?"

"아니요."

"러시 스트리트는 시카고에서 청년들이 가장 좋아하는 거리야. 그곳에는 최고의 바와 식당, 디스코텍들이 있지. 주말이 되면 젊은 이들은 거리로 나가 새벽까지 춤추고 마신다네. 한 주를 끝마치는 일종의 집단 축하 행사인 셈이지. 저길 보게."

나는 그가 손으로 가리킨 곳을 바라보았다. 그리고 말을 탄 경찰관 무리를 보았다. 그들의 모습이 거대한 마천루들을 배경으로 이상해 보였다. 카람이 웃으며 말했다.

"늦은 밤 시간에 술 취한 사람들이 싸움을 시작하면 시카고 경찰은 취객들을 분산시키기 위해 기마대를 동원하지. 내가 젊었을 때 한 미국인 친구가 어떻게 말을 자극하는지 알려 주었어. 우리는 술을 마시고 거리로 뛰쳐나가곤 했네. 기마 경찰대가 우리를 해산시키려고 오면 나는 몰래 말 뒤로 가서 특별한 방법으로 말을 찔렀어. 그러면 말은 흥분하여 울어 대면서 경찰관을 태운 채 멀리 달아나지."

그는 주차장에 차를 세우고 자동으로 차 문을 잠갔다. 그의 옆에서 걸어가는 동안 끊임없이 켜졌다 꺼졌다 하면서 거리 전체를 대형 나이트클럽처럼 만드는 형광 불빛이 눈부셨다. 갑자기 우리는 뒤쪽에서 나는 소리를 들었다.

"선생님, 잠깐만."

나는 소리 나는 곳을 돌아보려고 멈추었다. 그러나 카람이 나를 붙잡고 내 귀에 속삭였다.

"뒤돌아보지 말고, 계속 걸어가게. 아무하고도 말하지 말고."

그의 목소리 톤은 엄중했고 나는 그의 말을 따랐다. 그는 걸음을 내디뎌 앞으로 나아갔고 나는 그를 뒤따랐다. 곧이어 키가 크고 마른 흑인 청년이 우리 옆에 나타났다. 청년은 아프리카 스타일로 엇갈리게 땋은 머리를 어깨 위에 드리우고 있었다. 그는 양손에 팔찌들을, 가슴에는 여러 개의 목걸이를 걸치고 있어서 움직일 때마다 철렁거리는 소리를 냈다. 그가 먼저 말을 걸었다.

"이봐요. 마리화나를 원해요?"

"아뇨, 됐습니다."

카람이 재빨리 답했다. 그러나 흑인 청년은 집요했다.

"고급 제품이 있어요. 당신에게 진짜 세상을 보여 줄 겁니다."

"됐습니다. 우리는 마리화나를 좋아하지 않아요."

카람이 갑자기 걸음을 멈추는 바람에 나도 멈추었다. 우리는 보도 위에 계속 서 있었다. 그사이 흑인 청년은 철렁거리는 소리를 내며 우리 앞을 지나 옆길로 사라졌다. 카람이 다시 걸어가며 말했다.

"우리는 이런 자들을 경계해야 하네. 그들은 대개 취해서 제정신이 아니야. 어쩌면 그자는 마리화나 얘기로 자네를 속인 뒤, 자네가 지갑에서 돈을 꺼낼 때 그걸 낚아채고 심지어 자네에게 해를 입힐 수도 있어."

나는 말없이 있었다. 그가 내게 물었다.

"방금 일어난 일 때문에 긴장했나?"

"물론입니다."

그가 크게 웃으며 말했다.

"조금 전 일은 이곳 사람들이 매일 겪는 일이야. 친구, 자네는 시카고에 있네. 자, 도착했군."

우리는 '피아노 바'라고 쓰인 네온 광고판이 걸린 2층 건물로 들어갔다. 그곳은 은은한 불빛 속에 잠겨 있었다. 바 안 곳곳마다 둥글고 높은 테이블들이 널려 있었다. 홀 끝에는 턱시도를 입은 흑인 남자가 피아노를 연주하고 있었다. 우리는 가까운 테이블에 앉았다. 카람이 말했다.

"이곳이 자네 마음에 들었으면 좋겠군. 나는 조용한 바를 좋아하지. 디스코텍은 더 이상 견딜 수 없어. 어쩌면 늙었다는 증거겠지."

우리에게 금발의 예쁜 여종업원이 왔다. 내가 포도주 한 잔을 주문하자 그는 놀라며 물었다.

"아직도 술 생각이 있나? 나는 어제 취해서 너무 피곤한네."

"저도 그렇지만, 한두 잔 정도는 괜찮습니다. 술로 인한 두통을 없애는 방법이지요. 술 마신 다음 날 조금 더 마시는 것 말입니다. 아부 누와스*도 말했지요. '병(病)이 되었던 술로 나를 치유해 다오'라고 말이지요."

카람 박사가 테이블 위에 종이를 꺼내 놓고 호주머니에서 금박 펜을 꺼내면서 말했다.

"아부 누와스는 압바스조 시대에 주시(酒詩)로 유명한 시인이 아닌가?"

"맞습니다."

"그 시구를 다시 한 번 들려줄 수 있겠나? 그것을 적고 싶네."

그는 빠르게 시구를 적은 뒤 호주머니에 펜을 넣으면서 말했다.

"나도 자네처럼 술 한잔 마셔야겠어."

마치 우리는 갑자기 싸우던 일이 생각난 것처럼 서로의 눈길을 피하고 있었다. 그가 위스키를 한 모금 마시고는 한숨을 쉬며 말했다.

"나지, 어제는 미안했네."

"아닙니다. 오히려 제가 선생님에게 무례를 범했습니다."

"우리는 함께 술에 취해 말다툼을 했고 그 일은 끝났네. 그리고 오늘 밤 나는 다른 일로 자네를 찾아온 거야."

그러고는 손에 들고 있던 작은 가방을 둥근 대리석 테이블 위, 우리 사이에 놓았다. 그런 뒤 금테 안경을 쓰더니 종이 뭉치를 꺼 냈다.

"자, 보게."

"이게 무엇입니까?"

"그걸 한번 읽어 봐 주었으면 하네."

불빛이 희미한 데다 나는 숙취로 인한 두통에 시달리고 있었다. 내가 말했다.

"괜찮으시다면 나중에 읽어 볼까 합니다만⋯⋯."

"아니야. 지금 읽어 보게."

나는 불빛에 다가가기 위해 약간 오른쪽으로 움직였다. 종이들은 아랍어로 쓰여 있었다. 나는 읽기 시작했다.

"노스웨스턴 대학교, 심장 절개 외과 교수 카람 도스 박사가 아인 샴스 대학교 의과 대학에 제출한 계획서."

그는 내가 다 읽게 내버려 두지 않았다. 그가 팔꿈치를 테이블에 기댄 채 말했다.

"나는 작년에 이 계획서를 아인 샴스 대학교에 제출했어."

그는 술을 한 잔 더 주문한 뒤 열정적으로 말을 이어 갔다.

"나는 현재 심장외과 분야의 권위자야. 수술로 내가 겪는 피로는 무척 크지. 그럼에도 불구하고 나는 아인 샴스 의대 책임자들에게 매년 한 달 동안 무료로 수술해 주겠다고 제안했어. 나는 가난한 환자들을 돕고, 선진 외과 기술을 이집트에 전해 주고 싶었네."

"대단하십니다!"

"그 이상이지. 나는 그들에게 현대식 외과 설립 계획안을 제출했어. 그 일은 그들 쪽에선 비용이 거의 들지 않는 일이었지. 그들을 위해 나는 미국의 여러 대학교, 연구소들과 맺고 있는 관계를 통해 재정 지원을 받을 수 있었어."

"아주 좋은 생각입니다!"

나는 죄책감이 점점 커지는 가운데 환호했다.

"그런데 그들의 대답이 어땠는지 아는가?"

"물론 선생님을 반겼겠지요."

그는 웃으며 말했다.

"아니, 그들은 내게 답하지 않았어. 아인 샴스 의대 학장에게 전화 연락을 하자 그는 내게 감사하다고 하면서, 내 아이디어는 현시점에서 시행할 수 없다고 말하더군."

"왜요?"

"나도 모르겠네."

그는 술을 한 모금 들이켰다. 내가 보기에 그는 간신히 자신의 생각을 집중하려는 것 같았다. 나는 술 취한 다음 날의 음주는 두통을 없애 주기도 하지만 술기운이 다시 돌게 한다는 것을 알고 있었다.

"나는 이 얘기를 아무에게도 하지 않았네. 하지만 자네는 그것을 알아야만 해. 왜냐하면 자네가 어제 나보고 이집트에서 도망쳤다고 비난했기 때문이지."

"다시 한 번 사과드립니다."

그는 고개를 떨구며 나지막한 목소리로 말했다. 마치 혼잣말을 하는 것 같았다.

"제발 사과는 그만하게. 나는 단지 자네가 나의 진실을 알았으면 해. 내가 미국에서 살아온 지난 30년 동안 나는 이집트를 하루도 잊지 않았네."

"선생님은 이곳 생활이 행복하지 않나요?"

그는 마치 적당한 표현을 찾는 듯이 나를 바라보더니 미소를 지으며 말했다.

"미국 과일을 먹어 보았나?"

"아직은……."

"그들은 유전 공학을 이용해서 키우기 때문에 과일이 엄청나게 커. 하지만 맛은 밋밋하지. 나지, 미국에서의 생활은 미국 과일과 같아서 겉보기에는 화려하고 빛나지만 맛이 없어."

"선생님은 모든 것을 성취하신 후 이런 말을 하시는 겁니까?"

"조국을 떠나 거둔 성공은 부족한 데가 있어."

"왜 이집트로 돌아가지 않으십니까?"

"인생 30년을 취소하는 건 어렵네. 결정하는 게 어렵지만 나는 그것을 고려하기도 했어. 내가 제출한 계획서는 귀국하기 위한 첫걸음이었어. 한데 그들은 내 제안을 거절했지."

그는 씁쓸한 표정으로 마지막 단어를 말했다. 나는 말했다.

"이집트가 선생님 같은 분들을 잃는다는 것은 정말 슬픈 일입니다."

"아마도, 자네는 아직 젊으니까 그 점을 이해하기 어려울 거야. 남자가 여자를 무척 연모하며 애착을 보이다가 그녀가 자신을 배반했음을 알았을 때 자네는 그런 종류의 고통을 이해할 수 있겠나? 자네는 여자를 저주하는 동시에 그녀를 사랑하면서 도저히 그녀를 잊을 수 없게 되는 것 말이야. 이집트에 대해 나는 그렇게 느끼고 있어. 나는 이집트를 사랑하고 내가 가진 모든 것을 바치고 싶은 마음이야. 그런데 이집트는 나를 거부하고 있어."

나는 눈물이 글썽한 그의 두 눈을 슬쩍 보았다. 나는 그에게 달려가 그를 감싸고, 몸을 숙여 그의 머리에 입맞춤을 했다. 하지만 그는 나를 살짝 밀어내면서 미소를 지으려고 애쓰며 말했다.

"우리 이제 이 드라마를 끝내는 게 어때?"

그는 화제를 바꾸어 내 공부에 관해 물었다. 우리는 30분 정도 여러 가지 얘기를 하며 보냈다. 그러다 갑자기 옆에서 들려오는 여자 목소리에 주의를 기울였다.

"안녕하세요, 두 분의 대화를 중단시켜 미안합니다. 물어볼 게 있어서요."

"해 보세요."

나는 재빨리 답했다. 그녀는 몸이 통통한 20대의 금발 여사였다. 우리가 얘기를 나누는 동안 그녀가 바 안으로 들어와 우리와 가까운 테이블에 앉는 걸 나는 보고 있었다.

"어느 나라 언어로 말하고 계시는 거죠?"

"아랍어요."

"당신 두 분은 아랍인이세요?"

"우리는 이집트에서 왔습니다. 카람 박사님은 심장외과 의사이고, 나는 일리노이에서 의학을 공부하고 있습니다."

"나는 웬디 쇼어예요. 시카고 증권사 직원입니다."

"운 좋은 사람이군요. 당신에겐 돈이 많으니까요."

그녀는 웃으며 말했다.

"안타깝지만, 나는 돈을 만지기만 할 뿐이고 그걸 갖지는 못해요."

우리 사이에 즐거운 분위기가 감돌았다. 갑자기 카람 박사가 자리에서 일어나더니 내 어깨를 두드리며 말했다.

"나는 지금 가야겠네. 어제 한잠도 못 잔 데다, 내일 아침 수술이 있어서."

그러고는 웬디를 바라보고 그녀와 악수를 하며 말했다.

"미스 쇼어, 당신을 알게 되어 반갑습니다. 다시 한 번 볼 수 있길 바랍니다."

나는 그가 바 문을 지나 사라질 때까지 눈으로 지켜보았다. 내가 그를 좋아한다고 느꼈다. 나는 나 자신에게 '이후로 사람을 판단하는 데 신중해야 하고, 앞서의 일처럼 그릇된 결론으로 비약해서는 안 된다'고 생각했다. 나는 웬디의 명랑한 목소리에 정신을 차렸다.

"이집트 얘기를 해 주세요."

나는 잔을 들고 그녀의 테이블로 자리를 옮겼다. 그녀는 아름다웠다. 금발의 머리카락은 위로 묶어 멋진 목이 보였다. 양 볼에는 약간의 주근깨가 있어 어린아이 같은 인상을 주었고, 푸르고 커다란 두 눈은 그녀를 더욱 어려 보이게 했다. 나는 그레이엄의 충고를 떠올리며 말했다.

"당신이 한잔하자는 내 초대를 받아 줄 때까지는 말하지 않겠습니다."

"당신은 매우 친절하시군요."

"무얼 드시겠습니까?"

"괜찮다면 진 토닉으로 하겠어요."

제17장

시카고가 세워진 이래 흑인들은 끊임없이 그곳으로 이주해 왔다. 수십만 명이 남부 주들의 노예 제도에서 탈출해 시카고로 왔는데, 그들은 자유 시민이 된다는 꿈에 고무되었다. 흑인 남자들은 공장 일자리를 얻었고 부인들은 가정집의 하녀가 되거나, 아기 돌보는 일을 했다. 하지만 그들은 곧 자신들이 노예 제도라는 족쇄를 눈에 보이지 않으면서 가혹함이 덜하지 않은 다른 족쇄로 대체했음을 알게 되었다. 1900년 이후 흑인들은 도시의 남부에서만 살도록 허용되었다. 그곳에 정부 당국은 계획하에 가난한 사람들을 위한 값싼 주거지를 건설했다. 흑인들은 가난하기 때문에, 그리고 흑인 거주 구역 밖으로 나가는 것이 절대 허용되지 않았기 때문에 더 좋은 구역으로 이사할 수 없었다. 백 년 이상 백인들에게 신념처럼 뿌리내린, 흑인과 함께 사는 것에 대한 반감은 조금도 약화되지 않았다. 심리학은 이를 '흑인 공포증(negrophobia)'이라는 용어로 묘사한다. 그 장벽을 넘으려는 시도들은 의도적이든 아니든 모두 실패로 끝났다. 1919년 7월 27일, 시카고의 더운 날씨는 유진 윌리엄스라는 17세 흑인 소년을 29번가 해변으로 떠밀어 거기서 하루를 보내게 했다. 해변은 도시 안과 마찬가지로 백인 구역과 흑인 구역으로 나뉘어 있었다. 유진은 상쾌한 기분을 느끼며 찬물에 몸을 던졌다. 그리고 한 시간가량 수영을 했다. 그 와중에 불행하게도 자신의 잠수 실력을 시험해 보고 싶다는 생각이 떠올랐다. 그는 폐에 가득 공기를 채운 뒤 물속으로 들어갔다. 사람은 잠수하게 되면 자신이 나아가는 방향을 정확히 가늠할 수가 없다. 유진이 물 밖으로 머리를 내밀고 눈을 떴을 때 그는 자신이 분리선을 넘어 백인 전용 구역에 들어와 있음을 알게 되었다. 그는 주변에서 들려오는 성난 외침을 들었다. 그는 자신이 있던 곳에서 미처 빠져나오기도 전에 백인들에게 붙잡혔다. 그들은 자기 구역의 물을 더럽혔다고 화를 내며 유진을 욕하고 때렸다. 그의 배와 얼굴을 주먹으로 쳤고, 그들 중 일부는 나무 노로 그의 머리를 때려 결국 그는 사망했다. 그들은 시체를 해변에 내던졌다. 이후의 사태는 더욱 심각해졌다. 백인 경찰들은 살인자들을 체포하는 것을 완강히 거부했고, 심지어 살인자들을 상대로 수사도 하지 않았다. 시카고에서는 6일 동안 흑인과 백인 사이에 인종 투쟁이 벌어져 38명이 사망하고 수백 명의 부상자와 집 잃은 자가 생겨났다. 유진 윌리엄스 사건은 흑백 간 장벽을 깨뜨리려는 사람들에게 강력한 교훈으로 남게 되었다.

1966년 인종 차별주의와 베트남 전쟁에 반대하여 일어난 시민권 운동의 와중에 유명한 흑인 지도자 마틴 루서 킹*이 시카고에 도착했다. 그는 수만 명의 흑인들로 이루어진 행렬을 이끌었고, 그 행렬과 함께 백인 구역을 지났다. 마틴 루서 킹은 기독교의 사랑과 형제애라는 메시지를 전하면서 동시에 인종 차별주의 상황은 더 이상 참을 수 없다는 것을 선포하려 했다. 하지만 그것은 폭력적이고 실망적인 결과로 이어졌다. 백인 주민들은 행렬에 대해 야만적인 방법으로 맞섰다. 그들은 시위대를 향해 손에 잡히는 대로, 날달걀과 썩은 토마토, 심지어 돌과 몽둥이 등을 던졌다. 그것으로도 모자란 듯 총을 발사해 많은 흑인 사상자가 발생했다. 그리고 마틴 루서 킹도 그 사건이 있고 나서 몇 개월 뒤 극단적 인종 차별주의자들이 쏜 총에 유명을 달리했다.

1984년 한 흑인 부부는 부(富)를 쌓을 수 있었다. 부부는 백인 부자들이 사는 교외의 집 한 채를 구입했는데, 그에 대한 응답이 즉각 부부에게 왔다. 백인들이 시비를 걸어왔던 것이다. 그들이 던진 돌에 맞아 부부는 큰 부상을 입었다. 성난 이웃 주민들은 차고뿐만 아니라 새 집까지 불을 질러 부부는 피신하고 말았다. 같은 사건이 같은 해에 다른 흑인 부부에게도 반복되었는데, 결과는 더 비극적이었다. 이처럼 시카고 역사에서 인종 차별의 장벽은 간과할 수도, 피할 수도 없는 현실로서 단단한 바위처럼 남아 있었다. 도시 북부는 미국에서 평균 최고 소득의 한 부분을 이룬 소수 백인들이 거주하는 고급 구역과 교외 지역을 포함했다. 반면에 도시 남부는 빈곤 상태가, 미국에 그런 곳이 있으리라고는 상상할 수 없을 정도에 이르렀다. 실업, 마약, 살인, 절도, 강간이 만연했고 교육과 위생 상태는 악화되었다. 모든 것 심지어 가족 개념도 왜곡되어 많은 흑인 어린이들이 아버지가 가출하거나 피살되거나 투옥된 후에 어머니의 품에서 자라났다. 양쪽 세계의 이러한 엄청난 괴리로 인해 유명한 사회학자인 그레고리 스콰이어스(Gregory Squires)는 문학 어휘를 사용해 다음과 같은 표현으로 시카고에 관한 연구 결과를 제시했다.

시카고가 안고 있는 많은 모순들이 그곳의 특징은 아니다. 하지만 그곳을 독특한 도시로 만드는 것은 그곳이, 극으로 치닫는 자체의 모순들을 늘 지니고 있다는 점이다.

* * *

라으파트 사비트는 차를 몰고 오클랜드 구역에 들어서자마자 소름이 끼쳤다. 붉은 벽돌집들 중 많은 집이 무너져 있고, 뒷마당은 낡은 물건들과 쓰레기들로 가득했다. 벽에는 갱단의 구호들이 검은색과 빨간색 스프레이로 쓰여 있었다. 흑인 청년 무리가 길모퉁이에 서서 마리화나를 피우고 있었다. 바에서는 음악 소리와 거친 고함 소리가 들려왔다. 라으파트의 불안감이 커지면서 그는 스스로에게 물었다. "내 딸이 이런 늪에서 어떻게 살 수 있단 말인가?" 그는 어떻게든 딸을 보려고 결심했다. 그는 새벽 2시에 문을 두드려 딸을 깨운 뒤 무슨 말을 할지 생각해 보지 않았다. "이제 나는 딸을 보게 될 것이다. 될 대로 되라지." 그는 이렇게 혼잣말하면서 천천히 차를 움직이며 집들을 살펴보았다. 제프의 주소를 외우고 있던 그는 제프의 집 가까이 도착해서 맞은편 주차장으로 들어갔다. 그리고 리모트 키로 차 문을 잠근 뒤 걸음을 옮겨 거리로 나갔다. 짙고 무거운 어둠이 깔렸다. 그는 갑자기 불편한 기분이 들었다. 자동차들의 첫 번째 대열을 지나자마자 누군가가 자신을 뒤따라오는 것을 느꼈다. 그는 그런 생각을 떨쳐 버리려고 애썼지만, 이번에는 뚜렷하게 무언가가 근처 어둠 속에서 움직이는 소리를 들었다. 그는 걸음을 멈추고 주위를 둘러보았다. 커다란 덩치가 어둠 속에서 다가오는 것이 보였다.

"무슨 일로 노인네가 지금까지 잠들지 않고 돌아다니는 게요?"

라으파트는 돌발 사태로 몸이 마비된 채 침묵을 지켰다. 남자는 큰 웃음을 터뜨렸다. 부드럽고 나른한 목소리가 마약을 한 듯했다.

"노인 양반, 오클랜드에는 왜 오셨수? 여자라도 찾으시오, 아니면 마약을 원하시오?"

"나는 딸을 보러 왔소."

"당신 딸은 오클랜드에서 무슨 일을 하지?"

"남자 친구와 살고 있소."

"딸 남자 친구는 진짜 남자가 틀림없소. 오클랜드는 남자들 말고는 낳지 않으니까. 아저씨, 당신은 딸에게서 무얼 원하시오?"

"딸이 잘 지내는지 보러 왔소."

"정말 다정한 아빠시군! 아저씨, 들으시오. 나는 맥스요. 오클랜드 남자 중 한 사람. 아저씨, 나는 지금 마약이 필요하오."

잠시 침묵이 흘렀다. 맥스가 목소리를 진지하고 엄중한 톤으로 바꾸며 말했다.

"아저씨, 대마초 한 대 피우게 50달러만 주시오."

라으파트가 대답하지 않자 맥스는 라으파트의 어깨에 큰 손을 얹고 말했다.

"50달러만 주시오. 너무 인색하게 굴지 말고. 자, 어서."

그러고는 빠른 동작으로 호주머니에서 주머니칼을 꺼냈다. 칼이 펴지면서 긴 칼날이 어둠 속에 반짝거렸다.

"아저씨, 어서요. 나는 낭비할 시간이 없소. 돈을 주든지 아니면 내가 이 험한 세상으로부터 당신을 구원해 드리기를 원하시오?"

라으파트는 천천히 호주머니로 손을 뻗어 지갑을 꺼냈다. 하지만 그는 캄캄한 어둠 속에서 아무것도 볼 수 없다는 것을 알았다. 맥스도 그 점을 알아챘는지 들고 있던 손전등을 켰다.

"당신이 갖고 있는 돈을 볼 수 있게 내가 도와 드리지. 아저씨, 50달러면 돼요. 당신은 착한 맥스를 만나 운 좋은 줄 아시오. 내가 만일 악한 사람이면 지갑을 통째로 가져갈 거요. 하지만 아저씨, 나는 강도가 아니오. 나는 망할 놈의 시카고에서 일자리를 찾지 못한 점잖은 남자요. 마약이 필요한, 품위 있고 파산한 남자란 말요. 이게 문제의 모든 것이오."

라으파트가 50달러 지폐를 한 장 꺼내자 맥스가 그것을 낚아챘다. 맥스는 여전히 주머니칼을 든 채 한 걸음 물러나며 말했다.

"이제 딸에게 가 보시오. 아저씨, 충고하겠소. 오클랜드에서는 밤에 돌아다니지 마시오. 이곳의 모든 사람들이 맥스처럼 착하지는 않으니까 말요."

라으파트는 시카고에 오랫동안 살면서 비슷한 상황들을 많이 겪은 터라 그런 상황에 대처하는 방법을 알고 있었다. (당신을 공격하는 자를 무시하지 마라. 그에게 저항하지 마라. 당신에게 뭔가를 빼앗으려는 자는 대개의 경우 술이나 마약에 취해서 제정신이 아니다. 그는 어느 순간이라도 너를 죽일 수 있다. 그가 요구하는 것을 주어라. 따지지 마라. 돈을 많이 갖고 다니지 마라. 그가 모두 가져갈 테니까. 그렇다고 돈 없이 다니지 마라. 그의 기대를 저버리면 그는 너를 죽일 수도 있다.)

라으파트는 걸음을 내디디며 나아갔다. 그는 등 뒤에서 맥스가, 추측건대 어둠 속에 숨어 있던 다른 사람에게 말하는 것을 들었다. 제프의 집은 주차장에서 백 미터 정도 떨어져 있었다. 라으파트는 서둘러 집으로 걸어가면서 차오르는 분노를 느꼈다. '어떻게 사라는 고급 교외 지역을 떠나, 범죄자들이 있는 곳에 살기 위해 왔단 말인가? 사라의 삶은 그녀가 부랑자를 좋아하는 바람에 큰 위험에 놓여 있다. 나는 아버지로서 딸을 최대한 빨리 구해 줄 의무가 있다. 내가 할 일이 이것이다. 지금.' 그가 발로 쇠문을 밀자, 문은 삐걱거리며 낡고 우울한 소리를 냈다. 그는 작은 정원을 가로질렀다. 그는 세 계단을 올라가 집 문 앞에 멈춰 섰다. 그는 너무 힘을 뺐고 흥분한 나머지 숨을 헐떡거렸다. 그는 벨을 누르기 위해 손을 뻗었다. 하지만 곧 팔을 늘어뜨렸다. '사라에게 뭐라고 말

하지? 새벽 2시에 잠든 사라를 깨워 함께 집으로 돌아가자고 할까? 사라가 동의할까?'

그는 문 앞에서 잠시 머뭇거리며 서 있었다. 자신에게 생각할 기회를 주기로 결정한 그는 몸을 돌려 집 주위를 천천히 맴돌기 시작했다. 옆 통로는 좁았다. 그는 통로 끝에 빛이 새어 나오는 작은 창문을 보았다. "그렇다면 아직 둘이 깨어 있다는 말이군" 하고 혼잣말하며, 묘한 욕구에 사로잡혀 조심조심 몇 발짝 디뎌 창문에 이르렀다. 내부를 가려 주는 색 바랜 커튼이 있었지만 커튼 가장자리와 창유리 사이의 작은 틈을 발견했다. 그 틈은 측면의 좁은 각도로 볼 수 있을 만큼 되었다. 그는 얼굴을 창유리에 바짝 갖다 대며 유리의 냉기가 전해 오는 것을 느꼈다. 그는 진 바지를 입은 제프가 상체를 벗은 채 소파에 앉아 있는 것을 보았다. 제프는 여위고 창백해 보였고 눈 밑에는 다크서클이 있었다. 제프는 웃고 손을 흔들면서 모습이 보이지 않는 사람과 대화하고 있었다. 라으파트는 대화 상대가 사라라고 짐작했다. 대화는 몇 분간 지속되었고 라으파트는 훔쳐보려는 욕구에 이끌려 계속 그 장소에 있었다. 곧이어 사라가 모습을 드러냈다. 그녀는 가슴과 허벅지가 다 드러나는 짧은 파란색 잠옷을 걸치고 있었다. 그녀는 갑자기 몸을 굽혀 제프의 옆에 몸을 던졌다.

라으파트는 좀 더 보기 위해 발끝을 디디고 섰다. 그는 두 연인 앞에 작은 탁자가 있는 것을 보았다. 그 위에는 하얀 가루가 그득한 접시가 있었다. 제프가 은박지 조각을 담배꽁초 형태로 둘둘 말았다. 그러고는 그것을 들어 콧구멍에 넣고 몇 차례에 걸쳐 가루를 흡입한 뒤 천장을 보며 천천히 두 눈을 감았다. 갑작스러운 고통이 그에게 닥쳐온 듯 그의 안면이 위축되었다. 그가 꽁초를 사라에게 주었다. 사라는 한 번 흡입하고 소파에 주저앉았고 몸이 늘어지는 듯 보였다. 둘은 다시 한 번 흡입했고, 그러다 갑자기 제프가 사라 쪽으로 향하더니 힘껏 그녀를 포옹했다. 둘은 천천히 키스를 주고받았다. 제프는 사라의 귀를 핥고 그녀의 목으로 내려가며 탐욕스럽게 목에 키스했다. 그녀는 신음하듯 입을 벌렸다. 제프가 천천히 즐기듯 그녀의 잠옷 속에 손을 넣은 뒤 그녀의 두 젖가슴을 꺼내 손바닥으로 문질렀다. 제프는 미소 지으며 마치 어린애를 흔들어 잠재우는 것처럼 젖가슴에 말을 걸고 있었다. 그러는 동안 사라는 계속 쾌감에 겨운 소리를 질러 댔다. 둘은 극도로 흥분한 듯 보였다. 둘은 마약의 효과가 떨어지기 전에 섹스를 즐기고 싶어 하는 것 같았다. 또 설명할 수 없는 모호한 방식으로 자신들이 감시당하고 있는 것을 알아채고는, 일부러 자신들의 사랑을 맘껏 보여 주려 하는 것 같았다. 제프는 계속해서 그녀의 젖가슴을 깨물고 핥고 유두를 빨았다. 그러다 사라가 그를 살짝 밀었고, 그는 등을 대고 바로 누웠다. 순간 둘은 고정된 리듬에 맞추어 몸을 움직이는 것처럼 보였다. 사라가 제프 쪽으로 몸을 굽히더니 손을 뻗어 바지의 지퍼를 내렸다. 그녀는 그의 페니스를 꺼내 탐욕스럽게 응시하더니 혀로 여러 차례 핥고 빨기 시작했고, 즐기며 눈을 감았다. 라으파트는 자신도 모르게 문 쪽으로 내달렸다. 그는 거칠게 벨을 누르고, 있는 힘을 다해 손바닥과 발로 문을 두드렸다. 한참 지나서야 발소리가 들려왔다. 바깥 전등이 켜지고, 이어 문이 열렸다. 사라가 잠옷 위에 비단 가운을 걸친 채 모습을 드러냈다. 사라는 믿을 수 없다는 듯 두려워하는 눈으로 그를 바라보았다. 그녀가 뭔가 말하려고 입을 열었으나 그가 먼저 그녀의 얼굴을 세차게 갈겼고 이어 그녀의 배를 걷어찼다. 사라는 고통으로 소리를 질렀다. 집 안에 들이닥치는 그의 목소리가 천둥소리 같았다.

"마약 중독자, 창녀. 널 죽여 버리겠어."

제18장

샤이마가 힘껏 쟁반을 식탁에 부딪히는 바람에 쟁반은 요란한 소리를 냈고 '움무 알리' 알갱이들은 바닥에 흩어졌다. 그녀는 단단히 각오한 듯 타리크를 바라보았다. 그녀는 너무 흥분한 나머지 숨을 몰아쉬었다.

"니는 어띤 생각으로 내 몸을 만지려 한 거야?"

얼굴이 창백하게 굳은 타리크가 나지막이 웅얼거렸다.

"미안해."

"타리크, 잘 들어. 네가 나를 쉬운 여자로 여겼다면 실수한 거야. 앞으로 이렇게 무례한 태도를 한 번 더 했다가는 더 이상 나를 못 보게 될 거야. 알겠어?"

그는 계속 침묵하며 고개를 떨구었다. 마치 값비싼 그릇을 깨뜨린 어린아이 같았다. 그는 양해를 구한 뒤 가 버렸다. 샤이마는 그가 문을 닫고 나갈 때까지 나무라는 눈길로 그를 지켜보았다. 그녀는 타리크의 손이 자신의 손에 닿았을 때의 감촉과 얼굴에 다가온 그의 뜨거운 숨결을 느끼며 계속 몸을 떨었다. 그의 갑작스러운 동작은 그녀를 놀라게 했다. 잠깐 있다가 그녀는 상황을 파악했고 그를 멀리하며 자리에서 벌떡 일어섰다. 하지만 그 순간은 그녀로 하여금 그녀가 이전에 발을 들여놓은 적이 없는 영역으로 몰고 갔다. 비밀스럽고 은밀하며 짜릿한 감각을 지닌 지대였다. 그녀는 그런 곳을 자신의 꿈속 이외에서는 알지 못했다. 즉시 그녀의 머릿속에 어머니가 주의를 주던 말이 경고 사이렌처럼 울렸다. 샤이마는 중학교 1학년 때 지리 수업 도중 갑자기 월경을 겪은 이래 어머니의 엄중한 말을 천 번은 들었다.

"샤이마, 남자들이 원하는 건 오직 여자의 몸이란다. 그들은 그것을 얻기 위해 모든 짓을 하지. 젊은 남자들은 감언이설로 처녀들을 유혹한단다. 그리고 그들은 자신들의 욕망을 채울 때까지 여자들에게 사랑에 대한 환상을 심어 주지. 샤이마, 너의 몸은 너의 명예이자 네 아버지의 명예이고, 우리 모두의 존엄성이다. 만일 네가 몸을 소홀히 하면 우리는 사는 동안 내내 고개를 떨군 채 비천하게 지내게 된단다. 너의 몸은 우리의 찬미받으실 고귀하신 주님께서 잘 간직하라고 네 손에 맡겨 두신 위탁물이란다. 따라서 너는 네 몸을 안전하고 정결하게 간수하여 그 몸을, 알라와 사도님의 관습에 따라 너와 결혼할 남자에게 건네주어야 한단다. 샤이마, 기억해라. 남자는 신체 중 일부라도 허락한 여자와는 결혼하지 않는다는 것을. 남자는 쉬운 여자를 존중하지 않고, 그런 여자에게 자신의 명예와 자식들을 맡기지 않는다는 것을."

샤이마는 자신이 자라면서 지켰던 이러한 원칙을 떠올리며 기쁨을 느꼈다. 왜냐하면 타리크를 적당한 선에서 멈추게 했기 때문이다. 잠시 후 그녀는 조용히 생각했다. '타리크가 음탕한 잘못을 저질렀고, 나를 껴안으려 했지만, 달리 보면 그는 내게 솔직하게 자신의 사랑을 보였어. 그것은 그가 나를 존중하고 나와 결혼하고 싶어 한다는 걸 의미해.'

샤이마는 앉아서 공부했다. 그녀는 있는 힘을 모아 집중하기로 결심하며 속으로 다짐했다. '나와 타리크의 사랑은 우리가 학위를 취득하여 이집트로 돌아가 결혼할 수 있도록 우리가 열심히 공부하기 위한 또 하나의 동기가 되어야 해.' 그녀는 공부를 끝내고 일어나 화장실로 갔다. 그녀는 우두를 하고 저녁 예배와 권장되는 별도의 예배를 드린 다음 불을 끄고 침대로 갔다. 그녀는 어둠을 응시했다. 그때 놀랄 만한 일이 벌어졌다. 그녀는 타리크가 자신에게 한 일을 돌이켜 보았다. 그녀는 그를 싫어하지 않았고 그에게 화가 나지 않았다. 오히려 강한 애정이 밀려왔다. 그는 그녀를 사랑한다. 그는 다른 연인들처럼 그녀를 안고 싶어 한다. 이게 문제의 전부다. 자신이 지나치게 화낸 것은 아닐까? 다시 어머니의 모진 경고가 찾아왔다. 그러나 샤이마는 자신의 인생에서 처음으로 그 경고를 다시 살펴보았다.

어머니의 말이 맞기는 하다. 자신의 몸을 조금이라도 소홀히 하는 여자는 결코 결혼할 수 없다는 전제가 있다. 그러나 샤이마는 그 반대의 경우를 입증하는 많은 이야기들을 알고 있다. 그녀는 남자들과 손쉽게 만났다가 그런 뒤에 결혼도 잘한 여자들을 알고 있다. 샤이마의 동료로, 탄타 의대 병리학과 강사였던 라드와는 자신의 지도 교수와 사귀었다. 두 사람의 불륜 관계는 오랫동안 대학 내 이야깃거리가 되었다. 결국 교수는 자식이 있는데도 아내와 이혼한 뒤 라드와와 결혼했고, 라드와는 그의 아이를 낳았다. 탄타에서 샤이마의 이웃에 살던 루브나는 또 어떤가? 루브나는 많은 남자들을 사귀었고 본인이 그들과 육체관계를 가진 일에 대해 샤이마에게 직접 얘기해 주지 않았던가? 여러 번의 키스와 포옹 그리고 샤이마가 상상조차 할 수 없는 그 이상의 행위들에 관해서 말이다. 종국에는 어떤 일이 있었던가? 루브나의 평판이 나빠져 그녀가 끝장났던가? 그녀가 영원히 질타와 경멸을 받았던가? 오히려 그 반대였다. 루브나는 유명한 과자 공장 소유주인 백만장자 파라즈 알바흐티미의 아들 타미르와 결혼했다. 타미르는 루브나를 미치도록 사랑해 그녀에게 청혼했다. 여러 청년들과 육체로 장난했던 루브나는 지금 탄타 외곽의 궁궐 같은 저택에서 공주처럼 살고 있다. 그녀는 행복한 아내이자 두 아이의 엄마이다. 샤이마는 왜 멀리서 그런 예를 찾고 있는가? 샤이마 자신을 보자. 그녀는 자신의 몸을 지키지 않았던가? 그녀는 어느 남자의 손길도 닿지 않은 채 나이 서른을 넘기지 않았던가? 그녀는 그 나이를 살아오면서 곧이곧대로 했고, 대학 내에서 어느 누구든 동료로서의 선을 넘는 것을 허락하지 않았다. 심지어 남자 교수들에 대해서도 그녀는 조심스럽게 대하는 데 익숙해 있었다. 동네와 대학에서 그녀의 평판은 흠 없이 깨끗했다. 그런데 그녀는 왜 결혼이 늦어졌을까? 그녀의 탁월한 도덕성을 보고, 청혼자들은 왜 그녀에게 몰려들지 않았을까?

이 모든 증거들은 어머니의 주장과 어긋난다. 어머니는 그녀에게 지나치게 경고한 걸까, 아니면 다른 시대의 도덕을 말한 것일까? 처녀가 애인에게 ─ 적당한 범위 안에서 ─ 너그럽게 대하는 것은, 자신과 결혼해 달라고 남자를 유혹하는 일종의 재치로 볼 수 있지 않을까? 남자가 여자에게 키스하고 그녀를 껴안고 나면 그녀에 대한 남자의 애착은 더 커지는 게 아닐까? 샤이마는 의학을 공부했는데도 남자의 감정에 대해 아무것도 모른다. 남자가 여자를 사랑하면 어쩔 수 없이 그는 여자의 육체에 대해 생각하는 것이 아닐까? 그리고 혼인 외의 모든 관계가 결함이고 금기 사항이고 중죄여서 그것을 범한 자들에게는 반드시 저주가 닥친다면 신(神)은 왜 국민 대다수가 금기 사항을 어기며 살아가는 미국인들을 저주하지 않는 걸까? 이곳의 젊은 남녀들은 주말 휴일에 지하철역과 공원들 여기저기에 흩어져 있다. 그들은 보란 듯이 뜨거운 키스를 나누고, 때로는 정도를 넘어 사람들이 있는 곳에서 낯부끄러운 행위를, 닫힌 방 안에서 법적 부부가 행하는 것을 한다. 신의 분노는 왜 이처럼 방탕한 자들에게 닥쳐오지 않는 걸까?

시카고에서 보낸 몇 달간 샤이마는 자신의 삶에 대해 다른 방식으로 생각해 보았다. 그러자 그녀가 자라는 동안 성스럽게 간직했던 원칙들에 대한 의심이 들었다. 신은 우리 이슬람교도들에 대해서는 어느 특정한 방식으로 심판하시고, 미국인들에 대해서는 또 다른 방식으로 심판하시는 걸까? 미국인들은 모두 중죄를 저지르고 있다. 그들은 간통하고, 온갖 일탈적인 행위를 범하고, 도박을 하고 술을 마신다. 그러나 찬미받으실 숭고하신 우리의 주님은 그들에게 화를 내지 않는 듯하다. 주님은 죄과에 대해 징벌하는 대신 그들에게 부와 지식, 힘을 주셨고 그리하여 그들은 세계에서 가장 크고 강대한 국가가 되었다. 신은 왜 우리 이슬람교도들이 죄를 범할 때에는 징벌하시고, 미국인들에 대해서는 관대하신 걸까?

"저는 저주받을 사탄으로부터 지켜 달라고 알라께 의지합니다. 주님, 저는 당신께 용서를 구하고 회개하며 당신께 돌아옵니다!"

샤이마는 기도문을 되뇌었다. 그녀는 온갖 공상을 한 것이 두려웠다. 그녀는 옆으로 누워 뒤척였고, 몰려오는 잡념을 막기 위해 베개로 머리를 누르기도 했다. 그러나 두 눈을 감았을 때 그녀에게 최종적인 진실이 명백히 드러났다. 그것은 타리크가 그녀를 사랑하고 존중한다는 것이다. 그는 그녀에게 해를 입히려 하지 않았다. 그는 그녀에 대한 자기감정을 표현하기 위해 그녀를 껴안고 싶어 했을 뿐, 그 이상도 이하도 아니었다. 문제는 그녀가 그렇게까지 굴 만큼 심각한 것은 아니었다는 점이다. 그녀는 그에게 너무 가혹하게 굴었다. 지금 그녀는 창백해진 그의 사랑스러운 얼굴을 떠올린다. 그는 사과하며 말을 더듬었고 내내 부끄러워했다. 그녀는 그에게 깊은 동정심을 느끼며 잠들었다. 아침에 그녀는 잠에서 깨자마자 그에게 전화를 걸었다. 그의 목소리는 당황스러워하는 듯했다. 그녀가 다시 그를 책망하리라 예상한 것 같았다. 하지만 그녀는 자신이 그 일을 잊었다는 것을 입증하기 위해 명랑하게 대화를 나누었다. 그리고 평소처럼 둘이 보낼 그날 계획을 세웠다. 한 주가 평탄하게 지나갔지만 둘의 관계는 더 친밀해졌다. 마치 지난 사건이 둘을 더욱더 가깝게 만들어 준 듯싶었다. 둘 사이에 새로운 감정이 생겨났다. 둘의 몸이 잠깐이지만 의도한 바 없이 가까이 있게 되었을 때 둘 사이에는 당겨진 활처럼 팽팽한 긴장이 일어났다. 순간 둘은 당황하고 말을 더듬었으며, 그녀의 얼굴은 마치 그녀가 알몸일 때 그가 방문을 열었다는 듯 빨개지기도 했다. 토요일이 되자 둘은 평상시처럼 함께 보낼 궁리를 했다. 타리크가 말했다.

"내 생각 어때? 영화관에 가고, 그다음엔 내가 알아 둔 피자집에 가서 내가 저녁을 사는 것 말야."

샤이마에게는 열정이 보이지 않았다. 그녀가 말했다.

"솔직히 말해 날씨도 춥고, 나는 지하철을 타느라 기진맥진해 있어. 들어 봐. 내 아파트에 가서 저녁을 먹자. 내가 식당 피자보다 백배 맛있는 피자를 만들어 줄게. 네 생각은 어때?"

그는 마치 말을 알아듣지 못한 듯했다. 그러다 갑자기 빨개진 그녀의 얼굴을 응시했고, 그녀는 신경질적으로 웃음을 터뜨렸다. 그녀는 정확히 무얼 원하는 거지? 그가 그녀를 안아 보려 했는데 그녀는 창피를 주었다. 그런데 왜 다시 집에 초대하려는 걸까? 타리크는 당황스러웠고 정신은 뒤죽박죽이었다. 심지어 그는 생화학의 새로운 단원을 잘 이해할 수도 없었다. 이상한 점은 그가 그런 것에 크게 불안해하지 않았다는 것이다. 그는 책을 덮으면서 "나중에 이 단원을 좀 더 봐야지"라고 혼잣말을 했다. 그는 침대에 몸을 던지며 다리를 꼬았다(이것은 그가 생각에 잠기려고 할 때 가장 좋아하는 자세이다). 그러고는 "샤이마와 무엇을 하지?"라고 자문한 뒤 즉시 "나는 당연히 그녀 집에 갈 것이다. 어떻게 되든 될 대로 되라지"라고 답했다.

약속 시간에 맞춰 그는 샤이마의 아파트 문 앞에 서 있었다. 그는 가장 멋진 외출복 차림이었다. 검푸른 바지, 목이 있는 하얀 양모 스웨터, 천연 가죽으로 된 검은 재킷. 그가 집 안으로 한 걸음 내딛자마자 오븐에 올려놓은 빵 반죽 향내가 그의 콧속에 퍼졌다. 그는 앉아서 텔레비전을 보았고, 마침내 샤이마가 요리를 끝냈다. 그녀는 식사를 준비한 뒤 그의 귀에 짜릿하고도 부드럽게 울리는 목소리로 그를 불렀다. 그녀는 금·은색 실로 수놓인 파란색 모로코 아바야*를 걸치고 있었다. 타리크는 그녀의 아바야가 가슴에서 아래까지 내려오는 긴 지퍼로 잠겨 있는 것을 보자 심장이 강하게 뛰었다. 그녀의 몸은 완전히 덮여 있었지만 지퍼를 한번 당기면 그녀가 벌거벗은 몸이 되어 그가 그녀를 덮칠 수 있다는 생각이, 마치 참새가 나뭇잎을 부리로 쪼듯 그의 정신을 쪼아댔다. 그의 신경을 흩뜨리며 억누를 수 없는 성적 상상—아바야를 여는 것으로 시작되는 그 모든 상상—이 그에게 밀려왔다. 둘은 앉아서 이야기를 나누며 피자를 맛나게 먹었다. 그녀의 목소리는 우아하고 깊은 맛이 있었다. 또 그녀에게서 퍼져 나와 두 사람 사이의 대기를 채우는 따뜻하고 모호한 신호가 있었다. 그의 정신은 더욱 흩어져 그녀가 하는 말을 대부분 듣지 못했다. 함께 식사를 마친 후 그는 그릇들을 부엌으로 날라다 주겠다고 우겼다. 그는 접시들을 씻고 물기를 닦아 선반 위에 올려놓았다. 그런 다음 샤이를 만들기 위해 주전자를 헹구고 물을 채워 불 위에 올려놓았다. 그러다가 부엌으로 들어오는 그녀를 보고 깜짝 놀랐다. 그녀는 그에게 다가와 이상한 생각이 들게 하는 나직한 소리로 웅얼거렸다.

"내가 도와줄까?"

그는 대답하지 않았다. 그는 북 치는 소리처럼 가슴이 쿵쿵 뛰는 것을 느꼈다. 그녀는 가까이 다가와 옆에 섰고, 그는 자신의 손등에 아바야의 부드러운 촉감을 느꼈다. 그녀의 강한 향수 냄새가 그의 코를 가득 채웠다. 그는 숨을 헐떡거리며 집중력을 잃었다. 그는 위(胃) 입구가 수축되는 것을 느끼며 기절할 것 같은 생각이 들었다.

* * *

우리는 술을 마시며 대화를 나누었다. 웬디는 자기 가족에 대해 얘기해 주었다. 그녀의 어머니는 사회학 전문가로 일하고 있으며, 아버지는 치과 의사이다. 부모와 함께 뉴욕에서 살다가 시카고 증권사에 취직하면서 그녀는 혼자 러시 스트리트와 가까운 오피스텔에서 지내고 있다. 그녀는 자신이 시카고를 좋아하지만 때때로 외로움과 우울증을 느끼며, 자신의 삶이 의미 없다고 말했다. 그러고는 내게 물었다.

"당신은 내가 정신과 의사의 상담이 필요하다고 생각하세요?"

"아니요, 그렇게 생각하지 않습니다. 그것은 모든 사람들에게 닥쳐오는 평범한 슬픔입니다. 특히 당신은 혼자 살고 있지요. 애인은 없나요?"

"멋진 사랑 이야기가 있었지요. 하지만 안타깝게도 그 사랑은 지난여름에 끝났어요."

나는 그녀의 대답에 안도감을 느꼈다. 나는 그녀에게 나 자신에 대해, 그리고 내가 사랑하는 시에 대해 말해 주었다. 그녀가 부끄러워하며 말했다.

"미안하지만 나는 문학 작품을 읽지 않아요. 시간이 없어서요."

"당신 자체가 아름다운 시인인데요."

"고마워요."

그녀가 옆에 둔 핸드백을 집어 들며 말했다.

"가 봐야겠어요. 내일 아침에 일이 있어서요."

"당신에게 전화를 걸어도 괜찮을까요?"

"네, 얼마든지요."

나는 일주일에 두 번 그녀에게 전화를 걸었다. 그리고 금요일에 그녀를 대학 카페테리아로 초대해 커피를 마셨다(비용 부담을 줄이려고). 다음 날인 토요일에 현자(賢者) 그레이엄의 가르침에 따라 그녀를 저녁 식사에 초대했다. 이번에 그녀는 자신을 아름답게 꾸미는 데 더욱 관심을 둔 것 같았다. 그녀는 실크로 된 검은 바지, 소매 없는 하얀 블라우스, 옷깃에 반짝거리는 브로치가 달린 빨간 모헤어 재킷을 입고 있었다. 멋을 부리려는 그녀의 순박한 시도는 내게 감동적이었고 진실되어 보였다. 우리는 시카고 시내의 이탈리아 식당에서 저녁을 먹으며 오랜 친구처럼 다정하게 얘기를 나누고 웃었다. 그녀와 함께 있으면서 마음이 편안해지는 것을 느꼈다. 나는 그녀에게 모든 것을 얘기했다. 나의 어머니, 여동생, 카이로 대학에서의 문제, 시에 대한 나의 사랑. 그녀가 내게 물었다.

"당신은 유명한 시인이 되는 꿈을 꾸나요?"

"유명세는 문학가로서의 성공 여부 기준이 아닙니다. 가치 없는 유명한 문인들이 있는 반면, 사람들이 모르는 위대한 문인들이 있지요."

"그렇다면 당신은 왜 시를 쓰나요?"

"말해야 할 것이 있어서요. 내게 중요한 것은 유명세가 아니라 평가입니다. 내가 쓴 글은 비록 몇 사람 안 되더라도 일정 수의 사람들에게 읽힐 것이고 그들의 생각과 감정에 변화를 일으킬 것입니다."

"나는 어렸을 때부터 언젠가 진실한 시인을 만나게 될 거라는 꿈을 꾸어 왔어요."

"그 사람이 당신 앞에 와 있습니다."

나는 테이블을 가로질러 그녀의 두 손을 붙잡고 천천히 내 입술로 들어 올려 키스했다. 그녀는 매력적인 미소를 지으며 나를 바라보았다. 우리는 술에 취해 거리로 나갔다. 곁에서 걷는 그녀의 발걸음이 나를 기쁘게 했다. 그녀가 갑자기 내게 물었다.

"우리 이제 어디로 갈까요?"

내 심장 박동이 점점 빨라졌다.

"내게 이집트에 관한 다큐멘터리 영화가 있습니다. 그 영화를 보고 싶지 않으세요?"

"물론 보고 싶어요. 영화는 어디에 있나요?"

"내 아파트에요."

"좋아요."

우리는 지하철역으로 향했다. 나는 그녀가 마음을 바꾸지 않을까 걱정하듯 서둘러 발걸음을 내디뎠다. 우리는 지하철을 탔다. 나는 그녀의 맞은편 좌석에 앉아 그녀의 얼굴을 찬찬히 살펴보았다. 그녀는 내게 정답고, 아주 유쾌해 보였다. 그녀에게 강하게 끌리는 것은 아마도 시카고에 도착한 이후 내가 겪고 있는 문제들에 기인한다고 생각했다. 확실히 나는 여자의 애정을 필요로 하고 있다. 우리는 아파트에 도착해 거실 소파 위에 서로 밀착해서 앉았다. 그리고 포도주를 마시며 이야기를 나누었다. 나는 내가 급하게 어떤 행동을 해서 분위기를 망치지 않을까 불안했다. 나는 말하고 있는 그녀를 내 팔로 감쌌다. 순간 그녀의 얼굴이 홍조를 띠었고, 나는 그녀의 몸이 뜨거워지는 것을 느꼈다. 나는 행복과 한 발자국 거리에 있었다. 나는 경험상 결정적 순간이 왔음을 알아차렸다. 그 순간이 내 손에서 빠져나간다면 모든 것을 잃게 될 것이다. 갑자기 대화가 중단되었고 나는 그녀의 뜨거운 호흡이 나를 불태우는 것을 느꼈다. 그녀는 숨차 하는 것 같았고, 나는 그녀가 거의 울음을 터뜨리려는 순간에 있다고 생각했다. 나는 그녀를 두 팔로 껴안고 그녀의 얼굴과 목에 탐욕스럽게 키스를 퍼부었다. 나는 그녀의 몸이 수축되었다가 점차 이완되는 것을 느끼며 그녀의 등으로 손을 뻗어 브래지어를 끌렀다. 그녀가 살짝 몸을 당겨 움직이면서 내 뺨에 키스했다. 그러고는 자리에서 일어서며 속삭였다.

"화장실에 갔다가 올게요."

그녀가 벌거벗은 몸으로 나타났을 때 나는 뜨겁게 포옹하며 달려들었다. 우리는 한 차례 사랑을 나누었다. 마치 쌓였던 감정의 짐에서 벗어나는 듯했고, 쾌락의 가능성을 갑자기 발견하고 달려들어 그것을 집어삼키려 하는 듯했다. 믿어지지 않았다. 일을 마친 후 나는 숨을 몰아쉬며 그녀 옆에 누웠다. 이상한 점은 욕망의 기운이 멀리서 나를 서서히 공격해 온 것을 느꼈다는 것이다. 그것은 드문 일이었다. 내가 여자들과 관계할 때 느끼는 고질적인 문제는 사랑을 나눈 뒤 내 호흡을 억누르는 무거운 권태이다. 나는 흥분에 도달하자마자 욕망의 안개가 흩어지고 아름다움에 대한 감각을 상실한다. 하지만 웬디와 있을 때는 달랐다. 나는 그녀의 벗은 몸을 바라보았고 그 몸은 끝없이 나를 유혹할 수 있는 것처럼 보였다. 나는 혈관에서 피가 솟아오르는 것을 느꼈다. 마치 잠시의 순간들로는 내 욕구를 채우지 못한 것 같았다. 그녀는 내 가슴에 자신의 머리를 기댄 채 부드럽고 만족한 목소리로 말했다.

"아세요? 당신을 처음 봤을 때 나는 우리가 침대에서 끝을 볼 거라고 확신했어요."

"내가 운이 좋았군요."

"나는 한 번 더 데이트한 후에야 당신의 아파트에 오겠다고 마음먹었는데 갑자기 저항력을 상실했어요."

나는 그녀의 이마에 키스하며 말했다.

"당신은 멋진 공주님입니다."

"당신은 미혼임에도 침대에서의 경험이 많군요. 이집트에서는 혼외 정사가 허락되나요?"

"우리는 자신에게 그것을 허락하지요."

그것은 어설픈 대답이었지만 그 순간 나는 진지한 토론을 할 준비가 되어 있지 않았다. 웬디는 아래턱을 내 가슴에 대고 나를 바라보았다. 그녀는 손가락을 뻗어 어린아이처럼 내 입술을 만지고 장난치면서 환호했다.

"당신이 이집트 여자들과 사랑했던 이야기를 들려주세요."

나는 내 가슴에 놓인 그녀의 젖가슴에서 부드럽고 따뜻한 기운이 퍼져 나오는 것을 감지했다. 내가 그녀의 팔을 잡고 살짝 끌어당기자 그녀가 움직여 내 몸 위에 눕는 모양새가 되었다. 나는 이번에는 정성스럽고 친친히 그녀에게 키스했고, 그런 뒤 다시 사랑을 나누었다. 나는 그녀 몸의 굴곡을 알아내, 침착하게 집중하여 두 번째 애정 행위를 이끌었고, 마침내 우리는 활활 타올랐다. 그녀는 오랫동안 쾌감에 빠졌다. 정신을 차린 그녀가 침대에서 뛰어

내리더니 핸드백에서 작은 카메라를 꺼내 사진 찍을 준비를 하며 말했다.

"당신 사진을 찍어 줄게요."

"준비할 때까지 기다려 주세요."

"당신의 벗은 모습을 찍고 싶어요."

나는 말렸지만 그녀가 더 빨랐다. 카메라 플래시가 몇 차례 번 쩍거렸고, 그녀는 여러 각도에서 내 모습을 찍었다. 그녀가 웃으며 말했다.

"언젠가 이 사진을 가지고 당신에게서 돈을 뺏을 거예요."

"내 인생에서 가장 멋진 약탈이 되겠네요."

"그 생각, 끝까지 간직해 주기 바라요. 난 이제 가 봐야 해요."

"조금 더 머물 수 없나요?"

"미안하지만 안 돼요. 다음번에는 더 오랫동안 함께 시간을 보 낼게요."

그녀는 화장실로 갔다가 이내 돌아와 옷을 입었다. 그녀의 얼굴 은 분홍색을 띠었고, 고마워하는 듯한 미소로 밝은 빛을 띠고 있 는 듯했다. 나도 옷을 입었다. 그녀가 먼저 말했다.

"나를 배웅해 주는 수고는 하지 마세요."

"그렇게 해 주는 걸 즐기고 싶은데요."

"나 혼자 가는 게 더 좋아요."

그녀는 조용하고 단호하게 말했다. 나는 조금 놀랐지만 그녀의 의사를 존중했다. 나는 뜨겁게 그녀를 포옹하며 말했다.

"웬디, 나는 우리가 함께해서 행복합니다."

"나도요."

나는 이렇게 속삭였다. 그녀는 내 얼굴을 바라보며 손가락으로 내 머리카락을 장난스럽게 만지고 나서 말했다.

"내게 보여 준다고 약속했던 다큐멘터리 영화는 어디 있어요?"

나는 당황했다. 그녀가 윙크를 하면서 말했다.

"나는 처음부터 당신의 장난을 알고 있었지만 믿어 주는 척했어요."

"다음번에는 언제 만날까요?"

"그건 당신에게 달려 있어요."

"무슨 말인지 모르겠네요."

"당신에게 알려 주어야 할 게 있어요. 당신에게 충격이 될지 모르겠네요."

그녀는 문을 열어 둔 채 밖으로 나갈 준비를 했다. 그리고 짧게 말했다.

"나는 유대인이에요."

"유대인이라고요?"

"그 사실에 놀라셨나요?"

"아니요, 전혀."

"처음부터 당신에게 알리지 않은 건 내 잘못이에요. 그러나 당신은 결국 알게 되었을 거예요. 인간은 자신의 종교를 감출 수는 없어요."

나는 계속 침묵했다. 그녀가 문을 닫으면서 말했다. 그녀의 얼굴에는 모호한 미소가 보였다.

"우리의 관계를 잘 생각해 보세요. 당신은 어느 때든 내게 연락할 수 있어요. 당신이 연락하지 않아도 나는 우리가 함께 보낸 시간에 대해 당신에게 감사할 거예요."

제19장

강사인 카람 압둘 말라크 도스는 자신이 석사 시험에서 또 한 번 낙제했음을 알았을 때 곧바로 아인 샴스 대학교 의대 외과 학과장인 압둘 파타흐 발바으 박사를 만나러 갔다. 1975년 여름의 무더운 날이었다. 카람은 열기와 흥분의 여파로 땀에 절어 사무실로 들어갔다. 비서가 면담 목적을 묻자 그는 말했다.

"개인적인 문제입니다."

"압둘 파타흐 베* 박사님은 오후 예배를 드리러 사원에 가셨습니다."

"박사님을 기다리겠습니다."

카람은 그렇게 말한 뒤 비서 맞은편에 있는 의자에 앉았다. 비서는 그에겐 관심도 두지 않고 앞에 있는 서류들을 읽었다. 딱 30분 뒤에 문이 열리더니 발바으 박사가 나타났다. 그는 큰 덩치에, 넓은 대머리, 위엄 있고 엄격한 표정, 드문드문한 수염 그리고 호박 묵주를 들고 있었다. 카람은 일어나서 교수에게 다가갔다. 교수가 의심스러운 눈초리로 카람을 살펴보더니 귀찮은 기색으로 물었다.

"카와자*, 잘 지내나?"

발바으 박사는 교수든 청소부든 콥트인들과 말할 때에는 '카와자'라는 호칭을 사용했다. 이런 노골적인 장난 뒤에는 그들에 대한 그의 깊은 경멸감이 깔려 있었다. 카람은 용기를 내어 말했다.

"저에 관한 문제를 말씀드리는 데 교수님께서 잠깐 시간을 내주셨으면 합니다."

"이리 오게."

박사가 먼저 책상에 자리를 잡은 뒤 그에게 앉으라는 신호를 했다.

"요구 사항이 무언가?"

"제가 왜 시험에 떨어졌는지 알고 싶습니다."

"카와자, 자네 점수가 낮네."

발바으 박사는 질문을 예상하고 있었다는 듯 곧바로 답했다.

"하지만 제가 쓴 답은 정확했습니다."

"어떻게 그걸 알았는가?"

"저는 확신합니다. 허락해 주신다면 답안지를 확인해 볼 수 있을까요?"

발바으 박사가 손가락으로 수염을 만지며 장난치다가 미소를 지으며 말했다.

"자네 답안이 모두 정확하다손 치더라도 자네가 얻은 결과를 바꾸지는 못할 거야."

"저는 이해할 수 없습니다."

"내 말은 분명해. 시험 본 것만으로 합격시키기엔 충분치 않아."

"하지만 그것은 대학 규정에 어긋납니다."

"카와자, 대학 규정이 우리를 강제하지는 못해. 시험 질문에 답한 사람 모두 인간의 생명을 다루는 외과 의사가 되도록 우리는 허용하지 않는다네. 우리는 학위를 받을 만한 사람을 선택하지."

"어떤 근거로요?"

"내가 자네에게 말해 줄 수 없는 근거로. 카람, 잘 듣게. 내 시간을 낭비하지 않도록 해 주게. 자네에게 솔직히 말하지. 내가 학과장을 맡기 전에 자네는 학과 강사로 임명되었지. 만일 그 사안이 내 손에 있었으면 나는 자네의 임명에 동의하지 않았을 걸세. 자네는 외과 의사가 될 수 없어. 자네에게 시간과 노력을 아끼라는 충고를 해 주고 싶군. 다른 학과에 가 보게. 내가 중간에서 도움을 줄 수도 있어."

무거운 침묵이 깔렸다. 카람은 씁쓸하게 소리쳤다.

"교수님은 제가 콥트인이어서 저를 억압하고 있습니다."

발바으 박사는 엄중한 시선으로 그를 응시했다. 마치 카람에게 한계를 넘지 말라고 경고하는 것 같았다. 그런 뒤 그는 자리에서 일어나 조용히 말했다.

"카와자, 면담은 끝났네."

* * *

그날 밤 카람은 잠을 이루지 못했다. 그는 방문을 닫아걸고 알자말렉*의 가게에서 산 위스키 병을 땄다. 그리고 멈추지 않고 술을 마셨다. 그가 배 속에 술 한 잔을 쏟아 넣을 때마다 긴장감이 배가했다. 그는 생각에 잠긴 채 계속 방 안을 왔다 갔다 했다. 외과학을 어떻게 포기한단 말인가? 그는 의대에 입학해 자신의 인생을 가득 채운 한 가지 꿈, 곧 외과 의사가 되기 위해 여러 해 동안 성실하게 공부했다. 다른 전공과목으로 바꿀 수는 없다. 그는 결코 외과학을 포기하지 않을 것이다. 될 대로 되라지. 그는 발바으 박사의 권력이 절대적이고 그의 말은 거역할 수 없는 운명임을 알고 있었다. 박사는 카람에게 분명히 "자네의 시간과 노력을 아끼게. 자네는 외과 의사가 될 수 없네"라고 말했다. 카람이 계속 시도한들 박사는 계속 그를 낙제시킬 것이고 결국 그를 제적시킬 것이다. 박사는 다른 여러 의사들을 상대로 그런 짓을 했다. 오, 예수 그리스도시여, 발바으는 어찌하여 이처럼 간단하게 다른 사람들의 미래를 짓밟을 수 있습니까? 그는 그런 죄악을 저지르면서도 양심의 가책을 받지 않나요? 그리고 나서도 어떻게 주님 앞에서 예배를 드릴 수 있단 말입니까?

다음 날 아침, 카람은 뜨거운 물로 샤워를 하고 피로와 취기에서 벗어나기 위해 커피를 몇 잔 마셨다. 그런 다음 옷을 입고 미국 대사관으로 가서 이민 신청서를 제출했다. 몇 달 뒤 그는 오헤어 공항 문을 지나 처음으로 시카고에 발을 디뎠다. 그리고 며칠 뒤 몇 가지 사실이 드러났다. 첫째, 카람이 기독교도라는 사실은 미국 사회에서 그에게 아무것도 더해 주는 것이 없다. 그는 미국인들이 볼 때 결국 유색인 아랍인이다. 둘째, 미국은 기회의 나라인 동시에 가혹한 경쟁의 나라이다. 따라서 카람이 뛰어난 외과 의사가 되고 싶다면 몇 배의 노력을 쏟아 어느 미국인 동료보다 뛰어나야 한다. 그래서 카람은 여러 해 동안 죽을 각오로 공부에 매달렸다. 이른 아침부터 한밤중까지 공부하면서 한마디 불평도 하지 않았다. 또 네댓 시간 잠자고, 정신을 모아 생기를 되찾는 데 익숙해졌다. 그는 며칠간 병원에서 밤을 보냈고 결코 일을 멈추지 않았다. 결국 동료들과 교수들 사이에서 '준비된 의사(ready doctor)'라는 호칭으로 유명해졌다. 왜냐하면 그는 자신에게 맡겨진 어떤 업무든 즉시 수락했기 때문이다. 하루 동안 그는 수술과 강의에 참여했고 단원을 공부했다. 일에 대한 그의 열정은 교수들을 깜짝 놀라게 했고 감탄을 자아내게 했다. 자신이 더 이상 일할 수 없다고 느껴질 정도로 피로를 이길 수 없을 때 카람 도스는 방문을 닫고 침대 위에 둔 십자가 앞에 무릎을 꿇곤 했다. 그는 두 눈을 감고 순종하는 목소리로 "하늘에 계신 우리 아버지"라고 되뇌었다. 그런 다음 자신에게 힘과 인내심을 내려 달라고 기도한다. 그는 마치 눈앞에 하느님이 있는 것처럼 말했다. "당신은 제가 얼마나 당신을 사랑하고, 당신을 믿는지 알고 계십니다. 저는 억압을 받았습니다. 당신은 저를 공명정대하게 대해 주실 것입니다. 저를 축복해 주십시오. 저를 버리지 말아 주십시오."

주님이 그의 기도에 응답하시어 그는 성공에 성공을 이어 갔다. 석사와 박사 학위를 월등한 성적으로 따낸 뒤 외과 업무에 임명되었다. 그의 생애에서 가장 중요한 기회가 주어졌다. 그는 심장외과의 전설적인 인물 중 하나인 앨버트 린즈 교수의 조수로 5년간 일했다. 이것은 정상에 도달하기 전의 최종 단계에 해당한다. 카람 도스는 그 단계를 통과했고 그다음으로 — 그가 소망한 대로 — 유능한 외과 의사가 되어 노스웨스턴 병원에서 일주일에 3일간 수술을 맡게 되었다. 정확히 아침 6시 30분, 카람 박사는 병원에 홀로 들어간다. 그는 바닥 청소에 여념이 없는 직원들에게 인사하고, 엘리베이터의 나이 든 흑인 여직원과 즐거운 대화를 주고받는다. 그는 얼굴에 믿음직하고 단련되어 몸에 밴 미소를 띠며 환자 가족의 걱정스러운 질문에 답한다. 그는 옷을 벗고 수술복을 입는다. 그는 솔을 이용해 팔과 손가락, 손톱에 소독액을 바른다. 간호사가 서 있는 그의 몸에 수술복을 입히고 몸 뒤에서 묶어 준다. 그런 다음 그는 간호사 앞으로 손을 뻗고 간호사는 그에게 장갑을 끼워 준다. 그럴 때 카람 도스는 자신의 일상적이고 평범한 존재에서 벗어나 전설적인 차원을 획득함으로써 마치 상상 속의 인물이나 영웅 서사에 나오는 주인공 같아 보인다. 그는 특출하고 숭고한 무적의 인물이 된다. 그는 자기 의지로 모든 것을 이루어 낸다. 그를 통해 "진정한 외과의는 사자의 심장과 매의 눈 그리고 피아니스트의 손끝을 가진 자이다"라는 유명한 문구가 실현되는 것이다. 수술실 안의 공기는 차갑고, 투광 조명등은 자신의 운명을 기다리며 잠들어 있는 환자의 복부에 빛을 비춘다. 기구에서 들리는 환자의 반복되는 숨소리, 수십 배 커진 심장 박동 소리는 무서운 상황을 배가시킨다.

외과 팀은 여간호사, 마취 의사, 보조원 등으로 구성된다. 카람 박사는 그들에게 인사하면서 먼저 농담을 건다. 그들은 긴장을 감추기 위해 그 농담에 과도하게 웃는다. 그들이 일하는 동안 카람은 조사하는 듯하고 엄격하면서도 애정이 결핍되지 않은 시선으로 계속 그들을 지켜본다. 마치 자신이 연주자들을 감독하는 지휘자여서, 내면의 모호한 리듬에 맞추어 자신이 연주에 참여할 순간을 기다리고 있는 듯하다. 그 순간이 오면 카람 박사는 마치 전시회를 개장하려는 듯 메스 든 손을 앞으로 내밀고는 공중에서 좌우로 움직인다. 그런 다음 환자의 피부를 여러 차례 검사하며 만져 본다. 그러다 갑자기 피부를 덮치면 칼날은 거의 믿을 수 없을 만큼 빠르게 피부 조직을 관통한다. 피가 터져 나오고 흡수용 호스와 붕대를 든 보조원들의 손은 바빠진다. 카람 박사는 천천히 자신감 있게 조용히, 놀라울 정도의 집중력을 갖고 수술에 임한다. 그의 집중력은, 환자의 얼굴에서 거의 보이지 않는 희미한 푸른색에 대해 마취 의사에게 경고하는 첫 번째 사람이 되게 만든다. 또 박사는 조수들이 극도로 미세한 피가 터져 나오는 지점을 찾아내기 10초 전에 그 지점을 간파해 낸다. 수술하는 동안 모든 일은 엄중한 체계에 따라 이루어진다. 원래의 심장을 꺼내고 환자를 인공 심장 기구에 연결하는 작업이 이루어진다. 카람 박사는 환자의 손상된 동맥들을, 다리에서 절단해 온 새로운 동맥으로 교체한다. 그는 새 동맥을 몸 밖에서 시험해 본 뒤 주의를 기울여 그것을 이식한다. 마지막 단계에서 그는 자신의 손으로 고친 심장에 다시 혈액을 공급한다. 수술은 장시간 걸리고 그동안 그의 손은 멈추는 법이 없다. 그러는 동안 조수들의 눈길은 그에게 고정된다. 그들은 그가 보내는 작은 신호에 즉각 응하기 위해 시선을 고정하고 있다. 대개의 경우 그들은 그가 말로 하기 전에 그가 원하는 바를 이해한다. 그들은 경험을 통해 마스크 뒤에 있는 그의 얼굴을 읽을 수 있게 되었다. 그가 침묵 속에 일하고 있는 한 만사가 순조롭다. 그의 손이 작업을 멈춘다면 그것은 문제가 생겼음을 의미하며, 곧이어 그의 굵은 목소리가 경고하는 듯한 톤으로 수술실 안에 울려 퍼진다. 그는 마치 침몰하는 배의 선장 같다.

"추가 흡수관을 작동시켜!"

"환자에게 압력을 높이는 작업을 해 주게!"

"또 한 시간이 필요하네."

그들 모두 그에게 복종한다. 그는 교수이고 외과 의사이다. 잠든 환자를 생명으로 되돌릴 책임을 짊어진 노련하고 뛰어난 지도자이다. 지금 한 가족 전체의 운명이 움직임을 멈추지 않는 그의 손에 달려 있다.

카람 도스는 진실로 위대한 외과 의사였다. 그는 많은 위인들처럼 기이한 성격이 없지는 않다. 예를 들어 그는 늘 속옷을 벗고 벌거벗은 몸에 수술복을 입는다. 그럴 때 그는 자신에게 맑은 정신과 집중력을 주는 자유를 느낀다. 그는 10년 전부터 외과 팀장을 맡은 이후 움무 쿨숨의 노래를 들으며 수술하는 습관이 있었다. 그녀의 목소리가 스피커를 통해 수술실 안에 울려 퍼진다. 카람 박사는 스피커를 벽에 고정시켜 옆방에 있는 녹음기와 연결했다. 그 장면은 이상스럽지만 친숙한 것이 되었다. 방청객들은 움무 쿨숨이 "당신은 나의 인생입니다"라든지 "당신에게서 멀리 있어요"라는 구절을 반복하도록 박수를 치고 환성을 올린다. 그들은 "여인이여, 그대는 너무 훌륭합니다"라며 소리 지르거나, 무함마드 압두흐 살리흐가 그 멋들어진 한 소절에서 카눈*을 연주할 때 크게 감동하여 외치기도 한다. 카람 박사는 음악과 함께 흥얼거리면서 동시에 동맥을 봉합하거나, 수술 부위를 넓히기 위해 메스로 더 많은 피부나 근육을 절개하는 데 몰두한다. 카람 박사는 말한다. "움무 쿨숨의 목소리는 내가 일할 때 안정을 유지하는 데 도움을 준다. 놀라운 것은 나의 외과 팀에 있는 미국인 직원들이 움무 쿨숨의 노래에서 즐거움을 발견하게 되었다는 점이다. 아니면 그들은 내 기분을 맞추려고 그 노래를 즐기는 척하는지도 모른다."

2년 전 한번은 외과 팀에 잭이라는 수술 보조원이 합류했다. 카람 박사는 그를 보자마자 자신이 미국에 오래 산 경험으로 그가 극단적 인종 차별주의자임을 알아챘다. 곧이어 두 사람 사이에 침묵 속 다툼이, 말 한마디 없는 눈에 보이지 않는 싸움이 일어났다. 잭은 카람 박사의 농담에 전혀 웃지 않았다. 잭은 조사하는 듯한 차가운 시선으로 오랫동안 그를 응시했다. 그리고 마지못해 카람의 지시를 따르거나 지시 사항을 일부러 천천히 수행했다. 그는 마치 카람에게 이렇게 말하고 싶어 하는 것 같았다. '그래, 나는 당신 밑에서 일하고 있어. 나는 보조원에 불과하고 당신은 거물급 외과 의사야. 하지만 나는 백인 미국인이고 이 나라의 주인이란 걸 당신은 잊지 말아야 해. 당신은 아프리카에서 온 아랍인에 불과해. 우리는 당신을 교육시키고 훈련시켜서 문명인으로 만들어 주었어.'

카람 박사는 잭의 도발적인 행동을 모른 척했다. 그는 공식적이고 중립적인 방식으로 잭을 대했다. 그러던 어느 날 아침 카람은 수술 시작 몇 분 전에 잭을 보고 놀랐다. 카람이 손과 팔을 소독하고 있는데 잭이 안으로 들어와 빠르게 인사한 뒤 증오심으로 가득 찬 목소리로 말했던 것이다.

"카람 교수님, 선생님께서 수술하는 동안 이 우울한 이집트 노래를 틀지 않으셨으면 합니다. 그 노래는 제가 일에 집중하는 것을 막고 있습니다."

카람 도스는 아무 말 없이 주의를 기울여 소독을 끝마쳤다. 카람이 두 손을 위로 들면서 잭 쪽으로 몸을 돌렸을 때 분노로 붉어진 카람의 얼굴은, 진리로 악한 자들의 입을 막아 버리려는 현명한 콥트인 사제와 닮아 보였다. 카람이 조용히 말했다.

"젊은이, 잘 듣게. 나는 30년간 악착같이 일해 왔어. 그 결과, 나는 수술실에서 내가 원하는 노래를 들을 수 있는 권리를 갖기에 이르렀어."

카람은 의미를 담은 소리를 내며 몇 발자국 앞으로 내디뎠다. 그러고는 수술실 문을 발로 밀면서 잭을 뒤로하고 사라지기에 앞서 말했다.

"자네가 원하면 다른 외과 팀에서 자리를 찾을 수 있을 거야."

* * *

카람 도스의 인생에 외과 수술 말고 다른 것은 없다. 그것은 그의 직업인 동시에 큰 즐거움이다. 그는 미국식 표현으로 'workaholic (일중독자)'이다. 친구들은 몇 명 안 되고 그는 친구들을 만날 시간 여유가 좀처럼 없다. 외과 수술 외에 그의 유일한 즐거움은 몇 잔의 위스키와 양서(良書)이다. 그는 예순 살이 지나도록 결혼하지 않았다. 그럴 시간이 없었기 때문이다. 외과 수술은 그의 몇 차례 연애 사업을 그르치는 결과를 가져왔다.

(학생들이 많은 공부로 불평할 때) 그는 그들에게 미모의 이탈리아 여인과 있었던 연애담을 들려준다. 그는 그녀를 20년 전에 사귀었다. 그는 여러 번 그녀와 외출했고, 둘의 관계는 원만하게 진행되었다. 한데 공교롭게도 그녀와 동침할 때마다 그는 응급 진료에 호출되었다. 그러던 중 드디어 기대하던 밤이 되었다. 그는 그녀의 아파트로 갔다. 둘은 식사를 하고 술을 마셨으며 옷을 벗었다. 그리고 사랑 행위를 시작했다. 그런데 갑자기 호출기가 무시무시한 소리를 냈다. 카람은 즉시 그녀의 몸 위에 있다가 서둘러 일어났고, 제대로 입는지도 모르게 옷을 입었다. 그는 지금 자신을 필요로 하는 사람의 목숨을 구할 의무가 있다는 식의 감동적인 표현을 써 가며 그녀에게 양해를 구했다. 하지만 그녀의 행동에 깜짝 놀라고 말았다. 그녀가 그와 그의 부모에게 이탈리어로 온갖 욕설을 퍼부었던 것이다. 그러고 나선 이성을 잃고 성난 호랑이처럼 그를 따라오기 시작했다. 그녀가 방에 있는 물건들 중 손에 닿는 모든 것을 집어 던지는 바람에 그는 도망쳐야 했다. 카람 박사는 이 사건을 이야기할 때마다 웃었지만 그의 얼굴은 곧바로 진지함을 되찾고 젊은 외과 의사들에게 충고한다.

"자네들이 외과학을 사랑한다면 다른 것은 사랑할 수 없을 거야."

카람 도스의 인생은 그 주제가 단일했음에도 불구하고 흥미로운 사건들이 없지 않았다. 그중 가장 이상한 일은 불과 몇 년 전에 일어난 사건이다. 그날 저녁 힘든 하루를 마치고 사무실을 나서는데 갑자기 팩스 소리를 들었다. 그는 손을 뻗어 사무실 문을 닫고 있던 중이었다. 그는 내일 아침 팩스를 읽겠다고 마음먹었지만 다시 생각을 고쳐먹고 기계에서 종이를 빼내 다음의 글을 읽었다.

시카고 노스웨스턴 병원 카람 도스 교수님께.

저희에게 병환 중인 대학교수 한 분이 있습니다. 그분은 동맥 몇 개를 교체하는 수술을 신속하고 절실하게 필요로 하고 있습니다. 교수님께서 빠른 시간 내에 그 환자를 받아 주실 수 있는지 알려 주십시오. 저희가 필요한 조치를 취할 수 있도록 신속한 답장을 해 주시길 바랍니다. 환자의 이름은 압둘 파타흐 무함마드 발바으 박사입니다.

카람은 1분가량 팩스 용지를 바라보다가 종이를 주머니에 찔러 넣고 나갔다. 그리고 집으로 차를 몰면서 집중력을 유지하기 위해 안간힘을 썼다. 집의 넓은 정원이 내려다보이는 발코니에서 그는 술 한 잔을 따르고 앞에 놓인 팩스를 열어 다시 천천히 읽었다. 이게 무슨 일인가? 우연치곤 너무도 뜻밖이 아닌가. 마치 이집트 드라마를 보고 있는 것 같았다. 압둘 파타흐 발바으 박사 본인이 심장병을 앓고 있어 수술이 필요하며, 그래서 특별히 카람에게 목숨을 구해 달라고 요청하고 있다. 카람은 비웃듯 미소를 지었다. 점차 그는 들릴 만한 목소리로 웃었다. 하지만 그는 다시 생각에 잠겼다. 이것이 우연이라고 누가 말했는가? 주님께서는 우연히 일하시지 않는다. 지금 일어나는 것은 공정하고 매우 논리적이다. 그는 억압당하지 않았던가? 그는 박해받지 않았던가? 그는 자신이 가치 없고 존엄성이 없다고 느끼지 않았던가? 그는 구세주 예수 앞에서 무릎 꿇고 울지 않았던가? 이제 주님께서 그의 권리를 되돌려 주신다. 지난날 그에게 "자네는 외과학에 맞지 않아"라고 말했던 남자, 이집트에서 그의 앞날을 가로막고 그로 하여금 추방된 신세로 평생을 살아가라고 판결을 내린 남자, 바로 그자가 그에게 살려 달라고 간청하고 있다.

발바으 선생, 좋습니다. 당신이 내 수술을 원한다면 먼저 옛날 일을 청산해야 합니다. 당신은 자신이 행한 짓에 대해 몇 번이나 사과해야 할까요? 백 번? 천 번? 지금 사과한들 무슨 소용이 있겠습니까? 그는 세 번째 잔을 비운 뒤 결정을 내렸다. 그는 발바으를 위해 수술하지 않을 것이다. 다른 외과 의사를 찾아보라고 하지, 아니면 그냥 죽게 내버려 두든지. 우리 모두는 결국 죽게 되어 있다. 그는 수술할 수 없는 것에 대해 사과할 것이다. 사과는 최대한 냉철하고 당당하게 이루어져야 한다.

카람 도스 교수는 발바으 환자를 위해 수술할 수 없습니다. 그분의 일정이 향후 몇 달간 힘든 수술 예약으로 차 있기 때문입니다. 그는 새 환자를 수술할 여유가 없습니다.

그는 컴퓨터로 편지를 쓰기 시작했다. 그러나 뭔가를 떠올린 듯 갑자기 자리에서 일어났다. 그는 방 한가운데에서 서성거리다가 십자가를 향해 천천히 몇 걸음 내디뎠다. 그는 무릎을 꿇고 "하늘에 계신 우리 아버지"라는 문구를 낭송하고, 진심이 담긴 순종의 자세로 주기도문을 암송했다. 그가 떨리는 목소리로 속삭였다. "아버지, 내 뜻대로 하지 마옵시고 오직 아버지의 뜻대로 되게 하옵소서. 나라와 권세와 영광이 아버지께 영원히 있사옵나이다. 아멘."

그는 한동안 무릎을 꿇은 채 눈을 감고 있다가 잠에서 깨어난 듯 자리에서 일어나며 눈을 떴다. 그리고 컴퓨터 앞에 앉아 자신이 쓴 글을 지우고 다른 글을 쓰기 시작했다.

발신: 카람 도스
수신: 고등 교육부 장관실

압둘 파타흐 발바으 교수는 아인 샴스 의대 재학 시절 저의 교수님이셨습니다. 저는 그분의 생명을 구하기 위해 최선의 노력을 기울일 것입니다. 빠른 시일 안에 그분이 이곳에 오시도록 조치해 주시기 바랍니다. 비용은 병원 부담비만 내시면 됩니다. 저는 저의 교수님임을 감안해 수술에 대해 제가 받는 비용은 사양하겠습니다…….

그는 편지를 출력한 뒤 자리에서 일어나 팩스로 보냈다. 벨 소리가 들리고 도착 신호가 나오자 카람 박사는 두 손으로 머리를 감싸고 어린아이처럼 울먹였다. 그의 조수들은 모두 말한다. 카람 박사가 발바으 박사를 위해 시행한 수술만큼 정성을 기울인 수술을 이전에 한 적이 없었다고. 그날 아침 그가 외과학에서 배운 모든 것이 그의 손에 집중되었다. 그는 정상급의 빛나는 실력을 발휘했다. 그는 민첩하고 능숙하게, 완벽한 통제력으로 한 단계에서 다음 단계로 움직였다. 그는 몇 가지 세부 사항이 완벽한지를 직접 확인하기 위해 수술대 주변을 여러 번 다녀갈 정도였다. 수술 팀의 고참 간호사 캐서린은 수술이 성공한 것을 축하하며 말했다.

"선생님, 선생님은 수술에 성공한 것만이 아니에요. 영감을 받으셨어요. 오늘 저는 선생님이 깊은 애정으로 수술을 행하신다고 느꼈습니다. 아버지의 다친 발을 치료하거나, 잠든 아버지의 머리 위치를 바로잡아 주려는 것 같았습니다."

그로부터 며칠간 카람 박사는 자신의 환자들을 대하듯 교수를 돌보았다. 그리고 한 주 뒤에 엑스레이를 검사하고 나서 즐겁게 웃으며, 그가 환자들을 안심시키려고 늘 사용하는, 자신이 가장 좋아하는 말을 했다.

"몇 달 내로 원하시면 축구 시합에 참가하실 수도 있을 겁니다."

그가 몸을 돌려 가려 하자 발바으가 그의 손을 잡고 말했다.

"카람 박사, 당신에게 어떻게 감사해야 할지 모르겠네. 부디, 나를 용서해 주시게."

그것은 두 사람이 함께한 과거에 대해 처음 꺼낸 말이었다. 카람은 약간 당황하며 교수의 손을 살짝 붙잡고 뭔가를 말하려 했다. 하지만 그는 당황스러운 미소를 짓는 데 만족하고 서둘러 방에서 나갔다.

제20장

 금요일에 마르와는 부모님과 전화 통화를 했다. 어머니가 근황을 묻자마자 그녀는 울먹였다. 크게 놀란 어머니는 딸을 진정시키면서 자초지종을 물었다. 마르와는 모든 것을 털어놓았다. 다나나의 인색함, 이기주의, 그녀 집안 재산에 대한 욕심. 그리고 부부의 사적인 문제도 넌지시 비쳤다. 다나나가 얼굴을 때렸다고 말하자 어머니의 분노는 극에 달했다.

 "그자의 손이 잘리기를. 그는 딸자식을 존중하는 법을 배워야만 해."

 어머니와 죽이 맞은 마르와는 어머니의 분노에 마음이 놓였다. 불만을 토로하고 그에 대한 위로의 얘기가 한참 오간 후 마르와는 다나나와 이혼하려 한다고 말했다. 그러자 돌연 어머니의 태도가 180도 달라졌다. 어머니는 "이혼은 장난이 아니다"라며 그 얘기를 못마땅하게 여겼다.

 "만일 모든 부부 문제가 이혼으로 끝난다면 결혼한 여자는 한 사람도 남아 있지 않을 거다. 내가 단언컨대, 모든 가정은 문제로 가득하단다. 특히 결혼 첫해가 가장 힘든 때야. 현명한 아내는 남편의 단점을 참아 내고 그것을 교정해 주려 애씀으로써 부부 생활이 지속되게 하지."

그러고는 자신을 예로 들었다. 결혼 초에 어머니는 핫즈 나우팔의 심한 신경질을 ― 어머니는 언뜻 그의 다른 못된 성미도 내비쳤다 ― 참아 냈다고. 그래서 마침내 알라께서는 그를 올바른 길로 인도하셨고, 그는 모든 아내들이 부러워하는 어진 남편의 귀감이 되었다고. 그러나 마르와가 말했다.

"다나나와 아버지는 절대 비교할 수 없어요."

"잘 들어라. 네가 원하는 게 뭐니?"

"이혼이오!"

어머니는 대뜸 여성 특유의 본능적이고 거센 반응을 보였다.

"나는 이런 말 듣고 싶지 않다. 알겠니?"

"하지만 저는 그가 싫어요. 그가 제 몸에 손대는 것을 더 이상 견딜 수 없어요."

"나는 돌려 말하지 않겠다. 네게 한 가지 묻겠다. 네 남편이 남자구실은 하니?"

"……."

"대답해 봐. 그가 남자냐고?"

"예."

"그렇다면 부부 관계로 문제는 쉽게 해결될 게다."

"하지만 그는……."

"마르와, 그러면 못쓴다. 명문가 딸들은 이런 문제에 대해 결코 말하지 않는 법이다. 너 미쳤니? 아니면 미국식으로 생활하느라 네가 그동안 받은 교육을 잊은 거니? 이런 문제라면 대부분의 아내들은 의무를 행한다고 여기면서 해결하고 있어. 조만간 알라께서는 네게 아이를 주실 것이고, 너는 그 문제를 깨끗이 잊어버릴 거다."

마르와는 얘기를 계속해 봐야 소용없음을 알았다. 그녀는 우울한 인사로 통화를 마치고 자리에 앉아 어머니가 한 말을 깊이 생각해 보았다. 그때 전화벨이 다시 울렸고, 그녀는 아버지의 목소리에 깜짝 놀랐다. 아버지는 더 조용하고 더 다정하게 말했다. 그럼에도 아버지는 어머니가 한 말을 되풀이했고, 끝에 가서는 그녀에게 당부했다.

"마르와야, 너는 이제껏 살아오는 동안 현명했다. 성급하게 굴지 마라. 집안이 망하는 것만큼 최악의 사태는 없어!"

그날 밤 마르와는 잠들지 못했다. 그녀는 거실 소파에서 뒤척거리다가 다나나의 목소리에 정신이 들었다. 그는 아침 예배를 위해 우두를 하던 중이었다. 그녀는 통화한 일을 돌이켜 보며 생각에 잠겼다. 그녀의 아버지와 어머니는 이 세상에서 그녀를 가장 사랑하는 분이다. 그럼에도 불구하고 두 분은 이혼에 극구 반대하신다. 정말 자신이 잘못하고 있는 건 아닐까? 자신이 집안을 망하게 한 뒤 후회하고 후회해도 소용없는 결과가 되는 것은 아닐까? 그녀는 '이혼'이라는 단어를 다시 생각해 보았다. 그녀는 그 단어가 처음으로 자신의 귀에 낯설고 무서운 말임을 알았다. 처음으로 이혼이 죽음이나 자살처럼 모호하고 비극적인 문제로 보였다. 그녀의 머릿속에 자신이 살아오면서 보아 온 이혼녀의 모습들이 떠올랐다. 이혼녀는 곧 남편을 지키는 일에 실패한 여자이고, 상실감과 슬픔, 가족과 친구들에게 부담이 됨으로써 고통받는 여자이다. 그리고 이혼녀는 처녀가 아니며 더 이상 잃을 게 없는 여자이므로 어느 남자든 탐내기도 한다. 사람들은 이혼녀를 동정과 측은함의 시선으로, 그리고 딱히 말로 할 수 없는 온갖 비난의 시선으로 바라본다. 마르와는 자신이 그런 모습이 되기를 원하지 않는다. 그녀는 부모님의 충고를 존중해야 한다. 두 분은 그녀보다 훨씬 경험이 많고, 오로지 딸이 잘되고 행복하기만을 바라시기 때문이다. 또한 그녀는 이전에 결혼해 본 적도 없고, 남자 경험은 전무하다(단, 그녀가 가볍게 지나치듯 학교 남자 친구들을 좋아했던 경우는 예외이다. 가끔 그런 경우 남자 친구들과 만남이 있기는 했지만 장시간 전화로 통화하는 것 이상을 넘은 적이 없었다). 그녀는 어떻게 알았을까? 대부분의 여성들도 그녀와 같은 일을 겪고, 가정을 유지하기 위해 인내하는 것은 아닐까? 어머니도 분명하게 말씀하시지 않았던가? "우리 여자들은 말이다, 이런 애정 관계는 당연한 일로 여긴단다. 아이를 낳은 뒤에 우리는 그런 일을 까맣게 잊어버리지." 어머니도 자기처럼 잠자리에서 고난을 겪었지만 그럼에도 아버지를 사랑해 아이를 낳고 여러 해 동안 함께 살아왔던 것은 아닐까? 그렇다면 다나나에 대한 자신의 태도를 재고해 보는 게 더 적절하지 않을까?

다나나가 욕심 많고 돈을 탐내며, 오로지 자기 이익 외에 관심이 없다는 건 사실이다. 하지만 그에게는 장점도 있지 않은가? 그가 하는 일이 모두 나쁜 것일까? 그녀는 다나나가 경건하고 유머 감각을 가졌음을 인정한다. 드물지만 둘이 즐겁게 보내는 시간에 그는 재미난 비유적 표현과 설명으로 그녀를 많이 웃겨 주었다. 그리고 그는 자신의 미래를 만들어 가기 위해 밤낮으로 열심히 공부하는 야심만만한 남자가 아니던가? 그녀의 남편은 세상의 다른 사람처럼 장단점을 갖고 있으므로 그녀는 그의 단점만큼이나 그의 장점도 기억해야 한다.

마르와는 이런 식으로 생각하며 밤을 보냈다. 아침에 그녀는 잠에서 깨어나 샤워를 하고 우두를 하고 예배를 드렸다. 그녀는 거울을 통해 자신의 얼굴을 보며 자신이 변했음을, 자신의 용모가 결단력 있는 모습으로 변했음을 느꼈다. 그녀는 자신이 이전과는 다른 새로운 장을 시작한다는 느낌이 밀려왔다. 그녀는 남편의 발소리를 들었다. 그녀는 그가 오는 곳에 서 있다가 미소 지으며 먼저 말을 걸었다.

"좋은 아침이에요"

"좋은 아침이야."

다나나는 힘없이 답했다. 그는 아내가 원래 상태로 돌아왔음을 알아챘다. 그는 그녀가 이후로 두 번 다시 그러지 못하도록 따끔하게 가르치기 위해 그녀를 받아들이는 데 신중하기로 했다. 그녀가 사과의 뜻이 담긴 어조로 환심을 사려는 듯 말을 이었다.

"아침 식사를 준비할까요?"

"아침은 학교에서 먹을 거야."

"내가 빨리 파스티르마를 넣은 달걀 음식을 만들어 줄게요."

"아냐, 됐어."

다나나는 하루 종일 아내가 접근하려는 것에 관심을 두지 않다가 그녀에게 응하면서 짧은 연설을 했다.

"어제 장인어른께서 전화하셨어. 정말로, 장인은 원칙을 지키시고 신앙심이 깊으신 분이셔 — 알라보다 뛰어난 자를 말하지 않노라—. 나는 장인어른께 당신과 있었던 일을 말씀드렸어. 나는 최소한의 범위에서 당신을 훈육하기 위한 나의 이슬람 율법에 따른 권리를 행사했다고 말했어. 마르와, 나는 핫즈 나우팔의 생각을 존중해서 이번에는 당신을 용서했어. 하지만 나는 착한 아내인 당신에게 사탄의 유혹에 넘어가지 말라고 경고하겠어. 저주받을 사탄의 유혹에서 지켜 달라고 알라께 의지해. 그리고 기도에 정진하고, 당신의 남편과 가정을 위해 알라를 경외하고."

두 사람의 생활은 이전의 상태로 돌아왔다. 아니, 그보다 훨씬 좋아졌다. 마르와는 관심을 갖고 상냥하게 남편을 대했다. 그녀는 남편이 좋아하는 음식을 만들어 놓고 그가 오기를 기다렸다가 함께 식사했다. 그녀는 그에게 관심을 기울이며 오랜 대화를 나누었다. 그녀의 변화가 눈에 띌 정도여서 심지어 다나나도 놀랐다. 그는, 반응이나 숨겨진 욕망을 예측할 수 없는, 모순으로 가득 찬 모호한 존재로서의 여자에 대한 자신의 생각을 확인했다. 마르와는 남편과의 조화를 위해 모든 노력을 기울였다. 그녀는 완전히 만족하는 아내로서의 역할을 수행하는 것처럼 보였다. 심지어 고통스러운 침대에서의 육체관계도 그녀는 독창적인 해결책을 만들어 냈다. 그녀는 다나나가 선 자세로 자신을 덮치는 순간, 그의 뜨겁고 가쁜 숨을 느낀다. 그는 그녀에게 키스를 하려 애쓰고 그녀의 입안으로 담배의 쓴맛이 뒤섞인 그의 침이 흘러든다. 그녀는 그의 무거운 배가 자신의 배를 압박하는 것을 느끼며 호흡이 거의 끊어지고 구역질이 날 지경에 이른다. 자주 고통스럽던 그 순간, 마르와는 방법을 터득했다. 그것은 두 눈을 감고 다나나를 잊는 것이다. 그녀는 생각을 집중하여 그녀의 뇌리에서 다나나의 모습을 지운다. 그런 다음 자신이 다른 사람을, 매력 있고 섹시한 미남을 껴안고 있다고 상상한다.

여러 차례에 걸쳐 그녀에게는 한 무리의 은밀한 연인들이 형성되었고, 그녀는 상상 속에서 그들 모두와 동침했다. 루시디 아바자, 카짐 알사히르, 마흐무드 압둘아지즈*, 그리고 심지어 사이드 알다카크 박사까지도. 카이로 대학교 상경대 일반 재무학 교수인 사이드 박사는 여학생들에게 인기가 있었다. 마르와는 침대에서 여러 번 그와 함께했다. 이렇게 상상력은 그녀의 신체적 문제에 대해 실질적이고 독창적인 해결책을 마련해 주었고, 더 나아가 그것은 은밀하고 쾌락적인 장난과 유사한 것으로 변했다. 그녀는 다나나가 덮칠 거라는 징조를 감지하자마자 자신에게 물었다. '오늘 밤은 누구와 동침할까? 루시디 아바자는 두 번이나 했으니 그 정도면 충분해. 카짐이 정말 그립네.' 그녀는 그런 일을 되풀이하면서 완전히 몰입하게 되었다. 그녀는 남편을 앞에 두고 상상 속 연인의 이름이 입에서 새어 나와 수치스러운 일이 될지 모른다고 걱정할 정도에 이르기도 했다. 그녀는 다나나가 그 구역질 나는 욕망을 쏟아 내자마자 서둘러 화장실로 가서는 상상이 사라지지 않도록 반쯤 눈을 감은 뒤 쾌감을 얻기 위해 자위로 마무리한다. 이렇게 마르와는 상황에 적응해서 인내하며 살아가려고 노력했다. 그녀는 다나나와 함께하는 삶을, 자신이 바라는 대로가 아니라 있는 그대로 받아들이기 시작했다. 여기서 질문이 생긴다. 마르와가 이토록 빠르게 정반대로 돌변한 것이 이상하지 않은가? 그녀가 며칠 전에는 보는 것조차 견딜 수 없어 했던 다나나의 품으로 가게 하는 데 그녀 부모님의 충고만으로도 충분했던가? '그렇다'라는 말은 완벽한 대답이 아닐 것이다. 그녀가 모든 힘을 다해 다나나의 환심을 사도록 그녀를 몰고 간 깊이 숨겨진 감정이 있다. 물론 그에 대한 사랑 때문도 아니고, 그녀가 이혼녀의 운명을 두려워해서도 아니다. 그것은 부모님의 경고가 그녀에게 깊은 혼동을 일으켰기 때문이다. 그래서 그녀는 자신의 결혼에 가능한 한 최상의 기회를 주고 싶었다. 만일 성공하면 그녀는 행복할 것이고, 실패해도 자신을 책망하지 않을 것이며, 그녀의 부모도 그녀를 비난할 수 없을 것이다. 이렇게 해서 남편의 환심을 사려는 그녀의 시도는 강력하고 완강함에도 불구하고 조작되고 의례적인 특징을 띠었다. 그것은 마치 적대적인 두 변호사 간의 악수나 방금 격렬한 시합을 끝낸 테니스 선수들의 악수 같은 것이었다. 그는 다나나에게 지나치리만큼 친절하게 대했다. 그녀는 마치 부모님을 증인으로 내세움으로써, 그녀가 집안을 망쳤다는 비난을 미래에 부모가 하지 않도록 하려는 것 같았다. 그녀의 새로운 행동 양식은 애정과 상냥함을 지녔음에도 불구하고 또 한편으론 파놓은 함정에서 느껴지는 나긋한 맛을 지니고 있었다. 다나나는 본능적으로 그 점을 알아챘다. 그는 두 사람의 전투가 비록 새로운 형태를 갖추기는 했지만 아직도 불타고 있음을 간파했다. 그는 그녀를 상대로 하는 모든 말과 행동에서 매우 신중해졌다.

그러나 사실 그에게는 여력이 없었다. 데니스 베이커 박사가 보낸 마지막 경고가 그의 인생에 혼란을 가져왔기 때문이다. 노교수 베이커는 얽힌 매듭을 톱에 올려놓듯, 다나나에게 빼도 박도 못할 조건을 내걸었다. 다나나는 며칠 안에 연구 결과를 제출해야 했다. 그러지 못하면 베이커 박사는 그의 논문 지도 취소를 신청할 것이다. 그런 사태가 벌어지면 학문과 정치에 관련된 그의 미래는 모두 끝장나고 만다. 그가 재빠르게 처신하지 않으면 모든 것을 잃게 된다. 논문이 취소되면 그의 적들이 얼마나 고소해할 것인가! 그를 증오하는 얼마나 많은 이들이 그 일을 보고 기대하던 소식이라며 희희낙락할 것인가!

"소식 들었어? 아흐마드 다나나가 논문이 지체되어 유학이 취소되었대. 내가 너희들에게 말했지? 그의 인생은 실패작이라고 말야."

다나나는 며칠을 자신의 연구실에서 보냈다. 그는 아침부터 저녁까지 문을 닫아건 채 아무에게도 열어 주지 않았고 강의나 연구 수업에도 참석하지 않았다. 그런 상태로 사흘이 경과한 지난 수요일, 조직학과 역사상 특이한 사건이 발생했다. 그 일은 사람들 사이에서 내용 일부가 과장되어 다양한 이야기로 회사되었다. 그러나 다음 내용은 확실하다. 정오의 휴식 시간 후인 1시경 베이커 박사는 몇 가지 실험에 몰두하고 있었다. 그는 점심 식사를 하면서 마신 약간의 백포도주 기운에 나지막한 목소리로 콧노래를 부르고 있었다. 그는 최대한 집중력을 발휘해, 몇몇 신경 세포를 전자 현미경으로 촬영한 새 사진을 검사하는 데 여념이 없었다. 곧이어 문 두드리는 소리에 그는 정신을 차리고 고개도 들지 않은 채 걸걸한 목소리로 말했다.

"들어오세요."

문이 열리면서 다나나가 종이 뭉치를 들고 나타났다. 베이커는 그를 바라보며 둘 사이에 있던 일을 기억해 냈다. 얼굴이 잿빛이 된 베이커가 퉁명스레 말했다.

"자네를 어떻게 도와줄까?"

다나나는 친구에게 농담을 들은 듯한 모습으로 웃으며 말했다.

"베이커 박사님, 왜 저를 이토록 모질게 대하십니까?"

"원하는 바를 말하게. 나는 자네에게 낭비할 시간이 없네."

다나나는 한숨을 내쉬고 두 걸음 다가왔다. 그리고 종이 뭉치를 베이커에게 내밀었다. 다나나의 얼굴은 깜짝 놀랄 만한 일을 하려고 준비를 마친 사람의 모습을 띠고 있었다.

"자, 여기 있습니다."

"이게 무언가?"

"선생님께서 요구하신 결과물입니다."

"정말인가? 자네가 그 일을 해냈단 말인가?"

베이커는 결과물을 열심히 살펴보더니 믿지 못하는 사람의 목소리로 외쳤다. 곧이어 그는 만족스러운 표정으로 다나나에게 말했다.

"이보게, 잘했네. 결국 자네는 진지하게 연구를 하는군."

"선생님께서 지난주 저를 선생님의 연구실에서 쫓아낸 뒤부터 저는 최선의 노력을 다했습니다."

다나나가 교태에 가까운 원망을 담아 말하자 베이커의 얼굴에 혼란스러운 기운이 보였다. 베이커가 사과하는 듯한 목소리로 말했다.

"내가 지도하는 논문들을 책임져야 한다는 점을 이해해 주게. 논문에서 자칫 소홀한 점이 있으면 나로서는 개인적인 불명예가 된다네."

"베이커 박사님, 굳이 저를 쫓아냈어야 했습니까? 제게도 자존심이 있습니다."

"내가 자네 감정을 상하게 했다면 미안하네."

하지만 다나나가 보기에는 자신의 죄를 용서한 것 같지 않았다. 도리어 베이커는 손짓하며 지난 일은 당분간 잊어버리겠다는 듯 외면하고 나서 새로운 장을 열기 시작하는 위대한 인물의 자세를 갖추며 말했다.

"연구에 관해 함께 얘기해 보세. 내게는 이것이 더 중요한 사안이니까."

베이커는 종이와 펜을 집어 들고 열정적으로 말했다.

"이런 결과를 얻은 후에 우리는 통계를 시작해야 하네. 모든 수치를 컴퓨터에 입력할 것이고, 그것이 통계학적으로 의미가 있는지를 알아볼 걸세."

다나나가 화를 내며 질문했다.

"제가 모든 노력을 쏟고 오랜 시간을 연구하면서 얻은 결과인데 통계학적인 의미가 없을 수 있겠습니까?"

"나는 그러리라고는 생각하지 않네."

"하지만 제가 이렇게 고생하고도 결과가 통계적으로 고려되지 않을 가능성도 있습니다."

"그럴 경우 내가 논문 계획을 세웠기 때문에 책임은 내게 있네. 그러나 우리 긍정적인 가정을 예상해 보세. 결과가 유의미하게 될 것임을 나는 확신하네."

다나나는 일어섰다. 그리고 자리를 떠나기 전에 감동적인 말을 떠올리며 그가 말했다.

"베이커 교수님, 모든 일에도 불구하고 저는 선생님과 함께 연구하게 되어 기쁘고 자랑스럽습니다."

"다나나 군, 나도 그렇다네. 다시 한 번 지난 일을 사과하네."

베이커는 이렇게 답하고 그와 악수를 나누었다. 그런 다음 자리에 앉아 결과물을 펼쳐 놓고 그것을 연구하기 시작했다. 30분 후, 다나나가 자신의 연구실에 있는데 베이커가 깊이 생각할 때의 습관처럼 오른 손가락으로 자신의 대머리를 긁으면서 안으로 들어왔다. 그러고는 두 눈에서 빛을 내며 천천히 말했다.

"다나나, 다시 한 번 축하하네. 결과물이 논리적이고 강력해."

"감사합니다."

"내게 자네의 연구 결과를 뒷받침할 생각이 떠올랐네. 자네의 슬라이드 중에서 하나를 보여 주게."

다나나는 천천히 일어나 책상 옆의 서랍을 열고 슬라이드 하나를 빼 베이커에게 건네주었다. 베이커는 조심스럽게 그것을 붙잡고 현미경으로 조각을 검사했다. 곧이어 그가 고개를 들고 말했다.

"이 슬라이드에서 검은 점의 수는 167개야."

다나나는 고개를 끄덕이며 침묵했다. 베이커는 결과물을 계속 검사하였고, 이어 놀란 표정으로 소리쳤다.

"이상한데. 자네가 기록한 숫자는 실제보다 더 많아."

베이커가 이해할 수 없다는 듯 다나나를 바라보다 직접 서랍으로 가서 다른 슬라이드들을 꺼냈다. 그리고 같은 실험을 했다. 한참 뒤 그는 머리를 천천히 숙이는 다나나 쪽을 바라보았다. 잠시 모호한 에너지로 충만한 깊은 침묵이 깔렸다. 연구실 냉장고에서 나오는 소리가 마치 운명의 목소리처럼 들렸다. 갑자기 베이커 박사가 슬라이드들을 바닥에 던졌다. 조각들은 깨어졌고 파편들이 흩어졌다. 그리고 어느 누구도 들어 본 적이 없을 만큼 쩌렁쩌렁한 성난 목소리가 울려 퍼졌다.

　"나쁜 사람 같으니. 자네가 제출한 결과물은 날조된 거야. 자네는 명예심도 없는 사람이야. 나는 자네 논문을 취소하고 자네를 제적시킬 것이네."

제21장

"안녕하세요. 귀사에서 낸 취업 광고를 보고 전화했는데요."

"일할 사람은 이미 구했습니다."

남자는 짧게 답하며 통화를 끝냈다. 캐럴의 귓전에는 전화 신호음이 맴돌았고 기분이 씁쓸했다. 새로운 게 없었다. 그것은 그녀의 하루 일과였다. 매일 아침 그레이엄이 대학에 가고 어린 마크가 학교에 간 다음 그녀는 큰 잔으로 블랙커피를 만들어 거실에 앉는다. 그녀는 「시카고 트리뷴」, 「선타임스」, 「리더」 같은 시카고 신문에 난 취업 광고 지면을 앞에 펼쳐 놓는다. 그러고 나선 전화를 걸 준비 자세에 들어간다. 그녀는 마치 자신이 취업 건에 대해 당당한 입장에서 관심을 갖고 문의하는 것처럼 목소리 톤을 조절하기 위해 집중한다. 그녀는 부양받아야 하는 실직 상태의 흑인 여성이 아니다. 그녀는 배고픔에 시달리지 않는다. 간청하지도 않는다. 누군가 동정해 주기를 바라지도 않는다. 그녀는 단지 자기가 좋아하는 직장에 대해 알아보고 있을 뿐, 그 이상도 그 이하도 아니다. 마치 음악 공연 티켓이나 자신이 좋아하는 식당의 문 닫는 시간에 대해 문의하는 것 같다. 그녀는 자신이 원하는 것을 찾으면 기쁠 것이고, 그 반대의 경우라도 세상이 끝나는 것은 아니다. 이것은 그녀가 모욕에 대항하기 위해 스스로 만들어 낸 방법이었다. 매번 그녀는 같은 질문을 하고 역시 매한가지의 대답을 듣는다. 하루의 끝 무렵 그녀 앞에는 많은 주소들이 쌓인다. 여러 달 동안 그녀는 시카고 대부분의 지역에 갔고 숱한 직장에서 인터뷰를 했다. 여비서, 안내 데스크 여직원, 아이 돌봐 주는 사람, 유치원 관리인. 하지만 그녀는 일자리를 얻지 못했다. 하얏트 호텔의 인사 관리 과장은 난처한 표정의 미소를 지으며 그녀에게 말했다.

"다른 곳에서 일자리를 알아보시죠. 하지만 당신은 인내하셔야 합니다. 실업률이 최고예요. 일자리 하나를 놓고 수십 명, 때로는 수백 명이 지원하고 있어요. 경쟁이 끔찍합니다."

두 달 전 그녀는 엘리베이터 회사의 전화 담당 여직원 일자리에 지원했다. 그녀는 1차 면접에서 합격했고, 목소리 테스트를 통과해야 했다. 회사 담당자가 그녀에게 말했다.

"어떻게 해야 당신의 목소리가 매력적으로 들리고, 동시에 천하지 않게 들리는지 당신이 안다면 이 일자리를 얻을 수 있습니다. 당신의 목소리는 즐겁고 당당하다는 느낌을 전달해야 하고, 당신이 원래 월급의 열 배를 받고 있는 것처럼 보여야만 합니다. 우리 회사를 고객에게 소개하는 것은 바로 당신의 목소리입니다."

캐릴은 진지하게 연습했다. 그녀는 "헨드릭스 엘리베이터입니다. 좋은 아침입니다. 고객님, 제가 도와 드릴까요?"라는 말을 수없이 하면서 자신의 목소리를 녹음했다. 그리고 매번 자신의 목소리를 들으면서 새로운 단점을 발견했다. 목소리는 낮고, 떨림이 약간 있었고, 더듬거렸다. 그리고 요구되는 것보다 말이 빠르고, 자음 발음을 빠뜨리기도 했다. 그녀는 회사명을 더 나은 방식으로 발음해야 한다.

며칠간의 훈련으로 그녀는 말을 잘 전달하는 수준에 이르렀다.

그녀는 테스트를 받으러 갔다. 그녀를 비롯해 다섯 명의 경쟁자가 있었다. 모두 같은 방에서 회사 담당자 앞에 앉았다. 담당자는 나이 50이 넘은 비대한 백인 남자로, 완전 대머리에, 시각적으로 편치 않은 외모라는 느낌이 들게 하는 넓은 관자놀이를 갖고 있었다. 부어오른 눈꺼풀과 충혈된 두 눈, 침울한 표정으로 보아 그는 어제 과음을 했고 충분한 수면을 취하지 못한 것 같았다. 그는 경쟁자를 한 사람씩 가리키며 문장을 말해 보라고 했다. 그런 다음 잠시 생각하면서 머릿속으로 각자 행한 것을 평가하려는 듯 천장을 바라보더니, 종이에 뭔가를 적었다. 낮 시간 끝 무렵에 결과가 발표되었고, 캐럴은 일자리를 얻지 못했다. 그녀는 그 소식을 냉정하게 받아들였다. 그녀는 절망하는 데 익숙해 있었으므로 이제 더 이상 충격받을 일도 없었다. 그녀를 가장 아프게 한 것은 몇몇 업주들의 태도였다. 그들 중 어느 누구도 혹인 채용 거부 의사를 공개적으로 언급하지 않았다. 위법이기 때문이었다. 하지만 그들은 그녀를 보자마자 거만하고 차가운 표정을 지으며 면접을 끝냈다. 그러면서 연락을 주겠다고 했지만 그녀는 그런 일은 없을 거라는 걸 잘 알고 있었다. 이처럼 모욕적인 상황이 그녀의 얼굴을 구타하듯 계속 이어졌다. 가끔 그녀는 집으로 돌아오는 길에 울었고, 또 가끔은 며칠 밤을 뜬눈으로 지새우며 인종 차별하던 업주에게 복수하는 상상을 했다. 그녀는 그에게 훈계했다. 그녀는 자신이 인종 차별하는 사람과 함께 일하지 않겠다는 걸 그에게 확인시켰다. 그녀의 취업 드라마는 시간당 11달러의 '개와 함께 산책하는' 일자리를 얻기 위한 면접에서 절정에 이르렀다. 그 일은 미천한 것이어서 그녀는 자신을 설득하는 데 3일이나 걸렸다. 그녀는 절실하게 돈을 필요로 한다. 그녀는 자신이 그레이엄에게 주고 있는 고통을 더 이상 견딜 수 없다. 그녀와 아들 마크 때문에 이처럼 구차한 상황에 놓인 그레이엄에게 무슨 죄가 있단 말인가? 그녀가 가장 괴로운 것은 그레이엄이 한마디 불평 없이 위기를 참아내고 있다는 점이었다. 차라리 그가 하소연하며 그녀를 무정하게 대한다면 조금이라도 마음이 편할 것이다. 하지만 그는 정반대로 그녀를 더 친절하게 대하고 그녀에게 익살을 부리며, 쾌활함과 웃음을 멈추지 않는다. 그는 견딜 수 없을 만큼 부드럽다. 그녀는 그를 위해 이 일자리를 얻을 것이다. 개를 돌봐 주는 것도 결국 다른 직업과 마찬가지로 어엿한 직업이 아닌가? 설령 그녀가 그 일을 좋아하지 않는다 해도 이제 그녀에게 다른 선택이 있겠는가? 더 좋은 기회가 생길 때까지 임시로 개를 돌보자.

면접은 시카고 북부 교외의 대저택에서 있었다. 저택이 너무 멋있고 호화스러워서 그녀는 영화에 나오는 한 장면 같다는 생각이 들었다. 검정 제복을 입은 위엄 있는 남자가 그녀를 맞이해 커다란 홀로 안내했다. 그녀는 루이 16세풍의 푹신한 소파에 앉아 벽에 걸린 커다란 유화 작품들을 바라보았다. 잠시 후 늙은 부인이 나와 미적지근하게 캐럴을 맞았다. 노부인은 캐럴 앞에 앉아 날씨와 시카고의 교통에 관해 앞뒤가 안 맞는 얘기를 했다. 공허한 대화가 계속되자 캐럴은 대화를 중단하고 일부러라도 즐거운 표정을 지으며 소리쳤다.

"제가 함께할 개는 어디 있지요? 개의 이름은 뭔가요? 정말 그 개를 보고 싶었어요. 나는 개를 무척 좋아합니다."

노부인은 침묵했고 약간 놀란 듯했다. 그러고는 캐럴의 얼굴을 보려 하지 않으면서 말했다.

"좋아요. 솔직히 말할게요. 내 생각에 이 일은 당신에게 맞지 않는 것 같아요. 전화번호를 남겨 주세요. 가까운 시일 내에 다른 일자리를 알아봐 줄게요."

캐럴은 며칠간 슬픈 심정으로 지냈다. 좌절감이 커졌고 결국 그녀는 열의를 상실했다. 그녀는 더 이상 일자리를 찾으려고 신문을 보지 않았다. 아침에 그녀는 침대에 누워 있다가 커피를 여러 잔 마시고 천장을 쳐다보며 자신의 인생을 되돌아본다. 그녀는 서른여섯 살이 되었고, 자신이 바라던 대로 살지 못했다. 어느 누구도 그녀를 공정하게 대하지 않았다. 그녀는 한 번도 공평한 대우를 받아 보지 못했다. 그녀의 인생을 결정지었던 사람들의 얼굴이 나타났다. 인자하고 너그러운 엄마. 캐럴을 모질게 때렸던, 그리고 캐럴이 성장하자 그녀와 동침하고 싶어 했던 술 취한 계부(나는 여러 번 엄마에게 구원을 청했지만, 엄마는 성적으로 그자에게 예속되어 있어 속수무책이었다). 한때의 애인 토머스. 그와는 10년을 살면서 마크를 낳았다. 하지만 그는 그녀의 어깨에 모든 짐을 짊어지게 해 놓고 도망쳤다. 그리고 진심으로 사랑한, 마음 좋은 노인 그레이엄. 그녀는 그레이엄을 행복하게 해 주는 대신 그의 인생을 고난으로 바꾸어 놓았다. 그녀는 늘 억압당했다. 이것이 진실이다. 그녀는 늘 열심히 일했고, 규칙적으로 생활했으며 무슨 일에든 의욕적이었다. 그 결과는 무엇이었는가? 완전한 불행이었다! 그녀는 흑인이라는 이유로 쇼핑몰의 일자리를 잃었다. 그녀는 다른 일자리를 구할 수도 없다. 심지어 개 돌보는 일조차 노부인은 캐럴에게 과분한 일로 여겼다. 아마도 노부인은 자신의 애완견이 흑인의 얼굴을 보는 것을 원치 않았으리라.

그날 아침 캐럴이 슬픔에 잠겨 침대에 누워 있을 때 전화벨 소리가 울렸다. 그녀는 이 시간에 누가 자신에게 전화한다는 것이 의아했다. 그녀는 침대에서 뒤척이며 전화를 무시했다. 그러나 전화벨이 계속 울리는 바람에 결국 자리에서 일어나 전화를 받았다. 에밀리의 목소리가 들려왔다. 에밀리는 고등학교 동창인 흑인 친구였다. 에밀리는 변호사인 아버지 덕분에 대학 교육을 받을 수 있었다. 여러 달 보지 못한 터라 캐럴은 에밀리를 반겼고, 시카고 시내에 있는 프랑스 식당 라파예트에서 저녁을 먹자는 에밀리의 초대에 응했다. 고등학교 시절부터 에밀리는 고급 식당에서 식사 하고 싶어 했는데, 그럴 때마다 캐럴을 데리고 갔다. 당시 캐럴은 그런 고급 식당에 갈 형편이 안 되었기에 기뻐했다. 라파예트 식당 은 멋졌다. 우아한 테이블과 분수대, 식당 안에 울려 퍼지는 비발 디의 음악은 호사스러운 느낌을 더해 주었다.

캐럴은 시금치를 넣은 크루아상과 고기가 들어간 파테 그리고 밀크 커피를 주문했다. 캐럴은 친구의 얼굴을 살펴보더니 장난치 듯 소리쳤다.

"네 얼굴색이 불그스레한 걸 보니 연애 사업이 잘되고 있구나."

둘은 진심에서 웃었다. 에밀리는 캐럴에게 새로 시작한 사랑에 관해 얘기해 주었다. 캐럴은 에밀리의 행복에 보조를 맞추어 주려 했다. 그러나 무겁고 뿌리 깊은 무엇인가가 그녀의 마음을 계속 압박했고, 에밀리도 그것을 알아차렸다. 에밀리의 물음에 캐럴은 울먹이며 그간의 일들을 털어놓았다. 캐럴은 에밀리 같은 오랜 친 구와 함께 자신의 슬픔을 덜어 낼 필요가 있었다. 에밀리가 먼 곳 을 바라보더니 슬픈 표정으로 말했다.

"우리 아빠 사무실에 빈자리가 있으면 당장이라도 취직시켜 줄 텐데. 그렇지만 내가 다른 일자리를 알아봐 줄게."

그런 분위기에도 불구하고 멋진 저녁이었다. 캐럴은 에밀리를 만나고 돌아온 뒤 맞서 싸울 힘을 회복했다. 다음 날 아침 캐럴은 다시 직장을 찾기 시작했다. 일주일 내내 거의 같은 방식으로 모 든 일이 반복되었다. 전화 연락, 면접, 사과의 말, 인종 차별적인 뻔 뻔한 태도. 오후 1시쯤 캐럴은 에밀리의 갑작스러운 전화를 받았다. 에밀리가 신중한 목소리로 물었다.

"지금 뭐하고 있어?"

"음식 만들고 있어."

"하던 일 놔두고 당장 이리로 와."

"그럴 수 없어. 존과 마크가 올 텐데 먹을 것이 없으면 안 돼."

"메시지를 남겨."

"다음에 들르면 안 될까?"

"미룰 수 없는 일이 있어."

에밀리는 캐럴을 재촉하면서도 이유를 알려 주기를 완강히 거부했다. 캐럴은 일자리에 관련된 사항일 것으로 추측했다. 캐럴은 몇 자 적은 종이를 냉장고 문에 붙여 두고 서둘러 옷을 입고 나갔다. 에밀리의 집까지는 전철로 30분 걸렸다. 초인종을 누르자 에밀리가 문 뒤에서 기다렸다는 듯 곧바로 문을 열었다. 에밀리는 캐럴더러 자신의 노모에게 인사하라고 한 뒤 캐럴의 손을 잡고 자기 방으로 들어갔다. 그러고는 방문을 닫아걸었다.

"에밀리, 대체 무슨 일이야?"

캐럴이 숨을 헐떡이며 물었다. 에밀리는 모호한 미소를 짓고, 살펴보는 듯한 이상한 시선으로 캐럴을 바라보며 말했다.

"네 가슴을 보여 줘."

"뭐라고?"

"옷을 벗고 네 가슴을 보여 달라고."

"너 미쳤어?"

"내가 시키는 대로 해 줘."

"이해 못하겠어."

"네가 옷을 벗고 난 뒤에 설명해 줄게."

에밀리가 블라우스 단추로 손을 뻗었다. 그러나 캐럴은 그녀의 손을 잡고 화난 기색으로 소리쳤다.

"안 돼, 이러면 안 된다고."

에밀리가 인내심이 바닥났다는 듯 한숨을 푹 내쉬더니 캐럴을 바라보며 천천히 말했다.

"잘 들어 봐. 농담하자고 널 오라 한 게 아니야. 나는 네 가슴을 봐야겠어."

제22장

   살라흐 박사는 아내 크리스에게 갈라서고 싶은 심정을 솔직하게 털어놓은 뒤 안도감을 느꼈다. '이건 때늦은 감이 있는 조치야. 오래전에 취해야 했어.' 그는 오늘 이후부터 아내가 귀찮게 구는 것, 아내의 육체적 요구, 그를 창피하고 지치게 하는 발기 불능의 순간, 기대와 실망, 두 사람의 조용한 대화 밑에 숨어 기다리는 거센 긴장감을 겪지 않을 것이다. 한 지붕 아래 함께 살면서도 서로의 시선을 피하는 일도 없을 것이다. 오늘 이후부터 그는 마지못해 가식적으로 행동하거나 거짓말하는 일이 없을 것이다. 둘의 관계는 이미 끝났다. 이것은 사실이다. 그는 인생에서 한동안 그녀를 사랑했고, 그녀도 그를 많이 도와주었음에는 의심할 여지가 없다. 그는 그녀에게 고마움을 느낀다. 그것은 여러 해 동안 함께 근무한 직장 동료에게 갖는, 일종의 조용하고 깊이 있는 고마움 같은 것이다. 둘은 조용히 헤어질 것이다. 그는 그녀의 모든 요구 사항을 들어줄 준비가 되어 있다. 그녀가 요구하는 어떤 금액이라도 지급할 것이고, 가구와 자동차도 양도할 것이며, 그녀가 원하면 집도 넘겨줄 것이다. 그는 자신만을 위한 작은 공간을 임차할 수 있다. 그가 원하는 것은 혼자 있는 것, 조용하고 편안한 노후를 즐기는 것, 자신의 인생을 멈추지 않고 계속 반추하는 것이다. 아니, 이럴 수가! 그는 어떻게 해서 예순 살에 이르렀는가? 세월은 얼마나 빠르게 흘렀는가! 인생은 그가 감을 잡기도 전에, 그가 시작해 보기도 전에 훌쩍 지나가 버렸다. 그는 제대로 살지 못했다. 그는 인생에서 무엇을 했던가? 그는 무엇을 이루었던가? 그는 자신의 행복했던 시간을 계산해 볼 수 있는가? 그게 몇 시간이나 되는가? 며칠은 되는가? 최대한 잡아 몇 달은 되는가? 우리가 세월의 가치를 깨닫지 못한 채 나이를 먹는다는 것은 불공평하다. 어느 누군가 매 순간 우리 손에서 빠져나가는 시간을 환기시키지 않는 것은 죄악이다. 우리의 인생이 끝나기 직전 그 가치를 깨닫는다는 것, 그것은 완벽한 속임수이다.

살라흐 박사는 아내를 침실에 내버려 둔 채 밖으로 나갔다. 그는 살짝 문을 닫으면서, 이혼이 성사될 때까지 이 시간 이후로 자신은 거실에서 지낼 거라고 생각했다. 그는 잠자고 싶은 마음도 없었다. 그는 혼잣말했다. "조용히 술 한잔하면서 이사벨 아옌데의 새로 나온 소설을 읽어야지." 그는 평상시처럼 걸었다. 하지만 복도를 지나, 정확히 말해 거실로 이어지는 작은 복도에 들어서기 전에 멈춰 섰다. 그는 마치 무엇인가를 찾는 듯 허리를 숙여 바닥을 바라보았다. 낯설고 순간적이며, 칼날처럼 예리한 감정이 그에게 닥쳐왔다. 꿈결같이 모호하고 아득한 환영이 선명하게 나타났다. 만일 그것에 대해 말하면 어느 누구도 믿지 않을 것이다. 하지만 그것은 동시에 사실적이었다. 그를 사로잡은 감정은 우리가 어떤 장소에 들어가거나 누군가를 처음 보고 분명 우리가 이전에 온 적이 있었다는, 그리고 우리가 살면서 지금 겪는 일을 이전에 겪었다는 생각이 들 때 생기는 감정 같은 것이다. 그는 왼쪽으로 몸을 돌려 지하실로 향했다. 그리고 천천히 계단을 내려갔다. 마치 최면에 걸린 듯 실려 가는 것 같았다. 그리고 다른 사람이 살라흐의 두 발을 움직이게 하고 있는데, 살라흐는 두 발이 자신을 앞으로 실어 나르는 것을 바라보는 데 만족하고 있는 듯했다. 그는 문을 열고 지하실로 들어갔다. 습기가 와 닿았다. 공기는 무겁고 썩는 냄새가 났다. 그는 약간의 호흡 곤란을 느끼며 전기 스위치를 더듬어 눌렀다. 지하실에는 크리스가 치우려고 보관한 몇 개의 물품 외에는 없었다. 낡은 텔레비전, 작동하지 않는 식기세척기, 지난여름 새로 한 세트를 구입하기 전에 정원에서 사용하던 의자 몇 개. 살라흐는 그곳에 서서 넋 나간 시선으로 살펴보았다. 무엇이 그를 이곳으로 데려왔는가? 그는 무엇을 원하는가? 그의 내부에서 불타오르는 이 모호한 감정은 무엇인가? 대답 없는 질문들이 그의 귓가에 계속 울렸고, 그는 다시 움직이고 있는 자신을 발견했다. 그는 자신이 저항할 수 없는 강한 힘에 의해 움직이고 있음을 확신했다. 그는 구석으로 향하여 벽장을 열고 낡은 초록색 가방을 잡아당겼다. 그는 가방이 예상보다 무겁다는 것을 알았다. 그는 잠시 일을 멈추고 호흡을 가다듬은 뒤 다시 등불 아래로 가방을 당겼다. 그리고 허리를 굽혀 가방을 동여맨 끈을 풀기 시작했다. 가방 덮개를 열자 코를 찌르는 듯한 살충제 냄새가 퍼졌다. 그는 메스꺼운 느낌이 들었다. 1분가량 그는 정신을 가다듬고 가방 속 내용물들을 꺼내기 시작했다. 그가 30년 전 이집트에서 가져온 옷들이었다. 그는 당시 그 옷들이 멋지다고 여겼으나 미국에 도착한 첫날 그것들이 미국에 맞지 않음을 발견했다. 그 옷을 입은 그의 모습은 마치 다른 별에서 왔거나 사극(史劇)에서 뛰쳐나온 사람 같아 보였다. 그는 미국 옷을 샀지만 이집트 옷들을 처분할 용기가 없어 그 옷들을 가방에 넣은 뒤, 언젠가 자신이 그 가방으로 돌아올 것임을 알고 있다는 듯 지하실에 숨겨 두었다. 그는 바닥에 가방의 내용물을 꺼냈다. 1960년대 스타일의 높은 굽과 뾰족한 앞닫이가 있는 광채 나는 검정 구두. 그가 카스르 알아이니 병원에 갈 때 입었던 연색(鉛色)의 영국제 양모 양복 한 벌. 그 당시 스타일의 폭 좁은 넥타이들. 그가 마지막으로 자이납을 만날 때 입었던 옷들도 있다. 빨간 줄이 쳐진 흰색 셔츠, 검푸른 색의 바지 그리고 술라이만 파샤 가(街)*의 '라 부르사 노바' 상점에 함께 갔을 때 그녀가 사 준 검정 가죽 재킷. 이럴 수가! 왜 그는 모든 것을 이토록 분명하게 기억하는가? 그는 손을 뻗어 옷들을 더듬어 본다. 그는 불타오르는 듯한 욕구에 휩싸여 숨을 헐떡이며 땀을 흘린다. 그는 그 욕구에 저항하려 해 보았지만 그것은 태풍처럼 그를 휩쓸었다. 그는 그 자리에 서서 실내용 가운을 벗고 이어 파자마도 벗었다. 그는 지하실 한가운데 속옷을 입은 채 서서 자신이 정말 미쳤다는 생각이 들었다. 그가 하는 이 짓은 무엇인가? 그건 그의 눈에 미친 짓이다. 그는 이 같은 기이한 욕구를 통제할 수 없는가? 만일 크리스가 문을 열고 그를 본다면 뭐라고 하겠는가? '그녀가 원하는 대로 말하라지. 이제 더 이상 내가 두려워할 건 없어. 그녀는 내가 미쳤다고 비난할까? 그러라지. 심지어 내가 하는 짓이 미친 짓이라 해도 나는 그렇게 할 것이다. 내가 원하는 모든 것을 할 시간이 되었다.' 그는 오래된 옷들을 하나씩 입기 시작했다. 그의 몸은 살이 쪄서 옷들은 맞지 않았다. 그는 허리띠를 잠글 수 없었다. 셔츠는 아플 정도로 몸에 꽉 끼었다. 재킷의 경우 그 안에 어렵게 팔을 넣을 수 있었지만, 두 팔을 움직일 수 없었다. 이 상한 상황인데도 불구하고 그는 편안했다. 놀랄 만한 평온이 그를 덮었고, 어머니의 품에 돌아온 것처럼 축축하고 어두운 안도감이 그를 감쌌다. 그는 지하실 구석에 놓인 거울에 자신의 모습을 비춰 보고는 한바탕 웃고 말았다. 그는 어릴 적 놀이터에서 오목 거울 앞에서 놀던 일을 떠올렸다. 그러고 나서 그에게 어떤 생각이 떠올랐다. 그는 열린 채 내용물이 드러난 가방으로 급히 되돌아갔다. 그는 마치 발을 다친 사람처럼, 옷이 너무도 꽉 끼어 다리를 절듯 하면서 걸어갔다. 그리고 가방 앞에 웅크리고 앉아 가방 안 주머니로 손을 뻗었다. 예상했던 장소에서 그것을 발견했다. 30년 전 자기 손으로 그것을 두었다. 그는 천천히 그것을 불빛 있는 곳으로 꺼냈다. 그것은 그가 의료 가방 안에 넣고 다니던 초록색 전화번호 수첩이었다. 자이납은 커다란 그 수첩을 보며 자주 놀렸다. 그녀는 어린애처럼 즐겁게 소리쳤다.

"이봐요, 이건 전화번호 수첩이 아니라 카이로 전화번호부야. 내가 시간 날 때 당신에게 그 둘의 차이를 설명해 주지."

그는 그녀의 말을 떠올리며 미소를 짓고는 살짝 수첩을 열었다. 종이들은 누레졌고 글자는 오래되어 색이 바랬지만 이름과 번호들은 선명했다.

* * *

나는 마치 꿈꾸고 있는 것처럼 낯선 광경을 보았다.

하늘은 대낮인데도 어두웠고, 나무를 뽑아 버릴 것 같은 강풍이 불었다. 갑자기 하늘에 수천 개의 보드라운 눈송이들이 솜덩어리처럼 날렸다. 눈은 조금씩 쌓이더니 결국 모든 것을 덮어 버렸다. 집과 길, 자동차들을.

나는 경탄하며 선 채, 닫힌 창문 뒤편에서 바깥 풍경을 지켜보았다. 나는 알몸에 가운을 걸치고 있었다. 내부 난방은 덥다는 느낌이 들 정도였다. 창 안쪽 유리에는, 바깥의 냉기와 실내의 온기차이로 인해 땀처럼 흘러내린 얼음 방울들이 붙어 있었다. 나는

276

천천히 잔을 들어 마셨다. 그리고 팔을 뻗어 웬디를 껴안았다. 그녀는 완전히 벗은 채였다. 우리는 방금 한 차례 사랑을 끝낸 상태였는데, 사랑의 여파와 방 안의 온기, 포도주로 인해 그녀의 얼굴은 빛나는 장미 같았다. 그녀가 내 귀에 속삭였다.

"눈 내리는 풍경이 당신 맘에 들어요?"

"멋진데요!"

"미안하지만, 나는 어렸을 때부터 그런 경치에 익숙해서 그런지 별 감흥이 없어요."

잠시 후 웬디는 저녁 식사를 준비했다. 그녀는 방 불을 끄고 자신이 가져온 촛대에 두 개의 초를 꽂고 불을 붙였다. 우리는 매혹적인 분위기에서 식사를 했다. 그녀가 말했다.

"유대식으로 만든 닭고기 수프예요. 맘에 드나요?"

"아주 맛있어요!"

나를 바라보는 그녀의 두 눈이 촛불 빛에 반짝거렸다. 그녀의 얼굴 표정이 가끔씩 모호하게 변했다. 얼굴이 잿빛이 되고 얼굴 근육이 수축되기도 했는데 그럴 때 그녀는 아픈 기억을 떠올리는 듯했다. 마치 그녀는 마음속에 숨어 있다가 갑자기 나타나 그녀의 안면을 지나가고 그런 뒤에 사라지는 옛 슬픔을 물려받은 듯했다.

"나지, 당신은 내 인생에서 이례적인 사건이에요. 나는 우리의 관계가 일시적인, 그냥 잠깐 즐기는 시간이 될 걸로 예상했어요. 나는 내가 당신을 사랑할 거라고는 전혀 상상해 보지 않았어요."

"왜요?"

"왜냐면 당신은 아랍인이니까요."

"그게 무슨 문제예요?"

그녀가 웃으면서 말했다.

"당신은 유대인 절멸을 꿈꾸지 않는 유일한 아랍인이에요."

나는 식사를 멈추고 말했다.

"그건 옳지 않아요. 아랍인들은 이스라엘을 증오하는데, 그것은 이스라엘이 유대인의 국가여서가 아니라, 팔레스타인을 강탈하고 팔레스타인 사람들에게 수십 차례의 학살을 저질렀기 때문입니다. 만일 이스라엘 사람들이 불교 신자나 힌두교도라 해도 우리 쪽 상황은 변하지 않을 겁니다. 우리가 이스라엘과 투쟁하는 것은 정치적인 문제이지 종교적인 것이 아닙니다."

"당신은 그 점을 확신하나요?"

"역사를 보세요. 유대인들은 아랍인의 지배하에 수 세기 동안 아무런 문제나 박해 없이 살았어요. 오히려 유대인들은 아랍인들로부터 신뢰를 받았습니다. 그 증거를 들어 보지요. 아랍인 술탄의 전담 의사는 천 년간에 걸쳐 대부분 유대인들이었습니다. 권좌를 둘러싸고 음모와 계략이 끊이지 않는 가운데 술탄은 유대인 의사를 신뢰했습니다. 아마 자기 아들들이나 아내들보다 더 믿었을 겁니다. 이슬람 시대에 안달루시아*에서 유대인들은 완전한 권리를 지닌 백성으로 살았습니다. 스페인 기독교도들은 안달루시아를 수중에 넣은 뒤 이슬람교도와 유대인을 함께 박해했습니다. 그들은 이슬람교도와 유대인에게 기독교로 개종하든지, 죽임을 당하든지 한 가지를 선택하라고 강요했습니다. 그들은 극단으로 치달아, 새로 기독교도가 된 유대인과 이슬람교도를 제거하기 위해 역사상 처음으로 종교 재판소를 만들었습니다. 기독교 신부들은 개종한 자들에게 신학에 관한 질문을 했습니다. 그리고 질문에 답하지 못한 개종자들은 익사(溺死)하든지 화형당하든지 둘 중 하나를 택해야 했습니다."

웬디는 고통스러워하며 두 눈을 감았다. 나는 즐거운 기분을 되살리려고 시도했다.

"내 사랑, 이처럼 우리 조상님들과 당신 조상님들은 함께 박해를 받았습니다. 나와 당신, 우리 두 사람은 안달루시아에서 서로 사랑했던 이슬람교도 남자와 유대인 여성이 낳은 후손일 가능성도 큽니다."

"정말 상상력이 뛰어나네요!"

"아니, 사실입니다. 나는 아주 오래전부터 당신을 알았다는 느낌이 들어요. 그렇지 않고서야 처음 본 순간부터 이렇게 끌리는 것을 어찌 설명할 수 있겠어요?"

나는 몸을 굽혀 그녀의 손에 키스했다. 문득 내 머릿속에 어떤 생각이 떠올랐다. 나는 급히 자리에서 일어나 안달루시아 노래 테이프를 뒤적거려 찾아냈다. 곧이어 파이루즈*의 노래가 방 안에 울려퍼졌다.

천 일(千日)의 밤이여, 향기 머금은 안개를 돌려 다오
사랑은 새벽이슬로 갈증을 식히나니

내가 말했다.

"이건 안달루시아 음악입니다."

"나는 가사를 이해하지 못하지만 음악이 내 마음을 움직이네요."

나는 그녀에게 가사의 의미를 번역해 주었다. 주변의 모든 것이 황홀했다. 눈, 온기, 사랑, 촛불, 포도주, 음악 그리고 웬디. 나는 흥에 사로잡혀 자리에서 일어나 웬디의 어깨를 잡고 살며시 그녀를 끌어당겼다. 그녀를 방 한가운데 세우고 내 자리로 돌아오며 밀했다.

"내가 앉은 이 침대는 안달루시아의 옥좌입니다. 나는 통치자입니다. 나는 국가 사안을 다루기 위해 지금 자리에 앉을 것입니다. 내가 한 번 박수를 치면 당신은 춤추기 시작합니다. 당신은 안달

루시아에서 가장 뛰어나고 아름다운 무희입니다. 그래서 군주는 당신을 택했고, 당신은 그 한 사람을 위해 춤을 출 것입니다."

웬디가 즐거워하면서 소리를 지르고는 일어섰다. 그녀의 얼굴에 장난기 어린 표정이 나타났다. 마치 놀이를 하고 싶어 하는 어린아이 같았다. 파이루즈의 목소리가 리듬에 맞추어 울려 퍼졌다.

금관을 쓴 감미로운 나뭇가지여
나는 어머니와 아버지께 맹세코 그대를 파멸에서 구하리라
내가 당신을 사랑하면서 무례하게 굴었다 해도 말이오
오직 예언자만이 오류(誤謬)가 없나니

내가 박수를 치자 웬디는 춤을 추기 시작했다. 그녀는 벨리 댄스에 관해 자신이 알고 있는 대로 몸을 움직이며 두 팔과 가슴을 강렬하게 흔들었다. 그녀의 모습은 마치 어른을 흉내 내어 웃음과 애정을 자극하는 어린애 같아 보였다. 그녀는 춤을 추며 나를 향해 공중에 키스를 보냈고, 나는 그녀의 매력에 저항할 수 없었다. 나는 그녀를 껴안고 수차례 키스를 퍼부었다. 우리를 축복하는 듯한 파이루즈의 목소리가 방 안에 울려 퍼지는 가운데 우리는 사랑을 나누었다. 그리고 서로 몸을 밀착시킨 상태로 누워 있었다. 나는 그녀의 코에 키스하며 속삭였다.

"나는 항상 당신에게 신세를 질 겁니다."

"당신이 부드러운 손길을 줄이지 않으면 나는 애정에 겨워 울고 말 거예요."

"나는 정말 당신에게 감사해요. 내가 딱 1년간 시를 잃고 난 뒤 당신은 내게 시를 되돌려 주었습니다. 오늘 아침 나는 새로운 시를 시작했습니다."

"멋져요. 당신의 새로운 시는 무엇에 관한 건가요?"

"당신이오."

그녀가 나를 힘껏 껴안았다. 나는 그녀의 귀에 속삭였다.

"웬디, 당신은 나를 불행에서 구해 주었어요. 당신은 내게 아름다운 꿈을 만들어 주었어요."

우리는 포옹한 상태로 있었고, 나는 그녀의 숨이 내 얼굴에 뜨겁게 와 닿는 것을 느꼈다. 그녀가 살짝 물러나 자리에서 일어서며 말했다.

"아름다운 꿈도 끝날 시간이 있지요. 이제 나는 가 봐야 해요."

그녀는 사과하듯 내 이마에 키스했다. 그런 다음 화장실에 들어갔다 나와서 옷을 입었다. 나는 그녀를 한참 바라보다가 벌떡 일어섰다.

"기다려요. 내가 지하철역까지 바래다줄게요."

"그럴 필요 없어요."

"왜 내가 바래다주려는 것을 늘 거절하지요?"

그녀의 얼굴에 당황한 기색이 보였다. 그녀는 잠깐 망설이더니 말했다.

"헨리를 기억하세요? 내가 얘기했던 옛 애인 말이에요. 그가 이곳 학생 기숙사에서 안내실 직원으로 일하고 있어요. 나는 우리가 함께 있는 걸 그가 보지 않았으면 해요."

"두 사람의 관계가 끝났다면서 당신은 왜 그를 신경 쓰나요?"

"화내지 마세요. 만일 내가 아직도 그를 사랑하고 있다면 나는 당신을 사랑할 수 없을 거예요."

"그렇다면 왜 당신은 우리가 함께 있는 걸 그가 보는 것을 두려워하지요?"

"당신에게 솔직히 말할게요. 헨리는 유대인이에요. 당신이 아랍인이라는 사실은 그가 우리에게 문제를 일으킬 빌미를 주는 게 돼요."

"그가 우리와 무슨 관계가 있나요?"

"나는 그를 잘 알아요. 그가 그걸 알면 가만있지 않을 거예요."

"나는 우리가 미국에서 애정 관계를 숨겨야 한다는 걸 믿을 수 없어요."

그녀가 내게 다가와 키스를 하며 말했다.

"당신이 확실히 알아주었으면 하는 건…… 내가 당신을 사랑한다는 거예요."

* * *

나는 그녀를 괴롭히지 않기 위해 배웅해 주겠다며 고집을 부리지 않았다. 나는 그녀의 전 남자 친구를 알고 있었다. 여러 차례 안내실에서 만난 적이 있었다. 그는 내게 친절하게 대했으나 웬디가 내 아파트에 다녀간 뒤부터 적대적인 시선으로 바라보는 것을 나는 알아챘다. 한번은 내 이름으로 도착한 편지가 있는지 물었을 때 그는 답하지 않았다. 내가 같은 질문을 하자 그는 읽고 있는 신문에서 머리도 들지 않은 채 퉁명스럽게 말했다.

"편지가 도착하면 당신에게 보내겠습니다. 매일같이 몇 번씩 내게 물을 필요는 없습니다."

나는 말없이 자리를 떠났다. 나는 싸우고 싶지 않았고, 그럴 준비도 되어 있지 않았다. 나는 스스로에게 물었다. '헨리는 어떻게 나와 웬디의 관계를 알았을까?' 나는 안내실에 건물 내부를 모두 보여 주는 모니터가 있음을 기억했다. 그렇다면! 웬디는 그의 전 여자 친구로, 당연히 그는 그녀가 올라가는 아파트를 알아내기 위해 그녀를 감시한다. 그 사실을 알고부터 나는 일부러 그를 피하고 아침에 근무하는 마음씨 좋은 흑인 여직원만 상대하기로 했다. 그러나 문제는 헨리에 그치지 않았다. 그가 나와 웬디의 관계를 대학 내 유대인들 사이에 퍼뜨린 것 같았다. 2학년 학생 몇 명이 나를 건드리기 시작했다. 나는 그들과 함께 일반 조직학 수업에 출석하고 있었다. 나는 그들보다 나이가 많았고 그들은 이전에 나를 존경하는 마음으로 대했는데 돌변한 것이었다. 내가 지나갈 때 그들은 숙덕거리며 웃었다. 처음에는 그들을 무시했다. '아마 그들은 자신들의 어떤 일로 인해 웃는 것이다. 나와 웬디의 관계 때문에 내가 피해망상을 겪지 않으려면 나는 이러한 부정적인 생각에 저항해야 한다.' 하지만 그들의 도발은 심각할 정도에 이르렀다. 그들은 내 뒤에서 걸어가면서 자극적인 표현을 반복했다. 그들 중 가장 대담한 자는 몸이 마르고 키가 큰, 붉은 머리카락에 윗니가 약간 튀어나온 청년으로 작은 검정 모자를 쓰고 있었다. 그는 친구들 앞에서 어릿광대 역할을 하며 나를 볼 때마다 큰 소리로 "안녕하세요" 하고 외쳤다. 그러고는 모두 웃음을 터뜨렸다. 나는 계속 그들을 모른 척했는데 결국 금요일 수업이 끝난 직후 그 청년 때문에 놀라고 말았다. 친구들에게 둘러싸인 그가 손짓으로 나를 멈춰 세우더니 조롱하며 내게 물었다.

"당신은 어디서 왔어요?"

"나는 이집트인입니다."

"왜 조직학을 공부하지요? 당신은 그것이 낙타를 기르는 데 유용하다고 생각하나요?"

그들 모두 웃음을 터뜨렸다. 이번에는 참을 수 없어 그의 셔츠 옷깃을 잡으며 소리쳤다.

"예의를 갖춰 말하시지. 그러지 않으면 당신 머리를 박살 낼 테니."

나는 왼손으로 그를 붙들었고, 오른손은 자유로운 상태였다. 그 자세는 내게 다행이었다. 그가 내 배를 가격했을 때 나는 뒤로 펄쩍 뛰어 충격을 줄일 수 있었기 때문이다. 나는 그를 내 쪽으로 끌어당긴 뒤 오른손으로 그의 얼굴을 한 대 먹였다. 내 주먹은 적당한 속도로 날아가 둔탁한 울림 소리를 내며 그의 코피를 터뜨렸다. 그는 패배가 확실해지자 한 차례 비명을 질렀다.

"당신은 야만인이야. 당신은 대학에서 제적되어야 해!"

그의 친구들은 갈려서, 그중 일부는 그와 함께 얘기를 나누었고 다른 몇 명은 나를 흘끔흘끔 쳐다보았다. 나는 지금까지도 대학 경찰이 어떻게 나타났는가를 모른다. 경찰은 우리 모두를 경비실로 데려갔다. 백발의 노인 경찰 앞에서 나와 싸운 상대는, 내가 얼마 전부터 그를 따라다니면서 건드렸다고 말했고, 내가 그를 공격했기 때문에 자신의 법적 권리를 주장하겠다는 점을 강조했다.

나는 말없이 있다가 경찰관의 질문에 조용히 말했다.

"내가 그를 쳤습니다. 왜냐면 그가 내 나라를 모욕하고 조롱했기 때문입니다."

"그가 당신의 나라에 대해 뭐라고 말했지요? 그가 했던 말을 정확히 기억해 보세요."

그는 몸을 굽히고 내가 말하는 내용을 모두 종이에 기록했다. 그런 다음 잠시 생각하는 표정을 짓더니 조용히 말했다.

"두 분, 잘 들어요. 학교 규정에 따르면, 당신들은 두 가지 사항을 어겼습니다. (그를 가리키며) 당신은 동료를 비하하는 인종 차별적 표현을 썼습니다. 그리고 당신은 동료를 가격하는 행위를 했습니다. 만일 내가 두 사람에게 불이익이 되게 보고서를 작성하면 당신 두 사람은 훈육 위원회에 회부될 것입니다."

깊은 침묵이 감돌았다. 내가 제적당해 비행기로 귀국하는 모습이 떠올랐다. 나는 경찰관의 목소리에 퍼뜩 정신이 들었다. 그는 미소를 지었고, 마음씨 좋은 사람처럼 보였다.

"물론 당신들이 원한다면 화해하는 식으로 끝날 수도 있습니다. 두 사람이 지금 서로 사과하면, 나는 그런 일이 또 일어나지 않도록 하겠다는 두 사람의 약속에 만족할 것입니다."

상대방은 내게 생각할 기회를 주지 않았다. 그가 다가와 큰 소리로 말했다.

"미안했습니다!"

그의 사과는 뉘우치는 기색이 없는 것으로, 연기하듯 했다. 마치 실제로는 자기가 한 일에 대해 미안하지 않지만 훈육 위원회 때문에 마지못해 사과하고 있음을 내게 이해시키려는 듯했다. 나는 잠시 그를 보면서 말했다.

"나도 당신에게 한 일에 대해 사과합니다."

* * *

이런 도발 행위들이 나를 성가시게 했지만 크게 신경 쓰지는 않았다. 나는 새로운 생활에 어느 정도 적응했고 기분도 한결 나아졌다. 나는 규칙적으로 공부했고, 나의 새로운 시를 거의 끝내 가고 있었다. 또 웬디와의 만남이 나의 슬픔을 씻어 주었다. 그보다 더 중요한 것은, 내가 친구를 찾았다는 것이다. 나는 카람 도스 박사에게 우리가 함께 보낸 그 멋진 시간에 감사할 것이다. 우리는 주말에 그레이엄의 집에서 만난다. 주중에 그는 자주 내게 전화를 걸어 러시 스트리트에서 함께 술을 마시자고 한다. 나는 그에게서 멋지고, 겸손하며, 감성이 예민한 인간을, 진정한 예술가를 발견했다. 우리는 함께 움무 쿨숨의 노래를 들었다. 그는 움무 쿨숨 전문가여서 그녀의 모든 노래를, 그리고 노래들이 언제 처음 방송되었는지를 꿰고 있다. 그는 이집트 안에서 일어나는 모든 사건을 주시하고 있을 만큼 이집트를 사랑한다. 우리는 이집트에 관한 사안들을 토론하면서 많은 시간을 보냈다. 그가 열정적으로 말을 하는 바람에 나는 어떤 생각에 도달하면 서둘러 그에게 그 생각을 제시하게 되었다. 일요일 저녁, 우리는 평소처럼 그레이엄의 집에서 술을 마시고 있었다. 술 몇 잔을 마신 뒤 나는 기다렸다는 듯 카람 박사에게 물었다.

"카이로에서 벌어진 시위에 관해 들으셨습니까?"

"어제 알자지라* 채널에서 보았네."

"선생님 생각은 어떤지요?"

"자네는 수백 명 시위대가 현 정부를 바꿀 수 있다고 생각하나?"

"만일 중앙 보안군이 시위대 주변을 봉쇄하지 않는다면 이집트인들 모두가 시위대에 합류할 것입니다."

"자네는 낙관주의자 같군."

"물론입니다. 이집트인들이 공화국 대통령의 하야를 요구하며 거리로 나온다는 것은, 다시는 이전 상태로 돌아갈 수 없는 어떤 변화가 일어났다는 명백한 증거입니다."

"시위에 나선 사람들은 엘리트들이야. 대중은 민주주의에 관심이 없어."

"이집트 역사상 모든 혁명은 엘리트들의 운동으로 시작되었습니다."

"상황을 지켜보자고."

"우리는 기다리면서 지켜보는 것으로 충분하지 않습니다."

"그럼 무얼 할 수 있을까?"

"우리는 많은 것을 할 수 있습니다. 하지만 문제는 선생님에게 달려 있습니다."

"내게 달려 있다니?"

"선생님은 이집트에서 일어나는 일에 대처할 준비가 되어 있습니까?"

"자네는 군사 쿠데타라도 구상 중인가?"

"저는 농담이 아닙니다."

"어떤 구상이 있는가?"

"들어 보십시오. 이집트 대통령이 몇 주 뒤 시카고를 방문할 것입니다. 그야말로 우리가 놓쳐서는 안 될 기회입니다."

그레이엄이 대화를 지켜보다가 다시 한 잔을 따르며 소리쳤다.

"오, 이런! 나는 범죄 모의의 증인이 되지 않겠소. 자네는 이집트 대통령을 암살할 계획을 세우고 있나? 우리가 먼저 조지 부시를 암살하는 것에 대해 당신들 의견은 어떻소?"

나는 웃음이 끝나기를 기다렸다가 진지하게 말을 이었다.

"대통령은 시카고에서 이집트 유학생들을 만날 것입니다. 저는 그의 앞에서 발표할 성명서를 준비하는 것을 구상했습니다."

"성명서?"

"그렇습니다. 우리는 그에게 권좌에서 물러날 것과 비상계엄 철폐, 민주주의 실천을 요구할 것입니다."

"그가 자네의 요구를 들어줄 거라고 생각하나?"

"저는 그 정도로 순진하진 않습니다. 그것은 단지 한 걸음에 불과하지만 파급력이 있을 겁니다. 자유를 위해 이집트 전역에서 시위가 일어나고 있습니다. 남성 시위자들은 구타당하고 체포되고 있고, 여성 시위자들은 경찰들에 의해 성폭행을 당하고 있습니다. 이들을 위해 우리도 뭔가 해야 하지 않겠습니까? 우리가 성명서를 작성하여 시카고에 있는 유학생들이 서명한 뒤 대통령을 향해 기자들과 텔레비전 카메라 앞에서 발표한다면 우리는 이집트 체제에 강한 일격을 가할 수 있습니다."

"자네는 이곳의 이집트인들이 성명서에 서명할 것으로 생각하는가?"

"물론 그 점은 모르겠습니다만, 저는 시도할 것입니다."

나는 아무 말 없이 있는 카람에게 말했다.

"제가 보기에 선생님은 망설이고 계시군요."

"그렇지 않네."

"선생님은 늘 조국을 위해 뭔가를 해 보려고 하지 않으셨습니까?"

"외과학 분야에서 그랬지, 정치에서는 아니었네."

"부패한 정권은 우리 나라가 쇠퇴하는 주요인입니다. 선생님의 계획을 거부했던 아인 샴스 의대 학장은, 그의 행정과 의학적 실력은 도외시한 채 정부에 충성하기 때문에 그 자리에 임명된 것입니다. 그는 십중팔구 국가 보안국을 위해 동료들을 정탐하는, 부패하고 위선적인 사람입니다. 만일 선거로 학장 선출이 이루어진다면 우수하고 역량 있는 사람이 그 자리에 올 것이고, 확신하건대 그는 선생님과 협력하려 할 것입니다. 이집트를 사랑한다면 우리는 이 정부를 바꾸기 위해 최선의 노력을 기울여야 합니다. 그렇지 않고 다른 일을 하는 것은 시간 낭비가 될 것입니다."

카람 박사는 내 쪽을 바라보다가 남은 술을 들이켜고 나서 말했다.

"이 문제는 한번 생각해 보겠네."

제23장

그날 밤 타리크 하십에게 벌어진 일은 그의 의지를 벗어난 것이었다. 그는 받아들일 수도, 거부할 수도 없었다. 그 일이 백번 일어나더라도 그는 똑같이 할 것이다. 그는 갑자기 샤이마와 밀착해 있었다. 그녀가 선반 위의 단지를 집으려고 손을 들었을 때 그는 곁에 와 닿은 그녀의 젖가슴을 느꼈다. 그는 본능적인 동작으로 팔을 뻗어 그녀를 껴안았고, 그녀는 저항하지 않았다. 그는 그녀의 녹신녹신한 몸이 자신의 존재를 가득 채우는 것을 느꼈다. 그는 두 손으로 그녀의 등을 잡아 껴안고 그녀에게 키스를 퍼부었다. 그녀의 입술과 얼굴, 머리카락 그리고 목과 턱에. 그녀의 부드러운 피부가 그를 더욱 흥분시켰다. 그는 계속 그녀의 목에 키스를 하고 그녀의 작은 귀를 핥으면서 (포르노 영화에서 본 것처럼) 자신의 입술로 귀를 물었다. 그러자 그녀의 입에서 나지막하고 뜨거운 신음이 새어 나왔다. 그녀는 알아들을 수 없는 말을 나지막이 웅얼거렸다. 마치 형식적이고 약한 반대 의사를 제기하면서도 그런 반대가 아무것도 변화시키지 못하리란 걸 처음으로 알게 된 사람인 듯했다. 또 성욕의 홍수가 자신을 휩쓸기 전, 마지막으로 자신은 순결하다는 것을 알리는 것 같았다.

잠시 뜨거운 포옹을 한 뒤 타리크가 손을 뻗어 아바야의 가운데 지퍼를 열자 지퍼는 순간적으로 내려가는 소리를 냈다. 샤이마는 거부하지 않고 그의 두 손을 지켜보았다. 마치 최면에 걸린 듯했다. 분홍색 면 브래지어에 봉긋한 그녀의 젖가슴이 드러났다. 그는 두 젖가슴을 쥐고 꺼냈다. 두 개의 유방이 나뭇가지에 매달린 잘 익은 과일 같았다. 타리크는 숨을 크게 한 번 들이켰다가 힘껏 내쉬었다. 그녀의 젖가슴 사이에 얼굴을 찔러 넣자, 그의 얼굴은 믿을 수 없을 만큼 부드러운 감촉 속에 뒹굴었다. 갑자기 그는 울고 싶은 욕구가 밀려왔다. 마치 이전에 자신이 그렇게 하지 못했던 것을 슬퍼하는 듯했다. 또 오랫동안 길을 잃고 헤매며 절망감에 사로잡혔다가 갑자기 엄마를 발견한 어린아이 같았다. 샤이마의 가슴에서 퍼져 나오는 온기는 그가 이전에 알고 있던, 그러다 빼앗겨 멀어졌던, 그리고 이제 다시 그에게 돌아오고 있는 본래의 옛 온기 같았다. 그가 그녀의 젖가슴에 키스를 퍼부으며 살짝 깨물자, 그녀는 고통스러운 듯 나지막하고 불분명한 소리를 질렀다. 타리크는 그녀의 몸이 이제 자신의 소유가 되었음을 확인했다. 그녀의 몸은 복종하며 요구에 응했고, 그를 부르며 그에게 전진해 달라고 했다. 그는 바지의 지퍼를 끄르고 그녀의 몸에 힘껏 밀착했다. 하지만 그녀의 아바야를 벗길 용기가 나지 않았다. 그러나 둘은 서로 부둥켜안았고 둘의 몸은 본능적으로 움직이면서 마침내 쾌락의 문을 통과했다. 그의 몸은 엄청난 쾌감에 떨었다. 그것은 매일 밤 화장실에서 짜내는 인위적인 쾌감이 아니라 살과 피로 이루어진 진정한 쾌감이었다. 그는 자신이 새로 태어나고 있다는, 죽음에서 부활하고 있다는 느낌이 들었다. 그는 이제 우울한 지난 삶을 버리고 진실되고 멋진 다른 삶의 길을 갈 것이다. 그는 두 눈을 감고 그녀를 힘껏 껴안았다. 그녀를 떠나지 않기 위해 그녀를 붙잡고 그녀의 몸속으로 피신하듯. 그는 그녀의 향기를 흠뻑 맡으며 다시 키스했다. 그는 그녀와 함께 여러 번, 영원히 사랑을 나눌 준비가 되어 있었다. 하지만 그녀의 눈물이 자신의 얼굴을 적시는 것을 느끼고 정신을 차렸다. 그는 잠에서 깨어나는 것처럼 눈을 뜨고 머리를 들었다. 그러고는 그녀의 뺨을 어루만졌다. 그녀가 뜨겁게 울면서 끊기는 목소리로 말했다.

"내가 너무 경멸스러워."

"나는 너를 사랑해."

그는 그녀의 손에 키스하며 속삭였다.

"나는 이제 부도덕한 여자야!"

"누가 그렇게 말했어?"

"나는 타락한 여자가 되었어."

"너는 세상에서 가장 아름다운 여자야."

그녀는 눈물이 시야를 가리는 가운데 그를 바라보며 말했다.

"내가 너와 일을 치렀으니, 너는 나를 존경하지 않을 거야."

"너는 나의 아내야. 그런데 어떻게 내가 너를 존경하지 않을 수 있어?"

"나는 너의 아내가 아니야."

"우리 결혼하지 않을 거야?"

"해야지. 그런데 지금 나는 네가 가까이하면 안 되는 금지된 여자야."

"샤이마, 우리는 간통을 저지른 게 아니야. 정확한 근거가 있는 하니스 이야기들이 있어. 그 이야기들은—잔미받으실 숭고하신—알라께서는 그분이 원하시는 사람을 위해 간통에 못 미치는 죄에 대해서는 용서하신다는 데 합치하고 있어. 우리는 서로 사랑하고, 이슬람 율법에 따라 허용된 결혼을 할 생각을 갖고 있어. 우리 주님은 용서해 주시고 자비로우시지."

그녀가 그의 진실을 시험하듯 천천히 바라보았다. 그러고 나서 속삭였다.

"그럼 이후에도 나에 대한 너의 시선은 바뀌지 않을 거지?"

"변하지 않을 거야."

"네가 계속 나를 존중할 것이라고 맹세해 줘."

"알라께 맹세코 나는 앞으로도 너를 존중할 거야."

"타리크, 나는 우리 아버지의 자비를 걸어 너에게 맹세하겠어. 나는 너 이전에 어느 누구하고도 그런 일을 하지 않았다는 걸 말이야. 나는 너를 사랑하기 때문에 그 일을 했다는 걸."

"물론이지!"

"너는 나를 버릴 거야?"

"아니, 나는 너를 결코 버리지 않겠어."

둘은 부엌에서 나왔다. 그녀의 발걸음은 자신감으로 충만했고 우아했다. 마치 무거운 짐을 벗어 버린 듯했다. 그는 그녀를 소파의 자기 옆자리에 앉혔다. 그러고는 속삭이며 얘기를 나누었고, 그러면서 중간중간 그녀의 머리카락과 손에 부드럽고 진실된 키스를 했다. 점차 그녀의 얼굴에서 불안한 기색이 사라지고 따뜻한 부드러움이 자리를 잡았다. 순간 그는 어떤 신호를 받은 것처럼 팔을 뻗어 그녀를 끌어당겼다. 이번에는 침착하게 확신을 가진 자세였다. 그는 그녀의 목과 입술을 손가락으로 더듬으며 그녀의 얼굴을 자기 쪽으로 들어 올리고 기나긴 키스에 빠져들었다.

제24장

사라가 문을 열었을 때 제프는 흠뻑 마약에 취해 그녀 뒤에 서 있었다. 그는 침울한 시선으로 눈앞에서 벌어지고 있는 일을 지켜보았다. 라으파트 박사는 사라에게 구타를 퍼부었다. 이상한 것은 그녀가 박사에게 저항하지 않았다는 점이다. 그녀는 첫 구타에 한 번 소리를 지른 뒤 징벌을 달게 받겠다는 듯 몸을 내맡겼다. 박사는 그녀를 발로 힘껏 걷어찼고, 그녀는 바닥에 쓰러졌다. 제프는 눈앞의 광경을 보고 그제야 정신이 들어 라으파트에게 달려들었다. 그러나 라으파트가 손으로 밀쳐 내자 제프는 마약 기운으로 휘청거렸다. 라으파트가 그의 면전에서 소리질렀다.

"너 이놈, 마약에 중독된 더러운 놈. 내가 오늘 밤 너를 감옥에 처넣겠어."

라으파트는 거실 한가운데 계속 서 있었다. 그는 무엇을 해야 할지 모르는 것 같았다. 잠시 후 그는 몸을 돌려 바깥으로 나갔고, 곧이어 자동차 소리가 밀리서 들려왔다. 바깥문은 열려 있었고 입구의 불은 켜져 있었다. 제프는 분노에 찬 욕을 웅얼거리며 방 안을 서성거리다가 갑자기 멈춰 섰다. 순간 그는 꿈에서 깨어난 듯 정신이 멍한 상태로 보였다. 그는 천천히 걸어가 바깥문을 닫고 불을 껐다. 그러고는 사라를 일으켜 세운 뒤 함께 안으로 들어갔다. 둘은 조금 전 쾌락의 불길을 지폈던 소파에 나란히 앉았다. 그는 그녀의 얼굴을 바라보았다. 그리고 왼쪽 눈 주위의 멍과, 입술이 터져 말라붙은 핏자국을 발견하고 손을 뻗어 다정하게 그녀의 얼굴을 만져 주었다. 그러고는 거친 목소리로 말했다.

"우리가 꼴사나운 공격을 당했어!"

사라는 아무 말 없이 앉아 있었다. 그가 말을 이었다.

"당신 아버지는 야만스러운 얼굴을 드러냈어. 그는 다 큰 딸의 인생을 옭아매려 하고 있어. 아직도 사막에 살고 있는 것 같아."

순간 그녀가 침묵을 깨고 울기 시작했다. 그가 마약이 들어 있는 접시를 내밀면서 동요된 어조로 속삭였다.

"접시를 잘 닦아. 그리고 빨리 움직여야 해. 나는 근처에 사는 친구 집에 마약을 숨길 거야. 그런 다음 경찰에 신고하자."

"나는 경찰에 신고하지 않을 거야."

그가 천천히 그녀를 쳐다보고 말했다.

"사라, 이건 심각한 일이야. 당신 아버지가 우리를 신고하기 전에 우리가 먼저 신고해야 해."

"아버지는 우리를 신고하지 않을 거야."

"나를 짜증 나게 하지 마. 너는 어떻게 그토록 자신하는 거지?"

"나의 아버지니까."

"그가 그렇게 굴었는데도 너는 어떻게 아버지를 믿는 거지?"

"제프, 나는 아버지를 잘 알아. 아버지는 절대 경찰에 신고하지 않을 거야. 알았어? 네가 그토록 걱정하는 게 이거 아니야? 이제 나를 편안하게 내버려 둬."

"그게 무슨 말이야?"

"나를 좀 내버려 달라고. 잠깐 혼자 있고 싶어. 제발."

사라는 벽에 머리를 기댔다. 그녀는 안정이 필요했다. 몸은 피곤하고 통증이 있음에도 불구하고 그녀의 머릿속은 선명하게 이어지는 형상들로 끓어올랐다. 아버지의 화난 얼굴이 나타났고, 아버지의 손이 올라와 자신을 여러 차례 갈겼다. 그녀는 조금 전에 일어난 일을 돌이켜 보았다. 마치 사건을 파악하지 못한 듯하거나, 아니면 자신을 고통에 빠뜨리고 싶어 하는 것 같았다. 그녀의 머릿속에서 옛 장면들이 물 흐르듯 흘러갔다. 그 장면들은 어둠 속의 섬광처럼 번쩍이다가 사라졌다. 그녀는 아버지 품에 안겨 있는 어린 시절의 자신을 보았다. 그리고 어머니의 얼굴이 나타났다. 어릴 적 사라는 매일 밤 작은 침대에 들어갈 때마다 어떻게 했는지를 기억했다. 그녀는 두 눈을 감고 머리를 베개 아래 두고 하느님께 열심히 기도했다. 자주 그랬듯이, 그녀가 엄마 아빠의 고함에 깜짝 놀라 잠에서 깨는 일이 없도록 밤중에 두 분이 싸우지 않게 해 달라고. 그녀는 제프와 보낸 첫날 밤을 돌이켜 보았다. 첫 번째 쾌락의 떨림, 침대를 얼룩지게 한 핏방울에 대한 두려움, 제프가 "이제 너는 진짜 여자가 되었어"라고 속삭일 때의 목소리.

사라는 제프가 마약을 하는 걸 처음 보았을 때 그를 심하게 꾸짖으며 학교에서 배운 마약의 위험을 말해 주었다. 하지만 그는 웃으며 짧게 말했다.

"해 보지 않은 사람은 그것에 대해 말할 자격이 없어. 그건 기막힌 매개체야. 그게 없다면 내가 그림에서 묘사하는 그런 세상을 볼 수 없을 거야."

그는 함께 마약을 히지고 졸랐지만 그녀는 완강히 거절했다. 어느 날 밤, 침대에 함께 있을 때 그는 강력하게 마약을 권했다. 그가 애원하듯 말했다.

"내 말 좀 들어 봐. 나는 네가 행복하기를 바라. 마약은 너의 의식을 잃게 하지 않아. 그것은 네게 새로운 의식을 더해 줘. 한번 해 봐. 그리고 네 마음에 안 들면 절대 그것을 가까이하지 말라고."

그녀는 첫 번째 황홀경을 잊지 못할 것이다. 그녀는 하얀 가루를 흡입하자마자 자신이 하늘을 날고 있다는 느낌을 받았다. 그녀는 구름 사이를 떠다녔고, 슬픔과 걱정, 앞날에 대한 두려움도 없었으며, 빛나고 순수하고 넘쳐 나는 행복감이 있었다. 그다음에 그와 섹스를 했고 절정에 도달했다. 다음번에도 그는 사라에게 마약을 주었고 그녀는 거부하지 않았다. 세 번째 그녀가 마약을 요구하자 제프는 한참 웃음을 터뜨리더니, 말아서 만든 꽁초를 건네며 말했다.

"행복 클럽에 들어온 걸 환영해!"

섹스는 마약 복용과 함께 이어졌다. 마약은 그녀를 오르가슴에 이르게 했고, 그녀로 하여금 여러 차례 전율하고 강하게 소리치고, 그러다가 그녀의 몸이 누그러지게 만들었다. 그녀는 격렬한 섹스로 죽었다가 다시 살아나곤 했다. 그리고 제프는 이제 중단했던 일을 다시 시작하려 한다. 그가 다가와 그녀에게 자신의 몸을 밀착하며 속삭였다.

"제기랄, 당신의 어리석은 아버지가 우리의 행복을 망쳐 놓았어."

그는 마치 궂은 날씨나 혼잡한 교통 상황을 전해 주듯 예사로운 어투로 말했다. 그의 목소리는 덤덤했고 가볍게 지나가는 아쉬움이 묻어 있었다. 그는 일이 끝났다는 듯 그녀의 대답을 기다리지 않았다. 그리고 원래는 비타민 약이 들어 있던 병에 손을 뻗어 조심스럽게 흔들어 열고는 약간의 가루를 접시에 담았다. 그리고 꽁초에 만 가루를 들이켜자 사라는 자리에서 일어나 거리를 두었다. 그리고 도망치듯 창문 쪽으로 갔다. 하지만 그녀는 내심 그러한 시도가 처음부터 실패하리라는 것을 알고 있었다. 그녀는 얼굴을 돌려 창문 너머를 바라보았다. 제프는 습관처럼 그녀가 돌아오리라는 것을 확신한 듯 미소 지으며 그녀를 바라보았다. 마치 그녀의 유치한 자제를 비웃는 것 같았다. 그가 꽁초를 내밀었다. 그의 파란색 두 눈은 절대적 지배력을 반영하고 있었다. 그는 사라가 망설이는 것을 감지하고 확신에 찬 목소리로, 마치 미결 사항을 끝내는 투로 말했다.

"자기, 어서 하자고. 밖에서 그만 놀고 낙원으로 돌아와."

사라는 시선을 깔고 그에게 갔다. 고개를 숙인 채 순종하는 자세로. 그리고 잠시 후엔 강한 욕구로 변할 좌절감을 짊어진 채로. 그녀는 소파 위 제프의 곁에 몸을 던졌다. 그녀는 꽁초를 받아, 자신의 코 쪽으로 천천히 들어 올렸다. 그런 다음 두 눈을 감고 힘껏 빨아들였다.

제25장

    사프와트 샤키르 소장(少將)은 경찰 대학 학생 시절부터 강한 개성과 철저함, 지적·신체적 역량으로 교수들의 주목을 받았다. 졸업 후 알아즈베키야* 수사 보좌관으로 근무한 그는 젊은 나이에도 불구하고 그곳에서 근무 체계를 발전시켜 나갔다. 당시 수사 경찰의 업무는 혐의자 체포와 고문에 국한되어 있었다. 고문 방식은 전통적인 것으로 구타, 굴대에 매달아 치기, 채찍질 등이었다. 혐의자가 죄를 완강하게 부인하면 굵은 막대기를 항문에 넣거나 불붙인 담배를 성기에 대고 끈다든지 또는 벌거벗은 몸에 충전기를 연결하는 등의 방법으로 성적 수치심을 준다. 고문을 견디지 못한 혐의자는 결국 항복하고 사건과 관련된 일을 자백한다. 이러한 전통적인 방법은 물론 유용했다. 그러나 많은 혐의자들을 죽음에 이르게 함으로써 담당자들을 난처한 상황에 빠뜨렸다. 그럴 때면 수사관은 두 가지 해결책 중 하나를 이용했다. 첫 번째 방법은 혐의자가 혈액 순환의 급격한 저하 이후 사망했다는 내용의 진단서를 발급하게 하고, 사망자의 가족에게는 발설할 경우 체포하겠다는 협박을 한 뒤 시신을 몰래 매장하도록 명한다. 또 다른 방법은 혐의자의 시신을 창문 베란다에서 던진 뒤 혐의자가 자살했다는 내용의 보고서를 작성한다.

젊은 수사관 사프와트 샤키르는 수사국장의 허락을 받아 취조 업무에서 새로운 방법을 개발해 냈다. 그는 혐의자를 구타하거나 전기 고문을 하는 대신, 혐의자의 부인을—미혼일 경우 모친이나 누이를—체포했다. 그런 다음 부하들로 하여금 부인의 옷을 하나씩 벗기게 하여 완전히 알몸으로 만든다. 부하들은 혐의자인 남편 앞에서 그녀의 몸을 조롱한다. 그러면 남편은 결국 요구하는 사항을 자백하게 된다. 새로운 방법은 눈부신 결과로 이어져 사건 해결에 걸리는 시간이 평소의 절반으로 줄었다. 알아즈베키야 경찰국장은 몇 년간 내무부 장관으로부터 신속한 업무 성취와 정확한 수사에 대한 감사의 서신을 연이어 받았다. 물론 문제가 생기기도 했다. 한 혐의자가 벌거벗은 노모의 모습을 보고 견디질 못했다. 부하들은 노모의 생식기에 장난을 치고 있었다. 혐의자는 마치 불에 타는 것처럼 귀에 거슬리는 큰 소리를 지르고는 곧바로 의식을 잃었다. 그리고 반신불수가 되었다는 사실이 밝혀졌다. 그러나 사프와트 샤키르는 평소처럼 침착했고 사건을 영리하게 처리했다. 그는 몸이 마비된 혐의자를 병원으로 옮기라는 명령을 내린 뒤, 혐의자가 혈압이 높아 고생하다가 뇌출혈로 이어졌다는 보고서를 발급하도록 했다. 이런 일시적인 사건을 제외하면 새로운 방법은 혁혁한 성공을 거두어 다른 경찰서에서 따라 할 정도에 이르렀다. 사프와트 샤키르의 탁월함이 내무부 내에 자자해서 그는 국가 보안 수사국으로 전근하게 되었다. 그곳에서도 그는 정치 사범들을 상대로 같은 방법을 사용하여 큰 성공을 거두어, 다른 주(州)들의 책임자들까지 그의 도움을 청할 정도가 되었다. 일이 반복되고 경험을 쌓으면서 사프와트 샤키르는 자신의 방법에 연극적인 차원을 도입해 더욱 효과를 높였다. 예를 들어 그는 혐의자의 부인이나 노모의 옷을 벗긴 뒤 여자의 몸을 침착한 시선으로 살펴본다. 그리고 담담한 어조로 혐의자에게 말한다.

"당신 머리는 형편없어. 당신 아내는 정말 예쁘군. 당신은 정치 활동을 하면서 아내는 성에 굶주리게 놔두는데 말야, 그건 잘못 된 것 아닌가?"

혹은 이렇게 말한다.

"당신 모친은 나이가 많지만 벗은 몸을 보니 성적으로 쓸모 있 다는 걸 알았어. 묵은 암탉이 기름기는 있지!"

그럴 때면 구금된 자는 울거나, 저주를 하거나, 자비를 구하며 소리를 지른다. 사프와트는 베테랑 연극배우처럼, 혐의자가 반응 을 끝낼 때까지 어떻게 침묵하는지를 터득한 터라, 그는 잠깐 기 다렸다가 사탄의 속삭임처럼 구금된 자의 귀에 대고 나지막이 말 한다.

"마지막으로 한마디 하겠어. 내 말에 복종해서 털어놓지 않으면 부하들을 시켜 네 앞에서 네 아내를 범하라고 할 거야. 공짜로 포 르노 영화를 보여 줄 테니 내게 감사하라고."

지난 여러 해 동안 사프와트 샤키르 앞에서 버틴 자는 한 명도 없었다. 많은 사람들이 조직에 가담했음을 자백했다. 심지어 그들 은 자술서 여백에 서명을 하고, 사프와트가 원하는 내용을 직접 작성하기도 했다. 자신의 보기 드문 역량 외에 사프와트 샤키르 는 후배들을 격려하는 것으로도 유명했는데, 그들에게 인내심을 갖고 성실하게 자신의 경험을 알려 주려 했다. 그는 종이에 기하 학 곡선을 그린다. 곡선은 높은 점에서 시작해, 계속 직선 형태를 유지하다 갑자기 0 쪽으로 하락한다. 그는 후배들에게 설명한다.

"이 곡선은 혐의자들의 저항을 나타낸다. 여러분이 그림에서 보 듯, 저항은 항상 높은 상태에서 시작되어 한동안 계속 고정된다.

그러다가 특정 지점에서 갑자기 무너진다. 뛰어난 수사관은 빠르게 붕괴 지점에 이르게 하는 자이다. 구타에만 의존하지 마라. 신체적인 고통의 수준이 지나면 혐의자는 감각을 상실한다. 또 전기 충격은 혐의자를 죽일 수도 있고 불필요한 문제를 일으킬 수 있다. 여러분이 내 방법을 시도해 보면 그 가치를 알게 될 것이다. 제아무리 고집불통인 혐의자라 해도 자기 아내나 어미가 눈앞에서 성적 수치를 당하는 것을 견뎌 낼 수는 없다."

사프와트 샤키르는 국가 보안국에서 마침내 대령이 되었다. 그리고 국가는 새로운 분야에서 그의 탁월함을 활용하고자 했다. 그는 정보국으로 옮겼고 그곳에서의 업무는 다양했다. 그의 임무는 간첩망과 여론의 동향을 감시하는 것, 대학교수와 언론인, 정당과 정부 책임자들로 이루어진 정보부 요원들을 통제하고, 그들에게 새로운 임무를 부여하는 것 등이었다.

정보국은 그 역사에서 사프와트 샤키르가 이룬 위대한 성과를 언급할 것이다. 당시 파리에 거주하는 이집트 지식인들 사이에서는 체제 반대 운동이 격렬했다. 그들을 이끄는 이는 프랑스 문단의 존경을 받고 있는 유명 작가였다. 사프와트는 정보국 국장에게 마음껏 작전 수행을 하게 해 달라고 요청했고 국장은 허락했다. 프랑스로 건너간 그는 프랑스 정보국의 승인 아래 25만 프랑을 주고 창녀를 고용해 훈련시켰다. 그녀는 이집트 작가를 유혹하여 관계를 가지면서 위스키에 수면제를 탄 뒤 사프와트와 그의 부하들을 불렀다. 그들은 작가에게 마취제를 주사하고 특별히 준비한 상자에 작가를 넣어 운반했다. 몇 시간 후 작가가 깨어났을 때 그는 쿠브리 알쿱바*의 정보국 건물에 있는 자신을 발견했다. 그것은 치명적인 일격이었다. 프랑스 수사국은 이 사건을 해결하지 못했고, 결국 미제(未濟)의 행방불명 사건으로 처리되었다. 그러한 보복이 두려워서인지 그 후 오랫동안 이집트인 반대자들의 목소리는 잠잠해졌다.

사실 사프와트 샤키르 소장의 직업상의 성과를 기록하는 것은 별도의 책을 필요로 한다. 그는 계속 성공에 성공을 거듭해 외무부 참사관(그것은 이집트 대사관 내 정보국 책임자의 대외적인 공식 직함이다)에 임명되었다. 사프와트 샤키르는 가나, 도쿄 그리고 이집트 정부로서는 가장 중요한 워싱턴의 이집트 대사관에서 근무했다. 그는 이 직책이 영광스러운 출세를 위한 마지막 통로라는 것을 알고 있었기에 엄청난 노력 끝에 놀랄 만할 성공을 거두었다. 그리고 인생 최대의 기회로, 이집트 대통령의 미국 방문 계획이 성사되기에 이르렀다. 대통령이 그를 보고 그의 능력에 감탄한다면 가까운 시일 내에 있을 개각 때 내무부 장관이나 외무부 장관, 어쩌면 국제 협력부 장관으로 추천할 것이다. 하지만 사프와트가 방미 일정 준비 과정에서 하나의 실수라도 한다면 그는 다음번 인사이동 때 퇴직해야 할 것이다.

우리는 사프와트 샤키르의 모든 것을 알아낸 걸까? 그의 삶에서 두 가지가 아직 남아 있다. 그것은 권력과 여자이다. 여러 해 동안 구금된 수천 명의 운명을 판정하는 최고 명령권자로 지내면서, 그에게는 분명히 설명하기 어려운, 은밀하고 확고하며 모호한 권력이 생겨났다. 그의 일은 성격상 가장 취약한 상황에 처한 사람들을 볼 수 있게 한다. 그 점은 그로 하여금 부부 사이의 사적인 비밀을 침범할 수 있는 기회를 제공했고, 그는 그 비밀을 이용해 어떻게 하면 투사들의 의지를 분쇄할 수 있는지를 터득했다. 그 결과, 그들이 그의 발에 입을 맞추면서 울고 애걸하게 만들 수 있었고 그들의 눈앞에서 그들 부인들에게 성적 수치심을 주도록 명령하지 않아도 되었다. 인간 본성을 이용한 일그러진 경험은 그에게 주변 사람들에 대한 이상한 권위를 부여했다. 모든 사람은 보이지 않는 범위의 틀 안에서 움직이게 마련인데 그는 그 범위를 깨뜨림으로써 어느 누구도 대적할 수 없는 권력을 갖게 되었다. 이제 그는 많은 말을 할 필요가 없었다. 그를 놀라게 하는 것도, 그를 망설이게 하는 것도 더 이상 없었다. 바위 같은 엄격한 얼굴, 심장을 꿰뚫는 듯한 무서운 시선, 주변의 그 어떤 긴장감도 무시하며 자기만의 리듬에 맞추어 움직이는 위엄 있고 느릿한 동작, 단어를 힘주어 발음하면서 천천히 던지는 말투 그리고 그 공간에 응축되고 걱정스러운 상태를 유발하는 그의 존재. 이 모든 것이 그의 권력을 최대한으로 신적인 존재가 되도록 만들었다. 그가 한번 내린 결정은 결코 번복되는 법이 없다. 그는 운명의 지시 사항을 집행하는 자이지, 그것에 복종하는 자가 아니다. 그는 한마디 말이나 지시로, 다음 세대까지 이어지는 한 집안의 운명을 결정짓는다. 그가 누리는 놀랄 만한 권력은 우리로 하여금 질문하게 한다. 우리의 열망이 사건의 향방을 변화시킬 수 있는가? 만일 우리가 어떤 일을 강력히 갈망한다면 우리는 그것이 어떤 식으로든 성취되도록 추진할 것인가? 이것이 사실이라면 사프와트 샤키르의 권력은 근본적으로 권력에 대한 그의 맹렬한 감각에 기인한다. 예를 들면 그는 그의 직위를 모르는 자들에 대해서도 즉시 자신의 의지를 강요한다.

그리고 이러한 권력은 여성들에 대해 다양한 형태를 취한다. 그는 조상 대대로 여성 편력의 특성을 물려받았다. 그의 가문 남자들에게는 두 명 혹은 그 이상의 여사(아내나 애인)들이 있었다. 그는 어린 시절, 여자 문제로 부모가 자주 싸우던 것을 기억한다. 또 경찰 대학 재학 시절에 있던 일을 기억한다. 그는 집안의 하녀와 관계를 가졌다. 매주 목요일 친구들과 함께 저녁 시간을 보내고 집으로 돌아와 그녀와 동침했던 것이다. 그는 그녀의 몸이 이미 편안함과 여유를 갖고 있음을 느꼈다. 이것은 그에게 강한 의심을 불러일으키게 했고, 그 의심은 곧 그녀가 그와 그의 아버지를 만나고 있는 것으로 밝혀졌다. 욕망과 실행 면에서 이러한 성적 광포함은 쉰다섯 살이 되었음에도 아직까지 사프와트 샤키르의 육체에 남아 있었다. 그것은 유전에 따른 것일 뿐 아니라 그의 업무 때문이기도 하다. 전투병들이나 투우사들, 쫓기는 갱단처럼 위험 속에 사는 사람들의 경우 그들의 성적 욕망은 불타오르고 결코 해소되지 않는다. 그들은 어느 때라도 목숨과 함께 잃을지 모를 성적 쾌감을 탐닉한다. 또 위협받는 삶의 매 순간에 대한 자각을 섹스로 강화한다.

그러나 사프와트 샤키르의 기이한 특징 중 하나는 그가 여자와 동침하는 방법이다. 재판 없이 구금되어 여러 해가 지나면 구금된 사람의 아내는 남편이 석방되리라는 희망을 잃게 된다. 그녀의 관심사는 남편의 상태를 개선하거나 가까운 구치소로 옮기는 것, 남편의 치료를 위해 정기적으로 약을 넣어 주는 것으로 한정된다. 이를 위해서는 남편의 삶을 덜 불행하게 해 줄 힘을 가진 국가 보안국 장교에게 간청해야 한다. 이렇게 해서 국가 보안국 수사과 건물 앞에는 익숙한 풍경이 펼쳐진다. 그중에 검은 옷을 입은 여자들 한 무리가 이른 아침부터 문 앞에 줄지어 늘어선 풍경이 있다. 그녀들은 오랜 시간 아무 말 없이, 또는 나지막한 목소리로 대화하거나, 울면서 기다린다. 그리고 마침내 그녀들에게 구치소 입장이 허락된다. 그녀들은 곧바로 울음을 터뜨리며 남편을 위한 요청이 이루어질 수 있도록 장교들에게 간청하는 애원의 장면을 시작한다. 장교들은 그러한 요청을 냉정하게, 짜증 섞인 화를 내며 조사하는 데 익숙해 있었다. 대개의 경우 장교들은 요청을 거부하고, 여자들이 떠나지 않으면 체포하겠다고 으름장을 놓는다. 그러나 구금된 자의 아내가 미인이라면 대접은 달라진다. 장교들은 그녀에게 사프와트 샤키르를 만나 볼 것을 청한다. 그렇게 말하는 그들의 눈에는 조롱하는 눈빛이 드러난다. 그들은 자신들의 수장이 여자들을 좋아하는 것을 알고 있고, 자기들 사이에서 그에 대해 우스갯소리를 한다. 하지만 그러면서도 수장에게 아부하고 그를 기분 좋게 하기 위해 예쁜 여자들을 보낸다. 이렇게 해서 구금된 자의 아내는 두려움과 불행 속에 비틀거리며 사프와트 샤키르의 사무실에 들어간다. 그는 첫눈에 그녀가 어떤 유형의 여자인지를 알아내는 능력이 있다. 그녀가 받아들일 것인지, 거부할 것인지? 그는 눈에 띌 정도로 탐욕스럽게 여자의 몸을 살펴보면서, 동시에 그녀의 반응을 측정하는 오랫동안의 느긋한 시선을 던지며 여자를 가늠한다. 여자는 그의 앞에서 불안한 기색으로 서 있다. 그녀는 하소연하고 울면서 자신의 요구를 들어 달라고 간청한다. 사프와트는 경험을 통해 그녀가 자신을 거부하리라는 것을 알게 되면 그녀의 서류를 부하 직원들에게 돌려보내 필요한 조치를 취하도록 한다. 만일 그녀가 가능하다는 것을 알게 되면 그는 즉시 그녀의 요구를 들어준다. 여자가 쏟아 내는 감사와 기원의 말 속에 사프와트는 다시 한 번 그녀의 몸에 시선을 던지며 천천히 말한다.

"부인, 당신은 아름답군요. 그런 상태로 어떻게 견디고 있지요?"

자신의 예상이 틀렸을 경우를 위해 이처럼 노골적이고 갑작스러운 전환은 필요히다. 만일 여자가 미소를 짓거나 분노하는 기색 없이 난처한 듯 침묵하면, 또는 그녀가 말없이 고개를 숙인 채 얼굴이 빨개지고, 심지어 그녀가 나지막한 목소리로 속삭이면 그때 사프와트는 길이 열렸음을 확신한다. 그다음부터는 성에 관해 노골적으로 얘기한다. 끝에 가서 그는 종이를 꺼내 알샤와르비 가에 있는 자신의 아파트 주소를 적는다. 그러고는 업무를 일단락짓는 것처럼 중얼거린다.

"내일 저녁 5시, 이곳에서 당신을 기다리겠습니다."

한 명의 여자도 오지 않은 적은 없었다. 그 이유는 여러 가지다. 수감 중인 남자의 아내도 결국엔 욕구를 채울 희망 없이 신경을 삼켜 대는 강한 욕정을 가진 여자이다. 내심 그녀는 사프와트 샤키르 같은 이가 자신을 원한다는 사실에 기뻐할지도 모른다. 즉 그가 상류 사회 여자들보다 — 가난한 여자인 — 그녀를 좋아했다는 사실에 기뻐할 수도 있다. 또 그녀는 사프와트와의 관계를 수락함으로써 자신의 남편에게 수용소에서 더 나은 환경을 보장해 줄 수 있다. 그러나 수감된 자들의 부인들이 항복하는 것은 근본적으로, 사프와트 샤키르가 후배들에게 가르치며 그려 준 도표 곡선과 관계있는, 더 심층적인 이유에 기인한다. 가난과 시련으로 좌절한, 여러 차례의 전투로 기진맥진한, 다시는 정상적인 삶을 살아갈 수 없다는 데 완전히 절망한, 그리고 박탈감과 남자들의 욕구, 아이들을 먹이기 위해 매일같이 벌이는 투쟁이 한데 결합된 여자. 그런 여자는 항복하기 직전에 지쳐 있는 포위된 병사와 같다. 그럴 때 내면의 깊은 욕구는 그녀를 나락으로 몰고 간다. 그렇다. 그녀의 추락은 그녀에게 편안함 같은 것을 선사하는데, 왜냐면 그녀를 줄곧 괴롭혀 왔던 내면의 투쟁을 영원히 잠재우기 때문이다. 이제 그녀는 정말 추락한 여자로서, 더 이상 주저할 것도 생각할 것도 저항할 여지도 없게 되었다. 그녀가 아파트에 들어온 순간, 사프와트 샤키르는 그녀를 침대로 데려간다. 그는 매번 여자의 신체를 샅샅이 살펴보며, 여자가 예상했고 준비되었음을 발견한다. 이상한 점이 있다면 그는 결코 그 여자들에게 키스하지 않는다는 것이다. 그는 한마디 말도 없이 그녀들과 관계를 갖는다. 그는 욕망으로 불타는 그녀들의 육체를 조롱하는 데 열중한다. 여자들이 미칠 정도로 그녀들의 성욕에 불을 붙인다. 사프와트는 투우사가 덩치 큰 소에게 치명타를 가하기 위해 칼을 뽑는 것처럼 직관으로 어떤 한순간에 이르러 애정과 부드러움 없이 여자의 육체를 거세게 공격한다. 그는 자비심 없이 여자와 교합하고 한 번 또 한 번 그녀를 범한다. 마치 이전에 여자의 남편에게 했듯이 그녀에게 채찍질을 하는 것 같다. 그녀는 도움을 청하듯 소리를 지른다. 그녀의 고함에는 쾌락과 고통이 섞여 있다. 또는 쾌락은 고통에서 나올지도 모른다. 그의 이 같은 공격은 그녀에게 깊은 쾌감을 안겨준다. 그 쾌감은 그녀가 자존심에서 완전히 벗어난 데서 생겨나는 것인 만큼 섹스에서 연유하지는 않는다. 그는 그녀를 굴종시키는 데 몰입하고 그녀와 성교하며 그녀를 경멸한다. 그의 경멸은 최대한의 깊이에 도달한다. 그녀는 경멸을 받아도 될 만하기 때문이다. 그녀는 어느 누구도 친절과 존경심으로 대할 가치가 없는 여자이다. 그는 창녀들과 관계를 갖듯이 그녀와도 관계를 갖는 것이다. 두 사람이 절정에 달한 뒤 여자는 사프와트에게 붙어 있다. 그녀는 그에게 키스할 엄두도 내지 못한다(키스는 대등한 관계를 암시하기 때문이다). 하지만 그녀는 그의 몸에 밀착하고 그의 몸을 더듬으며 냄새를 맡고, 가끔씩 자신의 혀로 그의 몸을 핥는다. 빈번히 그녀는 울면서 몸을 굽히고 그의 두 손에 키스한다. 그러는 동안 그는 담배를 피우며 편한 자세로 꿈쩍 않고 누워 있다. 그는 멍한 표정을 짓고 있는데, 그 모습은 마치 무심하게 자신의 종들로부터 제물을 받는 신과 같다.

사프와트 샤키르 소장은 워싱턴에 있는 이집트 대사관의 자기 사무실에 앉아 방금 카이로에서 도착한 보안 관련 서류들을 읽는

데 몰두하고 있다. 방에 정적이 감돌았고, 그러다 내부 연락 장치를 통해 들리는 비서 하산의 목소리가 정적을 깼다.

"참사관님, 성가시게 해 드려서 죄송합니다."

"내가 어떤 연락도 원치 않는다고 자네에게 말하지 않았나."

"아흐마드 다나나 박사가 참사관님을 뵈러 시카고에서 왔습니다. 박사는 시급하고 중대한 일이라고 강조하더군요."

사프와트는 잠시 침묵했다. 그런 뒤 거친 목소리로 말했다.

"들어오라고 해."

잠시 후 다나나가 방으로 달려 들어왔다. 그는 마치 시카고에서부터 뛰어온 것처럼 숨을 몰아쉬며 땀을 흘렸다. 그러고는 책상 건너편에 있는 소파에 몸을 던지듯 하며 쉰 목소리로 도움을 청하듯 말했다.

"참사관님을 성가시게 해 드려서 죄송합니다만, 큰 문제가 생겼습니다. 큰 문제입니다!"

사프와트가 아무 말 없이 바라보자 다나나는 떨리는 목소리로 말을 이었다.

"저의 박사 학위 논문 지도 교수인 데니스 베이커 박사가 연구 결과에 대해 저를 조작 혐의로 비난하면서 조사 위원회에 회부했습니다."

사프와트는 계속 침묵하며 앞에 놓인 금색 갑에서 담배를 꺼내 천천히 불을 붙였다. 그런 다음 한 모금 빨면서 애원하듯 소리치는 다나나를 응시했다.

"만일 조사 위원회에서 제게 유죄 판결을 내리면 그들은 저를 제적시킬 것입니다."

사프와트는 총알 같은 시선으로 다나나를 뚫어보며 천천히 답했다.

"내가 무얼 해 주길 바라나?"

"참사관님, 저는 미래를 잃게 됩니다. 그들은 저를 대학에서 내쫓을 것입니다."

"누가 자네더러 논문 결과를 조작하라고 했나?"

"참사관님, 저는 조작하지 않았습니다. 참사관님께서 맡기신 임무를 수행하느라 제 연구가 잠시 지체되었을 뿐입니다. 베이커 박사는 결과물을 제출하라고 계속 압박했습니다. 그래서 저는 먼저 결과를 제출하고, 그런 다음 천천히 실험을 하려고 했습니다."

"이런 어리석은 친구. 자네는 교수가 연구 결과를 검토할 것이라는 생각은 안 해 보았나?"

"다른 논문들의 경우 교수는 수치만 검토했습니다. 그는 제가 제출한 수치에 만족했습니다."

다나나는 웅얼거리며 고개를 떨구었다. 그러고는 마치 자신에게 말하는 것처럼 나지막이 말을 이었다.

"연구 결과는 거의 통과되고 있었습니다. 그런데 운 나쁘게 그가 연구에 대해 새로운 아이디어를 적용하려 했습니다. 그리고 슬라이드를 검사하다 제가 한 일을 알게 되었습니다."

사프와트는 침묵했다. 다나나는 다시 애원하기 시작했다.

"사프와트 베, 선생님께 간절히 청합니다. 저는 대학생이 된 이후 국가를 위해 봉사해 왔습니다. 또 참사관님께서 명하시는 일을 수행하는 데 하루도 지체하지 않았습니다. 이런 시련을 당한 상태에서 참사관님께선 저를 도와주실 수 없을 만큼 제가 가치 없는 사람입니까?"

"우리는 조작한 자들의 편에 서지 않아."

"제발 부탁드립니다."

"대학이 자네를 제적하지 않으면 우리가 자네를 해고할 거야.

자네는 그 자리에 있을 수 없어."

다나나는 뭔가를 말하려고 입을 열었다. 하지만 그의 얼굴은 심하게 떨렸고 끝내 울음을 터뜨렸다. 그는 눈물을 펑펑 흘리며 울고 난 뒤 통곡의 또 다른 장면을 시작했다.

"제가 헛수고했군요. 그 많은 밤을 지새운 게 헛된 짓이었어요. 그 결과가 수치스러운 일과 제적이네요."

"입 다물게!"

사프와트가 다나나를 꾸짖었다. 사프와트의 얼굴에 난처한 기색이 보였다. 다나나는 그 모습에서 한 줄기 희망의 빛을 보고 다시 떼를 썼다.

"사프와트 베, 제발 부탁합니다. 참사관님은 저의 수장이시자 선생님이시고, 저는 당신의 제자입니다. 제가 잘못을 저지르면 당신은 저를 징계할 권한이 있으십니다. 선생님께서 원하시는 대로 하십시오. 하지만 저를 버리지는 말아 주십시오."

아마도 이런 상황이야말로 사프와트가 기다리던 것이었을지 모른다. 그는 푹신한 의자에 깊숙이 앉은 다음 머리를 들어 천장을 계속 응시했다. 깊은 침묵이 깔렸고, 잠시 후 그가 침묵을 깼다.

"자넬 도와주겠네. 자네를 위해서가 아니라 자네 때문에 어려운 지경에 처한 자네 부인을 위해서야."

"주님께서 선생님을 돌봐 주시길 바랍니다."

"조사가 언제 있나?"

"내일입니다."

"그들에게 가게."

"사건을 한 주 연기하는 증명서를 제가 얻을 수 있을까요?"

"안 돼. 그들이 요구하는 대로 내일 가 보게."

"선생님, 베이커 박사의 말은 영향력이 커서 그들은 저를 제적시킬 겁니다."

"그들더러 자네를 자르라고 해. 그들은 자네에 대한 제적 결정 서류를 우리에게 보내 줄 거야. 우리가 여기서 그 결정 사항을 묻어 버려 유학 담당처가 모르게 하면 돼."

"주님께서 선생님을 보살펴 주시기를……. 하지만 저는 공부를 중단하게 될 겁니다."

"문제가 조용해지면 자네를 다른 대학교에 입학시켜 주도록 내가 힘써 보겠네."

그것은 다나나가 바라던 것 이상이었다. 결국 그는 상관의 얼굴을 응시하다가 망설이는 목소리로 말했다.

"선생님께서 제게 약속을 주신 것으로 알고 있겠습니다."

사프와트는, 다나나를 제자리에 얼어붙게 만들다시피 하는 깔보는 듯한 시선을 그에게 던졌다. 그러고는 피곤이 밀려온 사람의 목소리로 말했다.

"이제 시카고로 돌아가 내가 맡긴 임무를 마무리하게. 대통령 각하의 방문이 가까워졌어. 우리에겐 시간이 별로 없네."

다나나가 감사의 표시로 한마디 하려 했으나 사프와트는 책상 위에 흩어져 있는 서류들을 읽으며 말했다.

"나를 방해하지 말게. 내겐 일이 산적해 있어."

다나나는 한숨을 쉬었지만 이내 주름이 펴졌다. 그는 떠나려고 몸을 돌렸다. 그리고 다나나가 문에 이르기 전에 사프와트의 목소리가 들려왔다. 그 목소리는 다른 리듬을 띠고 있었다.

"그런데 밀야, 자네에게 한 가시 부탁할 게 있네."

"선생님, 지시만 내려 주십시오. 반드시 시행하겠습니다."

제26장

캐럴의 얼굴은 두려움 때문인지 창백해 보였다. 그녀의 심장 박동이 빨라졌고 호흡이 거칠어졌다. 그녀는 친구 에밀리와 함께 미시간 애비뉴가 내려다보이는 초고층 빌딩에서 사람들로 가득한 엘리베이터를 타면서 거의 의식을 잃은 상태였다. 에밀리가 엘리베이터 직원에게 속삭이자 그는 30층 버튼을 눌렀다. 엘리베이터는 출발하기 전에 벨 소리를 냈다. 둘은 계속 말없이 있었다. 그전에 오랫동안 얘기를 나누어 더 말할 내용도 없었다. 캐럴은 많은 질문을 던졌고, 주저했으며, 여러 번 포기하려 했다. 그러나 에밀리가 어머니 같은 미소를 짓고 그녀를 바라보며 안심시켰다.

"이건 절호의 기회야. 만일 내가 너와 같은 상황에 있다면 나는 망설이지 않을 거야."

"나는 수치심이 느껴지는 걸 막을 수가 없어."

"네가 그 일을 미적 측면에서 보면 그건 창피한 일이 아니야."

둘은 엘리베이터에서 내렸다. 에밀리가 앞장섰고 캐럴이 뒤를 따라 복도 끝으로 갔다. 에밀리는 뒤쪽이 전혀 안 보이는 컴컴한 유리문 앞에 멈춰 섰다. 문에는 '페르난도 광고 대행사'라고 멋진 글씨체로 쓰인 간판이 걸려 있었다. 에밀리가 버튼을 누르고 인터

폰으로 이름을 말하자 문이 열리더니 아프리카 사람처럼 머리카락을 여러 개의 길고 가는 가닥으로 땋은 40대 남자가 나왔다. 동작이 곰살맞고 얼굴에 가벼운 화장을 한 것으로 보아 동성애자 같았다. 그는 강한 마리화나 향이 풍기는 도톰한 담배를 피우고 있었다. 그는 에밀리와 큰 소리로 반갑게 인사를 나누었다. 에밀리는 뜨겁게 그를 포옹하고 그의 뺨에 입맞춤을 했다. 그러고는 밝은 표정으로 말했다.

"이쪽은 내 친구 캐럴, 여기는 내 친구 페르난도."

"만나서 반가워요."

캐럴은 그와 악수를 나누며 억지 미소를 지으려고 애썼다.

넓은 아파트에는 현대식 가구가 갖추어져 있었다. 캐럴은 벽에서 사람들의 얼굴과 자연 경관을 확대한 사진들을 보며 페르난도가 찍은 사진일 거라고 추측했다. 페르난도는 두 사람을 데리고 긴 통로를 지나갔다. 캐럴은 통로 한쪽에서 열린 문을 통해 은은한 빨간색 불빛에 잠긴 침실을 보았다. 세 사람은 스튜디오로 들어갔다. 작고 둥근 모양의 홀은 천장이 높고, 네 귀퉁이에는 다양한 크기의 카메라들이 고정되어 있었다. 중앙에는 의자 하나와 작은 테이블, 긴 소파가 있었다. 천장에는 노랑, 파랑, 빨강 조명등이 매달려 있었다. 페르난도는 소파에 두 사람을 앉도록 권하고 자신은 의자에 앉았다. 그가 다정하게 말했다.

"이렇게 어수선해서 미안합니다. 정돈을 잘하지 못하는 성격이라서요."

"예술가들은 모두 그렇지요."

"두 분, 마리화나 담배를 원해요?"

"아니, 됐어요……."

에밀리가 더듬거리며 말했고, 캐럴은 말을 잃고 있었다.

"무얼 마시겠습니까?"

"얼음 들어간 걸로 아무거나요."

그는 냉장고를 열어 탄산음료 캔 두 개를 가져왔고, 그런 다음 업무상의 어조로 말했다.

"좋아요, 캐럴. 당신의 시간을 허비하게 하고 싶지 않습니다. 이 일에 대해 에밀리가 미리 말한 것으로 압니다만."

캐럴은 고개를 끄덕였고, 페르난도가 말을 이었다.

"먼저 나는 당신의 가슴을 봐야 합니다. 우리가 의논하기 위한 건설적인 기반이 있어야 하니까요."

그가 큰 소리로 웃고는 고개를 끄덕이며 두 손으로 자신의 머리 가닥을 묶었다. 그는 춤 스텝 비슷한 동작으로 자리에서 일어나 카메라 앞에 서서 리모컨을 움직였다. 하얀색 조명등이 켜지면서 나무 바닥 위에 원 모양의 조명을 만들어 냈다. 그는 손짓으로 캐럴을 불렀고, 그녀는 천천히 일어났다. 그녀는 순간 도망쳐야겠다는 생각이 들었다. 그녀는 아파트 문을 열고 최대한 빠른 속도로 뛰어가겠다고, 모든 것을 포기하고 집으로, 마크와 그레이엄에게 돌아가겠다고 생각했다. 그럼에도 불구하고 그녀의 몸은 페르난도 쪽으로 나아갔다. 두 발이 그녀의 통제를 벗어나 움직이고 있는 것 같았다. 페르난도가 그녀의 상황을 알고 있다는 듯, 부드럽게 미소 지었다. 그리고 조용한 목소리로 말했다.

"셔츠를 벗어 주세요."

그녀로선 감당할 수 없는 일이었다. 그녀는 고개를 떨군 채 계속 서 있었다. 그가 다시 말했다.

"제가 도와 드리겠습니다."

그러고는 캐럴에게 다가와 천천히 셔츠 단추를 끄르기 시작했다. 마치 그 일을 즐기는 듯했다. 그녀는 몸을 떨며 구역질을 느꼈다. 자신의 영혼이 몸에서 빠져나가는 것 같았다. 하지만 그녀는 그의 손에 자신을 맡기고 있었다. 그가 브래지어를 벗겨 테이블에 던지자, 그녀의 두 젖가슴이 드러났다. 젖가슴은 속박에서 해방된 것 같았다. 몸을 돌린 그의 얼굴은 직업상의 표정을 띠었다. 그는 카메라 뒤에 자리를 잡고 주의를 기울여 렌즈를 응시했다. 그런 다음 그녀에게 돌아와, 다양한 각도에서 카메라에 담긴 그녀의 가슴을 살펴보기 위해 여러 차례 그녀의 자세를 고쳐 주었다. 곧이어 그는 일을 마무리 지으려는 듯 소리쳤다.

"괜찮군요. 이제 잠깐 얘기를 나눕시다."

캐럴은 셔츠로 자신의 가슴을 덮었다. 그러나 단추를 잠그지 않고 셔츠를 열어 두었다. 페르난도가 캐럴 앞에 앉아 새로 꺼낸 담배에 불을 붙였다. 담배는 이내 자욱한 연기를 피워 올렸다. 그가 심하게 기침하면서 말했다.

"숙녀분, 본론을 말하겠습니다. 시카고에는 여성 속옷을 제조하는 두 회사가 있습니다. 더블 엑스와 로키입니다. 당신도 들은 바 있으리라 생각됩니다. 두 회사의 경쟁은 치열하기 이를 데 없습니다. 둘 다 브래지어가 최고 매출 상품이기 때문에 브래지어 판매를 위해 경쟁하고 있습니다. 그런데 두 회사 제품 수준은 비슷해서 결국 광고의 중요성이 커지게 되었습니다. 몇 달 전, 로키는 새로운 광고 상품을 개발해 여성을 이용하기 시작했습니다. 여성이 텔레비전에 등장하고, 그 여자의 실명과 직업도 나옵니다. 시청자들은 그녀가 옷을 벗고 로키의 브래지어를 걸치는 장면을 보게 됩니다. 그런 다음 그녀는 브래지어의 상점을 말합니다. 당신도 이 광고를 보았지요?"

"예."

"우리는 그것이 로키의 기발한 광고였다는 점을 인정해야 합니다. 그로 인해 더블 엑스의 브래지어 판매율이 20퍼센트나 감소했으니까요. 그것은 수백만 달러의 손해를 의미합니다. 더블 엑스는 나에게 그에 대응하는 광고 상품을 만들어 달라고 일을 맡겼습니다. 이 일은 내게 최대의 기회입니다. 성공하면 내가 소유한 광고 대행사는 선두에 오를 것입니다. 나는 오랫동안 생각해 보았고, 결국 독창적인 광고 아이디어를 내게 되었습니다."

"에밀리는 광고에 내 얼굴이 나오지 않을 거라고 말했습니다."

캐럴은 이렇게 말하면서, 도움을 청하듯 에밀리를 바라보았다. 페르난도가 말했다.

"숙녀분, 진정하세요. 우리는 로키의 광고를 모방할 수 없습니다. 우리의 방법은 전혀 다른 것이 될 겁니다. 당신은 로키의 브래지어를 벗고 더블 엑스 제품을 입으면 됩니다. 카메라는 당신 얼굴을 찍지 않을 겁니다. 나는 당신의 몸동작을 통해 시청자들에게, 당신이 더블 엑스의 브래지어를 사용하면서 어느 만큼 편안함을 느끼는지를 보여 줄 것입니다. 이 작업은 어려운 과제이기도 합니다. 우리에겐 할 일이 많습니다. 우리는 당신이 몸을 통해 자신을 어떻게 표현하는지를 가르쳐 주기 위해 여러 번 리허설을 할 것입니다."

"왜 나를 선택하셨지요?"

캐럴이 물었다. 그녀의 동요감이 어느덧 깊은 의구심으로 변해 있었다. 그녀는 마치 전설 속 장면의 일부가 되었다가, 그 장면이 끝나면 현실로 돌아올 것 같았다.

페르난도가 마리화나 연기를 한 차례 들이마셨다. 그러고는 입술을 다물고 연기를 삼킨 뒤 기침을 했다. 눈이 붉어진 모습으로 그가 말했다.

"이 광고에서 가슴은 너무 예뻐도 안 됩니다. 예쁜 가슴은 여자

고객의 감성에서 상품을 멀어지게 하니까요. 나는 평범한 가슴을 찾고 있었습니다. 대부분의 여성 시청자들이 갖고 있는 가슴, 빼어나게 아름답지도 않고, 너무 못나지도 않은 중간 크기의 가슴을 말이지요. 나는 당신의 가슴이 적합하다는 걸 알았습니다. 에밀리가 보수에 대해 알려 주었나요?"

"한 시간 촬영에 천 달러요."

"숫자에 대한 당신의 기억력은 뛰어나군요."

그는 크게 웃은 뒤 자리에서 일어나 홀을 나갔다. 곧이어 작은 잔을 들고 돌아와 말했다.

"이제부터 첫 번째 테스트를 해 보겠습니다. 당신 자신을 완전히 내게 맡기세요. 그리고 이걸 드세요."

"이게 뭐지요?"

"코냑입니다. 카메라 앞에서 당신에게 용기를 줄 겁니다."

그녀는 술이 넘어가며 목구멍을 불태우는 듯한 느낌이 들었다. 그녀가 테이블에 잔을 놓자마자 페르난도가 그녀의 손을 잡아당기며 말했다.

"자, 이제 일해 봅시다."

* * *

미합중국 시카고 시에 거주하는 이집트인들로 아래에 서명한 우리는, 이집트가 작금에 처한 빈곤과 실업, 부패, 국내외 부채 관련 상황에 대해 극도의 우려를 느낀다. 우리는 우리 나라가 민주 정치 체제를 도입할 시기에 있음을 믿는다. 우리는 이집트인들 모두가 정의와 자유를 누릴 권리를 믿는다. 우리는 대통령의 미국 방문 기회에 맞추어 다음 사항을 요구한다.

첫째, 비상계엄 철폐.

둘째, 민주적 개혁의 시행과 공공 자유 보장.

셋째, 이집트인들을 위한 진정한 민주주의를 보장하는 새로운 헌법 입안을 위한 국민 협의회 선출.

넷째, 장기 집권해 온 대통령의 하야, 대통령 직을 아들에게 물려주지 말 것, 국제단체의 감시하에 대통령 선출을 위한 직접 선거의 진정한 경쟁 기회 부여.

우리, 즉 나와 카람 박사는 그레이엄의 집에서 성명서를 작성하고 있었다. 그레이엄도 옛 혁명가의 열정으로 우리와 함께했다. 우리는 그를 위해 본문을 번역해 주었고, 그는 몇 가지 중요한 아이디어를 제공해 주었다. 그가 말했다.

"성명서의 언어는 정확하고 명료해야 해. 만일 언어가 문학적이고 감성적이면 진지함을 띠지 못해. 또 언어가 강경하면 전쟁 선포 같고, 만평 같아져."

우리는 구금된 자들의 석방, 특별 법정 철폐, 고문 금지에 관련된 요구 사항을 추가했다. 우리는 금요일 밤 늦은 시간에 성명서의 최종 형태에 도달했다. 나는 아침 일찍 일어나 성명서를 인쇄했다. 그리고 그것을 20부 복사해 내 일정을 시작했다. 나는 이집트 유학생들을 만나 서명을 부탁했다. 낮 동안 다섯 명의 유학생을 만났는데, 모두 비생산적인 논쟁으로 나를 지치게 한 뒤 서명을 거부했다. 가장 이상한 반응은 타리크 하십과 샤이마 무함마디에게서 나왔다. 두 사람은 조직학과 동료로 항상 붙어 지낸다(내 생각에 둘은 연인 관계이다). 타리크는 이상한 성격의 사람이다. 그는 매우 우수하지만 내향적이고 적대적이다. 그는 누군가 방금 그를 잠에서 깨운 듯, 항상 우울해 보인다. 샤이마가 옆에 있는 가운데 타리크는 조용히 내 말을 들었다. 나는 이집트의 상황을 알려주며 우리가 변화를 위해 뭔가 해야 한다고 말했다. 나는 그의 얼굴에서 비웃는 표정을 보았다. 내가 성명서를 언급하자마자 그는 내 말을 자르며 조롱했다.

"당신 농담하고 있소? 당신은 내가 우리 나라 대통령에 맞서는 성명서에 서명하길 바라는 거요?"

"그렇습니다. 조국을 위해서요."

"나는 정치에 관심 없어요."

"당신은 이집트로 돌아가 결혼하고 아이를 낳을 것 아닙니까?"

나는 샤이마 쪽을 바라보며 그에게 물었다.

"그렇게 되겠지요."

"당신 아이들의 미래가 걱정되지 않습니까?"

"내가 박사 학위를 따서 이집트에 돌아가면 내 아이들의 앞날은 좋아질 겁니다."

"당신은 아이들이 억압과 부패 속에 사는 것을 용납하십니까?"

"내가 체포된다고 해서 아이들의 상황이 나아지겠습니까?"

"누가 당신을 체포하겠습니까?"

"당연히, 이 성명서에 서명하는 사람은 모두 해코지를 당할 것입니다."

샤이마는 이렇게 말했다. 나는 간신히 참으면서 두 사람에게 많은 것을 설명하려 했다. 그러나 타리크가 자리에서 일어서며 말했다.

"나지, 시간 낭비 마세요. 우리는 성명서에 서명하지 않을 겁니다. 나는 시카고에 있는 이집트인들 중 어느 누구도 서명할 것으로 생각하지 않아요. 충고 하나 하겠는데, 이 길에서 멀리 떨어져 있어요. 그 길의 끝은 안 좋습니다. 당신 공부나 신경 써요. 당신 자신이나 살피세요. 상황을 개혁하려 들지 말고요."

그는 빈정거린 뒤 샤이마의 팔을 잡아당겼다. 둘은 나를 두고 멀어져 갔다. 저녁에 카람을 만났을 때 나는 좌절해 있었다. 나는 그에게 말했다.

"저는 애초의 계획에서 물러설 지경에 이르렀습니다."

"왜인가?"

"제가 만난 유학생들이 서명을 거부했습니다."

"자네는 그들을 쉽게 설득할 수 있으리라 생각했나?"

"그들은 저를 미친 사람처럼 대했습니다."

"당연히 그렇지."

"왜요?"

"유학생들 모두 정부의 손안에 있어. 만일 성명서에 서명하면 그들은 응징을 받을 거야."

"하지만 저도 그들과 같은 유학생입니다."

"자네는 예외적인 사람이야. 또 대학에서 일하지 않으니까 자네에겐 잃을 것도 없지."

"모든 사람이 이런 식으로 생각한다면 우리는 아무것도 못할 겁니다."

"이런, 자네는 몽상가로군."

"저는 몽상가가 아닙니다. 하지만 그들의 태도는 이기적이고 비천하다고 생각합니다. 그런 사람들이야말로 우리가 지금 처해 있는 상황의 원인입니다. 그들은 세상에서 자신들의 편협한 이익만을 따집니다. 체제는 그런 자들 중에서 장관들과 전문가들을 선발합니다. 그렇게 뽑힌 자들은 진실에 침묵하고, 자신들의 자리를 유지하는 대가로 대통령을 위해 위선적으로 굽니다."

카람 박사가 말했다.

"절망하지 말게."

"저는 우리가 하는 일이 소용없을 거라는 생각이 듭니다."

그가 미소를 띠며 내 어깨를 토닥거리더니 주머니에서 접힌 종이를 한 장 꺼냈다. 나는 그것을 읽으며 많은 서명이 들어간 성명서 사본임을 알았다. 그가 웃으며 말했다.

"내가 자네보다 한 수 위라는 걸 인정하게!"

나는 이름들을 살펴보았다. 콥트인들과 이슬람교도들이었다. 그는 기쁨을 감추지 않은 채 말을 이었다.

"처음에 나는 성명서 발상에 열정을 갖지 않았어. 하지만 나중에 그것이 훌륭한 생각임을 알았지. 내가 만난 대부분의 사람들이 서명해 주었네. 나지, 우리는 성공할 걸세. 그러나 우리는 장소를 잘 골라야 하네. 유학생들을 상대로 시간을 낭비하지 말게. 내가 시카고에 거주하는 이집트인들의 명단을 가져왔네. 그들의 주소와 전화번호가 있으니, 명단을 나누어 그들에게 연락을 취하세."

그다음 며칠간 나는 학교에서 돌아오자마자 옆에 전화기를 놓고 이집트인들에게 연락했다. 나는 이집트인들의 새로운 학생회를 설립하려는 유학생이라고 소개한 뒤 상대방에게 만날 약속을 청했다. 그들의 반응은 상반되었다. 일부 사람들은 솔직하게, 자신들과 이집트의 관계는 오래전에 끊겼고 이집트에서 일어나는 일에 관심이 없다고 말했다. 그러나 많은 사람들이 열의를 보였다. 나는 시카고 내 여러 구역을 돌아다녔다. 내가 만난 이집트인들은 대부분 현 상황에 분노하고 있었다. 대화를 마칠 무렵 나는 그들에게 직접적인 질문을 했다.

"당신은 조국을 위해 뭔가를 하고 싶습니까?"

나는 그의 눈빛을 보고 대답을 알아챘다. 눈빛이 무심하거나 난처해 보이면 거절하고, 눈빛이 우호적이면 서명하겠다는 것을 뜻한다. 다음 주 일요일 오후 4시, 나는 기숙사로 돌아오기 위해 지하철을 탔다. 카람이 받아 낸 29개의 서명에 더하여 나는 열 명의 서명을 받아 냈다. 모두 39명이고, 다섯 명은 생각할 시간을 달라고 했다. 그것은 짧은 기간에 이룬, 예상을 뛰어넘는 성과였다. 우리에게는 딱 한 달이 남아 있다. 만일 이런 비율로 진행한다면 수백 개의 서명을 받을 수 있을 것이다.

몇 해 전 읽은 기사가 생각났다. 그것은 이집트인들이 지닌 특성 가운데, 그들의 반응을 예측하기 어렵게 만드는 모호한 천성에 관한 기사였다. 기사는 이집트 안에서 혁명은 늘 예기치 않게 일어난다는 점을 강조했다. 또 이집트인들의 조용한 심성 아래에는 교감이 있고, 그것은 마치 그들이 폭정에 순응하는 것처럼 보이는 순간에 갑자기 폭발하듯 혁명을 일으키게 한다는 점을 강조했다. 그러한 주장은 맞는 것처럼 보인다. 나는 기쁘고 자랑스러웠다. 나는 카이로 거리에서 구타당하고 끌려가고 유린당하는 내 동포들을 위해 작은 일을 하고 있다. 그들은 자신들의 견해를 표현했다는 이유만으로 체포당해 끔찍한 고문을 당하고 있다. 내일 우리는 전 세계 앞에서 이집트 체제를 난처하게 만들 것이다. 사진 기자들의 카메라와 세계적 언론사 기자들 앞에서 시카고에 거주하는 이집트인들의 이름으로 성명을 발표하며 대통령의 하야와 민주주의의 시행을 요구할 것이다. 통신사들에 그보다 더 중요한 뉴스는 없을 것이다.

나는 기숙사 입구를 지나면서 웬디의 전 남자 친구인 헨리를 보았다. 책상에 앉아 있던 그가 경멸의 시선으로 나를 응시했다. 나는 모른 척하며, 내가 그에게 무관심하다는 것을 알려 주기 위해 천천히 걸었다. 문득 내가 강한 사람이라는 느낌이 들었다. 나는 더 이상 그를 두려워하지 않는다. 그는 지옥에나 가라지. 지금부터는 그가 자기 분수도 모르고 모욕적인 말을 하면 나는 그에게 본때를 보여 줄 것이다. 나는 엘리베이터에서 내려 아파트 문에 열쇠를 넣고 돌렸다. 안으로 걸음을 내딛자마자 뭔가 이상한 장면이 눈에 들어왔다. 내가 외출하기 전에 방 불을 끈 것으로 기억하는데 불이 켜져 있었다. 나는 경계하면서 천천히 앞으로 나아갔다. 그리고 거실 의자에 앉아 있는 남자를 보았다. 나는 놀라서 그 자리에 얼어붙은 채 큰 소리로 물었다.

"당신은 누구시오? 여긴 어떻게 들어왔소?"

그가 꼿꼿한 자세로 일어나 내게로 왔다. 그리고 미소 지으며 손을 내밀어 악수했다.

"안녕하십니까, 나지 씨. 이런 식으로 들어와서 미안합니다. 그러나 중요한 일로 당신을 만나야 해서요. 내 이름은 사프와트 샤키르, 워싱턴 주재 이집트 대사관의 참사관입니다."

제27장

　그날 아침, 크리스는 알 수 없는 내면의 충동에 응했다. 그녀는 보수적인 의상을 입었다. 긴소매가 달린 짙은 초록색 여성복을 입고 검정 선글라스를 썼다. 그녀의 모습은 수사극에 나오는 변장한 여자처럼 보였다. 그녀는 지하철역 출구에서 몇 발짝 거리에 있는 상점을 발견했다. 상점은 그녀가 신문에서 읽은 위치에 정확히 있었다. 쇼윈도는 검은 천으로 덮여 있었고, 네온이 켜진 간판에는 '기쁨을 위한 도구 전문점 맥심'이라는 문구가 있었다. 그녀는 잠시 망설이며 상점 앞에 멈춰 섰다. 그때 갑자기 문이 열리는 바람에 그녀는 깜짝 놀랐고 20대의 여자가 나타났다. 여자는 다정하게 미소 지으며 안으로 들어오라고 했다. 크리스는 여자의 뒤를 따라 들어갔다. 크리스는 속으로, 이런 곳에는 당연히 비밀 카메라로 입구를 감시하고 있겠구나 하고 생각했다. 크리스는 장소를 둘러보았다. 그녀는 어리둥절해하며 속에서 느글거리는 느낌이 들었다. 그녀는 수십 개의 성 기구들을 보았다. 남성용, 여성용, 남성 동성애자용, 여성 동성애자용. 뒤편에는 포르노 영화를 보여 주는 커다란 화면이 고정되어 있었다. 여점원의 모습이 이상해 보였다. 여점원은 공손하게 미소를 지으며 조용히 말하고 있었는데, 그사이 영화에서는 쾌락에 젖은 신음 소리가 흘러나왔다.

"손님, 무엇을 도와 드릴까요?"

"바이브레이터를 사려고 하는데요."

크리스는 담담하게 보이려는 듯한 어조로 말을 꺼냈다. 그러나 예기치 않게 목소리가 커져서 난처한 상태가 되었다. 여점원이 간단히 물었다.

"어떤 종류의 바이브레이터를 원하세요?"

크리스가 여점원에게 다가서며 떨리는 목소리로 속삭였다.

"사실, 나는 바이브레이터를 처음 사용하는데 어떤 걸 골라야 할지 모르겠네요."

여점원이 크게 미소 지으며 말했다.

"만일 우리 쪽 성 전문가의 조언을 듣고 싶으시다면 한 번 상담하는 데 50달러의 비용이 듭니다."

크리스는 더욱 동요되었다. 여점원이 계속 말했다.

"바이브레이터에 관한 정보는 한 번 상담으로 충분합니다. 만일 당신에게 성적 문제가 있거나 섹스 행위를 향상시키고자 할 경우 여러 가지 상담을 들을 필요가 있고, 상담 횟수는 우리 쪽 전문가가 당신과 이야기하고 나서 정해 줄 것입니다."

"나는 바이브레이터에 관해서만 알고 싶은데요."

"그렇다면 한 번 상담이면 되고, 50달러입니다."

크리스는 50달러 지폐를 꺼냈다. 여점원은 돈을 받아 서랍에 넣은 뒤 크리스에게 따라오라는 신호를 했다. 그리고 긴 복도를 지나 둘은 어느 문 앞에 이르렀다. 크리스는 문에 붙은 '제인 데한, 공인 섹스 전문가'라는 간판을 읽었다.

여점원은 문으로 들어가 잠시 모습을 감추었다가 다시 돌아와 환영한다는 듯 손을 뻗으며 말했다.

"자, 들어가시죠."

50대의 여자 전문가는 시력 교정용 안경을 끼고 흰 가운을 걸쳤으며, 회색 머리카락이었는데 머리 뒤를 케이크 모양으로 쪽 찐 상태였다. 그녀는 텔레비전 방송에서 다이어트 식단을 제공하기 위해 동원하는 영양 전문가와 닮아 있었다. 몇 마디 인사를 나누고 조심스럽게 약간의 농담을 주고받은 뒤 전문가는 숨을 내쉬고, 업무를 시작하는 사람의 어조로 말했다.

"좋습니다, 크리스 부인. 바이브레이터에 관해 아는 바가 있으신가요?"

"내가 알고 있는 건, 남자 없이도 쾌감에 이를 수 있게 해 주는 도구라는 점입니다."

"그러면 바이브레이터는 어떻게 작동되지요?"

"여성을 쾌감에 이르게 하는 특정한 방법인, 질을 자극하는 것으로……."

전문가가 미소를 지으며 쾌활한 표정으로 말했다.

"출발이 좋습니다. 그러나 바이브레이터는 단순히 은밀한 행위를 위한 도구 이상의 것입니다. 바이브레이터는 과학 발달과 여성에 관한 사회 인식 변화의 압축이라고 말할 수 있습니다."

크리스는 말없이 그녀를 바라보았다. 전문가가 말했다.

"인류 역사를 통틀어 여성에 관한 성적 지식은 별로 없었습니다. 그 원인은 여성에 대한 옛날 사회의 시각, 즉 남성을 유혹하기 위한 악마의 도구로 여성을 보는 시각에 있었습니다. 이러한 터부는 여성을 쾌감에 이르게 하는 방법에 대해 우리가 거의 무지한 상태에 이르게 했습니다. 여성은 질을 자극하는 방법으로 절정에 도달한다는 고정 관념은 여러 세기에 걸쳐 지속되었습니다. 그러다 1950년 에른스트 그레펜베르크라는 독일의 과학자가 지스폿

(G-spot)을 발견했습니다. 그 뒤 1978년 두 과학자 페리와 휘플의 연구를 통해 그 내용이 확인되었습니다. 우리는 모든 여성이 저마다의 지스폿을 갖고 있음을 알게 되었습니다. 그것은 질 앞쪽 벽에 있는 극히 민감한 부분을 말합니다. 그곳을 자극하면 질을 자극하는 것과는 다른 쾌감을 일으키게 됩니다. 이 쾌감은 여성이 소변을 보고 싶다는 욕구로 시작되어 빠르게 이어지는 강력한 종류의 성적 쾌감으로 변하고, 그 상태에서 일부 여성은 우유 비슷하고 향기가 없는, 진득한 액체를 분비하게 됩니다. 당신은 그런 경험을 해 보았나요?"

"아니요. 사실…… 잘 모르겠습니다. 얼마 전까지도 나는 만족스러운 성생활을 해 왔습니다."

전문가가 웃으며 말했다.

"물론 당신은 모를 것입니다. 당신은 대개의 경우 질에 의한 쾌감만 아실 겁니다. 이게 여성의 운명입니다. 즉 우리가 우리 몸을 모르면 제대로 즐길 수 없습니다. 이 책자를 받으세요. 지스폿에 관한 모든 것을 알게 될 것이고, 당신 스스로 지스폿을 발견하는 법을 가르쳐 주는 유용한 내용이 들어 있습니다."

크리스는 책자를 받아 가방에 넣었다. 전문가가 말을 이었다.

"지스폿의 발견, 남녀평등, 여성이 남성의 통제에서 해방되는 것. 이 모든 것은 여성으로 하여금 스스로 자신의 육체를 즐길 수 있는 방법을 생각하는 결과를 가져왔습니다. 여성은 단순히 남성의 쾌락 도구, 육체적으로 남성에 종속되는 존재로부터 여러 가지 면에서 남성과 동등한 인간으로 변화했습니다. 그중에서 가장 중요한 것이 성적 만족을 위한 권리입니다. 여성의 성적 만족은 더 이상 남성의 욕구와 남성의 성행위에 의존하지 않게 되었습니다. 이것이 바이브레이터의 기능입니다. 그것은 단순히 은밀한 행위를 위한 도구가 아닙니다. 그것은 파트너의 성적 능력에 상관없이, 심지어 그의 존재 여부에 상관없이 여성에게 성적 만족감을 보장해주는 과학적인 도구입니다. 우리의 여성 고객들 중에 많은 분이 쾌감을 배가시키기 위해 남편과 함께 바이브레이터를 사용하고 있습니다. 또 아내를 위해 바이브레이터를 구입하는 남편들도 있습니다. 남편이 여행 중이거나, 과음으로 발기가 안 되는 날 밤에 아내가 사용하도록 말입니다. 바이브레이터는 성적 행동 양식을 변화시켰습니다. 그래서 바이브레이터 문화라는 것도 생겨났습니다. 당신에게 질문이 있으면 제가 듣고 싶습니다."

크리스는 잠시 망설이다가 전문가의 설명에 고무되어 과감하게 질문을 던졌다.

"질에 의한 쾌감과 지스폿이 유발하는 쾌감의 차이는 무엇입니까?"

전문가는 미소 지으며 말했다.

"지스폿의 쾌감이 훨씬 강하고 오래가는 파장 형태로 일어납니다. 그래서 그걸 경험한 대부분의 여성들은 중독되기도 합니다."

다시 침묵이 감돌았다. 전문가가 크리스에게 다른 질문이 있는지를 물었고, 크리스는 없다고 했다. 전문가는 한숨을 쉬고 자리에서 일어서며 말했다.

"좋습니다. 이제 당신의 새 남자 친구를 골라 보시죠."

크리스가 뒤를 따르고 전문가는 작은 문을 지나 옆방으로 갔다. 둘은 여러 종류의 바이브레이터로 가득한 쇼윈도 앞에 섰다. 전문가가 크리스의 어깨에 손을 얹으며 다정한 목소리로 말했다.

"당신이 바이브레이터를 구입하기 위해 준비한 예산을 알 수 있을까요? 우리는 10달러부터 2백 달러에 이르는 다양한 종류가 있습니다."

"지불 능력은 됩니다. 중요한 건 좋은 제품이어야 한다는 거죠."

"그렇다면 일은 수월하겠군요."

전문가는 몸을 굽혀 크고 기다란 페니스 모양의 도구를 꺼냈다. 그 도구에서는 나뭇가지 모양의 굽은 부분이 갈라져 나왔고 아래쪽에는 흰색의 둥근 부분이 있었다. 크리스는 그 부분에 배터리가 들어 있으려니 추측했다. 전문가가 자랑스러운 듯 도구를 가리키며 말했다.

"이 제품의 이름은 '개량형 산토끼'입니다. 세계에서 가장 좋은 제품이지요. 당신은 그것이 어떻게 당신을 천국으로 데려다 줄지 알게 될 겁니다. 가격은 150달러이고, 세정액이 든 통은 별도로 20달러입니다. 가격이 괜찮습니까?"

크리스가 고개를 끄덕이자 전문가는 도구의 구성 요소와 사용법을 설명해 주었다. 그런 다음 CD를 꺼내며 말했다.

"그걸 사용하기 전에 이 CD를 먼저 보시면 됩니다. 현금으로 아니면 카드로 결제하겠습니까?"

전문가는 크리스의 카드를 결제기에 넣었고 서명을 위해 그녀에게 영수증을 주었다. 그런 다음 도구와 통을 정성스레 포장하여 상점 문구가 쓰인 봉투에 넣고 크리스에게 주면서 말했다.

"개량형 산토끼와 함께 즐거운 시간 되기를 바랍니다. 궁금하신 사항이 있으면 언제라도 전화 주십시오. 한 달간 상담은 무료입니다. 저는 당신이 기구를 즐길 때만이 아니라 당신이 그 기구를 쓰면서 별 어려움이 없게 될 때 제 스스로 당신을 위해 잘했다고 생각할 겁니다. 당신은 성적 만족에서 당신의 권리를 행사한다는 섬을 늘 기억하십시오. 그리고 바이브레이터는 면도기나 헤어드라이어 같은 거라고 여기세요. 그것은 당신의 삶을 더 아름답고 수월하게 만들어 줄 과학적인 도구입니다."

* * *

그러나 크리스는 곤혹스러움을 쉽게 떨쳐 버릴 수 없었다. 정확히 말하면 곤혹스러움이 아니라 생소한 느낌을. 그녀는 봉투에 웅크린 개량형 산토끼를 들고 지하철을 탔다. 그녀는 처음에 봉투를 잡은 손이 어찌어찌하다 몸에서 분리되는 느낌이 들었다. 그래서 봉투가 바닥에 떨어지거나 갑자기 찢어져 바이브레이터가 노출되는 장면이 상상으로 밀려왔다. 지하철 승객들이 짙은 초록색 옷을 입고 검은 안경을 쓴 고상한 부인이 자신의 질에 장난할 요량으로 도구를 샀다는 걸 알게 되는 그런 상상이었다. 크리스는 그런 불안감에 저항하며, 봉투가 찢어질 리 없다고 확신했다. 그리고 전문가의 말을 되새기며 속으로 말했다.

'나는 부끄러워할 행동은 하지 않아. 내 몸은 내 것이고, 나는 내 몸을 즐길 권리가 있어. 살라흐가 자신의 인생에 불만이 있다고 해서 내가 박탈감으로 상심한다는 것은 불공평해. 살라흐가 미국으로 이민 온 것이 잘못이었다는 점을 30년 뒤에 깨달았다 해서 나는 내 욕구를 억제하지 않을 것이고 나 자신을 생매장하지 않을 거야. 나는 내가 원하는 대로 섹스를 즐길 권리가 있어.'

크리스의 머릿속에서 오락가락하는 논리는 설득력이 있었지만 사실을 그대로 반영하는 것은 아니었다. 그녀가 알면서도 모른 척하는 빠진 문장이 있었다. 그녀의 성적 문제는 상처의 껍질에 불과했다. 그녀의 마음을 짓누르는 깊은 슬픔이 있었다. 살라흐가 이혼을 원한다? 둘이 함께 여러 해를 보낸 후에 살라흐는 그녀를 버리고 싶어 한다. 이렇게 간단히 그는 그녀와 악수하고 가 버린다. 그는 과거의 사람으로, 추억 속의 사람으로 바뀐다. 앨범 속의 사진, 그녀가 가끔 보고 다시 서랍 속에 두는 사진으로. 그는 왜 그녀에 대한 사랑을 멈추었을까? 다른 여자와 사랑에 빠진 것일까? 아니면 그가 나이 들어 그녀와의 사랑을 자제하게 된 걸까? 그녀가 자신도 모르는 사이에 말 많고 따분한 늙은 여자로 변한 것일까? 아니면 그녀가 자신의 외모에 정성을 들이지 않았던가? 아랍 남자는 늘 젊은 여자를 필요로 하고, 그래서 한 명 이상의 여성과 결혼하는가? 살라흐는 미국에서 여러 해 보냈음에도 불구하고 속으로는 동양 남자의 사고방식을 간직하고 있는 걸까? 아니면 그녀를 사랑하지 않았던 걸까? 그는 여권을 얻기 위해 그녀와 결혼했던가? 사회적 외형을 갖추기 위해? 미국에서 성공하고 결혼한 이민자 대학교수가 되기 위해? 이것이 맞는 말이라면 그는 왜 그녀와 함께 그 오랜 세월을 지냈던 걸까? 그가 미국 국적을 취득한 후에 그녀를 버렸다면 일은 더 쉬웠을 것이다. 그렇게 되면 그녀는 그를 잊을 수도, 아니 그를 용서할 수도 있었을 것이다. 그때는 새로운 삶을 시작할 수 있는 젊은 나이였다. 그런데 지금은……. 마치 그는 그 오랜 기간 동안 그녀를 이용한 뒤 쓰레기통에 버리기로 결정한 것 같았다. 어떻게 그는 그녀에게 이 정도로 피해를 줄 수 있는 걸까? 그가 그녀를 사랑하지 않는다 해도 둘은 함께 평생 살아갈 수 있으며, 이처럼 한순간에 인생을 폐기할 수는 없다. 이것은 그의 권리가 아니다. 이런 생각들은 고질적인 고통이 발작을 일으키듯 그녀를 찔러 댔다. 참담한 기분은 더욱더 그녀가 쾌락을 찾도록 했다. 그녀는 슬픔의 무게에서 도피하기 위해 자신의 의식을 육체에 국한시키려는 충동이 본능적으로 일었다.

그녀는 따뜻한 물로 목욕한 뒤 벌거벗은 채 방으로 돌아왔다. 살라흐가 가 버린 후 그녀 혼자 잠을 자게 된 방이었다. 그녀는 노트북을 켜고 CD를 넣은 뒤 작동법을 읽었다. 그리고 침대에 누운 채 개량형 산토끼를 꺼내 손가락 끝으로 더듬어 보았다. 그것의 머리 부분은 아주 부드러웠고, 뾰족한 구슬 같은 돌기들이 인조 페니스를 에워싸고 있었다. 이름이 왜 토끼일까? 모양이 토끼를 닮아서인가 아니면 도구가 순종하고 친근해서일까? 그녀는 이불 속으로 들어가, 안내서에 나와 있는 대로 개량형 산토끼에게 물기를 더해 주는 액체를 발랐다. 그런 뒤 그것을 양다리 사이에 살짝 놓았다. 그녀는 처음으로 그것이 크고 단단하다는 느낌을 받았다. 작동 버튼을 누르자마자 소변을 보고 싶은 강한 욕구가 일더니 점차 사라졌고, 그 욕구는 자극적이고 강렬한 느낌으로 이어졌다. 그것은 무자비하게 그녀의 육체를 강타하는 맹렬한 전율을 띤 파동이었다. 그녀는 소리 지르는 것을 막기 위해 입으로 베개를 힘껏 물었다. 쾌락은 야만스럽고 잔인했다. 상상할 수 없는, 다정함이라곤 없는, 무엇에도 비할 바 없는 그런 쾌락이었다. 순수하고 사악하며 불타오르는 쾌락이 마치 채찍이나 벼락처럼 그녀를 가혹하게 때렸다. 마침내 그 쾌락은 그녀를 엄청난 쾌감으로 몰아넣었고, 그 쾌감은 연속되는 파동 속에 그녀를 떨게 한 다음 그녀를 떠나갔다. 그녀는 열락으로 기진맥진했다.

아침에 샤워기의 뜨거운 물줄기 아래에서 그녀는 몸에 힘이 생기고 싱그러워진 것을 느꼈다. 마치 몸이 부활한 것 같았다. 정신이 맑아졌고 그녀의 근육은 긴장감에서 벗어났다. 하루 종일 깊은 잠을 잔 것 같았다. 개량형 산토끼는 그녀를 까마득히 높은 단계의 쾌락으로 몰아갔다. 그것은 이전에 알지 못했던, 심지어 살라흐와 함께 가장 강렬한 밤을 보내면서도 알지 못한 쾌락이었다. 하루하루 그녀는 밤 시간을 기다리게 되었다. 그녀는 자신의 몸을 돌보았고, 마치 진짜 애인인 듯 토끼를 애용했다. 그녀는 토끼를 사랑하는 것 같았다. 어느 누가 그녀에게 이러한 기쁨을 준단 말인가. 그녀는 그것이 설령 배터리로 작동하는 도구일지라도 그것을 사랑할 것이다. 그녀는 그것을 애정으로 대한다. 주의해서 그것을 닦고 정성 들여 액체로 문지른다. 그녀는 마치 그것이 다치거나 아프지 않을까 걱정하듯 부드럽게 손가락으로 만진다. 그녀는 자신을 자유롭게 해 주었다. 그녀는 쾌락으로 목이 쉴 만큼 크게 소리쳤다. 그녀는 더 이상 살라흐가 소리를 들을 것에 대해 신경 쓰지 않았다. 그녀는 둘의 인생이 끝났다고 확신했다. 살라흐는 밖에 나가 혼자서 아침과 점심 식사를 하고, 그녀를 피해 안쪽 서재를 닫아 두었다. 밤중에 그녀가 내지르는 소리를 그가 듣는다 한들 그녀와 무슨 상관이 있는가? 심지어 그녀가 개량형 토끼 잭과 동침하고 있는 것을 살라흐가 본다 한들 뭐가 대수롭단 말인가? 더 이상 그녀가 신경 쓸 것은 아무것도 없었다. 사실 그녀는 살라흐가 들어주기를 바라는 내면의 깊숙한 욕구에 떠밀려 소리를 지르는 데 열중했다. 그녀는 그에게 이렇게 말하고 싶었다.

'나는 이렇게 당신이 내게서 빼앗아 간 쾌락을 얻고 있어. 당신이 버린, 당신이 금욕의 대상으로 삼은, 당신의 발기 불능으로 고통받은 나의 육체는 쾌감에 도취되어 자유로워지고 있어.'

그러나 살라흐 박사는 그녀의 소리를 듣지 못했다. 지하실이 멀리 떨어져 있어서가 아니라 그가 더 이상 집 안에 있지 않았기 때문에, 즉 그가 장벽을 지나 다른 쪽으로 건너갔기 때문이다. 그는 『천일 야화』의 지하실 끝에 숨어 있는 마술의 세계를 발견했다. 그는 흉측하고 적대적인 낮이 그곳을 공격하기 전에 밤마다 그곳으로 가서 아름다운 것을 몰래 훔쳐보려 했다. 그는 더 이상 일상생활에 관심을 두지 않았다. 그는 너 이상 크리스를, 이혼을, 자신의 성적 무기력을, 심지어 자신의 일을 생각하지 않았다. 낮 시간은 그의 몸과 함께, 덜 집중한 채, 주의를 기울이지 않고 건성으로 지나갔다. 그는 출발 순간을 기다렸다가 한밤중에 여행을 시작한다.

그는 마치 애인과의 데이트를 준비하듯 목욕을 하고 향수를 바른다. 그런 다음 지하실로 내려가 1970년대 옷을 입는다. 낡은 옷은 뛰어난 재봉사의 손안에서 생명을 되찾았다. 재봉사는 옷을 넓혀 살라흐의 몸에 맞게 해 주었고, 새 옷을 구입해도 될 만큼의 많은 금액을 받았다. 그는 밤의 항해를 시작하기 전에 지하실 문을 걸어 잠근다. 외부 세상과 완전히 단절된 느낌을 갖기 위해서, 또는 크리스가 문을 열고 이런 모습의 그를 보게 될 것을 우려해서였다. 그녀의 눈에 그는 미친 사람으로 보일 게 분명하다. 그는 자기 자신도 이해하지 못하는데 하물며 그녀에게 자신이 하는 일을 설명할 수 없다. 그의 강렬한 욕구는 그의 이해심이나 그의 저항보다 강하다. 이 옷들은 그 안에 그의 개인사(個人史)를, 그의 지난 시절의 진실된 향기를 지니고 있다. 옷 하나하나마다 그에게 다양한 추억을 전해 준다. 면으로 된 가벼운 셔츠는 시내의 수와일람 상점에서 샀던 것이고, 하얀색 샤크스킨 양복은 그가 여름철 야유회에 입고 갔던 것이며, 파란색 양복은 목요일 산책을 위한 것이었다. 줄 쳐진 검정 양복은 자이납의 생일 때 구입한 것이다. 두 사람은 법원 앞에 있는 유니언 식당에서 저녁을 먹고 리볼리 영화관에 가서 「우리 아버지는 나무 위에 있다」라는 영화를 보았다. 살라흐는 재킷 안쪽 호주머니에서 접힌 종이 한 장을 발견했다. 그것은 그곳에 30년 동안 숨어 있던 것으로, 1969년 그가 갔던 움무 쿨숨 음악회 티켓이었다. 그때 그는 생각이 떠올랐고 재빨리 지하실을 떠났다가 녹음기를 들고 돌아왔다. 그는 알아틀랄* 노래를 틀고, 앉아서 그 노래를 들었다. 그는 그 노래를 처음 들었을 때 입었던 양복을 입고 있었다.

마침내 그는 허버트 조지 웰스(Herbert George Wells)가 자신의 소설에서 묘사한 타임머신을 타고 자신에게로 돌아간다. 그는 움무 쿨숨과 함께 흥얼거렸다. 그는 음악회에서 그랬듯이 들떠서 소리를 지르고 후렴구에서 박수를 쳤다. 그는 매일 밤 움무 쿨숨의 노래를 들었다. 시카고의 새벽 2시, 카이로 시간으로 아침 9시가 가까워질 때 무함마드 살라흐 박사는 녹음기를 끄고 안경을 쓴다. 그리고 전화번호 수첩을 열고 지인들이나 옛 친구에게 전화를 걸기 시작한다. 카이로의 전화번호는 모두 바뀌었다. 다섯짜리 숫자는 모두 일곱짜리로 바뀌었다. 3으로 시작하는 숫자는 35나 79가 되었다. 매번 그에게는 격세지감이 일어나, 마치 그는 동굴의 사람들* 중 한 사람 같다. 그는 30년 동안 잠들었다가 깨어나 자신의 도시로 돌아왔다. 그는 많은 전화번호들이 잘못된 것임을 알고는 지인들이 주소를 변경했으려니 생각했다. 때로 그는 정확한 번호를 발견하지만 이어 그 주인이 이 세상에 없음을 안다. 때로 그는 찾던 사람을 발견하고는 먼저 열의를 다해 말을 건다.

"나 기억해? 나 무함마드 살라흐야. 카이로 의대 1970년 학번, 자네 동기 말이야."

일부는 곧바로, 또 다른 몇 명은 잠시 생각했다가 살라흐를 기억한다. 반가움의 외침과 웃음이 커지고 살라흐는 계속 말한다.

"나는 지금 시카고에서 의대 교수로 있어."

"반갑네."

뜻밖이라는 말과 환성, 지난날의 회상 뒤에는 대화의 열기가 사그라지는 순간이 오기 마련이다. 마치 전화받는 상대방은 이렇게 묻는 것 같다. "웬일로 이제야 나를 떠올린 거야? 왜 내게 전화를 걸었어?"라고. 살라흐는 대답을 주어야만 했다. 거짓말을 꾸며 카이로 의대 1970년 학번 동기생 모임을 위한 머릿속 구상을 말했다. 또는 일리노이 의사들과 이집트 의사들 간의 협력을 위한 계획이 있다고 힘주어 말했다. 그는 빠르게 지껄이고 자신도 놀랄 만큼 열정적으로 거짓말을 한다. 그의 목적은 상대방의 정신을 흩뜨려 상대방이 통화가 이상하다고 생각하지 않게, 살라흐에게 동정심을 갖지 않게 하는 것이다. 통화하는 사람들은 그가 향수병으로 고통받고 있음을, 그가 예순 살이 넘어 자신이 조국을 떠난 게 실수였다는 것을 깨달았음을, 그가 이민 간 것을 죽도록 후회하고 있음을 눈치채서는 안 된다. 그는 그들에게 자신의 약해지고 슬픈 심정을 알려 주어서는 안 된다. 그가 그들에게 원하는 바는 단지 그들과 함께 지난 일에 관해 얘기하고, 그들과 더불어 그의 진실된 삶을 회고하고 싶은 것이다.

그는 전화하며 밤을 보내고, 아침을 맞는다. 그는 샤워를 하고 커피를 몇 잔 마신 뒤 학교로 향한다. 이틀이나 3일마다 그의 신경계가 붕괴되어 그는 다음 날 아침까지 죽은 사람처럼 쓰러져 잠을 잔다. 그러고는 잠에서 깨어나 과거에로의 항해를 재개한다. 그는 우연히 보물을 발견하게 되었다. 인터넷에서 카이로 시 전체의 전화번호부를 찾은 것이다. 그는 낡은 수첩 대신 전화번호부를 사용하게 되었다. 이제 그는 인터넷 전화번호부에서 이름을 검색하고 전화번호를 찾아 연락했다. 그는 옛 지인들을 찾아냈고 마침내 목표 지점에 이르렀다. 여행의 종착지, 처음부터 그로 하여금 안달하게 했던 이름, 그가 계속 피하려 했던 이름, 그가 자신의 뇌리에서 떨쳐 버리려고 무진 애를 썼던, 그러다 마침내 굴복한 이름에. 그는 컴퓨터 앞에 앉아 전화번호부를 열고 키보드를 눌렀다. '자이납 압둘 라힘 무함마드 라드완.' 그는 너무 흥분한 나머지 숨을 헐떡이며 화면을 바라보았다. 잠깐의 시간이 지나고 대답이 나타났다. '미안합니다만, 이 이름은 없는 이름입니다.'

그는 화면에 나온 글자를 보고 절망했다. 그러다가 자이납의 나이가 그보다 다섯 살 적다는 것을 생각했다. 그녀는 오래전 결혼했음이 분명하고 전화는 그녀 남편의 이름으로 등록되었을 것이다. 원칙적으로 그녀가 생존해 있다면 그럴 것이다. 그는 목이 메었다. 그녀는 죽었을까? 그녀가 죽었다고 가정하면 내게 무슨 해가 있겠는가? 그녀를 30년 동안 내버려 두었다가 그녀의 죽음을 슬퍼하면 아이러니하지 않을까? 그는 직장 전화번호를 제공하는 직업 관련 전화번호부가 있음을 떠올렸다. 그는 그 전화번호부를 찾아 들어가 키보드에 그녀의 이름을 치고 검색 버튼을 눌렀다. 잠시 후 그의 심장은 기쁨으로 펄쩍 뛰어오르다시피 했다. 그녀의 이름이 나타났는데 그 아래에 '경제부 계획 총괄 감사'라고 적혀 있고 이어 그녀의 사무실 전화번호가 나왔다. 자이납, 당신은 국가 고위 공무원이 되었소? 당신은 아직도 혁명 사상을 간직하고 있소? 아니면 평범한 여자로, 출근부에 서명하는 공무원으로 변했소? 부서장들에게 위선적인 행동을 하고 동료들을 모함하며, 남편과 아이들이 귀가하기 전에 음식을 만들기 위해 집으로 서둘러 가는 공무원 말이오.

'자이납, 당신은 지금 어떤 모습이오? 세월은 당신을 정답게 대해 당신에게 이전의 매력을 약간이라도 남겨 주었소? 아니면 카이로 시내 거리에 득실대는, 텔레비전에 나오는 수만 명의 여성들처럼 히잡을 쓴 뚱뚱한 아줌마로 변해 있소? 만일 그렇다면 나는 참으로 슬플 것이오. 자이납, 나는 내 기억 속의 당신 모습 그대로 아직도 당신을 간직하고 있소. 당신은 알오르만 공원에서 내 곁에 앉아 있었고, 그때 당신은 너무도 아름다웠소. 자이납, 과거로 우리가 돌아갈 수 있겠소? 돌아가기 위한 길이 분명 있을 것이오.'

카이로 시간으로 아침 10시. 전화 걸기 좋은 시간이다. 어쩌면 그녀는 고위 공무원들의 습관처럼 약간 늦게 출근할 것이다. 그는 그녀가 자리에 있음을 확인하기 위해 30분 더 기다렸다가 전화를 걸었다. 그는 흥분을 억누르기 위해 엄청난 노력을 기울였다. 나긋한 목소리의 여비서가 응답했다. 그가 비서에게 자이납 선생에 관해 묻자 비서는 그의 이름을 물었다. 흥분되어 숨이 막힌 채 그의 목소리가 나왔다.

"나는 그분의 친구로, 미국에서 전화하고 있습니다."

"잠시만 기다려 주십시오."

비서가 이렇게 말한 뒤 살라흐는 끊임없이 반복되는 대기 상태의 음악과 남았다. 그러다가 마침내 음악이 멈추었고 자이납의 목소리가 들렸다.

"안녕하세요."

"안녕하세요. 자이납, 나 살라흐야."

제28장

타리크 하십은 행복의 샘물을 마시지 않고서는 하루도 지나가지 않는다. 그는 서둘러 공부를 마치고 뜨거운 물로 샤워를 한다. 그는 거울에 비친 자신의 벗은 몸을 보며 잠시 후 자신이 할 일을 상상하자마자 욕구가 타오른다. 그는 자신의 대머리를 가리기 위해 오른쪽에서 왼쪽으로 머리를 빗고, 비싼 '피노 실베스트르' 향수를 목과 가슴 윗부분에 바른다. 그런 다음 서둘러 아파트 밖으로 나선다. 그는 껑충껑충 뛰다시피 하며 엘리베이터를 타고 샤이마의 아파트로 올라간다. 벨을 누르자 그녀가 기다렸다는 듯 즉시 문을 열고, 그는 그녀에게 달려들어 껴안고 키스를 퍼붓는다. 그녀가 책망하는 목소리로 부드럽게 속삭인다.

"타리크, 됐어, 그만해."

"아냐."

"우리가 매일 만나야만 해?"

"당연하지."

"토요일에만 만나도 충분하지 않아?"

"매 순간 너를 보고 싶어."

"우리 각자 자신을 신경 써야 해. 기말시험이 다가왔어."

"우리의 시험 성적은 앞선 결과보다 좋을 거야."

"그러길 바라."

매일 있는 사랑 행위는 30분 이상 걸리지 않는데, 타리크는 그것을 '신속한 사랑 인사'라고 부른다. 그 뒤 자신의 거처로 돌아가 다시 샤워를 하고 어린애처럼 깊은 잠을 잔다. 토요일의 사랑 인사는 빠르지 않다. 둘은 진짜 부부처럼 지낸다. 주중에 필요한 물건을 사고 영화관에 간다. 그런 다음 샤이마의 아파트로 돌아와 그곳에 놓아둔 자신의 파자마를 입고 그녀보다 먼저 침대에 가서 샤이마가 목욕을 끝낼 때까지 텔레비전을 본다. 그는 샤이마가 뜨거운 물로 씻고 나서 얼굴이 분홍빛을 띤 채 흔들거리며 걷는 모습을 보고 욕구가 일어 숨을 헐떡거린다. 그녀는 속옷(둘은 그것을 어떤 경우에도 넘어서는 안 될 빨간 선으로 정하자고 합의했다)만 제외하고 모든 옷을 벗은 채 침대에 눕는다. 그녀는 남편을 만족시키길 바라는 아내처럼 그의 품에 녹아든다. 사랑 행위를 끝낸 둘은 안락함이 충만한 대화를 나눈다. 둘은 시간 가는 줄 모르고, 때로는 하루 종일 침대에서 보내기도 한다. 둘은 벗은 채로 잠자고 깨어나고 음식을 먹고 샤이를 마시고 여러 번 사랑 행위를 나눈다.

처음에 샤이마는 뒤따르는 깊은 양심의 가책을 받았다. 그녀의 예배가 제때 이루어지지 않았고 그러다 결국 중단되었다. 괴로운 악몽이 그녀를 따라다녔다. 아버지가 여러 번 나타나 소리 지르며 모질게 그녀를 때린다. 그러는 동안 어머니는 그 장면 뒤에 서서 고통스레 울고 있다. 그러나 어머니는 아무런 조치도 못하고 있다. 샤이마는 점점 안도감을 주는 논리에 따른 결론에 도달했다. 그녀는 시카고 공공 도서관 내 아랍 자료 코너로 갔다. 그녀는 타리크가 말한 알부카리*의 하디스 이야기가 있는지 확인했다. 이슬람법의 징벌은 오직 간통에 대해서만 마련되어 있다. 간통의 의미는 콜 화장 먹이 콜 병에 들어가는 것처럼 육체에 육체가 들어가는 것이다. 그리고 간통을 저지른 남자에 관한 이야기가 있다. 그는 알라의 사도—그분께 알라의 축복이 있기를—에게 가서 자신의 잘못을 지적해 달라고 했다. 사도는 그에게 무관심한 태도를 보이며 그가 스스로 반성하고 돌아가도록 했다. 그러나 간통한 남자는 사도에게 자신을 징벌해 줄 것을 요구했다. 사도—그분께 알라의 축복이 있기를—가 그에게 물었다.

"그대는 정말 간통했는가? 아마도 그대는 입맞춤을 했거나 만졌거나, 혹은 상대방이 그대의 허벅지를 만졌을 뿐인데……."

이런 수준의 성적 접촉은 모두 간통 이하에 속하는 것으로, 그에 대한 이슬람 율법의 징벌은 없다. 알라께서는 그분이 원하는 자를 위해 그런 일을 용서하신다. 샤이마는 타리크와 간통한 것이 아니고, 알라의 용서를 향한 둘의 바람은 크다. 찬미받으실 지고하신 알라께서는 결혼하려는 둘의 진심을 알고 계시기 때문이다. 만일 둘이 결혼할 수 있다면 한시도 지체하지 않을 것이다. 그러나 지금은 뾰족한 수가 없다. 둘은 가족의 동의 없이 시카고에서 결혼할 수 없다. 동시에 둘은 유학을 중단할 수도 없다. 둘은 유학 중에 상황이 허락되어 카이로에 처음 돌아가는 때에 결혼할 것이다. 그것은 2년 후쯤이 될 것이다. 타리크는 박사 학위를 취득할 것이고, 그녀는 유학 중반 무렵 휴식기에 있게 될 것이다. 그녀는 타리크에게 코란을 걸고 이집트에 도착하는 즉시 결혼하기로 맹세하게 했다. 그리고 자신이 만들어 낸 문장을 반복하게 했다. "샤이마, 나는 알라와 사도의 관행에 따라 당신과 결혼했습니다. 나는 우리가 이집트에 도착하는 즉시 당신과 혼인식을 할 것입니다. 알라께서는 내가 하는 말의 증인이십니다." 이렇게 해서 샤이마는 안심했고 더 이상 악몽이 그녀를 따라다니지 않았으며, 그녀는 다시 예배를 드릴 수 있었다. 그녀는 이제 — 빨간 선을 제외하고 — 온전히 이슬람 율법에 따른 아내로, 남은 일이라곤 결혼 신고밖에 없다.

글쎄, 결혼 신고 절차는 이슬람 원리에 속하지 않는 사항이다. 그것은 정부가 나중에 부과한 필요 사항일 뿐이다. 사도 — 그분께 알라의 축복이 있기를 — 시절에 결혼은 구두로 이루어졌다. 남자와 여자가 몇 마디 하는 것으로 둘은 — 찬미받으실 지고하신 — 주님 앞에서 부부가 되었다. 정확히 보면 샤이마는 타리크와 그렇게 한 것이다. 그녀 자신은 알라와 사도의 관행에 따라 그의 아내라고 스스로를 납득시켰다. 그녀는 종교책에 나와 있는 이슬람교도 아내의 의무 사항을 열심히 읽고, 그것을 실행하려고 노력했다. 그녀는 그의 명예와 재산을 안전하게 지키고, 그가 있거나 없을 때에도 그를 기억하고, 그를 위해 집이 되어 주고 안전한 피난처가 되어 주어야 한다.

타리크의 경우를 보면 그의 삶은 완전히 뒤집혔다. 그는 마치 보물을 발견한 것 같았다. 이 모든 쾌락과 이 모든 행복! 그는 이제 신문에서 읽었던 사고 기사의 내용을 이해할 수 있다. 남자가 자신의 애인을 지키기 위해 도둑질하고 살인하는 그런 사건을 말이다. 어느 순간 이 쾌락은 인생 자체보다 더 중요한 것이 될 수도 있다. 그는 자신이 이전에 그 같은 쾌락을 몰랐던 것에 대해 너무도 후회막심했다. 사막처럼 황량한 지난 35년이었다. 그는 음식을 상상하며 배고픔을 달래려는 굶주린 사람처럼 지난날을 살았다. 이제 그는 이전과는 다른, 새로운 사람이다. 그는 더 이상 세상에 분노하지 않게 되었다. 그는 더 이상 어느 누구도 놀라게 하는 식으로 대하지 않았고, 더 이상 매 순간 전투할 준비를 하지 않았다.

그는 조용하고 만족하는 사람이 되었으며 심지어 그의 얼굴도 변했다. "정말 변했군!" 그는 거울 속 자신을 바라보며 말했다. 그의 피부는 맑고 깨끗해졌으며 그의 두 눈도 덜 튀어나왔다. 말할 때 안면 근육도 더 이상 수축되지 않았고 입도 일그러지지 않았다. 가장 이상한 점은, 그가 더 이상 포르노 영화의 유혹을 받지 않게 되었다는 것이다. 심지어 어릴 적부터 좋아하던 레슬링 시합도 이제는 보고 싶은 생각이 들지 않았다. 사랑을 나눈 뒤 쏟아지는 뜨거운 샤워 물에 자신을 맡긴 채 그가 느끼는 편안함은 말로 형용할 수가 없다. 그러나 그는 정말 샤이마와 결혼할 생각이 있는 걸까? 어느 누구도, 심지어 타리크 본인도 딱 잘라 답할 수 없는 어려운 질문이다. 그는 그녀를 사랑한다. 그는 며칠 전에, 남자는 여자와 함께 잠을 자 본 후에야 그 여자를 향한 자신의 진정한 감정을 시험해 볼 수 있다고 읽은 적이 있었다. 쾌락을 나눈 뒤 그녀에게 싫증이 나서 빨리 그녀와 헤어지길 원한다면 그것은 곧 그가 그녀를 사랑하지 않는다는 의미이고, 그 반대의 경우도 맞는 말이다. 그는 샤이마에게서 결코 만족하지 않는다. 그는 침대에서 그녀와 몸을 붙이고 있는 동안, 그녀의 품 안에서 그녀가 마치 어머니인 것처럼 안정감을 느낀다. 가끔 그는 열정에 사로잡혀 그녀의 육체 모든 부위에 키스를 하고 핥으며, 삼키고 싶은 욕구가 생긴다. 그렇다면 그가 그녀와 맺은 관계는 단지 그가 해소하려는 성욕에 불과하다. 그는 그녀를 사랑하고 낮 동안 열렬히 그녀를 그리워한다. 하지만 그 모든 것이 곧 그가 그녀와 결혼할 것이라는 의미인가? 대답은 알아들을 수 없는 웅얼거림이었다. 그녀와 결혼하겠다고 그녀에게 약속하며, 그렇게 하겠다고 그녀가 하는 말을 따라 서약을 반복했다. 그는, 자신이 여전히 그녀를 존중하고 있다고, 자신은 그녀의 첫 번째이자 마지막 남자임을 확신한다고 그녀에게 천 번이나 다짐했다. 그는 만족스럽게, 또는 동정하는 뜻에서 그렇게 했던 것일까? 아니면 그렇게 함으로써 — 정말로 사악한 생각일지 모르지만 — 결국엔 그녀와의 결혼 가능성을 배제할 것임을 알면서도 처음부터 그녀와 깊은 관계까지 갔던 것일까? 그가 그녀에게 애정을 느낄 때, 그는 결혼 생각을 아예 없애려고 일부러 그녀와 성관계를 했던 것은 아닌가? 그는 답을 알지 못했고, 더이상 답하려 신경 쓰지 않았다. 왜 쓸데없는 생각으로 행복감을 망치려 드는가? 왜 미리 걱정부터 하는가? 그가 결정을 내릴 순간이 올 때까지는 2년의 시간이 있다. 지금은 행복을 마시자, 그 후의 일은 될 대로 되게 내버려 두자. 그는 이렇게 생각했다. 그의 머리가 맑아졌고, 그는 몇 달간을 천국에서 보냈다. 그가 살아오면서 가장 달콤한 기간이었다. 그러나 행복은 언제, 그리고 누굴 위해 지속되었던가? 어제 오후 3시경, 타리크는 평소처럼 연구 샘플을 검토하는 작업을 마치고 연구소 문을 닫고 떠날 준비를 했다. 그런데 학과장인 빌 프리드먼 박사가 갑자기 나타났다. 박사는 손짓으로 인사하고 진지한 목소리로 말했다.

"타리크, 자네를 보러 왔네. 시간 좀 내줄 수 있나?"

"물론입니다."

"그럼 나와 함께 가세."

제29장

아름다운 정원에 둘러싸인 3층짜리 건물이었다. 라으파트 박사는 서둘러 입구를 지나갔다. 심리 전문가의 사무실은 오른쪽에 있었다. 그는 문을 두드리고 들어가 웃음 띤 얼굴로 말했다.

"라으파트 사비트입니다. 늦어서 미안합니다. 주차할 곳을 찾느라 어려웠습니다."

"괜찮습니다. 자, 앉으시죠."

여성 심리 전문가는 마음씨 좋은 노인이었다. 흰색의 짧은 머리카락이 그녀의 머리 양쪽으로 흘러내렸다. 미소 띤 얼굴은 친근하고 다정한 느낌을 주었다. 그녀는 자신을 소개하는 식으로 말을 꺼냈다.

"내 이름은 캐서린입니다. 당신을 돕기 위해 이곳에 있습니다."

"여기서 일하신 지 오래됐나요?"

"사실 나는 일하는 게 아닙니다. 나는 마약 중독자들과 그들의 가족을 돕는 사원봉사자입니다."

"당신의 숭고한 노고에 경의를 표합니다."

라으파트는 그곳을 찾아온 주제와는 동떨어진 대화를 이어 나가고 있었다. 아마도 어떻게 대화를 시작해야 할지 결정하기 위해서였을 것이다.

"감사합니다. 하지만 내가 자원봉사자로 나선 동기는 숭고한 일을 하기 위해서가 아닙니다. 저의 외아들 테디가 마약 중독으로 죽었습니다."

조용히 말하는 캐서린의 얼굴에서 미소가 사라졌다.

"나는 아들의 죽음에 내가 일차적인 책임이 있음을 깨달았습니다. 나는 아이 아빠와 헤어진 후 일에만 빠져 지냈습니다. 20년 동안 나는 내가 성공한 사람임을 스스로 보여 주고 싶었습니다. 나는 세제 판매 회사를 소유하고 있었습니다. 내 시간 전부를 회사에 바쳤고, 덕분에 회사는 시카고에서 중요한 회사들 중 하나가 되었습니다. 그런데 정신을 차려 보니 나의 아들을 구하기에는 시간이 늦었습니다."

라으파트는 말없이 계속 그녀의 얘기를 들었다. 그녀가 앞에 놓인 물잔을 들이켠 뒤 말했다.

"나는 당신도 아버지로서 내가 아들의 죽음으로 받은 충격이 어느 정도인지를 충분히 이해하시리라 생각합니다. 나는 아들의 죽음 이후 1년간 심리 치료를 받았습니다. 내가 병원에서 나온 뒤 가장 먼저 한 일은 회사를 정리한 것이었습니다. 나는 회사야말로 아들의 죽음을 불러온 원인인 것처럼 회사를 증오했습니다. 나는 지금 은행에 맡긴 예금에서 나오는 수입으로 살아가고 있습니다. 나는 중독자들과 그들의 가족을 돕는 일로 시간을 보내고 있습니다. 중독자가 치유되도록 도울 때마다 나는 내가 테디를 위해 뭔가 하고 있다는 느낌이 듭니다."

방에 깊은 정적이 감돌았다. 라으파트는 어두운 분위기에서 벗어나기 위해 벽을 바라보았다. 벽에는 여러 단체들에서 캐서린에게 수여한 감사장들과, 그녀가 젊은 남녀들과 함께 찍은 사진들이 있었다. 라으파트는 그들이 바로 그녀가 도와준 중독자들이라고 추측했다.

캐서린은 슬픔의 페이지를 접으려는 듯 한숨을 쉬더니 부드러운 미소를 지으며 말했다.

"미안합니다. 내가 여기 있는 건 내 이야기를 하려는 게 아니라 당신 말을 들으려 하는 것입니다. 자, 당신의 문제에 대해 말해 주세요. 나는 온전히 경청하겠습니다."

그는 그녀에게 사라에 관한 모든 것을 말해 주었다. 마치 커튼 뒤에서 너그러운 가톨릭 신부에게 고해하는 것 같았다. 그는 그녀에게 자신이 본 것과 느낀 바를 말한 다음 감정을 억누르기 위해 애쓰면서 이야기를 마쳤다.

"내 인생은 완전히 멈추었습니다. 나는 거의 일을 할 수 없는 상태입니다. 나는 딸애를 위해 뭔가를 하고 싶습니다."

심리 전문가는 손가락으로 펜을 잡고, 말하려는 내용을 정리하려는 듯 펜을 유심히 살펴보았다.

"당신이 말한 바에 따르면, 당신 딸은 십중팔구 크랙을 복용한 것 같군요. 그것은 코카인으로 만든 마약입니다. 그 약에 대한 치료는 쉽지 않습니다. 크랙은 청년들을 유혹해 체험하게 만듭니다. 그것을 몇 차례 경험하다 보면 뇌에 도파민이 증가하고, 이로 인해 격심한 기쁨과 편안함을 느끼게 합니다."

"당신은 이런 종류의 마약 중독자들을 이전에 치료해 보셨습니까?"

'중독자들'이라는 단어가 그의 귀에 낯설게 울려 왔다.

"나는 치료하지 않습니다. 나는 심리 전문가입니다. 나는 중독자들을 돕는 분야에서 몇 학기 강의를 들었습니다. 우리가 치료를 시작하면 심리 의사들이 우리와 함께 일하게 됩니다. 하지만 이전에 크랙에 중독된 사람들을 돕는 데 참여한 적이 있습니다."

"치료 성공률은 어느 정도입니까?"

"약 50퍼센트입니다."

"확률이 낮군요."

"나는 중독자들의 절반이 치유되었기에 그 정도면 높다고 생각합니다. 중독에 대한 치료가 쉽지 않다는 걸 기억해야 합니다. 우리는 실망감에 빠지지 않기 위해서라도 늘 예상치를 낮게 잡아야 합니다."

라으파트는 말없이 고개를 숙였다. 곧바로 캐서린이 말했다.

"이제부터 일을 시작하겠습니다. 잘 들으세요. 당신 딸 사라의 경우에 대한 나의 경험에 비추어 보면 사랑 팀 구성이 효과적인 출발이 될 것입니다."

그는 궁금해하며 그녀를 바라보았다. 그녀가 말을 이었다.

"사랑 팀은 중독자로 하여금 치료받도록 권하는 방법입니다. 우리는 중독자가 사랑하는 사람들로 팀을 구성합니다. 그의 친척들과 이웃들, 직장이나 학교 동료들로 말입니다. 그들은 정기적으로 그를 찾아가, 그가 중독자로서 도움을 필요로 하고 있다는 걸 인정하도록 도움을 줍니다. 사랑 팀이 성공하면 중독자는 12단계로 이루어진 치료 프로그램을 시작합니다. 내가 하고 싶지는 않지만 해야 할 질문이기에 묻겠습니다."

"그러십시오."

"프로그램 비용에 관련해서입니다만……."

"보험사가 지불할 것입니다. 나는 이번 주에 중독 항목을 서류에 기재해 달라고 신청했습니다."

"좋습니다. 이 서류를 받으세요. 서류를 작성한 뒤 돌아가실 때 안내실에 두시면 됩니다."

라으파트는 종이를 받았다. 종이는 그의 손가락 사이에서 계속 흔들렸고 그의 시선은 그녀의 얼굴에 걸려 있었다. 그녀가 말했다.

"이제 당신이 해야 할 일이 있습니다. 사라의 친구들을 설득해 우리와 함께 사라에게 가자고 해 주십시오. 이것은 중독자 치료를 위해 사랑 팀이 할 역할을 설명하는 책자입니다."

라으파트는 마약 중독과 협회 활동에 관한 책자와 인쇄물을 들고 그녀의 사무실에서 나왔다. 그리고 집에서 그것들을 읽는 데 몰두했다. 필요 조치와 정보로 국면을 전환한 것은 그로 하여금, 그의 앞에 커다란 산처럼 고착되기 시작한 비극에서 벗어나는 것을 도와주었다. 사라는 중독자로 변했다. 사라를 탓하는 것은 온당치 않다. 그 전문가는 크랙은 두 차례 경험으로 중독된다고 말했다. 전문가는 라으파트에게, 사라에게 일어난 일은 누구에게나 일어날 수 있다고 강조했다. 어떤 사람이 한번 크랙을 경험한 뒤 두 번째에는 그 재미를 떠올리고 세 번째엔 중독자로 변한다고 했다. 어떻게 사라를 탓한단 말인가? 사라는 제정신이 아닌 상태였고, 자기 행동에 책임이 없다. 죄는 사라가 저지른 것이 아니다. 범인은 바로 제프였다. 그가 사라를 중독자로 몰아갔다. 불쌍한 내 딸. 라으파트는 사라를 구타한 자신을 크게 책망한다. 그 일로 그는 심기가 불편해져 자신의 오른손이 마치 몸에서 분리된 것 같다고 느낄 정도가 되기에 이르렀다. 사라를 때렸던 바로 그 손이었다. 왜 사라를 때렸던가? 왜 그는 자신을 통제하지 못했던가? 그는 딸에게 얼마나 모질게 굴었던가? 그는 며칠을 보내고 나서야 슬픔을 억누를 수 있었다. 그는 속으로 말했다. '이 비극에 대처하는 데 두 가지 방법이 있다. 내가 동양의 후진국 아버지가 되어 딸을 포기하든지, 아니면 문명인답게 행동해서 딸이 시련을 이겨 내도록 도와주는 것이다.'

그는 아내 미첼과 함께 사랑 팀에 합류할 수 있는 사라의 친구들을 찾았다. 그가 그들에게 전화 연락을 했을 때 그들 모두 사라가 중독자임을 알고 있었다. 사라의 친구인 실비아가 말했다.

"제프가 바로 사라를 중독자로 만든 장본인이에요. 내가 여러 차례 사라에게 경고했지만 사라는 그와 사랑에 빠졌어요."

실비아는 사랑 팀에 합류하는 데 즉각 동의했다. 또 교실에서 사라 옆에 앉던 제시라는 청년도 가담했다. 두 친구는 아이디어를 내기도 했다. 실비아는 사라가 좋아하는 바나나 애플파이를 사겠다고 말했다. 제시는 동물을 좋아하는 사라에게 새끼 고양이를 선물하겠다고 했다. 전문가 캐서린이 열의에 차서 말했다.

"아주 긍정적인 아이디어입니다. 자신이 좋아하는 음식과 새끼 동물 기르는 것을 기억나게 하는 것, 그것은 사라에게 마약 중독에 대항할 수 있는 힘을 줄 거예요."

모든 것이 준비되었다. 다음 날인 일요일 아침 10시경, 사랑 팀은 오클랜드로 향했다. 미첼은 캐딜락에서 라으파트 옆에 앉았고, 제시와 실비아는 뒷좌석에 앉았다. 가는 길에 그들은 이런저런 대화를 나누었다. 그들은 무거운 분위기에서 벗어나기 위해 의미 없는 웃음을 터뜨리기도 했다. 라으파트가 차를 지나치게 빨리 몰자 미첼이 제지했다.

"속도위반에 걸리려고 그래요?"

하지만 그는 분노에 찬 힘의 작용을 받아 속도를 늦추지 않았고 마침내 오클랜드에 도착했다. 그는 길을 기억하기 위해 천천히 차를 몰았다. 구역의 형태가 낮에는 달라 보였다. 거리는 텅 비었고, 벽에는 검은색과 빨간색 스프레이로 쓰인, 갱단의 구호를 나타내는 글들이 보였다. 라으파트는 이전에 강도를 만났던 주차장에 차를 세웠다. 그들은 차에서 내리자마자 캐서린 앞에 섰다. 마치 시합 전에 코치로부터 지시를 받는 운동선수들 같았다. 캐서린이 조용한 미소를 띠며 말했다.

"라으파트 씨, 당신은 차 안에서 우리를 기다려 주세요. 얼마 전 두 사람 간에 다툼이 있었지요. 우리는 사라의 부정적인 감정을 자극하고 싶지 않습니다. 크랙 중독자는 신경이 흥분된 상태에 있습니다. 여기 남아 계십시오. 우리가 사라와 얘기를 나눈 뒤 사라에게 당신을 보고 싶은지 물어보겠습니다."

라으파트는 순순히 따랐다. 그는 말없이 그들로부터 한 발짝 떨어졌다. 그사이 캐서린은 팀원들에게 재차 조언했다.

"우리가 사라에게 전달할 가장 중요한 것은, 우리가 그녀를 사랑한다는 내용입니다. 동정도 안 되고, 설교도 안 됩니다. 이 점을 꼭 기억하세요. 사라는 우리가 원치 않는 상황에 처해 있을 가능성이 매우 큽니다. 그녀는 우리를 홀대하거나 적대적으로 대할 수도 있고 심지어 내쫓을 수도 있습니다. 최악의 가능성에 대해서도 마음의 준비를 하세요. 잠시 후 우리가 보게 될 여자는 예전의 사라가 아닙니다. 그녀는 마약 중독자입니다. 그것은 사실이고, 우리는 그 점을 잊어서는 안 됩니다."

그들은 말없이 캐서린의 말을 경청했다. 그러나 실비아가 갑자기 귀에 거슬리는 목소리로 외쳤다.

"오, 예수 그리스도시여. 불쌍한 사라를 구해 주소서!"

그러더니 실비아는 울먹였고, 미첼이 그녀를 안아 주었다. 이번에는 전문가의 목소리가 조용하고 단호하게 들렸다.

"실비아, 감정을 조절해요. 우리는 사라에게 우리의 긍정적인 감정을 전해야 합니다. 당신이 울음을 멈추지 않는다면 라으파트 씨와 함께 차에서 기다리는 게 낫겠어요."

라으파트는 천천히 돌아가 차 문을 연 뒤 운전석에 앉았고, 다른 사람들은 집 쪽으로 갔다. 제시는 새끼 고양이를 안고 있었고 실비아는 바나나 애플파이 상자를 들고 있었다. 그들은 마치 장례식에 온 것처럼 천천히, 얌전하게 걸어갔다. 그리고 열려 있는 정원 문과, 대낮인데도 외부 등불이 켜져 있는 것을 보았다. 그들은 앞쪽 계단을 올라갔고 미첼이 초인종을 눌렀다. 1분이 지나도 문을 열어 주는 사람이 없었다. 그녀는 다시 벨을 눌렀다. 다시 1분이 지나자 문이 열렸고, 파란 작업복을 입은 큰 몸집의 흑인 남자가 나타났다.

"안녕하세요. 사라 있습니까?"

"누구요?"

"미안합니다만, 여기는 제프 앤더슨과 사라 사비트의 집이 아닙니까?"

인부는 기억하려는 듯 먼 곳을 바라본 뒤 단어에 힘을 주어 말했다.

"내 생각에, 이미 이사한 이전 거주자의 이름 같군요."

"그들이 이사했다고요?"

"예, 며칠 전에요. 집주인이 페인트칠을 해 달라고 해서 와 있습니다. 아마 다른 세입자에게 집을 임대한 걸로 생각됩니다."

그들은 잠시 침묵했다. 그런 뒤 미첼이 말했다.

"나는 사라의 엄마입니다. 딸의 안부를 물으러 왔습니다. 이 사람들은 딸애의 친구들이고요. 내게 딸애의 새 주소를 알려 줄 수 있습니까?"

"부인, 미안합니다만 나는 주소를 모릅니다."

* * *

"설령 당신이 이집트 대사관의 책임자라 해도 당신에겐 내 집을 무단 침입할 권리가 없습니다."

나는 사프와트 샤키르의 면전에서 소리쳤다. 그는 강하고 도전적인 눈매로 나를 훑어보았다. 그러고는 느긋하게, 마치 자신이 상황을 통제하고 있음을 강조하듯 거실 중앙으로 한 걸음 나왔다.

"자네와 커피 한잔하려고 왔네. 나지, 잘 듣게. 자네는 똑똑해. 자네 앞에는 큰 미래가 있고 말야."

"정확히 무얼 원하십니까?"

"자넬 도와주고 싶네."

"나를 돕겠다는 저의가 무엇입니까?"

"자넬 동정해서야."

"무엇 때문에요?"

"자네가 어리석어서."

"어휘를 골라서 쓰시죠."

"자네는 미국에서 공부하고 있어. 자네는 자네의 미래에 신경 쓰기보다는 스스로를 곤경에 빠뜨렸어."

"무슨 말입니까?"

"자네는 대통령에 반대하는 성명서에 사람들의 서명을 모으고 있어. 부끄럽지 않나?"

"아니요. 오히려 내가 하는 일이 자랑스럽습니다."

"자네 같은 지식인들의 문제는 책과 이론의 포로로 살아가고 있다는 거야. 당신들은 조국에서 일어나는 일의 진상에 대해서는 아무것도 몰라. 나는 우리 나라 여러 주(州)에서 10년 동안 경찰로 일하며 여러 마을과 촌락과 부락을 돌아다녔지. 나는 이십트 사회의 밑바닥을 알고 있어. 자네에게 분명히 말하지만, 이집트인들은 민주주의에 관심이 없고, 또 그들은 민주주의를 하기에 적합하지 않아. 이집트인은 세상을 살면서 세 가지, 곧 종교와 생계, 자식 외에는 관심을 갖지 않아. 종교가 가장 중요하지. 이집트인들로 하여금 혁명에 나서게 하는 유일한 경우는 누군가에게 자신들의 종교가 공격받을 때야. 나폴레옹이 이집트에 와서 이슬람을 존중하는 척하자 이집트인들은 그를 지지하며 나폴레옹이 자신들의 나라를 식민화했음을 잊었지."

"당신은 역사를 잘 읽지 않은 것 같습니다. 이집트인들은 3년간 프랑스에 맞서 혁명을 일으켰고, 군대 지도자를 죽였습니다."

그가 모호한 눈빛으로 나를 응시했다. 나는 그에게 모욕을 주었다는 생각에 약간의 편안함을 느꼈다. 그는 거만한 어조로 말을 이었다.

"내겐 자네와 이런 얘길 하면서 허비할 시간이 없네. 나는 자넬 돕고 싶었어. 그러나 자네는 그 어리석은 짓을 계속하고 있어. 자네가 서명을 받고 있는 그 성명서는 아이들 장난에 불과하다는 걸 명심하게."

"성명서가 아이들 장난이라면 당신은 왜 여기까지 찾아오는 수고를 하는 것입니까?"

"자네는 불장난을 하고 있어."

"나를 위협하는 겁니까?"

"아니, 경고하는 거야. 자네가 이 일에서 손을 떼지 않으면 나는 자네가 상상할 수 없을 정도의 짓을 할 거야."

"마음대로 하시죠."

나는 이렇게 소리치며, 갑작스러운 만남으로 인한 충격에서 벗어났다. 그리고 처음으로 그를 쫓아내고 싶은 충동이 일었다. 그가 자리에서 일어나 문 쪽으로 몇 걸음 물러서더니 말했다.

"자네는 바다에서 쟁기질을 하고 있어. 자네는 미국 앞에서 이집트 정부를 난처하게 만들려고 하지. 내가 자네에게 확실히 말하건대, 이집트의 체제는 산처럼 확고부동하고 미국 체제와 유기적으로 연결되어 있어. 자네가 성명서에 쓴 내용은 미국인들에게 다 알려진 사실이야. 미국인들은, 이집트 체제가 자신들에게 이익을 가져다주는 한 아무것에도 관심을 갖지 않아."

"그것은 곧 당신도 이집트 체제가 미국의 하인에 불과하다는 걸 인정한다는 말이군요."

"마지막으로 경고하겠네. 만일 자네가 미국에 있다고 해서 보호받을 수 있다고 생각한다면 그건 오산이야. 나지, 이성적으로 굴게. 자네의 미래뿐만 아니라, 자네를 위해 고생하시는 자네 어머니를 생각해서라도 말이야. 그리고 정경대 학생인 자네 여동생 누하를 위해서라도. 여동생은 가냘픈 처녀여서 국가 보안국에 하룻밤 구금되는 것도 견뎌 내지 못할 거야. 그곳 장교들은 저속하기 짝이 없어. 그들은 여자들을 원하고 있지."

"여기서 나가세요."

"자네는 비싼 대가를 치를 거야. 때가 지난 뒤에야 자네는 우리가 어느 정도 자네를 훈육시킬 수 있는지 알게 될 거야."

그는 문을 열면서 마지막 단어를 말했다. 그러고는 갑자기 내 쪽으로 몸을 돌리더니 말했다.

"아 참, 자네의 유대인 애인 웬디에게 안부 좀 전해 주게. 두 사람이 섹스하는 장면을 찍은 비디오테이프가 도착했어. 정말 재미있는 테이프더군. 고맙네."

그는 크게 웃었고 그런 다음 문을 닫고 모습을 감추었다.

나는 가까이 있는 의자에 털썩 앉았다. 그 순간 나의 감정을 묘사할 수가 없다. 어리둥절함과 분노, 모욕이 뒤섞인 상태였다. 나는 포도주 병을 땄고, 담배에 불을 붙였다. 그리고 담배를 피우고 술을 마시기 시작했다. 사프와트는 성명서 사본을 어떻게 구했을까? 그는 나에 관한 모든 걸 어떻게 알아냈을까? 그보다 더 중요한 건 어떻게 내 아파트에 들어왔는가이다. 나는 자리에서 일어나 문을 열고 자세히 살펴보았다. 하지만 억지로 연 흔적은 없었다. 그는 복사한 열쇠로 들어왔던 것이다. 그는 그 열쇠를 어디서 얻었을까? 분명 이집트 정보국과 대학 본부 간의 공조가 이루어지고 있다. 나는 빠른 시일 안에 거주지를 바꾸어야 한다. 나는 개별 거주지의 임대료를 내기 위해 비용을 줄일 것이다. 이상한 욕구가 덮쳐 와, 나는 자리에서 일어나 침실로 가서 불을 켰다. 그리고 벽들을 조사하기 시작했다. 웬디와 함께 있는 장면을 찍은 카메라를 찾아낼 것 같았다. 잠시 후 나는 나 자신을 비웃으며 불을 끄고 거실로 돌아왔다. 곧이어 문에서 열쇠 돌아가는 소리를 들었다. 단단히 각오하고 일어서는데 웬디가 눈에 들어왔다. 그녀는 미소 지으며 내게 말했다.

"안녕. 잘 지냈어요?"

나는 평소처럼 그녀에게 키스하면서 자연스럽게 보이려고 애썼다. 그녀가 명랑하게 소리쳤다.

"나지, 잘 들어요. 나는 화장실에 들어갈게요. 바라건대, 두 눈을 감고 내가 허락할 때까지는 눈을 뜨지 마세요."

"우리 이 놀이를 다음으로 미루면 안 될까요?"

"안 돼요."

그녀가 장난스럽게 소리쳤다. 그러고는 내 볼에 빠르게 키스한 뒤 화장실로 달려갔다. 나는 빈속에 술을 들이켜고 다시 한 잔을 부었다. 다시 스스로를 탓하기 시작했다. 나는 어찌해서 사프와트 샤키르가 내 집을 무단 침입해 나를 위협하도록 허용했던가? 왜 나는 경찰을 부르지 않았는가? 그가 한 짓은 미국 법에 따르면 범죄에 해당한다. 비록 그에게 외교관 면책 특권이 있다 해도 나는 그에게 큰 수모를 안겨 줄 수 있었다. 왜 나는 그러지 않았던가?

"두 눈 감았어요?"

화장실에서 웬디의 목소리가 들려왔다. 나는 어안이 벙벙한 채 눈을 감았다가 가까워진 그녀의 목소리에 정신이 들었다.

"이제 눈을 떠 봐요."

이상한 장면이었다. 웬디는 벨리 댄스복을 입고 있었다. 그녀의 젖가슴은 가슴 부위를 드러내는 꼭 끼는 브래지어 안에서 풍만해 보였다. 그녀의 배는 드러났고 배꼽을 가리는 별 모양이 한가운데 있었다. 그녀의 허리는 엉덩이를 두드러지게 하는 띠가 묶여 있었고 그 띠에는 그녀의 벗은 다리를 가까스로 덮는 긴 천이 매달려 있었다. 그녀는 흥분했고 행복해했다. 그녀는 자신을 축으로 여러 차례 회전한 뒤 소리쳤다.

"당신이 보기에 어때요? 나는 지금 안달루시아의 무희예요. 내 모습이 당신의 상상 속에 있는 모습과 일치해요?"

"물론이지요."

"벨리 댄스복을 파는 상점에 갈 때까지 너무 힘들었어요. 내가 어떻게 했는지 아세요?"

"어찌했는데요?"

"작년에 코스튬 파티에 갔다가 이런 의상을 입고 있는 여자를 보았어요. 나는 그녀의 전화번호를 알아냈고, 그녀가 상점을 알려 주었지요."

하지만 내가 웬디의 말에 대응해 줄 힘은 제한적이고 미약했다. 나는 징신이 없는 상태에서 계속 시선으로 그녀를 따라갔다. 곧 이어 웬디는 그 점을 발견했고 그녀의 얼굴이 어두워졌다. 그녀가 내 옆에 앉더니 불안해하며 물었다.

"무슨 일 있어요?"

댄스복을 입고 곁에 앉아 있는 그녀의 모습이 이상했다. 무대 의상을 입고 대기하는 여배우 같았다. 나는 그동안 있었던 일을 숨긴 채, 아무 핑계나 대고 그녀를 내보내든지 아니면 내가 나가든지 해야겠다는 생각을 했다. 그런데 갑자기 지금까지 있었던 일을 그녀에게 말하고 있는 나 자신을 발견했다. 그녀의 얼굴에는 깊이 생각하는 표정이 보였다. 그러더니 나지막이 그녀가 물었다.

"당신들은 경찰국가에서 이런 식으로 살고 있나요?"

"미국의 지지가 없다면 이집트는 하루도 지속되지 않을 거요."

그녀가 두 팔로 나를 감쌌다. 나는 그녀의 호흡을 감지했다. 그녀가 속삭였다.

"당신은 어떻게 할 건가요?"

"나는 계속해서 서명을 모을 겁니다."

"두렵지 않아요?"

"물론 두렵긴 하지만 나는 극복할 겁니다. 대가를 치르지 않는 상황은 없으니까요."

"하지만 더 이상 당신 한 사람만 관련된 게 아니에요. 그들은 당신 어머니와 여동생에게 해를 입힐 거예요."

내 머릿속에 누하와 어머니의 얼굴이 떠올랐고, 장교들과 사복 형사들이 어머니와 여동생을 체포하는 장면이 그려졌다. 나는 큰 소리로 말했다.

"그들 하고 싶은 대로 하라지요. 나는 물러서지 않을 겁니다."

"당신은 그 상황에서 자유롭지만, 당신 어머니와 여동생은 무슨 죄가 있나요?"

"우리 어머니와 여동생은 구금된 수만 명의 어머니나 누이들보다 낫지는 않습니다."

"나지, 나는 당신을 이해할 수 없어요. 왜 당신은 문제를 만드나요?"

"그게 무슨 말입니까?"

"당신이 이집트를 떠난 후 당신과 이집트 문제에 무슨 관계가 있냐 말이에요?"

"이집트는 나의 조국입니다."

"이집트는 수 세기 동안 쌓여 온 수많은 문제를 심각하게 겪고 있는 제3세계권의 많은 나라들과 같은 상황에 있어요. 당신이 목숨을 바친다 해서 이집트를 개혁할 수는 없어요."

그녀의 말은 내가 예상하지 못한 것이었다. 나는 낯선 느낌으로 그녀를 바라보며 입안에 술을 쏟아부었다. 그녀가 자리에서 일어나 나를 마주 보고 섰다. 그러고는 자신의 배 쪽으로 내 얼굴을 잡아당기며 속삭였다.

"우리의 관계는 멋져요. 나는 당신과 함께 있으면서 이전에 알지 못했던 감정을 느껴요. 당신이 앞날만 생각했으면 좋겠어요."

"나는 내 의무를 포기하지 않을 겁니다."

"왜 당신은 다른 방식으로 생각하지 않나요? 미국은 당신처럼 재능과 야망이 있는 청년들의 어깨에 의지해 세워졌어요. 그들은 더 나은 미래를 찾아 세계 각지에서 왔어요. 미국은 기회의 땅이에요. 만일 당신이 이곳에 남는다면 훌륭한 일을 해낼 거예요."

"당신은 사프와트 샤키르처럼 말하고 있군요."

"뭐라고요?"

"더 나아가 당신은 그가 쓴 표현을 똑같이 쓰고 있습니다."

내 목소리가 내 귀에도 이상하게 들렸다. 내가 술 취했다는 생각이 들었다. 나는 긴장할수록 취기가 더 강해진다는 걸 알고 있었다. 나는 운명처럼 모호하고 완강한 느낌에 순종하며 그녀에게 물었다.

"사프와트 샤키르가 우리 관계를 알고 있다는 게 이상하지 않나요? 더 이상한 점은 그가 복사한 아파트 열쇠를 갖고 있다는 거예요. 웬디, 이 모든 정보를 누가 그에게 알려 주었을까요?"

그녀가 믿을 수 없다는 듯 눈을 크게 뜨고 내 얼굴을 응시했다. 그녀는 흥분한 나머지 떨리는 음성으로 물었다.

"그 말의 의도는 무엇이지요?"

"특정한 것을 의도한 것은 아닙니다. 나는 단지 사프와트가 어떻게 우리 관계의 상세한 내용까지 알았는지 궁금할 뿐입니다. 만일 우리를 찍은 비디오테이프가 그에게 있다면 침실에 카메라가 있는 게 분명합니다. 카메라를 설치한 자는 누구일까요?"

그녀는 잠시 나를 바라보다가 몸을 돌려 화장실로 갔다. 나는 계속 앉아 있었는데, 뭔가를 할 힘도 의욕도 없었다. 나는 빠른 속도로 밑바닥까지 떨어지고 있었고, 더 이상 멈출 수도 없었다. 나는 술 한 잔을 다시 따라 단숨에 들이켰다. 잠시 후 웬디가 옷을 입고 나타났다. 그녀는 댄스복을 봉투에 넣어 두었다. 그녀의 얼굴은 달라져 있었다. 그녀는 내 시선을 피하며, 빠른 걸음으로 문을 향해 갔다. 나는 서둘러 그녀 뒤를 따라갔다.

"웬디!"

그녀는 뒤돌아보지 않았다. 그녀를 붙잡았지만 그녀는 나를 피하면서 손으로 밀쳤다. 순간 그녀의 얼굴이 눈물로 젖은 것을 보았다. 나는 애원하는 목소리로 외쳤다.

"제발, 내 말 좀 들어 봐요."

하지만 그녀는 거칠게 문을 닫고 가 버렸다.

제30장

"베이커 박사는 이슬람교도들에게 배타적인 태도로 유명해. 나는 다행히, 이슬람교도로서 나의 종교를 자랑스럽게 생각해. 그는 여러 차례 내 앞에서 이슬람을 조롱하려 했지만 나는 그에게 소리치면서 아무 말도 못하게 했지. 그때 그는 내게 복수를 결심하고 일을 조작했어."

다나나가 소파에 앉아 있는 아내 마르와에게 말하면서 고개를 숙였다. 그의 얼굴은 연탄불을 손에 잡고 고통을 참아 내는 사람의 모습이었다. 당연히 마르와는 다나나의 말에서 큰 허점을 찾아냈다. 그녀는 태연한 미소를 띠려고 애쓰면서 말했다.

"이상하네요."

"이상하다니, 뭐가? 당신의 적은 당신 종교의 적이야. 지고하신 알라께서는 코란에서 말씀하셨어. '유대인들과 기독교도들은 그대가 그들의 교의에 따를 때까지 그대를 달가워하지 않을 것이다'라고."

"하지만 전에 당신은 내게, 베이커 박사는 이집트인들을 좋아한다고 말했잖아요."

"그자의 더러운 실상이 드러나기 전까지는 나도 그렇게 생각했어. 당신은 내가 착해서 사람들에게 쉽게 속아 넘어간다는 걸 잘 알잖아."

"그 일에 오해가 있었을 가능성은 없나요?"

"나는 당신에게 그자가 나를 제적시키려 한다고 말했어. 그런데 당신은 내게 오해가 있었냐고 묻다니!"

다나나는 화를 내며 소리쳤다. 마르와는 잠시 침묵했다가 남편에게 물었다.

"앞으로 어떻게 할 거예요?"

"모르겠어."

"진상 조사 위원회에 가서 사실을 말하면 안 되나요?"

"당신은 베이커의 미국인 동료들이 그자를 거짓말쟁이라고, 내가 옳다고 말할 것으로 생각하는 거야?"

그러고는 잠시 침묵했다가 상심한 목소리로 말을 이었다.

"나는 억압당하고 있어. 그러나 우리 주님은 위대하시지. 주님은 나를 공정하게 대해 주시려 사프와트 샤키르를 보내 주셨어."

마르와는 숨겨진 가능성으로 가득 찬 모호한 영역으로 이야기가 흘러가고 있음을 느끼고는 침묵했다. 다나나는 마치 자신에게 말하는 것처럼 말을 이었다.

"사프와트 베는 유학생 담당처와 상의해서 문제를 처리해 주겠다고 내게 약속하셨어. 그다음에는 나를 다른 대학교에 편입시켜 주실 거야."

"다행이군요."

"당신은 살아오는 동안 이분보다 더 인자하고 관대한 사람을 본 적이 있어?"

"물론, 없어요!"

"그래서 말인데, 내가 그분의 부탁을 거절할 수 있을까?"

마르와는 말없이 남편을 바라보았다. 그러나 그는 격앙되어 말했다.

"대답해 봐."

"정확히, 당신은 무얼 원해요?"

"나는 오로지 잘되기만을 원해. 마르와, 우리는 동고동락하는 부부야. 나는 지금 시련의 국면을 지나고 있어. 그리고 사프와트는 내게 호의를 베푸시는 분이셔."

"그 말과 내가 무슨 관계가 있어요?"

"사프와트는 당신과 함께 일하기를 바라고 계셔."

"나하고요?"

"그래, 그분은 당신을 사무실 비서로 채용하실 거야."

"하지만 나는 비서 일을 해 본 적이 없어요."

"일은 어렵지 않아. 당신은 똑똑해서 일을 빨리 배울 거야. 사프와트는 열 명의 미국인 여비서를 채용할 수도 있어. 그러나 그분 사무실의 업무는 특별히 고려할 사항이 있어."

"무슨 말인지 모르겠네요."

"그분과 함께 일하는 사람은 중대한 서류를 보게 되어 있어. 그분이 당신을 원하는 건 당신을 신뢰하기 때문이야. 미국과 이스라엘 정보국은 그분과 일하는 여비서를 자기편으로 끌어들이려고 총력을 기울일 거야. 여비서가 우리 나라의 기밀을 알아내도록 말이지. 당신이 사프와트와 함께 일하는 것은 그분이 베풀어 준 은혜에 대한 작은 답례야. 그리고 그것은 또한 조국을 위한 일이기도 해."

마르와는 다시 침묵했다. 연이은 사건들로 그녀는 당황스러웠고, 머릿속이 혼란스러웠다.

"당신 생각은 어때?"

다나나가 빠르게 질문을 던졌다. 그는 주사위 게임에서 주사위를 던진 뒤 결과를 기다리는 사람처럼 그녀를 바라보았다. 그는 모든 방법을 동원해 아내의 대답에 대응할 준비를 해 놓은 상태였다. 그녀는 사프와트 샤키르와 함께 일해야 한다. 다나나는 아내에게 조를 것이고, 간청할 것이고, 그녀와 말싸움을 벌일 것이며, 필요하다면 장인에게 딸을 설득시켜 달라고 할 것이다. 그는 단단히 준비하고 아내 앞에 앉았다. 잠깐의 시간이 지났다. 그녀는 다나나 쪽으로 머리를 들었다. 그녀의 얼굴에 모호한 미소가 나타났고, 그녀는 조용히 말했다.

"알았어요."

제31장

겨울은 어떻게 봄으로 바뀌는가?

처음에는 얼음이 녹고, 그런 다음 메마른 나뭇가지에 조금씩 생명이 되살아나고 꽃들이 피기 시작한다. 캐럴의 삶은 그녀가 광고 분야의 일을 시작하면서 변했다. 그녀는 직업을 얻기 위해 고생하던 일을 끝냈다. 그리고 친구 에밀리에게 빌린 돈을 몇 번에 걸쳐 갚았다. 또 아들 마크에게 새 옷을 사 주었고, 집에서 가까운 볼링 클럽에 가입하고 싶어 한 마크의 꿈을 이루어 주었다. 그레이엄에게는 멋진 여름옷 세 벌을 선물했고, 그에게 다시 네덜란드산 고급 담배를 피우라고 권하기도 했다(그는 기쁨을 감추지 못했다). 또 그녀는 자신이 타고 다닐 중고 뷰익을 구입했다. 그런 다음 집 전체에 페인트칠을 했고 정원에는 아름다운 나무들을 심었다. 어느 날 아침, 그녀는 베란다에서 그레이엄과 함께 아침 식사를 하고 있었다. 그녀는 흰색의 면 기모노를 입고 있었다(그녀는 그 옷을 유명한 티고로 상점에서 구입했다). 그는 옆에 앉아 파이프 담배를 피우며 커피를 마시고, 「시카고 트리뷴」을 읽고 있었다. 그녀가 먼저 말을 걸었다.

"존, 당신 생각은 어때요? 우리 집을 새로 단장하고 나서 값이

올랐어요. 우리가 지금 집을 내놓으면 목돈이 생길 거예요. 나는 그 금액에 저축한 돈을 보탤 수 있고, 그럼 우리는 다른 집을 살 수 있어요."

그레이엄이 뜻밖이라는 표정을 지었다. 그는 계속해서 자신의 턱수염을 만지작거리다가 천천히 말했다.

"좋은 생각인데. 캐럴, 하지만 나는 이 집과 인연이 깊어. 나는 여기서 20년간 살았소. 이 집 구석구석마다 내 인생의 추억이 담겨 있어."

"더 크고 아름다운 집으로 옮기자는 거예요."

"아마 내 감정이 낭만적이고 어리석을지도 몰라. 하지만 나는 다른 집에 가서 사는 것을 상상할 수 없소."

캐럴의 얼굴에 실망감이 나타났다. 그는 그녀의 손을 잡고 속삭였다.

"어쨌든 그 문제는 한번 생각해 보겠소."

"싫은데 억지로 그러지는 마세요."

"나는 당신이 행복해질 수 있는 일은 다 할 거요."

그녀는 그레이엄을 바라보았다. 갑자기 감정을 주체하지 못하고, 그녀는 그에게 달려들어 두 팔로 그를 감싸고 키스 세례를 퍼부었다. 그녀는 그 순간 지난 어느 때보다도 그를 사랑했다. 그녀는 자신의 새 일자리와 관련해 심리적 평정에 이르렀다. 처음에, 그녀는 페르난도 앞에서 옷을 벗었고, 촬영 준비를 하기 위해 그녀의 알몸을 만지는 그의 차가운 손을 느꼈다. 그때 그녀는 어지러움을 느꼈고 정신을 잃을 것 같았다. 그러나 횟수를 거듭하면서 혐오감은 사라졌고 그녀는 상황에 적응해 갔다. 그녀는 생각했다. '페르난도는 동성애자야. 그는 여자의 육체에 흥분하지 않아. 아마 그는 여자 몸을 싫어할 거야. 하지만 그 앞에서 알몸으로 있을 때 왜 나는 난처한 느낌이 드는 거지? 이건 나의 직업이고 그의 직업이 아닌가? 만일 그가 내 손이나 발을 촬영했다면 나는 부끄러움을 느꼈을까? 그건 모순이 아닐까? 내 가슴도 나머지 부분처럼 신체의 일부가 아닌가? 내가 수치심을 느끼는 것은 여성의 몸을 개인의 소유물로 간주하여 아버지나 남편의 허락 없이는 사용할 수 없다는, 전통적이고 고루한 생각에서 비롯된 것이다. 이런 생각은 터무니없는 것이다. 내겐 부끄러워할 것이 없다. 나는 연기자다. 나는 카메라 앞에서 내 몸으로 표현하는 것일 뿐, 그 이상도 그 이하도 아니다. 그런 일이 흠될 게 무어람? 그리고 내게 다른 선택이 있었던가? 나는 이 일을 거부할 수도 없었다. 나는 그레이엄에게 더 많은 불행을 안겨 줄 수 없었다. 그는 나를 사랑했고, 나의 아들을 사랑했으며, 우리를 위해 끝없이 어려움을 감당해 주었다. 내가 그에 대한 보답으로 준 것은 불행밖에 없었다. 인간은 한창 나이에는 가난을 견딜 수 있겠지만 나이 60에 가난을 감당하는 것은 비극이다. 그리고 또 어린 마크는 무슨 죄가 있단 말인가? 마크의 친부는 양육비 지급을 거절하고 있다. 나는 마크에게 남부럽지 않은 삶을 제공해야 한다. 나는 마크가 새 옷을 입고 행복해하는 모습을 잊을 수 없고, 그 애가 볼링공을 잡고 핀을 향해 던질 때 매우 즐거워하는 모습을 잊을 수가 없다. 나는 마크와 그레이엄을 위해 백번이라도 이런 일을 수락할 것이다. 내가 세상에서 가장 사랑하는 두 사람을 위해.'

그녀는 이렇게 자신을 설득하고 나서야 마음이 편안해졌다. 그녀는 그레이엄에겐 사실을 숨겼다. 그녀는 방송 광고 분야에서 일자리를 얻었다고, 회사에서 자신의 목소리와 낭독 솜씨를 마음에 들어 해 많은 급여를 주었다고 말했다. 그레이엄이 그녀에게 광고 방송 시간을 묻자 그녀는 대답을 준비해 두었다가 한숨을 쉬고는 말했다.

"내가 녹음하는 광고는 보스턴에 있는 작은 회사가 사 가기 때문에 시카고에선 들을 수 없어요."

그러고는 억지웃음을 지으며 꿈결 속의 어조로 속삭였다.

"내가 성공하면 시카고의 대형 방송국과 계약을 맺을 수도 있어요."

그레이엄이 그녀의 입술에 키스하고 나서 말했다.

"그럼 우리가 당신의 성대를 보호해야겠는걸. 우리의 국보급 재산이니까."

놀라운 점은, 그녀가 실제로 성공을 거두었다는 것이다. 더블 엑스 책임자들은 캐럴에게 감탄하며, 페르난도에게 그녀를 모델 삼아 새 광고 찍는 일을 맡겼다. 그녀는 카메라 앞에서 몸으로 표현하는 경험을 쌓아 가면서 더 향상된 방식으로 촬영 작업을 해냈다. 2주 후에 페르난도가 그녀에게 전화를 걸어 만나자고 했다. 그는 캐럴을 뜨겁게 반겼다. 그리고 평소처럼 마리화나 담배에 불을 붙이면서 말했다.

"캐럴 양, 우리는 계속 히트를 치고 있어요. 회사에서 오늘 내게 전화를 걸어 세 번째 광고도 당신을 모델로 찍어 달라고 했어요."

"어머나, 그래요!"

"이번에는 당신이 회사 제품의 속옷을 입는 중에 당신의 다리를 찍을 겁니다."

"나는 카메라 앞에서 다 벗는 일은 없을 거예요. 회사에서 백만 달러를 준다 해도요!"

페르난도가 큰 웃음을 터뜨리며 비웃듯이 말했다.

"만일 회사에서 백만 달러를 제시한다면 당신은 무슨 일이라도 할 걸요."

캐럴은 말없이 그를 바라보았다. 그녀는 모욕감을 느꼈다. 그가 알아챘다는 듯 고개를 떨구고 두 손으로 머리를 감싸더니 피곤한 듯한 목소리로 얼버무렸다.

"내가 지금 무슨 말을 한 거지? 마리화나를 너무 많이 피운 것 같군. 캐럴, 미안해요."

그녀는 고개를 끄덕이며 미소 짓는 척했다. 그러자 그가 업무상의 말투로 대화를 이어 갔다.

"여하튼, 어느 누구도 당신더러 다 벗으라고 요구하지는 않을 겁니다."

그는 캐럴을 위해 여러 번 리허설을 했고, 그녀는 자신의 역할을 파악하고 완전히 터득했다. 그녀가 더블 엑스의 속옷을 입는 동안 그녀의 하반신이 촬영될 것이다. 그녀는 30초 동안 카메라 앞에서 느긋하게 있어야 한다. 손으로는 속옷을 만지고 두 다리를 뻗고 여유 있게 다리를 꼬며 아주 편안한 인상을 주어야 한다. 그때 장면에는 '더블 엑스의 속옷, 당신의 삶을 위한 편안한 스타일'이라는 자막이 나타난다.

광고는 크게 성공했다. 캐럴의 급료도 시간당 촬영료 1천2백 달러로 인상되었다. 곧이어 페르난도가 그녀에게 새로운 광고를 제안했다.

"이번에는 당신 신체에서 귀중한 두 발을 찍을 거예요. 즉 다음 광고는 더블 엑스의 스타킹입니다."

일주일 내내 캐럴은 몸 관리 전문 직원에게 몸을 맡겼다. 직원은 매일 아침 두 시간 동안 정성을 다해 일했다. 두 발이 매끄럽게 보이도록 캐럴의 발톱을 다듬어 주고 뒤꿈치를 마사지하고 발의 피부를 부드럽게 해 주었다. 그 결과, 발은 눈부실 정도로 좋아졌다. 카메라 테스트를 하는 동안 페르난도가 내내 감탄하며 소리쳤다.

"당신의 두 발은 로마 황제가 탐낼 정도네요."

이번에 그녀는 카메라 앞에서 발레리나처럼 우아하게 발을 당기며 들어 올려야 한다. 그런 다음 잠시 아양 부리는 동작을 취하고 요염한 자태로 스타킹을 신어야 한다. 광고 방송이 나간 뒤 페르난도가 그녀에게 말했다. 그의 얼굴은 기쁨으로 가득했다.

"우리는 전설적인 성공을 거두고 있어요. 캐럴, 당신은 내게 영감을 주고 있어요. 나는 당신과 함께 내가 가진 최고의 역량을 발휘하고 있다고요."

그리고 늘 하던 대로 그녀에게 새로운 제안을 했다.

"새 광고는 이전 것들과는 다릅니다."

"어떤 아이디어인데요?"

"당신 급료는 시간당 천5백 달러로 오를 겁니다."

"감사합니다. 광고의 아이디어는 뭐지요?"

"그건 종래의 방식이 아닙니다. 하지만 나는 물러서지 않을 겁니다. 만일 당신이 거절하면 다른 모델과 그 작업을 할 겁니다."

"페르난도, 얘기해 보세요."

"좋습니다. 더블 엑스는 새로운 브래지어를 생산했습니다. 완전히 투명한 브래지어입니다."

그는 잠시 틈을 두었다가, 난처함을 감추려는 듯 거칠게 말을 이었다.

"광고 아이디어는 이렇습니다. 내가 당신의 가슴을 촬영합니다. 그런 다음 당신이 브래지어를 입고 성적 자극을 받으면 내가 당신의 발기된 유두를 촬영하는 것입니다."

"나쁜 사람!"

그녀는 소리치고 화를 내며 일어섰다. 그러고는 핸드백을 집어들고 문으로 향했다. 페르난도가 급히 따라와 그녀의 팔을 붙잡고 진정시키려 했다.

"캐럴, 일은 당신이 상상하는 것보다 간단해요. 조금 생각해 보세요. 우리는 당신의 젖가슴을 수십 번 찍었어요. 유두가 발기된 상태에서 젖가슴을 찍는 일이 당신에게 해될 게 뭐예요?"

"그럴 일은 절대 없을 거예요!"

그가 분노 섞인 눈빛으로 그녀를 바라보며 말했다.

"내가 하는 마지막 말을 잘 들어요. 나는 당신에게 이례적인 급료를 지불할 겁니다. 시간당 2천 달러로. 당신은 성적으로 자극하는 내용이 들어간 광고를 찍어야 이만큼의 급료를 받을 수 있습니다. 일반 광고를 찍을 때는 예전대로입니다."

캐럴은 말없이 그를 바라보았다. 사건들이 그녀가 이해하는 것보다 더 빨리 연달아 일어나는 것 같았다. 페르난도가 만남을 끝내려는 어조로 말했다.

"내일 아침까지 생각할 시간을 주겠어요. 회사는 광고 작업을 서두르고 있습니다. 당신이 거절하면 다른 모델을 찾을 시간이 필요합니다."

다음 날, 페르난도 앞에 선 캐럴은 그의 얼굴을 보려 하지 않으면서 말을 더듬었다.

"좋아요. 언제 시작하지요?"

페르난도가 웃음을 터뜨리며 힘껏 그녀를 껴안고 들어 올렸다.

"당신은 정말 멋진 여자요! 내가 여자에게 관심이 있다면 당신을 유혹하려고 무진 애를 썼을 겁니다. 자, 일합시다."

그녀는 스튜디오에 들어가 여느 때처럼 옷을 벗었다. 그는 조명과 카메라들을 정돈하는 데 긴 시간을 들이고 있었다. 여러 번 시도한 후에 그는 맨가슴으로 그녀가 등장하는 장면을 찍었다. 이제 어려운 작업이 남아 있었다. 그는 그녀에게 브래지어를 입어 달라

했고, 그가 직접 끈을 채워 주었다. 그런 다음 자신이 준비한 시설물 한가운데 그녀를 세우며 말했다.

"캐럴, 이제 유두가 발기되도록 내가 도와주겠습니다. 그렇게 해도 난처해하지 마세요. 나는 업무상의 방식으로 만질 거니까요."

그가 캐럴에게 다가와 두 손을 브래지어 안에 넣었다. 그리고 손바닥으로 그녀의 젖가슴을 천천히 문지르기 시작했다. 그런 다음 손가락으로 두 젖꼭지를 집어 슬며시 만졌다. 아무 반응 없이 1분이 지났다. 그가 말했다.

"내가 당신을 흥분시키지 못하는 것 같네요. 계속할까요?"

그녀는 대답하지 않고 그녀의 가슴 위에 있는 그의 두 손을 바라보며 계속 서 있었다. 그가 손을 빼고 카메라 조정 상태를 알아보기 위해 카메라 뒤로 갔다가 그녀에게 돌아와 속삭이며 말했다.

"내가 당신을 도와줄 만한 것을 준비했습니다. 화면을 보세요."

그녀는 그가 테이블 위에 노트북 컴퓨터를 놓은 것을 처음 보았다.

그가 버튼을 누르자 그녀의 눈앞에 포르노 영화 장면들이 나타났다. 백인 여자가 흑인 남자와 성행위를 벌이면서 신음을 내지르고 있었다. 캐럴이 소리쳤다.

"제발, 노트북을 꺼 주세요."

"뭐라고요?"

"이런 영화는 볼 수 없어요."

"왜요?"

"그건 작위적이고 유치해요."

"당신은 성적 반응에 무슨 문제라도 있나요?"

"아니에요. 나는 지극히 정상이에요."

그가 화난 눈빛으로 그녀를 바라보며 말했다.

"잘 들어요. 나는 오늘 중으로 한두 컷은 찍어야 합니다. 내 일을 망치지 마세요."

"내게 기회를 주세요. 나한테 한번 맡겨 보세요. 잘될 거예요."

그러고는 성난 시선으로 바라보는 그를 카메라 뒤로 밀면서 속삭였다.

"자, 어서요."

그는 선생님한테 쫓겨난 말썽쟁이 학생처럼 두 발을 끌며 갔다. 캐럴은 두 눈을 감고 그레이엄과 보낸 순간들을, 그와 함께 불태우던 시간을 떠올리기 시작했다. 조금씩 그녀는 주변 상황을 잊으면서, 자신이 만들어 낸 감정에 빠져들었다. 그녀는 감은 두 눈에 조명이 와 닿는 것을 어렴풋이 감지했지만 모른 척하고 계속 자신의 상상 속에 흘러갔다. 그러다가 페르난도의 목소리에 정신을 차렸다. 그가 캐럴의 벗은 어깨에 손을 얹고 있었다.

"브라보, 멋진 컷이야!"

촬영은 여러 차례에 걸쳐 진행되었고, 캐럴은 계속해서 같은 방법을 썼다.

광고는 완벽한 성공을 거두었다(단, 「시카고 타임스」의 기사 한 편을 제외하고. 기사 작성자는 그 광고가 비도덕적이고, 미국인의 사생활을 침해했다며 비난했다). 며칠 뒤 페르난도는 캐럴을 저녁 식사에 초대했다. 붉은 포도주를 두 잔 마신 그는 마리화나와 술기운이 섞인 가운데, 유명한 옛 노래 「오, 캐럴」을 흥얼거렸다. 그리고 두 눈을 빛내면서 말했다.

"당신은 오랫동안 어디에 있다가 나타난 거요?"

"다 당신 덕분이에요."

페르난도는 마치 주저하는 듯 그녀를 잠깐 바라보았다. 그런 다음 캐럴이 좋아하는 어린애 같은 말투로 말했다.

"회사 사장이 당신을 만나고 싶어 해요."

"정말요?"

"당신을 돌봐 주는 행운의 천사가 엄청난 힘을 발휘하고 있어요. 이 만남은 당신의 인생을 바꿀 수도 있어요. 헨리 데이비스. 더블 엑스의 사장이지요. 미국의 최고 갑부 중 한 사람이고. 당신은 내가 아직 그를 만나지 못한 것을 알고 있나요? 나는 여러 차례 그를 만나려 했지만 그들은 온갖 이유를 들어 만날 수 없다고 했어요."

"나는 당신과 달라요. 당신은 그와의 만남을 요구하고 거절당하지요. 내 경우는, 그가 나를 만나려고 애쓰네요. 내가 그 요청을 수락해야 할지 말지 모르겠어요."

그녀는 농담조로 말했지만 페르난도는 웃지 않았다. 그는 그녀의 눈을 바라보며 진지하게 말했다.

"당신이 내 성의를 알아주었으면 해요. 내 자리에 다른 사람이 있었으면, 그는 당신과 독점 계약을 맺기 전에는 당신이 사장 만나는 걸 결코 허락하지 않았을 겁니다."

"나는 당신이 내게 해 준 모든 일에 감사하고 있어요."

"당신은 그 점을 입증해야 해요. 내가 헨리 데이비스 사무실의 전화번호를 줄 테니 그와 약속 시간을 정하세요. 대신, 당신은 나와 상의 없이 그와 계약을 체결해서는 안 돼요."

"그럴게요."

"약속하지요?"

"약속해요."

제32장

"자이납, 나야. 살라흐."

그는 흥분한 나머지 숨을 헐떡거렸다. 그 목소리는 마치 다른 사람의 것처럼 자신의 귀에도 이상하게 들렸다. 그는 마치 30년 후에 거리에서 갑자기 그녀를 보고 달려가 잡은 것 같았다. 모든 게 이상했다. 그는 그녀와 대화하고 있다는 게 믿어지지 않았다. 그는 마치 살아오는 동안 내내 그녀에게서 떠나 있지 않았던 것 같았고, 그녀를 잊으려는 시도도 하지 않았던 것 같았다. 그는 마치 천 번 그녀를 그리워하지 않았고, 천 번 그녀를 저주하지 않은 것 같았다. 그의 목소리는 자신이 말하는 것보다 훨씬 더 많은 것을 의미했다. '자이납, 나, 살라흐야. 나 기억하겠어? 나라고. 누구보다 널 사랑한 살라흐 말야. 자이납, 나는 너를 잃었고, 내 인생을 잃었어! 30년 동안 나는 네게서 멀리 떨어진 채 방황하며 살았어. 자이납, 나는 시도해 보았지만 실패했지. 그리고 다시 돌아왔어.'

"살라흐? 믿어지지 않아."

나이 들었지만 그녀의 목소리는 여전히 옛 시절의 열기를 간직하고 있었다.

"내가 적당한 시간에 당신에게 전화했는지 모르겠군. 당신 일하는 데 방해되고 싶지 않은데."

"살라흐, 나는 이집트 정부에서 일하고 있어. 우리 일이란 게 한 마디로 말해 출근하는 게 전부지. 우리는 늘 시간이 남아돌아."

그래! 그녀의 웃음은 여전했다. 그녀는 그를 찾게 된 기쁨을 말로 표현할 수 없다고 말했다. 그녀가 자신의 인생을 들려주었다. 그녀는 남편과 사별했고, 외동딸이 결혼한 뒤 혼자 살고 있다. 그는 그녀의 남편에 관한 이야기는 피했다. 그가 이집트 상황에 관해 묻자 그녀는 우울한 어조로 말했다.

"살라흐, 이집트는 최악의 상황에 있어. 나와 동료들이 싸우며 찾으려 했던 목표는 신기루가 되었어. 민주주의는 이루어지지 않았고, 우리는 후진성과 무지, 부패에서 해방되지 않았어. 모든 게 최악이야. 반동주의 사고가 전염병처럼 이집트에 만연해 있어. 우리 부서 50명 여직원들 중에 나만 유일하게 히잡을 쓰지 않는 이슬람교도라는 걸 상상해 봐."

"어떻게 해서 이집트가 그런 식으로 바뀌었지?"

"탄압과 빈곤, 압제, 미래에 대한 절망, 민족주의적 목표의 부재. 이집트인들은 이 세상의 정의를 단념하고, 내세에서 정의를 기대하게 되었어. 지금 이집트에 퍼져 있는 것은 진짜 신앙심이 아니야. 그것은 단지 종교적 현상에 수반된 집단 심리적 우울증이야. 그리고 문제를 더 악화시킨 게 있어. 그것은 수백만 명의 이집트인들이 사우디아라비아에서 여러 해 동안 일하면서 와하비즘*을 갖고 돌아왔다는 거야. 정권은 자신을 지원하고 있다는 이유로 그 사상의 확산을 도와주고 있지."

"어떻게 그런 일이?"

"와하비즘 학파는 이슬람 통치자에게 반역하는 것을 금하고 있어. 심지어 통치자가 사람들을 억압해도 말야. 와하비즘에 빠진 사람들이 열중하는 것이라곤 여자의 몸을 가리려는 것밖에 없어."

"이집트인들의 사고 수준이 그 정도로 낮아질 수 있는 거야?"

"더 심한 것은, 지금 이집트에서는 여성들이 장갑을 끼고 있어. 남자들과 악수를 나눌 때 성욕을 느끼지 않겠다며."

"압델 나세르에게 모든 책임이 있는 것 아닌가?"

그녀가 그의 마음을 미동케 하는 웃음을 터뜨린 뒤 말했다.

"당신은 지금 압델 나세르에 관한 우리의 논쟁을 다시 하고 싶은 거야? 나는 아직도 그가 이집트의 가장 위대한 통치자라고 생각해. 하지만 그는 엄청난 실수를 했지. 그건 그가 민주주의를 실현하지 못했고, 우리에게 군사 정권을 물려주었다는 거야. 그리고 성실함과 능력에서 그보다 못한 자들이 그 정권을 물려받았고."

그녀는 잠시 말이 없었다. 하지만 그것도 잠시, 그녀는 탄식하며 말했다.

"나는 전반적으로 실패했지만 다행히 알라께선 우리 가족에게는 일이 잘되게 해 주셨어. 내 딸은 엔지니어로 성공했고 결혼도 잘했어. 그리고 내게 손주도 둘이나 낳아 주었어. 당신은 어떻게 지냈어?"

"나는 대학교수가 되었어."

"결혼은 했고?"

"결혼했다가 이혼했어."

"아이들은?"

"자식은 없어."

그는 자신의 내답이 어느 정도 그녀를 안심시켰을 것이라고 느꼈다. 둘은 두 시간 가까이 얘기했다. 그날 밤 이후 그의 삶은 변했다. 그의 밤 세계가 완성되었다. 자신만의 마법 같은 도시가 생겨났다. 그는 아무도 믿지 않을 것이기에 그 일을 함구한다. 만일 그가 마법 도시에 관해 말한다면 사람들은 그를 미친 사람으로 몰아갈 것이다. 그는 마음속에 비밀을 보관하기로 했다. 그는 낮에는 건성으로 지내다가, 밤이 오면 마치 전설 속의 주인공처럼 다른 피조물로 변한다. 그는 과거 속에서 날개를 달고 날아오른다. 그는 옛 옷을 입고 1960년대 흑백 영화를 보고, 움무 쿨숨과 압둘 할림 하피즈*의 노래를 듣는다. 그러다가 자이납이 사무실로 출근할 시간이 되면 그녀에게 전화를 걸어 자신에게 일어난 모든 일들을 열심을 다해 이야기한다. 마치 그는 학교에서 돌아와 엄마 품에 몸을 던지는 어린애 같아서, 그때 엄마는 아이에게 입맞춤을 해 주고 아이의 옷을 벗기고, 얼굴과 손에 묻은 길의 먼지를 씻어 준다. 어느 날 밤, 둘은 지난날을 추억했다. 둘 사이에 순수하고 감미로운 분위기가 흐르던 중 그가 갑자기 그녀에게 물었다.

"내가 당신을 미국으로 초대하려는데 당신 생각은 어때?"

"왜?"

"당신이 새 인생을 시작하게 하려고."

그녀는 웃으며 말했다.

"살라흐, 당신은 미국인처럼 생각하고 있어. 어떤 새로운 인생 말이야? 우리 나이 정도 되면 신께 인생의 끝이 잘되도록 간청해야지."

"가끔씩 나는 너를 향한 분노감에 사로잡혀."

"왜지?"

"당신 때문에 우리가 헤어졌잖아."

"그건 옛이야기야."

"나는 지난 일이 떠오르는 걸 막을 수 없어."

"지금 그래 봤자 무슨 소용이 있어?"

"자이납, 당신은 왜 나를 떠났지?"

"당신이야말로 이민 가기로 결정한 장본인이잖아."

"당신은 내가 남아 있도록 설득할 수 있었어."

"해 봤지. 하지만 당신이 떼를 썼잖아."

"왜 나와 함께 가지 않은 거지?"

"나는 이집트를 떠날 수 없어."

"당신이 나를 진심으로 사랑했다면 나와 함께 갔을 거야."

"30년 전 일을 갖고 지금 옥신각신해 봐야 아무 소용 없어."

"당신은 아직도 내가 겁쟁이라고 생각해?"

"당신은 왜 나쁜 추억거리를 다시 떠올리려고 해?"

"피하지 말고. 당신이 보기에 내가 겁쟁이야?"

"당신을 겁쟁이로 여겼다면 나는 당신과 만나지도 않았어."

"마지막에, 당신은 내게 '미안하지만 너는 겁쟁이야'라고 했어."

"우리가 말싸움하던 중에 내가 말실수를 했던 거야."

"그 말은 수년 동안 나를 아프게 했어."

"미안해!"

"나는 그것이 말실수였다고는 생각하지 않아."

"정확히 당신은 무얼 원해?"

"진실된 당신의 의견. 당신이 보기에 내가 겁쟁이야?"

"당신은 이집트에 남아 있을 의무가 있었어."

"당신은 남았고. 그래서 결과는 어땠어?"

"나는 결과를 기대하지 않았어."

"우리가 투쟁하며 가졌던 목표들 중 한 가지도 이루어지지 않았어."

"하지만 나는 내 의무를 행했어."

"아무 소용 없이!"

"적어도 나는 도망치지 않았어."

그녀가 한 말의 여운은 무거웠다. 침묵이 감돌았다. 곧이어 그녀가 사과하는 어조로 속삭였다.

"살라흐, 미안해. 제발 내게 화내지 마. 바로 이 문제에 관해 이야기하자고 조른 사람은 당신이야."

제33장

라으파트 사비트 박사의 얼굴은 마치 근육 하나가 영원히 오므라들어, 그의 용모에 가시지 않을 수심 어린 표정을 더해 준 것 같았다. 그는 운동선수 같은 밝고 명랑한 걸음 대신 그의 발걸음을 느리게 만들고 그의 등을 굽게 하는 무거운 짐으로 짓눌린 듯 보였다. 그는 집중력을 상실한 채 대부분의 시간 동안 공간을 응시하는 것 같았다. 그는 오로지 "사라는 어디에 숨었을까?"라는 질문에만 매달렸다. 그는 사라를 찾으려고 모든 곳을 다녔지만 별소용이 없었다. 사라는 제프와 함께 다른 나라로 도망친 걸까? 아니면 오클랜드에서 갱단의 공격을 받은 걸까? 시카고의 암흑가에는 우연에 의하지 않고서는 발각되지 않는, 어쩌면 영원히 드러나지 않는 범죄들이 있다. "사라, 네게 무슨 일이 닥친 거니? 만일 네게 불행한 일이 생기면 나는 나 자신을 결코 용서하지 않을 것이다. 내가 네게 얼마나 모질게 굴었단 말인가! 내가 어떻게 이런 식으로 너를 모욕했을까?"

기진맥진하며 찾아다니던 며칠 뒤 그는 경찰에 신고하기로 마음먹었다. 공손한 흑인 경찰관이 관심 갖고 그의 이야기를 경청했다. 그러고 나서 탄식하며 말했다.

"선생님, 미안합니다. 나도 자식을 둔 아버지여서 당신의 심정을 충분히 이해합니다. 그러나 당신 딸은 성인 나이를 지났고, 미국 법에 따라 자신이 원하는 대로 이동할 권리를 지닌 자유 시민이 되었습니다. 따라서 따님이 보이지 않는다고 해서 따님을 찾기 위한 법적 조치를 취하지는 않습니다."

라으파트는 슬픈 심정으로 집에 돌아왔다. 그는 미첼이 거실 소파에 누워 있는 모습을 보았다. 아내가 퀭한 시선으로 그를 바라보며 물었다.

"어떻게 됐어요?"

그는 나지막한 목소리로 아내에게 경찰과 상담한 내용을 들려준 뒤 곁에 앉아 그녀의 손을 잡았다. 그 순간 둘은 오랫동안 함께 살아와 아무 말 없이도 소통할 수 있는 노부부 같아 보였다. 시련은 둘을 하나가 되게 했고, 둘은 싸움을 중단했다. 사람들이 화재나 자연재해를 당했을 때 하나가 되는 것처럼 둘은 본능적인 연대감으로 뭉쳤다. 그녀가 살짝 그의 손을 떼어 놓으며 탄식하듯 말했다.

"당신, 좋은 생각이라도 있어요?"

"신문에 광고를 실을까 해."

"당신은 사라가 신문을 읽을 거라고 생각해요?"

"나는 그 애가 가끔 신문 광고 읽던 것을 기억해."

아내는 한참 바라보다가 그를 안아 주었다. 그는 아내의 몸이 떨고 있는 것을 느꼈다. 그는 아내를 위로하며 진정시킨 뒤 침대로 데려다 주었다. 그리고 거실로 돌아와 소파에 몸을 던졌다. 그는 지독한 두통과 호흡을 압박하는 무거운 우울증에 시달렸다. 사라가 종적을 감춘 이래 그는 수면제 없인 잠들 수 없었다. 밤에도, 낮에도 그는 더 이상 아무 일도 할 수 없었다. 휴강하는 일이 빈번

해졌다. 학과장인 프리드먼 박사가 그를 불러 말했다.

"라으파트, 학과의 우리 모두 상황을 이해하고 있어요. 우리도 당신을 돕겠습니다. 만일 당신이 강의하고 싶은 마음이 없을 때는 강의 전에 연락만 주세요. 우리가 처리해 줄 테니……."

그것은 20년 동안 함께 일한 동료들의 마음 씀씀이였지만 그는 그러한 관대함이 영원히 이어지지 않으리라는 것을 알고 있다. 그가 학교와 맺은 계약은 4월에 종료된다. 만일 그가 이런 상태로 계속 지내면, 학교 측이 제아무리 배려해 준다 해도 계약을 갱신하지는 않을 것이다. 일은 일이다. 라으파트처럼 학위와 경험을 지닌, 어쩌면 그보다 뛰어난 많은 교수들이 학과 내 그의 자리를 기대하고 있다. 그는 천천히 일어나 수면제 한 알을 먹었다. 앞으로 잠들기 전까지 40분의 시간이 있다. 무엇을 할 것인가? 그는 마음속으로 자신이 매일 밤 하던 대로 할 것임을 알고 있다. 그는 ─ 의사의 경고를 무시하고 ─ 수면제와 술을 섞어 한 잔을 만들고, 미첼이 거실 피아노 옆에 보관해 둔 커다란 앨범을 꺼낼 것이다. 이제 그의 눈앞에 행복했던 지난날들이 보인다. 사랑과 젊음의 시절이. 미첼과 함께 찍은 사진들. 둘이 링컨 파크에서 포옹하고 있는 사진. 데이비스 클럽에서 신년 야회를 보내는 사진. 그게 어느 해였지? 그는 사진 뒤에 적힌 날짜를 본다. 잠시 후 사진 속 사라가 나타난다. 젖먹이 시절 모습, 사라의 다섯 살 생일 때 사 준 파란 세일러복을 입은 어릴 적 모습. 그리고 사라가 정원에서 자전거를 타며 놀고 있는 사진 하나가 있다. 그는 웃고 있는 딸아이의 얼굴을 보았다. 그 애는 얼마나 예뻤던가! 그 애는 지금 어디에 있는가?

그는 사진을 응시하면서 이상한 생각이 들었다. 인간은 어린 시절부터 얼굴에 자신의 운명을 담고 있는 것일까? 우리는 어느 정도의 집중력과 통찰력으로 아이들의 얼굴을 보고 그들의 앞날을 내다볼 수 있을까? 처음부터 우리는 이 아이가 일찍 죽는다거나 인생에서 불행해지리라는 것을 알 수 있을까? 또는 이 아이가 평범하고 게을러 보이는데 직업상 뛰어난 성과를 이루거나 막대한 부를 얻으리라는 것을 알 수 있을까? 사진 속의 어린 사라는 웃고 있고, 밝은 모습이다. 하지만 그는 지금 딸에게 일어나고 있는 일들이 그 애의 작은 얼굴에 쓰여 있는 것을 어느 정도 볼 수 있다. 사라의 미소와 순진하고 놀란 듯한 시선 사이에는 침울한 기운이 있고, 사라의 시선에는 거의 눈에 띄지 않는 우울함이 있다. 사라가 피해 갈 수 없는 슬픈 운명에 대한 암시가 있다. 그는 앨범을 옆에 놓고 일어섰다. 평소처럼 매일 밤 그에게 슬픔의 강도가 커지면 그는 더 이상 사진들을 볼 수 없다. 그는 창문 앞에서 다시 술한 잔을 마신다. 마침내 수면제와 위스키는 서로 힘을 모아 그의 정신을 공격하고, 그는 죽음처럼 무겁고 어두운 잠에 빠진다.

갑자기 그는 자신이 1층에서 들려오는 소리를 듣고 있다는 생각이 들었다. 문이 열리고 닫히는 소리였다. 그리고 이어 나무 바닥을 밟는 발소리가 났다. 그는 귀를 기울였다. 아뿔싸! 의사의 경고가 맞는 것인가? 술과 수면제가 섞여 그의 머릿속에 환각이 일어난 것인가? 그는 다시 소리를 듣는다. 아니다. 환각이 아니다. 그는 확신했다. 1층에 움직이는 사람이 있다. 아내 미첼이 잠에서 깨어나 뭔가를 만들려고 내려간 걸까? 그는 술잔을 테이블에 놓고 침실로 서둘러 갔다. 그리고 살짝 문을 열었다. 어둠 속에 잠들어 있는 미첼이 보였다. 그는 이제 완전히 정신이 들었다. 위험에 대한 강한 직감이 그에게 집중력을 되살려 주었다. 그의 귀에 다시 소리가 들려왔다. 집 안에 침입한 사람은 자신의 동작을 감출 생각조차 하지 않을뿐더러 강도처럼 몰래 숨어들지도 않았다. 아마도 그는 술에 취했거나 마약에 중독된 상태일 것이다. 또는 어느 순간에든 자신이 상황을 결정지을 수 있다고 안심시켜 주는 무기를 지녔을 수도 있다. 한 명이 아닐 수도 있다. 그들은 무장한 무리일 수도 있다. 그들은 그에게 무엇을 원하는가? 안타깝게도 그에게는 살라흐처럼 무기가 없다. 그는 무기 소유를 늘 거부했다. 그 어떤 상황에서든 사람에게 총을 쏘는 것은 그의 눈에 이상하고 끔찍한 발상으로 보였다. 그는 휴대 전화를 열고 경찰 비상 번호를 맞추어 놓았다. 그는 1층으로 내려가 침입자들을 상대할 것이고, 적당한 순간에 경찰을 부를 것이다. 계단의 나무 난간을 붙잡고 조심조심 내려간 그는 멈추었고 잠시 후 시야에 들어온 장면을 이해했다. 방문은 활짝 열려 있었고, 방의 은은한 불빛 속에 등을 보인 채 누군가 서 있었다. 그는 그 모습을 알고 있었고, 기억하고 있었다.

"사라!"

그는 사라에게 달려가면서 소리쳤다. 그가 스위치를 켜자 등불 아래에 자세한 상황이 드러났다. 그녀는 시선을 돌려 멍하니 그를 응시했다. 그런 다음 마치 그를 보지 않으려는 듯 다시 몸을 돌렸다. 그녀는 조급하게 뭔가를 찾고 있었다. 그녀는 책상 서랍들을 하나씩 세게 열었다가 닫았다. 라으파트는 다가가 사라를 바라보았다. 그녀의 모습이 이상했다. 몸은 야위었고 얼굴은 창백했으며 다크서클이 두 눈을 둘러싸고 있었다. 그녀는 땀을 흘리고 있었고 머리는 헝클어지고 먼지가 묻어 있었다. 마치 길거리에서 밤을 보낸 듯 옷은 더러웠다.

"사라, 그동안 어디 있었니?"

그는 다급히 사라에게 물었다. 하지만 그녀는 그의 존재가 없는 듯 행동하면서 그를 쳐다보지도 않았다. 그녀는 계속 책상 서랍들을 열었다가 닫았고, 그런 다음에는 자리를 옮겨 옷장을 뒤졌다.

그녀는 문짝을 힘껏 잡아당기더니 침대 위에 내용물들을 내던지기 시작했다. 개어 놓은 셔츠들, 속옷들, 색깔 있는 수건들. 라으파트는 사라의 팔을 붙잡고 물었다.

"무얼 찾고 있니?"

그녀가 라으파트를 힘껏 밀치며 불안한 목소리로 외쳤다.

"날 내버려 둬요!"

"사라, 무슨 일 있는 거니?"

"아빠가 상관할 바 아니에요."

그녀는 텅 빈 옷장 안을 바라보다가 갑자기 침대로 몸을 던지더니 두 손을 머리 위에 올렸다. 그러고는 마치 혼자 얘기하듯이 말했다.

"젠장! 돈이 어디로 갔지? 내가 분명 여기 두었는데."

"사라!"

"내 일에 상관 말고 날 그냥 두라고요."

"네가 나 때문에 화난 걸 알고 있다. 아빠를 용서해 다오. 내가 너를 모질게 대했구나. 아빠야말로 이 세상에서 너를 가장 사랑하는 사람이란 걸 알아 다오."

"내 인생을 망쳐 놓은 아빠의 애정으로 또다시 나를 빼앗으려 하는 일은 그만하세요."

그녀의 목소리는 거슬렸고, 눈빛은 낯설었다. 그녀는 얼굴을 찌푸렸고, 땀을 흘리고 있었다. 그리고 숨쉬기가 어려운 듯 흐느끼기 시작했다. 그는 사라에게 다가가 안아 주었다. 그녀는 일어나서 두 걸음 물러선 뒤 몸을 돌려 그를 정면으로 보고 섰다. 그리고 각오한 듯한 시선으로 그를 응시했다. 그는 나지막한 목소리로 말했다.

"잠깐 얘길 나누고 싶구나."

"제겐 시간이 없어요."

"아빠는 너를 도와주고 싶어."

"아빠의 도움은 바라지 않아요."

"지금 어디서 살고 있니?"

"아빠 집보다 천 배는 좋은 곳에서요."

"왜 너는 아빠를 이런 식으로 대하는 거니? 너 문제 있는 거니? 너는 마약을 중단해야 해."

그녀는 화난 표정으로 그를 바라보고 소리쳤다.

"아빠가 마약에 관해 뭘 알아요? 아빠는 조직 슬라이드와 함께 인생을 보내서 그것 말고는 아무것도 모르잖아요."

"사라, 제발. 내가 너를 데리고 정신과 전문가에게 갈게."

"나는 그런 어리석은 짓을 더 이상 참을 수 없다고요. 나는 정신과 전문가를 필요로 하지 않아요. 내 인생에 문제가 있다면 그 원인 제공자는 바로 아빠예요."

"내가?"

"늘 그렇듯, 아빠는 자기가 하는 일이 얼마나 추한지를 보지 못해요."

"사라!"

"거짓말은 그만하세요. 아빠는 내 불행의 원인이었어요. 이 집 안에는 진실된 게 하나도 없어요. 엄마는 아빠를 결코 사랑한 적이 없어요. 아빠 또한 엄마를 사랑하지 않아요. 두 분은 계속 멋진 부부인 척하고 있어요. 아빠는 내가 갖고 있는 아빠에 관한 의견을 들을 때가 되었어요. 아빠는 가짜 사람이에요. 아무도 만족하지 않는 연기를 하는 실패한 배우라고요. 아빠는 누구죠? 이집트 인인가요, 미국인인가요? 아빠는 미국인이 되길 원하면서 인생을 살았지만 결국 실패했어요."

"이 모든 재난의 원인은 그 제프라는 녀석이야!"

라으파트가 갑자기 소리치자 사라가 목소리를 높였다.

"그를 욕하지 말아요. 그는 아빠보다 좋은 사람이에요. 그는 가난하고 직업도 없지만 진실된 사람이에요. 그는 나를 사랑하고 나도 그를 사랑해요. 우리는 엄마나 아빠처럼 가짜가 아니라고요!"

그녀가 갑자기 몸을 돌려 문 쪽으로 갔다. 그는 사라를 쫓아가 그녀의 손을 잡으며 좀 더 있어 달라고 했다. 사라가 힘껏 밀쳤지만 그는 빠른 걸음으로 다가와 그녀를 뒤에서 껴안고 크게 소리쳤다.

"나는 네가 파멸하도록 내버려 두지 않을 거다."

"날 좀 내버려 둬요."

사라가 있는 힘을 다해 그를 밀어내며 소리쳤다. 하지만 그는 계속 사라를 붙잡았고, 사라가 그를 때려도 참았다. 그녀는 그에게서 벗어나려고 거세게 몸부림쳤다. 갑자기 그녀의 안면 근육이 수축하더니 그녀가 울기 시작했다. 그는 사라를 힘껏 가슴에 안고 진정시켰다. 둘은 아무 말 없이 서로 붙어 있었다. 잠시 후 사라는 아까와 달리 조용하고 그윽한 목소리로 말했다. 꿈에서 깨어났거나 발작을 일으켰다가 제정신이 든 것 같았다.

"이제 가 봐야 해요."

"돈이 필요하니?"

사라가 망설이는 기색을 보이더니 나지막한 소리로 말했다.

"백 달러만 주세요. 일주일 뒤에 돌려 드릴게요."

그는 지갑에서 지폐를 꺼내 건네주었다. 그녀는 재빠르게 돈을 받아, 바지 주머니에 찔러 넣었다. 그가 미소를 지으며 말했다.

"돈이 더 필요하니?"

"우리는 위기에 처해 있지 않아요. 며칠 후엔 제프가 새 일자리를 얻을 거예요. 그는 중개업 사무실의 일자리를 구했어요."

그는 사라가 거짓말하고 있음을 확신했다. 그는 애정을 갖고 사라를 바라보며 말했다.

"아빠한테 너의 새 집 주소를 알려 줄 수 있니?"

"그럴 수 없어요."

"그저 네가 잘 지내는지 확인하고 싶어서 그래. 귀찮게 굴지 않을게. 네가 요청할 때가 아니면 찾아가지 않을게."

"제가 연락을 드리겠어요. 약속할게요."

사라는 갑자기 이전의 상냥함을 되찾은 듯했다. 그는 다시 그녀를 안아 주었고 얼굴과 머리에 입맞춤을 해 주었다. 그녀는 그를 살짝 멀리하더니 어슴푸레한 미소를 지으며 바라보았다. 그러고는 그의 뺨에 재빨리 입을 맞추고 서둘러 밖으로 나갔다.

제34장

프리드먼 박사가 자기 책상 뒤쪽에 앉으며, 타리크에게도 앉으라고 청한 뒤 고개를 숙인 채 움켜잡은 자신의 두 손을 바라보았다. 그러고 나서 그가 얘기를 시작할 때 평소 습관처럼 얼굴이 약간 빨개졌다. 그가 말했다.

"나는 학과장 직을 맡은 후 이집트 학생들을 받아들이는 데 열의를 보였네. 학생들의 이해력이 뛰어나고 성실하기 때문이지. 물론 이따금 아흐마드 다나나처럼 나쁜 학생도 있지만 말이야. 하지만 그런 경우는 예외이지, 통례는 아니야. 자네는 훌륭한 학생이야. 자네는 연구에서 일찍부터 우수한 성적을 얻었어. 그리고 자네가 공부한 모든 과목들에서 뛰어난 성적을 유지해 왔고."

"감사합니다."

타리크는 더듬거리며 감사의 말을 했다. 프리드먼 박사는 목청을 가다듬더니 책상 서랍을 열었다. 그리고 종이 몇 장을 꺼내 펼쳐 놓은 다음, 타리크의 시선을 피하면서 말을 이었다.

"자네의 학업이 우수하기에 내가 솔직히 말해 주어야 할 것이 있어. 지난 몇 개월 동안 자네 성적이 크게 흔들렸어. 자네가 늘 최고 학점을 얻은 이후로, 이번이 나쁜 성적을 얻은 네 번째 시험이야."

타리크는 창백한 얼굴로 계속 그를 바라보았는데, 마치 말할 능력을 잃은 듯했다. 프리드먼이 시험지를 잡고 성난 어조로 말했다.

"자네의 최근 성적을 검토하면서 어리둥절했네. 자네는 자네에게서 나올 수 없는 초보적인 실수를 범하고 있어. 이런 것을 볼 때 자네 스스로 붕괴된 이유를 조금 생각해 봐야 하지 않을까?"

타리크는 침묵했고 그의 얼굴은 창백해졌다. 프리드먼이 동정하는 목소리로 말했다.

"타리크, 들어 보게. 자네 앞에는 미래를 위한 큰 기회가 있어. 미국에서의 삶은 결점도 많지만 장점도 큰데, 그건 바로 모든 사람에게 기회를 부여한다는 거야. 자네가 진지하게 공부한다면 목표를 달성할 수 있어. 그것이야말로 이 나라가 위대해진 비밀이지. 자네가 여기에서 성취할 수 있는 일은 세계의 다른 곳에선 이룰 수 없어. 내가 자네에게 하는 충고는, 자네의 사생활로 인해 공부를 망치는 일이 없도록 하라는 거야."

"그렇지만……."

"나는 자네의 인생에 참견하고 싶지는 않네. 하지만 자네에게 내 경험을 전해 주고 싶군. 나는 자네가 나를 잘 이해하리라고 생각해. 나도 지난날 자네처럼 청년이었고, 학문의 길을 가는 동안 정서적으로 충격을 받은 적도 있었지. 행복했든 불행했든 사람들과의 관계는 내 행동에 영향을 주었어. 하지만 나는 내가 어떻게 내 감정을 조절하고 다시 공부에 몰두할 수 있는지를 터득했어. 인생에서 공부보다 자신에게 어려운 일은 없지만, 그것이야말로 지속적으로 남게 될 유일한 가치야."

프리드먼이 자리에서 일어나 타리크의 손을 꽉 잡았다.

"타리크, 공부에 집중하게. 그리고 나를 아버지처럼 여기게. 도움이 필요하면 주저 없이 내게 도움을 청하고. 자네의 문제에 관해 얘기하고 싶으면 시간을 내서 자네 말을 들어주겠네."

"박사님, 감사합니다."

타리크는 감사의 말을 했다. 프리드먼은 타리크의 어깨에 손을 얹고 그를 배웅하면서 말했다.

"안타깝지만, 자네 성적이 떨어져서 어쩔 수 없이 학과에서는 자네에게 경고해야 하네. 학교 규정에 그렇게 되어 있어. 이틀 내에 경고문이 도착할 거야. 물론 안된 일이지만 그렇다고 세상이 끝난 것은 아니야. 만일 자네가 진지하게 공부해서 예전의 성적을 회복하면 우리는 아무 일 없었던 것처럼 경고를 취소할 수 있어."

타리크는 프리드먼 박사를 조용히 바라보았다. 그는 아무 말도 할 수 없었다. 그는 집중력을 잃고 혼미한 상태로 박사의 방에서 나왔다. 무거운 발걸음으로 복도를 걸어가던 그는 망치로 머리를 한 방 얻어맞은 듯 비틀거렸다. 서로 부딪치는 흐릿한 장면들이 그의 머릿속에 나타났다가 사라졌다. 그는 생각에 잠긴 채 계속 걸어갔고, 그 바람에 기숙사 건물을 지나치고 말았다. 그는 최근에 자신의 성적이 떨어진 것을 알고 있었지만 크게 개의치 않았다. 그는 나쁜 성적을 얻을 때마다 이렇게 말하곤 했다. "이번 시험에서는 잘 안 됐지만 다음번에는 만회해야지."

프리드먼 박사는 타리크로 하여금 거울에 비친 자신을 보고 현실을 깨닫게 했다. 그는 구렁텅이로 떨어지고 있고, 그의 학문은 위협을 받고 있다. 오늘 학과에서는 규정에 따른 경고문을 보냈다. 내일 학과는 다나나처럼 그를 퇴교시킬 것이다. 그러나 차이는 있다. 다나나의 뒤에는 이집트 정부가 있지만 타리크의 경우, 퇴교 조치가 내려지면 영영 기회를 잃게 될 것이다. 이럴 수가! 무슨 일이 있었을까? 탁월한 타리크 하십, 전설적인 수재가 어쩌다 낙제를 두려워하고 제적을 기다려야 할 지경에 이르게 되었는가? 그는 조용히 아파트 문을 닫고 입은 옷 그대로, 심지어 신발도 벗지 않은 채 침대에 몸을 던지고 침묵 속에 30분가량 천장을 응시했다. 그런 다음 침대에서 일어나 아파트를 나와 엘리베이터를 타고 7층으로 갔다. 그리고 샤이마의 문 앞에 서서 잠깐 망설이다가 벨을 두 번 연이어 눌렀다. 그것은 둘 사이에 합의한 방식으로, 샤이마는 그것을 알아채고 서둘러 달려와, 문 뒤에서 기다렸다는 듯 곧바로 문을 열어 주는 것이다. 그러나 이번에는 문을 열지 않았다. 그는 샤이마가 일이 있어 외출한 것으로 생각하고 전화 연락을 했지만 그녀의 휴대 전화는 꺼져 있었다. 그는 다시 벨을 눌렀다. 시간이 꽤 지나 돌아가려 하는데 그녀가 문을 열었다. 그녀는 실내복을 입고 머리에 스카프를 동여맨 모습으로, 평소와 달리 그와의 만남을 위해 치장하지도 않았다. 그녀는 한마디도 하지 않은 채 몸을 돌려 길을 열어 주었고 그는 안으로 들어왔다. 그녀는 거실에서 그를 앞에 두고 소파에 앉았다. 그는 불빛 아래에서 그녀의 두 눈이 충혈되어 있고 얼굴은 눈물로 젖어 있는 것을 보았다.

"잘 지내?"

그녀는 침묵하며 그와의 시선을 피했다. 그로 인해 그의 불안감이 더 커졌다. 그가 다가가 그녀의 어깨에 손을 얹자 그녀는 거세게 그 손을 떼어 놓았다.

"샤이마, 무슨 일이야?"

고개를 떨군 채 그녀는 울먹이다가 끊기는 목소리로 말했다.

"타리크, 큰일 났어."

"무슨 일 있었어?"

"나 임신했어."

그는 상황을 이해하지 못하고 그 자리에 얼어붙은 듯 샤이마를 바라보며 서 있었다. 그는 더 이상 생각할 수도 없었다. 그의 의식은 수천 개의 작은 파편들로 부서졌다. 그는 주변의 물건들을, 서로 연결되지 않은 분리된 장면을 보듯 살펴보기 시작했다. 테이블 위의 등(燈), 윙윙 소리를 내는 냉장고, 짙은 갈색의 푹신한 카펫으로 덮여 있는 바닥. 샤이마가 갑자기 자리에서 일어나 소리를 지르며 자신의 얼굴을 때리기 시작했다.

"타리크, 큰일났어! 타리크, 나 임신했어, 죄를 범했다고. 해서는 안 될 일을 말야."

그는 그녀에게 급히 다가가 두 손을 붙잡고 샤이마의 자책하는 행동을 어렵게 막았다. 그녀는 의자에 풀썩 주저앉으며 울음을 터뜨렸고, 이로 인해 그의 마음은 찢어졌다. 그는 처음으로 입을 열었다. 그의 목소리는 마치 우물에서 울려 나오는 것처럼 깊었다.

"네가 잘못 안 거야."

"그게 무슨 말이야?"

"너는 임신할 수가 없어."

"내가 두 번이나 테스트를 해 보았어."

"확신하건대 그건 불가능해!"

그녀가 사나운 시선으로 타리크를 바라보며 말했다.

"너는 의사야. 너는 그 일이 가능하다는 걸 잘 알고 있어."

깊은 침묵이 감돌았고, 그녀는 다시 울기 시작했다. 그녀가 떨리는 목소리로 말했다.

"오늘 아침에 자살을 생각하기도 했어. 하지만 나는 찬미받으실 지고하신 우리 주님이 무서워."

그녀가 갑자기 일어나 다가오더니 두 손을 잡았다. 그러고는 애처로운 목소리로 말했다.

"타리크, 나를 지켜 줘. 제발."

그는 침묵의 시선으로 그녀를 뚫어지게 보았다. 그녀가 애원하는 목소리로 다시 말했다.

"절차에 대해 물어보았는데, 이곳 영사관에서 결혼할 수 있어."

"여기서 결혼한다고?"

"우리 가족은 내가 가족의 허락을 구하지 않았다고 화를 낼 거야. 하지만 우리에겐 선택의 여지가 없어. 영사관 직원들에게 물어보았더니 절차는 간단해서 30분도 걸리지 않아. 그런 다음, 혼인 신고서 사본을 카이로에 있는 등록처로 보내면 돼."

그녀는 마치 그가 결혼에 동의했고 절차 문제만 남았다는 듯업무적인 말투로 마지막 문장을 말했지만, 무거운 침묵이 둘 사이에 감돌았다. 그는 그녀를 바라보지 않으려고 얼굴을 돌렸다. 그리고 혼잣말을 하듯 나지막이 내뱉었다.

"나도 큰 문제에 처해 있어. 대학 측으로부터 경고를 받았어. 내성적이 크게 떨어졌어."

"우리는 먼저 이 문제를 해결해야 해. 우리 언제 영사관에 갈까?"

"무슨 일로?"

"혼인하기 위해."

"지금은 그럴 상황이 아니야."

다시 침묵이 깔렸다. 그녀는 들릴 듯한 소리로 숨차 했다. 그는 간청하는 목소리로 말을 이었다.

"샤이마, 제발. 나를 이해해 줘. 나는 절대 너를 버리지 않을 거야. 나는 너를 위해 모든 노력을 기울일 거야. 하지만 이런 식으로 결혼할 수는 없어."

그녀는 그의 얼굴을 응시하며 뭔가를 말하려 했다. 하지만 갑자기 한숨을 쉬더니, 손으로 그를 밀쳐 대며 소리 질렀다.

"여기서 나가. 나가라고. 네 얼굴은 보고 싶지 않아."

* * *

나는 내 인생에서 최악의 밤을 보냈다.

한숨도 못 자고 여러 차례 웬디에게 전화를 했지만 그녀는 받지 않았다. 심지어 나중에는 휴대 전화를 꺼 버렸다. 아침 일찍 나는 시카고 증권 거래소로 가는 지하철을 탔다. 여러 번 그녀를 데려다 준 적이 있었다. 나는 교차로에서 그녀를 기다리며 서 있었다. 밤사이 내린 눈이 온 천지를 뒤덮고 있었다. 나는 두꺼운 외투로 몸을 단단히 덮어 가리고, 털모자와 목도리로 머리와 얼굴을 감쌌다. 그리고 웬디가 나를 위해 왜 이 옷을 골라 주었는가를 돌이켜 보았다. 나는 시카고의 겨울 날씨를 경험한 적이 거의 없어 비옷을 샀다. 비옷이 추위를 견디는 데 적당하다고 생각한 것이다. 웬디가 그 모습을 보고 웃다가, 미안하다는 듯 나지막한 목소리로 말했다.

"이 옷은 가벼워요. 시카고의 겨울은 두꺼운 모피 코트를 필요로 해요."

그러고는 나를 데리고 마셜 필드 백화점으로 갔다. 유리로 된 엘리베이터를 타고 올라가면서 그녀가 말했다.

"이곳에선 세계 최고의 디자이너가 만든 고급 의상을 팔아요. 하지만 그들은 우리처럼 가난한 사람들도 잊지 않았어요. 그래서 우리 같은 사람들을 위해 마지막 층을 마련했는데, 그곳에선 흠이 있거나 유행이 지난 옷을 싼값에 팔고 있어요."

그녀가 나를 얼마나 사랑하고 나를 돌보아 주었던가! 그녀가 나를 상냥하게 대해 준 데 반해 나는 그녀에게 무례했다. 어제 그녀는 나를 위해 어렵게 구한 댄스복을 갖고, 나와 함께 즐거운 시간을 보내기 위해 우리 집에 왔다. 그녀는 내가 상상하는 안달루시아의 무희처럼 꾸미려고 애썼다. 이런 사랑에 대해 나는 믿기 어려울 만큼 가혹한 방식으로 응했다. 나는 그녀에게 정탐, 배신의 누명을 씌웠다. 나는 그녀를 보자마자 사죄할 것이다. 그리고 그녀의 두 손에 키스하며 용서해 달라고 애원할 것이다. 나는 어째서 그녀에게 모질게 굴었단 말인가? 나는 제정신이 아니었다. 나는 긴장해 있었고 비참한 상황에 처해 있어 그녀에게 내 절망감을 쏟아부었다. 사프와트 샤키르가 내 집에 침입한 것, 그가 내 삶의 모든 내용을 알고 있다는 것, 어머니와 여동생을 이용해 나를 협박한 것, 그 모든 것이 내 신경을 파괴했다. 나는 그들이 여동생 누하를 잡아가는 것을 상상할 수 없다. 만일 그들이 누하를 건드리면 나는 사프와트 샤키르를 죽여 버릴 것이다. 이럴 수가 있는가! 그런 자들도 우리처럼 인간이란 말인가? 그들에게도 순진한 어린애였던 지난날이 있었던가? 사람들을 때리고 고문하는 일이 어떻게 인간의 직업이 될 수 있단 말인가? 사람을 고문하는 자가 어떻게 먹고 자고 아내와 사랑을 나누고 자기 아이들과 장난을 칠 수 있단 말인가? 이상한 점은, 국가 보안국의 모든 장교들이 똑같은 얼굴 생김새를 갖고 있다는 것이다. 대학교에서 체포되었을 때 나를 고문한 장교는 사프와트 샤키르를 닮았다. 피부의 끈적거리고 차가운 빛도 같고, 그 죽어 있는 듯한 두 눈도 그렇고, 모질고 냉혹함이 넘치는 그 잔뜩 찌푸린 잿빛 감도는 얼굴도 같다.

몹시 차갑고 강한 바람이 불어 나는 두 눈을 감고 피가 온몸에 퍼지도록 하기 위해 빠른 걸음으로 보도를 걸어갔다. 이 또한 내가 웬디에게 배운, 추위를 이겨 내는 방법이다. 우리 사이에는 수십 가지의 상황과 내용들이 있고, 나는 그것들을 잊을 수 없다. 나는 시계를 보았다. 7시 30분. 그녀는 왜 오지 않지? 이 길은 그녀가 매일 다니는 길인데. 그녀는 틀림없이 이리로 지나갈 것이다. 혹시 나를 피해 길을 바꾸었을까? 문득 슬픔이 내 마음을 무겁게 내리누르는 것을 느꼈다. 춥고 지친 가운데 나는 내 주변과 분리되기 시작했다. 마치 다른 세계로 이동한 것 같았다. 마치 내가 보고 있는 것이, 내가 유리 뒤편에서 보고 있는 다른 사람들에게 일어나고 있는 것 같았다. 그것은 내가 고통스러운 느낌을 줄이기 위해, 나의 생각이 의존하는 방법이다. 안개가 점점 내 앞의 시계(視界)를 덮었다. 마치 흐릿한 안경 뒤에서 거리와 행인들을 보고 있는 듯했다. 이런 상태로 얼마나 시간을 보냈는지 모른다. 그러다가 갑자기 나타난 그녀의 모습에 정신이 들었다. 나는 그녀가 오는 모습을 보았다. 내가 좋아하는 흔들거리는 걸음걸이로, 마치 춤을 추듯 반복되는 우아한 리듬에 맞추어 그녀가 걸어오고 있었다. 얼마 전에 그녀에게 "당신은 왜 미국인들처럼 빨리 걷지 않나요?"라고 물은 적이 있다. 그녀는 웃으면서 대답했다. "나는, 당신네 할아버지를 사랑한 안달루시아 출신 우리 할머니의 피를 갖고 있거든요." 나는 있는 힘을 다해 그녀에게 달려갔다. 그녀가 멈춰 서서 나를 바라보았다. 얼굴을 보니 그녀도 잠을 못 잔 것 같았다.

"웬디!"

"지금 나는 바빠요."

"제발, 1분만."

세찬 바람이 불어 우리 얼굴을 눈발로 가렸다. 내가 손짓하자 그녀는 조금 망설이다가 나를 따라 가까운 건물 입구로 갔다.

따뜻한 기운이 우리를 감쌌다. 나는 흥분해서 헐떡거렸다.

"제발, 나를 용서해 줘. 나도 내가 왜 그렇게 굴었는지 모르겠어. 나는 절망한 상태였고, 술에 취해 있었어. 제정신이 아니었어."

그녀는 나와 눈을 마주치지 않으려고 고개를 숙이며 말했다.

"어제의 싸움으로 진실이 드러났어요."

"나는 어제 내가 했던 말을 당신이 잊어버릴 수 있다면 뭐든 다 하겠어."

"하지만 그 말을 잊을 수 없어요. 나는 나 자신을 속일 수 없어요!"

"그게 무슨 말이야?"

"우리 관계는 멋지지만 미래가 없어요."

"왜지?"

"우리는 서로 다른 세계에서 왔으니까요."

"웬디, 내가 잘못했고, 사과하러 왔어."

"문제는 잘못 여부가 아니에요. 나는 결국 당신네 나라의 적에 속해요. 당신이 아무리 나를 사랑한다 해도 당신은 내가 유대인 이란 사실을 결코 잊지 않을 거예요. 또 내가 당신에게 제아무리 성실하게 대한다 해도 나에 대한 당신의 신뢰는 계속 미약할 거예요. 당신의 머릿속에 나는 첫 번째 혐의자로 남을 거예요."

"그건 틀린 생각이야. 나는 당신을 믿고 당신을 존경해."

"나지, 우리 이야기는 이미 끝났어요."

나는 마지막으로 자포자기의 심정으로 그녀의 의견에 반대하는 이유를 대려 했다. 하지만 그녀는 모호한 미소를 지었다. 그녀의 얼굴에 슬픔이 드러났다. 그녀는 다가와 나를 껴안고 빠르게 내 뺨에 키스했다. 그런 다음 아파트 열쇠를 건네주며 말했다.

"제발, 내게 전화하지 마세요. 나는 우리 관계가 멋지게 시작된 것처럼 그렇게 끝나기를 원해요. 내가 당신과 있으면서 알게 된 멋진 감정에 대해서는 당신에게 감사해요."

그리고 몸을 돌려 조용히 걸어갔다. 나는 그녀가 유리문을 지나 거리로 나가, 마침내 인파 속에 사라질 때까지 그 모습을 지켜보았다.

***

카람 도스의 얼굴에 걱정하는 기색이 보였다. 그는 탄식하듯 말했다.

"그렇다면 이미 전쟁은 시작된 거야!"

"나는 사프와트 샤키르가 어떻게 우리에 관한 모든 것을 알아냈는지 이해할 수 없어요."

"사람들을 감시하는 게 그의 직업이야. 기억해 봐. 우리는 서명을 받기 위해 많은 이집트인들을 만났잖아. 당연히 그들 중 누군가가 우리를 고발한 거지."

"아파트 열쇠는 어떻게 얻었을까요?"

"미국 정보국과 이집트 정보국 간의 협조는 공고하고 오래되었어. 그들이 의심스러운 자들을 이집트로 보내면 이집트 국가 보안국 수사과는 그들을 고문해 자백을 받아 낸 다음 다시 그들을 미국으로 돌려보내."

"나는 이곳에서는 인권이 보호되리라 생각했어요."

"9·11 이후 미국은 필요한 사항으로 간주되는 모든 것을 행할 수 있는 권한을 국가 보안 기구에 부여했어. 사람들에 대한 첩보 활동부터 단순히 의심스러운 자들을 체포하는 일까지 말이야."

"일은 어떻게 하지요?"

"자네, 아직도 성명서를 추진하려 하는 거야?"

"무슨 말씀이세요?"

"나는 자네가 용감한 애국주의자라는 걸 알고 있어. 하지만 나는 이 점도 고려하고 있네. 즉 자네가 가족에 대한 걱정으로 사안을 재고할 수도 있지 않을까를……."

그가 손을 올리며 "화내지 말게. 자네에게 그 점을 반드시 물어 봐야 했으니까"라고 말했기 때문에 나는 단호한 시선으로 그를 뚫어지게 바라보았다.

우리는 피아노 바에 앉아 있었다. 처음 웬디를 만난 곳이었다. 나는 밀려오는 추억을 멈추려고 애썼다. 웬디의 모습이 머릿속에서 떠나질 않았다. 이제 나는 내 생애에서 가장 아름다운 경험 하나를 잃어버렸다. 나는 우리의 마지막 만남을 돌이켜 보았다. 그녀가 옳았을까? 우리는 정말 서로 다른 세계에 속해 있는 걸까? 우리 아랍인의 적대적 자세는 유대교가 아닌 시온주의 운동을 상대로 취해야 한다. 우리는 특정 종교 추종자들을 적대시할 수는 없다. 그러한 파시즘적 행동은 이슬람의 관용에 비추어 볼 때 낯선 것이고, 또 그런 행동은 다른 자들에게 우리를 동일한 인종 차별주의 방식으로 대할 권리를 부여하게 된다. 이것이 내가 수십 번 말하고 글로 썼던 내 견해이다. 하지만 나는 내 생각을 실행하는 데 실패한 듯싶다. 만일 웬디가 유대인이 아니라면 나는 그녀에게 배신이라는 누명을 씌웠을까? 왜 나는 손쉽게 그녀를 의심했을까? 이와는 반대로, 웬디는 예외적인 유대인으로 볼 수 있지 않을까? 세계 대부분의 유대인들은 모든 힘을 동원해 이스라엘을 지지하고 있지 않은가. 이스라엘은 아랍인들이 자기 나라를 유대인 국가로 생각한다고 해서 아랍인들을 상대로 온갖 학살을 저지르고 있지 않은가. 나와 웬디의 관계는 대학 내에서 유대인들의 분노를 일으키지 않았던가? 그들은 나를 자극하고 모욕하지 않았던가? 얼마나 많은 유대인들이 웬디 같고, 얼마나 많은 유대인들이 나를 조롱했던 그 학생 같을까?

나는 남은 포도주를 마시고 새로 한 잔을 주문했다. 그리고 이마를 찡그리고 있는 카람 박사의 얼굴을 보고 정신이 들었다. 그가 진지하게 말했다.

"우리는 상황을 잘 분석해야 해. 사프와트 샤키르가 모든 것을 알아낸 이상, 그는 분명 성명서에 서명한 사람들이 대통령을 만나는 것을 막으려 들 거야."

"그가 그런 권한을 갖고 있나요?"

"물론이지. 이집트와 미국의 보안국 요원들이 대통령 방문을 감독하고 있어. 그들에게는 어느 누구든 행사장 안에 들어오는 것을 막을 권한이 있어."

"그들이 우리의 진입을 막는다면 우리는 밖에서 시위를 벌이고 언론인들을 상대로 성명서를 낭독할 것입니다."

"시위는 당연히 중요하지. 하지만 그 아이디어를 더 강력하게 하는 방법이 있어. 그것은 이집트인이 이집트 대통령 앞에 갑자기 나타나 그 앞에서 성명서를 낭독하는 거야."

"좋은 생각입니다만, 어떻게 하면 될까요?"

"우리에게는 2주의 시간이 있어. 우리는 성명서에 서명하지 않은 이집트인을 찾아내서 그로 하여금 성명서를 낭독하도록 설득해야 해. 우리는 사프와트 샤키르가 전혀 예상하지 못한 사람을 골라야 해."

"박사님께서는 이 임무에 적합한 사람을 알고 계십니까?"

"내게 몇 사람의 이름이 있으니, 함께 검토해 보세."

제35장

마르와는 왜 사프와트 샤키르의 사무실에서 일하는 데 동의했을까?

대답은 다음과 같은 세부 내용에 들어 있다.

그 일을 제안할 때 남편을 바라보는 그녀의 조사하는 듯하고 의심하는 듯한 눈빛. 영사관에 출근하기 전, 거울 앞에서 화장할 때의 도전적인 태도와 뒤섞인 그녀의 긴장된 미소. 자신의 몸매를 돋보이게 하려고 고른, 끼는 듯한 파란색 옷. 귀 뒤와 두 젖가슴 사이에 뿌린 강한 향수. 그녀가 사무실에 들어가기 전에 자신의 상의 윗단추를 푸는 재빠르고 은밀한 손동작. 그녀의 하늘거리는 몸동작과 탄식, 부드럽고 감미로운 목소리.

그녀는 내면의 강렬한 욕구에 떠밀려 사프와트 샤키르를 고무시키고, 그가 흑심을 드러낼 기회를 열어 준다. 그것은 그가 그녀의 마음에 들어, 또는 그녀가 일탈하거나 장난하려 하기 때문이 아니다. 그것은 단지 그녀가 에두르지 않고 곧바로 일을 벌이고 싶어서, 지금의 상황을 막판으로 몰아가고 싶어서이다. 또한 그녀가, 멈춤 없이 그녀를 고갈시키는 인생의 험난한 파도로부터 자신을 구해 줄 뭍에 당도하고 싶어서이다. 그녀는 이혼에 대한 두려움과 다나나에 대한 증오 사이에서 겪는 망설임과 망상에 지쳐 있었다. 그녀는 더 이상 어느 쪽도 아닌 중간 지대에 놓인 삶을 견딜 수 없었다. 우려했던 일이 벌어지든 아니면 해소되든 해야 한다. 진실이 제아무리 혹독하다 해도 그것은 망상보다는 자비롭다. 그녀는 근무 첫날부터 사프와트 샤키르의 사무실에서 자신이 할 일이 없음을 알아챘다. 주요 업무는 비서 하산이 하기 때문이다. 사프와트가 그녀에 대한 욕구로 몸이 달아오르고 있음이 분명해 보였다. 하루에도 여러 번 그는 마르와를 불러 문을 닫으라 하고, 앞자리에 앉으라 권하고, 그런 다음 뚫어보는 듯한 시선을 던지고 다정하게 대하면서 말을 건다. 그의 목소리는 그녀를 달아오르게 할 만큼 거센 욕구로 불타올랐다. 이따금 그의 욕망은 끓어넘치고 공기를 가득 채워, 마침내 그는 침묵하게 되고 더 이상 할 말이 없을 정도가 된다. 마르와는 그가 오래 버티지 못할 것이고, 얼마 안 가서 본색을 드러낼 것으로 생각했다. 그는 그녀에게 무슨 짓을 할까? 그녀의 손을 잡을까? 아니면 그녀에게 몸을 밀착하고 강제로 키스를 하려 들까? 첫날, 둘째 날이 지났다. 셋째 날 근무가 끝날 무렵 사프와트는 그녀에게 퇴근 후 남아 있으라고 했다. 그는 접는 스크린 뒤에 있는 작은 바로 가서 자신이 마실 술 한 잔과 그녀를 위한 오렌지 주스 한 잔을 준비했다. 그런 다음 자신의 의자로 돌아와 등을 기대고 앉으며 말했다. 그의 두 눈은 약간 감상적이 되었다.

"당신에게 내 얘기를 해 주고 싶어."

"제겐 영광입니다."

"나는 지금 내 직업에서 정상에 있어. 어느 때든 나는 장관에 발탁될 수도 있지."

"축하드려요."

그녀는 명랑한 목소리로 말했고, 이어 그녀의 내적 충동이 깨어났다. 그녀는 몸을 움직여 두 다리를 꼬았다. 옷은 그녀의 육체를 세밀하게 드러냈다. 그가 진지한 목소리로 말을 이었다.

"나는 보안국 요원이 도달할 수 있는 최고의 위치까지 왔어. 아마 당신은 우리 나라에서 보안의 의미를 모르고 있을 거야. 보안이야말로 이집트를 지배하는 힘이지. 그 어떤 기관이 지배하는 게 아니라 내 말 한마디로 말이야. 나는 원하는 대로 대통령을 움직일 수 있어. 대통령으로 하여금 행선지를 한 곳에서 다른 곳으로 바꾸도록 할 수 있어. 그리고 대통령에게 그분의 궁전을 떠나 내가 정해 주는 다른 궁전에서 잠을 자게 할 수도 있지. 내 보고서 한 장으로 나라에 있는 책임자의 앞날을 파멸시킬 수도 있어."

"당신이 두려워지기 시작하네요."

"정반대요. 나는 당신이 내게 의지하기를 바라."

"감사합니다."

"당신 남편이 워싱턴의 내 사무실로 와서 위기에 놓인 자신의 미래를 구해 달라고 간청하더군."

"알고 있습니다."

"나는 당신을 위해 그를 구해 줄 거야."

"감사합니다."

"나는 당신이 다른 방법으로 내게 감사해 주기를 바라."

"그게 뭐지요?"

"나는 당신보다 나이와 경험이 많아. 인생은 내게 기회는 단 한 번만 온다는 걸 가르쳐 주었어. 우리가 그것을 이용하든, 영원히 잃게 되든 말이야."

"무슨 말씀인지 이해가 안 되네요."

"아니, 당신은 잘 알고 있을 게야."

"무얼 원하시는지요?"

"당신, 바로 당신을 원해."

그는 책상 뒤쪽에서 일어나 천천히 그녀에게 와서, 그녀의 손을 잡아당겼다. 그녀가 일어서자 그는 팔을 뻗어 그녀의 허리를 감쌌다. 그녀는 불안했지만 물러서지 않았다. 그의 향수 냄새가 그녀의 코를 가득 채우는 가운데 그가 속삭였다.

"당신은 아름다워."

그녀는 저항하듯 살짝 몸을 움직였다. 그러자 그의 흥분은 배가 되었고, 그는 손에 힘을 주어 더 세게 그녀의 팔을 잡았다. 그리고 갈린 목소리로 말했다.

"내가 당신을 세상에서 가장 행복한 여자로 만들어 주겠어."

"만일 제가 거절한다면요?"

"당신은 거절하지 못할 거야."

"누가 그러던가요?"

"왜냐면 당신은 현명하니까."

"생각할 시간이 필요해요."

사프와트는 그녀를 바라보았다. 불쾌한 듯 얼굴이 잿빛이 된 채, 그는 참을 수 없는 욕정으로 헐떡거리기 시작했다. 그러나 이내 정신을 가다듬고 그녀와 거리를 두면서 말했다.

"내일까지 생각할 시간을 주겠어."

* * *

마르와는 충격을 받지도, 당황하지도, 부인하지도 않았다. 심지어 그녀는 분노를 느끼지도 않았다. 오히려 정반대여서 일종의 안도감이 들었다. 마치 그녀는 유죄 판결을 입증할 결정적인 단서를

406

찾아낸 수사관 같았다. 자, 이제 사실을 알아냈고, 오늘 이후로 의심할 여지도 없고 주저할 것도 없다. 사프와트 샤키르는 이렇듯 명백하게, 애인으로서의 그녀를 원한다! 퇴근해서 집으로 돌아온 그녀는 거실에 앉아 다나나를 기다렸다. 그는 문으로 들어오자마자 아내를 보고 무슨 일이 있었음을 알아챘다. 그는 그녀에게 인사하고는, 도망가기 위한 예비 과정으로 크게 하품하면서 말했다.

"진 빠지게 만드는 공부로 하루 종일을 보냈어."

"당신과 얘길 나누고 싶어요."

"내일로 미루면 안 될까?"

"미룰 수 있는 일이 아니에요."

그녀는 다나나에게 그날 낮에 있었던 일을 차근차근 말해 주었다. 그녀는 사프와트 샤키르가 했던 표현을 되살리며 단어 한마디 한마디에 힘을 주어 말했다. 그리고 강한 시선을 던지면서 말했다.

"상스러운 짓을 상상해 봐요. 당신이 친구로 여겨 왔던 그자가 당신의 명예를 해치려 하고 있어요."

다나나는 외출복 차림으로 그녀 앞에 앉아 있었다. 그는 안경 너머로 아내를 응시하다가, 양 손바닥을 치며 말했다.

"이럴 수가 있나! 못된 사람 같으니라고!"

마르와는 그 완곡한 표현에 마음이 편치 않았다. 그녀는 큰 소리로 남편에게 물었다.

"당신은 어떻게 할 거예요?"

"당연히 대가를 치르게 해야지. 그가 받을 대가는 아주 혹독할 거야."

잠시 침묵의 시간이 흘러갔다. 그가 갑자기 일어나 옆에 앉더니 그녀의 어깨에 손을 얹고 말했다.

"그가 비열한 행동을 한 데 대해서는 철저히 대가를 치르게 할 거야. 나는 그 문제를 그의 상관들에게 어떻게 전달할지 알아낼 거야. 하지만 우리는 잠시 참아야 해. 왜냐면 대통령 방미가 며칠 후에 있고, 사프와트가 나를 드폴 대학교에 입학시켜 주기로 약속했거든."

"그게 무슨 말이에요?"

"우리는 그가 우리에게 막 대하지 않기를 원해."

"그자는 나와 관계 맺기를 원한다고 내게 분명히 말했어요. 알겠어요?"

"물론 알고 있어. 내가 그에게 따끔한 맛을 보여 줄게. 당신이 직접 보게 될 거야. 내가 당신에게 바라는 건 딱 한 달만 기다려 달라는 거야. 지금 내가 그자를 화나게 하면 그는 연필 한 획으로 나를 파멸시킬 수 있어. 나는 참을 거야. 대통령 방미가 끝나고, 그자가 나를 다른 대학교에 입학시켜 줄 때까지. 그 뒤에 대가를 치르게 할 거야."

마르와는 차분하고 깊이 있는 시선으로 뚫어지게 그를 바라보았다. 마치 눈앞에 일어나는 일을 기록하고, 영원히 자신의 의식 깊은 곳에 새겨 두려는 것 같았다. 그러고 나선 한마디도 하지 않고 천천히 일어나 침실로 들어가 문을 닫았다.

제36장

그날 아침 이집트 영사관 건물은 달라 보였다. 건물은 마치 마법사의 지팡이가 닿은 것처럼 전설적인 모습을 띠었다. 영사관은 미시간 호숫가에 있는 멋진 외교용 건물에서 역사에 기록될 대사건의 무대로 변했다. 이른 시간부터 보안 절차가 시작되었다. 건물 벽에 이상한 물체가 매설되어 있지 않은지를 확인하기 위해 엑스레이로 벽면을 투과하는 고도의 기술 장비로 건물에 대한 검사가 이루어졌다. 그런 다음 커다란 경찰견 열 마리가 건물을 돌아다니면서, 폭발물을 찾기 위해 각 방향을 다니며 냄새를 맡았다. 그동안 망원경이 장착된 장총을 든 이집트인 저격수들이 건물 옥상으로 올라갔고, 그들과 함께 자동 소총으로 무장한 또 한 무리의 이집트인 경비병들이 올라갔다. 그들은 영사관을 에워싼 지역을 훤히 드러내는 분산된 지점들에 집중 배치되었다. 잠시 후 네 개의 전자 출입문이 설치되었다. 두 개의 문이 각 출입구에 설치되어, 들어오는 사람들을 두 차례에 걸쳐 검사하게 했다. 출입문 앞쪽 약 10미터 되는 곳에는 검문소들이 설치되었는데 검문소에는 미 연방 수사국(FBI) 소속 요원들이 서 있었고, 그들과 함께 이집트 정보국과 국가 보안국 요원들이 있었다.

초대된 사람들이 연이어 도착하면서 그들에 대한 조사가 이루어지기 시작했다. 미국인들의 초대장은 위조 여부를 확인하기 위해 레이저 장치 안에 넣었다. 이집트인들은 당연히 추가 조치를 받아야 했다. 그들이 보안국 파일에 기록되어 있지 않음을 확인하기 위한 전용 노트북을 이용해 그들 여권에 대한 복사가 이루어졌다. 그런 다음, 이집트 보안국 요원들이 딱딱한 미소와 꿰뚫어 보는 시선으로 그들에게 자세한 질문을 한다. 만일 한 치의 당황함이나 대답에서의 불일치가 발견되면 즉시 옆에 있는 사무실로 데려가 광범위한 심문이 이루어진다. 보안 조치는 공정한 방식으로 엄중하고 맹목적이었으며, 직업이나 사회적 신분에 아랑곳하지 않고 모든 사람들에게 같은 강도로 이루어졌다. 심지어 영사관의 뷔페 식당 책임자인 잭 마호니라는 늙은 흑인 미국인의 경우, 출입용 허가증을 잊고 온 바람에 입장이 금지되었다. 30분 동안 장교들은 자기 신원을 입증하려는 그의 간절한 시도와 함께 일하는 동료 직원들의 증언을 들으려 하지 않았다. 그는 결국 하는 수 없이 허가증을 가지러 멀리 떨어진 집으로 돌아가야 했다.

이집트 보안국 요원들은 이집트 공화국 대통령 각하의 신변 안전 확보라는 자신들 임무의 숭고성과 중대성을 의식한다. 그들은 마음속 깊이 그를 좋아했다. 그들은 찬양과 복종의 자세로 대통령의 이름을 발음한다. 대통령과 가까운 관계가 아니라면 그들은 부유한 삶과, 모든 국가 기관들에 대한 자신들의 강한 영향력을 누리지 못한다. 그들은 대통령과 직접 연결되어 있어 그의 운명이 그들의 앞날을 결정짓기에 이르렀다. 만일 — 그럴 리는 없겠지만 — 그에게 불행한 일이 닥치면, 그가 전임 대통령처럼 암살당하면 그것은 곧 그들의 인생도 끝난다는 것을 의미한다. 그럴 경우 그들은 예비역으로 은퇴할 것이다. 만일 정권이 대통령의 적 진

영에 넘어가면 그들은 재판을 받고 교도소에 들어가게 될 것이다. 그의 적들은 너무 많다!

이러한 상상은 그들에게 나른함이나 권태가 밀려올 때 바늘처럼 그들을 찔러 대고, 그들은 즉시 자신들의 열정을 회복한다. 대통령 각하에 대한 절대적인 충성은 무함마드 알마나위 소장에게서 구체적으로 나타났다. 그는 공화국 경비대 대장으로 25년간을 각하 곁에서 보냈다. 그래서 각하의 절대적 신임을 받고 있는, 더나아가 가끔씩 각하가 내뱉는 음담패설을 들을 수 있는 영광을 누리는 극소수 사람들 중 한 명이 되었다. 대통령 각하는 기분이 좋을 때면 자신의 튀어나온 배를 가볍게 쓰다듬으며 모두가 들을 수 있는 웃음 띤 목소리로 말한다.

"이봐, 마나위, 그만 먹어. 자네는 아피스* 황소처럼 살쪘어."

또는 대통령은 조롱하며 소리친다.

"이봐, 마나위, 자네는 자동차 번호판을 반납한 것 같아(나이가 듦에 따라 성욕이 떨어졌음을 나타내는 속어적 표현)."

그럴 때면 알마나위 소장의 얼굴은 자신이 받은 크나큰 영광을 자랑스러워하며 붉어진다. 이처럼 편한 대화를 하는 숭고한 기회는 각하의 신임과 애정의 표시로, 많은 자들이 시기하는 것이다. 소장은 몸을 구부리고 순종하는 목소리로 중얼거린다.

"어르신, 각하의 명령에 따르겠나이다. 어르신, 우리 주님께서 각하를 지켜 주길 바랍니다!"

보안 절차가 진행되는 동안, 영사관 맞은편으로 호수에 근접한 녹지(綠地)에는 수백 명의 이집트인들이 모여들었다. 그들을 이끄는 사람은 나지 압둘 사마드와 카람 도스였고, 존 그레이엄도 있었다. 군중 한가운데에 그레이엄이 등장한 것은, 그의 자연스러운 매력과 이집트인들의 권리를 위해 투쟁하는 미국인으로서의 풍모로 인해 시위자들의 열정에 불을 댕기는 결과로 이어졌다. 그들은 함성을 지르며 영어와 아랍어로 '구속된 자들을 석방하라', '고문을 중지하라', '콥트인들에 대한 탄압을 중지하라', '폭군은 물러나라', '이집트인들을 위한 민주주의'라고 적힌 피켓을 흔들었다.

대통령이 서구를 방문하는 중에 일어나는 반대 시위는 공화국 경호 요원들에게는 익숙한 것이었지만, 이번 경우 요원들은 시위자의 수가 많다는 것을 알았다. 시위자들의 함성은 곧 그곳 전체에 울렸고, 이 때문에 알마나위 소장은 걱정했다. 그는 미국 보안대장에게 가서 자신이 시위대를 해산하도록 허락해 줄 것을 청했다. 보안대장이 그에게 답했다.

"미국 법은 시위자들의 강제 해산을 금하고 있습니다."

알마나위 소장이 미소를 지으며 말했다.

"우리는 최소한의 책임도 지지 않고 임무를 완성할 수 있습니다. 우리 쪽 사람들이 민간인 복장을 하고 시위자들 사이에 들어가 그들을 징계할 것입니다. 언론의 눈에는 그 일이 평범한 싸움처럼 보일 것입니다."

미국인 대장은 경멸 조의 미소를 띠며 그를 응시하더니 손으로 거부 의사를 표하고 멀리 가 버렸다. 알마나위 소장은 미국인 대장의 거만한 태도에 화가 치밀었지만 그를 상대로 문제를 일으키려 들지 않았다. 그는 경험상 이 세상에서 미국인 시민의 신분이 제아무리 보잘것없었다 해도 그자를 상대로 일어나는 문제처럼 대통령 각하의 심기를 건드리는 일은 없음을 알고 있었다. 각하가 늘 반복해 말하는 명언이 있다.

"미 행정부에 도전하는 통치자는 사자의 입에 자기 머리를 넣는 어리석은 자와 같다."

대통령 정보 비서 나일 알투키 박사의 이야기는 아직도 사람들의 뇌리에 남아 있다. 그는 알마아디* 거리에서 자동차 통행 우선권을 두고 미 대사관 직원과 말싸움을 했다. 그 사건은 카이로 안에서 매일 수십 번씩 일어나는 평범한 말다툼에 불과했지만, 곧이어 영어로 욕설을 주고받는 상황으로 발전했다. 알투키 박사는 화가 치밀어 올라 상대방의 가슴을 손으로 밀쳤다. 그러자 미국인 직원은 자신의 대사에게 고소장을 제출했고, 대사는 이집트 공화국 대통령실에 연락해 사건을 통보했다. 다음 날 미 대사관은, 이집트 대통령 각하가 그 사건으로 심히 걱정했다는 공식 답장을 받았다. 대통령은 즉시 사건의 진상을 조사하라는 명령을 내렸고, 그 뒤에 정보 비서의 무책임한 행동에 대한 징벌로 정보 비서의 업무가 불필요하다는 결정을 내렸다.

시위대의 열정은 타올랐고, 그들의 목소리는 천둥소리 같은 함성 속에 하나가 되었다. 함성은 아랍어와 영어로 대통령의 하야를 촉구했다. 알마나위 소장은 대로의 다른 쪽에서 성난 표정으로 시위자들을 응시했다. 그러고는 사복 차림의 장교에게 명령을 내려 시위자들에게 건너가 가짜 텔레비전 방송국 표시를 한 비디오카메라로 그들을 찍어 오라고 했다. 소장은 그 필름을 국가 보안국으로 보내 시위자들의 신원을 밝혀내고 그들을 추적하리라 결심했다.

커져 가는 함성은 대통령의 도착 시간이 다가오는 것과 동시에 일어났다. 대통령의 행렬이 멀리서 모습을 드러냈고 점차 가까워지면서 그 모습이 뚜렷하게 보였다. 대통령의 검은색 대형 메르세데스는 방탄 장치가 되어 있고 앞뒤로 두 대의 장갑차가 경호하고 있었다. 알마나위 소장이 침울하고 통곡하는 듯한 경고 사이렌처럼 큰 소리를 질렀다. "집중하라!" 경호 요원들은 모두 몸에 힘을 주었다. 그들은 만일의 사태에 대비해 무기를 빼 들고 지정된 장소를 지켰다. 행렬은 조금씩 속도를 늦추다가 마침내 입구 앞에 멈춰 섰다. 눈 깜짝할 사이에 개인 경호원들이 뛰어나와 자동차 주변에 원 모양을 만들었다. 원의 직경은 수 미터여서 그들은 각 방향에서 길을 감시할 수 있었고 그러면서 동시에 자신들은 촬영 장면에 나오지 않았다. 그들은 덩치가 크고 머리를 짧게 깎았으며 귀에는 이어폰을 부착하고 있었고, 어느 순간 출현이 예상되는 가상의 적을 향해 총을 뽑아 들고 있었다. 의전실장이 대통령 차 쪽으로 달려가 몸을 굽히고 차 문을 열었다. 곧이어 대통령 각하가 모습을 드러냈다. 그는 천천히, 그리고 왕관을 쓴 왕의 숭고한 자세로 내렸다. 그의 얼굴에는 기쁨이 결여된 그 유명한 미소가 나타났다. 그는 25년간 그 미소를 사진 찍기에 적합한 것으로 여겨 전혀 바꾸지 않았다. 그는 우아함의 정수인 옅은 회색 양복을 입고, 파랑과 하양으로 줄 쳐진 넥타이를 맸으며, 시선을 사로잡는 금장식이 달린 광채 나는 이탈리아제 구두를 신고 있었다. 그러나 각하의 모습을 정면으로 본 사람은 대통령의 위엄과 근엄함에도 불구하고 그의 존재가 다소 인공적이라는 느낌을 받게 될 것이다. 그의 염색한 머리카락은 — 전부 또는 일부가 — 세계 최고의 가발이라는 소문이 돌았다. 그의 피부는 젊음의 활력을 주기 위해 매일같이 박피와 문지르기, 크림 작업으로 지쳐 있다. 섬세한 화장 덕에 여러 층으로 덮인 그의 얼굴은 사진 속에서 나이보다 젊어 보인다. 그렇게 유리처럼 반반한 풍채는 세상과 동떨어진 듯 차가운 인상을 주고, 먼지나 땀의 흔적이 전혀 없어 마치 소독된 것처럼 보인다. 그런 얼굴은 대통령을 보는 사람에게 편치 않고 생소한 느낌을 주었는데, 그것은 막 태어나 아직도 작은 살덩어리로 얼굴 윤곽이 없고 양수에 잠겨 있는 아기들을 직접 보았을 때 드는 느낌 같은 것이다.

대통령은 75년의 세월을 짊어진 결과, 집중력이 약해져서 주변에 일어나는 일을 조금 늦게 알았다. 그는 길의 다른 쪽으로 고개를 돌려 시위자들에게 인사하며 손을 흔들었다. 대통령의 하야를 요구하는 시위대의 함성이 커지자 그제야 상황을 알아차리고 영사관 입구로 몸을 돌렸다. 그는 거드름 피우는 자세로 걸어가며 손을 윗저고리 단추 쪽으로 뻗어 만지작거렸다(그 동작은 그가 군복을 벗고 민간인 옷으로 갈아입은 후 습관이 되다시피 했다. 그는 민간 복장의 단추가 자신도 느끼지 못한 상태에서 자주 벗겨지는 것을 발견했다).

대통령은 자신을 맞는 사람들과 차례로 악수를 나누었다. 미국 주재 이집트 대사, 시카고의 이집트 영사, 그리고 모든 일이 순조롭게 진행되고 있어 얼굴에 조용한 인상을 띠고 있는 사프와트 샤키르, 그리고 선임자 순에 따라 대사관 사람들이 대기했다. 줄 끝에 아흐마드 다나나가 보였다. 그는 너무 멋진 모습을 해서 마치 변장한 듯했다. 그는 크리스찬 디올의 파란 양복을 입고 있었다. 그는 이번 행사를 위해 그 옷을 특별히 구매했는데, (셔츠와 양말, 넥타이를 포함한) 가격이 1천5백 달러로, 그는 신용 카드로 지불했다. 그는 습관처럼 영수증을 받아 보관해 두었고, 행사 후에 양복을 반환하고 돈을 돌려받을 수 있다는 기대감에 차 있었다(이것은 그가 결혼 예복을 살 때 썼던 방식이다). 그는 대통령과의 만남이 자신의 인생을 바꿀 수 있다는 것을 알았다. 그는 국가의 내로라하는 책임자들로부터 그들이 이와 비슷한 상황에서 행운을 잡았다는 말을 수차례 들어왔다. 그들은 대통령을 만났을 때 다정하게 굴면서, 자신들의 얼굴을 인식시켰다. 그러면 대통령은 인사이동 때 그들의 자리를 만들어 주었다. 그야말로 한순간에 최소한의 세부 사항은 최대한의 중요성을 갖는다. 떨어졌거나 제대로 붙어 있지 않은 단추 하나, 비뚤어진 넥타이 또는 먼지가 묻거나 광채가 나지 않는 구두, 그 어떤 사소한 세부 사항이 대통령의 인상을 망칠 수도 있고, 다나나의 앞날에 부정적인 영향을 줄 수도 있다. 또 다른 이유가 그로 하여금 멋 부리는 데 관심을 갖게 했다. 그는 자신이 아내 마르와의 행실의 영향에서 벗어났음을 스스로 입증하길 원했다. 그가 지난 화요일 아침 잠에서 깨어 보니 아내가 없었다. 그는 정신이 멍한 채, 잠의 흔적이 남은 얼굴로 집 안을 돌아다녔다. 그러다가 부엌 냉장고에 붙어 있는 종이를 보았다. 그 종이에는 휘갈긴 글씨로 크게 서둘러 쓴 글이 있었다. "나는 이집트로 갑니다. 우리 아버지가 이혼 수속을 위해 당신에게 연락할 겁니다."

다나나는 많은 노력 끝에 결국 충격을 받아들이게 되었다. 그는 생각했다. '나는 그녀와 더불어 결코 행복하지 않았어. 나는 분명 그녀보다 나은 수십 명의 여자들을 찾을 수 있다. 나는 그녀가 요구한 대로 그녀와 이혼할 것이다. 하지만 그녀는 내게 안겨 준 불행에 대해, 그리고 내가 부담한 비용에 대한 대가를 치러야 한다.' 그녀가 도망치고 나서 며칠 뒤 핫즈 나우팔이 그에게 전화 연락을 했다. 그는 정해진 운명과 몫에 대한 이야기를 시작했고, 알라가 보시기에 좋지 않은 허용 사항인 이혼에 대해 말했다. 다나나는 그의 말에 이렇게 대답했다. "마르와는 집에서 도망쳤고, 스캔들을 일으켰습니다. 나는 정신적으로 위기를 넘길 때까지 시간이 필요합니다." 그런 다음 다나나는 이집트에 갈 때 핫즈를 만나겠다는 약속을 했다. 두 사람이 남자 대 남자로 만나 각자의 요구 사항에 대해 의논할 것이다. 다나나는 일부러 '요구 사항'이라는 단어를 사용함으로써 돈을 요구하겠다는 발상을 위한 포석을 마련했다. 당연히 그는 돈을 요구할 것이다. 그의 인생과 이름과 명성은 마르와가 원하는 대로 갖고 노는 장난감이 아니다. 그는 (분노로 뒤덮인 욕심이 치밀어) 핫즈 나우팔에게 그의 딸과 이혼하는 대가로 백만 기네를 요구하리라 결심했다. 나우팔에게 백만 기네는 아무것도 아니다. 다나나는 그 돈을 알아홀리 은행에 위탁할 것이고, 그러면 매년 수입이 생긴다. '나우팔 씨, 당신은 마지못해 백만 기네를 지불할 거요. 만일 당신이 거절하거나 당신 딸이 나를 상대로 이혼 소송을 한다면 나는 당신에게 나의 또 다른 얼굴을 보여 줄 거요. 개 같은 나우팔 씨, 나는 모든 곳에서 당신 딸의 명예를 더럽힐 거요. 그녀가 결혼하지 못하도록 말이오. 나는 그녀가 처녀가 아니었다고 말할 거요.'

결심이 정해지자 그는 마음을 놓았다. 그리고 대통령 방문 준비에 노력을 기울였다. 그는 만남의 순간에 대해 오랫동안 생각했다. 그는 각하를 보았을 때 무엇을 해야 하는가? 각하 앞에서 어떻게 서 있을까? 각하에게 무어라고 말할까? 각하의 뺨에 몇 번의 입맞춤을 할 것인가? 각하와 악수할 때 얼마나 오랫동안 손을 잡고 있어야 하는가?

대통령은 줄지어 서 있는 사람들 모두와 악수를 나누었다. 다나나의 순서가 되자 그는 곧바로 나와서 대통령을 껴안고 얼굴 양쪽에 입맞춤을 했다. 그런 뒤 시골 말로 크게 소리쳤다.

"대통령 각하님, 우리 주님께서 이집트를 위해 각하를 지켜 주시길, 각하를 도와주시길, 각하를 보호해 주시길 기원합니다. 어르신, 저는 당신의 아들 같은 자로, 아흐마드 압둘 하피즈 다나나입니다. 알미누피야 주(州)의 알슈하나 출신입니다."

그는 이처럼 우스꽝스러운 서민풍의 문장을 택함으로써 — 지도자에 대한 그의 사랑과 더불어 — 자신이 토종 이집트인임을 증명하려 했다. 계획은 성공하여 대통령의 얼굴에 흐뭇한 표정이 보였고, 그 분위기는 대통령을 둘러싼 사람들의 얼굴에도 옮겨 갔다. 그들은 애정과 유쾌한 마음으로 다나나를 바라보았다. 대통령은 다나나의 어깨에 손을 올려놓고 말했다.

"자네가 알미누피야 출신이라고? 우리 동향 사람이구먼."

"각하 어르신을 뵈어 영광입니다."

"자네는 진짜 농부처럼 보이는군."

대통령은 이렇게 말하고 파안대소했다. 즉시 카메라의 플래시가 번쩍거렸다. 다나나는 대통령 사진에 나오게 되는 영광스러운 기회를 얻었다. 그 사진은 정부 신문들에 "대통령 각하께서 역사적이고 성공적인 미국 방문 중에 유학생 중 한 명과 가벼운 대화를 나누고 있다"라는 글이 아래에 달린 채 실릴 것이다.

대통령은 통로를 지나갔다. 그의 뒤에 두 발짝 떨어져 대사가 공손한 자세로 걸어갔고, 그 뒤를 나머지 환영 인사들이 존엄성이 부과하는 거리를 유지하며 초승달 모양의 대열로 따라갔다. 넓은 홀은 동양적 스타일로 디자인되어 있었다. 벽들은 이슬람 문양과 장식물로 치장되었고, 천장에는 크리스털 샹들리에가 매달려 있었다. 홀은 원래 강연이나 영화 상영을 위한 곳이었지만 오늘은 귀빈을 위한 커다란 단상이 설치되었다. 단상은 꽃다발로 둘러싸였고 그 위에는 대통령 각하의 실제 크기 상반신 사진이, 단상 아래에는 아랍어로 '미국 내 이집트인들은 지도자를 환영합니다. 우리는 더 나은 번영과 민주주의를 위해 각하께 충성의 맹세를 합니다'라고 쓰인 커다란 현수막이 걸려 있었다.

홀 안에서 벌어지는 모든 일이 동영상 카메라로 촬영되어, 영사관 밖 대문 옆에 설치된 대형 모니터로 전송되었다. 초대된 사람은 계단식 좌석에 정렬한 채 긴장감을 감추기 위해 대화와 웃음을 주고받았다. 대통령이 모습을 나타내자 그들은 모두 일어섰고 홀은 박수 소리로 요란했다. 다나나는 계단 좌석 우측에 앉혀 놓은 유학생들 무리 쪽으로 신호를 보냈다. 그가 훈련시킨 대로 유학생들은 대통령을 위해 연속해서 두 차례 손뼉을 치고, 리듬에 맞추어 환호성을 질렀다. 요란한 소리는 더욱 커져, 결국 대통령이 그 귀한 두 손을 내밀고 '됐습니다, 여러분 감사합니다'라는 의미를 담아 앞으로 흔들기에 이르렀다.

모든 일이 순조롭게 진행되었다. 그런데 잠시 후 이상한 일이 일어났다. 일부 참석자들이 뛰쳐나와 각하와의 사진 촬영을 요청했다. 대통령이 이에 응해 경호원들에게 신호를 보내자 그들은 참석자들을 위해 길을 열어 주었다. 그들은 대통령과 악수를 나누고 그의 주위에 자랑스러운 듯 섰다. 대통령 담당 사진사가 최신식 카메라를 들고 다가왔다. 그 남자는 나이 50이 넘은 살찐 몸에 대머리였다. (그가 대통령과 동행한 것은 이번이 처음이었는데, 원래의 전담 사진사가 병들어 그 새로운 사진사가 대통령과 함께 여행하도록 결정되었다.) 얼굴 가득 사진 촬영을 위한 미소를 띤 채, 대통령과 함께한 사람들은 자세를 바로잡았다. 그런데 사진사가 사진을 찍지 않고 카메라에 자신의 눈을 고정한 채 잠깐의 시간이 지나갔다. 갑자기 사진사가 손을 내밀며 말했다.

"대통령 각하, 조금 우측으로 가 주시기 바랍니다."

순간 깊은 침묵이 깔렸다. 위태로운 상황이었다. 대통령은 사진사의 요청에 움직이지 않았다. 대통령은 마치 천장에서 뭔가 움직이는 것을 관찰하듯 그 자리에 서서 위쪽을 바라보고 있었다. 이것은 대통령이 화났다는 표시였다. 즉 그는 마음에 안 드는 일이 있을 때 위쪽을 바라보는데, 그럴 때면 그를 둘러싼 자들은 즉시 잘못을 교정해야 한다. 사진사는 이런 사고를 알아채는 데 충분할 만큼 영리하지 못했던 것 같기도 하고, 아니면 대통령이 그의 말을 듣지 못했다고 생각했던 것 같다. 사진사는 자기 눈앞에서 카메라를 떼고 이번에는 큰 목소리로 말했다.

"대통령 각하, 각하께서는 프레임에서 벗어나 계십니다. 오른쪽으로 이동해 주십시오."

사진사의 말이 끝나기도 전에 누군가 그의 귀뺨을 세차게 때리는 소리가 울렸다. 의전실장은 사진사에게서 카메라를 잡아채 공중에 던져 버렸다. 카메라는 저만치 떨어져 큰 소리를 내며 산산조각 났다. 그런 다음 실장은 사진사의 옷깃을 잡고 화를 내며 온갖 욕을 퍼부어 댔다.

"이 당나귀야, 이 개새끼야. 네가 감히 대통령 각하께 움직여 달라는 말을 해? 대통령 각하는 그 자리에 붙박이로 계시고 이집트 전체가 움직여야 하는 거야. 짐승만도 못한 놈, 썩 꺼져 버려."

의전실장은 손으로 사진사의 등을 힘껏 밀고, 세게 발길질을 했다. 그 바람에 사진사는 앞으로 밀리며 넘어질 뻔했다. 사진사는 갑작스럽고 모욕적인 일로 어안이 벙벙한 표정으로 서둘러 밖으로 나갔다. 그 와중에도 의전실장은 연신 사진사에게 저주와 욕을 퍼부어 댔다. 사진 촬영을 원했던 사람들은 사진사에 대한 구타가 시작되었을 때 멀리 피해 있다가 조심스럽게 천천히 자신들의 위치로 돌아왔고, 일어난 일에 대해서는 침묵했다.

대통령 각하의 얼굴에는 뻔뻔스러운 사진사가 당한 징벌에 만족해하는 표정이 나타났다. 대통령은 무겁고 완만한 시선을 주변에 던졌다. 그는 마치 자신의 숭고함이 때 묻지 않은 채 이전 그대로임을 확인하는 듯했다. 그런 다음 그는 긴장감 도는 침묵 가운데 행보를 재개했다. 그 침묵은 그가 단상에 올라왔을 때 금방 해소되었다. 거센 파도 같은 박수 소리가 울려 퍼졌고 각하는 커다란 의자에 앉았다. 코란 구절 낭송이 시작되었다. 낭송은 수염을 기른 유학생 마으문이 맡았다. 그는 코란 낭송 전문가였다. 그는 "하나님께서 그대에게 명백한 승리를 주셨으니……"라는 내용의 파트흐* 장(章)을 읽었다. 낭송이 끝나자 박수와 환호가 다시 터져 나왔다. 그런 뒤 대통령은 단상 위 자기 앞에 놓인 종이를 보고 인사말을 읽기 시작했다. 인사말은 큰 글씨로 쓰여 있었다(그는 카메라 앞에서 글을 읽기 위해 안경을 사용하지 않는다). 그는 자신의 공적에 대해, 하나님의 도움과 위대한 이집트 국민 없이는 목표에 도달할 수 없었다고 말했다. 그러고는 유학생들에게, 그들 각자 이집트의 대사로서 마음과 머리 그리고 감정 안에 조국을 담아야 한다고 강조하면서 한마디 하는 것으로 인사말을 끝냈다. 인사말은 고리타분하고 지루한 내용으로, 여당이 발간하는 「빌라디」 신문 편집장인 마흐무드 카밀이 대통령을 위해 쓰는 연설문과 비슷한 것이었다. 대통령의 인사말이 끝나자 다나나의 지휘하에 박수와 노랫가락 같은 환호성이 다시 울렸다. 다나나의 열정은 극에 달해, 그가 큰 목소리로 팔을 흔들며 "대통령 지도자시여, 만수무강하소서. 전쟁과 평화의 영웅이시여, 만수무강하소서. 현대 이집트의 창건자시여, 만수무강하소서!"라고 함성을 지르는 동안 그의 목의 혈관이 불거졌다.

뒤이어 대사와 영사, 유학생회 회장인 아흐마드 다나나의 환영사가 있었다. 다나나의 목소리가 홀 안에 우렁차게 울려 퍼졌다.

"대통령 각하, 우리는 각하께 약속드립니다. 우리는 당신의 가르침대로 조국을 사랑하겠습니다. 대통령 각하를 본받아, 당신이 그러하셨듯이 우리도 일에 헌신하겠습니다. 당신이 그러하셨듯이 우리도 정직과 신뢰의 상찬을 받도록 하겠습니다. 당신은 이집트를 위해 보배이자 힘이 되시길 기원합니다."

다시 환호와 박수가 이어졌다. 곧이어 이집트 대사가 일정에 따라 대통령과 대화할 사람들을 소개했다. 질의 내용은 엄선되고 사전에 준비된 것으로, 모든 내용에 대해 세밀한 검토가 이루어졌다. 그 내용들은 대통령에 대한 다양한 형태의 칭송을 반영하였고, 심지어 질문조차 답변을 알기 위한 관심에서라기보다 대통령을 찬양하는 경향이 더 강했다. 질문자들 중 한 사람은 "각하께서는 이집트를 이끌면서 이 크나큰 과제들을 어떻게 이룰 수 있으셨습니까?"라고 질문했다. 다른 사람은 "각하께서는 국가사업을 경영하는 데 각하의 군 생활 경험을 어떻게 활용하셨습니까?"라고 질문했다. 대통령은 답변하는 중에, 참석자들이 언론에서 수십 번 읽은 늘 하던 말을 반복했다. 때때로 그는 농담을 던졌고 이에 곧바로 참석자들은 웃었다. 당연히 다나나는 누구보다 크게 웃었다. (다나나는 일부러 대통령 각하의 시선을 끌기 위해 다른 사람들 모두가 웃고 나서야 웃기 시작했다.) 마지막으로 대사가 근엄한 어조로 말했다.

"이제 일리노이 대학교 의대 교수인 무함마드 살라흐 박사의 말씀이 있겠습니다. 자, 나와 주십시오."

살라흐 박사가 앉아 있는 두 번째 줄, 연설을 하게 될 높은 탁자 사이의 거리는 열 걸음도 되지 않았다. 하지만 그 거리는 그의 두 가지 삶, 즉 60년 동안 살아온 자신의 인생과 이제부터 만들어질 그의 미래 사이를 분리했다. 이제 그는 카람 도스, 나지 압둘 사마드와 합의한 대로 계획을 실행하려 한다. 보안국은 박사에게 그의 연설문 내용의 검토를 원했고, 그는 그들에게 대통령을 찬양하는 문장 두 줄이 적힌 종이를 주었다. 그들은 즉시 동의했다. 하지만 그는 안주머니에, 이집트인들의 이름으로 발표할 성명서 원문을 간직하고 있었다. 그가 홀 안에 들어가면서 가장 걱정했던 점은, 그들로부터 몸수색을 받아 성명서가 발각되어 모든 일이 수

포로 돌아가는 것이었다. 하지만 그의 진중한 풍모에 안심한 요원은 추가 검사 절차를 받게 하지 않았다. 살라흐 박사는 일어나 단상을 향해 천천히 나아갔다. 그는 아무도 보지 않기 위해 고개를 숙이고 있었다. 그는 먼저, 자신이 카메라의 범위에 완전히 들어왔는지를 확인해야 했는데, 그것은 철저하게 한 방 먹이기 위해서였다. 그는 또렷하고 큰 목소리로, 그들이 저지하기 전에 낭독을 마치기 위해 빠르게 성명서를 읽을 것이다. 그들이 끝까지 그를 내버려 두리라 상상하는 것은 순진한 생각이다. 그들은 잠시 동안 어안이 벙벙하겠지만, 이내 정신을 차리고 움직일 것이다. 그들은 그에게 무슨 짓을 할 것인가? 총을 발사할 리는 만무하다. 그들은 그를 체포해 구타하든지, 아니면 힘으로 그의 입을 틀어막아 성명서 낭독을 끝내지 못하게 할 것이다. 이 모든 일은 그들에게 큰 치욕을 안겨 줄 것이다. 두 걸음이 남아 있었다. 이제 그는 홀에 깔린 나지막한 울림 소리에 귀를 기울인다. 그가 지금 고개를 쳐들면 대통령의 얼굴을 마주 대하게 될 것이다. 그의 운명을 구분짓는 순간이다! 그는 이 홀에서 다른 사람이 되어 나가게 될 것이다. 그는 두렵지 않다. 단지 그가 우려하는 것은 그가 성명서 낭독을 마치지 못할 경우이다. 그 후에 일어날 일에 대해선 신경 쓰지 않는다. 이러한 기백은 어디에 있었을까? 만일 그 기백이 30년 전에 찾아왔다면 그의 인생은 달라졌을 것이다. 자이납이 그에게 "미안하지만 너는 겁쟁이야"라고 말했을 때 말이다. 그는 마지막 한 걸음을 딛고 있다. 이제 그는 대통령 면전에 서서, 민주주의와 자유를 위해 이집트인의 권리를 옹호하는 성명서를 발표할 것이다. 그는 전 세계 앞에서 그 일을 해낼 것이다. 카메라들은 그의 모습을 세계 전역에 내보낼 것이다. 나지가 살라흐에게 성명서 낭독을 제안했을 때 살라흐는, 운명이 그가 자신의 고통에서 구제될 수 있

는 길을 마련해 주었음을 깨달았다. 그가 즉시 동의하자 나지 본
인도 놀랐다. 어제 살라흐는 전화로 자이납에게 말했다.

"나는 겁쟁이가 아님을 당신에게 보여 줄 거요."

그녀가 이유를 묻자 그는 자랑스럽게 웃으며 대답했다.

"내일이면 알게 될 거요. 전 세계가 알게 될 거요."

단상에 도착한 그는 머리를 마이크 가까이에 댔다. '자이납, 나
는 겁쟁이가 아니오. 당신이 직접 보게 될 것이오. 나는 결코 겁쟁
이가 아니었소. 내가 이집트를 떠난 것은 이집트가 내 앞에서 문
을 닫았기 때문이오. 나는 조국으로부터 도망치지 않았소. 이제
나는 용감하다는 게 어떤 것인지 당신에게 보여 주겠소. 내가 하
려는 일은 이슬람 학자들이 최상위의 지하드로 간주하는 것이오.
폭군에게 진리의 말을 하는 것 말이오.'

이제 그는 자신의 평범한 생활에서 벗어날 것이다. 그는 낡고 해
진 겉옷을 버리듯 그런 생활을 벗어서 한쪽에 던져 버릴 것이다.
그는 대대손손 전해질 자신의 이름을 역사에 쓰게 될 것이다. 폭
군에 맞선 영웅으로.

그는 몸을 바로 세우고 손가락으로 안경을 고정한 다음 불안한
동작으로 손을 뻗어 셔츠 안주머니에서 접혀 있는 여러 장의 종
이를 꺼냈다. 그러고는 종이를 펼쳐 읽기 시작했다. 그의 목소리는
망설이는 듯하고 약간 거치적거리며 나왔다.

"시카고에 거주하는 이집트인들의 성명서."

그는 갑자기 말을 멈추고 단상에 앉아 있는 대통령을 바라보았
다. 그는 대통령의 얼굴에서 반가운 미소 같은 것을 보았다. 깊은
정적이 감돌았다. 살라흐는 조금 당황한 듯 보였다. 그는 손수건으
로 이마에 맺힌 땀을 닦았다. 그가 갑자기 낭독을 중단하자, 청중
석에서 웅성웅성하는 소리가 났고, 그 소리는 조금씩 커지기 시작

했다. 그는 입을 열고 낭독을 완수하려 했다. 그러나 갑자기 그의 안색이 변하더니 그는 위쪽을 바라보았다. 그는 마치 머릿속에서 사라졌던 뭔가를 기억해 낸 듯했다. 그는 빠른 동작으로 가지고 있던 종이를 재킷 주머니에 찔러 넣고 다른 주머니에서 작은 종이를 꺼내 펼쳐 놓았다. 그러고는 흥분한 나머지 떨리는 목소리로 내닫듯이 말했다.

"저 개인적으로, 그리고 시카고에 사는 모든 이집트인들을 대신하여, 우리는 대통령 각하를 환영하는 바입니다. 각하께서 우리 나라를 위해 역사적인 성과를 이루어 주신 데 대해 진심으로 감사하는 바입니다. 우리는 각하를 본받겠다고 각하께 약속드립니다. 우리는 각하의 가르침대로 계속 조국을 사랑하고 조국을 위해 우리의 소중한 모든 것을 바칠 것입니다. 이집트 만세, 이집트를 위해 각하 만세!"

그의 말이 끝나자 힘찬 박수가 울려 퍼졌다. 그는 몸을 돌려 느릿한 발걸음으로 자기 자리로 돌아왔다.

제37장

　안내 데스크 여직원은 아름다웠고, 얼굴 표정도 밝고 쾌활했다. 그러나 라으파트 사비트의 이름을 듣자마자 얼굴의 미소가 사라지면서 천천히 고개를 숙였다. 그녀는 적당한 말을 하려고 해 보았지만 당황한 듯 알아들을 수 없는 소리를 중얼거렸다. 그녀는 대리석으로 된 안내 데스크 뒤에서 나와 걸어갔고 그 뒤를 라으파트가 따라갔다. 그녀는 복도를 지나고 이어 기다란 통로를 지나다. 그런 다음 왼편으로 방향을 바꿔 다른 통로로 들어갔다. 그녀의 발걸음은 처음엔 무겁고 주저하는 듯했으나, 곧이어 규칙적인 걸음이 되어 침착한 리듬감을 되찾았다. 마침내 두 사람은 방에 도착했다. 여직원이 문손잡이를 잡고 마치 귀 기울이는 듯 머리를 가까이 가져갔다. 그런 뒤 그녀는 손가락으로 노크했다. 안에서 굵은 목소리가 들렸다. 그녀가 천천히 문을 열면서 라으파트 박사에게 신호하자 그가 안으로 들어갔다. 방은 중간 크기로 조용하고 깨끗했으며, 오른쪽 창문을 통해 한낮의 빛이 들어오고 있었다. 의사는 40대로, 대머리에 흰 가운을 걸치고 은테 안경을 썼는데 말없이 침대 옆에 서 있었다. 라으파트는 그가 마지막 보았을 때 입고 있던 해진 진 바지와 옷깃이 더러워진 노란 셔츠 차림으로 누워 있는 사라를 보았다. 그녀의 얼굴은 평안했고 두 눈은 감겨 있었으며 입술은 벌어지지 않은 채 처져 있었다. 의사는 깊은 목소리로 말했다. 목소리의 파동이 정적 깔린 공간에 울려 퍼졌다.

"어젯밤 새벽 3시경, 차 한 대가 병원 문 앞에 따님을 버려두고 재빨리 가 버렸습니다. 우리는 따님을 살리려고 최선을 다했습니다. 그러나 지나치게 많은 마약을 복용한 결과, 뇌의 기능이 급격히 저하되었습니다. 진심으로 애도를 표합니다."

* * *

시위는 끝났고 우리, 곧 나와 카람 도스, 존 그레이엄 세 사람은 자동차 쪽으로 걸어갔다. 나는 그레이엄에게 앞자리를 내주고 뒤쪽에 탔다. 우리는 한동안 침묵했다. 침울한 기운이 우리에게 드리워졌다. 카람이 술 한잔하자고 제안하자 그레이엄은 그러자며 중얼거렸고, 나는 계속 침묵했다. 우리는 러시 스트리트에 있는 단골 술집으로 갔다. 술을 마시자 열기가 밀려왔다. 카람 도스가 말했다.

"나는 살라흐 박사를 이해할 수 없어. 왜 그런 거지? 그는 애초에 성명서 낭독을 거부할 수 있었어. 그가 우리의 거사를 망쳐 버렸어."

나는 일어난 일에 대해 씁쓸함을 느끼며 말했다.

"그 사람에 대한 나의 분노가 어느 정도일지 상상할 수 없습니다. 나는 앞으로 학과에서 그를 어떻게 대해야 할지 모르겠습니다."

다시 침묵이 감돌았다. 카람이 말했다.

"나는 살라흐가 일부러 그랬다고 생각해요. 그는 이 일을 훼방 놓으려고 사프와트 샤키르와 합의한 겁니다."

나는 논평하지 않았다. 나의 절망감이 죄책감과 뒤섞였다. 나야 말로 무함마드 살라흐가 성명서를 낭독하는 데 동의한 사람이었다. 그에게 임무를 제시했을 때 내가 놀랄 만큼 그가 열의를 보였던 것을 떠올렸다. 나는 정신이 멍한 상태로 카람에게 물었다.

"선생님은 살라흐 박사가 보안국을 위해 일한다고 생각하십니까?"

"당연하지."

"그렇지 않아요."

그레이엄이 말했다. 그가 술을 한 모금 마신 뒤 말을 이었다.

"나는 그 사람이 실제로 성명서를 읽고 싶어 했다고 생각합니다. 하지만 마지막 순간에 두려워했어요."

"그렇다면 왜 처음에는 열의를 보이며 수락했을까요?"

"인간은 가끔 자신의 두려움을 이겨 내려고 애쓰다가 실패하는 경우가 있습니다."

* * *

나는 자정 무렵 기숙사로 돌아와 옷을 벗고 침대에 몸을 던지고 깊은 잠에 들었다. 나는 지금까지도 확신을 갖지 못한 채, 마치 내가 꿈을 꾸는 것처럼 지난 일을 떠올리고 있다. 그리고 눈을 떴을 때 방의 어둠 속에서 어떤 형체들이 움직이는 것을 보았다. 나는 두려움에 사로잡혔다. 나는 여전히 비몽사몽 중이었다. 그러다가 갑자기 불이 켜졌고 또렷이 그들이 보였다. 미국인 남자 세 명이었다. 그들은 몸집이 컸는데 두 명은 군복을 입었고, 한 명은 사복 차림으로 한눈에 그가 대장인 것을 알았다. 그가 내게 걸어와 안쪽 호주머니에서 신분증을 내보이며 말했다.

"연방 수사국(FBI)입니다. 우리에겐 가택 수색과 체포 영장이 있습니다."

내가 정신을 가다듬고 그에게 이유를 묻자 그가 "우리는 확보한 정보에 따라 나중에 당신을 대면할 것입니다"라고 말했다. 그가 나와 말하고 있는 동안 다른 두 남자는 샅샅이 집을 수색했다. 끝에 가서 그는 내게 옷 입는 것을 허락했다. 그러고는 내 손에 수갑을 채웠다. 나는 마치 내가 최면에 걸려 의지를 상실한 듯 순순히 응한 것이 이상스러웠다. 우리는 흑인 운전사가 모는 커다란 차에 탔다. 대장은 운전사 옆에 앉았고, 뒷좌석에는 두 군인이 내 양옆에 자리 잡고 있었다. 나는 정신을 집중하고 말했다.

"다시 한 번 당신의 신분증을 보고 싶습니다."

그는 흠칫 놀라더니, 화를 꾹 참은 듯 천천히 호주머니로 손을 뻗어 신분증을 보여 주었다. 그리고 나서 한마디 없는 침묵이 차 안에 깔렸다. 약 30분 후, 우리는 시카고 북쪽에 있는 외진 건물에 도착했다. 건물은 정원에 둘러싸여 있었다. 우리는 차를 탄 채 나선형의 오르막길을 올라갔고 마침내 차는 입구 앞에 멈춰 섰다. 경비병들이 경례를 했다. 우리는 복도 왼쪽에 있는 사무실로 들어갔다. 문이 닫히자마자 대장의 얼굴이 변했다. 마치 이를 악물고 있는 듯 그의 얼굴 근육이 오므라들었다. 그는 내게 엄중한 시선을 던지면서 말했다.

"우리는 당신이 미국 내에서 테러 행위를 계획하는 조직의 일원이라는 것을 입증할 정보를 갖고 있어. 할 말 있어?"

나는 계속 침묵했다. 일련의 사건들이 내가 생각할 겨를도 없이 연속적으로 빠르게 일어났다. 그가 다가왔을 때 가벼운 향수 냄새가 내 코를 찔렀다. 그는 화를 내며 소리쳤다.

"말하라고. 벙어리가 됐어?"

그리고 갑자기 내 얼굴을 손바닥으로 갈겼다. 나는 화끈한 통증을 느끼며 숨넘어가는 목소리로 외쳤다.

"당신은 나를 때릴 권리가 없습니다. 당신이 하는 일은 불법입니다."

그는 다시 여러 차례 나를 때리고, 주먹으로 내 배를 쳤다. 나는 토할 것 같았고 의식을 잃을 것 같은 느낌이 들었다.

"이집트 정보국이 우리에게, 네가 소속된 조직의 모든 것을 알려 주었어. 부인해도 소용없어."

"그건 조작된 정보입니다."

그가 다시 나를 때렸다. 끈적한 피가 천천히 코에서 입술 위로 흘러내렸다. 그가 화난 듯 소리쳤다.

"개자식아, 말해. 너는 왜 우리 나라를 파괴하려 하는 거지? 우리는 네게 미국의 문을 열어 주었어. 우리는 네가 품위 있는 인간이 되게 해 주었어. 그런데 너는 그 보답으로 선량한 미국인들을 죽이려고 음모를 꾸몄어. 만일 네가 자백하지 않으면 너희 나라에서 하는 것처럼 네게 채찍질을 하고 전기 고문을 하고 너를 강간할 거야."

제38장

빌 프리드먼 박사는 고개를 떨구고 두 손으로 머리를 감쌌다. 크리스는 그의 앞에 앉아 있었다. 둘 사이에 깊은 침묵이 흘렀고, 그러다가 내부 방송에서 나오는 음악이 마치 슬퍼하듯 곳곳에 울려 퍼졌다. 그가 크리스를 바라보며 물었다.

"살라흐의 문제는 언제 시작되었지요?"

"1년 전에요."

"그가 의사와 상담을 했나요?"

"한 번 가 보고는 끝까지 치료받기를 거부했어요."

"나는 그의 변화가 과로 때문인 것으로 보고 있었습니다."

"아니에요, 빌. 그는 환자였어요. 이집트 대통령을 만나고 돌아온 뒤 그의 상태가 심하게 악화되었어요. 꼬박 3일 동안 그는 먹지도 않고 잠도 자지 않았어요. 의사가 말하길, 그가 이런 상태로 있다면 억지로라도 병원으로 옮겨야 한다고 했지요."

"억지로요?"

"예. 그에게 수면 주사를 놓은 뒤 병원으로 데려가는 겁니다."

"그것이 그를 도울 유일한 방법이라면 우리에겐 선택의 여지가 없군요."

다시 침묵이 깔렸다. 크리스가 울먹이면서 말했다.

"나는 이런 상태의 그를 보기가 힘들어요."

프리드먼이 그녀의 손을 잡고 위로했다.

"마음 놓으세요. 남편은 잘될 겁니다."

"당신은 남편의 오랜 친구이고, 나는 당신의 도움을 받으러 왔어요."

"힘 닿는 데까지 최선을 다해 보겠습니다."

"나는 살라흐가 직장을 잃을까 걱정돼요."

프리드먼의 얼굴에 생각하는 표정이 나타났다. 그가 말했다.

"행정 면에서 우리는 살라흐가 일을 중단한 것에 대한 이유를 작성할 수 있습니다. 나는 그가 정신 치료를 받고 있다고 언급하지 않을 것입니다. 그의 경력에서 부정적인 요인이 될 수 있기 때문입니다. 나는 그의 업무 중단을 연중 휴가로 간주하여 그의 동료에게 그가 해 오던 강의를 맡길 것입니다."

"빌, 감사합니다."

"아니요, 이건 내가 해 드려야 하는 최소한의 일입니다."

"나는 이제 가 봐야겠어요."

빌 프리드먼은 일어나 그녀와 뜨겁게 악수를 나누고 입맞춤을 하면서 말했다.

"만일 어떤 일이라도 필요하면 주저 마시고 연락 주세요."

크리스는 대학 건물을 나섰다. 그녀는 차로 출발하면서 자신이 한 일이 성공적이었다고 생각했다. 적어도 살라흐는 지금 일자리를 잃지 않을 것이다. 그러나 더 큰 일이 남아 있었다. 정신 치료를 받도록 살라흐를 병원으로 데려가는 것 말이다. 안타깝게도 그녀는 남편에게 모질게 대해야 한다. 그가 치료를 받고 이전처럼 돌아오도록 하기 위해서 말이다. 그를 위해 반드시 그래야만 한다. 그녀는 더 이상 둘 사이의 갈등을 떠올리지 않았다. 그녀는 둘 사이의 문제와 이혼하기로 합의한 일을 잊었다. 그녀가 지금 생각하는 것은 오직 하나, 그가 병중이고 그녀를 필요로 한다는 것이다. 크리스가 그를 위해 아무 일도 하지 않은 채, 그녀 앞에서 그가 쓰러지게 둘 수는 없다. 심지어 그가 그녀를 더 이상 사랑하지 않는다 해도, 설령 그가 그녀와의 이혼을 원한다 해도, 설령 그가 다른 여자를 사랑한다 해도, 설령 그가 수년간 크리스를 속여 왔다고 해도 그녀는 그를 포기할 수 없다. 그는 완전히 혼자이다. 만일 그녀까지 그를 버리면 그는 옆에 아무도 없게 될 것이다. 그녀는 다시 흘러내린 눈물을 훔치고 병원 앞에 차를 세웠다. 그리고 잠시 기다리면서 마음을 가다듬었다. 그런 다음 서둘러 병원 안으로 들어갔다. 30분 후 그녀는 젊은 의사를 대동하고 나왔다. 의사는 차 안에서 그녀 옆에 앉았고, 응급차가 그 차의 뒤를 따라갔다. 그녀와 의사 두 사람은 이렇게 합의했다. 그녀 혼자 살라흐가 있는 방으로 들어가 병원에 가자고 설득한다. 그가 거절하면 의사가 함께 설득에 관여한다. 최종적으로, 살라흐가 계속 완강하게 거절하면 간호사들을 불러 주사를 놓는다. 두 대의 차가 집 앞에 멈춰섰다. 크리스가 앞으로 나가 문을 열었다. 그녀는 안을 바라보고 탄식하면서 말했다.

"좋습니다. 그는 서재에 있습니다. 우리의 계획을 수행하기가 쉽겠어요."

그녀는 빠르게 계단을 올라갔고 그녀의 뒤를 의사가 따라갔다. 둘이 살라흐의 방 앞에 도착하자 크리스가 손으로 의사를 제지하며 속삭였다.

"여기 앉아 계세요."

의사는 고개를 끄덕이고, 몸을 돌려 가까이 있는 의자 쪽으로 천천히 향했다. 크리스는 조용히 앞으로 걸어갔다. 그리고 문을 열었을 때 그녀의 뇌리에서 결코 떠나지 않을 장면이 나타났다. 일리노이 대학교 의대 조직학 교수 무함마드 살라흐 박사는 파란 실크 파자마를 입은 채 허공을 응시하며 바닥에 누워 있었다. 그는 한 차례 크게 놀란 뒤 여운이 남는 표정을 짓고 있었다. 그리고 그의 머리 옆에 난 깊은 상처에서 피가 흘러나와 양탄자 위에 점점 커져 가는 얼룩을 만들어 내고 있었다. 그의 오른손 옆 바닥에는 오래된 베레타 권총이 뒹굴고 있었다.

제39장

승리를 축하하는 밤이었다. 그레이엄과 캐럴은 영화관에 갔고, 그 뒤 시어스 타워의 회전 식당에서 저녁을 먹었다. 식당 자체가 움직이고, 유리 벽을 통해 내려다보이는 장면이 바뀔 때마다 캐럴은 어린아이처럼 소리 지르며 박수를 쳤다. 그녀는 두 어깨와 가슴이 드러나는 우아한 야회복 차림에 머리카락을 빗어 올려 아름다운 목이 보였고, 한 벌의 진주 귀고리와 진주 목걸이를 걸치고 있었다. 그녀는 고급 프랑스산 포도주를 마시자고 떼를 썼다. 웨이터가 몸을 돌려 멀어지자 그레이엄이 웃으며 그녀에게 물었다.

"당신은 오늘 저녁 식사 값을 지불할 수 있다고 자신해요?"

"걱정 마세요."

그녀가 열정적으로 소리쳤다.

"이번 주에 내가 서명한 계약은 인생 최대의 기회예요. 많은 여자 아나운서들이 이런 계약을 맺으려고 몇 년 동안 일했지만 성사시키지 못했어요. 하지만 존, 나는 정상으로 뛰어올랐어요."

"축하해요."

그레이엄이 애정 어린 눈빛으로 그녀를 바라보며 말했다. 캐럴은 포도주를 음미했고, 그레이엄은 사랑과 성공을 위한 건배를 제안했다. 평소처럼 술은 그녀에게 빠르게 작용했고 그녀의 두 눈은 빛났다. 그녀가 감격해서 말했다.

"내가 인생에서 많은 어려움을 겪었기 때문에 하느님께서는 내가 이전에 당한 모든 고통을 보상해 주시려 하는 것 같아요."

"하느님께서는 왜 당신에게만 특별 대접을 하시지? 수백만 명의 불쌍한 사람들은 돌보지 않으시고 말요."

"오늘 밤만큼은 그런 이단적인 생각은 하지 마세요!"

그녀는 그레이엄에게 비난과 장난이 섞인 시선을 던졌다. 둘은 많이 대화하고 웃었다. 둘은 캐럴이 새로 산 자동차를 탔다. 사랑을 나눌 훈훈한 밤을 위한 모든 것이 갖추어졌다. 집에 도착하자마자 캐럴은 마크가 잘 있는지 보기 위해 서둘러 달려갔다. 그리고 잠들어 있는 마크를 보고 조용히 손을 뻗어 이불을 덮어 준 뒤 그레이엄에게 돌아왔다. 그는 뜨겁게 솟구치는 욕구로 캐럴을 맞이했다. 그는 힘껏 그녀를 껴안았고, 그녀는 그의 두 팔이 자신의 어깨를 비비는 것을 느꼈다. 그녀의 입에서 나지막한 신음 소리가 나왔고 이는 그의 욕정을 배가시켰다. 그는 그녀의 얼굴과 목에 뜨거운 키스를 퍼부었다. 그녀는 슬쩍 물러나면서 부드러운 목소리로 속삭였다.

"곧 돌아올게요."

그는 침대에서 그녀를 기다리며 앉아 있었다. 잠시 후 화장실에서 돌아온 그녀는 벗은 몸에 하얀 가운을 걸치고 거울 앞에 서서 화장을 하고 향수를 뿌렸다. 그레이엄이 재빨리 파이프 담배를 끄고, 넘치는 욕구로 인해 급한 목소리로 말했다.

"나도 샤워를 할게."

몇 분 후 둘은 완전히 벗은 채 사이드 스탠드의 은은한 불빛이 비추는 침대에서 뒹굴었다. 그는 강한 욕정에 사로잡혀 그녀의 얼굴과 손, 어깨, 가슴에 연이어 키스했다. 마침내 그가 그녀의 몸 안에 들어가자 그녀는 촉촉한 신음 소리와 함께 그의 이름을 부르며 속삭였다. 그는 흥분하여 그녀의 몸 안에서 세차게 전율하기에 이르렀고, 그녀는 넘치는 쾌감을 느끼며 소리를 질렀다. 두 사람의 광적인 몸 섞임이 한 차례 있었고, 그녀는 그의 품 안에서 녹아 버렸다. 그녀는 자신의 영혼이 융해되어 자신의 육체에서 빠져나가 높이 날아오르는 것을 느꼈다. 그녀는 자신의 감은 두 눈의 이면으로부터 어둠 속에서 내뿜는 여러 색의 빛을 보았다. 그녀는 쾌감의 절정이 다가오는 것을 느꼈다. 동시에 걱정스러운 느낌이 그녀를 엄습했다. 그녀는 그 느낌을 멀리하려 해 보았지만 계속 침투해 들어왔다. 그레이엄은 자신의 전율을 점차 완만하게 했고 마침내 그것은 멈추었다. 잠시 후 그녀가 정신을 차렸을 때 그의 커다란 몸이 멀어지는 것을 느꼈다. 그는 두 무릎에 의지하여 그녀의 몸에서 일어났다. 그녀는 두 팔을 뻗어 그의 양어깨에 매달렸다. 그리고 뜨거운 목소리로 속삭였다.

"나와 함께 있어요."

어둠 속에서 울려 퍼지는 그녀의 목소리는 지금 일어나는 일이 사실임을 그녀에게 확인해 주었다. 그레이엄은 늘 그렇듯 천천히, 그리고 더욱 숨을 헐떡이며 물러났다. 이번에는 쾌감 때문이 아니라 너무 흥분해서였다. 그는 두 발을 바닥에 내려놓고 침대 가에 앉아 그녀에게 등을 보여 주었다. 또 1분이 지나자 그녀는 호흡을 가다듬고 일어섰다. 그녀는 불을 켜고 걱정스러운 표정으로 소리쳤다.

"무슨 일 있어요?"

그는 계속 고개를 떨구고 있었다. 그녀는 그를 향해 뛰어내렸고, 그녀의 검은 알몸이 우아하고 아름답게 보였다. 그녀가 그의 옆에 앉아 화난 어조로 다시 물었다.

"무슨 일이에요?"

그레이엄이 그녀의 팔을 멀리 밀었다. 그러고는 머리를 들어 천장을 바라보고, 뭔가를 말하려는 듯 입을 열었다. 하지만 그는 다시 고개를 숙였고 잠시 후 그의 갈린 목소리가 흘러나왔다.

"그자가 누구요?"

"누굴 말하는 거예요?"

그녀는 되물었다. 그녀의 두 눈에 빠르게 지나가는 두려움이 번쩍였다. 얼마의 시간이 지나 그레이엄이 일어섰다. 그녀는 뒤따라 일어나 그의 앞에 섰다. 그가 큰 목소리로 물었다.

"당신과 함께 잤던 자가 누구요?"

"존, 당신 미쳤어요?"

그의 모습이 낯설었다. 그는 알몸인 채 파이프 담배에 불을 붙였다. 그러고는 낙담한 듯한 미소를 지으며 말했다.

"나나 당신은 지성인이니까 비난하거나 부인하면서 시간을 낭비할 필요는 없소. 당신과 잔 그자가 누구요?"

"존!"

"나는 그자의 이름을 알고 싶소."

그녀는 침묵을 지켰고, 마침내 이 느닷없는 일로 인한 충격에서 벗어났다. 그녀는 동정을 일으킬 정도의 힘없는 말투로 말했다.

"당신은 나를 비난할 권리가 없어요."

순간 그의 손이 올라가 그녀의 뺨을 쳤다. 그녀는 큰 소리를 질렀다. 그는 그녀에게서 거리를 두며 소리쳤다.

"나는 늙은이여서 낡아 빠진 사고에 집착할 수도 있어. 하지만 우둔한 자는 아니야. 나는 누군가에게 속아 넘어가지 않을 정도로 충분한 경험이 있어. 캐럴, 당신은 나를 배신했어. 내가 당신 몸에서 갖는 느낌은 거짓말을 안 해. 나는 당신이 왜 그랬는지 이해할 수가 없어. 우리는 결혼한 사이가 아니니 어리석게 행동할 필요도 없어. 당신이 다른 사람과 사랑에 빠졌다면 왜 나를 떠나지 않은 거지?"

그는 거칠어진 호흡 때문에 띄엄띄엄 말을 했다. 그러면서 옷을 입고 허리띠를 매고 두 발을 신발에 넣고 있었다. 그러고는 돌아와 그녀 앞에 섰다. 그녀는 뺨을 맞은 후로 아직도 알몸인 채 손으로 뺨을 감싸고 있었다. 그가 좀 더 차분해진 목소리로 말했다.

"당신을 때려서 미안하오. 나는 가겠소. 나는 당신이 지낼 다른 곳을 마련할 때까지 호텔에 묵겠소. 당신은 이제 부자요. 당신은 살 곳을 쉽게 찾을 수 있을 거요."

"존!"

그는 캐럴이 부르는 소리를 무시하고 문 쪽으로 두 걸음 나아갔다. 그녀가 그의 뒤로 뛰어왔다.

"나는 당신을 배신하지 않았어요!"

"거짓말은 당신에게 아무 소용 없을 거요."

"존!"

그녀가 마지막으로 소리치며 그를 안으려 했지만 그는 그녀의 두 팔을 힘껏 떼어 놓았다. 그녀는 울면서 소리쳤다.

"나는 당신을 배신하지 않았어요. 회사 사장이 내 몸을 이용한 거예요. 사실이에요. 그가 내게 새로운 계약을 제안하며 조건을 내걸었어요. 나는 거절할 수 없었어요. 거절할 수 없었다고요. 분명코, 나는 당신을 배신하지 않았어요. 내 감정은 모두 당신과 함께 있다고요. 내가 그 남자와 한 일은 구역질 나서 나도 그 일을 떠올릴 때마다 토할 지경이에요. 우리의 몸이 서로 닿기는 했어요. 그게 전부예요. 존, 나는 당신을 배신하지 않았어요. 나는 당신을 사랑해요. 부디 저와 함께 있어 주세요."

  그는 손을 문손잡이에 둔 채 사실을 고백하는 그녀를 바라보았
다. 그러고 나서 그는 앞으로 몸을 숙였다. 순간 그는 슬픔을 못
이기는, 불쌍하고 속수무책인 늙은이로 보였다. 그는 문을 닫으면
서 말했다.

  "아침에 마크가 깨면 나는 일 때문에 여행을 갔다고 말해 줘요.
나는 마크를 많이 사랑했어요."

제40장

　기숙사 로비의 시계가 아침 5시 30분을 가리켰다. 샤이마는 시카고에 온 이후 그 시각에 밖으로 나간 적이 없었다. 그러나 이번에 그녀의 여정은 멀다. 그녀는 손으로 유리문을 밀었다. 눈송이를 실은 차가운 바람이 얼굴을 때렸다. 그녀는 뒤로 물러나 무거운 양모 쿠피야*를 얼굴에 둘러 감쌌다. 그리고 몸의 온기를 최대한 간직하기 위해 안쪽에 털이 들어간 장갑을 낀 두 손을 코트 주머니에 넣었다. 그런 다음 주저함의 순간을 끊듯 빠른 걸음으로 내달았다. 거리는 캄캄하고 텅 비었으며 온통 눈으로 덮여 있었다. 그녀는 지하철역 방향으로 최대한 빨리 걸었다. 그녀는 일부러 주변을 바라보지 않았다. 그녀는 심장이 세차게 뛰는 것을 느꼈다. 두려운 망상이 엄습해 왔다. '만일 지금 누군가 내게 달려들거나 또는 무기로 위협하면서 나를 납치하면 어쩌지?' 그녀는 속도를 더 내면서 코란의 마지막 두 장*을 읊기 시작했다. 그리고 마침내 그녀는 지하철역에 도착했다. 그녀는 자신이 기억하는 수소로 가기 위해 열 개의 역을 간 다음 지하철을 바꿔 타고 다시 열 정거장을 가야 한다.

　그 시간 지하철 승객들은, 회사원들이 출근하기 전에 직장으로 향하는 흑인과 아시아계 청소부들 그리고 거리를 떠돌며 난동 속에 밤을 보낸 취객들로 뒤섞여 있었다. 샤이마는 창문 옆 멀리 떨어진 의자에 앉아 일부러 주위를 쳐다보지 않으려 했다. 그녀는 고함과 웃음을 멈추지 않는 취객들이 두려웠다. 그들에게서 풍기는 시큼한 술 냄새가 전철 안을 가득 채웠다. 그녀의 머릿속은 혼란스러웠고, 수증기로 뒤덮인 거울 표면처럼 희뿌옇게 흐려졌다. 그녀가 보고 있는 것이 현실이 아닌 것 같았고, 마치 꿈을 꾸고 있는 듯했다. 그녀는 손가방을 열고 작은 코란을 꺼내 나지막한 목소리로 읽기 시작했다. "저주받을 사탄으로부터 구원해 주실 알라께 의지합니다. 자비롭고 자애로우신 알라의 이름으로. 야신. 지혜로 충만한 코란에 걸고 맹세하나니, 그대는 사도들 중 한 사람으로, 옳은 길을 걷는 자이니라. 그것은 권능 있고 자애로우신 알라의 계시이다. 그들 선조들이 이제껏 경고받지 않았기에 그대로 하여금 주의하지 않는 백성들에게 경고하게 하고자 함이라. 참으로 그 말씀이 많은 사람 위에 진리로 나타났으나 그들은 믿으려 하지 않는다. 알라께서 그들의 목에 멍에를 씌우니, 그것이 그들의 턱까지 이르매 그들의 머리가 위로 올라왔고, 알라께서 또 그들 앞에 장애물을 놓고, 그들 뒤에도 장애물을 두며, 그들 위에 덮개를 씌우니 그들은 볼 수조차 없더라."*

코란 구절에서 강한 감동을 받은 샤이마는 울었다. 눈물이 흘러 코란을 적셨다. 그녀는 얼굴을 돌려 창가로 다가갔고, 유리창의 찬기를 느끼며 속삭이기 시작했다. "찬미받으실 분, 당신 외에 신은 없습니다. 저는 죄지은 자들 중 한 사람입니다. 저를 용서해 주십시오. 알라시여, 당신의 자비를 간구합니다. 눈 깜박할 새라도 제가 멋대로 하도록 저를 내버려 두지 말아 주십시오. 살아 계신 분, 우주를 관장하시는 분이여."

그녀는 지하철을 갈아타고 여정의 두 번째 단계를 횡단했다. 역 밖으로 나온 그녀는 센터에 도착할 때까지 조금 걸어야 했다. 어느덧 아침 햇살이 퍼져 있었다. 그녀는 발걸음을 내딛다가 밤 동안 켜져 있던 간판을 보았다. '시카고 지원 센터.' 그녀는 건너편 보도에 있는 사람들을 보았다. 그 무리에는 온갖 연령층의 백인들과 흑인들이 섞여 있었고 그들과 함께 성직자들이 있었다. 그들은 시위대 비슷한 모양으로 모여 있었다. 그들은 '학살을 중지하라', '살인자들은 부끄러운 줄 알라'라고 쓰인 피켓들을 들고 있었다.

그들은 피켓을 흔들고 소리를 지르면서 열정적인 리듬에 맞춰 종교 의식을 거행하듯 몸을 흔들었다. 샤이마는 더 걱정되었다. 그녀는 센터 쪽으로 발걸음을 재촉했다. 그런데 히잡과 이슬람 복장을 하고 나타난 샤이마의 모습이 아마도 시위대의 열정에 더욱 불을 붙인 듯했다. 그들의 소란은 더 커졌다. 그들은 건너편 보도에서 샤이마를 향해 소리 질렀다.

"추한 살인녀!"

"당신이 이슬람교도야?"

"당신네 신은 아이를 죽이는 것을 허용해?"

샤이마는 그들을 바라보지 않으려 했지만 두려움에 떨었다. 그녀는 센터 입구까지 몇 걸음 남지 않은 길을 뛰다시피 하며 갔다. 그들은 토마토와 날달걀을 던지기 시작했다. 달걀 하나가 그녀의 머리 옆을 살짝 스쳐 지나 벽에서 터졌다. 센터 앞에 서 있는 경찰관들이 시위대 쪽으로 서둘러 가더니 그들을 제어하려 했다. 샤이마는 빠르게 센터 문을 지나갔다. 안내하는 흑인 여직원이 따뜻한 미소를 띠며 샤이마를 맞이했다.

"저 미친 사람들에게 신경 쓰지 마세요."

샤이마는 여직원을 바라보고 숨을 몰아쉬며 물었다.

"저 사람들이 원하는 게 무엇입니까?"

"그들은 낙태를 반대하는 단체 사람들입니다. 우리가 이른 아침에 수술하는 것을 알고 와서 소동을 벌이는 겁니다."

"경찰은 왜 그들을 체포하지 않나요?"

"주(州) 법은 낙태를 허용하지만 또한 평화적인 시위도 허용하고 있습니다. 그들은 파시즘 광신자 무리일 뿐, 그 이상도 그 이하도 아닙니다. 당신은 캐런 박사님과 약속이 있지요?"

"예."

"날 따라오세요."

캐런 박사는 20대 후반의 가녀린 여성으로, 긴 밤색 머리카락이 하얀 가운 위에 흘러내리고 있었다. 그녀는 다정하게 샤이마를 맞았다. 그녀는 샤이마와 악수한 뒤 안고 입맞춤을 해 주었다. 그런 다음 미소를 띠며 샤이마를 바라보고, 아이를 달래는 엄마처럼 속삭였다.

"몸은 어때요? 걱정하지 마세요. 모든 게 잘될 겁니다."

이러한 갑작스러운 온정은 샤이마가 감당하기에 벅찬 것이었다. 샤이마가 다시 울음을 터뜨리자 캐런 박사가 그녀를 안정시키며 그녀에게 얼굴을 씻으라고 했다. 샤이마는 화장실에 갔다가 돌아와 박사 앞에 앉았다. 박사가 종이 몇 장을 주면서 말했다.

"이건 필수적인 절차입니다. 당신의 신원 정보 기재 양식서, 수술 동의 서명서 그리고 비용 내역서. 신용 카드가 있습니까?"

샤이마는 없다는 뜻으로 고개를 흔들었다. 여의사는 업무상의 어투로 샤이마에게 물었다.

"현금으로 비용을 지불할 수 있습니까?"

절차는 30분가량 걸렸고, 이어 또 30분 정도 샤이마의 건강 검진이 이루어졌다. 소변 분석, 혈압 수치, 복부 초음파 검사. 마지막 단계에서 샤이마는 간호사들의 도움을 받아 옷을 벗고, 알몸 위에 파란 수술복을 입었다. 샤이마가 떨고 있는 것을 보고 캐런 박사는 그녀의 손을 붙잡았다.

"무서워하지 말아요. 수술은 위험하지 않으니까요."

"나는 죽음이 두려운 게 아닙니다."

"그렇다면 무엇을 두려워하지요?"

샤이마는 침묵했다. 잠시 후 그녀가 떨리는 목소리로 말했다.

"신의 징벌이 두렵습니다. 내가 한 짓은 우리 종교에서는 큰 죄입니다."

"나는 이슬람에 관해 많이 알지는 못해요. 하지만 신은 공정해야 한다고 생각해요. 그렇지 않나요?"

"그렇습니다."

"여자가 사랑하는 남자와 함께 감정을 나누는 행위를 금하는 것이 공정한 건가요? 여자 혼자 원치 않은 임신을 감당할 책임을 지는 것이 공정한 건가요? 우리가 어느 누구도 원하지 않는 아이를 세상에 데려오는 것이 공정한 건가요? 아이의 삶이 시작되기도 전에 그 아이에게 불행한 삶을 선고하는 것 말이에요?"

샤이마는 침묵하며 박사를 바라보았다. 그녀로서는 더 이상 말할 기력이 없었고, 할 말도 없었다. 그 순간은 이루 다 말로 표현할 수 없었다. 그녀는 금지된 임신을 했기 때문에 지금 임신 중절 병원에 와 있다. 샤이마 무함마디는 금지된 임신을 했고, 지금 낙태 수술을 하게 될 것이다. 그녀는 실제로 그 모든 것을 묘사할 방법이 없다. 어쩌면 그녀는 운명이 감추고 있는 것을 재촉하는 것일지도 모른다. 그녀가 수술 중에 죽게 되면, 그래서 이 순간이 그녀가 살아 있는 동안의 마지막 순간이라면 그녀는 공정한 징벌을 받아들일 것이다. 그녀의 근심거리는 오직, 자신의 가족에게 영원히 따라다닐 치욕을 안겨 주지 않는 것이다. 센터 책임자가 수술은 비밀에 부친다고 말하며 샤이마를 안심시켜 주었다. 설령 만에 하나 그녀가 죽게 되더라도 공식 서류에는 낙태 시술을 받았다고 기록되지 않을 것이다. 샤이마는 수술복을 입고 서서 퀭한 시선으로 캐런 박사를 바라보았다. 박사가 팔로 그녀를 감싸 주며 말했다.

"나중에 우리는 많은 주제에 관해 토론할 시간을 가질 거예요. 우리는 서로 친구가 되었어요. 그렇지 않나요?"

샤이마는 고개를 끄덕였다. 그리고 박사와 함께 천천히 걸어, 수술실로 연결되는 짧은 복도를 지나갔다. 둘은 양 문짝이 달린 문을 통과했다. 그 뒤 캐런 박사는 샤이마를 간호사에게 맡겼다. 간호사는 샤이마가 바퀴 달린 침대에 눕도록 도와주었다. 완전 백발의 남자 노인이 나타났다. 그는 미소 지으며 말했다.

"좋은 아침이에요. 내 이름은 애덤이고 마취 전문 의사입니다."

그는 샤이마의 팔을 잡으며 그녀의 이름을 물었다. 그런 다음 그녀의 팔에 주사기를 살짝 찔렀다. 곧이어 그녀는 몸이 분해되는 느낌이 들었다. 점점 그녀의 머릿속이 변했다. 그것은 마치 방송이 중단되어 한동안 컴컴해진 커다란 화면 같았다. 그러고는 다루기 힘든 낯선 감정들이 가득하고, 온갖 색상이 들어간 사진들이 샤이마에게 밀려오기 시작했다. 그녀는 모든 것을 보았다. 아버지와 어머니, 여동생들, 탄타에 있는 집, 타리크 하십, 조직학과 사무실. 그 사람들과 대상들은 원래의 모습과는 다른 형상으로 나타났다. 그녀는 가까스로 그들을 식별하였고, 그들의 왜곡된 형상을 보고 침울함을 느꼈다. 그녀는 여러 차례 입을 열어 그들의 모습에 항의하려 했지만, 마치 성대가 제거된 것처럼 자신이 소리를 낼 수 없음을 알았다. 큰 두려움이 밀려왔고 그녀는 계속 소리를 질러 댔지만 사실은 아무 소리도 나지 않았다. 그녀는 한동안 그런 낯설고 공포스러운 지경에 계속 사로잡혀 있었다. 그러다가 마침내 멀리서 나타나는 한 줄기 빛을 보았다. 어둠은 천천히 열리는 검은색 커튼에서 비롯된 것 같았다. 빛이 많아지면서 새로운 모습들이 나타났고 처음에는 뒤섞였다. 그러나 그것들은 곧 분리되면서 점점 뚜렷해졌다. 마침내 그녀는 캐런 박사의 얼굴을 식별할 수 있었다. 샤이마는 박사가 미소 짓는 것을 보았다. 박사의 말이 들렸다.

"샤이마, 잘됐어요. 모든 게 순조로웠어요. 잠시 후 당신은 집에 가 있을 거예요."

샤이마는 할 수 있는 한 힘을 내어 미소를 지었다. 캐런 박사가 이제 뚜렷하게 들리는 목소리로 말을 이었다.

"수술도 성공적으로 됐고, 당신에게 또 다른 놀랄 만한 일이 있어요."

샤이마는 기진맥진해서 멍한 눈으로 박사를 바라보았다. 캐런이 윙크를 하고 웃으며 말했다.

"물론 당신은 놀랄 만한 일이 뭔지 알고 싶어 기다리지 못할 거예요. 좋아요. 당신에게 관심을 보이는 방문자가 있습니다. 그가 당신을 보겠다고 우리에게 떼를 쓰더군요."

샤이마는 팔을 내밀어 반대 의사를 전하려 했다. 그러나 캐런은 문 쪽으로 달려가 문을 열고 손으로 신호를 보냈다. 곧이어 타리크 하십이 모습을 드러냈다. 면도도 하지 않은 그의 얼굴은 창백하고 지쳐 보였다. 한동안 잠을 자지 못한 듯했다. 그는 몇 발짝 걸어와 침대 옆에 섰다. 그는 휘둥그레진 눈으로 샤이마를 바라보았고, 그의 얼굴에는 환한 미소가 그려졌다.

14 **탄타** Ṭanṭā. 이집트의 도시로, 수도 카이로에서 북쪽으로 94킬로
미터 거리에 있음.

15 **알가르비야** al-Gharbiyyah. 이집트의 27개 주(州) 중 하나로, 주도
(州都)는 탄타.

17 **카짐 알사히르** Kāẓim al-Sāhir(1957~). 이라크의 유명한 남자 가
수이자 작곡가, 시인. '아랍 가요의 황제', '전 세계로 가는 이라크의
대사(大使)'라는 칭호를 갖고 있다.

알라 Allāh. 이슬람의 유일신. 통상 우리말로는 '하나님'으로 번역
됨. 이하 본문에서는 문맥에 따라 '알라'나 '하나님'을 사용할 것이다.

라크아 rak'ah. 무슬림들이 정규 예배 중에 행하는 코란 구절 낭
송과 서 있기, 절하기, 바닥에 엎드리기, 앉기 등의 몸동작으로 구
성되는 일련의 한 과정. 하루 다섯 차례의 정규 예배와 금요 예배는
2~4회의 범위 내에서 각각 라크아의 횟수가 정해져 있음.

18 **히잡** ḥijāb. 이슬람 여성들이 머리, 목 등을 가리기 위해 쓰는 전통
복장.

19 **알사이드 알바다위** al-Sayyid al-Badawī(?~1276). 이집트의 유명
한 수피(ṣūfī, 이슬람 신비주의자). 모로코의 페스에서 태어나 이집
트의 탄타로 이주했다. '바다위야' 교단의 창시자로, 그의 추종자들

에 따르면 많은 기적을 행한 것으로 알려져 있다. 탄타의 무슬림들은 매년 그의 탄생일을 경축한다.

20 **우두** wuḍū'. 무슬림들이 예배 전에 얼굴과 팔, 발 등 신체의 일부를 물로 씻는 의식.

21 **질밥** jilbāb. 넓은 소매가 달린, 긴 통옷 모양의 아랍 전통 의상.

22 **무사카아** musaqqa'ah. 토마토, 다진 고기, 가지, 감자, 고추 등을 재료로 만든 아랍 음식.

33 **샤이** shāy. 아랍인들이 즐겨 마시는 홍차.

바스부사 basbūsah. 설탕과 견과류가 들어간 이집트의 단 과자.

34 **움무 쿨숨** 'Ummu Kulthūm(1904~1975). '동방의 별'로 일컬어지는, 이집트가 자랑하는 탁월한 성량과 재능의 여가수.

43 **가말 압델 나세르** Jamāl 'Abdul Nāṣir(1918~1970). 이집트의 군인이자 정치가로, 제2대 대통령을 지냄. 1952년 이집트 혁명을 주도했으며, 이집트의 산업화와 범아랍주의를 이끌었음.

45 **루시디 아바자** Rushdī Abāẓah(1926~1980). 이집트의 유명한 남자 영화배우.

56 **카스르 알아이니** Qaṣr al-'Aynī. 이집트 카이로 대학교 의과 대학 병원.

59 **타아미야** ta'amiyya. 병아리콩이나 잠두를 갈아 둥근 완자 모양으로 만들어 기름에 튀긴 아랍 음식. 이집트에서는 '타아미야'로, 요르단, 시리아에서는 '팔라필'로 불린다.

60 **기자** al-Jīzah. 이집트의 27개 행정 구역 중 하나, 또는 그곳의 주도(州都)로 국토 중앙에 위치. 수도 카이로에 인접해 있음.

61 **무함마드 안와르 알사다트** Muḥammad Anwar al-Sādāt(1918~1981). 이집트의 제3대 대통령으로, 그의 재임 시절 이집트는 아랍권에서 최초로 이스라엘과 평화 조약을 맺음. 기념식에서 사열 도중 이슬람 극단주의자에 의해 암살당함.

66 **클레오파트라 슈퍼 담배** 이집트에서 가장 많이 팔리는 담배. 고대

이집트 복장을 한 클레오파트라가 갑에 그려져 있다.

알미누피야 al-Minūfiyah. 이집트의 주(州) 중 하나로, 수도 카이로 북쪽에 위치. 이집트 전직 대통령 후스니 무바라크가 이 지역 출신이다.

67 **아므르 디얍** 'Amr Diyāb(1961~). 이집트의 유명한 팝 뮤직 가수이자 작곡가. 중동의 베스트셀러 가수에게 수여하는 월드 뮤직 어워드(World Music Award)를 네 차례 수상했음.

68 **루크아체** ruq'ah體. 아랍어 서체 중 하나로, 빠른 속도로 글을 쓸 때 사용하는 필기체.

69 **알아즈하르(al-Azhar) 사원** 이집트에 있으며 이슬람 수니파의 중심지. 함께 있는 알아즈하르 대학교와 더불어 이슬람 학문과 종교적 권위에서 전 세계 무슬림들에게 막대한 영향을 미치고 있음.

72 **할랄** ḥalāl. 이슬람 방식으로 도축된 동물의 고기를 포함하여, 이슬람 율법(샤리아)에서 허용된 음식.

86 **풀** fūl. 삶은 콩으로 만든, 이집트를 비롯한 여러 아랍 나라들의 서민 음식.

부사라 buṣārah. 파슬리, 양파, 고추, 콩 등으로 만든 이집트 전통 음식.

라마단 Ramaḍān. 이슬람력 아홉 번째 달로, 무슬림들이 금식을 하는 달.

셰이크 sheikh. 종교 지도자나 부족장 등의 지위에 있는 자, 또는 학자 등에 대한 경칭. 나이 많고 존경할 만한 사람에게 붙이기도 함.

무함마드 리프아트 Muḥammad Rif'at(1882~1950). 이집트의 탁월한 코란 낭송가로, 1934년 이집트 카이로 라디오 방송에서 최초로 코란을 낭송함.

94 **하디스** Ḥadīth. 이슬람 예언자 무함마드의 언행록. 무슬림은 알라(하나님)의 말씀인 코란과, 하디스에 기록된 무함마드의 언행을 삶의 기반이자 지침으로 삼는다.

마흐르 mahr. 아랍 사회에서 혼인 때 신랑 측이 신부 측에게 지급하는 결혼 지참금. 우리말로는 '신부 값'으로 번역됨.

핫즈 ḥājj. 이슬람교도의 의무인 메카 순례를 행한 나이 지긋한 남자에 대한 경칭.

97 **흉안** 아랍인의 미신으로, '시기(猜忌)의 눈'으로도 알려져 있다. 아랍인은 개인에게 재앙이 일어날 것을 두려워하며, 그 재앙의 근원을 흉안이라는 존재로 상상한다. 그들은 흉안의 해악을 피하기 위해 코란의 특정 구절을 암송한다.

기네 ginēh. 이집트의 화폐 단위. 표준어 발음은 '주나이흐(Junayh)'.

98 **핫자** ḥājjāh. '핫즈'의 여성형. 즉 메카 순례를 행한 나이 지긋한 여자에 대한 경칭.

103 **너희 스스로를 위해 조심스러워야 하고** 코란, 바카라 장(제2장), 223절. "여성들은 너희들이 가꾸어야 할 경작지와 같나니 너희가 원할 때 경작지로 가까이 가라. 그리하여 씨를 뿌리되 너희 스스로를 위해 조심스러워야 하고 하나님을 공경할 것이며 언젠가 그분을 영접하게 되리라는 것을 알고 믿음을 가진 자들에게 복음을 전하라."(최영길 역, 『성 꾸란: 의미의 한국어 번역』, 송산출판사, 1998)

울라마 ulamā'. 이슬람 종교학자 및 권위자로 인정된 사람들.

107 **콥트** Copt. 이집트 내에서 토착 기독교를 믿는 사람들.

114 **셰이크 이맘** Sheikh Imām(1918~1995). 이집트의 유명한 남성 가수, 작곡가. 시인 아흐마드 푸아드 나즘(Aḥmad Fu'ād Najm)과 함께 음악 작업을 하면서 빈민과 노동자들을 위한 정치적 성향의 노래를 지어 부름.

116 **아잔** adhān. 이슬람 신자들에게 금요일 공동 예배와 1일 5회의 기도 시간을 알리는 외침 소리.

117 **압둘라흐만 알자바르티** 'Abdul Raḥmān al-Jabartī(1753~1825). 이집트의 역사가. 18세기 말 프랑스의 나폴레옹 군대가 이집트를 침

공하던 시기에 살았던 인물로, 당시의 상황을 『알자바르티의 역사』에서 자세히 기술했다.

118 **바흐르 알바카르 학살** 1970년 4월 8일, 이스라엘 전투기가 이집트 바흐르 알바카르(Baḥr al-Baqar) 마을의 학교를 공습해 어린이 30명이 사망하고 50여 명이 부상을 입었다.

128 **순나** Sunnah. 아랍어로 '관행, 관습'이라는 의미로, 이슬람 예언자 무함마드의 언행을 가리킨다. 이슬람은 순나를 무슬림들의 행동 양식의 모범으로 삼도록 하고 있다.

　　샤하다 shahādah. 이슬람 신앙 증언으로, 구체적으로 "나는 알라 외에 다른 신은 없음을, 그리고 무함마드는 알라의 사도임을 증언한다"라는 문장을 말한다.

141 **콜** kohl. 중동 지역의 여성들이 눈언저리를 검게 칠하는 데 쓰는 화장용 돌가루.

142 **움무 알리** ummu ῾aīī. 밀가루, 우유, 견과류 등을 섞어 만든 아랍의 후식.

　　무할라비야 muhallabiyah. 쌀가루, 우유, 설탕 등의 원료로 만든 아랍의 전통적인 후식.

143 **샤름 엘셰이크** Sharm el-Sheikh. 이집트 시나이 반도의 남단, 홍해 연안에 있는 관광 휴양 도시.

　　마르사 마트루흐 Mersa Matruh. 이집트 북부 지중해 연안에 있는 관광 휴양 도시로, 아름다운 백사장과 맑은 바닷물로 유명함.

145 **파스티르마** pastirma. 고기에 양념을 가미한 뒤 바람에 건조시킨 식품.

146 **알샤으라위** Muḥammad Mutawalli al-Sha῾rāwī(1911~1998). 이집트의 이슬람 학자로, 코란 해설 분야에서 유명한 현대 학자들 중 한 사람. 구어체와 간결한 표현을 사용해 아랍 세계의 폭넓은 층에 걸친 무슬림들의 공감을 얻었음.

　　파트와 fatwā. 이슬람 율법 관련 공식 권위자가 공표한 종교적 견해나 결정.

150 **파티하** Fātiḥah. 이슬람교의 경전인 코란의 첫 장(章)으로, 보통 '개경장(開經章)'으로 번역되며, 무슬림들의 기도와 예배 등 종교 의식에 자주 사용됨.

151 **카디자** Khadījah(555~619). 이슬람교의 예언자 무함마드의 첫 아내. 상업을 경영하여 부유했던 과부 카디자와 결혼한 후, 무함마드는 경제적으로 안정되어 종교적 명상에 몰두할 수 있었음.

153 **금요 예배** 대부분의 아랍 국가에서 주말 휴일은 금요일이며, 무슬림들은 금요일 한낮에 이슬람 사원에 모여 집단 예배를 드린다.

154 **아딜 이맘** 'Ādil Imām(1940~). 이집트의 남자 영화배우로, 로맨틱 영화와 사회·정치 성향의 영화에서 코믹 연기로 유명하다.

156 **칸 알칼리리** Khān al-Khalīlī. 이집트 카이로에 있는 오랜 역사의 전통 시장으로 많은 관광객이 찾는다.

    압바스조 'Abbāsids朝(750~1258). 우마이야조(661~750)의 뒤를 이은 이슬람 제국의 두 번째 칼리프조로, 수도는 바그다드.

157 **페데리코 가르시아 로르카** Federico Garcia Lorca(1898~1936). 스페인의 시인·극작가. 1929~1930년을 미국과 쿠바에서 보냈으며, 이 여행에서 영감을 얻은 작품이 그의 사후에 발간된 『뉴욕의 시인』이다.

158 **하룬 알라시드** Hārūn al-Rashīd(재위 786~809). 압바스조의 제5대 칼리프로, 이슬람 제국의 전성기에 통치했다. 『천일 야화』에는 궁전에서의 그의 호화스럽고 낭만적인 생활이 그려져 있다.

161 **알파윰** al-Fayyūm. 이집트의 주(州) 중 하나 또는 주도(州都). 수도 카이로의 서남부에 있음.

162 **아인 샴스** 'Ayn Shams. 1950년에 개교한, 이집트에서 세 번째로 오래된 대학교로 카이로에 소재. 카이로 대학교, 알렉산드리아 대학교와 더불어 이집트의 명문 대학에 속함.

165 **알쿠시흐** al-Kushḥ. 이집트 소하그(Sohag) 주(州)의 마을. 1999

년 12월 31일에 발생한 무슬림들과 콥트인들의 폭력 사태로 다수
가 사망하고 부상당했음.

182 **우드 스톡 페스티벌** Woodstock Festival. 1969년 8월 15일부터 3
일간 미국 뉴욕 주의 베델 평원에서 개최된 음악 축제. 반전, 사랑,
평화를 외치는 당대 히피족을 주축으로 약 40만 명에 달하는 젊은
계층의 관객이 공연을 즐겼음.

209 **아부 누와스** Abū Nuwās(756~814). 압바스조 시대의 아랍 시인.
술을 소재로 한 시, 즉 주시(酒詩)를 많이 쓴 것으로 유명하다.

217 **마틴 루서 킹 2세** Martin Luther King, Jr.(1929~1968). 미국의 침
례교 목사이자 인권 운동가, 흑인 해방 운동가, 권리 신장 운동가
로, 1964년 노벨 평화상을 받았음. 백인 우월주의자에 의해 암살당
했음.

230 **아바야** 'abāyah. 무슬림 여성들이 걸치는 품이 낙낙한 외투로, 전
통적인 아바야는 검은색이다.

238 **베** bē. 터키, 이집트에서 사용되는 고위 인사에 대한 경칭. 베이
(bey)라고도 한다.
카와자 khawājah. 중동 지역과 중앙아시아에서 사용되는 경칭.
일반적으로 '선생'이라는 의미를 갖는다.

240 **알자말렉** al-Zamālek. 카이로 서부에 있는 구역으로, 나일 강에 둘
러싸인 게지라 섬 북쪽에 있음.

245 **카눈** qānūn. 사다리꼴 모양의 현악기로, 손가락으로 뜯어 연주함.

257 **마흐무드 압둘아지즈** Maḥmūd 'Abdul-'Azīz(1967~2013). 수단 출
신의 유명한 남자 가수.

275 **술라이만 파샤 가** 카이로 시내 중심가 중 하나. 술라이만 파샤
(Sulayman Pasha) 가(街)라는 명칭은 이집트 총독 무함마드 알리
에 의해 이집트군 최고 사령관으로 임명된 프랑스인 장교 조제프
세브(Joseph Sève, 1788~1860)의 이름을 딴 것이며, 1954년에는
탈라아트 하릅(Ṭala'at Ḥarb) 가로 변경되었다.

421 **파트흐** Fatḥ. 코란 제48장(승리의 장).

441 **쿠피야** kūfiyah. 사각형으로 된 아랍인의 전통 복장 중 하나로, 주로 남자들이 삼각형으로 접어 머리에 쓰는 큰 두건. 색상은 흰색-빨간색, 흰색-검은색이 많음.

코란의 마지막 두 장 무슬림들이 밤에 잠들기 전이나 불안이나 근심 걱정이 있을 때 암송하는 것으로, 코란의 114개 장 중 마지막 두 개의 장, 곧 '여명(黎明)의 장(제113장)'과 '사람의 장(제114장)'.

442 **자비롭고 자애로우신…… 볼 수조차 없더라** 코란, 야신 장(제36장), 1~9절.

시카고를 배경으로 전개되는, 재미(在美) 이집트인들의
욕망과 갈등의 서사

김능우(서울대 HK연구교수)

1. 알라 알아스와니

이집트의 소설가이자 치과 의사인 알라 알아스와니('Alā' al-Aswānī, 1957~)는 수도 카이로의 중산 계층 가정에서 태어났다. 높은 수준의 교양을 지닌 그의 가문은 문인을 배출한 집안으로 알려져 있다. 부친 압바스 알아스와니는 변호사이자 문인으로 활동했는데, 중세 아랍의 독특한 형식의 산문인 마카마트(maqāmāt)를 되살려 1960년대에 '아스와니 마카마트'로 명명하기도 했다. 부친은 또 소설 『높은 담장(al-Aswār al-'Āliyah)』으로 국가상을 수상하기도 했지만 아들만큼 유명세를 누리지는 못했다. 알라 알아스와니의 조부 또한 즉흥시인이었다.

알라 알아스와니는 자신의 첫 문학 스승은 아버지라고 말한다. 부친은 그에게 글쓰기를 가르쳐 주었을 뿐만 아니라 집의 큰 서재를 내주었다. 덕분에 알라 알아스와니는 어릴 적부터 온갖 휴머니즘 도서로 가득한 서재에서 성장했다. 또한 그는 이집트의 지성을 대표하는 부친의 친구들로부터도 가르침을 받았다. 이처럼 유년기부터 그의 취미는 독서와 글쓰기였다. 그런데 변호사인 부친은 아들이 소설에 매진할 경우 자칫 생업을 포기할 수 있음을 우려해 소설을 직업으로 삼지 말라는 충고를 했다. 이에 알라 알아스와니는 미국 시카고의 일리노이 대학교 치의대에 들어가 석사 학위를 취득했다. 그는 대학교에서 학문과 더불어 프랑스어와 스페인어 등의 외국어도 익혀 능통한 수준에 이르렀다.

그는 여전히 치과 의사로 생업을 이어 가고 있다. 그 이유에 대해 그는 글쓰기를 생계 해결의 방편으로 삼기보다는, 자신에게 꿈을 꾸고 숨을 쉬게 해 주는 취미로 하고 싶다고 말한다. 또한 실천하는 지식인이기도 한 알라 알아스와니는 이집트에서 30년간 독재해 온 무바라크 전 대통령을 퇴진시키려는 국민 운동인 '키파야(Kifāyah)' 운동의 회원으로 활동하고 있다. 그는 이집트 신문 「자리다 알아라비(Jarīdah al-ʿArabī)」에 매달 칼럼을 쓰고 있다.

현재까지 출간된 그의 소설 작품으로는 『지도자를 기다리는 자들의 모임(Jamʿīyah Muntaẓirī al-Zaʿīm)』(1998), 『야쿠비얀 빌딩(ʿImārah Yaʿqūbiyān)』(2002), 『아군의 포격(Nīrān Ṣadīqah)』(2004), 『시카고(Shīkāgū)』(2007), 『자동차 클럽(Nādī al-Sayyārat)』(2013) 등이 있다. 그의 대부분 소설들은 주제 면에서 2011년 1월 이집트 민주 혁명(1·25 혁명) 이전 당시 이집트 독재 체제를 모든 사회 문제의 근본 원인으로 여겨 정부를 공격하는 성향을 띠고 있다. 그리고 이집트 민주 혁명을 전후해 집필한 시사 논평서로 『이집트인들은 왜 항거하지 않는가』(2010), 『이집트 혁명은 실패했는가』(2012) 등이 있다.

작가는 2011년 1월 카이로의 중심지 '마이단 알타흐리르'(자유 광장)에서 시민들과 함께 민주 혁명 시위 대열에 서 있었다. 소설로써만 독재 정부를 공격하는 데 그치지 않고 이집트 국민들과 함께 '반독재', '무바라크 퇴진'을 연호하며 몸을 사리지 않는 행동하는 지식인으로서의 면모를 보여 주었던 것이다. 이후에도 끊임없는 글쓰기와 강연, 언론 활동을 통해 이집트의 민주화 실현과 국민의 자유, 권익 보장을 지속적으로 강조하면서 미완성인 혁명을 이루려는 운동에 적극 동참하고 있다.

2. 『시카고』

알라 알아스와니의 『시카고』는 역자가 그의 대표작 『야쿠비얀 빌딩』에 이어 두 번째로 우리말로 옮긴 작품이다. 『야쿠비얀 빌딩』의 무대가 작가의 나라인 이집트 국내였다면, 『시카고』는 작가가 유학 당시 체류했던 미국이다. 작가의 약력과 작품 후기를 보면 두 작품의 제목 모두 작가 개인의 삶의 경험이 묻어난 것임을 알 수 있다. 야쿠비얀 빌딩은 작가가 치과 의사로서 개인 의원을 열었던 카이로 시내에 있는 건물 이름이고, 시카고는 작가가 유학해 치의학 석사 학위를 취득한 일리노이 대학교가 소재한 미국의 도시이다. 이로 보아 작가의 삶에서의 실질적인 경험이 소설에 활용되었다는 생각이 든다. 『야쿠비얀 빌딩』은 작가 자신이 살고 있는 카이로의 시내를 다니면서 본 고색창연한 건물들에 착안해 이집트의 시대 변화, 건물과 밀착된 사람들의 삶, 특히 독재 정권하에서 이집트 사회의 총체적인 문제점을 그리려 한 작품으로, 작가의 카이로 생활이 바탕이 되었다. 반면에 『시카고』는 작가의 유학 생활 경험이 작용했을 것으로 보이는데, 그것은 『시카고』가 미국 내 대학에 유학하는 이집트 학생들과 이집트계 교수들의 다양한 삶의 이야기들을 포함하고 있기 때문이다.

이 소설은 시카고에 살고 있거나 체류 중인 이집트인들을 중심으로 전개된다. 그들은 일리노이 대학교 조직학과 내 이집트계 미국인 교수들(라으파트 사비트, 무함마드 살라흐)과 이집트 유학생들(타리크 하십, 샤이마 무함마디, 아흐마드 다나나, 나지 압둘 사마드), 그리고 이집트계 콥트인 이민자(카람 도스), 시카고 주재 이집트 영사관 내 보안 담당자(사프와트 샤키르) 등이다. 소설에는 이집트인이 미국에서 겪는 문화·사고방식의 차이나 괴리감, 이방인으로서의 외로움과 고국에 대한 향수 등 일반적인 소재가 나타나 있지만 이것이 작품의 무게 중심은 아니다. 그보다는 그런 인물들을 통해 오늘날 이집트가 처한 상황을 들여다보는 데 작가의 의도가 있는 것으로 보인다. 즉 그들과 이집트의 정치, 사회, 문화 등의 관계에 주목할 필요가 있으며, 구체적으로는 이집트에 만연한 부패와 독재 체제가 이집트 지식인들의 삶의 방향을 어떻게 좌우하고 결정짓는가를 염두에 두고 소설을 읽으면 좋을 것이다. 고학력의 지식인들 중에는 독재 정권에 아부하여 개인적 출세와 영달을 추구하는 자가 있고, 그런 체제에 항거하고 반대하다가 탄압의 대상이 된 자가 있으며, 아예 국내 상황에 관심을 끊고 자신만의 성공과 욕망만을 추구하는 사람도 있다. 또한 독재에 불만을 갖고 저항의 의사는 있지만 막상 행동으로 옮기지 못하고 주저하는 지식인도 있다. 이처럼 이집트 내 무소불위의 권력자 — 아마도 실제로는 후스니 무바라크 대통령 — 가 장기 집권하는 동안 지식인들의 여러 모습들이 이 소설에 드러나 있다.

무엇보다 소설은 이집트의 독재 체제에 대한 비판과 저항을 내포하고 있다. 이 점에서 『시카고』는 『야쿠비얀 빌딩』과 맥을 같이 하며 그 연장선상에 있는 작품으로 볼 수 있다. 유학생 나지는 소위 운동권으로 분류되는 자로, 그는 미국에 와서도 여전히 국내 체제를 비판하며 그러한 독재 정권이 유지되도록 지원하는 미국 정부에 대해서도 비판적 시각을 갖고 있다. 미국에서 성공을 거둔 탁월한 외과 의사 카람 도스 역시 조국의 상황에 대해 나지와 생각을 공유한다. 나지는 운동권 출신인 까닭에 이집트 국내에서 의사가 되지 못했고, 카람은 콥트인으로 차별을 받아 조국을 떠났던 자이다. 두 사람은 조국에 대한 애증을 간직한 채 이집트 대통령이 시카고를 방문하는 기간 중 독재 정권 타도를 위한 성명 발표를 계획한다. 다른 한편으로, 이들의 반정부 운동에 제동을 가하려는 이집트인들이 시카고에 있다. 그들은 이집트 영사관 내 국가 보안 담당자 사프와트와 그의 끄나풀인 유학생 다나나이다. 독재 정권의 하수인인 사프와트는 온갖 비열한 방법으로 반정부 운동가들을 탄압한 공로로 출세한 자이고, 다나나는 유학생으로서의 본분을 저버린 채 사프와트의 주구(走狗)가 되어 시카고 내 이집트 유학생들의 일거수일투족을 감시하여 보고한다. 소설은 시카고를 공간으로 이러한 양측 간의 충돌과 긴장 관계 구도를 중심축으로 설정한다.

이러한 정치·사회적 갈등 구조를 중심으로 소설은 그 주위에서 관찰되는 시카고 내 이집트인들의 다양한 삶의 단면들을 보여 준다. 그중에는 유학생 나지와 유대인 여성 웬디 사이에 실패로 끝나는 애정 관계가 있는데, 이는 아랍과 이스라엘 간의 타협 불가능한 현실을 암시한다. 또 30년 전 애인 자이납을 이집트에 두고 이민 와 미국인 여성과 결혼해 사는 살라흐 교수가 있다. 그는, 젊은 시절 독재 권력에 항거한 운동권 학생이었던 자이납을 여전히 그리워한다. 조국 이집트를 경멸하고 미국을 예찬하는 라으파트 교수는 미국에서 태어나 성장한 딸 사라가 마약 중독자 애인과 동거하다가 사망하자 큰 충격에 휩싸인다. 유학생 타리크는 같은 이집트인 여학생 샤이마를 만나 사랑에 빠진다. 성공을 위해 학업에 충실했던 타리크는 연애에 탐닉하면서 공부를 등한시하고, 보수적 집안 출신의 샤이마는 타리크와 깊은 관계에 이르면서 이슬람 전통에서 벗어난 자신의 행동을 가책한다.

　이러한 이집트인들의 다양한 사건을 전개하면서 소설은 시카고 내 미국인들의 생활을 관찰하고 미국 내 문제에 대한 아랍인의 시각을 보여준다. 그 한 예로, 나지의 논문 지도 교수인 그레이엄은 젊은 시절에 낭만을 추구하면서, 미국의 자본주의를 비판하고 베트남 반전 운동에 참여한 경력이 있는 자로, 여전히 깨어 있는 노교수로서 미국 내 보수주의와 제국주의 정책을 비판한다. 그레이엄과 동거하는 젊은 흑인 여성 캐럴은 인종 차별을 겪으면서, 생활비 마련을 위해 속옷 모델을 해야 하는 처지에 놓인다. 라으파트 교수의 딸 사라는 여느 미국 젊은이들처럼 집을 떠나 독립해서 남자 친구 제프와 동거하지만 그의 유혹에 넘어가 마약 중독에 빠지고 결국 목숨을 잃는다. 나지는 이집트 대통령의 방미 중에 계획한 반독재 성명 발표 거사가 실패한 후, 이집트 정보국의 연락을 받은 미국 정보국 요원들로부터 거친 조사를 받는다. 이처럼 소설은 현대 첨단 문명을 걷는 자본주의 강대국으로서 화려한 미국의 이면에 드리워진 마약 중독, 매춘, 성(性) 상품화, 인종 차별 등의 암울한 사회 문제들과, 9·11 이후 테러에 극도로 예민해진 미국 사회의 분위기, 국익을 위한 이집트 독재 정권 지원 등 대외 정책의 문제점을 보여 준다.

　소설은 시카고 내 여러 이집트인들이 겪는 사건들에서 나타나는 문제점들에 대한 명쾌한 해답을 제시하지 않는다. 소설 말미에서 나지와 카람 같은 의식 있는 자들이 계획한 반독재 성명 발표 시도가 살라흐 교수의 우유부단으로 인해 실패로 끝난 뒤, 살라흐는 자신을 책망하며 자살을 택하고, 나지는 미국 정보국 요원들에게 잡혀간다. 미국 문화 추종자인 라으파트는 부모로부터 독립해 살겠다던 딸을 잃고 회의와 절망의 나락에 빠진다. 이슬람 전통을 망각하고 타리크와 사랑에 빠진 유학생 샤이마는 심리적으로 불안해하며 임신 중절 수술을 받으러 병원에 간다. 다나나의 아내는, 공부는 뒷전이고 정부의 앞잡이로 일하는 속물근성의 남편에게 질린 나머지 시카고에서 도망쳐 혼자 이집트로 돌아간다. 나지는 진심으로 사랑하던 웬디를 정보부 첩자로 의심한 결과, 그녀로부터 이별을 통보받는다. 이처럼 작품 속 이집트인들은 미국에서 자신들의 꿈이나 계획이 이루어지지 않는 것에 당황해한다. 독재 타도와 민주주의 요구는 가로막히고, 가정은 파탄에 이르며, 사랑은 결실을 맺지 못한다. 소설의 이러한 결말에 대해 역자는 더 이상의 해석이나 견해를 내놓지 않겠다. 작품을 읽고 해석하는 것은 독자의 몫이므로. 작가 알라 알아스와니는 앞선 『야쿠비얀 빌딩』에서도 카이로에 사는 인간 군상의 삶의 모습을 보여 주고 문제점들을 제시하는 데 그칠 뿐 답을 제시하지 않았다. 『시카고』도 이와 유사하다는 생각이 든다. 작가가 『시카고』에서 무엇을 말하려 했는지 독자분들의 다양한 의견이 기다려진다.

판본 소개

번역에 사용한 판본은 카이로의 다르 알슈르크 출판사의 2008
년판이다. ʻAlāʼ al-Aswānī, *Shīkāgū*, 13th edition(Cairo: Dār
al-Shurūq, 2008).

1957 **5월 27일** 이집트 카이로에서, 높은 수준의 교양과 문학 재능을 지닌 중산층 가정에서 태어남.

1972 변호사이자 소설가인 부친 압바스 알아스와니가 소설『높은 담장 (*al-Asuār al-ʿĀliyah*)』으로 국가 문학상을 수상함.

1970년대 카이로 소재 프랑스 리세(Lycée)를 졸업. 문학에 심취하고 글쓰기에 뛰어난 재능을 보였으나, 소설 쓰기를 하되 본업으로 삼지 말라는 부친의 권유에 따라 치과 의사가 되기로 함.

1980 카이로 대학교 치의대 졸업.

1980년대 미국 시카고, 일리노이 대학교 치의대에서 석사 학위를 취득하고 시카고에서 치과를 개업함.

1987 첫 부인과 이혼.

1980년대 말 미국에서 귀국하여 카이로에서 치과를 개업하는 동시에 작가로 활동하기로 결심.

1990 첫 소설『이삼 압둘 아티의 보고서(*Awrāq ʿIṣām ʿAbd al-ʿĀṭī*)』를 정부 산하 출판부인 '도서청'에서 출판하려 했으니 작품의 사회 비판적 성격에 대한 도서청의 검열과 비합리적 절차에 환멸을 느끼고 그곳에서 출판하지 않음. 이후에 이 소설과 다른 단편들을 묶은 소설집『가까이 가서 보았다(*Alladhī Iqtaraba wa Raʾā*)』를 사비로 출판함.

1993 이집트 신문「알아라비(*al-ʿArabī*)」에 칼럼 기고 시작함.

1994 이만 타이무르와 재혼.

1997 단편 소설집 『지도자를 기다리는 자들의 모임(*Jam'īyah Muntaẓirī al-Za'īm*)』을 완성해 정부 산하 '문화 궁정청'에 출판 신청했다가 거부당함.

1998 『지도자를 기다리는 자들의 모임』을 사비로 출판함.

1998 이집트 사회 체제의 비합리성과 부당함에 대한 깊은 절망감으로 해외 이민을 결심하고 뉴질랜드를 택해 이민 준비 작업에 들어감. 1~2년 걸리는 이민 수속 기간 동안 소설 한 편을 쓰기로 결심하고 1998년 말부터 『야쿠비얀 빌딩(*'Imārah Ya'qūbiyān*)』 집필을 시작함.

2002 장편소설 『야쿠비얀 빌딩』을 완성해 『문학 소식지(*Jarīdah Akhbār al-Adab*)』에 연재하고, 이어 카이로의 마드불리 출판사에서 출간함. 이집트를 비롯한 아랍 세계와 해외 여러 나라들에서 폭발적인 관심과 격려를 받음. 2002~2007년 아랍 세계에서 베스트셀러 1위를 차지함.

2004 이전의 두 단편집 『가까이 가서 보았다』와 『지도자를 기다리는 자들의 모임』에서 추린 작품을 묶은 단편집 『아군의 포격(*Nīrān Ṣadīqah*)』을 출간.

2004 후스니 무바라크 대통령 퇴진을 위한 이집트 국민 운동인 '키파야 (Kifāyah)' 운동 발족 회원.

2006 『야쿠비얀 빌딩』이 영화로 제작됨.

2007 『야쿠비얀 빌딩』이 텔레비전 드라마로 제작됨.

2007 **1월** 장편소설 『시카고(*Shīkāgū*)』 출간. 전작과 마찬가지로 대성공을 거둠.

2008 오스트리아의 브루노 크라이스키상, 독일의 코부르거 뤼케르트상 수상.

2011 **1월** 카이로의 중심지 '마이단 알타흐리르'(자유 광장)에서 이집트 시민들과 함께 민주 혁명에 참여. 지금도 문필 작업과 언론 활동을 통해 혁명의 지속과 완성을 강조하고 있음.

2013 소설 『자동차 클럽(*Nādī al-Sayyārat*)』 출간.

새롭게 을유세계문학전집을 펴내며

을유문화사는 이미 지난 1959년부터 국내 최초로 세계문학전집을 출간한 바 있습니다. 이번에 을유세계문학전집을 완전히 새롭게 마련하게 된 것은 우리가 직면한 문화적 상황에 적극적으로 대응하기 위해서입니다. 새로운 을유세계문학전집은 세계문학의 역할이 그 어느 때보다 중요해졌다는 인식에서 출발했습니다. 오늘날 세계에서 타자에 대한 이해는 우리의 안전과 행복에 직결되고 있습니다. 세계문학은 지구상의 다양한 문화들이 평등하게 소통하고, 이질적인 구성원들이 평화롭게 공존할 수 있는 문화적인 힘을 길러 줍니다.

을유세계문학전집은 세계문학을 통해 우리가 이런 힘을 길러 나가야 한다는 믿음으로 만들어졌습니다. 지난 5년간 이를 준비하기 위해 많은 노력을 기울였습니다. 세계 각국의 다양한 삶의 방식과 문화적 성취가 살아 있는 작품들, 새로운 번역이 필요한 고전들과 새롭게 소개해야 할 우리 시대의 작품들을 선정했습니다. 우리나라 최고의 역자들이 이들 작품 속 한 문장 한 문장의 숨결을 생생히 전하기 위해 심혈을 기울였습니다. 또한 역자들은 단순히 번역만 한 것이 아니라 다른 작품의 번역을 꼼꼼히 검토해 주었습니다. 을유세계문학전집은 번역된 작품 하나하나가 정본(定本)으로 인정받고 대우받을 수 있도록 최선을 다했습니다. 세계문학이 여러 경계를 넘어 우리 사회 안에서 주어진 소임을 하게 되기를 바라며 을유세계문학전집을 내놓습니다.

을유세계문학전집 편집위원단
박종소 (서울대 노문과 교수)
김월회 (서울대 중문과 교수)
손영주 (서울대 영문과 교수)
신정환 (한국외대 스페인어통번역학과 교수)
최윤영 (서울대 독문과 교수)

을유세계문학전집